Robert Goddard · Das Geheimnis der Lady Paxton

Robert Goddard

Das Geheimnis der Lady Paxton

Roman

Deutsch von Werner Waldhoff
und Katharina Georgi

C. Bertelsmann

Die Originalausgabe erschien 1995
unter dem Titel »Borrowed Time«
bei Bantam Press, London

1. Auflage

Satz: Uhl + Massopust, Aalen
Druck: Presse-Druck, Augsburg
Bindung: Großbuchbinderei Monheim
Printed in Germany
ISBN 3-570-12209-3

Für die Jungs

Prolog

ES BEGANN vor mehr als drei Jahren, an einem goldenen Abend im Hochsommer. Natürlich wissen Sie das. Sie kennen alle Wos und Wanns. Aber nicht das Warum. Noch nicht. Ich aber kenne es. Ich verstehe die komplette Reihenfolge von Ursache und Wirkung, die ab diesem Tag bis zum heutigen führte. Ich kann alles überblicken, wie ein Raubvogel, der über der hügeligen Landschaft kreist. Ich kann die ganze gewundene Länge der Straße sehen, der ich ab damals bis heute gefolgt bin. Es gab keine Ausfahrten, die ich hätte benutzen können, keine Kreuzungen, an denen ich die Strecke hätte verlassen können. Das Ende war immer vorgegeben. Eine Zukunft wird genau in dem Moment unausweichlich, wo sie die Gegenwart berührt.

Sie wissen das alles, oder Sie meinen zumindest, Sie wüßten es. Und jetzt sagen Sie, Sie wollen es verstehen. Also gut. Es ist klar, ich muß versuchen, es zu erklären. Nicht zu entschuldigen, nicht zu mildern, nicht zu entlasten. Bloß zu erklären. Nur die volle Wahrheit zum erstenmal sagen. Das möchte ich. Das muß ich. Dann werden Sie verstehen. Aus dem gleichen Grund wie ich. Sie sagen, Sie wollen die Wahrheit. Na schön. Sie sollen sie haben.

1. Kapitel

Es begann vor mehr als drei Jahren, an einem goldenen Abend im Hochsommer. Morgens war ich in Knighton zu einer Wanderung, entlang der südlichen Hälfte von Offa's Dyke, aufgebrochen, die sechs Tage dauern sollte. Ich war schon immer der Meinung, daß ich beim Gehen am besten nachdenken kann. Und weil ich zu jener Zeit über sehr viel nachzudenken hatte, schien eine lange Wanderung genau das Richtige zu sein. Verschiedene Entscheidungsmöglichkeiten standen mir zur Auswahl. Ich näherte mich dem mittleren Alter, eine Gabelung auf dem Pfad des Lebens schien unausweichlich. Nichts war so einfach und sicher gewesen, wie ich es gerne gehabt hätte. Doch es bestand die Hoffnung, daß es oben auf den Hügeln anders sein könnte. Es war Dienstag, der 17. Juli 1990. Ein Datum, an das ich mich gut erinnere und das oft protokolliert wurde. Ein Tag voll glühender Hitze und nicht enden wollendem Sonnenschein, der sich zu einer Abenddämmerung voll schläfriger Schwüle neigte. Für mich ein Tag des kräftigen Wanderns und ernsthaften Nachdenkens, mit knochenhartem Grasboden unter meinen Füßen und einem dunstigen blauen Himmel über meinem Kopf. Ich sah keine Bussarde über mir kreisen, wie ich es gehofft hatte, obwohl vielleicht irgend etwas dort oben außerhalb meiner Sicht kreiste, das sah, was ich vorhatte.

Bereits am Tag zuvor war ich mit dem Zug von Petersfield nach Knighton gefahren, glücklich, endlich weg und alleine zu sein. Mein ältester Bruder Hugh war vor fünf Wochen an einem Herzinfarkt gestorben, mit neunundvierzig Jahren. Das war natürlich ein Schock gewesen – vor allem für meine Mutter. Hugh und ich hatten uns allerdings nie besonders nahegestanden. Ich denke, zwölf Jahre Altersunterschied waren einfach ein zu großer Abstand. Das einzige Mal, daß wir uns als Brüder wirklich näherkamen, war im Sommer 1973, als wir zusammen den Pennine Way entlangwanderten. Seit seinem Tod war die Erinnerung an jene drei weit zurückliegenden Wochen in den nördlichen Bergen in meinem Gedächtnis zu einer Art Talisman verlorener Brüderlichkeit geworden. Mein Ausflug zur walisischen Grenze war teilweise ein bewußter Akt der Trauer, teilweise eine Suche nach den wenigen Vergnügungen und Möglichkeiten, die das Leben damals geboten hatte. Aber vor allem war der Ausflug dazu gedacht, Ordnung in meinen Gedanken zu schaffen und über meine Zukunft zu entscheiden. Meine Schwester Jennifer und meine beiden anderen Brüder, Simon und Adrian, arbeiteten alle im Familienunternehmen Timariot & Small, in dem Hugh Geschäftsführer gewesen war. In dieser Hinsicht – und in manch anderer auch – war ich überflüssig gewesen. Ich lebte in der Überzeugung, daß meine Karriere bei der Europäischen Kommission in Brüssel mich gegen die beschränkten Sorgen und ständigen Streitigkeiten der Familie immun gemacht hatte. Und so war es auch. Außerdem bescherte mir mein Beruf absolute Sicherheit und relativen Wohlstand. Das ging nun schon zwölf Jahre so, und man konnte sich darauf verlassen, daß es auch die nächsten zwanzig Jahre so bleiben würde. Gefolgt von einer frühzeitigen Pensionierung und einer gesicherten Pension. O ja, das Leben eines Eurokraten hat seine Vorzüge.

Aber es erlegt einem auch Strafen auf. Und seit kurzem begannen sie, mich niederzudrücken. Der Berlaymont, ein x-förmiger Berg aus Glas und Beton, in dem ich seit meiner Ankunft in Brüssel in verschiedenen engen Büros arbeitete, war in meiner Vorstellung sogar noch bedrückender geworden, als er in Wirklichkeit war. Er wurde geschlossen, nachdem man in jedem Hohlraum krebserregenden Asbeststaub entdeckt hatte. Doch selbst wenn man den Staub des Berlaymont von den Füßen schüttelt, hält er sich vielleicht immer noch in den Lungen versteckt, wo er geduldig wartet – mehrere Jahrzehnte lang, wie die Experten sagen –, um dann seinen Tribut zu fordern. Nun, es gibt nichts, was ich jetzt dagegen tun könnte. Und damals gab es nichts so Greifbares wie Asbest, das mich zu ersticken drohte. Es war das Wissen über all die Kilometer an Fluren, die ich voller Pflichtgefühl entlanggehastet war, all die Meter von Notizen, die ich dienstbeflissen aufgezeichnet hatte, die Flut von bürokratischen Informationen, die mich nur am Rande betrafen – und ich würde damit fortfahren, Jahr um Jahr, bis das Himmelreich oder die Pensionierung oder die Asbeststaublunge kommen würden.

Ich würde natürlich ausgelaugt sein. Aus Mangel an Alternativen würde ich weitermachen müssen, mit den Jahren immer zynischer und desillusionierter werden. Ich würde immer mehr wie jene meiner verbrauchten Mittfünfzigerkollegen werden, die von Bungalows in Surrey träumen und von Tagen, an denen sie nur noch Golf spielen würden. Es war bereits zu spät, ihr Schicksal nicht zu teilen. Es war bereits alles für mich vorbei, wie ich manchmal in milden Brüsseler Nächten erkannte.

Aber dann starb Hugh. Und es mußte keineswegs alles vorbei sein. Es bereitet mir kein Vergnügen, das zu sagen. Ich wünschte, weiß Gott, es wäre ihm nicht passiert. Aber mein Leben hat sich vollständig verändert, seit er unter seiner Arbeitslast zusammenbrach und an einem Juniabend im Jahre 1990 kurz nach neun Uhr langsam auf den Boden seines Büros sank. Ich hätte mir nie vorstellen können, wohin mich sein Tod führen würde. Und vielleicht ist das auch gut so. Wenn ich auch nur die Hälfte davon geahnt hätte, wäre ich zurück in meine langweilige, aber sichere Existenz nach Brüssel geflohen. Das steht fest. Aber trotz allem, was geschehen ist, bin ich froh, daß ich es nicht getan habe. Ich bin froh, daß ich diesem Weg gefolgt bin.

Anfangs schien es nicht mehr zu sein als ein Blitz aus heiterem

Himmel, eine unangenehme Erinnerung an meine eigene Sterblichkeit. Aber auf der Beerdigung gab es weitere Anzeichen: die allgemeine Anspannung, die nicht allein auf Trauer zurückzuführen war. Fünfzehn Jahre lang war Hugh Timariot & Small *gewesen,* hatte die Firma durch seine Energie und sein Engagement aufrechterhalten und ihre geschäftlichen Vorteile geschickt betrieben. Jetzt war er tot. Deshalb war die Frage nicht einfach nur, wer ihn ersetzen würde, sondern ob die Firma ohne ihn als Steuermann überleben könnte. Sogar im Krematorium beäugten sich Simon und Adrian gegenseitig angesichts des Wettbewerbs, der auf sie zukam, während Reg Chignell, Abteilungsleiter der Produktion, beide beobachtete und sich ganz offensichtlich fragte, ob einer von ihnen den Chefsessel beanspruchte.

Onkel Larry, längst in Rente, war wieder zurückgekommen, um für die Übergangszeit den Vorstand zu führen. Er und meine Mutter unterbreiteten mir am Tag nach der Beerdigung einen Vorschlag, über den ich einen Monat später, als ich in Knighton aufbrach, noch immer nachdachte. Obwohl Adrian der Jüngste von uns war, arbeitete er am längsten in der Firma. Überdies hatte er zwei Söhne und zwei Töchter, und das war mehr, als wir übrigen zusammen besaßen. Laut der kuriosen Logik meines Onkels machte ihn das zu einem geeigneten Hüter der Familientradition. Außerdem verfügte Adrian über einen größeren Stimmenanteil als Simon, Jennifer oder ich, da er einige Geschäftsanteile für seinen ältesten Sohn treuhänderisch verwaltete. Der Posten des Geschäftsführers stünde ihm zu Recht zu, erklärten sie. Mit der Unterstützung von Hughs Witwe Bella, die dessen Anteile geerbt hatte, beabsichtigten sie, Adrian den Posten anzubieten. Aber sie sahen Reibereien zwischen ihm und Simon voraus. Nun, dafür benötigte man kaum eine Glaskugel. Was man brauchte, war ein beruhigender Einfluß, jemand, der Adrian als Produktionschef nachfolgte und den klaren Verstand eines ausgebildeten Volkswirtschaftlers in die Überlegungen der Firma einbrachte. Mit einem Wort, man brauchte mich.

Ehrlich gesagt, standen ihre Chancen nicht besonders gut. Ich hatte während der Semesterferien in der Fabrik gearbeitet und ungefähr achtzehn Monate im Büro, so lange wie die Europäische Kommission für ihre Entscheidung gebraucht hatte, daß sie mich wollten. Aber all das war schon ewig her, und mein wirtschaftliches Können war nicht viel mehr als Augenwischerei. Die eigentliche Absicht meiner Mutter war, mich nach Hause zu locken und zu sehen, daß ich mich in Petersfield niederließ, am besten mit Frau und Kindern, bevor sie starb. Onkel Larry war mehr als bereit, dabei mitzuspielen. Und ich war versucht, das gleiche zu tun – aus ganz persönlichen Gründen.

Natürlich erzählte ich ihnen nicht, wie begierig ich war, Brüssel zu verlassen. Ich wollte nicht, daß sie – und vor allem nicht meine Brüder und meine Schwester – dachten, sie würden mir einen größeren Gefallen erweisen als ich ihnen. Ich bemühte mich anzudeuten, daß ich um der Familie willen eventuell meine Karriere aufgäbe – wenn die Bedingungen stimmten. Aber da lag der Hase im Pfeffer. Die Bedingungen würden niemals gut genug sein. Ob ich nun frustriert war oder nicht, als *Fonctionnaire* lag ich auf Rosen gebettet. Bei Timariot & Small würde mir vermutlich das Geld knapp werden. Außerdem mußte man die Zukunft der Firma berücksichtigen. Ich war mir gar nicht so sicher, daß sie eine haben würde. Eine Vergangenheit, das schon. Im Jahre 1836 hatte sich mein Urgroßvater Joseph Timariot mit John Small zusammengetan, um in einer bescheidenen Werkstatt in der Sheep Street Kricketschläger herzustellen. Seitdem hatte die Firma einmal den Standort gewechselt – die gegenwärtige Fabrik befindet sich in der Frenchman's Road – und war so etwas wie der drittgrößte Hersteller von Kricketschlägern im Land geworden. Aber das machte sie noch nicht zu General Motors. Sie beschäftigte ungefähr fünfzig Leute in einem mittelgroßen Marktstädtchen in Hampshire und benutzte veraltete Methoden, um in einem Zweig der Sportindustrie, in dem der Ferne Osten die englischen Traditionen noch nicht eingeholt hatte, ein handgefertigtes Produkt herzustellen. Die Vergangenheit, auf die sie so stolz waren, zeigte sich in verblaßten Urkunden von der Weltausstellung, in braungeränderten Dankesbriefen von Kricketspielern aus der Zeit Eduard VII., in der sägemehlgeschwängerten Luft der Werkstatt, durch die mein Vater in den Fußstapfen seines Vaters und Großvaters gelaufen war. Aber die Zukunft? Gab es in ihr wirklich einen Platz für die Bedürfnisse von Timariot & Small?

Aus meiner Sicht lief die Familie Timariot Gefahr, alles auf eine ausgesprochen schlechte und schwache Karte zu setzen. Ich glaube nicht, daß mein Vater auch nur daran dachte, daß alle seine fünf Kinder im Unternehmen arbeiten würden. Bis zu seinem Ausscheiden aus dem Arbeitsleben hatte das nur Hugh getan. Dann trat Adrian direkt nach der Schule in die Firma ein. Onkel Larry zog sich ein paar Jahre später zurück, und Jennifer, die bis dahin als Bilanzbuchhalterin bei einer Supermarktkette gearbeitet hatte, ersetzte ihn als Leiter der Finanzen. Als mein Vater starb, wurde Hugh Präsident, sowohl nominell als auch funktionell. Er setzte Simon prompt als Marketingleiter ein und erlöste ihn damit von seinen langen und unrühmlichen Kämpfen als Vertreter von Kopiergeräten. Damit blieb ich der einzige, der nicht in der Firma war.

Gesunder Menschenverstand riet mir, es dabei zu belassen. Aber man hatte mir einen Leitungsposten angeboten. Und Adrian, nach seinem Wechsel an die Führungsspitze von Großzügigkeit überwältigt, bestätigte dies nur allzugern. Auch Simon und Jennifer, die mich vermutlich als eine Art Kontrolle über Adrians Macht ansahen, drängten mich, die Stelle anzutreten. Bevor ich nach Brüssel zurückkehrte, versprach ich, ihnen während meines vierzehntägigen Urlaubs Ende Juli meine Entscheidung mitzuteilen.

In gewissem Sinn wartete also am Ende von Offa's Dyke eher der Rubikon auf mich als der Severn. Aber als ich zeitig an jenem Dienstagmorgen in Knighton aus dem George & Dragon trat, fühlte ich mich keineswegs von Sorgen gezeichnet. Ich warf einen Blick auf den Uhrenturm, dann wendete ich mich die Broad Street hinunter in Richtung des Dyke. Mein Rucksack war gefüllt, aber seltsamerweise fühlten sich meine Schultern so leicht an, als hätte man gerade eine schwere Last von ihnen genommen. Sechs Tage lang war ich frei, nicht erreichbar, einfach weg. Sechs Tage lang gehörte ich nur mir.

Als die Sonne glühend den Himmel erklomm, wanderte ich durch das Auf und Ab der East-Radnor-Berge, schattenlose Bergkämme wechselten sich ab mit tiefen bewaldeten Tälern. Zu einem bestimmten Zeitpunkt am frühen Nachmittag hätte ich vor mir Hergest Ridge sehen können, wenn ich mir die Mühe gemacht hätte, auf meine Landkarte zu schauen und es im Dunst der Hitze ausfindig zu machen. Aber damals war dieser Kamm für mich lediglich ein Wahrzeichen unter vielen. Nur ein Name und ein Ort.

Die heißesten eineinhalb Stunden des Tages verbrachte ich in einem Wirtshaus, das auf meiner Route lag. Danach setzte ich meinen Weg nach Kington fort, der nächsten Stadt auf dem Dyke. Als ich die östliche Flanke von Bradnor Hill umrundete, zeigte sich der Ort unter mir: eine dichtgedrängte Ansammlung von Häusern mit schiefergrauen Dächern, im Sonnenschein dösend, vor der Kulisse der Black Mountains, die sich jenseits davon erhoben. Es war eine verschlafene Vision des ländlichen England, mit einem malerischen Anflug des wilden Wales.

Mein Ziel für diese Nacht war Gladestry, ein Dorf ungefähr drei Meilen westlich von Kington, wo ich im Royal Oak Inn ein Zimmer bestellt hatte. Laut meinem Reiseführer war der Weg am

Hergest Ridge entlang besonders schön. Deshalb beschloß ich, ihn erst in der abendlichen Kühle zu gehen. Den späten Nachmittag verbrachte ich in Kington und schlenderte ziellos zwischen den Geschäften umher, bis die Pubs öffneten und ich meinen Durst löschen konnte. An einem Ecktisch im Swan Inn lauschte ich vergnügt dem örtlichen Klatsch, während ich versuchte, über einige Dinge nachzudenken, was ich mir für meine Woche in den Hügeln vorgenommen hatte. Da ich für diese Art der Beschäftigung ja noch fünf weitere Tage zur Verfügung hatte, gab ich es schließlich auf und schrieb statt dessen meiner Mutter eine Postkarte. Es handelte sich um eine schmutzigbraune Ansicht der Markthalle von Kington, wie sie ungefähr im Jahre 1960 ausgesehen haben mochte, und es war die einzige Darstellung der Stadt, die ich in all den Postkartenständern der Zeitungshändler gefunden hatte. Ich warf sie auf meinem Rückweg zur Wanderroute in einen Briefkasten.

Der Aufstieg zum Hergest Ridge war eine schmale asphaltierte Straße namens Ridgebourne Road, und nachdem ich ein paar Häuser hinter mir gelassen hatte, verschlechterte sie sich zu einem steinigen Pfad. Ich begann kurz nach sieben Uhr mit dem Aufstieg. Es ging gleichmäßig steil bergauf. An den Böschungen zu beiden Seiten sammelten sich Mücken zwischen den Farnen, und das Sonnenlicht schimmerte warm durch das Blattwerk. Es war ein vollkommener Sommerabend.

Ein Tor mit fünf Stangen trennte das Ende des Pfades von der offenen Heidelandschaft des Höhenzuges. Rechts davon stand ein Auto unter den Bäumen geparkt. Es war ein frisch gewaschener, glänzender weißer Mercedes-Zweisitzer mit dem amtlichen Kennzeichen G. Im Vorübergehen warf ich ihm einen beifälligen, ja neidischen Blick zu und dachte an die erbärmliche kleine Dose auf Rädern, mit der ich mich in Brüssel fortbewegte. Manche Leute hatten einfach alles Glück dieser Erde.

Ich trat durch das Tor hinaus auf den Höhenzug: eine dem

Norden zugewandte Fläche mit Gras und Stechginster von der Größe eines Walrückens, die sich öffnete, als ich Höhe gewann. Überall blökten Schafe, die gelegentlich davonliefen, wenn ich mich ihnen zu plötzlich näherte. Ich begegnete zwei müde wirkenden Wanderern, die auf dem Weg nach Kington waren und mir beim Anblick meines Rucksacks kameradschaftlich zunickten. Im übrigen wurde meine Aufmerksamkeit vom Ausblick auf Berge und Wälder in Anspruch genommen, die im schwächer werdenden Sonnenlicht glühten. So wie die Vormittage Erwartungen in sich tragen, so sind die Abende vermutlich von Natur aus friedlich. Auf jeden Fall fühlte ich davon etwas in mir aufsteigen, als ich meinen Blick über die Schönheit meines Vaterlandes schweifen ließ. Mir wurde klar, daß es wie die Rückkehr ins Gefängnis sein würde, ginge ich später wieder nach Berlaymont.

Ungefähr auf der Hälfte des Höhenzuges blieb ich stehen, um einfach ein paar Minuten lang die grüne Welt zu betrachten, die vor mir ausgebreitet lag. Ich seufzte und schüttelte den Kopf und sagte laut: »Traumhaft.«

Und eine Stimme hinter mir sagte: »Ja, nicht wahr?«

Ich fuhr zusammen und schaute mich um. Ein paar Yards entfernt saß eine Frau auf einem flachen Stein am Fuße eines zerfallenen Steinhügels. Sie lächelte, obwohl ihre dunkle Sonnenbrille es mir unmöglich machte zu erkennen, ob ihr Lächeln sich auf mich oder die Landschaft bezog. Ihr blondes, schulterlanges Haar leuchtete golden im Sonnenlicht, obwohl es vielleicht auch ein paar silberne Strähnen enthielt. Sie trug eine weiße Bluse und eine beige taillierte Hose, und über mokassinähnlichen Schuhen waren schmale Knöchel zu sehen. Ihr Lächeln war verführerisch, fast mädchenhaft. Aber ich mußte unvermittelt daran denken, daß sie zu den Menschen gehörte, die zwar nicht mehr jung waren, denen dies aber eher zum Vorteil gereichte: Menschen, die früher vermutlich hübsch gewesen waren, aber jetzt wunderschön.

»Es tut mir leid, wenn ich Sie erschreckt habe«, fuhr sie mit sanfter, leicht heiserer Stimme fort.

»Nein, nein. Es... macht nichts. Ich war nur...«

»In Gedanken verloren?«

»Nun...« Ich lächelte auch. »Ja, so könnte man sagen.«

»Dies ist ein idealer Platz dafür. Ich verstehe es gut.«

Seltsamerweise hatte ich genau dieses Gefühl. Ich spürte, daß sie mich vollkommen verstand, ohne daß ich ihr irgend etwas hätte erklären müssen. Sie nahm ihre Sonnenbrille ab und sah an mir vorbei. »Hier oben ist alles so... so überaus klar. Finden Sie nicht?«

»Sie... kommen öfter hierher?« fragte ich und ärgerte mich über die dumme Frage.

»Nicht so oft, wie ich gerne würde. Aber das läßt sich vielleicht bald ändern. Wie steht es mit Ihnen?«

»Es ist das erste Mal. Ich lebe... weit entfernt von hier.« Während ich an Brüssel dachte, fügte ich hinzu: »Aber auch das läßt sich vielleicht bald ändern.«

»Wirklich?«

Ich zuckte die Schultern. »Wir werden sehen.«

»Sie gehen den Offa's Dyke?«

»Einen Teil davon.«

Ich trat zu dem Steinhügel hinüber, setzte meinen Rucksack ab und ließ mich auf einem Felsbrocken neben ihr nieder. Sie sah zu mir herüber, und ihr Lächeln verwandelte sich in ein sehr freundliches, aber prüfendes Stirnrunzeln. Aus der Nähe bestätigte sich mein erster Eindruck. Sie war älter als ich, vielleicht Mitte Vierzig, aber jünger im Geist. Sie hatte etwas Anmutiges und zugleich Kokettes an sich, etwas auf elegante Art Unberechenbares. Sie hatte ein Gesicht, das man auch in einem überfüllten Raum bemerkte, eine Stimme, die zu hören man alles tun würde, sie hatte die geheimnisvolle Ausstrahlung, nach der man sich sehnte.

Ich warf einen Blick auf ihre linke Hand, die auf ihrem Knie lag. Sie trug keinen Ring. Aber es gab einen blassen Streifen am Ringfinger, wo noch vor kurzem einer gewesen sein mußte. Ein Flackern ihrer blaugrauen Augen deutete an, daß sie wußte, was mir aufgefallen war. Aber sie zog ihre Hand nicht zurück. Ich hustete, um meine Verlegenheit zu verbergen, und sagte: »Ihnen gehört der Mercedes auf dem Weg?«

»Ja.« Sie lachte. »Beschämend, nicht? Ich meine, daß es so offensichtlich ist.«

»Es war der einzige Wagen dort. Ich –«

»Können wir wirklich etwas ändern, was meinen Sie?« Sie sprach plötzlich mit eindringlicher Stimme. Die Hand auf ihrem Knie spannte sich. »Kann irgend jemand von uns jemals aufhören, das zu sein, was er ist, und etwas anderes werden?«

»Ja«, sagte ich, überrascht von ihrer Heftigkeit. »Ganz sicher. Wenn wir es wollen.«

»Sie denken, es ist so einfach?«

»Ich denke, daß es einfach ist, ja. Aber nicht leicht. Ich glaube, die eigentliche Schwierigkeit ist ...« Ich zögerte. Wir sprachen über das Leben des anderen, ohne zu wissen, woraus das Leben des anderen bestand. Das ergab keinen Sinn. Und trotzdem erschien es so.

»Was ist die eigentliche Schwierigkeit?«

»Zu *wissen*, was wir wollen.«

»Sie meinen, eine Entscheidung zu treffen?«

»Wenn Sie so wollen.«

»Aber wenn wir erst einmal eine Entscheidung getroffen haben?«

»Dann ... ist es immer noch nicht leicht. Aber wenigstens ist es möglich.«

»Sie glauben das wirklich?«

Sie schaute mich konzentriert an, als ob das, was ich gesagt hatte, als ob die genaue Wahl meiner Worte einen wirklichen

Unterschied machen könnte. Einen flüchtigen Augenblick lang war ich überzeugt, daß sie mich darum bat, für sie eine Entscheidung zu treffen. Und zwar über etwas, was ich weder wissen konnte noch wissen wollte. Die Freiheit, eine Zukunft zu wählen, spielte eine größere Rolle als unsere unterschiedlichen Vergangenheiten. Jene Freiheit bestand darin, was sie mich wortlos zu behaupten drängte. Also tat ich es – mir zuliebe ebenso wie ihr zuliebe. »Ich glaube daran«, sagte ich mit sanftem Nachdruck.

Zufrieden nickte sie und sah kurz auf ihre Armbanduhr. »Bis wohin wollen Sie heute abend kommen?«

»Gladestry.«

»Dann sollte ich Sie wohl besser ziehen lassen.«

»Ich habe es nicht eilig. Aber vielleicht wollen Sie ...«

Sie lächelte leicht. »Ich habe es auch nicht eilig. Aber dennoch muß ich jetzt gehen.« Sie stand auf und beugte sich dabei leicht nach vorn. Ich konnte einen flüchtigen Blick auf ihren Spitzen-BH zwischen den Knöpfen ihrer Bluse werfen. Dann stand ich ebenfalls auf. Dabei bemerkte ich erst, wieviel kleiner sie war, als ich angenommen hatte, wieviel schmaler und verletzlicher, als ihre Augen und ihre Stimme angedeutet hatten. »Ja, ich muß wirklich los«, murmelte sie, während sie den Horizont absuchte. Mit einem breiten Lächeln wandte sie sich mir zu. »Kann ich Sie nach Gladestry mitnehmen? Oder wäre das Betrug? Ich weiß, wie peinlich genau ihr Wanderer es nehmt.«

Ich war versucht, ihr zu widersprechen und zu sagen, nein, im Gegenteil, es wäre wunderbar, wenn sie mich nach Gladestry mitnehmen und vielleicht mit mir in einem Pub etwas trinken würden. Aber irgendwie spürte ich, daß sie das nicht wollte. Der wirkliche Wert eines Fremden beruht darauf, daß er nie etwas anderes werden wird. »Vielen Dank, ich werde laufen.«

»Also dann, auf Wiedersehen«, sagte sie. »Und viel Glück.«

Ich grinste und dachte, sie würde sich über meine Wanderfähigkeiten lustig machen. »Sie meinen, das hätte ich nötig, um nach Chepstow zu kommen?«

»Es tut mir leid.« Sie errötete leicht und schüttelte den Kopf. »So habe ich es nicht gemeint.«

»Machen Sie sich nichts draus. Wahrscheinlich haben Sie recht. Auch Ihnen viel Glück.«

»Vielen Dank.«

Plötzlich schüttelte ich ihr die Hand. Eine flüchtige Berührung von Handflächen und Fingern. Danach dasselbe leuchtende Lächeln, mit dem sie mich begrüßt hatte, ehe sie sich umdrehte und über den breiten grasbewachsenen Weg in Richtung Kington davonging. Ungefähr eine Minute lang schaute ich ihr hinterher, dann, in der Befürchtung, sie könnte sich umdrehen und bemerken, wie ich ihr trübselig nachstarrte, drehte auch ich mich um, schulterte meinen Rucksack und machte mich auf den Weg. Dabei warf ich einen Blick auf meine Uhr und stellte fest, daß es gerade kurz nach dreiviertel acht war. In diesem Augenblick wäre sie noch in Sichtweite gewesen. Die Zukunft wäre noch zu retten gewesen. Aber als ich nahe dem höchsten Punkt des Höhenzuges wieder stehenblieb, um zurückzuschauen, war sie verschwunden. Und die Zukunft lag im ungewissen.

Bei Einbruch der Dunkelheit erreichte ich Gladestry. Eine Ansammlung von Steinhäuschen neben einem ausgetrockneten Bach mit Kirche, Schule, Postamt und Pub. Ich hielt mich lange genug in der Gaststube des Royal Oak auf, um ein herzhaftes Abendessen zu mir zu nehmen. Dann ging ich hinauf zu meinem Bett mit Federkernmatratze und schlief den tiefen Schlaf eines Langstreckenwanderers. Früh am nächsten Morgen machte ich mich auf den Weg nach Hay-on-Wye.

Dieser Tag und die vier folgenden fügten sich zu einem Muster von pünktlichem Aufbruch, mittäglichem Nickerchen, um der Hitze auszuweichen, und abendlichem Eintreffen in gemütlichen Gasthäusern. Die Landschaft veränderte sich von der öden Erhabenheit der Black Mountains hin zu den beruhigenden Schönheiten des Wye Valley. Ich dachte kaum an etwas anderes als an Meilenzahlen und Kartenverweise. Aber im Unterbewußtsein, wie ich am Ende meiner Wanderung feststellte, verhärtete sich mein Geist gegen eine Rückkehr zu dem Leben, das ich in Brüssel geführt hatte. Natürlich würde ich zurückkehren müssen, und wenn auch nur, um zu kündigen, aber ich könnte niemals im eigentlichen Sinne zurückkehren. Irgendwo auf dem Weg war hinter mir eine Brücke unwiderruflich abgebrochen worden. Wenn ich hätte angeben müssen, wo das geschehen war, dann hätte ich mich für Hergest Ridge entschieden. Die Frau, die ich an jenem ersten Abend getroffen hatte, war nicht aus meiner Erinnerung gewichen. Im Gegenteil, meine Begegnung mit ihr schien an Bedeutung zu gewinnen, je weiter ich mich entfernte. Nicht so sehr wegen der Worte, die wir gewechselt hatten, sondern wegen des Verdachtes, daß ich irgendwie, indem ich sie so einfach gehen ließ, eine Gelegenheit – sexuell, psychologisch – verpaßt hatte. Ich wußte weder ihren Namen, noch wo sie lebte. Ich wußte überhaupt nichts über sie. Und nun würde ich auch niemals etwas erfahren. Es war eine melancholische Betrachtung, die durch die Einsamkeit verstärkt wurde. Trotzdem stählte sie meine Entschlossenheit. Was auch immer geschehen würde, ich würde niemals zu dem Leben zurückkehren, das ich hinter mir gelassen hatte.

Während jener sechs Tage auf Offa's Dyke war ich buchstäblich abgeschnitten von der Außenwelt. Ich las keine Zeitungen, schaute nicht Fernsehen, hörte nicht Radio. Meine Unterhaltung blieb beschränkt auf einen geringfügigen Austausch mit Gastwirten, Ladeninhabern und Wanderkameraden. Ich nehme an, es war ein wenig so, als ob man sich für eine Woche in ein Kloster zurückgezogen hätte: eine Quelle der Erfrischung, die der atemberaubenden Landschaft entsprach. Keine Verbindung mehr zu haben, erschien mir immer mehr als ein zutiefst angenehmer Zustand, der natürlich einmal zu Ende sein mußte, wenngleich ich es nicht wollte. Jede Reise hat ein Ziel. Und meines war die reale Welt.

Am Sonntag, dem 22. Juli, stand ich bei Sonnenuntergang auf Sedbury Cliffs, am äußersten Ende des Dyke, blickte über die Mündung des Severn auf die Autobahnhängebrücke, wo dichter Verkehr herrschte, der zurück nach London floß. Ich erinnere mich, daß ich damals dachte, wie sinnlos ihre Eile war. Aus der Perspektive eines Menschen, der sechs Tage gewandert war, erschien mir ihr ameisenhaftes Treiben ausgesprochen nutzlos. Im Augenblick fühlte ich mich ihnen allen überlegen, losgelöst von ihren belanglosen Anstrengungen und auf eine Art und Weise erleuchtet, die über ihre Vorstellungskraft weit hinausreichte. Die Ironie war, daß die meisten von ihnen es wahrscheinlich bereits wußten. Zumindest einmal gewußt hatten, was ich noch nicht herausgefunden hatte, aber sehr bald schon herausfinden würde.

Ich verbrachte die Nacht im Hotel George in Chepstow und brach am folgenden Morgen spät auf, nachdem ich ausgeschlafen und mir ein geruhsames Frühstück gegönnt hatte. Die Eisenbahnstrecke zurück nach Petersfield war ein zeitverschlingender Umweg, obwohl ich nicht behaupten kann, daß es mir viel ausmachte, im sonnengewärmten Wagen zu dösen, während ich mit verschiedenen Zügen durch South Wales und Wessex ratterte. Nachdem ich meinen Entschluß gefaßt hatte, hatte ich es nicht mehr eilig.

Als sich mein Vater aus dem Geschäftsleben von Timariot & Small zurückzog, verkauften er und meine Mutter das Haus in Petersfield, wo ich geboren worden war, und erwarben einen Bungalow in dem nahe gelegenen Dorf Steep. Dorthin fuhr ich an jenem Tag: zu einem Bauwerk aus Ziegeln und Backsteinen aus den dreißiger Jahren, das auf ansteigendem Boden in der Nähe des Fußes von Stoner Hill stand und dank Unmengen von Glyzinien, Polstern aus Flechten und einem wilden Blumengarten leicht mit einem alten Landhaus verwechselt werden konnte. Sein Name – Greenhayes – *war* alt und gehörte zu einem abgerissenen Wohnsitz, dessen Steine in einem Steingarten überlebt hatten. Steeps berühmter verstorbener Dichter Edward Thomas soll Greenhayes in einem seiner Prosastücke erwähnt haben, aber da ich mir nie die Mühe gemacht habe, es ausfindig zu machen, weiß ich nicht, was er aus dem Original gemacht hat. Für seinen Nachfolger machte Greenhayes an jenem späten Sommernachmittag, als ich aus dem Taxi stieg, den allerbesten Eindruck. Aber ich vergaß niemals die Nebel, die im Winter von den Hügelkämmen herunterzogen und die, wie ich behaupte, das Leben meines Vaters verkürzten. Das Willkommen von Greenhayes war für mich immer zweischneidig.

Meine Mutter hingegen liebte das Haus ohne Vorbehalt. Sie hatte es randvoll gefüllt mit einem Durcheinander von Mobiliar und Nippes aus dem Haus der Familie und war während der Jahre ihrer Witwenschaft sogar noch zu einer besesseneren Gärtnerin geworden als vorher. Außerdem hatte sie sich eine kläffende kleine Terrierkreuzung zugelegt, die wegen ihrer starken Ähnlichkeit mit einem Topfkratzer Brillo genannt wurde und eine Türklingel überflüssig machte. Wie üblich setzte er sie von meiner Ankunft in Kenntnis, ehe ich auch nur den Riegel des vorderen Tores anheben konnte.

»Wer ist das, Brillo?« rief sie aus dem Garten, wo ich sie nicht sehen konnte, als er den Geruch fremder Erde an meinen Stiefeln anknurrte. Dann kam sie um die Ecke des Hauses. Sie trug ihre Gartenkluft, das ausgeblichene Kleid und die kaputten Schuhe, und war barhäuptig trotz meines Geschenkes, das ich ihr vor zwei Geburtstagen gemacht hatte: einem breitrandigen Strohhut, den sie sich angeblich gewünscht hatte. Seit damals lag er unbenutzt in einer Tragetüte aus dem Supermarkt oben auf ihrem Kleiderschrank, und ich hatte aufgehört zu fragen, warum sie ihn niemals trug. »Oh, es ist Robin. Wie schön, daß du zurück bist, mein Lieber«, sagte sie und trat auf mich zu, um mich mit einem Duft von Holunderblüten zu umarmen. »War es eine schöne Wanderung?«

»Herrlich, danke.« Und so wurden achtzig Meilen vom Offa's Dyke schnell abgehandelt, als wäre es nichts weiter als ein Spaziergang die Straße hinunter gewesen.

»Du kommst gerade rechtzeitig zum Tee.«

»Das dachte ich mir schon.«

»Und du brauchst ihn auch, wenn ich dich so anschaue.« Während sie zurücktrat, um mich zu mustern, runzelte sie die Stirn und sagte: »Du wirst zu dünn, mein Lieber. Wirklich.« Dabei war sie es und nicht ich, die mit den Jahren immer dünner wurde. Aber jedes ihrer Kinder, das weniger als zehn Kilo Übergewicht hatte, war in ihren Augen magersüchtig. »Wir müssen ihn ein bißchen herausfüttern, nicht wahr, Brillo?« Daraufhin bellte Brillo, was sie für Zustimmung hielt, aber ich wußte, daß es lediglich eine automatische Reaktion auf alles war, was mit Futter zusammenhing.

Ich folgte ihr ins Haus und hörte kaum zu, als sie die Probleme beschrieb, die sie infolge der Hitze mit ihren Stangenbohnen hatte. Ich überlegte, wann sie – wenn ich nichts sagte – fragen würde, welche Entscheidung ich bezüglich der Firma getroffen hatte. Wenn sie mir die dritte Tasse Tee und ein zweites Stück Kuchen angeboten hatte – oder früher?

Ich stellte meinen Rucksack an den Fuß der Treppe, zog meine Stiefel aus und schlenderte ins Wohnzimmer. Auf dem Kaminsims, zwischen gerahmten Fotos von zwei von Adrians Kindern, stand meine Postkarte aus Kington. Aber von den anderen beiden, die ich geschickt hatte – eine von Hay-on-Wye, eine von Monmouth –, war nichts zu sehen.

»Bis jetzt nur eine Karte, Mutter?« rief ich in die Küche, wo Geschirr klirrte und das Wasser bereits im Kessel kochte.

»Was ist, mein Lieber?«

»Es sind zwei weitere Karten unterwegs.«

»Karten?« Sie eilte geschäftig mit einer Tischdecke herein und stellte sich neben mich. »Da ist sie doch, schau. Genau gegenüber.« Sie nickte in Richtung des verschwommenen Bildes der Markthalle von Kington.

»Ja, aber –«

»Das erinnert mich an etwas. Gestern war Simon zum Mittagessen da. Er starrte die Karte an. Sagte, was für ein Zufall das wäre.«

»Zufall?«

»Sagte, ich müßte dich fragen, ob du irgend etwas gesehen hättest. Polizei. Filmleute. Journalisten. Es muß im Ort nur so gewimmelt haben davon.«

»Wie bitte?«

»Kington. Von wo du die Karte geschickt hast.« Sie nahm sie und warf einen Blick auf den Poststempel. »Der achtzehnte. Wann war das?«

»Mittwoch. Aber es war Dienstag, als ich –«

»Mittwoch! Genau. Da kam es in den Nachrichten.«

»Was denn?«

»Die zwei Leute, die ermordet worden sind. Du mußt davon gehört haben. Sie haben jemanden festgenommen. Hast du denn heute noch keine Zeitung gelesen?«

»Nein. Und auch nicht –«

Der Wasserkessel begann zu pfeifen. »Dort ist sie, neben meinem Stuhl.« Während sie vage auf die zerknitterten Seiten des *Daily Telegraph* zeigte, eilte sie aus dem Zimmer. Verblüfft griff ich nach der Zeitung und blätterte mich bis zur Titelseite durch. Eine einspaltige Überschrift am unteren Ende erregte meine Aufmerksamkeit.

KINGTON-MORDE: MANN FESTGENOMMEN. *Die Polizei, die den brutalen Doppelmord von letzter Woche in Kington untersucht, bestätigte gestern, daß ein Mann sie bei ihren Nachforschungen unterstützt. Sie ließ nicht erkennen, ob Anklagen zu erwarten sind, aber die erschütterte Bevölkerung des ruhigen Marktstädtchens an der walisischen Grenze hofft, daß dies zur Verhaftung desjenigen führen wird, der verantwortlich ist für die Morde im Haus von Mr. Bantock in Kington am Abend des 17. Juli. Bei den Toten handelt es sich um den international berühmten Künstler Oscar Bantock, der erdrosselt wurde, und um eine Frau, die bisher als Louise Paxton identifiziert wurde, Ehefrau des königlichen Arztes und Gesellschaftsdoktors Sir Keith Paxton. Sie wurde vergewaltigt und erwürgt. Ein Mann, dessen Name bisher noch nicht bekanntgegeben wurde, ist gestern nachmittag in London verhaftet und zum Verhör ins Polizeihauptquartier nach Worcester gebracht worden. Ein Sprecher von West Mercia C.I.D. sagte, es wäre unwahrscheinlich, daß –*

Am Abend des 17. Juli hatte ich Kington um sieben Uhr verlassen und war am Hergest Ridge entlang nach Gladestry gelaufen. Und auf dem Weg traf ich... Es gab keinen Grund, warum irgendeine Verbindung bestehen sollte. Eigentlich gab es jede Menge Gründe, warum keine bestehen sollte. Aber meine Hände zitterten immer noch, als ich die Zeitung vom Vortag aus dem Zeitungsständer zog. Es war die vom Sonntag, und deshalb war es wahrscheinlich, daß sie über den Fall berichtet hatten. Ich kniete mich auf den Fußboden und begann die Seiten umzublättern. Dann hielt ich inne. Da war ihr Gesicht, und es schaute aus dem schwarzweißen Foto heraus, so wie sie einmal an mir vorbei auf den vom Sonnenuntergang vergoldeten Horizont geschaut hatte. Und die Bildunterschrift lautete: *Vergewaltigungs- und Mordopfer Louise Paxton.* Ich hatte sie an jenem Abend von mir weggehen lassen – in den Tod.

2. Kapitel

MEINE MUTTER hatte nicht die Angewohnheit, Zeitungen wegzuwerfen; sie hatte zu viele Verwendungszwecke dafür. Als ich in dem Stapel herumwühlte, den sie in der Spülküche aufbewahrte, fand ich eine mehr oder weniger vollständige Ausgabe der vergangenen Woche. Auf jeden Fall vollständig genug, um mir so viel mitzuteilen, wie jeder andere über die Kington-Morde erfahren hatte.

»Ich wußte nicht, daß du so daran interessiert sein würdest, mein Lieber«, sagte sie, als ich die Zeitungen auf dem Küchentisch ausbreitete und versuchte, mir ein klares Bild davon zu verschaffen, was passiert war. »Jeden Tag werden irgendwelche Leute ermordet. Warum kommst du nicht ins Wohnzimmer und trinkst Tee mit mir?«

»Geh schon voraus, Mutter. Ich brauche nicht lange.« Ich war noch nicht bereit, meine Verbindung zu diesem Fall preiszugeben. Mir drängte sich der Gedanke auf, es wäre leichter, wenn ich ein Freund oder Verwandter von Louise Paxton wäre. Dann hätte ich eine echte, tiefe Erschütterung empfunden, an der ich mich festhalten könnte. Statt dessen packte mich so etwas wie chaotisches Entsetzen. Sie war eine Fremde für mich. Nicht mehr und nicht weniger, genauso wie für die beiden Bergsteiger, die ich auf meinem Weg hinauf zum Hügelkamm überholt hatte. Sie hatten sie wahrscheinlich nicht einmal bemerkt. Aber ich hatte sie bemerkt. Oder vielmehr *sie* hatte *mich* bemerkt. Logischerweise sollte es keine Rolle spielen. Sie hätte in derselben Nacht bei einem Autounfall sterben können, und ich hätte es niemals erfahren. Aber das war nicht geschehen. Und jetzt wußte ich, was tatsächlich mit ihr geschehen war. Ich würde es niemals vergessen können.

Die Morde waren in einem Haus namens Whistler's Cot verübt worden. Es stand am anderen Ende der Butterbur Lane, einer Abzweigung der Hergest Road, die an der südlichen Seite von Hergest Ridge aus Kington hinausführte. Der Vergleich mit meiner amtlichen topographischen Karte, die ich mir beim Fremdenverkehrsamt in Kington besorgt hatte, versetzte mich in die Lage, die Stelle genau zu lokalisieren. Sie war kaum eine Meile von dem Punkt entfernt, wo ich Louise Paxton getroffen hatte, obwohl sie, um mit dem Auto dorthin zu gelangen, zuerst zurück nach Kington hinein hätte fahren müssen und dann wieder hinaus. Die Butterbur Lane war eng und kurvig und wand sich steil an der südöstlichen Seite von Hergest Ridge empor, bevor sie sich im Wald und auf dem Weideland von Haywood Common verlief. Das letzte Wohnhaus des Sträßchens war Whistler's Cot.

Sein Besitzer war ein berühmter Künstler namens Oscar Kentigern Bantock, von dem ich noch niemals gehört hatte, der laut Polizei sechzig Jahre alt war und achtundfünfzig laut seinem Nachrufschreiber im *Daily Telegraph*. Bantock hatte das Anwesen vor ungefähr zehn Jahren gekauft und ein Atelier an die Rückseite des Hauses gebaut, was ansonsten wie ein kleines Reihenhaus auf dem Land aussah. Außerdem hatte er eine Garage für seinen notorisch lärmenden Triumph-Sportwagen hinzugefügt. Trotz seiner Londoner Herkunft war Bantock beliebt bei seinen Nachbarn und den Stammgästen verschiedener Pubs in Kington. Sie wußten wenig über seinen angeschlagenen Ruf als Held des englischen Expressionismus. Der Nachrufschreiber bezog sich auf eine kurze Zeit in den Sechzigern, in der Bantocks Werk in Mode war. Danach war seine Karriere enttäuschend verlaufen. Aber einige wenige Aufträge und Ausstellungen und die Erbschaft einer Tante hatten ihn durchgebracht, ehe er gewaltsam getötet wurde und seine Bilder plötzlich zu Sammelobjekten aufstiegen.

Ungefähr um halb elf am Morgen des 18. Juli, einem Mittwoch, hatte Derek Jones, ein örtlicher Postbote, seinen Lieferwagen vor Whistler's Cot angehalten. Normalerweise fuhr er in die Parkbucht vor Bantocks Garage, aber die war besetzt mit einem Wagen, den er nicht kannte: ein weißer Mercedes-Zweisitzer. Jones stieg aus, in der Hand ein paar Briefe, und ging zur Rückseite des Hauses. Er hatte die Angewohnheit, am Ende seiner Tour einen Becher Tee von dem alten Knaben zu schnorren, und normalerweise fand er ihn in seinem Atelier. Er klopfte sachte ans Fenster und betrat die Küche, wo sie immer über Rennsport debattierten – eine gemeinsame Leidenschaft. Aber sobald er das Atelierfenster erreicht hatte, wurde Jones klar, daß irgend etwas nicht stimmte.

Der Raum war verwüstet, Bilder und Staffeleien waren umgestoßen, Farben und Pinsel lagen auf dem Fußboden verstreut. Und er konnte die untere Hälfte von Bantocks Körper sehen, der unter einer Bank hervorragte. Jones stürzte durch die Küche hinein. Die Tür war wie üblich geschlossen, aber nicht verschlossen. Sobald er Bantocks Gesicht sah, wußte er, daß er tot war. Er war erwürgt worden. Später entdeckte die Polizei, daß er mit einem kurzen Stück Draht, wie man ihn zum Bilderaufhängen benutzt und der noch immer um seinen Hals lag, erdrosselt worden war. Jones wollte das Telefon in der Küche benutzen, aber es funktionierte nicht. Das Kabel war herausgerissen worden. Dann rannte er hinunter zum nächsten Haus, benachrichtigte von dort aus die Polizei und wartete, bis sie eintraf. Zuerst kam nur ein einzelner Polizist, George Allen vom Revier in Kington. Er befragte Jones, betrat dann Whistler's Cot, vergewisserte sich, daß Bantock tot war, und durchsuchte das übrige Haus, bevor er Hilfe herbeirief. Oben, in einem der beiden Schlafzimmer, fand Allen das zweite Opfer: eine Frau mittleren

Alters, nackt, mit dem Gesicht nach unten auf einem Bett und in der gleichen Art und Weise erdrosselt wie Bantock. Bei der anschließenden Untersuchung stellte sich heraus, daß sie vergewaltigt worden war. Es war Louise Paxton. Den Untersuchungen zufolge mußte die Tat zwischen neun und zehn Uhr in der vergangenen Nacht verübt worden sein, mit anderen Worten nicht mehr als zwei Stunden nach unserem Treffen auf Hergest Ridge.

Jetzt wurde die gesamte Mordkommission in Gang gesetzt unter Leitung von Oberinspektor Walter Gough von der West-Mercia-Kripo. Whistler's Cot wurde versiegelt. Tatortbeamte machten sich an die Arbeit und durchkämmten Haus und Garten auf der Suche nach Beweisen. Ein Pathologe vom Innenministerium, Dr. Brian Robinson von der Universität Birmingham, traf mit dem Hubschrauber ein, um die Leichen zu untersuchen. Die anderen Bewohner der Butterbur Lane wurden befragt. Eine Pressekonferenz wurde für den Nachmittag anberaumt. Und fieberhafte Anstrengungen wurden unternommen, um sich mit Freunden oder Angehörigen der toten Frau in Verbindung zu setzen.

Der Inhalt einer Handtasche, die im Haus gefunden wurde, und Computerauskünfte über die Anmeldung des weißen Mercedes legten nahe, daß es sich um Louise Paxton aus Holland Park in London handelte. Aber ihre nächsten Angehörigen erwiesen sich als schwer erreichbar, und erst am Freitagmorgen wurde ihr Name in der Zeitung genannt. Es sickerte durch, daß ihr Ehemann, Sir Keith Paxton, im Ausland war, und was ihre beiden Kinder betraf, so befand sich eine Tochter, Sarah, auf Urlaub in Schottland, während die andere, Rowena, sich auf dem Landsitz der Familie in Gloucestershire aufhielt. Rowena hatte die Leiche ihrer Mutter Mittwoch nacht identifiziert, aber Schwierigkeiten, sich mit Sir Keith und der anderen Tochter in Verbindung zu setzen, verzögerten die Veröffentlichung des Namens.

Die Feststellung der Identität von Louise Paxton vergrößerte das Medieninteresse an dem Fall und brachte ihn auf die Titelseite. Sir Keith war ein Gynäkologe, der im Laufe seines Lebens mehrere königliche Geburten vorgenommen hatte, als Belohnung in den Ritterstand erhoben worden war und jetzt in Räumlichkeiten mit Messingtafel in der Harley Street den unfruchtbaren Reichen beratend zur Seite stand. In seinem Namen wurde die Erklärung abgegeben, daß seine Frau eine Kennerin expressionistischer Kunst war. Sie besaß mehrere Bilder von Bantock, hatte versucht, Bantock zu überreden, ihr ein weiteres zu verkaufen, und war am 17. Juli nach Kington gefahren, nachdem sie eine Nachricht des Künstlers erhalten hatte, daß er jetzt bereit wäre, ihr Angebot für das Werk mit dem unheilverkündenden Titel *Schwarze Witwe* zu akzeptieren. In Kington kursierte verletzender Klatsch, der um den Zeitpunkt des Todes und Bantocks Ruf als Liebhaber kreiste, aber die Polizei war ebenso wie die Familie Paxton daran interessiert, ihn zu unterdrücken. Sie wiesen darauf hin, daß es einen gewissen Fehlerspielraum in Dr. Robinsons Einschätzung des Todeszeitpunktes gab. Der Pathologe war außerdem der Meinung, daß Bantock bis zu einer Stunde vor Lady Paxton gestorben sein könnte. Oberinspektor Gough stellte die Theorie auf, daß sie aus dem Grund, den ihr Ehemann genannt hatte, vorbeigekommen war und Bantocks Mörder überrascht hatte, von ihm gezwungen worden war, sich auszuziehen, dann vergewaltigt und schließlich erdrosselt wurde. Diese Umstände waren schrecklich genug, sogar für einen erfahrenen Beamten wie ihn, als daß man dem Schmerz der Familie böswilligen Tratsch hinzufügen mußte.

Völlig richtig. Aber ich hatte ihren ringlosen Finger gesehen. Ich hatte den Tonfall ihrer Stimme gehört. Woran auch immer sie auf Hergest Ridge gedacht hatte, es war bestimmt nicht der Kauf eines Ölgemäldes gewesen. Nicht, daß ihre Beweggründe irgendeine Rolle gespielt hätten, natürlich. Nur die Beweggründe ihres Mörders waren jetzt wichtig.

Und die Polizei schien nicht mehr weiterzuwissen. Am Haus gab es keine Anzeichen gewaltsamen Eindringens. Aber Jones und mehrere Nachbarn bestätigten, daß Bantock die Türen oft unverschlossen und die Fenster geöffnet ließ, wenn er fortging. Und nicht nur einer der Nachbarn war der Meinung, er hätte seinen Triumph am frühen Nachmittag des 17. Juli die Straße hinunterfahren und dann irgendwann zwischen sieben und acht Uhr an jenem Abend wieder zurückkommen hören. Er könnte leicht von einem Gelegenheitseinbrecher überfallen und erdrosselt worden sein. Und bevor der Mörder den Rückzug antreten konnte, war Lady Paxton eingetroffen. Der Zeitplan – wie ich besser als die meisten wußte – ergab einen Sinn.

Aber etwas anderes nicht. Welcher Einbrecher vergewaltigte und mordete? Warum war er nicht einfach über die Felder gelaufen, als er Bantocks Wagen gehört hatte? Und hatte er tatsächlich irgend etwas gestohlen? Die Polizei hielt sich in diesem Punkt sehr zurück und deutete an, daß es schwer festzustellen sei, weil Bantock allein und in ziemlichem Durcheinander lebte. Jedoch gaben sie zu, daß Lady Paxtons Kreditkarten und ihr Scheckbuch in ihrer Handtasche gefunden worden waren, zusammen mit mehr als hundert Pfund Bargeld. Das schien mir ein seltsames Versehen für einen Einbrecher zu sein.

Dann gab es noch die Frage, wie er gekommen und wieder gegangen war. Voraussichtlich zu Fuß, da niemand zur fraglichen Zeit ein Auto gehört hatte. Die Polizei glaubte, ein Auto in so einer engen Straße wäre zu riskant gewesen. Was sie nicht ausschlossen, war, daß er früher an jenem Tag vorbeigekommen war, um das Gelände auszuspionieren; vielleicht hatte er Whistler's Cot da als leichtes Ziel ausgemacht. Mehrere Bewohner der Butterbur Lane erwähnten fremde Autos, die sie gesehen hatten, aber es waren unterschiedliche Farben und Fabrikate zu unterschiedlichen Zeiten. Außerdem kamen und gingen sowieso ständig Leute, die ihre Hunde spazierenführten, und andere, die in Richtung Gemeindewiese liefen. Solche Beobachtungen bedeuteten gar nichts.

Und die Polizei schien absolut nichts in der Hand zu haben, womit sie weitermachen konnte. Außer der knappen Bekanntgabe einer Verhaftung in London. Bis dahin hatte sie gesagt, daß der Täter wahrscheinlich ein Einheimischer war. Nun, vielleicht war er nach der Tat nach London geflohen. Vielleicht war es seine Flucht, die Aufmerksamkeit erregt hatte. Ich hatte keine Möglichkeit, das herauszufinden.

Aber, Verhaftung oder nicht, ich konnte ihre Bitte um Informationen nicht ignorieren. Sie hatten mit bemerkenswert geringem Erfolg versucht, die letzten Unternehmungen der Toten zurückzuverfolgen. Jemand dachte, er hätte Bantock in Ludlow, zwanzig Meilen nordöstlich von Kington, am Nachmittag des 17. Juli gegen vier Uhr gesehen. Jemand anderes glaubte, er hätte ungefähr zur selben Zeit ein gewagtes Überholmanöver auf der Hereford Road zur Abergavenny Road veranstaltet, zwanzig Meilen *südlich* von Kington. Sie hatten vielleicht beide unrecht, aber sie konnten auf keinen Fall beide recht haben. Was Lady Paxton betraf, so hatte sie mit ihrer Tochter Rowena zu Hause in Coltswold zu Mittag gegessen und war gegen drei Uhr nachmittags nach Kington aufgebrochen. Sie hatte die Absicht, die *Schwarze Witwe*, wenn sie sie kaufte, einer alten Schulfreundin in Shropshire zu zeigen, die den gleichen Geschmack hatte wie sie. In diesem Fall wurde sie vor dem nächsten Tag nicht zurückerwartet. Die Tochter hatte angenommen, daß sie genau das getan hatte, so wie ihre Freundin angenommen hatte, daß sie nach Hause zurückgekehrt war.

Also waren die Aufenthaltsorte beider Verstorbenen zumindest ab Mitte des Nachmittags unklar. Zumindest für die Polizei. Aber ich wußte es besser. Ich wußte genau, wo eine von ihnen zwei Stunden vor ihrem geschätzten Todeszeitpunkt gewesen war. Je klarer mir diese Tatsache wurde, desto wichtiger, aber auch beunruhigender wurde, was ich wußte. Zuerst war ich aufgeregt, berauscht von der Einzigartigkeit der Information, die ich besaß. Dann begann ich mir Sorgen zu machen. Würde man mir glauben? Würde ich, Gott bewahre, *verdächtigt* werden? Irgendwo in meinem Hinterkopf haftete ein altes Sprichwort, daß die letzte Person, von der man weiß, daß sie ein Mordopfer lebend gesehen hat, die erste Person ist, die von der Polizei verdächtigt wird. Dann verscheuchte ich diese Idee als paranoiden Unsinn. Sie hatten ihren Mörder bereits. Und ich hatte ein Alibi. Der Wirt des Royal Oak in Gladestry würde mich nicht vergessen haben. Oder doch? Nun, auf jeden Fall war klar, daß er sich über meine Ankunftszeit ziemlich unbestimmt äußern würde, was nicht überzeugend wäre. Und nach allem, was ich wußte, könnte der Mann, den sie in London verhaftet hatten, inzwischen als unschuldig gelten. Aber dann wiederum, es würde Fingerabdrücke geben, oder nicht? Mehr als Fingerabdrücke, wenn es um Vergewaltigung ging. DNA-Analysen von Sperma und Blut bedeuteten, daß sie heutzutage eigentlich nicht den falschen Mann kriegen konnten. Oder doch?

Ich ging hinaus in den Garten und schaute hinauf zu den dichtbewaldeten Hügeln über Greenhayes, Sonne und Schatten enthüllten das Auf und Ab von Gipfel und Kamm zwischen den Bäumen, den Knochen von weißer Kreide zwischen dem Fleisch grüner Blätter. Ich erinnerte mich an Hergest Ridge und daran, wie die Welt in goldener Aussicht zu unseren Füßen ausgebreitet lag. Zwei Fremde. Ein flüchtiger Augenblick. Es bedeutete überhaupt nichts. Sie hatten ihren Mann. Warum die Angelegenheit komplizierter machen? Warum meine Person ins Spiel bringen? Weil es niemand anderen gab, natürlich. Niemand anderen, der wußte, wo sie gewesen war und was sie an jenem Abend gesagt hatte.

Ach ja. *Was sie gesagt hatte.* Wollte ich das wirklich preisgeben? Jedes Wort? Jeden Hinweis auf eine doppelte Bedeutung? Wollte ich ihr Vertrauen brechen? Sie vertraute mir als Fremdem. Vielleicht war es genau das, was ich auch bleiben sollte. Nein, nein. Das war ein besonderes Plädoyer. Das war der falsche logische Teil von mir, an dem ich mich festhalten wollte. Der andere Teil verweilte beim Schrecken ihres Todes. Entkleidet. Vergewaltigt. Erdrosselt. Was, ganz nüchtern betrachtet, konnte eigentlich noch schlimmer sein? Ich schüttelte den Kopf, erschüttert von meiner Unfähigkeit – meinem Widerwillen –, es mir vorzustellen. Und erschüttert auch von einer Erinnerung an einen kurzen Moment quälender Begierde. Meine. Mit ihr als deren Objekt. Es konnte nicht damit verglichen werden, was *er* ihr angetan hatte. Natürlich nicht. Aber so hatte es begonnen. Für ihn genauso wie für mich. Ein langer Weg, eine Welt, auseinander. Ja. Aber miteinander verbunden, so wie zwei entfernte Punkte auf einem Schaubild. Verbunden, wie schwach auch immer, durch irgendeinen winzigen Faden von Sympathie.

Langsam ging ich zurück ins Haus und schaute hinunter auf den Stapel von Zeitungen, ausgebreitet auf dem Küchentisch. Im Wohnzimmer lief der Fernseher, die Erkennungsmelodie einer australischen Seifenoper verklang rasch. Meine Mutter würde sich fragen, was ich eigentlich machte. Und ihre Neugier, erst einmal geweckt, war nicht zu stillen. Nur eine energische Demonstration von Normalität konnte sie wahrscheinlich in Schach halten. Also ging ich mit einem aufgesetzten Grinsen zu ihr ins Zimmer.

»Wo *bist* du bloß gewesen, Robin?« fragte sie, als sie sich bei Brillos warnendem Jaulen nach mir umschaute.

»Tut mir leid, ich war...«, eine Redewendung schoß mir durch den Sinn, »...in Gedanken.«

»Hast du denn nicht über alles Nötige auf deiner Wanderung

nachgedacht? Ich hatte gehofft, du hättest jetzt einen Entschluß gefaßt.«

»Mach dir keine Sorgen. Das habe ich.«

»Also *wirst* du in die Firma eintreten?«

»In die Firma?« Mein Stirnrunzeln mußte sie verblüfft haben. Im Augenblick erschien mir Timariot & Small, mit oder ohne meine Person, ein viel zu belangloses Thema, um darüber zu reden. »Nun ...« Ich zögerte, während ich mich damit quälte, mich zu erinnern, was ich beschlossen *hatte.* »Ja.«

»Oh, wie wundervoll.« Sie sprang auf und küßte mich. »Dein Vater hätte sich so darüber gefreut.«

»Wirklich?«

»Ich muß Larry anrufen. Er wird entzückt sein.« Sie eilte hinaus in den Flur und ließ mich abwesend in die Luft starrend zurück. Eigentlich sollte ich derjenige sein, der das Telefon benutzte. Aber um die Polizei anzurufen, nicht Onkel Larry. Ich lächelte reuevoll. Es würde schneller gehen, zur Polizeiwache nach Petersfield zu fahren, als darauf zu warten, daß meine Mutter auflegte. Trotzdem, wenigstens hatte sie mir –

Die Stimme des Nachrichtensprechers drang durch meine Gedanken. *»Die Polizei von West Mercia hat jetzt den Mann angeklagt, den sie seit gestern wegen der Morde an Louise Paxton und Oscar Bantock in Kington in Herefordshire festhält. Shaun Andrew Naylor, ein 28jähriger Elektriker aus Bermondsey, Süd-London, wird außerdem wegen Vergewaltigung von Lady Paxton angeklagt. Er wird morgen vormittag dem Friedensrichter von Worcester vorgeführt. Das war unser Gerichtsreporter aus den Midlands, David Murray.«*

Und da *war* David Murray, eine nachlässig gekleidete Person vor der Polizeiwache in Worcester, und artikulierte zum Schluß eines offensichtlich schlechten Tages überdeutlich die üblichen Plattheiten. Ich hörte kaum, was er sagte. Ein Name, ein Alter, ein Beruf und eine ungefähre Adresse. Das war alles, was wir erfuhren. Und alles, was wir erfahren würden, bis zur Verhandlung. Es sei denn, wir bemühten uns um eine Entschuldigung, natürlich. So wie ich es tat. Sie hatten ihn angeklagt. Sowohl wegen Vergewaltigung als auch wegen Mordes. Sie mußten all die nötigen Beweise haben. Sie brauchten mein unbedeutendes kleines Puzzlestück nicht. Ich würde lediglich ihre Zeit verschwenden, wenn ich ihnen davon erzählte. Oder etwa nicht?

Letztlich schien es vernünftig zu sein, das Problem zu überschlafen. Auf jeden Fall war es einfacher, als es meiner Mutter zu erklären. Aber der Schlaf spielte nicht mit. Mein erster müßiger Tag nach sechs Tagen auf den Beinen ließ mich bis weit nach Mitternacht wach und gedankenvoll bleiben. Ich lag im Bett und lauschte dem Ruf der Eulen und dem Bellen der Füchse, dem gedämpften Flattern der Fledermäuse und dem entfernten Huschen anderer Dinge, die ich nicht benennen konnte.

Schließlich erkannte ich, daß es nur eine richtige Möglichkeit gab. Es war eine Lösung, die mir auf elegante Weise ein Kreuzverhör durch meine Mutter ersparte, während sie ebenso elegant mein Gewissen beruhigte. Ich verließ das Bett so leise wie möglich, ging auf Zehenspitzen hinunter in den Flur, trug das Telefon ins Wohnzimmer, schloß die Tür über dem Telefonkabel und wählte die Nummer, die in der Zeitung für den Bereitschaftsdienst der Kripo von West Mercia angegeben war. Aber die einzige Antwort war eine Nachricht auf Band, die ich mit meiner eigenen erwiderte.

»Mein Name ist Robin Timariot. Ich bin gerade von einer Wandertour nach Offa's Dyke zurückgekommen und habe erst jetzt von den Morden in Kington gehört. Ich glaube, daß ich vermutlich Lady Paxton am frühen Abend des 17. Juli in der Nähe von Kington getroffen habe. Wenn ich irgendwie von Nutzen sein kann, dann rufen Sie mich bitte unter Petersfield 733984 an.«

Mit einem Gefühl der Erleichterung legte ich den Hörer auf.

Jetzt waren sie am Zug. Vielleicht würden sie gar nicht zurückrufen. Vielleicht würden sie nicht einmal meine Nachricht abhören. Dann könnte ich zumindest sagen, ich hätte meine Pflicht getan. Wenn sie es vorzogen, ihre zu vernachlässigen, konnte man mir nicht die Schuld geben. Das redete ich mir jedenfalls ein, als ich nach oben ins Bett schlich.

Onkel Larrys Reaktion auf meine Entscheidung, die Stellung als Chef der Produktion bei Timariot & Small anzunehmen, war, am folgenden Morgen ein informelles Treffen des Vorstandes einzuberufen. Nur die Geschäftsführer waren eingeladen, was sowohl Bella als auch meine Mutter ausschloß. Zwar hatte Bella Hughs zwanzig Prozent der Aktienanteile geerbt, aber bis jetzt gab es keinerlei Anzeichen dafür, daß sie irgendeinen Einfluß ausüben wollte. Sie hatte meiner Einstellung jene Art verächtlichen Segen gegeben, den Leichtgläubigere als ich als emotionslose Zustimmung einer trauernden Witwe empfunden hätten. Aber ich wußte, daß eine Spur Verachtung dahintersteckte.

Das Treffen war für elf Uhr angesetzt. Entschlossen, so zu beginnen, wie ich weitermachen wollte, war ich um halb zehn in der Fabrik und schmeichelte mich bei den Angestellten und Sekretärinnen ein. Dann machte ich mit Reg Chignell einen Gang durch die Werkstätten, atmete die leimgetränkte Luft ein, schüttelte den Herstellern die Hand und lauschte ihren Worten des vorsichtigen Willkommens. Ethel Langton, der Schlägergriffe wickelte, seit Grace ein Junge gewesen war, erinnerte mich an ein paar Unannehmlichkeiten, in die ich als Hilfsarbeiter während meiner Studentenzeit geraten war. Und Barry Noakes, der menschenfeindliche Lagerverwalter, erklärte mir, warum die Kricketschlägerindustrie unweigerlich vor die Hunde gehen würde, bevor er das Rentenalter erreicht hätte. Ich bemühte mich, all das nicht übelzunehmen, und fand dies überraschenderweise sehr leicht. Nach zwölf Jahren im sogenannten

Zentrum Europas war ich darauf erpicht, mich in eine Welt zu stürzen, wo Menschen, Gewinne und Produkte in einer offensichtlichen und handfesten Verbindung miteinander standen. Ob ländlich oder nicht, Timariot & Small war plötzlich genau das, was ich wollte. Oft genug hatte ich auf Abendgesellschaften in Brüssel, wenn zu vorgerückter Stunde die Stimmung nostalgisch wurde, darüber gesprochen, wie sehr ich die Kultur, die Sprache und die Landschaft meiner Heimat vermißte. Es war eine schlichte und unverdeckte Rührseligkeit, die von vielen in der Auslandsgemeinde geteilt wurde. Aber als ich in dem Hof zwischen baufälligen Hallen und zusammengeflickten Nissenhütten stand, die mein neues und keineswegs glänzendes Reich umfaßten, wurde mir klar, was ich tatsächlich all die Zeit vermißt hatte. Einfach einen Ort, wohin ich gehörte. Und das war er, in guten wie in schlechten Tagen.

Das Bürogebäude war eine moderne Konstruktion aus Backsteinen und Glas ohne besondere Merkmale. Aber der Sitzungssaal bewahrte dank gedämpftem Licht, holzgetäfelten Wänden, goldgerahmten Fotografien des Personals, die in Abständen von zwanzig Jahren aufgenommen worden waren, und einem Porträt von Joseph Timariot mit Koteletten und Zylinder eine beruhigende Atmosphäre von Tradition.

Ich traf ein paar Minuten zu spät ein, da ich mich in der sandigen Halle von einem der weitschweifigen Monologe Dick Turners hatte aufhalten lassen. Onkel Larry hatte bereits den Platz des Vorsitzenden eingenommen. Er hatte sich einverstanden erklärt, diese Aufgabe wahrzunehmen, bis ich – oder wer auch immer von ihnen ausgewählt worden wäre, wenn ich die Stellung abgelehnt hätte – meinen Posten eingenommen hatte. Als ich seinen Adlerblick und sein Lächeln einfing, wobei sich seine Grübchen zeigten, wünschte ich für einen Augenblick, er könnte Vorsitzender bleiben. Er wurde langsam ein wenig zitterig, das war richtig, aber es gab viele Dinge, die schlimmer waren als Altersschwäche. Sein Verstand war noch immer messerscharf. Und mit ihm im Vorsitz hätten wir zumindest vorgeben können, loyale Geschwister zu sein.

Mein Bruder Adrian, designierter Vorstandsvorsitzender, saß zu Onkel Larrys rechter Seite. Jedesmal, wenn ich ihn sah, wirkte er noch gepflegter und schlanker, ein Tribut an die Verdienste von Vaterschaft, Fitneß und alkoholfreiem Bier. Nach den nicht sehr vielversprechenden Anfängen hatte er sich zu der perfekten Imitation eines flott gekleideten Geschäftsmannes gewandelt. Ich konnte nicht umhin, zu bewundern, was aus dem mürrischen Kind geworden war, mit dem ich aufgewachsen war. Er war genau das geworden, was er gewollt hatte. Das Haupt des Familienunternehmens. Und, durch seinen letzten Schachzug, mein Chef. Was, wenn ich länger darüber hätte nachdenken wollen, ein beunruhigendes Licht auf seinen Eifer warf, mich anzuwerben.

Jennifer, die ihm gegenüber saß, schien im Gegensatz dazu mit den Jahren immer weniger ehrgeizig zu werden. Nach Hughs Tod war sie mit Fünfundvierzig die älteste von uns. Dank ihrer modischen Kleidung und eines jungenhaften Haarschnitts sah sie jünger aus, aber ihr schelmischer Humor kam weniger zum Ausdruck als früher. Eine gewisse Ernsthaftigkeit – ein Konservatismus, der sie früher entsetzt hätte – schien sich ihrer zu bemächtigen. Ich hatte ihre bewegte Jugend nicht vergessen. Ihr exotischer Geschmack bei Kleidern und Freunden, der eine besondere Faszination erhielt durch undurchsichtige Verwicklungen mit der Drogenszene, war für mich als Teenager eine Quelle von Verwunderung gewesen. Aber wenn ich irgend etwas davon jetzt erwähnen würde, würde sie vermutlich behaupten, ich hätte das alles nur erfunden. Und wenn ich das vorsichtige Lächeln sah, das über ihr Gesicht huschte, hätte ich es wahrscheinlich sogar noch geglaubt.

Simon jedoch, der neben ihr saß, war sich selbst treu geblieben, wenn auch sonst nichts anderem. Als er in der vorletzten Klasse von Churcher's war, dem örtlichen Gymnasium, kam ich dort in die erste Klasse. Während der folgenden beiden Jahre wurde er der Schule verwiesen, wieder aufgenommen und wieder rausgeschmissen, indem er bewies, daß er der Unruhestifter war, für den ihn jeder hielt, ehe er im Oktober 1967 kurzfristige Berühmtheit als erster Fahrer in Hampshire erlangte, der einen Alkoholtest machen mußte. All diese rebellische Verantwortungslosigkeit sollte eigentlich der Vergangenheit angehören, als er die respektgebietende Joan Henderson heiratete, aber bald schon folgte die Scheidung, allerdings erst nach der Geburt einer Tochter, Laura. Sie war für eine kostspielige Erziehung bestimmt, und Joan widmete sich von früh bis spät der Aufgabe, sicherzustellen, daß Simon einen gerechten Beitrag zu den Kosten leistete. Wenn man ihn hörte, war dies natürlich *ungerecht.* Und sicherlich eine Belastung für seine natürliche Überschwenglichkeit in den vergangenen siebzehn Jahren. Auch der Alkohol hatte bei ihm in der letzten Zeit Wirkung gezeigt, und seine früher ansehnlichen Gesichtszüge hatten eine verräterische Röte angenommen. Aber trotz allem war er der erste, der mir die Hand schüttelte.

»Willkommen zurück in der Irrenanstalt, Rob«, sagte er mit einem verschwörerischen Zwinkern.

Komischerweise fühlte ich mich willkommen. Ich spürte, daß eine allgemeine Übereinstimmung herrschte, daß es gut war, mich dabeizuhaben. Hughs Tod hatte jeden von uns in unterschiedlicher Art und Weise berührt, aber im Augenblick schweißte er uns zusammen. Die Wirkung war natürlich nur vorübergehend. Das mußte so sein. Der Tod eines engen Freundes oder Verwandten erinnert uns an die Kürze des Lebens und an die Absurdität jeder Art von Konflikt und Boshaftigkeit. Aber da wir Menschen sind, vergessen wir das nur allzu schnell wieder. Jene von uns, die um den Tisch versammelt waren, hatten es noch nicht vergessen. Aber in absehbarer Zeit würden wir es tun.

Wir sprachen darüber, welches Büro ich haben sollte, welche Sekretärin, welche Art von Auto sich der Betrieb leisten konnte, wann ich anfangen konnte. Alles war absolut harmlos. Ich konnte sehen, wie sich auf Onkel Larrys Gesicht langsam Zufriedenheit ausbreitete. Und ich konnte die Anfänge davon in mir selbst fühlen. Das war das richtige. Für sie genauso wie für mich.

Gegen Mittag brachen wir die Sitzung mit der Übereinkunft ab, daß ich bei der nächsten Produktionssitzung am Donnerstag dabeisein und anschließend mit Adrian detaillierter über meine Aufgaben sprechen sollte. Ich sagte ihnen, daß ich meinen Rücktritt bei der EG-Kommission einreichen würde, sobald ich wieder in Brüssel wäre. Ich hoffte, eine frühzeitige Entlassung aushandeln zu können, würde aber spätestens im November bei ihnen sein. Alles klang absolut aufrichtig. Und zum erstenmal, seit ich in der Zeitung meiner Mutter Louise Paxtons Gesicht gesehen hatte, vergaß ich Hergest Ridge und die Morde in Whistler's Cot.

Aber das war mir nicht für lange Zeit vergönnt. Simon holte mich im Flur ein und lud mich zu einem frühen Mittagessen ein, womit er ein zweistündiges Besäufnis in seiner bevorzugten Lieblingskneipe, dem Old Drum in der Chapel Street, meinte. Normalerweise hätte ich mich gedrückt, da ich weder seine Vorliebe für Nachmittage mit dickem Kopf teilte, noch seine Schmähreden gegen Joan mir zusagten, mit denen er für gewöhnlich begann, wenn er ein paar Gläser intus hatte. Aber wir schwelgten beide in der verloren geglaubten Brüderroutine, und es gab nichts in Greenhayes, was auf mich wartete. Also überließ ich ihm die Führung.

Nur um von seinem heiseren Flüstern überfallen zu werden, noch bevor ich den ersten Schluck meines Burton-Bieres genommen hatte: »Ganz schöner Zufall, daß du in Kington warst, als diese Morde verübt wurden.«

Ich versuchte, es mit einem Lachen abzutun. »Habe ich eine Chance für ein Alibi?«

»Ernsthaft, hast du irgendwas gesehen?«

Das war unangenehm. Wenn die Polizei nicht auf meine Nachricht einging, dann wollte ich nicht publik machen, was ich wußte. Aber wenn sie sich mit mir in Verbindung setzte, dann würde Simon mich an jede abschlägige Antwort erinnern, die ich jetzt von mir gab. Ich machte Ausflüchte. »Woran denkst du?«

»Ich weiß nicht. Die örtliche Polizei, die mit dem Mob kämpft. Aufblitzende Blaulichter. Dieses fluoreszierende rotweiße Band, das sie überall ausspannen. Oh, und ein Hubschrauber. Habe ich nicht irgendwas über einen Hubschrauber gelesen?«

»Falscher Tag, Sime. Ich befand mich auf dem Weg nach Süden und hatte von nichts eine Ahnung.«

»Du hast nichts davon gewußt?«

»Nicht, bis ich gestern nachmittag nach Greenhayes zurückkehrte.«

Er schnaubte enttäuscht. »Damit zerplatzt meine Hoffnung auf ein paar blutrünstige Einzelheiten.«

»Die würdest du doch nicht wirklich wollen, oder?«

»Vielleicht.«

»Tut mir leid, daß ich dir nicht dienen kann.«

»Oh, das ist keine Überraschung. Du gehörst zu den Typen, die im November 63 auf Urlaub in Texas waren und Dallas einen Tag, *bevor* Kennedy erschossen wurde, verlassen haben.«

Ich zuckte die Schultern. »Keiner von uns kann die Zukunft vorhersagen.«

»Nein, Gott sei Dank nicht. Andernfalls hätte ich mich an dem Tag umgebracht, als ich Joan das erste Mal traf.«

»Das meinst du doch nicht wirklich.«

»Glaubst du?«

Ich lehnte mich zurück, schaute ihn an und unvermittelt kam mir in den Sinn, zu testen, für wie durchschaubar er mich hielt. »Was würdest du sagen, Sime, wenn ich dir erzählte, daß ich die Frau, die ermordet wurde – Lady Paxton –, an dem Tag, an dem ich dort war, am 17. Juli, in Kington getroffen habe? Was würdest du sagen, wenn ich dir erzählte, daß sie mir angeboten hat, mich ins nächste Dorf mitzunehmen, und ich ablehnte?«

»Ich würde sagen, du wärst total meschugge. Angeblich hat sie einen nagelneuen Mercedes SL gefahren. Niemand würde es ablehnen, da mitzufahren.«

»Es *war* ein schönes Auto.«

Er runzelte die Stirn. »Du nimmst mich auf den Arm.«

»Nein. Es ist die Wahrheit. Ich habe sie auf dem Foto im *Sunday Telegraph* erkannt.«

»Ach du Scheiße.«

»Was soll ich tun? Es der Polizei erzählen?«

Seine Antwort kam schnell und instinktiv. »Nein, auf keinen Fall.«

»Warum nicht?«

»Weil du nicht weißt, worauf du dich da einlassen würdest. *Hast* du denn ein Alibi?«

»Ich brauche keines. Ich bin nicht einmal ein Zeuge.«

»Wir brauchen alle Alibis, alter Junge. Zu jeder Zeit.« Er lehnte sich über den Tisch und senkte die Stimme. »Du wirst zugeben, daß ich nie derjenige gewesen bin, der brüderliche Ratschläge erteilt hat?«

»Stimmt.«

»Nun, jetzt werde ich damit anfangen. Wenn du es vermeiden kannst, in etwas wie das verwickelt zu werden, dann vermeide es. Wie die Pest. Du weißt nie, wie es enden wird.«

»Und wenn ich es nicht vermeiden kann?«

»Dann sag nicht, du wärst nicht gewarnt worden.«

Simons Vorstellung vom verantwortungsbewußten Bürger hatte sich nie mit meiner gedeckt. Ich nahm seine Warnung nicht ernst. Trotzdem hatte ich bereits entschieden, daß es mir nicht leid tun würde, wenn ich keine Antwort auf meine Nachricht erhielte. Ich machte mir keine Sorgen um vorhandene oder nicht vorhandene Alibis. Aber ich hatte den Verdacht, daß ich das wenige, das ich wußte, am besten vergaß. Ich hätte nicht so recht erklären können, warum, aber irgend etwas bei meinem Zusammentreffen mit Louise Paxton war bereits unwirklich geworden, beunruhigend schwer definierbar. Ich hatte von ihr bei verschiedenen Gelegenheiten geträumt, ohne daß ich in der Lage gewesen wäre, mich zu erinnern, was ich geträumt hatte. Und vielleicht war das ganz gut so. Die Träume hatten begonnen, ehe ich von ihrem Tod wußte. Aber nicht vor Eintreten ihres Todes. Mein Verstand hatte angefangen, nach jemandem zu suchen, der nicht mehr gefunden werden konnte. Und ich wollte, daß es aufhörte. Aber ich hatte bereits auf die Möglichkeit verzichtet, dem Ganzen ein Ende zu bereiten. Als ich an jenem Nachmittag nach Greenhayes kam, hatte meine Mutter eine Nachricht für mich.

»Was hat das alles zu bedeuten, Robin? Die Polizei hat mich angerufen. Ein Detective Sergeant Joyce. Aus Worcester. Er will, daß du ihn zurückrufst. Dringend.«

3. Kapitel

Detective Sergeant David Joyce von der Kripo von West Mercia traf am folgenden Morgen um elf Uhr ein. Er war schick gekleidet, sprach ein gewähltes Englisch und hatte das Aussehen eines Chorknaben, was ihn noch jünger wirken ließ, als er wahrscheinlich war. Meiner Mutter hatte er es sofort und auf irritierende Weise angetan, und sie traktierte ihn mit Kaffee und Kuchen, als ob er der neue Vikar wäre, der seinen Höflichkeitsbesuch abstattete. Schließlich ließ sie uns im Wohnzimmer allein.

Ich hatte eine schlaflose Nacht damit verbracht, mich darauf vorzubereiten, was ich sagen würde. Als es jedoch zum Treffen kam, war ich in Versuchung, ebenso offen wie sachlich zu sein. Warum sollte ich ihm nicht von Louise Paxtons elliptischen Bemerkungen erzählen, von ihren rätselhaften Blicken auf den Horizont, ihren Andeutungen in Worten und Gesten, daß sie im Begriff war, einen bedeutsamen Schritt in ihrem Leben zu vollziehen? Ich vermute, weil ich nicht dafür verantwortlich sein wollte, diese Steine in den Teich zu werfen. Weil ich nicht mit anderen teilen mochte, was sie für mich so einzigartig machte: Verständnis ohne Verstehen. Dementsprechend blieb ich bei einer einfachen Darstellung der Ereignisse. Wir hatten uns auf Hergest Ridge getroffen. Wir hatten ein paar Bemerkungen über das Wetter und die Landschaft ausgetauscht. Sie hatte mir angeboten, mich nach Gladestry mitzunehmen, was ich ablehnte. Und dann hatten wir uns getrennt. Eine kurze und unbedeutende Begegnung, die ich vollständig vergessen hatte, bis ich ihr Bild in der Zeitung sah.

»Und die Zeit, Sir? Sie sagten am Telefon, Sie könnten genaue Angaben über die Zeit machen.«

»Als wir uns trennten, war es Viertel vor acht.«

»Sie sind sich sicher?«

»Vollkommen.«

»Es könnte nicht später gewesen sein?«

»Nein. Ich schaute auf meine Uhr, als sie ging.«

Um diesen Punkt schien er sich Sorgen zu machen, schien beinahe beunruhigt zu sein. Aber er würde mir nicht sagen, ob es für die Beweise von Belang war, die sie gegen Shaun Naylor zusammengetragen hatten, den ich in der vergangenen Nacht in den Fernsehnachrichten gesehen hatte, wie er in eine Decke gehüllt aus dem Gericht in Worcester geeilt war. Es war jedoch ganz klar, daß die Zeit und die Umstände unseres Abschieds Joyce mehr als nur ein bißchen interessierten.

»Dieses Angebot, Sie mitzunehmen, Sir. Warum, denken Sie, hat sie Ihnen das wohl gemacht?«

»Die Sonne ging gerade unter, und ich sah vermutlich ziemlich müde aus. Es war ein heißer Tag gewesen . . .«

»Also nichts weiter als eine nette Geste?«

»Ja.«

»Aber Gladestry lag nicht gerade auf ihrem Weg, wenn sie nach Whistler's Cot wollte.«

»Ich wußte nicht, wohin sie wollte.«

»Richtig, Sir. Natürlich nicht. Aber sagen Sie mir, warum haben Sie ihr Angebot abgelehnt?«

»Sinn und Zweck einer Wandertour über eine große Entfernung ist, die ganze Strecke zu laufen und nicht zwei Meilen abzuziehen.«

»Da stimme ich Ihnen zu, Sir. Vor ein paar Jahren habe ich es selbst gemacht. Offa's Dyke, meine ich. Die ganze Strecke. Von Chepstow bis Prestatyn.«

»Meine Glückwünsche.«

»Aber Sie haben nur die südliche Hälfte gemacht, nicht wahr? Also hat es eigentlich nichts mit Vollständigkeit zu tun, oder?«

Ich schaute ihn ruhig an. Was hatte er vor? »Ich hoffe, nächstes Jahr den nördlichen Teil machen zu können.«

»Oh, ich verstehe. Richtig. Und Sie würden nicht wollen, daß Sie zurück nach Hergest Ridge gehen müssen.«

»Nein. Würde ich nicht.«

»Das war also der einzige Grund, warum Sie das Angebot ausschlugen?«

»Welchen anderen Grund könnte es geben?«

»Oh, ich weiß nicht. Vielleicht hatten Sie sich entschlossen, auf Nummer Sicher zu gehen. Ich meine, falls Sie dachten, sie würde Ihnen ein bißchen mehr anbieten als eine Mitnahme im Auto. Falls Sie beide sich ... mißverstanden hätten.«

Ich fühlte bei seinen Andeutungen eine Woge von Ärger in mir aufsteigen. Aber ich war entschlossen, dies nicht zu zeigen. »Zu keinem Zeitpunkt hatte ich Anlaß anzunehmen – oder auch nur einen Grund für die Annahme –, daß Lady Paxton versuchte, mich aufzureißen.«

»Nein, Sir. Natürlich nicht.«

»Unter diesen Umständen erscheint allein schon die Idee wirklich widerlich.«

»Oh, ich bin ganz Ihrer Meinung, Sir. Aber wir müssen uns bei so einem Fall auch mit abstoßenden Gedanken auseinandersetzen. Und sei es auch nur, um sich darauf einzustellen, was sich die Verteidigung ausdenken wird. Sie kann nämlich sehr erfinderisch sein, wissen Sie.«

»Dieser Naylor streitet alles ab?«

»In gewisser Weise ja, Sir. Aber ich kann diese Angelegenheit wirklich nicht mit Ihnen diskutieren. Wahrscheinlich habe ich schon viel zuviel von Ihrer Zeit in Anspruch genommen. Wenn ich die entsprechenden Vorbereitungen treffe, könnten Sie dann auf der Wache in Petersfield vorbeikommen, vielleicht heute nachmittag, und eine offizielle Aussage über das machen, was Sie mir gerade erzählt haben?«

»Ja. Gewiß.«

»Gut. Und die Zeit, Sir. Viertel vor acht. Das könnten Sie beschwören?«

»Könnte ich. Und würde ich, wenn es notwendig wäre.«

»Vielen Dank, Sir. Das ist genau das, was ich hören wollte.«

An diesem Nachmittag fuhr ich nach Petersfield, um meine Aussage zu Protokoll zu geben und zu unterzeichnen. Meine Mutter hatte sogar noch mehr Fragen an mich als Sergeant Joyce, und mir war jede Gelegenheit recht, allein zu sein. Es war nicht nur, daß ich Angst hatte, etwas auszuplaudern. Tatsache war, daß mein Leben in Brüssel immer einsamer geworden war und daß ich mich daran gewöhnt hatte, es zu genießen. Seit einer katastrophalen Affäre mit einer italienischen *stagiaire* hatte ich bewußt Intimitäten vermieden. Meine Junggesellenwohnung in der Rue Pascale war zu einer Zuflucht geworden, die ich, wie mir erst jetzt klarwurde, zu vermissen begann. Besonders, wenn sich die Hoffnungen meiner Mutter, daß ich mit ihr in Greenhayes leben würde, erfüllten. Was ich fest entschlossen war zu verhindern.

Ich war fast eine Stunde auf der Polizeiwache. Die Aussage, die ich unterschrieb, war ebenso genau und uninformativ wie der Bericht, den ich Joyce gegeben hatte. Zu dieser Zeit schien dies meine Gewissensbisse zu beruhigen, wenn auch nicht vollständig.

Ich kann mich nicht daran erinnern, was ich vorhatte, als ich die Wache verließ. Vielleicht hatte ich mich noch nicht entschieden, als ich den Gehsteig erreicht hatte. Falls nicht, dann wurde mir die Entscheidung schon bald abgenommen. Eine Autohupe ertönte, und als ich mich umdrehte, sah ich meine Schwägerin Bella, die hinter dem Steuer ihres BMW-Cabrios saß und mich anlächelte, als der Wagen neben mir zum Stehen kam. »Spring rein«, sagte sie. Ich folgte gehorsam.

Als ich den Sicherheitsgurt anlegte, beschleunigte sie bereits wieder und raste die Straße hinunter. Bella bog auf die Hauptstraße ein und fuhr in südlicher Richtung aus der Stadt heraus. Die mittleren Jahre und der Trauerfall hatten ihre Begeisterung für Geschwindigkeit und Glanz nicht geschwächt; ganz im Gegenteil. Sie war dem Leben schon immer überlegen gewesen. Und nicht nur im metaphorischen Sinn. Groß, rothaarig und gebaut wie ein olympischer Skichampion gehörte sie niemals in die Kategorie dessen, was man schön nennen würde. Ihr Kiefer und ihre Nase waren zu vorstehend, ihre Schultern zu breit. Was sie besaß, war ein eindrucksvolles, fast schon einschüchterndes Auftreten. Die Art und Weise, wie sie aß und trank, wie sie ging und sprach, waren Teil einer physischen Botschaft, die jetzt nur leicht gedämpft war, da der Kupferglanz ihres Haares aus der Tube stammte und die festen Oberschenkel den hingebungsvollen Stunden auf einem Übungsfahrrad zu verdanken waren. Ich wußte, warum Hugh sich in sie verliebt hatte. Ich wußte es nur zu gut. Ich verstand genau, was Männer zu ihr hinzog, früher in Scharen, aber auch später noch in imponierender Zahl. Sie hatte Sex-Appeal, der stärker wirkte als jedes Parfüm. Wenn man sie traf, war es stets schwierig, sich nicht den Akt vorzustellen – oder sich daran zu erinnern –, an dem sie soviel Spaß hatte. Manchmal fragte ich mich, wann ihre Ausstrahlung wohl verblassen würde, diese Macht, gegen die sie machtlos war. Und die einzige Antwort, die ich darauf fand, war: jetzt noch nicht.

»Wolltest du nach Brüssel zurückkehren, ohne mich zu sehen, Robin? Das wäre aber nicht sehr nett gewesen, findest du nicht?«

»Ich bin dir nicht aus dem Weg gegangen, Bella. Aber ... der Zeitdruck ...«

»Und der Druck der polizeilichen Nachforschungen? Hilda hat mir alles darüber erzählt. Deshalb wußte ich auch, wo du warst.«

»Dann ist dies wohl kein Zufallstreffen?«

»So etwas gibt es doch überhaupt nicht, oder?«

Ich konnte nicht vermeiden, an Hergest Ridge zu denken, als ich antwortete: »Da bin ich nicht so sicher.«

»Ich habe gehofft, du würdest mit mir was trinken gehen. Es ist ein wunderschöner Abend. Der sonnige Garten irgendeines Landgasthofes mit einer ungebundenen Dame als Begleitung. Was könntest du mehr wollen?«

Ein anständiges Gespür für Trauer, war ich versucht vorzuschlagen. Aber was würde das für einen Zweck haben? Bella hatte aus ihrer Gleichgültigkeit Hugh gegenüber nie einen Hehl gemacht. Um ehrlich zu sein, hatte sie aus nicht sehr viel einen Hehl gemacht. Abgesehen von ihren wahren Gefühlen. Für mich. Und meine Geschlechtsgenossen.

»Schockiert, daß du mich nicht in Tränen und Trauerkleidung vorfindest, Robin?«

»Nein. Nicht schockiert.«

»Aber enttäuscht.«

»Nein. Nicht einmal das.«

»Dann wirst du mitkommen?«

»Habe ich denn eine Wahl?«

»O ja. Wir haben alle eine Wahl. Und nach dem, was ich höre, hast du in letzter Zeit ein paar ziemlich seltsame getroffen.«

Wir machten beim Red Lion in Chalton halt und saßen mit unseren Getränken im Garten. Die Sonne schien noch immer heiß, irgendwie unnatürlich, wie schon die ganze Woche über, der Himmel war wolkenlos, die Luft trocken. Hinter uns strich eine sanfte Brise in langsamen blauen Wellen über ein Feld mit Leinsamen. Ich spürte etwas Unwirkliches am Rand meines Sehfeldes, bedeutend nahe, aber außerhalb meiner Reichweite. Als ob Symbole wären in allem, was ich sah und sagte, aber ich konnte den Schlüssel nicht finden, um sie zu entziffern.

Bella schloß die Augen und legte den Kopf zurück, sich in der Sonne aalend. Ihre weiße Hemdbluse war in der Taille geknotet und entblößte einen Zentimeter oder etwas mehr ihrer wohlgebräunten Haut über ihrer hellblauen Jeans. Die Armreifen an ihrem Handgelenk funkelten und klirrten, als sie ihren Arm auf den Tisch senkte. Dann bemerkte ich es: Auch sie hatte ihren Ehering abgezogen. Aber die Bräune hatte die Spur zugedeckt. Sie mußte ihn schon bald nach dem Begräbnis abgelegt haben. Oder vielleicht auch nicht so bald. Es würde bei diesem starken Sonnenschein nur ungefähr einen Tag gedauert haben, um alle Spuren auszulöschen. In diesem Fall –

»Ich bin nicht mehr verheiratet«, sagte sie plötzlich. Ihre Augen waren geöffnet und auf mich gerichtet. »Warum die Amtskette tragen?«

»Ich würde sagen, aus Rücksicht.«

»Ach so, aber ich war nie rücksichtsvoll, stimmt's?«

»Nicht besonders. Aber rücksichtsvoll genug, um ihn zu tragen, solange Hugh am Leben war.«

»Ich halte nichts davon, Menschen mit der Nase auf etwas zu stoßen. Und du auch nicht, wie ich mich erinnere.« Sie fuhr mit einer Fingerspitze über den feuchten Beschlag an der Außenseite ihres Glases. »Erzähl mir von Lady Paxton.«

»Da gibt es nichts zu erzählen.«

»Lügner.«

Ich konnte mir ein Lächeln nicht verkneifen, als ich an meinem Bier nippte. Es war gut zu wissen, daß es etwas gab, was sie nicht wußte, da es so oft genau andersherum gewesen war.

»Du hast mir noch nicht zu meinem Direktorenposten gratuliert«, sagte ich, indem ich das Thema, wie ich glaubte, geschickt wechselte.

»Glückwünsche sind nicht angebracht, Robin. Du machst einen großen Fehler.«

»Glaubst du?«

»Eine winzige altmodische Firma, die Kricketschläger herstellt? Sie hat doch keine Zukunft. In zwanzig Jahren werden alle

Kinder Baseball spielen. Und Timariot & Small wird Geschichte sein.«

»Vielleicht geht es der Europäischen Gemeinschaft genauso.«

»Das weißt du besser.«

Ich zuckte die Schultern. »Wir werden sehen. In der Zwischenzeit schreibe ich Geschichte.«

»Und kehrst zurück nach Petersfield. Ich habe anderes von dir erwartet, wirklich. Hilda sagt, du wirst zu ihr nach Greenhayes ziehen.«

»Ein frommer Wunsch.«

»Wo *willst* du dann leben?«

»Ich weiß es nicht.«

»In Hurdles gibt es mehr als genug Platz.« Das konnte ich guten Gewissens glauben. Hurdles war das liebevoll überdimensionierte Haus, das Hugh in seinem ersten Anfall besitzergreifender Leidenschaft für Bella in Hinthead gebaut hatte. »Ich fühle mich in diesen Tagen dort ziemlich einsam. Ich glaube, ich vermisse Hugh. Ich meine, den Gedanken, daß er dort wohnt. Das Kommen und Gehen. Ich habe sogar daran gedacht, einen Untermieter aufzunehmen. Nur zur Gesellschaft. Vielleicht . . .«

»Ich glaube nicht, du etwa?«

»Nein.« Sie betrachtete mich mit einem vernichtenden Blick. »Vielleicht lieber nicht.« Sie zog eine Zigarette heraus und zündete sie an, dann bot sie mir auch eine an. Ich schüttelte den Kopf.

»Du meine Güte, wir werden asketisch, was?«

»Ich kümmere mich nur um meine Gesundheit.«

»Schön zu hören. Ist es *das*, worum es bei Offa's Dyke ging?«

»Teilweise.«

»Aber du hast mehr bekommen, als du erwartet hast, nicht wahr?«

»Habe ich das?«

»Nun, weil du in diese Morde verwickelt wurdest.«

»Ich bin nicht darin verwickelt. Ich habe einfach nur ... eines der Opfer getroffen.«

»Laut Hilda warst du der letzte, der sie gesehen hat. Abgesehen vom Mörder.«

»Offenbar.«

Sie strich sich nachdenklich über den Nacken. »Was meinst du, war es wirklich Vergewaltigung? Oder einfach nur ein Spaß, der außer Kontrolle geraten ist? Das kann bei Sex passieren, nicht? Manchmal.«

»Es war Vergewaltigung. Die Frau, die ich getroffen habe, würde niemals ...« Ich zog eine Grimasse, als mir bewußt wurde, wie geschickt sie mich aus der Reserve gelockt hatte.

»Also *gibt* es doch etwas zu erzählen.«

»Nein. Überhaupt nichts.«

»Der Ort, wo es geschehen ist. Whistler's ... Whistler's ...« Ihr Handgelenk beschrieb ein paar klirrende Kreise in der Luft.

»Cot.« Noch eine Grimasse.

»Hast du es gesehen, als du in Kington warst?«

»Nein, Bella. Habe ich nicht.«

Sie nickte und nahm nachdenklich einen Schluck von ihrem Gespritzten. Dann lächelte sie verschmitzt. »Wolltest du?«

»Was meinst du?«

»Nun, du mußt doch interessiert gewesen sein. Nur ein bißchen. Ich wette, wenn du deinen Wagen dabeihättest, würdest du dort hinauffahren und einen Blick riskieren, bevor du nach Brüssel zurückkehrst. Eine zu gute Gelegenheit, um sie zu verpassen. Aber du hast es nicht gemacht, oder? Nun, vielleicht könnte ich dich mitnehmen. Mit dir zusammen dorthin fahren, um es so auszudrücken. Um meine Neugier ebenso zu befriedigen wie deine.«

Angesichts ihrer Unverfrorenheit konnte ich ein leises Lachen nicht unterdrücken. »Nein. Ganz bestimmt nicht.«

»Morgen?«

»Nein.«

»Übermorgen?«

»Nein.«

»Denk darüber nach.«

»Werde ich nicht.«

»Und ob.« Sie ließ ein rauhes Lachen hören. »Ich weiß es.«

Mein Treffen mit Adrian am nächsten Morgen verlief so gut, wie ich gehofft hatte. Er ließ keinen Zweifel daran, daß von mir erwartet wurde, daß ich meinen Beitrag leistete; die Stellung des Produktionschefs war kein Ruheposten. Wenn er mir einen Gefallen damit erwiesen hatte, mir die Stelle anzubieten, dann war es bestimmt der einzige gewesen. Ich hatte die gleiche Vorstellung darüber, und so trennten wir uns in gutem Einvernehmen. Glücklicherweise machte er keine Bemerkung über die Kington-Morde. Wahrscheinlich fand er dies unter seiner neuerworbenen Würde. Was auch immer der Grund war, ich war dankbar dafür, daß mir ein weiterer Durchgang von Erklärungen erspart blieb.

»Wann fährst du zurück nach Brüssel?« fragte er, als ich im Begriff war zu gehen.

»Sonntag.«

»Dann hast du morgen Zeit? Ich habe drei Karten für das Testspiel. Simon und ich wollten zu dritt mit...« Er machte ein langes Gesicht. »Nun, mit...«

»Hugh?«

»Ja.« Die Managermaske war für einen Augenblick gefallen. »Hugh liebte sein Kricket. Hat niemals einen Lord's Test verpaßt, solange ich mich erinnern kann.« Adrian hatte Hugh besser gekannt als ich, vermutlich sogar besser als Bella. Und sicherlich hatte er ihn mehr geachtet. Jetzt vermißte er ihn. All dieses Theater von Selbstvertrauen und Selbstbeherrschung war im Grunde nichts weiter als Überkompensation für den Verlust seines großen Bruders – und Mentors. »Kannst du es einrichten? Es wird sicher ein toller Tag. Und es ist Jahre her, seit –«

»Tut mir leid, aber ich kann nicht. Ich würde wirklich gern. Aber ... ich muß woandershin.«

Bella holte mich am Freitagmorgen um neun Uhr in Greenhayes ab, und gegen Mittag waren wir in Kington. Die Querfeldeinstrecke und der heftige Verkehr hätten uns eigentlich aufhalten müssen, aber Bella war so verärgert über den Nieselregen, der sie dazu zwang, das Dach geschlossen zu lassen, daß sie sogar noch aggressiver fuhr als sonst. Sie hatte auf strahlenden Sonnenschein und eine luftige Brise gehofft, die ihr Haar aufwühlen würde. Aber statt dessen war der Tag grau, ruhig und unerträglich feucht.

Kington war genauso, wie ich mich daran erinnerte: eine kleine bescheidene Stadt, die sich eifrig um ihre eigenen Angelegenheiten kümmerte. Der Medienzirkus, der die Stadt in der vergangenen Woche überrollt hatte, war vorüber, Normalität hatte sich so vollständig breitgemacht, daß man hätte glauben können – wie ein Teil von mir wünschte –, daß hier nicht das geringste passiert war. Es kostete mich einige Mühe, Bella zu überreden, das Auto bei der Kirche am westlichen Ende der Stadt zu parken und zu Fuß auf der Hergest Road hinunter zur Butterbur Lane zu gehen. Zu Fuß, dachte ich, würden wir weniger wie Sensationshungrige aussehen, sondern wie normale Städter auf einem Spaziergang. Aber Bellas Vorstellung von Freizeitkleidung schloß eine auffällige Menge an Schmuck ebensowenig aus wie einen protzigen Hut, der direkt von Harper's & Queen stammte. Mißtrauisch wurden wir von den Bewohnern der Häuser am Straßenrand beäugt, die gerade in ihren Gärten waren. Und der arrogante Blick, mit dem Bella sie im Gegenzug bedachte, überzeugte sie wahrscheinlich davon, daß wir ein Fernsehreporter und seine Sekretärinnengeliebte waren, die Drehorte für einen Film über Vergewaltigung und Mord an der walisischen Grenze untersuchten.

Die Butterbur Lane selbst war ruhig, so als ob die Bewohner auf keinen Fall Aufmerksamkeit auf sich ziehen wollten. Hier waren die Häuser hinter hoch wuchernden Hecken und Unebenheiten des Hanges versteckt, vor neugierigen Blicken ebenso geschützt wie vor Winterstürmen. Schweigend stiegen wir zu einer scharfen Biegung auf, die sich, wie ich von der Karte wußte, ungefähr auf halbem Weg zu Whistler's Cot befand. Nichts außer dem Wissen darüber, was hier geschehen war, verwirrte den Anblick, erfüllte die atemlose Luft mit Erwartung. Sogar Bella spürte dies.

»Was für ein Ort für so ein Geschehen«, flüsterte sie mir zu. »Er ist so … unheimlich.«

»Das bildest du dir nur ein.«

»Ich weiß. Aber das tut nichts –«

Plötzlich schoß vor uns ein Wagen um die Kurve, der Lärm seines Herannahens wurde bis zum Augenblick seines Erscheinens von der Böschung und den Hecken auf beiden Seiten gedämpft. Es war ein großer kastanienbrauner Kombi, der für eine so enge Straße viel zu schnell fuhr. Er raste schleudernd um die Ecke, wobei Steine gegen einen Gartenzaun prasselten, schwang dann zurück zur Straßenmitte und steuerte genau auf uns zu. Instinktiv faßte ich Bella am Arm und zog sie in Richtung Graben. Im selben Moment erkannte der Fahrer die Gefahr und trat auf die Bremse. Noch mehr Steine prasselten hinter ihm nieder, gefolgt von einem knirschenden Schleudern und einer Staubwolke. Mit einem Ruck kam er zum Stehen.

Ausdruckslos starrte der Fahrer uns durch das offene Seitenfenster des Wagens an. Er war ein Mann von fünfzig oder sechzig Jahren mit einer silbergrauen Mähne und einem runden, schlaffen Gesicht. Faltige Haut hing unter seinem Kiefer, wo sie vielleicht einst selbstsicher als Doppelkinn gesessen hatte. Er war hohlwangig und hatte hängende Augenlider. Und er weinte. Seine Augen waren rot und voller Tränen, ihre Spuren hoben sich feucht von seiner Haut ab. Für eine Sekunde oder zwei schaute er mich an, als ob er eine Entschuldigung formulieren wollte. Ich beobachtete, wie er sich über die Lippen leckte. Dann murmelte er: »Tut mir leid«, löste die Bremse und rollte die Straße hinunter.

»Blöder Kerl«, zischte Bella. »Er hätte uns umbringen können.«

Ich hörte, wie er einen Gang einlegte und beschleunigte, dieses Mal gemäßigt, als ob ihn der Schock in die Wirklichkeit zurückgeholt hätte. »Was hat er sich nur dabei gedacht?«

»Wahrscheinlich hat er überhaupt nicht *gedacht.* Du weißt, wonach das aussieht. Irgendein komischer alter Kauz, der niemals den Führerschein gemacht hat oder in der Stadt gefahren ist.«

»*So* alt war er noch nicht.«

Nein. War er nicht. Auch paßte er in keiner anderen Hinsicht in das Bild, das ich gezeichnet hatte. Er hatte nicht im entferntesten bukolisch gewirkt. Das Auto war neu und in gutem Zustand, wofür wir dankbar sein konnten. Und er war vor Kummer verwirrt und nicht wegen nachlassender Fähigkeiten. Aber ich zögerte, die naheliegende Schlußfolgerung zu ziehen – nämlich, daß er eine der Personen oder beide betrauerte, die in Whistler's Cot getötet worden waren. Warum, hätte ich nicht erklären können. Es sei denn, es war wegen der Heftigkeit seines Schmerzes, der Leidenschaftlichkeit, die solche Ereignisse wachrufen konnten. Vielleicht war ich noch nicht bereit zuzugeben, wie tief es gehen konnte, wie übermächtig es sein konnte. Vielleicht wollte ich auch einfach nur nicht verstehen.

Wir gingen weiter, beide erschüttert, aber das Gegenteil vortäuschend. Die Kurve kam näher. Dahinter wurden die Häuser kleiner, Felder und Heideland jenseits der Hecken sichtbar. Und dann waren wir da. Ich erkannte Whistler's Cot sofort von den Fotos in der Zeitung: ein altes, halb aus Holz bestehendes Wohnhaus, das nach der Straße ausgerichtet war, mit einem modernen Backsteinflügel nach hinten hinaus und einer Garage auf einer Seite, die ein bißchen zurückgesetzt war. Dazwischen führte ein Kiespfad zur Rückseite, ohne Tor oder sonstige Begrenzung. Der Garten machte einen vernachlässigten Eindruck, ebenso wie das Haus. Ziegel hatten sich gelöst, die Farbe blätterte ab: Man hatte zwar Geld hineingesteckt, aber nicht kontinuierlich und in letzter Zeit schon gar nicht. Der Name, Whistler's Cot, war in Runen in ein Holzschild geschnitzt. Und neben der Eingangstür stand eine seltsame Skulptur, halb Cherub, halb Gott weiß was, absichtlich grob geschnitzt, eine Hand erhoben, als ob sie winken oder den Weg versperren wollte.

»Ist es das?« fragte Bella mit einer Spur Enttäuschung in der Stimme.

»Ja. Das ist es wohl.« Ich schaute mich um. Mehrere Fenster standen offen. Wenn Bantock noch am Leben wäre, dann hätte es keine große Bedeutung gehabt. Jetzt ließ dies darauf schließen, daß das Haus bewohnt war. Vielleicht seine Familie? Wenn dem so war, dann wollte ich nicht, daß sie uns bemerkten.

»Wollen wir weitergehen?«

»Wollen wir uns nicht genauer umschauen?«

»Ich finde nicht.«

»Nun, ich bin nicht hundertfünfzig Meilen gefahren, nur um *weiterzugehen*. Laß uns schauen, ob irgend jemand im Haus ist.« Sie ging auf die Tür zu.

»Bella!«

Aber sie ließ sich nicht abhalten. Nur kurz innehaltend, um der Statue die Zunge herauszustrecken, betätigte sie den Türklopfer. Dann, als bereits einige Sekunden verstrichen waren und ich zu hoffen begann, sie würde aufgeben, betätigte sie ihn noch einmal, lauter.

Diesmal schwang das Garagentor langsam auf, und eine Person erschien darin. Sie beugte sich über die Kühlerhaube eines alten Triumph-Sportwagens, um den Türgriff zu drücken. Es war ein zierlicher Mann in Kordhosen und einem Karohemd, sein schmales eichhörnchenartiges Gesicht umrahmt von kupferroten Haarbüscheln. Er starrte mich mit neugierig hochgezogenen Augenbrauen an, und alles, was ich rausbrachte, war ein schwaches »Guten Morgen«.

»Eigentlich ist es schon Mittag«, antwortete er. »Ich wäre dankbar – ungeheuer dankbar –, wenn Sie diesen Tag nicht noch anstrengender machen würden, als er bereits ist.«

»Es tut mir leid. Ich –«

»Habe nur am Schauplatz des Verbrechens herumgeschnüffelt? Glauben Sie mir, Sie sind nicht die ersten. Und es wäre unvernünftig von mir, wenn ich erwarten würde, daß Sie die letzten wären, nicht wahr?«

»Es *tut* uns leid«, sagte Bella und trat dreist mit ausgestreckter Hand auf ihn zu. »Aber wir sind nicht das, was Sie denken.«

»Nein?« Er klang skeptisch, aber Bellas Lächeln konnte man schwer widerstehen. Sein Kopf zuckte leicht, als ob er im Begriff wäre, sich zu verbeugen oder sogar ihre Hand zu küssen. Stattdessen schüttelte er sie lediglich. »Was dann, wenn ich fragen darf?«

»Mein Bruder –«, sie warf mir einen Blick zu und gestand die falsche Behauptung mit einem leichten Zucken der Augenbrauen ein, »– kannte Lady Paxton.«

»Wirklich?« Einen Augenblick kämpften Zweifel und Glauben miteinander, dann gab er nach. »Nun, erfreut Sie zu treffen, Mr. ...«

»Timariot, Robin Timariot.«

»Henley Bantock.« Wir schüttelten uns die Hände. »Neffe und Erbe von Oscar Bantock.«

»Meine ... hm ... Schwester, Bella ... Timariot.«

»Sehr erfreut, wirklich.«

»Lady Paxtons Tod war ein ... fürchterlicher Schock. Ich ... hatte das Gefühl, ich hätte ...«

»Das ist schon in Ordnung. Warum kommen Sie nicht herein?« Er ging uns voran, und wir folgten ihm. Bella warf mir ein triumphierendes Lächeln zu. »Es tut mir leid, wenn ich etwas kurz angebunden war. Dies ist der erste Tag, an dem die Polizei mich ins Haus läßt, und ich habe versucht, ein paar Dinge in Ordnung zu bringen. Aber es gab ständig Unterbrechungen. Nachbarn dachten, ich wäre ein Hausbesetzer. Lieferanten hielten mir unbezahlte Rechnungen unter die Nase.« Wir steuerten die Rückseite des Hauses an und nahmen so denselben Weg, den der Postbote an jenem verhängnisvollen Morgen gegangen war. »Und kurz bevor Sie kamen, tauchte ein gutgekleideter Herr mittleren Alters weinend – ja, ich meine wirklich weinend – an der Eingangstür auf. Er war tränenüberströmt. Es war ziemlich mitleiderregend.«

»Wer war er?« fragte ich.

»Ich habe wirklich keine Ahnung. Vielleicht hätten Sie ihn gekannt. Es wundert mich, daß Sie ihm nicht auf der Straße begegnet sind.« Das Atelier lag nun vor uns, es gestattete einen weiten Blick nach Süden, wo der Garten abfiel. Es war eine luftige Konstruktion und wurde von genügend Fenstern erhellt, so daß es einem Wintergarten ähnelte. Die Jalousien waren halb geschlossen, aber durch die Zwischenräume konnte ich unordentliche Stapel von Leinwänden erkennen, große und kleine, die mit ungestümen Farbwirbeln bedeckt waren; Oscar Bantock war offensichtlich sehr produktiv gewesen. »Deshalb bin ich noch nicht sehr weit gekommen. Und das ist, gelinde gesagt, äußerst ungünstig.« Er öffnete die Küchentür und führte uns hinein. »Nennen Sie mich meinetwegen abergläubisch, aber ich verspüre keine Neigung, hier über Nacht zu bleiben.«

Und so betraten wir das Haus, in dem zwei Menschen gestorben waren – gewaltsam und in jüngster Zeit. Aber ihr Tod hatte keine Spuren hinterlassen, zumindest keine, die ich entdecken konnte. Es gab natürlich keine Blutflecken, aber selbst wenn es welche gegeben hätte, bin ich nicht sicher, ob es mir dabei geholfen hätte heraufzubeschwören, was geschehen war. Das Atelier, in fahles Licht getaucht, war angefüllt mit Materialien und der unschätzbaren Arbeit eines halben Lebens: Leinwände, Rahmen, Pinsel, Farben, Paletten, Staffeleien, Lappen, Töpfe mit Lacken, Flaschen mit Terpentin und ein verfleckter Kittel, in dessen Falten Staub hing. Ich hatte Oscar Bantock niemals lebend gesehen, und ich konnte ihn mir tot nicht vorstellen, eine zusammengesunkene Gestalt unter einer der Bänke. Es gab keine hilfreiche Kreideumrißlinie des toten Körpers, die mir zeigte, wo er gefunden worden war, und ich brachte es nicht übers Herz, seinen Neffen zu fragen. Nicht, daß Henley Bantock den Eindruck eines Mannes machte, der vom Schmerz überwältigt war. Er stand zwischen uns in der Küche und beobachtete gelassen, wie wir durch die offene Tür in den Raum hineinstarrten, wo sein Onkel mit einer Schlinge aus Bilderdraht zu Tode gewürgt worden war. Dann seufzte er schwer. »Das wird eine ziemliche Aufgabe werden, alles auszuräumen. Und es zu katalogisieren, natürlich. Ich selbst kann das Zeug nicht ausstehen. Ich meine, warum konnte er nicht einfach geschmackvolle Landschaften malen. Aber seine Malerei läßt die Herzen mancher Leute höher schlagen, also wer bin ich, daß ich mich beschweren könnte?«

»Lady Paxton mochte seine Bilder«, murmelte ich.

»Ja. Das glaube ich auch. Man könnte sagen, *sie* starb für *seine* Kunst.« Er fing meinen Blick auf und fügte hinzu: »Es tut mir leid. Das war gefühllos von mir.«

»Das Bild, das sie haben wollte. *Schwarze Witwe*. Ist es hier?«

»Eingewickelt im Wohnzimmer. Ich habe es nicht angerührt. Onkel Oscar hatte es vermutlich für sie bereitgestellt.«

»Könnten wir es sehen?«

»Warum nicht? Wer weiß, vielleicht wollen Sie...« Er runzelte die Stirn. »Waren Sie ein enger Freund von Lady Paxton, Mr. Timariot?«

»Nein, nicht sehr eng.«

»Vielleicht ein Freund der Familie?«

»Eigentlich nicht.«

»Es ist nur, weil eine ihrer Töchter heute nachmittag noch kommen will. Ich frage mich, ob...«

»Wir *würden* das Bild gerne sehen«, mischte sich Bella mit einem gewinnenden Lächeln ein. »Wenn es möglich ist.«

»Natürlich. Folgen Sie mir.« Er führte uns aus der Küche, einen kurzen Gang hinunter und ins Wohnzimmer. Es war gemütlich, wenn auch unordentlich eingerichtet. An den Wänden standen volle Bücherregale, und verschiedene Gemälde von Bantock – oder von Expressionistenkollegen – hingen dort. Auf dem einzigen Tisch befand sich ein Paket mit geöffneter Verpakkung, die den Rücken eines Bildes freigab, bereits versehen mit Haken und kupferumhülltem Draht. Henley zog das Bild heraus und lehnte es hinter dem Tisch gegen die Wand. Dann trat er zurück, um uns Gelegenheit zu geben, es anzuschauen. »In den Sechzigern bezeichneten sie ihn als den englischen Rouault. Ich glaube, das Bild hier ist datiert aus dieser Zeit. Meiner Meinung nach weder besser noch schlechter als die übrigen. Aber glücklicherweise zählt *meine* Meinung wenig.«

Das Bild *Schwarze Witwe* maß ungefähr neunzig mal achtzig Zentimeter. Es stellte das Gesicht einer Frau – oder das eines Jungen – vor einem blaßblauen Hintergrund dar. Haare und Schultern waren Farbtupfer in Schwarz und Violett, das Gesicht gelb mit einem Hauch von Rot, die Augen irgendwie verschwommen als Tupfer und Kleckse, der Blick ernst, abgewandt, niedergeschlagen, herausfordernd – eine eindringliche Mischung aus all dem, was immer der Betrachter darin lesen wollte: die Spinne, die Witwe, die Mörderin, das Opfer. An dem Bild war nichts Schönes oder Beruhigendes. Louise Paxton hatte mit diesem Bild nicht ihre Tapete aufhellen wollen. Aber warum genau sie es gewollt hatte, würden wir nun niemals erfahren.

Ich trat zurück, um es von der Tür her zu studieren.

Währenddessen näherte Bella sich Henley und legte ihren Kopf schief, um das Bild genauer anzusehen. »Ich muß Ihnen recht geben, Mr. Bantock«, sagte sie mit einem Lachen. »Nicht ganz meine Vorstellung von Kunst.« Ich bemerkte, wie Henley einen anerkennenden Blick auf die weiche, von einem T-Shirt umhüllte Silhouette ihres Busens warf. Seine Vorstellung von Kunst war ziemlich offensichtlich: eher Ingres als Rouault, schätze ich. »Dieses Erbe muß Ihnen einiges Kopfzerbrechen verursacht haben.«

»Das können Sie annehmen. Die Polizei. Die Presse. Sie würden es nicht glauben.«

»Sind Sie heute von weit her gekommen?«

»Aus London.«

»Dann müssen Sie ja schon früh aufgebrochen sein.«

»In der Tat.«

Ich schob mich langsam in den Gang hinaus. Da war die Treppe, die zu dem Zimmer führte, in dem sie gestorben war. Warum sollte ich nicht hinaufgehen und einen Blick hineinwerfen? Henley würde Bella seine ganze Lebensgeschichte erzählen, wenn sie ihn dazu ermuntern würde. Natürlich taxierte sie ihn. Das wußte ich. Lohnte sich die Mühe, ihn näher kennenzulernen oder nicht? Vermutlich nicht. Aber offensichtlich war sie noch nicht zu diesem Schluß gekommen. Und bis es soweit war ...

Ich nahm zwei Stufen auf einmal, erleichtert, daß ich keine knarrenden Geräusche auslöste. Der Treppenabsatz war klein und eng. Vor mir lag ein Badezimmer, das die Hälfte des Stockwerks einnahm. Durch ein Fenster konnte ich die geschlossenen Dachfenster des Ateliers sehen. Links und rechts davon waren die Schlafzimmer. Das linke diente der Aufbewahrung von Dingen: ein Tisch und ein Aktenschrank in Kastanienbraun inmitten eines Meers von Teekisten, Kartons und Leinwänden. Aus dem rechten drang ein schwacher Luftzug. Henley hatte wohl das Fenster geöffnet. Ich ging hinein und bemühte mich, meine Ahnung im Keim zu ersticken, daß ich das, was ich tat, besser unterlassen würde.

Aber es gab nichts zu sehen. Ein nüchternes Zimmer mit weißen Wänden und ohne Bilder. Ein Kleiderschrank mit geschlossenen Türen. Ein großes Doppelbett, abgezogen bis auf die Matratze, Kissen, Leintücher und Decken waren allesamt verschwunden. Absurd weibliche Vorhänge mit Blumenmuster bewegten sich träge. Und gegenüber dem Bett an der Wand hing ein riesiger Spiegel mit Goldrahmen, dessen eine Ecke gesprungen war. Die Risse liefen in alle Richtungen und brachen das Spiegelbild des Zimmers in willkürliche Dreiecke. Ich fragte mich, wann er wohl zerbrochen worden war. In welchem Augenblick? Davor? Oder danach? Mich schauderte, und ich sah auf das Bett. Der Gedanke war zu schrecklich, als daß man es sich hätte vorstellen wollen. Der gepreßte Atem, der sich spannende Draht, das nachgebende Fleisch. So viel Todesangst. So viel Ekel. Zu viel von allem. Und jetzt, als Gegensatz, eine Leere, ein Raum, der darauf wartete, gefüllt zu werden. Das Zimmer war leer, genauso wie das Haus, erschöpft durch die Gewalt, von der es kurze Zeit erfüllt worden war. Die Nacht des 17. Juli gab es nicht mehr. Sogar der Eindruck, den diese Nacht hinterlassen hatte, war entfernt worden, auf Klebestreifen und gerichtsmedizinischen Fotos, in sterilen Tüten und versiegelten Umschlägen. An ihrer Stelle war ein leeres Grab.

Als ich ins Wohnzimmer zurückkehrte, hatte sich Henley Bantocks allgemeine Liebenswürdigkeit zu einem verliebten Bedürfnis nach Bellas Gesellschaft gewandelt. Ich kannte die Anzeichen nur zu gut. Seine vorherige Entschlossenheit, »Dinge in Ordnung zu bringen«, vergessend und anscheinend meiner kurzen Abwesenheit gar nicht bewußt, schlug er vor, gemeinsam Mittagessen zu gehen. Bella fand ihn offenbar noch immer unterhaltsam, und so brachen wir auf. Wir gingen ins Harp in Old Radnor, einem kleinen Dorf auf dem Gipfel, ein paar Meilen nordwestlich von Kington in der Nähe der Straße nach Gladestry. Es war ein reizendes, guterhaltenes altes Gasthaus mit Picknickbänken draußen, von wo man den Ausblick auf das Panorama von Radnor Forest genießen konnte.

Henley war mit seinem Onkel verschiedentlich hiergewesen, bei seinen regelmäßigen Besuchen mit seiner Frau Muriel. Diesmal konnte sie nicht mitkommen, und Henley genoß es selbstverständlich, nicht unter Aufsicht zu stehen. Sie arbeiteten beide als Verwaltungsbeamte für einen der Londoner Bezirke. Ich glaube in Havering. Oder Hounslow. Henley sprach so ungerührt über Oscar, daß ich nicht umhin konnte zu vermuten, daß die Besuche eher dafür gedacht waren, sein Erbe sicherzustellen, als nach dem Wohlergehen des alten Knaben zu schauen. Muriel hatte es wahrscheinlich nicht für nötig gefunden, ihn zu begleiten, jetzt, da sie Whistler's Cot und ein vollständiges expressionistisches *Œuvre* in der Tasche hatten. Sie hätte aller Wahrscheinlichkeit nach ihre Meinung geändert, wenn sie gewußt hätte, daß ihr Ehemann im Begriff war, den halben Tag damit zu verbringen, meiner Schwägerin über einem kalten Imbiß schöne Augen zu machen.

Ich lauschte zerstreut seinen autobiographischen Einblicken in Oscar Bantocks Charakter, die immer weniger schmeichelhaft gerieten, je mehr Bier mit Limonade er trank. »Er mag zwar wie eine Kreuzung aus dem Weihnachtsmann und Kapitän Vogelauge ausgesehen haben, aber er hatte etwas Grausames an sich. Nennen Sie es künstlerische Veranlagung, wenn Sie wollen, aber ich habe es anders gesehen. Er wohnte fast während meiner ganzen Kindheit bei uns, und meiner Meinung nach hat sowohl das Problem, mit ihm zurechtzukommen, wie auch ein kranker

Ehemann meine Mutter frühzeitig unter die Erde gebracht.« Während er zunehmend ärgerlicher wurde, schweiften meine Blicke nach Norden zu den Hügeln, die ich vor zehn Tagen auf dem Weg von Knighton überquert hatte. Wenn ich Louise Paxtons Angebot, mich mitzunehmen, an jenem Abend angenommen hätte, hätten wir vielleicht haltgemacht, um etwas zu trinken. Dann wäre sie mindestens eine entscheidende Stunde später in Whistler's Cot eingetroffen. Laut Henley Bantocks selbstbemitleidender Darstellung war das Leben nicht gerecht. Aber es schien, daß der Tod eine Künstlernatur war.

»Das wenige, das er mit seiner Malerei verdiente, gab er zweimal wieder aus. Natürlich nicht für uns. Nicht einmal für etwas Sinnvolles wie Pinsel und Leinwände. Das meiste davon floß in Whisky. Die besten Sorten waren gerade gut genug für Onkel Oscar. Und dann waren da noch seine Weiber. Ich kann nicht leugnen, daß er einen besseren Blick für Frauen hatte als für die Kunst. Zu seinen Lebzeiten hätten Sie Whistler's Cot nicht verlassen können, ohne daß er Sie in den Hintern gekniffen hätte, damit Sie sich wenigstens an ihn erinnern, Miss Timariot, das können Sie mir glauben. Aber wie ich schon sagte, zumindest in dieser Beziehung hatte er einen guten Geschmack.«

Diesem künstlichen Kompliment, das Henley ohne Zweifel für pikant hielt, folgte ein Ausbruch von glucksendem Gelächter und in Bellas Augen der Ausdruck extremer Langeweile, den ich schon oft zuvor beobachtet hatte. Er schien mein Stichwort zu sein. »Sie lassen Ihren Onkel nicht gerade als den Prototyp eines Einbruchopfers erscheinen, Mr. Bantock.«

»Oh, ich weiß nicht. Er hat vermutlich in irgendeinem Pub mit Geld um sich geworfen. Gab das Honorar für die *Schwarze Witwe* bereits aus, bevor er es überhaupt bekommen hatte. Das würde zu ihm passen. Irgendein Taugenichts aus London, der sich auf einer Einbruchstour durch die Provinzen befand, hat das bemerkt und ist ihm nach Hause gefolgt. Und dann wurde das

Ganze unangenehm. Onkel Oscar hätte bei einem Kampf nicht klein beigegeben, besonders dann nicht, wenn er getrunken hatte.«

»So sehen Sie das Ganze?«

»So sieht es die Polizei. Zumindest habe ich es so verstanden. Offensichtlich war er nicht da, als Lady Paxton das erste Mal vorbeikam. Wahrscheinlich hatte er die Zeit vergessen, die sie für ihr Treffen vereinbart hatten. Das sähe ihm ähnlich. Und es würde erklären, warum sie zur Mittagszeit von zu Hause aufbrach. Ich nehme an, sie kehrte später zurück in der Absicht, das Bild zu kaufen. Und rannte geradewegs in... nun, etwas ziemlich Schreckliches hinein.«

»Sie glauben, es ist so einfach?«

»Wahrscheinlich. Die Polizei muß einen guten Grund haben, diesen Naylor zu verhaften. Sie scheint überzeugt zu sein, daß er es war. Ich nehme an, es gibt eindeutige Beweise. Was wäre sonst noch dazu zu sagen? Abgesehen von der furchtbaren Verzweiflung, unter der die Familie von Lady Paxton leiden muß, natürlich. Meinen toten Onkel zu identifizieren war schlimm genug für mich. Wie es für Lady Paxtons Tochter gewesen sein muß – einem Mädchen, das, wie ich glaube, noch nicht einmal zwanzig ist –, ihre Mutter in dem Zustand, nun, in einer Leichenhalle, mitten in der Nacht...« Er schüttelte den Kopf, kurzzeitig ernüchtert durch die Betrachtung einer solchen Erfahrung.

»Ist sie diejenige, die Sie heute nachmittag treffen werden?«

»Nein, nein. Die ältere Tochter wird kommen. Sarah, sagte sie, sei ihr Name. Ich bin mir nicht im klaren darüber, was sie damit bezweckt...« Plötzlich kam ihm ein Gedanke. Seine Nase bebte. »Kennen Sie die Mädchen, Mr. Timariot?«

»Nein. Ich kannte nur ihre Mutter.«

»Kannten Sie sie gut?«

Ich spürte, daß Bella mich beobachtete, als ich antwortete:

»Ich dachte es zumindest, ja. Wir … verstanden einander. So glaube ich.«

»Teilten Sie ihr Interesse am Expressionismus?«

»Wir haben nie darüber gesprochen.«

»Niemals?«

»Sehen Sie, wir sind uns nur einmal begegnet. Ein einziges Mal. Kurz vor ihrem Ende.«

»Aber … ich dachte, Sie sagten …« Er runzelte die Stirn, und sein Mund verzog sich argwöhnisch. »Wann *genau* haben Sie sie getroffen, Mr. Timariot?«

»Am frühen Abend des 17. Juli. Am Tag, als sie starb. Um genau zu sein, nur ein paar Stunden davor.«

»Aber … ich dachte, Sie sagten … Sie wären ein Freund von ihr.«

»Nein. Das habe ich nicht gesagt. Sie haben das angenommen.«

»Haarspalterei. Sie haben mich in dem Glauben gelassen …« Er warf Bella einen Blick zu. »Sie haben mich beide in dem Glauben gelassen …«

Bella schaute mich gereizt an, legte beruhigend eine Hand auf Henleys Ellenbogen und lächelte ihn lieb an. »Wann ist Ihre Verabredung mit Miss Paxton, Mr. Bantock?«

»Was? Oh, um drei Uhr. Aber –«

»Dann sollten wir Sie jetzt lieber zurückbringen. Wir wollen sie doch nicht versetzen.«

Es war halb drei, als wir Whistler's Cot verließen. Ich hatte Henley versichert, daß die Polizei alles über mein Treffen mit Louise Paxton wußte, aber ich rechnete trotzdem damit, daß er mit der Polizei telefonieren würde, noch ehe wir das Ende der Straße erreicht hatten. Er war kein Mensch, der anderen traute. Aber auch keiner, der um andere trauerte.

Natürlich würde es für die Familie Paxton anders sein. Louise hatte einen Mann und zwei Töchter hinterlassen, viel mehr als einen undankbaren Neffen. Sie würden sie jetzt betrauern, ernsthaft und aufrichtig. Und eine von denen, die um sie trauerten – Sarah Paxton –, würde hierherkommen, an die Tür, ungefähr eine halbe Stunde nach unserer Abfahrt. Ich hätte leicht auf sie warten können. Henley hätte mich nicht davon abhalten können, auch wenn er es gewollt hätte. Aber ich tat es nicht. Als es soweit war, wurde ich ungeduldig, wollte endlich gehen, erpicht darauf, die Begegnung zu vermeiden.

Ich glaube, es war Furcht. Die Furcht, daß Sarah Paxton ihrer Mutter zu ähnlich sah, als daß ich sie mit dem Bericht, den ich der Polizei gegeben hatte, hätte abspeisen können. Aber ihr würde die Wahrheit nicht unbedingt gefallen. Oder irgend jemandem sonst, der Louise Paxton geliebt hatte. Weil die Wahrheit das, was ihr geschehen war, einfach ein wenig zu kompliziert erscheinen ließ, als daß es ein Trost sein könnte. Eine Aufklärung könnte auch eine Verärgerung bedeuten. Deshalb zog ich es vor, weder das eine noch das andere zu tun.

Außerdem gab es eine andere Furcht, die sogar noch tiefer ging. Die Furcht davor, was *ich* dabei erfahren könnte. Wer war Louise Paxton? Was für eine Art Frau? Was für eine Mutter? Was für eine Ehefrau? Und was *hatte* sie an jenem Abend auf *Hergest Ridge* zu ändern versucht? Ich war mir nicht sicher, ob ich die Antworten wissen wollte. Wir hatten uns als Fremde getroffen und als solche wieder getrennt. Vielleicht war es genau das, was wir auch bleiben sollten. Wenn es ging.

Wie geplant flog ich am Sonntag nach Brüssel zurück. Am folgenden Morgen ging ich in mein Büro und informierte den Abteilungschef, daß er schon bald auf meine Dienste würde verzichten müssen. Wie ich später las, wurde Louise Paxton ungefähr zur selben Zeit auf einem Dorffriedhof in Gloucestershire beerdigt.

4. Kapitel

Das Ausscheiden aus dem Dienst ist nicht einfach, wenn man ein *Fonctionnaire titulaire de la Commission Européenne* ist. Eigentlich ist es fast unmöglich, weil jeder Versuch zu kündigen offiziell als Ersuchen um langfristige Beurlaubung interpretiert wird. Als ich an jenem Morgen im Juli 1990 dem erfreulicherweise bestürzten Abteilungsleiter meine Kündigung überreichte, behandelte er sie als Gesuch für das, was wir Eurokraten eine *congé de convenance personelle* nennen.

Unbezahlter Urlaub, um es weniger hochtrabend auszudrükken. Ein Forschungsurlaub, wenn Sie so wollen. Der Beruf wird auf Eis gelegt. Zunächst auf ein Jahr befristet, aber automatisch auf ein zweites und drittes Jahr verlängerbar; und sogar darüber hinaus. Die Meinungen waren geteilt, ob es kurz vor der Pensionierung überhaupt zu einem eindeutigen Ende kommen könnte.

Aber die technischen Einzelheiten interessierten mich nicht. Ich schied aus und hatte nicht die Absicht zurückzukommen. Meine Kollegen mochten *au revoir* sagen, aber ich würde ihnen Lebewohl sagen. An jenem Abend lud ich ein paar von ihnen ins Kitty O'Shea's ein, eine Mischung aus irischem Lokal und englischem Pub in der Nähe des Berlaymont, das für zwangsvertriebene Kelten und Angelsachsen so etwas wie den Himmel darstellt, um meinen Ausstieg zu begießen. Erstaunt über meine Großzügigkeit widerstrebte es ihnen offensichtlich zu sagen, was sie wirklich dachten. Armer alter Timariot. Gibt eine A6-Stelle in der Generaldirektion für Wirtschafts- und Finanzangelegenheiten auf für – was war es doch gleich? – Kricketschläger. Ach, du meine Güte. Oje, oje, oje!

»Bist du sicher, daß das eine gute Idee ist, Robin?« fragte Ronnie Linklater in einem gefühlvollen Augenblick, der von einem dritten Scotch mit Soda verursacht wurde. »Ich meine, *vollkommen* sicher?« Ich sagte ihm, ich wäre sicher. Aber offensichtlich glaubte er mir nicht. Obwohl es wahr war. Ich war sicher, daß ich das Richtige tat.

Mein einziger Frust war, daß ich es nicht sofort tun konnte. Drei Monate Kündigungsfrist zeichneten sich als eine bedrükkend lange Zeit vor mir ab. Ich versuchte, meinen Abteilungsleiter davon zu überzeugen, daß Timariot & Small ohne mich aufgeschmissen wäre, und er erklärte sich bereit, sich für eine frühzeitige Entlassung einzusetzen. Aber jene, deren Zustimmung nötig war, saßen für den Rest des Sommers in ihren toskanischen Villen und ihren Schlupfwinkeln in der Provence. Mir blieb nichts anderes übrig als abzuwarten.

Zwei Wochen später war ich noch immer in Wartestellung, als ich an einem Abend in meine Wohnung in der Rue Pascale zurückkehrte und einen Brief vorfand, den mir meine Mutter aus Steep nachgeschickt hatte. Er war in Worcester aufgegeben worden, und mein Name und die Adresse von Petersfield waren in zwei unterschiedlichen Handschriften geschrieben. Ich kannte keine von beiden. Aber wie sich herausstellte, gehörte eine davon Sarah Paxton.

Altes Pfarrhaus,
Sapperton,
Gloucestershire

5. August 1990

Sehr geehrter Mr. Timariot,
ich habe lange gezögert, bevor ich dies hier schrieb. Von Henley Bantock habe ich von Ihnen erfahren. Er wußte

Ihre Adresse nicht, und die Polizei, obwohl sie sehr freundlich war, sagte, daß sie solche Auskünfte nicht erteilen dürfe. Aber sie bot an, diesen Brief an Sie weiterzuleiten.

Wenn er Sie erreicht, so hoffe ich, daß Sie damit einverstanden sind, mich zu treffen. Für mich ist es äußerst wichtig, soviel wie möglich über den geistigen Zustand meiner Mutter während ihres letzten Lebenstages zu erfahren. Meine Schwester hat sie an jenem Nachmittag gesehen, aber ich hatte sie mehr als eine Woche nicht gesehen. Mich damit abzufinden, fällt mir besonders schwer. Ich weiß nicht genau, warum. Ich vermute, es hat etwas damit zu tun, daß ich mich nicht verabschieden konnte. Aber Sie haben sich in gewissem Sinne von ihr verabschiedet. Es würde mir wirklich helfen, mit Ihnen darüber zu sprechen, was für einen Eindruck sie gemacht und was sie gesagt hat. Was meinen Sie, könnten wir uns treffen? Es braucht nicht lange zu dauern. Und ich bin gerne bereit, dorthin zu fahren und Sie zu treffen, wo es Ihnen am wenigsten Umstände bereitet. Wenn Sie einverstanden sind, mich zu treffen, dann rufen Sie mich bitte unter Cirencester 855785 an, oder schreiben Sie mir, wenn Sie das vorziehen. Wie auch immer, ich würde mich sehr freuen, von Ihnen zu hören.

Mit freundlichen Grüßen
Sarah Paxton

Die Bitte war einfach und direkt. Ich konnte ihr helfen, mit dem Tod ihrer Mutter fertig zu werden. Oder ich konnte ihren Wunsch ignorieren. Sie hatte keine Ahnung, wo ich war. Sie hatte keine Möglichkeit, mich ausfindig zu machen, wenn ich nicht gefunden werden wollte. Ich befand mich außerhalb ihrer

Reichweite. Ich mußte nur so tun, als hätte ich den Brief nie erhalten. Ihn zerknüllen und wegwerfen. Ihn verbrennen. Ihn vergessen. Sie würde ohne mich klarkommen müssen. Es gab nichts, was wir uns zu sagen hatten. Das jedenfalls redete ich mir die ganze Zeit über ein. Bis ich schließlich den Telefonhörer nahm und ihre Nummer wählte.

Zu meiner Überraschung bestand sie darauf, nach Brüssel zu kommen. Ich schlug vor, sie sollte bis zu meinem nächsten Englandbesuch warten. Aber sogar wenn ich in der Lage gewesen wäre, den Zeitpunkt dafür zu nennen, so bezweifle ich, daß er für ihre Begriffe früh genug gewesen wäre. In ihrer Stimme lag ein Drängen – ein Anklang von Verzweiflung –, das mich bedauern ließ, so früh mit ihr Kontakt aufgenommen zu haben. Und es gab eine Ähnlichkeit zu der Stimme ihrer Mutter, die mich sogar noch mehr beunruhigte. Es hätte nicht viel dazugehört, sich vorzustellen, daß ich eigentlich mit ihrer Mutter sprach. Das Ergebnis war, daß ich sie mir während der Tage, die zwischen unserem Gespräch und ihrer Ankunft in Brüssel lagen, in meinen Gedanken nur als jüngere Ausgabe ihrer Mutter vorstellen konnte: die idealisierte Wiederbelebung einer toten Frau.

Ich vermute, genau das war es, was ich befürchtet und erwartet hatte, als ich sie am folgenden Freitagabend traf. Sie war übers Wochenende gekommen und wohnte im Hilton auf dem Boulevard Waterloo. Wir hatten uns um sechs Uhr im Foyer verabredet. Das stellte sich als schlechte Wahl heraus. Die Halle war überfüllt mit schnatternden Gruppen schmuckbehängter Frauen mittleren Alters. Ich sah mich zwischen ihnen um und hielt Ausschau nach einem jungen Gesicht, immer noch im Unterbewußtsein erwartend, daß ich sie erkennen würde. Aber es gab keine, die auch nur annähernd so aussah.

Ich wollte gerade den Portier um Hilfe bitten, als jemand dicht hinter mir sagte: »Robin Timariot?« Ich wußte sofort, daß sie es war.

Sarah Paxton besaß die zierliche Figur ihrer Mutter und noch vieles mehr, das mich sofort an die Frau erinnerte, die ich auf Hergest Ridge getroffen hatte. Trotzdem schienen die Unterschiede größer zu sein als die Ähnlichkeiten. Ihr Haar war dunkler und viel kürzer geschnitten. Auch ihre Augen waren dunkler und ihr Blick weniger offen. Ich schätzte sie auf einundzwanzig oder zweiundzwanzig Jahre, aber die Frische der Jugend wurde durch irgend etwas überlagert. Eine Härte, nicht der Gesichtszüge, aber der Gedanken. Eine Ernsthaftigkeit, die fast auf eine Warnung hinauslief. Sie trug nur wenig Make-up und als einzigen Schmuck ein silbernes Medaillon an einer Halskette. Ihre Kleidung war einfach und praktisch: eine schlichte Bluse, ein weiter wadenlanger Rock, flache Schuhe und eine bescheidene schultaschenartige Handtasche. Sie hatte viel vom Aussehen ihrer Mutter und von deren Auftreten, so daß sich die Leute nach ihr umdrehen würden, wenn sie das wollte. Aber ihr Gesichtsausdruck ließ vermuten, daß ihr nicht danach war. Natürlich konnte er einfach die sichtbare Auswirkung des schmerzlichen Verlustes sein, aber irgendwie schien dieser Ausdruck zu verwurzelt, zu dauerhaft dafür. Ihr Lächeln war von einer gewissen Steifheit und ihr Händedruck von einer Kühle, die sich durch bloße Schüchternheit nicht erklären ließen. Argwohn. Ja, das war es. Eine kaum verborgene Skepsis gegenüber der Welt und den Menschen, die sie darin traf. Mich eingeschlossen.

»Sollen wir ... ähm ... uns irgend etwas anderes suchen?« fragte ich, während ich auf die Chanel-Damentische deutete. »Ich kenne da ... ein Lokal in der Nähe. Dort ist es ruhiger.«

Sie war einverstanden, und wir strebten auf den Ausgang zu. Es war ein schwüler Abend, das Sonnenlicht drang zwischen den Hochhäusern hindurch und verwandelte die Verkehrsabgase in goldene Wolken. Ich brachte keinen Ton heraus und fühlte mich unsicher. Das Treffen trug bereits genügend Anzeichen der Lächerlichkeit in sich, um mich zu entmutigen. Ich war nicht in der

Lage, irgend etwas zu sagen. Und Sarah schien nicht geneigt, mir da herauszuhelfen.

Glücklicherweise war es bis zur Copenhagen Tavern nicht weit. Das Lokal war wenig belebt, und die Bedienung war so freundlich wie immer. Sie kannte mich von vielen einsamen Abenden, die ich in den gemütlichen Ecken des Lokals verbracht hatte. Aber mein jüngster Besuch hatte überhaupt nichts Gemütliches an sich.

Sarah bestellte Kaffee und Mineralwasser. Ich bat um mein Lieblingsbier und vergaß völlig, daß es in einem neuen Glas serviert wurde, das wie die untere Hälfte eines Känguruhs aussah. Ich bemerkte, wie Sarahs Blick ungläubig darauf verweilte, als das Bier eingeschenkt wurde, und spielte mit dem Gedanken, es ins Lächerliche zu ziehen. Dann überlegte ich es mir wieder anders. Humor – sogar einleitende oberflächliche Konversation – erschien unmöglich. Wir waren hier, um eine Sache zu besprechen, und nur diese eine Sache. Ihr Schatten breitete sich zwischen uns aus, trocknete meine Kehle aus, während ich trank, und mischte Zweifel unter meine sorgfältig überlegten Pläne. Was *sollte* ich nur sagen?

»Es ... es tut mir leid«, begann ich zaghaft. »Ich hätte Ihnen den Ärger ersparen sollen, mich ausfindig zu machen. *Ich* hätte *Ihnen* schreiben sollen. Um mein Beileid auszusprechen.«

»Es gab keinen Grund für Sie, das zu tun.« Ihr Ton deutete an, daß der Gedanke daran beinahe unverschämt war. »Schließlich haben Sie Mummy ja nicht gekannt, nicht wahr? Oder irgend jemanden von uns.«

»Nein, aber ... meine Anteilnahme wäre aufrichtig gewesen, ob sie eine Fremde war oder nicht. Was geschehen ist, ist ... schrecklich. Mein Mitgefühl ist aufrichtig.«

»Vielen Dank.« Sie sah weg. »Das ist es. Wie Sie sagen. Schrecklich. Vermutlich das Schlimmste, was passieren konnte. Wovor jede Mutter Angst hat, daß es ihrer Tochter geschehen könnte. Es ist nicht vorgesehen, daß es umgekehrt passiert, nicht wahr?« Ich fühlte, daß über solchen Gedanken Tränen vergossen worden waren. Sehr viele. Und nun waren keine mehr übrig. »Ich kann nicht aufhören, daran zu denken. Und meine Schwester auch nicht. Wir sprechen nicht darüber, aber ... es ist, als hätte man Käfer im Hirn. Man kann es nicht verdrängen. Es ist einfach da und wartet darauf, daß man aufwacht oder aufhört, sich auf etwas anderes zu konzentrieren. Diese Gedanken.« Sie schüttelte den Kopf. »Sie sind immer da.«

»Wenigstens haben sie den Mann erwischt, der es getan hat.«

»O ja. Sie haben ihn gefaßt. Und es gibt keinen wirklichen Grund für Zweifel. Nicht im Augenblick. Ich bin in den letzten Wochen eine ziemliche Expertin in bezug auf DNA-Analyse geworden. Ich habe alles gelesen, was ich darüber finden konnte. Als ob es mir irgendwie helfen würde, wenn ich darüber alles weiß. Verrückt, finden Sie nicht?«

»Nein. Finde ich nicht.«

Ihre Augen bewegten sich langsam, bis sie meinen Blick trafen.

»Erzählen Sie mir von ... jenem Abend auf Hergest Ridge. Ich bin dort hinaufgegangen. Zur gleichen Zeit. Bei gleichem Wetter. Ich stellte mir vor, daß sie dort war. Ich habe fast ...« Sie nippte an ihrem Kaffee. »Bitte, erzählen Sie es mir.«

So begann ich. Ich erzählte die beruhigende Version der Geschichte, die ich auch der Polizei geliefert hatte, ihr zuliebe mit einigen Bemerkungen darüber ergänzt, wie nett, wie charmant ihre Mutter gewesen war. Sie war auch wunderschön gewesen. Aber das erwähnte ich nicht. Es lag dem, was mit ihr geschehen war, zu nahe. Zu beschreiben, wie das Sonnenlicht auf ihr Haar gefallen war, wie die laue Brise die Schatten ihrer Haarsträhnen über ihr Gesicht bewegt hatte, wie der Schimmer von etwas Verbotenem, aber nahe Bevorstehendem in ihren Augen gelegen hatte, hätte unaufhaltsam in eine bestimmte Richtung geführt.

Zum Schlafzimmer in Whistler's Cot. Sarah war dort gewesen und hatte den zerbrochenen Spiegel gesehen. Sie hatte auf die Widerspiegelung des Zimmers gestarrt und sich das schmerzvolle, grausame Ende vorgestellt. Genauso wie ich. Aber wir konnten nicht darüber sprechen. Keiner von uns wagte es.

»Sie wirkte glücklich?«

»Sehr.«

»Zufrieden?«

»Ja.«

»Im reinen mit sich selbst?«

»Auch das.«

»Nicht... beunruhigt über irgend etwas?«

»Nein. Aber es war nur eine flüchtige Begegnung. Ein paar Worte. Nicht mehr. Ich dachte nicht, daß es wichtig wäre... zu jener Zeit.«

»Natürlich nicht.«

»Ich wünschte, es gäbe mehr, was ich Ihnen erzählen könnte. Mehr, was ich sagen könnte. Aber da waren keine Vorahnungen, Sarah. Nichts, was ihr – oder mir – angedeutet hätte, was geschehen würde. Wir trafen uns. Und wir trennten uns wieder. Als Fremde. Ich wußte nicht einmal ihren Namen. Und wenn nicht das Foto in der Zeitung gewesen wäre...«

»Hätten Sie ihn niemals erfahren.«

»Nein. Hätte ich nicht.«

»Und jetzt wissen Sie so viel über sie. Wo sie gelebt hat. Mit wem sie verheiratet war. Die Kunstrichtung, die sie sammelte. Die Automarke, die sie fuhr. Sogar ihr Geburtsdatum.« Ihr Tonfall klang plötzlich verbittert, fast sarkastisch. Aber ich konnte nicht sagen, gegen wen er gerichtet war. »Und es gibt etwas, das keine der Zeitungen enthüllt hat. Sie trug keinen Ehering, stimmt's, Robin? Tun Sie nicht so, als hätten Sie es nicht bemerkt. Männern fällt so etwas auf, oder nicht? Sie bemerken solche Dinge.«

Ich zuckte die Schultern. »Also gut. Sie trug ihn nicht. Ich habe mir nichts dabei gedacht.«

»Dann sind Sie der einzige. Die Polizei wußte nicht, was sie davon halten sollte. Zuerst dachten sie, *er* hätte ihn an sich genommen. Vermutlich weil er aus Gold war. Aber dann erwähnte Rowena, daß Mummy ihn nicht trug, als sie an jenem Morgen nach Hause kam. Offensichtlich hatte sie ihn am Tag zuvor verloren. Am Strand. In Biarritz. Wir haben dort eine Villa. Mummy und Daddy verbringen ...« Sie senkte den Kopf. »Sie *verbrachten* gewöhnlich viel Zeit dort. Daddys Vater kaufte sie kurz nach dem Krieg. Wissen Sie, meine Großmutter war Französin. Sie verbrachten ihren Lebensabend dort. Daddy dachte, er und Mummy würden eines Tages dasselbe tun.«

»Also«, sagte ich betreten, »verlor sie ihn einfach nur.«

»Anscheinend.«

»Dann hat es doch überhaupt nichts zu bedeuten, oder?«

»Das kommt darauf an.«

»Worauf?«

»Darauf, ob Sie glauben, daß sie ihn verloren hat.« Als sie mein Stirnrunzeln bemerkte, fuhr sie fort: »Naylor streitet alles ab. Jeden einzelnen Anklagepunkt. Er hat vor, auf nicht schuldig zu plädieren. Die Polizei geht davon aus, daß er vor der Verhandlung seine Meinung ändern wird, aber wenn er das nicht tut ...«

»Wie kann er auf unschuldig plädieren? Sie haben es selbst gesagt. Die DNA-Analyse. Die ist idiotensicher.«

»Nicht, wenn er behauptet, daß der Geschlechtsverkehr freiwillig geschehen ist.«

»*Freiwillig?* Das ist absurd. Mein Gott, er hat sie umgebracht.«

»Irgend jemand hat sie umgebracht. Ich bin nicht sicher, ob die Polizei Beweise dafür hat, daß Naylor sie tatsächlich erwürgt hat. Natürlich haben sie uns nicht viel erzählt. Ich habe mir das aufgrund der Fragen zusammengereimt, die sie uns gestellt haben. Und derjenigen, die sie nicht gestellt haben. Ich studiere Jura. Es hilft nicht viel, aber es vermittelt mir einen Eindruck davon, was passiert. Naylor wird aussagen, daß er sie in einem Pub in der Nähe von Kington getroffen hat. Ein Lokal, das Harp genannt wird, in Old Radnor.« Sie machte eine Pause. »Sie machen den Eindruck, als ob Sie es kennen würden.«

»Ich habe dort mit Henley Bantock zu Mittag gegessen. An dem Tag, als wir ... uns knapp verpaßt haben.«

»Woher kennt er es?«

»Durch seinen Onkel.«

»Verdammt«, murmelte sie vor sich hin.

»Was ist los?«

»Da besteht doch eine Verbindung. Mit Mummy. Es bedeutet, daß sie schon vorher dort gewesen sein könnte.«

»Ich verstehe nicht.«

»Old Radnor liegt am Ende der Welt. Naylors Geschichte ist unglaubwürdig, wenn auszuschließen ist, daß Mummy jemals dort gewesen ist. Aber wenn sie dorthin gegangen ...«

»Mit Oscar Bantock?«

»Vielleicht. Sie hat ihn schon vorher in Kington besucht. Und er trank gerne etwas. Es wäre doch möglich, oder?«

»Ich denke schon. Aber was soll das?«

»Naylor wird sagen, sie haben sich zufällig dort getroffen. Sie hat ihm einen Antrag gemacht. Oder er ihr. Das spielt keine Rolle. Er wird sagen, daß sie ihn mit nach Whistler's Cot genommen hat, und dort hatten sie, was das Gesetz Sex in gegenseitigem Einverständnis nennt. Dann ging er weg, und Mummy war am Leben und Oscar Bantock nirgendwo zu sehen. Er wird sagen, daß jemand anderes sie später ermordet haben muß.«

»Niemand wird ihm das glauben.«

»Nein. Aber die Verteidigung wird diesen Standpunkt so gut wie möglich vertreten. Es ist das einzige, was sie behaupten können. Und diese Geschichte mit dem Lokal macht es ein bißchen weniger unglaubwürdig. Und die Wahl des richtigen Zeitpunkts natürlich. Die Polizei war enttäuscht, als Sie behaupteten, daß Mummy Hergest Ridge um 19.30 Uhr verließ. Es bedeutet, daß Naylors Behauptung, sie zwischen 20 Uhr und 20.30 Uhr im Harp getroffen zu haben, nicht ausgeschlossen werden kann.«

»Aber sicherlich... wenn niemand sie dort gesehen hat...«

»Trotzdem ist es theoretisch immer noch möglich, nicht wahr? Mummy hat Ihnen angeboten, Sie mitzunehmen. Das haben Sie selbst gesagt. Die Verteidigung wird dies als weiteren Versuch werten, jemanden aufzureißen. Sie wird sagen, bei Ihnen hätte es nicht funktioniert, aber bei Naylor war es erfolgreich.«

»Ich werde nicht zulassen, daß sie damit durchkommen.«

»Es wird nicht einfach sein, sie aufzuhalten. Wenn Sie erst einmal im Gerichtssaal stehen, dann befinden Sie sich in ihrem Revier.«

Gerichtssaal. Das war das Wort. Und das war die Erkenntnis, der ich irgendwie ausgewichen war. Daß ich eine vorsichtige Aussage vor der Polizei gemacht hatte, war noch nicht das Ende des Ganzen gewesen. Ich würde in Naylors Verhandlung aussagen müssen. Fragen unter Eid beantworten müssen. Wenn Naylor weiterhin auf unschuldig plädierte, war es praktisch sicher, daß ich von der einen oder anderen Seite als Zeuge aufgerufen werden würde.

»Naylor ist schuldig. Aber es könnte ziemlich unangenehm werden, es zu beweisen. Mummy verliert ihren Ehering, fliegt nach England und besucht einen Mann, der allein an der walisischen Grenze lebt. Auf dem Weg dorthin bietet sie einem Fremden an, ihn mitzunehmen, was für sie ein großer Umweg gewesen wäre, wenn er angenommen hätte. Sehen Sie nicht, wie man alles klingen lassen könnte?«

Sie hatte herausgefunden, was ich befürchtet hatte. Das war es, natürlich. Ich bemerkte es an dem Anflug von Ungeduld in ihrer Stimme. Sie wollte nicht, daß ich ihr half, mit ihrem Kummer fertig zu werden. Was sie wirklich wollte, war meine Bestätigung, daß nichts anderes mehr herauskommen würde. Ein Haufen dürftiger Verbindungen und flüchtiger Zufälle war schlimm genug. Aber etwas Konkretes – etwas, das ihrer Mutter von einem unvoreingenommenen Zeugen zugeschrieben würde – wäre unendlich viel schlimmer. Sie brauchte mich, um ihr zu bestätigen, daß dies nicht geschehen würde.

»Mummy ging leichtsinnig mit ihrem Besitz um und neigte dazu, alle möglichen Dinge zu verlieren. Sie war verrückt genug nach expressionistischer Kunst, um einen Urlaub abzubrechen, einfach nur, um ein Stück zu kaufen, das sie begehrte. Und sie war ein großzügiger Mensch. Sie handelte impulsiv. Man könnte es eine Laune nennen. Wie das Angebot, Sie mitzunehmen. Es gibt keine versteckte Andeutung darin.«

»Natürlich nicht.«

»Aber man mußte sie kennen, um das zu verstehen. Die Geschworenen werden Fremde sein. Ebenso der Richter und die Rechtsanwälte und die Zuschauer und jeder, der über das Gerichtsverfahren liest, während es stattfindet. Sie werden sie überhaupt nicht verstehen. Aber sie werden denken, daß sie es tun.«

»Falls ich als Zeuge aufgerufen werde, Sarah...« Ich lehnte mich vor, um meinen Worten Nachdruck zu verleihen. »Ich werde mein Bestes tun, daß es keine Möglichkeit für ein Mißverständnis gibt. Der Ruf Ihrer Mutter wird von meiner Seite aus nicht beschädigt.«

Sie schaute mich einen Augenblick lang konzentriert an, dann sagte sie: »Ich bin so froh, daß Sie das sagen.«

»Ich meine es so.«

»Vielen Dank.«

»Es gibt keinen Grund, mir zu danken. Ich werde lediglich die Wahrheit sagen.«

Aber das war es nicht allein. Und falls meine Aussage in Zweifel gezogen wurde, wie konnte ich sicher sein, daß die Erklärungen, die Sarah mir für den Verlust des Rings und für den impulsiven Flug von Biarritz gegeben hatte, geglaubt wurden? Indem ich das Anständige tat, stimmte ich stillschweigend zu, meine Rolle in einer subtilen Beschönigung der Tatsachen zu spielen: Schadensbegrenzung im Interesse von Louise Paxtons gutem Ruf. Und warum auch nicht? Es konnte niemandem schaden. Niemand verlor etwas dadurch. Nicht einmal Naylor. Da er zweifellos schuldig war. War er es wirklich?

Ich war nicht sicher, ob Sarah erwartete, mich noch einmal zu treffen, solange sie in Brüssel war. Als ich sie ins Hilton zurückbrachte, fragte ich – mehr aus Höflichkeit als aus anderen Gründen –, ob sie die Sehenswürdigkeiten besichtigen wollte. Um ehrlich zu sein, besaß die Stadt nicht viele davon. Zu meiner Überraschung reagierte sie begeistert. Vermutlich war ein einsames Wochenende in einem fremden Land das letzte, was sie brauchen konnte. Wir vereinbarten, daß ich sie am nächsten Morgen um zehn Uhr abholen würde.

Der Samstag war warm und strahlend. Sie wartete bereits auf mich, als ich im Hilton eintraf, und wir brachen zu einem Rundgang zu Brüssels Sehenswürdigkeiten auf. Der Grand Place und Manneken-Pis zu Fuß. Dann mit meinem Auto zum Atomium – Belgiens Antwort auf den Eiffelturm. Mittagessen in einem Café in der Nähe von Square Montgomery. Ein Bummel durch den Parc du Cinquantenaire. Später dann Tee in meiner Wohnung in der Rue Pascale.

Zu Beginn unserer Sightseeingtour sprachen wir nicht über die Verhandlung – oder auch nur direkt über den Tod ihrer Mutter. Statt dessen beschrieb ich das Leben eines Eurokraten und die alternativen Reize von Timariot & Small und gab dabei mehr über meine Person preis, als ich eigentlich wollte. Es stellte sich heraus, daß Sarahs Kenntnis der Gedichte von Edward Thomas meine in den Schatten stellte. Sie konnte sie nach Belieben zitieren. Und sie konnte die Namen der Plätze von Steep aufzählen, die in seinen Gedichten vorkamen, obwohl sie nicht öfter als einmal dort gewesen war.

»Mummy fuhr mich an einem Sonntag während meines letzten Schuljahres hinunter nach Steep«, erinnerte sie sich, als wir in der obersten Kugel des Atomiums standen und so taten, als würden wir den Blick auf den Parc de Laeken und das Château Royal bewundern, während vor unserem geistigen Auge die dichtbewaldeten Seiten von Stoner Hill auftauchten. »Wir befaßten uns gerade mit Thomas für die A-Stufe, und er war mein Lieblingsdichter geworden. Ich glaube, es hatte etwas mit seiner Melancholie zu tun. Jugendliche verstehen diesen Zustand besser als die meisten Erwachsenen, meinen Sie nicht auch?« Als sie sah, wie ich in der vergeblichen Anstrengung, mich an meinen Geisteszustand im Alter von achtzehn Jahren zu erinnern, die Stirn runzelte, hatte sie Mitleid mit mir und fuhr fort: »Ich wollte die Plätze sehen, die ihn zu seinen Gedichten inspiriert hatten. Und Mummy brachte mich gerne dorthin, obwohl sie es später bereut haben muß, als sie immerzu auf und ab auf jenen kurvenreichen Straßen fahren mußte, während ich die Landschaft genoß. Wahrscheinlich sind wir im Laufe des Nachmittags mehrere Male an Greenhayes vorbeigekommen. Ohne auch nur daran zu denken, daß eines Tages ...«

»Wann war das ungefähr?«

»Im Frühling 87. Glaube ich zumindest.« Sie machte eine Pause. Als sie fortfuhr, wußte ich sofort, daß es nicht mehr ihre eigenen Worte waren. »›Die Kirschbäume neigen sich und werfen ihre Blüten ab, auf der alten Straße, wo alle, die vorbeikamen, tot sind. Ihre Blütenblätter bestreuen das Gras wie für eine Hochzeit, an diesem frühen Maimorgen, wenn niemand da ist, der heiraten könnte.‹« Sie schenkte mir ein trauriges kleines

Lächeln. »Merkwürdig, nicht wahr? Ich meine, unsere Wege kamen sich vor drei Jahren schon so nahe, haben sich aber erst jetzt gekreuzt. Das Schicksal war wohl einfach noch nicht bereit.«

»Sie glauben an Schicksal?«

»Ich bin nicht sicher. Vielleicht hilft es, wenn man es tut. Falls überhaupt irgend etwas helfen *kann*.« Sie holte tief Luft. »Die Polizei hat angeboten, eine Beratung für uns zu arrangieren, und Daddy hat Rowena überredet, es zu versuchen. Sie geht zweimal die Woche zu einem Experten für seelische Schocks.«

»Aber Sie nicht?«

»Ich will keine Beratung. Ich will Gerechtigkeit.« Jetzt lag die Härte wieder in ihrer Stimme, das gefühlvolle Philosophieren war unvermittelt zu Ende. »Ich will, daß Shaun Naylor für den Rest seines widernatürlichen Lebens hinter Gitter kommt.« Ein anderes, ganz entgegengesetztes Lächeln, selbstbewußt, fast spöttisch gegen sich selbst. »Ein Rechtsanwalt in der Ausbildung sollte nicht so reden, nicht wahr?«

»Vielleicht nicht. Aber ich bin kein Rechtsanwalt, also kann ich es sagen. Jeder, der tut, was Naylor getan hat, hat sein Recht auf Leben verwirkt.«

Sie blickte mich durchdringend an. »Das denken Sie wirklich?«

»Ja. Sie nicht? Ich meine, wenn man die Plattheiten, die sozialen Feinheiten beiseite läßt. Glauben wir nicht alle im Grunde genommen an den Grundsatz Auge um Auge, Zahn um Zahn?«

Sie antwortete nicht. Ihr Blick ging an mir vorbei und richtete sich auf einen entfernten Punkt über dem Horizont. Und meine eigene Heftigkeit war mir plötzlich peinlich, ich war beschämt von dem primitiven Instinkt, den Louise Paxtons Tod in mir geweckt hatte – den ihre Tochter hingegen in Schach halten konnte. »Lassen Sie uns hinuntergehen«, sagte sie sanft. »Ich habe genug gesehen.«

Während des Mittagessens und danach, als wir auf einer schattigen Bank im Parc du Cinquantenaire saßen, wurde Sarah mitteilsamer. Ihr Großvater, Dudley Paxton, war im diplomatischen Dienst gewesen, und seine Karriere gipfelte Ende der fünfziger Jahre in seiner Berufung zum britischen Botschafter verschiedener ehemaliger französischer Kolonien in Afrika kurz nach ihrer Unabhängigkeit. Er und seine baskische Ehefrau verbrachten den Ruhestand in Biarritz, in der Nähe von Großmutters zahlreichen Verwandten. Ihre Villa, L'Hivernance, die Sarahs Vater geerbt hatte, war der Schauplatz vieler ihrer schönsten Kindheitserinnerungen. Sie und Rowena spielten während langer sonniger Sommer tagelang im Garten oder bauten Sandburgen an dem weltberühmten Strand, der nur einen Steinwurf weit entfernt lag.

Sir Keith machte sich währenddessen einen Namen in der medizinischen Welt. Mit königlichen Patienten und dem Ritterstand erwarb er sich eine lukrative Privatpraxis, ein großes Stadthaus in Holland Park, ein gemütliches Wochenendhaus in den Cotswolds, und für seine Frau und die Kinder gab es nur das Beste von allem. Er war ein abgöttisch liebender Vater und ließ beiden Töchtern eine kostspielige Ausbildung zuteil werden, er kaufte ihnen Ponys aus guter Zucht, ermöglichte ihnen jeden Winter Skiferien und schenkte ihnen zu ihrem achtzehnten Geburtstag ein Auto. Was Louise betraf, die fünfzehn Jahre jünger war als er und mit Vierzig noch schöner aussah als mit Dreißig, so gab es nichts, was Sir Keith nicht getan hätte. Kleidergeld, das sie nicht ausgeben konnte. Einen Luxuswagen, den sie nicht wollte. Und ein goldener Käfig – ich konnte nicht umhin, dies zu vermuten –, in dem sie nicht für immer bleiben wollte.

Sir Keith teilte Louises Interesse für expressionistische Kunst nicht und schien, trotz all seiner Großzügigkeit in anderen Bereichen, das Geld, das sie dafür ausgab, nur widerwillig herauszurücken. Sie und eine Schulfreundin, Sophie Marsden, begannen sich als Sammlerinnen zu betätigen, um herauszufinden, ob sie damit mehr als ihre Ehemänner mit ihren soliden und vernünftigen Investitionen verdienen könnten. Natürlich gelang es ihnen nicht, aber sie genossen es, sich Expertenwissen anzueignen und begannen mit dem Versuch, Talente zu entdecken, bevor sie bekannt und teuer wurden. Oscar Bantock war mehr eine vergangene Größe als eine zukünftige, aber Louise tat ihr Bestes, indem sie Ausstellungen in kleinen, aber ausgewählten Galerien arrangierte, wo vielleicht die richtigen Leute erkannten, was ihnen noch fehlte.

Eine dieser Ausstellungen fand in Cambridge während Sarahs letztem Jahr am King's College statt. Ihre Anwesenheit bei der Vernissage war mehr oder weniger obligatorisch, und damals hatte sie Bantock zum ersten und gleichzeitig letzten Mal getroffen. »Ein kleiner, stämmiger Mann mit weißem Haar und einem buschigen Bart. Natürlich ein bißchen knurrig. Von der Art: ›Warum bin ich aufgetakelt wie eine Fregatte und nippe an warmem weißen Wein mitten in diesem lärmenden Haufen von Banausen?‹ Aber man konnte sehen, daß er sich um Mummys willen bemühte, sich anständig zu benehmen. Was die reine Ironie war, denn schließlich war die Veranstaltung *seinet*wegen und nicht ihretwegen. Er war nett zu mir, wahrscheinlich aus dem gleichen Grund. Sogar zu dem Mann, den ich mitbrachte, der, wie ich mich erinnere, ein paar reichlich abschreckende Bemerkungen machte. Aber der alte Oscar grinste nur und zwinkerte mir zu. Seine Augen waren von ziemlich aufregendem Blau. Blaßblau und strahlend zugleich. Und er hatte so eine tiefe, grollende, gepreßte Stimme. Wie ein Opernbariton, der ein Wiegenlied singt. Kennen Sie das? Unterdrückte Kraft. Energie, die darauf wartet, freigelassen zu werden. Ich kann ihn jetzt so deutlich sehen. Es ist höchstens fünf Monate her. Aber es kommt mir vor wie fünf Jahre.«

Das war es. Die Sackgasse, zu der wir immer wieder zurückkehrten. Welchen Weg durch das Labyrinth du auch immer wählen magst. Welchen Ausblick über die Hecke du auf der Strecke auch immer bewundern magst. Die Sackgasse lauerte schon auf dich. Und wenn nicht hinter der nächsten Ecke, dann hinter der übernächsten.

»Warum hat er es getan?« fragte sie später. »Ich meine, wenn er lediglich ein Einbrecher ist, wie sie anzunehmen scheinen. Warum Mord? Warum Vergewaltigung?«

»Ich vermute, eines führte zum anderen. Wahrscheinlich war er völlig high. Und Ihre Mutter...«

»Ja?«

»War eine sehr schöne Frau.«

»Das klingt fast wie eine Entschuldigung.«

»So meine ich das nicht. Es ist nur eine Erklärung. Solche Typen sehen etwas Wunderschönes und Wertvolles und wollen es zerstören. Anschauen – und sogar anfassen – ist für sie nicht genug. Was sie nicht haben können, zerstören sie.«

»Ja.« Sie nickte. »Und wir übrigen sind dazu da, die Scherben aufzusammeln.« Sie ging die von Bäumen gesäumte Avenue des Parks hinunter, und ich stand da und schaute ihr für ein paar Sekunden nach, bevor ich ihr folgte. Ihr Kopf war gesenkt, und ihre Schultern hingen förmlich sichtbar herab. Sie bemühte sich sehr, die Scherben ihres Lebens einzusammeln – und die ihrer Schwester und ihres Vaters dazu. Aber es waren so viele. Sie waren so weit verstreut. Und so scharf, daß diejenigen, die sie berührten, unweigerlich bluten würden.

Erst viel später analysierte ich die Annahmen und Vorurteile, die Sarah und ich an jenem Wochenende geteilt hatten. Lange bevor wir alle Fakten kannten, lange bevor ein Gericht die Beweise erwogen und geprüft hatte, waren wir sicher, daß wir genau wußten, was geschehen war. Und vor allem waren wir sicher, daß Shaun Naylor schuldig war.

Laut Sarah hatte die Polizei ihn nur dank eines Hinweises

gefaßt. Von wem er stammte, wußte sie nicht. Eine Ehefrau. Eine Freundin. Ein Kumpel, vor dem er geprahlt hatte. Es spielte eigentlich keine Rolle, wer es gewesen war oder warum. Seit dem Zeitpunkt mußten sich die Beweise gegen ihn aufgetürmt haben. Andernfalls hätte er sich niemals eine so unglaubwürdige Geschichte ausgedacht. Oder doch?

An jenem Abend lud ich Sarah zum Abendessen in mein italienisches Lieblingsrestaurant Castello Banfi ein. Sie erteilte mir eine eindrucksvolle Lektion ihrer Entschlossenheit, niemandem verpflichtet sein zu wollen, indem sie mir eine öffentliche Szene androhte, wenn ich sie nicht die Hälfte der Rechnung bezahlen ließe. Aber sie erlaubte mir, sie zum Hilton zurückzubringen. Das hätte eigentlich der Abschied sein können, da sie am nächsten Nachmittag wieder nach Hause fliegen wollte und ich am Sonntag von ein paar Berufskollegen, die um mein Wohl besorgt waren, in Waterloo zum Mittagessen eingeladen war. Aber da ich mir sowieso nicht sicher war, ob ich die Truppe wirklich sehen wollte, behauptete ich, keinerlei Verpflichtungen zu haben, und bot ihr an, sie zum Flughafen zu bringen. Sie nahm an.

Als ich das Hotel verließ, fiel mein Blick auf das Kino Toison d'Or auf der gegenüberliegenden Seite des Boulevards. Einer der Filme, dessen Titel in Leuchtschrift herüberfunkelte, war der neueste Thriller mit Harrison Ford: *Aus Mangel an Beweisen.* Aber ich kann guten Gewissens behaupten, daß mir die Ironie daran nur für einen kurzen Moment bewußt wurde, ehe ich meinen Weg in Richtung Rue Pascale fortsetzte und mir dabei eine Entschuldigung für meine Freunde in Waterloo ausdachte.

Etwas anderes, worüber ich mich weigerte nachzudenken, war meine Abneigung, Sarah Paxton wieder aus meinem Leben verschwinden zu lassen, nachdem sie es gerade erst betreten hatte. So eine Analyse hätte vielleicht aufgedeckt, ob die Anziehung, die ich zu spüren begann, mit ihr zu tun hatte oder mit dem Teil, der mich an ihre Mutter erinnerte. Vielleicht jagen wir immer Gespenstern oder Zeichen oder zufälligen Ähnlichkeiten hinterher. Vielleicht ist jeder, zu dem wir uns jemals hingezogen fühlen, in Wirklichkeit nur eine blasse Ausgabe der eigentlichen Person, die wir niemals treffen werden. Aber wennschon, es hilft nicht, den Tatsachen zu widersprechen.

Erst eine Stunde vor ihrem Abflug, als ich mit Sarah im Flughafencafé saß, fiel mir ein, sie zu fragen, zu welcher Art von Leben sie in England zurückkehrte. Und erst als ich ihre Antwort hörte, wurde mir klar, daß es keineswegs so schwierig war, mit ihr in Kontakt zu bleiben.

»Noch ein Jahr Jurastudium, bevor ich meine Referendarprüfung mache. Ich habe daran gedacht, sie zu verschieben, aber ... was hätte es für einen Sinn? Das Leben muß weitergehen, wie man so schön sagt. Also habe ich mich eingeschrieben und werde nächsten Monat in Guildford anfangen.«

»Guildford? Aber das ist nicht weit von –«

»Von Steep? Nein. Das ist gar nicht weit weg. Eigentlich habe ich es genau deswegen ausgesucht. Natürlich war ich mir damals nicht bewußt ...«

»Wollen Sie von London aus pendeln?«

»Im Idealfall nicht. Ich möchte lieber während der Woche irgendwo in der Gegend wohnen. Aber ... in letzter Zeit ist es schwer, sich auf solche praktischen Dinge zu konzentrieren. In der Zwischenzeit dürften die besten Plätze weg sein.«

»Falls Sie nichts haben ...« Ich zögerte, dann entschied ich, daß es nur ein Vorschlag war, der für sie vielleicht hilfreich war. Es deutete nichts darauf hin, ob die Antwort ja oder nein lauten würde. Wie sollte es auch? »Meine Schwägerin – das heißt die Witwe meines Bruders – besitzt ein großes Haus in Hindhead. Es dürfte nicht mehr als zwölf Meilen von Guildford entfernt sein. Und sie sucht einen Untermieter. Das hat sie mir selbst gesagt. Sie beide haben erst kürzlich einen Verlust erlitten. Vielleicht... Nun, es könnte eine Überlegung wert sein.«

»Ja«, sagte Sarah nachdenklich. »Vielleicht.«

Als sie ungefähr zehn Minuten später ging, standen Bellas Adresse und Telefonnummer in ihrem Terminkalender.

Am folgenden Tag kaufte ich eine Sammlung von Edward Thomas' Gedichten. Bald schon fand ich das Gedicht, das Sarah rezitiert hatte, und auch andere, die mich fesselten. Ob ich diese Gedichte vorher ignoriert hatte oder einfach noch nicht bereit gewesen war für sie, auf jeden Fall ergriffen sie mich jetzt mit einer Art enthüllenden Kraft. Wie könnten sie fehlen, wenn so viel aus meiner eigenen Erfahrung in den Versen zu stecken schien? Und wie könnte ich nicht an Louise Paxton – oder ihre Tochter – denken, wenn ich Zeilen wie die folgenden las:

Nachdem du gesprochen hast
Und was du gemeint hast,
Ist offensichtlich,
Treffen meine Augen
Deine, das heißt
Deine Wangen und Haare,
Etwas viel Weiseres,
Viel Dunkleres
Und sehr Verschiedenes.

Besonders, wenn Thomas sogar unser Zusammentreffen auf Hergest Ridge vorhergesehen zu haben schien.

Es war an einem Juliabend.
Als ich an einem Zaun stand und den Weg entlangschaute
Über das Land in einem zweiten Lenz,
Wieder in voller Blüte. »Was danach kommt
Wird gut sein.« So sprach der Fremde.

Aber hier irrte er. Oder der Fremde hatte sich geirrt. Was bei uns danach kam, war nicht gut.

Ungefähr eine Woche später bekam ich einen Anruf von Bella. Sie wollte mir danken, weil ich ihr eine Untermieterin besorgt hatte. »Eine deiner besten Ideen, Robin«, sagte sie. »Sarah und ich haben uns sofort verstanden.« Das zu glauben, fiel mir schwer. Aber wenn Bella es glauben wollte, warum sollte ich mit ihr streiten? »Ich denke, wir könnten uns gegenseitig sehr unterstützen. Meinst du nicht auch?«

5. Kapitel

Am Ende konnten die Verantwortlichen doch nicht dazu überredet werden, mich vorzeitig zu entlassen. Zu meiner Überraschung wollten sie mich im Grunde überhaupt nicht gehen lassen. Phrasen wie »sehr vermissen« und »schwer zu ersetzen« wurden verbreitet. Es war ein bißchen, als ob man seinen eigenen Nachruf liest. In einer Hinsicht befriedigend, aber auch frustrierend. Nicht zuletzt, weil es bedeutete, daß meine Kündigung bis zum bittersüßen Ende hinausgezögert wurde: dem 31. Oktober 1990. Für mich stellte es sich als enttäuschendes Datum heraus, da mein Abschiedsfest leider mit einer Halloweenparty im Büro zusammenfiel. Als ich ging, war ich unsicher, ob das Geschenk meiner Kollegen – ein Kricketschläger der Güteklasse A von Timariot & Small, den jeder von ihnen im Stil einer englischen Gastmannschaft signiert hatte – eher ein Scherz oder eine besondere Auszeichnung war.

Wie auch immer, ein Kapitel meines Lebens war abgeschlossen. Ich flog nach England und trat am folgenden Montag meine Stellung als Produktionschef bei Timariot & Small an. Ich zog nach Greenhayes, erinnerte aber meine Mutter in regelmäßigen Abständen daran, daß es lediglich ein vorübergehendes Arrangement war, bis ich Zeit hatte, eine passende Wohnung zu suchen. Es war mir ernst damit, obwohl die Preise auf dem englischen Immobilienmarkt während der zwölf Jahre, in denen ich selbstzufrieden Junggesellenwohnungen in Brüssel gemietet hatte, deutlich meine Möglichkeiten überstiegen hatten. Aber im Augenblick war ich so beschäftigt, daß ich dankbar war, daß meine Mutter für mich kochte und wusch. Sogar um den Preis ihres unbarmherzigen Geplappers und Simons ironischer Bemerkungen. Ich versprach mir selbst, daß ich im neuen Jahr das Problem angehen würde.

Soweit ich wußte, würde dann Shaun Naylors Verhandlung auf uns zukommen. Während ich noch in Brüssel war, hatte ich vom Bezirksgericht eine Vorladung als Zeuge erhalten, daß mein Erscheinen bei der Verhandlung eventuell verlangt würde, aber das Datum dafür noch nicht feststand. Die Kington-Morde waren völlig aus den Zeitungen verschwunden und befanden sich im Zwischenstadium der Justizverzögerung. Tausende, die seinerzeit darüber gelesen und spekuliert hatten, hatten sie wahrscheinlich völlig vergessen. Aber für diejenigen, die nicht vergessen konnten – für die Familie Paxton –, mußte es so sein, als ob sie wieder auf Louises Beerdigung warten würden, immer länger und länger, während die Monate vergingen. Ein katharsischer Augenblick, der auf unbestimmte Zeit verschoben worden war. Soweit sie oder einer von uns wußten, hatte Naylor noch immer vor, auf unschuldig zu plädieren. Aber schließlich mußte man ihm vor Gericht sein Recht zugestehen.

Während meiner ersten paar Wochen in England versuchte ich verschiedentlich, mich mit Sarah in Verbindung zu setzen, aber ohne Erfolg. Während ich damit beschäftigt war, die Arbeiterschaft bei Timariot & Small kennenzulernen und meine Autorität ebenso bestimmt wie sanft klarzumachen, war sie ohne Zweifel ebenso damit beschäftigt, Vertrags-, Delikt- und Strafrecht zu lernen. Es schien so, als ob ich immer nur Bella ans Telefon bekam, und das konnte ich nicht zu oft riskieren, wenn sie keine falschen Schlüsse ziehen sollte. Und Sarah reagierte einfach nicht auf meine Anrufe. Ich begann zu argwöhnen, daß sie mich entmutigen wollte. Ich fing an darüber nachzudenken, wie verständlich das wäre. Sicher gab es Freunde. Ein halbes Dutzend Männer, die ihr alters- und interessensmäßig näherstanden als ich. Wem wollte ich eigentlich etwas vormachen? Und warum?

Die Anziehung, die ich in Brüssel gespürt hatte, galt doch eigentlich gar nicht ihr, oder?

Meine Mutter war natürlich neugierig wegen dieses Arrangements. Warum hatte Bella eine Untermieterin aufgenommen? Und warum gerade *diese?* Aber ihre Versuche, ein Treffen einzufädeln, führten zu nichts. Schließlich wurde ihre Neugier aus Mangel an Informationen schwächer. Und je mehr Zeit nach Hughs Tod verging, desto reduzierter wurden unsere Kontakte mit Bella. Ereignisse und Gefühle verschwammen. Ich vermute, dies ist eine zwangsläufige Entwicklung. Und so wäre es weitergegangen – wenn nicht der Prozeß gewesen wäre.

An einem Abend in der ersten Dezemberwoche kam ich früher als gewöhnlich nach Hause und fand Brillo und meine Mutter in Gesellschaft von Bella vor. Sie hatten Tee und Kuchen zu sich genommen und die Familienfotos – alle vier Alben – angesehen. Bella vermittelte den Eindruck der nachgiebigen Schwiegertochter, die mit Freuden einen kleinen Ausflug in die Erinnerung machte. Das mochte meine Mutter getäuscht haben. Nicht aber mich. Bella wollte etwas. Die Frage war nur: was?

Ich mußte nicht lange auf die Antwort warten. Sobald meine Mutter das Zimmer verlassen hatte, um frischen Tee zuzubereiten, sagte Bella zu mir: »Wir haben dich nicht gesehen, seit du zurück bist, Robin. Das ist enttäuschend.«

»Wir?«

»Sarah und ich.«

»Ich *habe* angerufen. Mehr als einmal.«

»Nun, ich gebe zu, es *ist* schwierig. Sarah ist so beschäftigt mit der Universität. Und sie fährt jedes Wochenende nach Hause. Und natürlich ist auch mein Leben ziemlich hektisch.«

»Ich selbst hatte auch ein oder zwei Dinge zu erledigen.«

»Weißt du, daß du dich genauso wie Hugh anhörst, wenn du diesen beleidigten Ton anschlägst?«

»Wirklich? Nun, ich –«

»Wie auch immer, mach dir nichts draus. Sarah fährt an diesem Wochenende *nicht* nach Hause. Vielmehr wird Keith mit Rowena kommen, um sie zu besuchen, und –«

»Keith? Du meinst, ihr Vater?«

»Ja. Ich habe ihn« – sie warf ihr Haar zurück –, »oh, inzwischen bereits ein paarmal getroffen. Er ist wirklich ein sehr netter Mann. Ungekünstelt, weißt du? Er ist nicht hart und verbittert geworden wie so viele Männer.« Ich konnte nicht umhin zu denken, daß sie normalerweise nach Erfahrungen mit Frauen wie Bella so werden. Trotzdem besaß sie einen ansteckenden Optimismus. Man konnte Spaß mit ihr haben – sogar wenn sie sehr ärgerlich war. Wenn Sir Keith Paxton ihre Gesellschaft als erfreuliche Abwechslung von seinen Sorgen empfand, konnte ich ihm das nicht verübeln. Nichtsdestoweniger mißfiel mir der Ton. Bella mochte aus Effekthascherei übertreiben, indem sie beiläufig seinen Namen ohne Titel fallenließ. Aber ganz egal, ich fühlte, wie Ärger in mir hochstieg. »Er hat natürlich sehr gelitten. Und er hat das Schlimmste noch nicht einmal überstanden. Rowena macht ihm fürchterliche Sorgen, und auch Sarah.«

»Warum?«

»Hat Sarah es dir nicht erzählt?« Sie lächelte. »Nein, ich denke nicht. In diesem Fall sollte ich es vielleicht auch nicht ...« Sie wartete darauf, daß ich anbiß, aber ich lächelte nur zurück. »Trotzdem sollte ich dich vielleicht irgendwie vorbereiten.«

»Mich worauf vorbereiten, Bella?«

»Ich hatte gehofft – *wir* hatten gehofft –, daß du nächsten Sonntag zum Mittagessen zu uns kommst. Um Keith zu treffen. Und Rowena. Er wird sie mitbringen. Weißt du – oh, da ist ja Hilda mit deinem Tee.« Und wie mir ein blitzender Blick sagte, war das alles, was sie mir im Augenblick erzählen konnte. Wie eine Schauspielerin, die sie hätte werden sollen, wie ich mir manchmal dachte, hatte sie das Fallen des Vorhangs perfekt getimt.

Der nächste Akt wurde mir im Cricketers, dem Dorfgasthaus von Steep, vorgeführt. Bella hatte vorgeschlagen, dort auf ihrem Nachhauseweg noch etwas zu trinken, da sie wußte, daß meine Mutter nicht im Traum daran dachte, uns zu begleiten. Meine Mutter betrachtete Pubs als Orte, die Damen meiden sollten, abgesehen von gelegentlichen Imbissen zur Mittagszeit, und auch das nur unter schwerem Geleitschutz. Unnötig zu erwähnen, daß Bella diese Ansicht ganz und gar nicht teilte. Aber schließlich war Bella, wie Mutter manchmal betonte, auch keine Dame.

»Ich muß vorsichtig sein, was ich über Sarahs Familie erzähle, Robin. Ich bin sicher, du hast dafür Verständnis.«

»Natürlich.« Ich hatte auch dafür Verständnis, daß Bella nichts mehr genoß, als andere Leute mit Informationen zu reizen, die sie besaß, die anderen aber nicht.

»Ich habe Rowena nur einmal getroffen, aber es war ganz offensichtlich, daß sie sich im Gegensatz zu Sarah nicht vom Verlust ihrer Mutter erholt hat. Weißt du, sie sollte in diesem Herbst mit dem Studium beginnen. Aber das mußte man verschieben. Sie ist im Augenblick nicht in der Lage, irgendwelche Verpflichtungen zu übernehmen – egal, ob Arbeit *oder* Studium. Die ganze Sache hat sie ziemlich erschüttert.« Sarah hatte in Brüssel davon gesprochen, »die Scherben aufzusammeln«. Ich fragte mich jetzt, ob sie damals mehr ihre Schwester als sich selbst gemeint hatte. »Sie geht zum Psychiater, obwohl – ob er wirklich eine Hilfe ist . . .«

»Sarah sprach von einer Trauma-Beratung.«

»Es ist viel mehr als eine Beratung daraus geworden. Rowena hat nicht Sarahs scharfen Verstand, ihre . . . Widerstandskraft. Sie ist wirklich ziemlich zerbrechlich. Sieht in keiner Weise so alt aus, wie sie ist. Mehr wie vierzehn als wie neunzehn. Du kannst dir vorstellen, was für einen Einfluß das Ganze auf einen Menschen wie sie gehabt haben muß. Sie mußte die Leiche identifizieren, weißt du das? Und sie war die letzte, die Louise gesehen hat vor...« Warum ärgerte es mich, daß Bella Louise Paxton beim Vornamen nannte? Warum sollte es mir immer noch so viel bedeuten? »Abgesehen davon, daß sie nicht wirklich die letzte war, die sie gesehen hat, nicht wahr, Robin?«

»Was soll das, Bella?«

»Ich will einen Weg finden, ihr zu helfen. Vielleicht wird es leichter für sie, das Ganze zu akzeptieren, wenn du ihr erklärst, wie sorglos Louise war, als du sie getroffen hast. Rowena scheint zu denken... Nun, ihr Psychiater denkt... Das Mädchen glaubt, daß ihre Mutter an jenem Tag etwas beschäftigte. Etwas... mehr als man ihr gesagt hat. Etwas... das sich zu einer bösen Vorahnung ausgewachsen hatte.«

»Wie kommt sie darauf?«

»Wer weiß? Schuld, weil sie sie nicht aufgehalten hat. Eine Unfähigkeit, die Dinge so zu nehmen, wie sie sind. Was auch immer es ist, du bist vielleicht imstande, sie aus der Wahnvorstellung herauszuholen, wo andere gescheitert sind.«

»Warum?«

»Weil du weißt, daß es nicht wahr ist. Du hast Louise an jenem Tag gesehen. Genauso wie Rowena. Aber im Gegensatz zu allen anderen.«

»Ich bin ein Fremder für Rowena. Sie wird mir nicht vertrauen.«

»Vielleicht vertraut sie dir, *weil* du ein Fremder bist.«

Natürlich würde ich mich nicht weigern. Die Argumentation ergab irgendwie schon einen Sinn. Und ich wollte Rowena kennenlernen, nun da der Hinweis gefallen war, daß sie ebenfalls die Zweideutigkeit – das Rätsel – in der Seele ihrer Mutter erkannt hatte. Aber warum war Bella der Bote? Warum nicht Sarah – oder Sir Keith? Warum war meine Schwägerin plötzlich eine

Eingeweihte, während ich ein Fremder blieb? »Wessen Idee war das, Bella? Deine?«

»Ich habe es vorgeschlagen, das stimmt. Aber Keith hat sofort den Sinn erkannt. Er stimmte zu, daß es einen Versuch wert sei – wenn du bereit wärst mitzumachen.«

»Natürlich werde ich mitmachen. Da ist nur eine Sache, die ich nicht verstehe.«

»Nun?«

»Was springt für dich dabei heraus?«

Sie hob ihre Augenbrauen. »Muß irgend etwas dabei herausspringen? Ich will einfach nur helfen.« Aber sie hatte wohl die Ungläubigkeit in meinen Augen gesehen. Das ärgerte sie. Mehr als ich erwartet hatte. »Ihr verdammten Timariots. So argwöhnisch. So skeptisch. So ... kleinlich mit eurer Moral. Hast du daran gedacht, daß ich vielleicht jemanden getroffen habe, der eher das Beste in mir weckt als das Schlechteste?«

»Im Gegensatz zu Hugh, meinst du?«

»Wenn du willst. Hugh. Oder seinem Bruder.«

Ich schaute beiseite und seufzte. Es war ein alter Kampf, den niemand jemals gewinnen würde. Aber einige der Wunden waren noch nicht verheilt.

»Dieser Jemand ist Sir Keith Paxton?«

»Vielleicht.«

»Obwohl seine Frau noch nicht einmal fünf Monate tot ist?«

»Das Rechnen überlasse ich dir.«

»Gut. Worauf es hinausläuft, ist folgendes. Du möchtest, daß ich dir dabei helfe, daß du einfühlsam und um das Wohl des geadelten Witwers besorgt wirkst.«

»Eigentlich geht es um das Wohl seiner Tochter. Aber wenn das deine Einstellung ist, dann wäre es vielleicht besser, wenn –«

»Nein.« Ich hob die Hand, sowohl als Warnung wie auch als Friedensangebot. Das Gemetzel hatte lange genug gedauert. »Ich werde kommen, Bella. Ich werde tun, was ich kann. Ich werde versuchen zu helfen. Nicht um deinetwillen. Nicht um meinetwillen. Einfach nur, weil es wirklich das mindeste ist, was ich tun kann. Reicht das?«

Sie nickte und lächelte, nach einem Moment schweigenden Nachdenkens. Wir verstanden uns. Besser als die meisten. Obwohl nicht annähernd so gut, wie ich gehofft haben mochte.

Der Sonntag war ein kalter grauer Wintertag – rauh, feucht und trist. Ein polarer Gegensatz zu dem Sommertag, bei dem meine Gedanken verweilten, als ich hinauf nach Hinthead fuhr. Und zu anderen Tagen, an die ich mich nicht erinnern wollte. Die aber mein Ziel immer wieder wachrief.

Hurdles umfaßte ein weitreichendes und abgelegenes Gelände, das an den Golfplatz von Hinthead grenzte. Es benötigte das sommerliche Laubwerk, um seine leicht fremdartige Erscheinung abzuschwächen. Ohne Tarnung hätte es eher zu der Landschaft von Südkalifornien gepaßt als zu den heimischen Gefilden. Wie Hochzeitsbilder, auf denen die Gäste die lächerliche Mode jener Tage tragen, spiegelte Hurdles hartnäckig die hohen Ziele wider, die sein Bau nicht lange überdauert hatten. Aus kosmopolitischer Kühnheit, wie der Architekt es albern genannt hatte. Für eine liebevolle, aber aufgeklärte Ehe, wie Hugh sich selbst überzeugt hatte. Und für eine bestimmbare Zukunft, die, wie er erkannt haben mußte, nur zum kurzmöglichsten Mietvertrag erhältlich war.

Neben Bellas BMW stand ein Daimler in der Einfahrt. Sir Keith mußte bereits eingetroffen sein. Als ich klingelte, öffnete Sarah die Tür. Seit ihrem Besuch in Brüssel hatte sie ihr Haar noch kürzer schneiden lassen. Und sie hatte auch ein wenig abgenommen. Es stand ihr gut, obwohl es mich beunruhigte.

»Schön, daß Sie gekommen sind, Robin«, sagte sie. »Ehrlich. Wirklich sehr nett.«

»Überhaupt nicht.«

»Es tut mir leid, daß wir uns nicht treffen konnten, seit Sie ...«

Sie war nervös, obwohl ich nicht sagen konnte, ob es war, weil sie mich wiedersah, oder wegen des Anlasses unseres Treffens. »Nun, wir waren beide sehr beschäftigt, nicht wahr? Kommen Sie bitte herein.«

Die anderen waren im Wohnzimmer. Bella kam auf mich zu und küßte mich auf beide Wangen. Ich nehme an, sie glaubte, normale Menschen würden von ihr erwarten, daß sie ihren Schwager so begrüßte, obwohl es mich erstaunte. Dann stellte sie mich Rowena und Sir Keith vor.

Rowena war sogar noch schlanker und zierlicher als ihre Schwester. Sie hatte langes blondes Haar, fast von der gleichen Farbe wie das ihrer Mutter. Es fiel in Wellen über ihren Rücken herab, bis hinunter zu den Hüften. Es war ein atemberaubender Anblick. Aber nicht im entferntesten so atemberaubend wie der ihrer aquamarinblauen Augen. Sie schauten zu mir auf, als ich ihr die Hand gab, ernst und unverwandt auf meine gerichtet. Und für diesen Moment schien sie sich völlig auf mich zu konzentrieren, fast versunken zu sein. Als ob wir beide alleine wären. Als ob nichts eine Rolle spielte, ausgenommen das, was wir zueinander sagen würden.

»Hallo«, sagte sie weich und runzelte wie ein vorsichtiges, aber gut erzogenes Kind die Stirn. »Sarah hat mir von Ihnen erzählt, Mr. Timariot. Ich freue mich sehr, Sie kennenzulernen.«

»Mir geht es ebenso.« Ich wollte ihr mein Mitgefühl aussprechen, aber irgend etwas hielt mich zurück. Dann trat Sir Keith neben uns und legte Rowena in einer väterlichen Geste den Arm um die Schultern, während er mich mit einem festen Händedruck und einem förmlichen Lächeln bedachte. Die Gelegenheit war vorbei.

Er war ein stattlicher Mann, sowohl in seinem Benehmen wie auch körperlich. Grauhaarig, breitschultrig und auf ansehnliche Weise wettergegerbt. Er erwiderte meinen Blick mit dem forschen Selbstvertrauen desjenigen, dessen Beruf es ist, ein breites Spektrum an Menschen in schwierigen Umständen zu treffen. Aber es war auch eine gewisse Zurückhaltung spürbar. Unsere Rollen waren sonderbar entgegengesetzt. Ich hätte derjenige sein sollen, der Trost anbietet. Aber seine forsch-fröhliche Herzlichkeit schien dies zu verbieten. Sie ließ darauf schließen, daß wir zusammen lachen oder uns unterhalten oder etwas trinken könnten. Alles Tiefergehende, alles, was auch nur im entferntesten vertraulich wäre, ließ man besser außen vor. Was vermutlich auf die tief verwurzelte Zurückhaltung einer gewissen Generation Engländer zurückzuführen war. Aber ich fühlte, daß da noch etwas anderes war. Ein gewisses Mißtrauen mir gegenüber. Ich war der letzte, der seine Frau lebend gesehen hatte – abgesehen von ihrem Mörder. Ich war der Fremde, der etwas wußte, wonach er sich vielleicht sehnte. Wenn er es sich eingestanden hätte. Aber er würde es niemals tun. Das war klar. Ein schmerzlicher Verlust war für ihn ein Feind, den man angriff und vernichtete, Schmerz eine Schwäche, die man niemals zeigte.

Das Mittagessen gehörte zu den unangenehmen Erfahrungen meines Lebens. Ich saß neben Rowena und sprach kaum mehr, was über eine Unterhaltung über das gräßliche Wetter und wie man Brokkoli am besten zubereitete hinausging. Jedes andere Gesprächsthema, das mir einfiel – Weihnachten, die Cotswolds, ihre Pläne, ihre Hobbys, ihre Gegenwart, ihre Zukunft –, führte hin zu ihrer Mutter und dem, was ihr geschehen war. Genaugenommen war dies eine Aufgabe, mit der ich nicht fertig wurde: beiläufig und beruhigend mit einem neunzehnjährigen Mädchen, das kaum weniger wie die Durchschnitts-höhere-Tochter hätte aussehen und klingen können, darüber zu reden, während wir Roastbeef aßen und Burgunder tranken. Nicht daß die anderen etwas von meiner Verwirrung mitbekommen hätten. Sir Keith sorgte mit routinierter Gelassenheit dafür, daß kein peinliches Schweigen aufkam, und plauderte über Wein, Medizin und Recht, ohne daß er einen speziellen Gesprächspartner dafür benötigt hätte. Er schien sogar über einige Kenntnisse über Kricketschläger zu verfügen und provozierte Bella, eine größere Vertrautheit mit der Geschichte von Timariot & Small an den Tag zu legen, als ich ihr jemals zugetraut hätte. Nun, ich kannte das Spiel, das sie spielte. Und es sah ganz so aus, als ginge es Sir Keith ebenso. Es war bestimmt nicht Kricket.

Ich hatte nichts dagegen, ich war nicht in der Lage dazu. Man muß jemanden verlieren, mit dem man mehr als zwanzig Jahre lang körperlich und geistig eng verbunden war, bevor man weiß, was man braucht, wonach man sich sehnt und was man sucht. Keith Paxton hatte meine Sympathie in verschiedener Hinsicht. Er hatte erlitten, was ich mir lediglich vorstellen konnte. Der Raub von etwas Wertvollem, aber auch Vertrautem. Ein Verlust, der ebenso unverdient wie unerwartet war. Und trotz alledem gab er nicht auf.

So wie es eine seiner Töchter getan hatte. Aber nicht die andere. Ihre Stimme bebte. Ihre Hände zitterten. Ihr Verstand gefror. Ich konnte spüren, wie ihr Griff sogar noch schwächer wurde. Dieses Mittagessen – dieses vorsichtige Experiment in einer begrenzten Gesellschaft – war für sie eine Tortur. Eine Gerichtsverhandlung lag noch vor ihr. Und von mir wurde unglaublicherweise erwartet, ihr dabei zu helfen.

Erst nach dem Essen wurde klar, wie das geschehen sollte. Bella ging in die Küche, um Ordnung zu schaffen. Sarah half ihr dabei. Und Rowena entschuldigte sich. Sir Keith und ich blieben allein im Wohnzimmer. Endlich in der Lage, offen miteinander zu sprechen. Von Mann zu Mann.

»Ich nehme an, Bella hat Sie bereits vorbereitet, Robin.«

Er war einfach dazu übergegangen, mich beim Vornamen zu nennen. »Was Rowena betrifft, meine ich.«

»Ja. Es tut mir leid, daß sie Probleme hat. Aber man kann sie gut verstehen. Der Verlust der Mutter ist immer schlimm, ganz egal, unter welchen Umständen.«

»Aber hier handelte es sich nicht um *irgendwelche* Umstände. Ganz und gar nicht.« Er seufzte und sah für einen Augenblick so alt aus, wie er vermutlich war. »Wenn ich diesen Naylor in die Finger bekäme ... Aber vielleicht ist es ganz gut so, daß nicht.« Er beugte sich nach vorne, preßte die Hände zusammen und fixierte den Teppich zwischen uns, als ob ich einer seiner Patienten wäre, den er über das Fortschreiten einer unheilbaren Krankheit unterrichten müßte. »Louise war ... ein ganzes Stück jünger als ich. Und wunderschön. Nun, Sie haben sie ja kennengelernt, also wissen Sie das. Ich nehme an, Männer in meiner Situation erwarten immer irgendwie, daß sie am Ende übrigbleiben werden. Abserviert wegen einem Gigolo. Oder zumindest betrogen werden. Zum Hahnrei gemacht. Zum Narren. Und um genau zu sein, zur schlimmsten Sorte von Narr. Nämlich zu einem alten.«

»Wollen Sie damit sagen –«

»Nein. Das ist genau der Punkt, Robin. Es ist nicht passiert. Louise war liebevoll *und* treu. Und daran hätte sich bis zu meinem Tod nichts geändert. Da bin ich ganz sicher. Jetzt noch mehr als zuvor. Aber ich habe sie trotzdem verloren. Sie hat mich nicht verlassen. Sie wurde mir genommen. Was schon schlimm genug wäre ohne ... Mein Gott, ich kann nicht beschreiben, wie ich mich gefühlt habe, als ich es erfahren habe. Ich war für einige Tage in Madrid gewesen, bei einer Konferenz. Als ich nach Biarritz zurückkehrte, war sie nach England geflogen, um eines von Oscar Bantocks Gemälden zu kaufen. Das überraschte mich nicht. Sie bewunderte seine Arbeit. Und sie war sehr impulsiv. Das war eines der Dinge, die ich am meisten ...« Er unterbrach sich und lächelte entschuldigend, daß er mir die Eisbergspitze seiner Gefühle enthüllt hatte.

»Sie müssen mir das nicht erzählen«, sagte ich. »Es gibt wirklich keinen –«

»Doch. Sehen Sie, ich muß es Ihnen erklären. Die Polizei hat mich angerufen, um mir die Nachricht mitzuteilen. Schrecklich. Furchtbar. Unglaublich. Aber wahr. Und noch schlimmer – hundertmal schlimmer – für Rowena. Sie hatten mich anfangs nicht erreichen können. Sarah war in Schottland, und man wußte nicht einmal genau, wo. Deshalb mußten sie Rowena bitten, die Leiche ihrer Mutter zu identifizieren. Etwas, das mir sogar noch schrecklicher vorkommt als das, was Louise geschehen ist. Sie haben gesehen, was für ein Mädchen Rowena ist. Es wäre zuviel von ihr verlangt, das Ganze einfach abzuschütteln. Ich wünschte mir nur ...« Hilflos breitete er die Hände aus.

»Sind Sie sicher, daß es irgend etwas Positives bewirken wird, wenn ich mit ihr darüber spreche?«

»Nein. Überhaupt nicht. Aber ihr Psychiater denkt, daß Rowena sich für Louises Tod verantwortlich fühlt. Schuldig, weil sie sie an jenem Nachmittag nach Kington fahren ließ. Lächerlich, ich weiß, aber dieser Gedanke steckt tief. Sie hat Zeichen erfunden, Anzeichen für Gefahr, die sie hätte erkennen sollen. Natürlich gab es da überhaupt nichts zu erkennen. Wenn Louise vorhergesehen hätte, was ihr in Kington passieren würde, dann wäre sie nicht dorthin gefahren. Das ist logisch.« War es das? Konnten wir diesbezüglich vollkommen sicher sein?

»Ich kann Rowena nicht davon überzeugen, daß es keine Anzeichen gab. Ich kann es ihr nicht beweisen. Und Sarah auch nicht. Weil wir nicht da waren. Wir haben Louise an jenem Tag nicht gesehen. Wir hatten keine Gelegenheit dazu.«

»Aber ich.«

»Genau. Sie haben sie getroffen. Nach Rowena. Und es gab keine ... Anzeichen ... oder doch?«

»Natürlich nicht.«

»Gut, vielleicht gelingt es Ihnen, Rowena davon zu überzeugen. Machen Sie ihr zumindest klar, daß nicht nur sie sich schuldig fühlt. Anderen geht es genauso.« Sollte das eine versteckte

Anschuldigung sein? Zeigte er mir damit unbewußt seinen Groll, den er insgeheim hegte, wie unsinnig auch immer das sein mochte? Wenn dem so war, dann versuchte er den Eindruck sofort wieder auszulöschen. »Nicht, daß da irgendeine Chance bestanden hätte. Nicht wirklich.« Er lächelte. Aber das Lächeln beruhigte mich nicht vollständig. Und dann wurde es warm und aufrichtig und vorbehaltlos. Denn hinter mir war Rowena im Türrahmen erschienen. Und wenigstens sie machte Sir Keith für nichts verantwortlich.

Sarahs Vorschlag, einen Spaziergang zu machen, solange es noch Tag war, um unseren Appetit für den Tee anzuregen, schien mir Teil eines vereinbarten Plans. Rowena sagte sofort zu. Ich hatte den Eindruck, die Gesellschaft ihrer Schwester war absolut notwendig für ihr Gleichgewicht, das sie nur mühsam aufrechterhielt. Ich schloß mich dem Vorschlag an und überließ es Bella und Sir Keith, Gründe für ihr Zurückbleiben zu erfinden.

Die Mädchen zogen Barbourmäntel und Gummistiefel an, und ich fuhr mit ihnen die paar Meilen bis Frensham, wo wir uns der abgehärteten Menge von Sonntagsspaziergängern anschlossen, die um den Great Pond herumschlenderten. Wir hatten eine Runde fast beendet, als Sarah anfing, von ihrer Mutter zu sprechen, nachdem sie vergeblich darauf gewartet hatte, daß ich es tat. Rowena warf mir einen prüfenden Blick zu, dessen Bedeutung klar war. Die ausgeklügelten Manöver hatten sie keinen Moment lang getäuscht. Sie wußte genau, warum man uns zusammengebracht hatte. Der Blick, mit seinem flackernden Hinweis auf Sympathie, deutete sogar darauf hin, daß sie mich für die Rolle, die ich spielen sollte, bemitleidete. Besonders weil ich ihrer Meinung nach überhaupt nichts bewirken konnte. Neben der großäugigen Weltfremdheit gab es eine Entschlossenheit, ihre Mutter auf ihre ganz eigene Weise zu betrauern, die ich einfach bewundern mußte.

»Würdest du gerne irgendwann mal zum Hergest Ridge gehen, Ro? Dort hat Robin Mummy getroffen.«

»Ich weiß, wo er sie getroffen hat. Und wann.«

»Es war ja nur ein flüchtiges Zusammentreffen«, mischte ich mich ein. »Wir haben uns ein paar Minuten unterhalten, mehr nicht.«

»Und worüber haben Sie gesprochen?« Rowena schaute mich an, als sie die Frage stellte.

»Nichts Besonderes. Das Wetter. Die Landschaft. Der Blick war ... großartig.« Mich schauderte, aber nicht wegen der Kälte. Ihre Augen ließen mich nicht los, hatten mich fest im Griff. *Mach weiter*, flehten sie mich an. *Erzähl mir, was sie wirklich gesagt hat.* »Sie schien ... sehr glücklich zu sein.«

»Das war oft so. Auch wenn sie es nicht war.«

»Ich glaube nicht, daß es aufgesetzt war. Ihre Zufriedenheit war fast schon Freude. Das kann man nicht vortäuschen.«

»Nein. Aber Freude ist was anderes, nicht wahr? Ich war nicht mehr glücklich seit ... dem Sommer. Aber manchmal war ich froh.«

»Ich bin nicht sicher, daß ich –«

»Sarah sagt, Mummy hat Ihnen angeboten, Sie mitzunehmen.«

»Ja. Das stimmt. Das war sehr nett von ihr.«

»Warum haben Sie das Angebot nicht angenommen?«

»Ich wollte gerne laufen.«

»Dann haben Sie es also nicht verstanden?«

Ich blieb stehen. Sie ebenfalls, ihr Blick war ruhig auf mich gerichtet. Sarah hielt ein paar Meter weiter auf dem sandigen Weg an. Sie drehte sich um und schaute zu uns zurück, dann sagte sie an meiner Stelle: »Was willst du damit sagen, Ro?«

»Sie brauchte Schutz.«

»Das konnte sie nicht wissen.«

»Abgesehen davon«, sagte ich, »wenn sie sich bedroht gefühlt hätte, dann hätte sie nur wegfahren müssen. Es gab nichts, was sie aufhalten konnte.«

Rowena starrte mich immer noch an. »Vor manchen Dingen kann man nicht davonfahren. Oder fliegen. Oder rennen. Oder sogar kriechen. Manche Dinge müssen geschehen.«

Meine nächste Bemerkung wurde weniger durch Verärgerung über die Undurchsichtigkeit ihrer Argumentation hervorgerufen als vielmehr durch die Furcht darüber, daß sie anfing zu erkennen: daß sie und ich einen Teil der Wahrheit über die Ereignisse jenes Tages gesehen hatten. Aber wir hatten nicht verstanden, hatten nicht erkannt, was es gewesen war; und wir taten es immer noch nicht. ›*Können wir wirklich etwas ändern, was meinen Sie?*‹ hatte Louise mich gefragt. ›*Kann irgend jemand von uns jemals aufhören, das zu sein, was er ist, und etwas anderes werden?*‹ ›*Ja*‹, hatte ich geantwortet. ›*Ganz sicher. Wenn wir es wollen.*‹ Und dann hatte ich sie dabei beobachtet, wie sie davongegangen war, hin zu ihrer Veränderung. Vom Leben zum Tod. Von Rätsel zu Rätsel. »Wenn Sie recht haben, Rowena, wozu wäre mein Schutz gut gewesen?«

Sie lächelte. Und schließlich wandte sie ihren Blick ab. »Zu gar nichts«, murmelte sie. »Für was auch immer.«

Ich bemerkte, wie sich die Enttäuschung in Sarahs Gesicht in Ärger verwandelte. Das war es nicht, was sie von mir erhofft hatte. »Der Tod Ihrer Mutter war nicht zwangsläufig«, fuhr ich fort. »Aber er konnte auch nicht verhindert werden. Das ist Ihnen doch sicher klar.«

Rowena schaute an mir vorbei, an uns beiden vorbei, ihre Augen wanderten über das öde Heideland jenseits des Sees. Die Dämmerung brach herein, versammelte sich wie eine graue Masse hinter unserem Rücken und rückte vor mit dem festen Schritt von etwas, das sich nicht beeilen muß – weil es einfach geschehen wird. »Bald ist es zu dunkel, um noch was zu sehen«, sagte sie. »Ich glaube, ich möchte nach Hause.«

Ich sorgte dafür, daß ich an jenem Abend der erste war, der Hurdles verließ. Ich hatte kein Verlangen danach, von Sarah mit meinem Mißerfolg, Rowenas Wahnvorstellungen zu zerstören, konfrontiert zu werden. Um so weniger, weil ich mir nicht sicher war, ob es Wahnvorstellungen *waren*. Das allerdings war das letzte, was Sarah hören wollte. Genauso wie es das letzte war, was ich zugeben wollte. »Vielleicht war es zu früh«, sagte Sir Keith in der Absicht, mich zu trösten, als er sich in der Dunkelheit der Einfahrt von mir verabschiedete. »Vielleicht können wir es noch einmal versuchen, wenn sie aufnahmebereiter dafür ist.« Ich murmelte ein paar unbestimmte Worte der Zustimmung und gab ihm zum Abschied die Hand; ich traute mich nicht, ihm zu erzählen, was mir in Frensham klargeworden war. Rowenas Problem war nicht die Unfähigkeit, der Wahrheit ins Gesicht zu sehen, sondern die Weigerung.

Ein paar Tage später rief Sarah mich im Büro an, um ein Treffen vorzuschlagen, bevor das Semester zu Ende ging. Ich hörte in ihrer Stimme die Bereitschaft, jegliche Peinlichkeit zwischen uns auszuräumen, bevor sie sich zu etwas Ernsthafterem auswuchs. Diese Bereitschaft teilte ich. Wahrscheinlich ließ sie es deswegen auch zu, daß ich sie in ein teures französisches Restaurant in Haslemere ausführte. Und wahrscheinlich kleidete sie sich aus dem gleichen Grund diesmal so elegant, wie es ihrem Aussehen und ihrer Figur entsprach. Noch ehe wir mit der Vorspeise begannen, sprach sie von Rowena, denn Sarah hielt nichts von Ausweichmanövern. »Daddy glaubt, daß es ein Fehler war, Sie mit ihr zu konfrontieren. Aber nachdem sie darüber nachgedacht hat, was Sie gesagt haben, wird sie die Dinge vielleicht anders sehen.«

»Ich würde mich nicht darauf verlassen.«

»Das müssen wir aber. Wenn sie diese bizarren Gedanken vor Gericht erwähnt, weiß keiner, was für Folgen das haben kann.«

»Muß sie unbedingt aussagen?«

»Das ist nicht unsere Entscheidung. Aber ohne sie kann die Anklage Mummys Unternehmungen und Absichten nicht so genau darstellen, wie sie möchte. Wenn ich die Anklage wäre, würde ich nur ungern auf Rowenas Aussage verzichten. Und abgesehen davon würde es auch sehr merkwürdig aussehen.«

»Ihr Vater hat eine Nachricht erwähnt, die Ihre Mutter für ihn in Biarritz hinterlassen hat. Wäre das nicht ausreichend, um –«

»Unglücklicherweise hat er sie weggeworfen, bevor er das mit Mummy erfuhr.«

»Dann... was ist mit der Freundin, bei der sie die Nacht verbringen wollte?«

»Sophie Marsden? Ich fürchte, sie bringt uns auch nicht weiter. Mummy hat sie überhaupt nicht benachrichtigt. Sie hatte wohl vorgehabt, sie mit dem Bild zu überraschen.«

»Ich verstehe.« Ich verstand tatsächlich mehr, als ich eigentlich wollte. Es herrschte verwirrende Ungenauigkeit über Louise Paxtons Unternehmungen am 17. Juli. Ein fähiger Rechtsanwalt konnte daraus eine Menge berechtigte Zweifel ableiten. »Also... nur Rowena...«

»Kann eine Zeugenaussage über Mummys genaue Pläne an dem fraglichen Tag machen. So ist es.« Sarah gab sich keine Mühe, die Sorge in ihrer Stimme zu verbergen. »Und es ist unerläßlich, daß Rowena aussagen *muß* – wenn wir Naylors Verteidigungsplan bereits im Ansatz ersticken wollen.«

»Das kann ich auch versuchen.«

»Ich weiß. Und ich bin dankbar dafür. Aber wir wollen uns nicht auf die Aussage eines Fremden verlassen müssen, nicht wahr?«

Sie fing meinen Blick auf und errötete. »Es tut mir leid. Ich wollte damit nicht sagen – nun, Sie waren für Mummy ein Fremder, oder nicht?«

»Ja«, sagte ich nachdenklich, während meine Gedanken zurückschweiften zu der strahlenden Heiterkeit, der blendenden Unwissenheit jenes Tages auf Hergest Ridge. Und zu einigen Zeilen von Thomas, die ich erst kürzlich gelesen hatte. Die Sarah, wenn ich sie laut ausgesprochen oder mich auch nur auf das Gedicht, in dem sie vorkamen, bezogen hätte, vollständig verstanden hätte. Aber das konnte ich nicht zulassen – unter keinen Umständen.

> Der Schatten, den ich beinahe zu lieben begann,
> Der Geist, nicht das Wesen mit leuchtendem Auge,
> Das ich niemals zu sehen geglaubt hatte, wenn es erst einmal verloren war.

Bei Kaffee und Petits fours verkündete mir Sarah, daß Sir Keith sie und Rowena über Weihnachten und Neujahr mit ins Ausland nehmen würde. Das war sehr sinnvoll, denn zu viele Erinnerungen an vergangene Weihnachtsfeiern mit der Familie warteten in Gloucestershire auf sie. Biarritz kam aus denselben Gründen nicht in Frage. Also mußte es Barbados sein, wo keiner von ihnen jemals zuvor gewesen war. Vielleicht würde die neue Umgebung Rowenas Sinn für die Verhältnisse wiederherstellen. Ich stimmte dieser Hoffnung zu, wenn auch mit wenig Zuversicht. Wir trennten uns draußen auf der Straße, in der eisigen Pracht einer sternenklaren Winternacht. Mit einem flüchtigen Kuß und der Erkenntnis meinerseits, daß jahreszeitlich bedingte gute Wünsche die Chancen auf ein glückliches neues Jahr für Sarah oder ihre Schwester nicht erhöhen könnten.

> Die Erinnerung, daß sie nicht mehr da war,
> ließ mich seufzen,
> Verschwunden wie eine niemals vollkommen
> erinnerte Melodie.

6. Kapitel

Die Familie Timariot feierte das Weihnachtsfest 1990 so wie jedes Weihnachten, seit meine Eltern nach Steep gezogen waren. Ein festliches Zusammentreffen bei Adrian und seiner Frau Wendy war üblich, um nicht zu sagen obligatorisch. Sie wohnten in einem großen freistehenden Haus in der Sussex Road, mit einem Blick über Heath Pond. Es mußte groß sein, da sie es mit vier Kindern teilten – zwei Söhnen und Zwillingsmädchen – und einem übergewichtigen Labrador. Von uns übrigen wurde erwartet, daß wir an dem zu erwartenden Chaos unsere Freude hatten. Für meine Mutter traf dies anscheinend zu. Ebenso wie für Onkel Larry. Aber Jennifers Imitation einer abgöttisch liebenden Tante war nie überzeugend. Und Simon, der niedergeschlagen war, weil er den Tag nicht mit seiner Tochter verbringen konnte, neigte dazu, sich dem Trunk hinzugeben und in Selbstmitleid zu verfallen. So blieb mir nichts anderes übrig, als vorzutäuschen, ich würde den Kriegserinnerungen von Wendys Vater mit Vergnügen lauschen, die oft genug von den Wutanfällen seiner Enkelsöhne unterbrochen wurden.

Ich hatte immer bewundert, wie Hugh und Bella diese Tortur gemanagt hatten. Hugh hatte Adrian in eine intensive Fachsimpelei verwickelt, während Bella die Hälfte der Zeit im Garten verbrachte, eingepackt in einen Pelzmantel und Zigaretten rauchend. Wendy hatte das Rauchen im Haus verboten, damit ihre Kinder nicht dem passiven Rauchen ausgesetzt wurden. Was ich für ziemlich ironisch hielt, denn die kleinen Ungeheuer taten meines Wissens niemals irgend etwas *passiv* in ihrem Leben. In diesem Jahr fehlte Hugh natürlich. Und ebenso Bella, deren

Verbindungen zu uns weiterhin von Tag zu Tag schwächer wurden. Zumindest oberflächlich betrachtet schien es keinen großen Unterschied zu machen. Ebensowenig wie damals die Abwesenheit meines Vaters am ersten Weihnachtsfest nach seinem Tod. Eine Familie ist unverwüstlicher als jedes ihrer Mitglieder. Angesichts von Verlust und Teilung existiert sie weiter wie eine Amöbe. Sie ist unendlich anpassungsfähig. Und deshalb neigt sie zu Veränderung. Natürlich in ihrem eigenen Tempo. Was manchmal zu langsam ist, als daß es diejenigen, die es am meisten betrifft, bemerkten.

An jenem Nachmittag gab es ein Vorzeichen: eine Unterhaltung zwischen Wendy und ihrer Mutter, die ich zufällig mitbekam. Der Golfkrieg stand unmittelbar bevor, und Fliegen wurde plötzlich wegen der mutmaßlichen Bedrohung durch irakische Terroristen als gefährliche Art des Reisens angesehen. Aber wie es aussah, wollte Adrian Australien besuchen. Und Mrs. Johnson war um die Sicherheit ihres Schwiegersohnes besorgt. Wenn sie beunruhigt war, so war ich verwirrt. Adrian hatte mir gegenüber nichts von einer solchen Reise erwähnt. Und er tat es auch jetzt nicht, als ich ihn zur Rede stellte. »Im Augenblick nichts weiter als eine Idee, Rob. Besser nicht darüber sprechen, bevor ich mir nicht selbst klarer darüber geworden bin. Das verstehst du sicher.« Natürlich verstand ich es nicht. Und er wollte es auch gar nicht.

Als die erste Vorstandssitzung im neuen Jahr stattfand, lagen die Dinge jedoch klarer. Adrian wollte die Marketingabteilung von Timariot & Small in Australien genauer unter die Lupe nehmen. Er rechnete sich Expansionsmöglichkeiten aus, überlegte, unseren Vertreter dort auf Vordermann zu bringen oder auszuwechseln. Wie auch immer, er und Simon mußten dorthin fliegen und sich vor Ort informieren. Simon war natürlich einverstanden. Auch wenn ich den Verdacht hatte, daß es lediglich eine Ausrede war, um Urlaub zu machen, wendete ich nichts dagegen ein. Es wurde vereinbart, daß sie fast den ganzen Februar fort sein würden.

Im Endeffekt mußten sie früher nach Hause kommen, aus einem sehr traurigen und unerwarteten Grund. Es war der kälteste Winter, den Petersfield seit mehreren Jahren erlebt hatte. Aber meine Mutter machte dem Wetter keine Zugeständnisse. Jeden Nachmittag ging sie mit Brillo spazieren. Am 7. Februar schneite es heftig. Trotz einer leichten Grippe ging sie hinaus, obwohl ich ihr geraten hatte, den Tag am Kamin zu verbringen und sich zu schonen. In einem der Hohlwege stürzte sie und humpelte durchnäßt und bis auf die Knochen durchgefroren nach Greenhayes zurück. Am folgenden Abend mußte ich den Arzt rufen, der eine Lungenentzündung diagnostizierte und sie ins Krankenhaus einwies. Während der nächsten Tage traten Komplikationen auf, ein verborgenes Herzleiden kam hinzu. Am 12. Februar, nach einem tapferen Kampf, starb sie.

Ich hätte meine Reaktion genau voraussagen können. Unendliche Schuldgefühle wegen all der unfreundlichen Worte, die ich jemals zu ihr gesagt hatte. Tief beschämt, weil ich sie vernachlässigt hatte. Und eine tröstliche Spur Erleichterung, daß ihr Tod schnell und leicht gewesen war. »So, wie sie es sich gewünscht hätte«, wie Onkel Larry bei der Beerdigung sagte. Was es Mutter ermöglichte, mich sogar aus dem Grab heraus wütend zu machen. Obwohl manche Leute ihn für reizend hielten, schien Brillo es mir niemals wert zu sein, daß man ein Leben für ihn opferte. Hatte er – wie schon so oft zuvor – seiner Herrin die Leine um die Beine gewickelt und sie so im Schnee zu Fall gebracht? Mutter hatte es abgestritten, als ich es zur Sprache brachte, und ihr zuliebe hatte ich versucht, ihr zu glauben. Aber ich war nicht gerade untröstlich, als Wendy sich bereit erklärte, das Tier in ihren überfüllten Haushalt aufzunehmen. Somit war ich allein in Greenhayes. Es gehörte nun Jennifer, Simon, Adrian und mir gemeinsam. Aber es wäre verrückt gewesen, es sofort zu verkaufen, nachdem sich der Immobilienmarkt in so einem prekären Zustand befand. Von ihrem Standpunkt aus war ich der ideale Mieter. Jemand, bei dem sie sich darauf verlassen konnten, daß er dafür sorgte, das Haus in Ordnung zu halten, bevor die Zeit kam, es zu Geld zu machen. Diese Vereinbarung kam auch mir gelegen. Also beließ ich es dabei und vergaß, daß es nur so lange funktionieren würde, wie unsere Interessen übereinstimmten.

Ich vermute, die Wahrheit ist vielmehr, daß ich vergessen wollte. Meine frühere Abneigung gegen das Haus war in dem Maße geschrumpft, wie meine Begeisterung für Edward Thomas' Lyrik gewachsen war. Inzwischen genoß ich die Nähe zu seinen Lieblingsspaziergängen und war dazu übergegangen, seinen Spuren zu folgen. Nach der Reizlosigkeit der belgischen Landschaft war ich zu den Sehenswürdigkeiten und Gerüchen des ländlichen England zurückgekehrt wie ein Abstinenzler zu einem harten Drink. Alles in allem paßte es mir viel besser, in Greenhayes zu bleiben, als ich jemals zugegeben hätte.

Am Sonntag nach der Beerdigung überraschte Sarah mich mit ihrem Besuch. Sie hatte von Bella vom Tod meiner Mutter gehört und wollte mir ihr Beileid aussprechen. Natürlich konnte man die Umstände unserer beiden Trauerfälle nicht vergleichen, aber dennoch brachten sie uns kurzzeitig einander näher. Es war ein kühler, trockener, wolkiger Tag, und der Schnee war schon lange weggeschmolzen. Wir machten einen Spaziergang hinauf nach Wheatham Hill, kamen an einem von Thomas' ehemaligen Häusern in der Cockshott Lane vorbei und auf dem Rückweg an einem anderen in Ashford Chace. Wir unterhielten uns über die Gedichte, die ich mittlerweile fast so gut kannte wie sie. Wir erörterten die verwirrenden Folgen seines Todes – die Kleiderpakete für Oxfam, die überflüssigen Besitztümer, die unbarmherzigen Erinnerungen. Und dann, unvermeidlich, sprachen wir über Rowena und den bevorstehenden Prozeß.

»Inoffiziell haben wir erfahren, daß er gleich nach Ostern stattfinden soll.«

»Bis dahin sind es nur noch knapp sechs Wochen.«

»Ich weiß. Aber für mich kann es nicht früh genug sein. Und für Daddy auch nicht. Wenn es erst einmal vorbei ist, dann sind wir vielleicht endlich in der Lage, ein neues Leben anzufangen. Ich will damit nicht sagen, daß ich Mummy vergessen will. Oder das, was ihr passiert ist. Aber das Warten hat uns alle zermürbt. Besonders Rowena.«

»Wie geht es ihr?«

»Besser als damals, als Sie sie getroffen haben. Sie ist viel beherrschter. Viel sicherer darüber, was sie tun muß. Ich denke, sie wird es schaffen. Vor Gericht, meine ich.«

»Und danach?«

»Sie wird es hinter sich lassen. Sie muß. Und sie ist stärker, als Sie vielleicht denken. Wirklich.«

»Möchten Sie, daß ich sie noch einmal treffe – vor dem Prozeß?«

»Lieber nicht. Sie hat keine so... seltsamen Dinge über Mummy gesagt seit...« Sie schüttelte den Kopf. »Nun, schon lange nicht mehr.« Wie lange? fragte ich mich. Hatte Sarah nur nicht aussprechen wollen, daß ich eher der Grund dafür gewesen war als das Mittel dagegen?

»Es tut mir leid«, begann ich, »wenn ich etwas falsch gemacht habe... als Rowena und ich...«

»Vergessen Sie's«, sagte sie, indem sie es bezeichnenderweise unterließ, mir zu widersprechen. »Es spielt keine Rolle. Würde es so oder so nicht. Nicht, wenn der Prozeß erst einmal vorüber ist.« Vorausgesetzt, wie sie nicht hinzufügte, der Prozeß ginge so reibungslos über die Bühne, wie sie hoffte. Und endete mit dem Urteil, das sie hören wollte.

Sarahs Information erwies sich als richtig. Der Prozeß gegen Shaun Andrew Naylor wegen Vergewaltigung und zweifachen

Mordes wurde am Montag, dem 8. April 1991, im Birmingham Crown Court eröffnet. Ich wurde benachrichtigt, daß ich als Zeuge wahrscheinlich in der zweiten Woche benötigt würde. Bis dahin blieb mir nichts anderes übrig, als die Ereignisse wie jeder andere neugierige Mensch auch in den Zeitungen und Fernsehnachrichten zu verfolgen. Ich erfuhr dabei, daß Sir Keith Paxton jeden Tag im Gerichtssaal saß, um sich die zumeist grauenhaften medizinischen Ausführungen darüber anzuhören, woran seine Frau gestorben war. Und ich konnte mich, ebenso wie die anderen, nur darüber wundern, wie Naylor auf Freispruch hoffen konnte, da die DNA-Analyse ihn als den Vergewaltiger identifizierte. Auf unschuldig zu plädieren war entweder eine Trotzhaltung, oder es gab etwas, das uns allen entgangen war.

Während dieser Zeit war ich bei der Arbeit ziemlich abgelenkt. Meine Gedanken schweiften ab zu den Ereignissen in Birmingham, obwohl ich mich eigentlich auf die Produktion von Wettkampfschlägern für die Nachfrage der Frühsaison konzentrieren sollte. Folglich war ich bei der Vorstandssitzung am 11. April praktisch nur Zuhörer, als Adrian seine Pläne für die Durchdringung des australischen Marktes bekanntgab. Seiner Meinung nach war eine Vertretung nicht ausreichend. Notwendig war Firmenpräsenz. Und Viburna, ein kränkelnder Hersteller von Sportbekleidung in Melbourne, war der Schlüssel dazu. Er schlug eine Übernahme vor, die Timariot & Small direkten Zugriff auf Viburnas Kunden verschaffen und ein ideales Sprungbrett sein würde, um auf dem ganzen Kontinent den Verkauf von Kricketschlägern und Zubehör zu fördern. Viburna könnte für kaum mehr als eine Million uns gehören. Also, worauf warteten wir eigentlich noch? Anscheinend auf nichts. Simon war begeistert. Jennifer sagte, sie würde sich noch die Zahlen anschauen, stimmte aber zu, daß wir expandieren mußten. Und ich beging den Fehler zu denken, wir könnten später noch einmal ausführlicher darüber reden. Adrian und Jennifer sollten nach einem Erkundungsbesuch in Melbourne im Mai Bericht erstatten. Bis dahin sollte keine Entscheidung getroffen werden. Aber die Idee hatte bereits einen entscheidenden Impuls bekommen. Es war Adrians erstes großes unabhängiges Projekt als Leiter der Firma. Mit den Anteilen, die er von Mutter geerbt hatte, besaß er nun den größten Einzelanteil. Was er wollte, würde er früher oder später auch bekommen. Und wir anderen auch.

Am folgenden Sonntag fuhr ich nach Birmingham und stieg im Midland Hotel ab. Von Sarah wußte ich, daß sie, ihr Vater und Rowena dort ebenfalls übernachten würden. Rowena mußte am Montagmorgen unmittelbar vor mir als Zeugin aussagen. Wir hatten verabredet, zusammen zu Abend zu essen. Es war das erste Mal nach dem Mittagessen in Hinthead, daß wir uns alle wiedertrafen, und ich war nicht sicher, was mich erwarten würde. Aber Sir Keith nahm mir schon bald die Befangenheit. Er wirkte müde, aber entschlossen, seine Töchter so gut er konnte mit dem Anschein von Unerschütterlichkeit zu schützen.

Was Rowena betraf, so war sie verändert, ganz wie Sarah gesagt hatte. Die Heftigkeit war noch spürbar, aber die Drohung eines bevorstehenden Zusammenbruchs war verschwunden. Sie hatte sich im Griff, obwohl ich nicht sagen konnte, wie sicher. Sie verhielt sich sehr reserviert. Ich meine damit nicht, daß sie mir gegenüber feindselig war oder auch nur kühl. Aber sie versteckte sich hinter einer Maske. Und obwohl ihre Vorstellung überzeugend war, so war sie doch ausdruckslos. Als ob sie sich dazu gezwungen hätte, alles zu vergessen, was in ihrer Erinnerung an den 17. Juli 1990 unbequem oder zweideutig war. Sie wirkte immer noch zerbrechlich. Aber auf irgendeine Weise nicht mehr verletzlich.

»Ich kann Ihnen gar nicht sagen«, begann Sir Keith, als die

Mädchen zu Bett gegangen waren, »was für eine Hilfe Ihre Schwägerin in diesen vergangenen paar Monaten für uns gewesen ist.«

»Bella?« antwortete ich überrascht.

»Sie ist eine wundervolle Frau, darin werden Sie mir sicher zustimmen. Sie hat Rowena in einer Art und Weise wieder auf die Beine geholfen, wie ich es vermutlich nie geschafft hätte.«

»Wirklich?« Das war neu für mich. Und es interessierte mich auch nicht besonders.

»Ihre Gesellschaft hat mir richtig gutgetan. Ich glaube, was uns verbindet, ist der schmerzliche Verlust. Ihr Mann. Meine Frau. Wissen Sie, nur diejenigen, die in gleicher Weise gelitten haben, können nachvollziehen, was der andere fühlt.«

»Das ist sicher wahr.« Aber ich war überhaupt nicht sicher, ob das auf Bella zutraf. Sie mußte Sir Keith einen deutlich anderen Eindruck ihrer Reaktion auf Hughs Tod vermittelt haben als denjenigen, den ich gewonnen hatte.

»Ich wünschte nur, sie hätte letzte Woche im Gericht dabeisein können. Ich wäre froh gewesen über ein freundliches Gesicht. Aber die Anklagevertretung ... Nun, mein Rechtsanwalt hatte ... Irgendein Unsinn darüber, was es für einen Eindruck machen würde, wenn ...« Er blies die Backen gereizt auf und nippte an seinem Brandy. »Trotzdem, wenn diese gräßliche Sache vorüber ist ...« Dann grinste er. »Ich wollte Sie nur informieren, Robin. Damit es kein Schock für Sie wird. Manche Leute können bei solchen Dingen unheimlich prüde sein. Aber Sie natürlich nicht, wie ich behaupten darf.«

»Nein. Natürlich nicht.« Ich lächelte vorsichtig und versuchte, meine Ungläubigkeit zu verbergen. Und etwas, das noch schlimmer war als das. Empörung? Mißbilligung? Ganz und gar nicht. In Wirklichkeit spürte ich eine Art Eifersucht. Wie konnte Bella es wagen, wie konnte sie auch nur versuchen, Louise Paxton zu ersetzen? Wie konnte Sir Keith es wagen, wie konnte er auch nur daran denken, es ihr zu gestatten? Er sollte Louise zu sehr geliebt haben, als daß so etwas möglich sein konnte. Er sollte sie so geliebt haben, wie ich es an seiner Stelle getan hätte. Statt dessen –

»Natürlich muß ich mich bei Ihnen bedanken, daß ich Bella getroffen habe. Wenn Sie ihr Sarah nicht als Untermieterin empfohlen hätten ... Nun, ich bin dankbar, glauben Sie mir.«

Oh, ich glaubte ihm. Ich würde mir seine Dankbarkeit ein zweites Mal verdienen durch das, was ich vor Gericht über seine nicht länger unersetzliche Frau sagen würde, obwohl es ihm nicht klar sein würde. Genau das machte es so schwer erträglich. Manchmal ist es besser, verflucht als bedankt zu werden. Und manchmal ist es ein und dasselbe.

Am nächsten Morgen gingen wir gemeinsam zum Gericht. Es befand sich in einem modernen Gebäude in der Stadtmitte und glich dem Sitz einer florierenden Versicherungsgesellschaft. Im Inneren gab es drei Stockwerke mit Galerien, überfüllt mit Rechtsanwälten, Klienten, Polizisten, Journalisten, Zeugen und verschiedenen Begleitpersonen. In Treppenhäusern und Korridoren waren besorgte Besprechungen im Gange. Und viele der Gesichter waren entsetzlich ernst. Manche der kettenrauchenden Opfer hielten das Gesetz vielleicht für einen Witz. Aber keines von ihnen fand es zum Lachen.

Sir Keith und seine Töchter wußten, was sie erwartete. Sie waren bereits hiergewesen. Als wir eintraten, klickten ein paar Pressekameras und fingen einen gelassenen Sir Keith ein, im dreiteiligen Nadelstreifenanzug und mit alter Schulkrawatte, eine düster wirkende, schwarzgekleidete Sarah und eine blasse, aber beherrschte Rowena in einem zartlila Kleid. Wir stiegen in die oberste Etage hinauf, und Sir Keith betrat Gerichtssaal Nummer zwölf, während Rowena, Sarah und ich draußen warteten. Zehn Minuten nach Beginn der Verhandlung wurde Rowena aufgerufen. Ich wünschte ihr Glück, was sie jedoch kaum wahrnahm. Dann wurde sie von einem Gerichtsdiener hineingeführt, und Sarah folgte ihr.

Ich hatte eine einsame Wartezeit vorausgesehen und Adrians vorbereitenden Bericht über Viburna-Sportkleidung mitgebracht, um ihn währenddessen zu studieren. Natürlich konnte ich mich nicht darauf konzentrieren, aber so mußte ich wenigstens nicht auf die trübsinnigen Leute starren, die ebenfalls auf dem Flur warteten. Ich bemerkte Bella erst, als sie neben mir Platz nahm.

»Hallo, Robin«, flüsterte sie. »Was passiert da drinnen?«

»Bella! Ich wußte nicht, daß du kommen wolltest.«

»Ich auch nicht. Aber ich werde nicht hineingehen. Keith hat es mir verboten. Doch vielleicht könnte ich wenigstens mit euch zu Mittag essen. Oder später zu Abend.«

»Ich bin überzeugt, Keith wird entzückt sein, dich zu sehen.«

»Du nicht?«

»Das habe ich nicht gesagt.«

»Nein. Du sagst nicht die Hälfte von dem, was du meinst. Aber ich war fast zwanzig Jahre mit deinem Bruder verheiratet, ich kenne die Anzeichen.«

»Da bin ich sicher. Und ich bin froh, daß du Hugh noch nicht ganz vergessen hast.«

»So streng?« Sie schaute mich eher enttäuscht als verärgert an. »Die Lebenden sind wichtiger als die Toten, Robin. Denk daran.«

»Ich versuche es.«

»Ich schreibe deine Gereiztheit den Nerven zu. Diese Warterei muß schwer für dich sein.«

»Ich bin *nicht* nervös.«

»Gut. Das wird deine Aussage um so überzeugender machen.« Sie zündete sich eine Zigarette an und bot mir auch eine an, wohl wissend, daß ich das Rauchen schon vor Jahren aufgegeben hatte. Aber sie genoß das kurze Zögern, bevor ich ablehnte.

»Abgesehen davon«, fügte sie hinzu und blies den Rauch aus, »was könnte überzeugender sein als die Wahrheit?«

Welche Antwort ich ihr geben wollte, werde ich niemals wissen, denn in diesem Augenblick öffnete sich die Tür des Gerichtssaals, und Rowena trat zu uns heraus. Sie zwinkerte heftig und befingerte ihr Haar, sie hatte viel von ihrer Beherrschung verloren. Ich hätte erwartet, daß sie sich erleichtert fühlte, befreit. Statt dessen wirkte sie besorgter als zuvor. Als ob die Zeugenaussage ihre Probleme noch vergrößert hätte und nicht gelöst. Als ob sie nicht das gesagt hätte – oder man ihr nicht erlaubt hätte zu sagen –, was sie wirklich gewollt hatte. Auch wirkte sie irgendwie verstohlen. Sie erweckte den Eindruck, als ob sie wegrennen und sich verstecken wollte. Vor uns allen.

Zuerst sah sie Bella und setzte ein unsicheres Lächeln auf. Dann tauchte Sarah neben ihr auf und führte sie am Ellenbogen zu uns herüber. Ich versuchte, mir etwas zu überlegen, was ebenso belanglos wie tröstend war. Aber noch ehe ich dazu kam, gab der Gerichtsdiener mir ein Zeichen. Ich war an der Reihe. Es blieb gerade noch soviel Zeit, einen Blick mit Rowena auszutauschen. Aber das war genug. Die Maske war nun gefallen. Dahinter lag Verzweiflung.

Der Gerichtssaal wies keine Attribute im Sinne von Charles Dickens auf, so wie ich es mir vorgestellt hatte. Trennwände mit Glas im oberen Teil, eine Täfelung aus hellem Holz und dezente graue Teppiche milderten den Archaismus von Talar und Perücke. Es war ein Ort, wo Scheidung und Steuerhinterziehung in einer schicklichen Atmosphäre erörtert werden konnten. Vergewaltigung und Mord waren sicher keine Themen, die in diese antiseptische Umgebung gehörten. Dennoch war da der Richter, in einer prächtigen Robe. Über seinem Kopf das Wappen. Neben ihm saßen die Rechtsanwälte und Protokollführer in ihrem geordneten Chaos von Büchern und Papieren. Und dort, auf der großen verglasten Anklagebank an der Rückseite des Raumes, von zwei Gefängnisbeamten flankiert, saß der Angeklagte: Shaun Andrew Naylor.

Natürlich hatte ich ihn niemals zuvor gesehen. Und ich hatte auch jetzt kaum Gelegenheit, ihn näher zu betrachten. Ein schlanker Mann mit bleichem Gesicht und dichtem schwarzem Haar lehnte sich in seinem Stuhl nach vorn, als ob er sich anstrengte, jedes Wort, das gesagt wurde, zu verstehen. Er blickte auf, als ich den Zeugenstand betrat, und machte mich für den Bruchteil einer Sekunde auf sich aufmerksam. Ich hatte den flüchtigen Eindruck von jemandem, der sich meine Gesichtszüge unbedingt in jeder Einzelheit einprägen wollte.

Ich wurde vereidigt. Wie zu erwarten gewesen war, machte es mir der Vertreter der Anklage leicht. Er erlaubte mir, mein gut einstudiertes Bild der entspannten und attraktiven Frau zu zeichnen, mit der ich, kurz und unverbindlich, auf Hergest Ridge gesprochen hatte. Er ermutigte mich, genaue Angaben über den Zeitpunkt zu machen, wann wir uns getrennt hatten, und zu begründen, warum ich darüber so sicher sein konnte. Und klugerweise beließ er es dabei.

Die Verteidigung natürlich nicht. Sie wollte etwas über das Mitnahmeangebot wissen. Könnte es als zweideutiges Angebot gedeutet werden? Mit all dem wurde ich leicht fertig. Aber die Tatsache selbst, daß sie mir angeboten hatte, mich mitzunehmen, konnte ich nicht leugnen. Und auch nicht die theoretische Möglichkeit, daß sie mehr im Sinn hatte als bloß die Autofahrt. Dies waren natürlich ausgesprochen negative Punkte, von denen die Verteidigung wohl gehofft hatte, daß sie sich in den Köpfen der Geschworenen festsetzten. Ich hoffte, es würde nicht so sein. Als ich einen Blick zu den Geschworenen hinüberwarf, war ich mir fast sicher, daß meine Hoffnung mich nicht trügte. Sie hatten bis heute die Beweise gehört. Sie waren bereits überzeugt – wie wir übrigens auch –, daß der Angeklagte im Sinne der Anklage schuldig war. Es war vermutlich mehr nötig als einige aufregende Spekulationen, um sie umzustimmen.

Wie zur Bestätigung bat mich der Richter, meine Äußerung näher zu erläutern, daß in Lady Paxtons Benehmen oder in allem, was sie zu mir sagte, nichts war, das auf Hintergedanken schließen ließ. Ich war nur allzugern dazu bereit. Und während ich damit beschäftigt war, starrte er zur Verteidigung hinüber, als ob er sagen wollte, daß er die Richtung, die ihr Kreuzverhör eingeschlagen hatte, gar nicht schätzte. Damit war ich entlassen. Sir Keith nickte mir dankbar zu, als ich auf meinem Weg aus dem Gerichtssaal an ihm vorüberging. Ich riskierte einen Abschiedsblick in Naylors Richtung. Aber er beugte sich gerade zum Spalt zwischen Glasscheibe und hölzerner Trennwand, um sich flüsternd mit seinem Anwalt zu beraten. An mir war er nicht mehr interessiert. Meine Begegnung mit dem Mann, den ich für den Vergewaltiger und Mörder von Louise Paxton hielt, war noch flüchtiger gewesen als meine Begegnung mit Louise selbst. Ich rechnete nicht damit, ihn jemals wiederzusehen. Ich rechnete nicht damit, daß es jemals nötig werden würde.

Das Mittagessen war eine hastige und schlichte Angelegenheit im Restaurant des Grand Hotel, nicht weit vom Gericht entfernt. Rowena sagte wenig. Eigentlich schien keiner von uns richtig Appetit zu haben, und die Befriedigung über die morgendlichen Ereignisse, die wir zum Ausdruck brachten, hatte irgendwie einen schalen Beigeschmack. Natürlich kannte ich Rowenas Aussage nicht und sie auch nicht meine. Aber laut Sir Keith waren sie beide gleich wirkungsvoll gewesen. Soweit es ihn betraf, war eine überzeugende und schlüssige Darstellung vom Verhalten seiner Frau am letzten Tag ihres Lebens zu Protokoll genommen worden und jetzt unanfechtbar. In diesem Punkt glaubte ich, daß die Verteidigung noch etwas zu sagen hätte. Aber sie konnte nicht wissen, wie undefinierbar die Zweifel waren, die diejenigen quälten, die Louise Paxton am 17. Juli 1990 getroffen hatten. Wir kleideten sie nicht in Worte, Rowena und ich. Aber mir wurde immer klarer, daß wir uns beide der Zweifel bewußt waren. Und es waren die gleichen. Der Eindruck, den Louise bei ihrer Tochter hinterlassen hatte, war der gleiche, den sie auch auf mich gemacht hatte. Sie hatte sich vor unseren Augen verändert. Sowohl was ihre Stimmung als auch was ihre Absicht anbetraf. Dem Blick wie dem Verständnis entzogen. Zurückgezogen in eine Tarnung, die wir niemals hoffen konnten zu durchdringen. Oder andererseits eine lang getragene Verkleidung abgeworfen. Ihre Vergangenheit. Ihr Leben. Ihr Tod. Ihre Zukunft. Sie waren jetzt alle eins geworden. Aber an jenem Tag hatten sie auf Messers Schneide gestanden, zitternd. Und wir hatten ahnungslos zugesehen.

Vielleicht hätte ich versuchen sollen, Rowena etwas davon zu sagen. Nicht um Sympathie zu gewinnen, sondern damit sie wußte, daß sie nicht allein war. Aber meine Gedanken waren zu sehr durcheinander. Und abgesehen davon würde keiner es wollen, außer vielleicht Rowena selbst. Ihr Vater und ihre Schwester wünschten nichts weiter als ein sauberes und einfaches Ende des Prozesses. Naylor verurteilt und hinter Gittern. Der Schlüssel weggeworfen. Und die Frau und Mutter, die sie verloren hatten, für immer konserviert im Bernstein ihrer idealisierten Erinnerungen.

Wer könnte es ihnen verübeln? Ich tat es nicht. Und auch nicht Rowena, wie mir durch ihren angespannten, aber entschlossenen Ausdruck klarwurde. Sie beabsichtigte, es um ihretwillen durchzustehen. Vielleicht hatte Bella sie daran erinnert, daß die Lebenden wichtiger waren als die Toten. Das wollten wir sowieso glauben. Das glaubten Rowena und ich sicherlich. Damals.

Nach dem Mittagessen ging ich nicht mit ihnen zurück zum Gericht. Ich hatte meinen Teil erledigt und wollte plötzlich nur weg, sofort, von dem Raum voller Fremder, wo Louise Paxtons Tod langsam in Einzelteile zerlegt und ihr Leben zunehmend vergessen wurde. Aber indem ich dem Schauplatz entfloh, erreichte ich nichts. Ich konnte dem Prozeß nicht entkommen. Er nistete in meinen Gedanken, hielt genau Schritt, während der Zug südwärts nach Hause eilte. Naylors Gesicht, halb in meiner Erinnerung, halb in meiner Vorstellung, in den flackernden Spiegelungen des Wagenfensters. Seine Augen, die auf mir ruhten, wie sie auf Louise geruht hatten. Sein Mund, der sich zu einem Lächeln verzog. Nur er wußte, warum der Spiegel an jenem Tag zerschlagen worden war. Nur er kannte die volle Wahrheit. Die er vielleicht niemals erzählen würde. Aber was *würde* er sagen? Welche Version der Wahrheit würde er anbieten, wenn er aussagen mußte? Er kam gewiß nicht drum herum. Die DNA-Analyse bewies, daß er mit Louise Paxton kurz vor ihrem Tod Geschlechtsverkehr gehabt hatte. Es gab hinreichende Anzeichen von Gewalt, die auf eine Vergewaltigung hindeuteten, selbst wenn die Umstände nicht so eindeutig gewesen wären, wie sie nun mal waren. Man hatte seine Fingerabdrücke an mehreren Stellen im Haus gefunden, auch im Schlafzimmer *und* im Atelier. Ebenso Fasern, bei denen nachgewiesen worden war, daß sie mit Proben von seinem Sweatshirt und seiner Jeans übereinstimmten. Auf den Jeans befanden sich außerdem Flecken von drei verschiedenen Arten Ölfarbe, die genau mit Farbproben übereinstimmten, die auf Paletten, Leinwänden und Arbeitsoberflächen in Bantocks Atelier gefunden worden waren. Ein nicht angemeldetes Gewehr und ein Schnappmesser waren, versteckt zwischen Dielen in Naylors Wohnung, entdeckt worden. Naylor selbst hatte anfangs bestritten, jemals in Whistler's Cot gewesen zu sein, und erst als man ihn mit den gerichtsmedizinischen Beweisen konfrontiert hatte, war er mit seiner Geschichte herausgerückt – oder hatte sie erfunden –, daß er von Lady Paxton mitgenommen worden war. Schließlich gab es noch die Zeugen, die seine Prahlerei darüber gehört hatten, wie er »das Miststück gebumst und ihm den Hals umgedreht hatte, weil es Schwierigkeiten gemacht hatte«: einen Barkeeper namens Vincent Cassidy aus einem Pub in Bermondsey, der die Polizei angerufen hatte, weil das, was Naylor getan hatte, »aus dem Rahmen fiel«, »mehr war, als ich vertragen konnte«, »einfach nicht drin war«; und einen Häftling namens Jason Bledlow, mit dem er in Untersuchungshaft die Zelle geteilt hatte. »Er war stolz darauf. Er wollte, daß ich es wußte. Er konnte einfach seinen Mund nicht halten. Sagte, ihm sei nicht klar gewesen, daß sie so etwas wie adelig gewesen wäre. Aber er glaubte, das machte es noch besser. Ich habe sofort gemeldet, was er gesagt hat, weil ich angeekelt war, wirklich angewidert, verstehen Sie?« Und man konnte unmöglich annehmen, daß die Geschworenen nicht verstanden hatten. Es war undenkbar, daß er irgend etwas sagte, was seine Schuld aus ihren Köpfen verdrängen könnte. Er würde eingelocht werden. Aber nicht kampflos. *»Der Prozeß wird am Montag fortgesetzt«*, berichteten die Zeitungen am Samstag, *»wenn die Verteidigung den Fall aus ihrer Sicht darlegt.«* Aber welche Sicht? Ich wußte, ich mußte es selbst hören, von ihm, aus seinem Mund. Jede Lüge. Jede Ausflucht. Jeden schlecht konstruierten Teil seiner Geschichte, die er notgedrungen bieten mußte. Ich mußte sicher sein. Ich hatte die Zeugen niemals getroffen. Ich hatte mich niemals mit Gerichtsmedizin beschäftigt. Ich mußte ihm ins Gesicht schauen, wenn er seine Unschuld beteuerte, um von seiner Schuld überzeugt zu sein. Denn genau das war nötig für mich. Sicherheit. Sogar jenseits übertriebener Zweifel.

Adrian zu sagen, daß ich so kurz nach dem Tag, den ich bereits in Birmingham verbracht hatte, ein paar Tage Urlaub brauchte, das war der einfache Teil. Das Ganze den Paxtons zu erklären, war so gut wie unmöglich. Am Ende versuchte ich es nicht einmal, fuhr am Montagmorgen mit einem frühen Zug hinauf und drängte mich, kurz bevor die Verhandlung begann, in den

Gerichtssaal. Sir Keith entdeckte mich sofort und war ganz offensichtlich verblüfft. Aber er war allein, eine Erleichterung und gleichzeitig eine Überraschung. Wir hatten genug Zeit, ein paar Worte zu wechseln, bevor der Richter eintrat. Zu meinem Erstaunen schien Sir Keith zu glauben, daß ich um seinetwillen gekommen war. »Sarah mußte zurück aufs College, weil das Sommersemester beginnt, und Rowena bleibt bei ihr in Hinthead. Bella kann sie dort im Auge behalten. Außerdem sah ich keinen Grund, warum sie sich Naylors Lügen anhören sollten. Es ist schon schlimm genug, daß wir das tun müssen. Obwohl ich gerne zugebe, daß ich froh bin, diesen Morgen nicht allein durchstehen zu müssen. Glauben Sie mir, Robin, ich weiß das zu schätzen.«

Der Gerichtssaal war voller als an dem Tag, an dem ich ausgesagt hatte. Erwartungsvolle Spannung lag über dem Raum, eine unausgesprochene, aber einmütige Übereinkunft, daß jetzt der entscheidende Moment gekommen war. Naylor saß bereits auf der Anklagebank, starrte in die Luft und kaute an seinen Nägeln, sein rechtes Bein zuckte. In Anbetracht der vorschlaghammerartigen Hiebe, die die Anklage anbringen konnte, war seine Nervosität kaum verwunderlich. Er sah genauso aus wie der, für den wir ihn alle hielten: ein junger Gewohnheitstäter mit übermäßig starkem Sexualtrieb und einer Spur bösartiger Brutalität, die er nicht unter Kontrolle hatte. Aber jetzt stand er mit dem Rücken zur Wand. Und seine einzige Chance bestand darin, die Geschworenen davon zu überzeugen, daß er zu Unrecht beschuldigt wurde. Was ihm wohl kaum gelingen würde. Nicht im mindesten.

Die Geschworenen kamen herein. Danach hatte der Richter seinen Auftritt. Anschließend erhob sich Naylors Rechtsanwalt, um sich an das Gericht zu wenden. Seine Eröffnungsrede war kurz und prägnant. »Mr. Naylor hat nichts zu verbergen, meine Damen und Herren Geschworenen«, schloß er. »Weswegen ich vorschlage, ihn aufzurufen, damit er zu seiner eigenen Verteidigung aussagen kann.«

Und so begann es. Naylor wurde von der Anklagebank in den Zeugenstand gebracht und vereidigt. Er sprach in entschiedenem Ton und zuversichtlich, fast überheblich. Seine Antworten waren zwanglos formuliert, aber schlau konstruiert. Zu schlau, finde ich. Mit etwas Ehrfurcht hätte er sich vielleicht ein paar Freunde gemacht. Statt dessen vermittelte er den Eindruck eines Mannes, der so verächtlich auf die Welt schaute, daß er nicht glauben konnte, daß sie sich jetzt gegen ihn verschworen hatte. Und er schien ausgesprochen stolz darauf zu sein, wie er seinen Lebensunterhalt verdiente.

»Ich bin ein Dieb. Genau das. Ich suche tagsüber die Ziele aus. Kehre später zurück zum Einsammeln. Diebstähle sind mein Ding. Aber ich bringe keine Leute um. Ich schlage vielleicht jemanden k.o., wenn er versucht, mich aufzuhalten, obwohl das noch nie nötig war. Aber ich würde niemanden töten.« Und Vergewaltigung? Was ist damit? »Ich bin kein Vergewaltiger. Das sind für mich die niedrigsten Kreaturen, die es gibt. Die und Leute, die Kinder mißbrauchen. Ich bin ein verheirateter Mann und habe Kinder. Aber wie meine Frau Ihnen bestätigen wird, bin ich kein Heiliger. Ich konnte noch nie nein sagen zu Frauen. Sie mögen mich. Ich hatte es noch nie nötig, sie zu irgendwas zu zwingen. Das wollte ich auch nie. Würde ich niemals tun.«

Das zumindest *erschien* glaubwürdig. Er hatte das selbstsichere Auftreten und das blendende Aussehen, das einige Frauen reizvoll finden. Aber er war zugleich so überzeugt von seiner Unwiderstehlichkeit, daß man sich leicht vorstellen konnte, daß er auf Zurückweisung gewalttätig reagieren würde. Und was Mord anging, nun, er hatte es mehr oder weniger selbst gesagt. Wenn Bantock versucht hätte, ihn aufzuhalten, oder noch schlimmer, ihn festzunehmen, dann hätte er alles getan, was nötig gewesen wäre, um zu entkommen. Offenheit war seine einzige Hoffnung. Aber diese Ehrlichkeit zeigte ihn als einen Mann, der durchaus fähig war, die Verbrechen zu begehen, derer man ihn angeklagt hatte.

Also, was *war* nun seine Version der Ereignisse. Er benötigte zu seiner Darstellung den restlichen Tag. Es lief auf folgendes hinaus: Er war zu einem Freund nach Cardiff gegangen, weil er Streit mit seiner Frau gehabt hatte. Es ging um das Übliche, seine chronische Untreue. Nur war es diesmal schlimmer, weil das letzte Weibsstück ihre Schwester gewesen war. Er dachte, ein Ausflug nach Disneyworld für sie und die Kinder würde die Dinge wieder ins Lot bringen. Also machte er sich daran, das nötige Geld für den Urlaub zusammenzukratzen, indem er in ein paar vielversprechend wirkende Landhäuser einbrach, die alle weit genug von Cardiff entfernt waren, um seinen Freund nicht in Verlegenheit zu bringen. In der Nacht vom 14. auf den 15. Juli war es ein Haus in der Nähe von Ross-on-Wye. Ein anderes bei Malvern vom 15. auf den 16. Juli. Und ein drittes in der Gegend von Bridgnorth vom 16. auf den 17. Juli. Am nächsten Tag blieb er in der Gegend und sah sich im Dreieck Ludlow-Leominster-Bromyard um. Dann fuhr er in Richtung Kington und machte halt im Harp Inn, Old Radnor, um sich dort den Abend zu vertreiben, bevor er entschied, wo er es versuchen wollte. Und dort änderten sich seine Pläne.

»Ich saß draußen in der untergehenden Sonne. Es war ziemlich viel los. Lady Paxton – damals kannte ich ihren Namen natürlich noch nicht – kam auf mich zu und fragte, ob sie sich an meinen Tisch setzen dürfe. Ich sagte ja und bot an, sie zu einem Getränk einzuladen. Sie selbst ging nicht ins Lokal hinein. Und sie hatte ihren Wagen etwas weiter unten an der Straße abgestellt, in der Nähe der Kirche. Wir unterhielten uns. Wie es jeder tun würde. Es war offensichtlich ... Nun, ich hatte den ziemlich deutlichen Eindruck, daß sie ... interessiert war. Wir tranken noch etwas. Sie wurde freundlich. Begann mit mir zu flirten.

Lachende Augen. Ihre Hand streifte meinen Oberschenkel. Sie wissen schon. Ich verstand die Botschaft. Und ich dachte mir: Warum nicht? Eine wunderschöne Frau. Einsam und weit weg von zu Hause. Wer würde nicht? Sie erzählte nicht viel von sich. Oder wollte viel über mich wissen. Ich glaube, wir gingen ungefähr um Viertel vor neun. Es wurde bereits dunkel. Sie schlug vor, wir sollten zum Haus einer Freundin in der Nähe gehen. Sagte, die Freundin sei nicht da und ... sie könne es benutzen. Sie fuhr in ihrem Auto voraus. Ich folgte mit meinem. Es war nicht weit. Ein Häuschen am Ende einer engen Straße in der Nähe von Kington. Die Freundin war Malerin. Sie zeigte mir ihr Atelier. Ich habe mich nur kurz dort umgesehen. Wir wußten beide, weswegen wir hier waren. Es begann im Atelier. Aber dort gab es zu viele Sachen, an die man stoßen konnte. Also nahm sie mich mit nach oben ins Schlafzimmer. Ich habe sie nicht vergewaltigt. Das war nicht nötig. Sie war ... eine bereitwillige Partnerin. Und sie ... nun ... hatte es gern ein bißchen grob. Aber das ist keine Vergewaltigung. Und auch nichts Ähnliches. Danach bin ich nicht mehr lang geblieben. Sie sagte, ihre Freundin werde gegen elf zurückkommen und sie wolle Zeit haben, um aufzuräumen. Also verdrückte ich mich. Es kann nicht viel später als halb elf gewesen sein, als ich ging. Da war sie noch im Bett, lebendig und munter. Ich machte in Leominster halt, um in einem Pub etwas zu trinken, kurz bevor geschlossen wurde. The Black Horse. Dann fuhr ich weiter und brach in das Haus in der Nähe von Bromyard ein. Großes Haus in Berrow Green. Es war eine ganz schöne Ausbeute. War ziemlich zufrieden mit mir. Bei Tagesanbruch war ich wieder in Cardiff. Am nächsten Tag machte ich mich auf den Weg zurück nach London. Dachte, ich hätte genug, um die Reise nach Florida zu bezahlen. Und außerdem wurde es langsam Zeit, sich wieder mit meiner Frau zu vertragen. Ich hörte im Fernsehen von den Morden. Zuerst konnte ich nicht glauben, daß es dieselbe Frau war. Aber als ich ihr Bild in der

Zeitung sah... wußte ich es. Und mir war klar, daß ich am besten gar nichts sagte. Ich meine, man hätte mir doch die Sache angehängt, stimmt's? Sie sagten, sie wäre vergewaltigt worden. Und ich wußte, daß sie mich damit in Verbindung bringen konnten. Wahrscheinlich auch mit dem Häuschen. Also bemühte ich mich, nicht gesehen zu werden. Ging nicht hinunter ins Greyhound. Geschweige denn, daß ich Vince Cassidy irgend etwas erzählte. Was er behauptet, daß ich gesagt hätte... Es ist nicht wahr. Nichts davon. Sie war am Leben, als ich das Häuschen verließ. Und der Maler war nicht dort. Ich habe keine Ahnung, wer sie ermordet hat. Oder warum. Aber ich war es nicht.«

»Manchmal wirkte er fast glaubwürdig«, sagte Sir Keith, als wir nach der Nachmittagssitzung in der Bar des Midland Hotel bei einem Drink zusammensaßen. »Ich meine, das heißt, wenn man Louise nicht gekannt hat.«

»Auf mich wirkte er nicht überzeugend. Ein gewiefter Lügner, das ja. Aber niemand ist darauf hereingefallen.«

»Ich hoffe, Sie haben recht. Ich möchte nicht, daß Louises Andenken besudelt wird durch irgend etwas, was er über sie gesagt hat.«

»Das wird nicht geschehen. Damit kann er gar nichts erreichen – außer einer längeren Strafe.«

»Wenn ich könnte, würde ich ihm eine schnelle Strafe geben. Die schnellstmögliche.«

»Ja«, sagte ich mit gesenkter Stimme. »Ich glaube, ich auch.«

»Dieser bösartige Bastard«, murmelte Sir Keith und massierte eine Augenbraue. »Mein Gott, bin ich froh, daß die Mädchen nichts davon gehört haben.«

»Aber sie werden es doch lesen, oder?«

»Ja. Das läßt sich nicht verhindern. Aber wenigstens müssen sie dabei nicht seine tückischen Augen sehen. Oder seine schmierige Stimme hören, die Lügen präsentiert wie schmuddelige Fünfpfundscheine aus einem Bündel in seiner Hosentasche. Ich habe natürlich damit gerechnet, daß ich ihn hassen würde. Ihn verachten würde. Ihm den Tod wünschen würde. Aber ich wußte nicht, daß er mir eine Gänsehaut verursachen würde. Nun, morgen kommt er ins Kreuzverhör. Ich hoffe, die Anklagevertretung schickt ihn durch die Hölle. Denn das ist genau das, was er verdient.« Er unterbrach sich und schüttelte den Kopf, anscheinend verwirrt von der Heftigkeit seiner Reaktion. »Tut mir leid. Ich wollte es nicht übertreiben.«

»Entschuldigen Sie sich nicht. Ich bin mit Ihnen einer Meinung. Hundertprozentig.«

Sir Keith und ich tranken zuviel und blieben in jener Nacht zu lange in der Hotelbar. Erschüttert durch die Art und Weise, wie Naylor versucht hatte, seine Frau als eine Art alternde Nymphomanin hinzustellen, war sein Ärger zum Schluß in Trauer umgeschlagen. Ich saß da und hörte mir seine zunehmend tränenreicheren Erinnerungen an ihr gemeinsames Leben an. Wie sie sich kennengelernt hatten, als Louise während der Semesterferien in der Aufnahme eines Krankenhauses gearbeitet hatte. Wie er die jüngeren Konkurrenten im Kampf um ihre Zuneigung aus dem Feld geschlagen hatte. Wie sie gegen den Willen ihrer Eltern geheiratet hatten.

»Inzwischen beide tot, Gott sei Dank. Ich hätte ihnen nicht gewünscht, das hier mitzumachen. Obwohl sie mich nie mochten. Nun, ich war fünfzehn Jahre älter als Louise und hatte eine Scheidung hinter mir. Ich war in keiner Weise das, was sie sich für ihre Tochter vorgestellt hatten. Sie war ein Einzelkind, und natürlich wollten sie nur das Beste für sie. Und sie dachten, sie könnte etwas viel Besseres bekommen als mich. Vielleicht hatten sie recht. Natürlich war ich damals noch nicht in den Ritterstand erhoben worden. Ich konnte mir noch nicht den Lebensstandard von heute leisten. Aber das hat Louise nicht abgeschreckt. Sie war niemals hinter Geld her. Sie nahm mich so, wie ich war. Und wie ich vielleicht werden würde.«

Im Endeffekt hatte Sir Keith seiner Frau Reichtum und Status und außerdem Liebe gegeben. Sie waren dreiundzwanzig Jahre lang verheiratet gewesen, und er hatte es keinen Tag bereut. Eine wunderschöne Frau und zwei reizende Töchter, die seine mittleren Jahre verschönten. Er hatte gewußt, daß er das Große Los gezogen hatte und mit mehr als dem gerechten Anteil von Glück gesegnet worden war. Aber er hatte niemals mit so einer grausamen Abrechnung gerechnet. Er hätte sich niemals vorgestellt, daß er für die Freude, die Louise in sein Leben gebracht hatte, so furchtbar würde bezahlen müssen.

»Und jetzt ist alles so leer, Robin. Wie eine Schale ohne Inhalt. Ich fühle mich so alt seit Louises Tod. So müde. So klapprig. Und ich kann nicht sehr gut allein sein. Ich nehme an, das ist der Grund, warum... nun, warum Bella... Sie ist gut für mich gewesen. Gut für uns alle. Sie kann Louise niemals ersetzen. Niemand kann das. Aber... es hilft... wenn man jemanden hat... Ich denke, ihr hilft es ebenso. Sie muß Hugh sehr geliebt haben.«

Wahrscheinlich habe ich ihm zugestimmt. Auf jeden Fall habe ich ihm nicht widersprochen. Wozu wäre das gut gewesen? Er tat mir leid. Ich hatte sogar das Gefühl, ihn zu verstehen. Aber in jener Nacht spürte ich zum erstenmal, daß ich Louise Paxton besser verstand, als es Sir Keith jemals möglich war. Die einsame Kindheit und die mißbilligenden Eltern waren zwei weitere Teile des Puzzles. Irgendwo da draußen wartete sie noch auf mich, um mich zu überraschen. Ich träumte davon, wie sie neben mir vor dem Harp Inn saß, so wie Naylor behauptet hatte, daß sie neben ihm gesessen hatte. Die untergehende Sonne stand in ihrem Rücken. Ich konnte ihr Gesicht nicht genau erkennen. Ihre Hand streifte mein Knie. Und sie lachte. *»Komm mit«*, sagte sie. *»Du kannst dir nicht vorstellen, was ich vorhabe.«*

Die Anklagevertretung nahm Naylor heftig ins Kreuzverhör. Doch trotz aller hartnäckigen Nachfragen blieb Naylor fest bei seiner Geschichte. Er machte nicht den Fehler, sich auf die Aufforderung einzulassen, die Unwahrscheinlichkeiten und Widersprüchlichkeiten seiner Darstellung zu erklären. Warum sollte eine anständige verheiratete Frau wie Lady Paxton mit einem Mann wie ihm Sex haben wollen? Er wußte es nicht. Warum sollte sie ihn zum Haus von jemandem mitnehmen, den sie nur flüchtig kannte? Er hatte keine Ahnung. Warum sollte irgend jemand anderes als er sie umbringen wollen? Auch das wußte er nicht. Bereute er es nicht im mindesten, Lady Paxtons Familie mit so einer geschmacklosen Lüge zu überziehen? Nein, denn es war keine Lüge. Warum hatte er dann anfangs jegliche Verbindung mit diesem Fall abgestritten? Weil er in Panik geraten war. So einfach war das. Es war weiter nichts als Dummheit gewesen, nicht Schuld. Erwartete er ernsthaft, daß irgend jemand ihm das glauben würde? Ja. Denn es war die Wahrheit. »Und sagt man nicht, daß die Wahrheit merkwürdiger ist als ein Roman?« Er war noch immer zuversichtlich und wehrte sich kräftig. »Ich bekenne mich schuldig, vier Einbrüche begangen zu haben. Ich stehe dazu, wie ich nun mal bin. Ich versuche nicht, etwas vorzumachen. Ich sage nur eins: Ich habe niemals irgend jemanden umgebracht. Ich habe niemals jemanden vergewaltigt. Ich bin unschuldig.« Manchmal, nur manchmal, konnte man denken, er glaubte es tatsächlich. Aber wenn man sich im Gerichtssaal umschaute, dann konnte man spüren, was auch er gemerkt haben mußte. Wenn er das wirklich glaubte, dann war er der einzige.

In dieser Nacht fuhr ich zurück nach Petersfield. Sir Keith, der der Verhandlung bis zum bitteren Ende folgen wollte, brachte mich zum Bahnhof New Street. »Ich denke, Anfang nächster Woche wird es vorüber sein«, sagte er, als ich mich zum Abschied aus dem Zugfenster lehnte. »Und ich möchte hiersein, um zu sehen, wie er das Urteil aufnimmt – und die Strafe. Werden Sie noch einmal wiederkommen?«

»Ich glaube kaum, daß es geht. Zuviel Arbeit, wissen Sie?«

»Natürlich, natürlich. Ich werde Ihre Unterstützung nicht vergessen, Robin. Ihre Hilfe für Rowena. Und auch für Sarah. Und daß Sie meinem Geschwafel letzte Nacht zugehört haben. Dem Leben anderer Leute. Den Problemen anderer Leute. Damit kann man manchmal schwer umgehen, ich weiß. Und dabei haben Sie Louise noch nicht einmal gekannt. Ich meine, nicht richtig.«

»Nein. Ich kannte sie nicht.«

Zumindest nicht *seine* Louise. Vielleicht eine andere. Die Seite von ihr, die ich kennengelernt hatte, war von der Person, mit der er dreiundzwanzig Jahre lang gelebt hatte, so weit entfernt wie Naylors Darstellung der Ereignisse von der Wahrheit, die ich zu kennen glaubte. Die Dämmerung brach herein, als der Zug in südlicher Richtung nach London raste. Und die Dunkelheit nahm zu. Wer konnte sicher sein über irgend etwas, völlig sicher? Wohin sie in jener Nacht gegangen war, nachdem sie Hergest Ridge verlassen hatte. Was sie getan hatte und warum. Was sie getan *hätte*, wenn ich mit ihr gefahren wäre. Und wo wir alle jetzt wären, wenn ich es getan hätte.

Nach Naylor selbst rief die Verteidigung noch vier weitere Zeugen auf. Den Freund, den er in Cardiff besucht hatte, Gary Newsom, der ihn als kleinen Gauner bezeichnete, aber niemals als Mörder, in dessen Haus er am 18. Juli 1990 zurückgekehrt war, »entspannt und ziemlich zufrieden mit sich selbst und froh, wieder nach London zu fahren«. Einen Gast aus dem Harp Inn, der in jener Nacht dortgewesen war und der Naylor als »den Mann« wiedererkannte, »den ich mit einer gutaussehenden Frau draußen sitzen sah; er war es ganz bestimmt, und die Frau kann Lady Paxton gewesen sein, aber da bin ich nicht ganz sicher«.

Eine Bardame vom Black Horse in Leominster, die sich daran erinnerte, daß sie Naylor noch kurz vor der Sperrstunde in jener Nacht bedient hatte. »Er spendierte mir einen Drink und machte sich an mich ran. Er gefiel mir. Eigentlich war er genau mein Typ.« Und zum Schluß Naylors Frau Carol. »Das mit dem Streit stimmt. Es geht immer rauf und runter. Und auch das mit dem Urlaub ist richtig. Als er zurückkam, sprach er nur davon. Ich wußte, wie er zu dem Geld gekommen war. Das Zeug, das er gestohlen hatte, war in seinem Lieferwagen. Wie er gesagt hat, das Stehlen liegt ihm im Blut. Das war schon immer so. Aber mit Mord hat er nichts zu tun. Oder mit Vergewaltigung. Mein Shaun würde für so was niemals zu haben sein.«

Für mich klang das alles ziemlich bedeutungslos. Wie der Staatsanwalt in seinem Abschlußplädoyer hervorhob, hätte Naylor an jenem Abend sehr wohl im Harp sein können. Aber der Zeuge war nicht in der Lage gewesen, eine genaue Zeit dafür anzugeben oder Lady Paxton als Begleiterin von Naylor zu identifizieren. Die Frau hätte wer weiß wer sein können, nachdem Naylor gern einen Blick riskierte. Und was seinen späten Besuch im Pub in Leominster anbetraf, so könnte dieser ein vergeblicher Versuch sein, sich ein Alibi zu verschaffen. Vergeblich deswegen, weil ihm immer noch genügend Zeit geblieben wäre, nach Whistler's Cot zu fahren, Bantock zu ermorden, Lady Paxton zu vergewaltigen und umzubringen und danach die fünfzehn Meilen bis nach Leominster zu fahren und noch vor elf Uhr dort zu sein. Laut Naylors Eingeständnis hatte er mit Lady Paxton Geschlechtsverkehr. Glaubte denn irgend jemand im Ernst daran, daß dies mit Lady Paxtons Einverständnis geschehen war? Falls ja, warum sollte sie dafür Whistler's Cot ausgewählt haben? Und warum sollte sie Naylor zuerst in Bantocks Atelier gebracht haben? Natürlich mußte Naylor das behaupten, um die gerichtsmedizinischen Beweise für seine Anwesenheit dort zu erklären: die Farbe und die Fasern. Wohingegen die wahre Erklärung war, daß während des tödlichen Kampfes mit Oscar Bantock seine Kleider zerrissen wurden und seine Jeans Flecken bekam. Nachdem Lady Paxton ihn am Schauplatz des Verbrechens überrascht hatte, hatte er sie gezwungen, nach oben zu gehen und sich auszuziehen. Vermutlich hatte er sie mit dem Messer oder dem Gewehr bedroht. Er hatte sie vergewaltigt, wie die Verletzungen im Vaginalbereich bewiesen, die er mit atemberaubender Unverschämtheit den masochistischen Neigungen von Lady Paxton zuzuschreiben versuchte. Schließlich hatte er sie genauso wie Oscar Bantock mit einem Stück Bilderdraht erdrosselt, das er aus dem Atelier mitgenommen hatte. Dann war er geflohen. Das waren Verbrechen von entsetzlicher Brutalität, aus materieller und sexueller Gier, und ermöglicht durch vollständige Gleichgültigkeit gegenüber Schmerzen und Leiden anderer, was Naylor fortgesetzt in seiner empörenden Farce einer Verteidigung gezeigt hatte. Schuldsprüche in allen drei Punkten der Anklage waren die einzige angemessene Art und Weise, darauf zu reagieren.

Starker Tobak. Aber Naylors Rechtsanwalt reagierte darauf, indem er verdeutlichte, daß die Erklärung seines Klienten zu den Ereignissen des 17. Juli 1990 tatsächlich mit der Beweislage übereinstimmte. Er hatte Lady Paxton im Harp getroffen, wo sie zusammen gesehen worden waren. Sie waren zu Whistler's Cot gefahren und hatten leidenschaftlichen Geschlechtsverkehr miteinander. Lady Paxton hatte offensichtlich gute Gründe dafür, anzunehmen, daß der Besitzer des Hauses erst später zurückkommen würde. Dann war Naylor gegangen. In der Folge hatten eine oder auch mehrere unbekannte Personen das Haus betreten und Lady Paxton und Bantock ermordet, der zu dem Zeitpunkt entweder im Haus war oder eintraf, als der Mörder sich davonmachen wollte. Die geschätzte Todeszeit, zwischen neun und zehn Uhr abends, war eben nur eine Schätzung. Sie schloß eine derartige Abfolge der Ereignisse gewiß nicht aus.

Und was Identität oder Motiv des Mörders betraf, wer konnte darüber etwas wissen? Die Polizei hatte ihre Nachforschungen eingestellt, nachdem sie Naylor gefaßt hatte. Er hatte ausdrücklich abgestritten, jene Aussagen gemacht zu haben, die ihm von zwei Zeugen unterstellt worden waren, von denen einer vorbestraft war. Jene Zeugen hatten sich entweder geirrt oder aus persönlichen Gründen gelogen. Schließlich sollte man auch berücksichtigen, daß Naylor bezüglich seines kriminellen Lebensstiles absolut ehrlich gewesen war. Er hatte vier Einbrüche in der Gegend von Kington zugegeben, die alle durch die Polizei bestätigt worden waren. Einer davon hatte lediglich ein paar Stunden nach dem Zeitpunkt stattgefunden, zu dem er eine Vergewaltigung und zwei Morde in Whistler's Cot begangen haben sollte. Hätte er so etwas wirklich nach der Durchführung solcher Greueltaten getan? Ganz bestimmt nicht, wie sein Rechtsanwalt die Geschworenen drängte zuzustimmen. Sie sollten im Zweifel für den Angeklagten entscheiden.

Aber der Richter hatte wenig Zweifel, als er sein Resümee zog. Um Naylors Fassung der Ereignisse gelten zu lassen, betonte er, müßte man notwendigerweise davon ausgehen, daß Lady Paxton nicht einfach nur deshalb nach Kington gefahren war, um ein Gemälde zu kaufen, sondern um ein Verlangen nach Gelegenheitssex mit einem Fremden zu befriedigen. Wenn die Geschworenen dies für unwahrscheinlich hielten, dann müßten sie den Schluß ziehen, daß der Beschuldigte im Sinne der Anklage schuldig war. Natürlich sollten sie der Möglichkeit entsprechendes Gewicht beimessen, daß er die Wahrheit sagte, aber sie sollten auch berücksichtigen, daß er laut seinem eigenen Eingeständnis bei seiner ersten Aussage vor der Polizei gelogen hatte. Der Zufall, daß ein unbekannter Mörder kurz nach seinem Weggang in Whistler's Cot eintraf, lag jenseits aller Wahrscheinlichkeit. Die Vorgabe des Richters war klar.

Und sie stieß bei den Geschworenen nicht auf taube Ohren.

Obwohl sie sich um einiges später zur Beratung zurückzogen, als Sir Keith vorhergesagt hatte, kehrten sie bereits vor Ablauf von vier Stunden zurück und befanden Naylor in allen drei Punkten für schuldig. Der Richter verurteilte ihn, weil er den Schmerz der Familie Paxton durch seine verletzende und unglaubwürdige Verteidigung verschlimmert hatte und bezeichnete ihn als verkommenes und gefährliches Subjekt, von dem die Öffentlichkeit mit Fug und Recht erwarten durfte, daß es für sehr lange Zeit hinter Gittern verschwinden würde. Er verurteilte Naylor zu lebenslänglicher Freiheitsstrafe für jeden der Morde und zu zehn Jahren für die Vergewaltigung. Als letzten Schliff – der von der Presse sehr beklatscht wurde – empfahl er eine Mindesthaft von zwanzig Jahren. Als Shaun Naylor abgeführt wurde, beteuerte er noch immer seine Unschuld, aber keiner schenkte ihm mehr Gehör.

7. Kapitel

Es war vorbei. Louise Paxton war tot und begraben. Und jetzt, nach der Verurteilung und Inhaftierung ihres Mörders, konnte sie in Frieden ruhen. In der Zwischenzeit unternahm ich den widerwilligen, aber unvermeidlichen Versuch, sie zu vergessen. Das heißt, ich dachte, ich würde es tun. Aber je größer der Abstand zwischen mir und der einzigen kurzen Überschneidung unserer Leben wurde, desto klarer, aber keineswegs schwächer geriet die Erinnerung an unser Treffen. Der vernünftige Teil meines Gehirns tat es als eine Laune meiner Phantasie ab und wartete geduldig darauf, daß die Erinnerung verblassen würde. Aber sie verblaßte nicht. Es sah so aus, als ob sie mit der Zeit eine merkwürdige Energie gewann, als ob sie langsam immer flüchtiger, aber gleichzeitig von Tag zu Tag immer mächtiger werden würde. Wann immer ich müde oder allein war oder an nichts Besonderes dachte, setzten sich die Einzelteile jenes Abends auf Hergest Ridge in meinem Kopf wie von selbst wieder zusammen. Die Art des Lichts. Die Neigung des Hanges. Die Farbe des Grases. Der Farbton ihres Haares. Der Ausdruck in ihren Augen. Und ihre Worte. Jede Redewendung. Jede Nuance. Aber trotzdem blieb die Frage stets die gleiche. *»Können wir wirklich etwas ändern?«* Und welche Antwort auch immer ich wählte, es machte keinen Unterschied. Weil sie jetzt außer Hörweite war. Für immer.

Zwar mochte die Erinnerung an Louise Paxton nicht verblassen, doch wies meine Verbindung mit ihrer Familie dafür alle Anzeichen auf. Am letzten Samstag im Juni lud Sarah mich zu einem Fest in Hurdles ein. Einige ihrer Kommilitonen waren da, um das Ende des Kurses zu feiern, und Bella schwang gutgelaunt das Zepter. Ich fühlte mich alt und fehl am Platz und wünschte, ich wäre nicht gekommen. Sarah war völlig mit ihrer Rolle als Gastgeberin beschäftigt und konnte sich nicht sehr um mich kümmern. So war es denn Bella, die mich über ihre Pläne informierte.

»Rowena wird im Herbst ziemlich sicher einen Platz an der Universität von Bristol bekommen. Keith denkt, daß sie bis dahin mit dem Studentenleben zurechtkommen wird. Und er hofft, daß Sarah ihr dabei helfen kann. Sie versucht gerade, es so einzurichten, daß sie ihr Referendariat in Bristol machen kann. Dann könnten sie gemeinsam eine Wohnung mieten. Das würde Rowena etwas von der Sicherheit geben, die sie braucht. Es ist schade, daß ich dann wieder allein hier sein werde, aber... nun... vielleicht wird es nicht für lange sein.«

»Wieder ein Untermieter?«

»Nicht ganz. Auf jeden Fall noch nicht. Ich habe vor, im nächsten Monat ins Ausland zu gehen.«

»Wohin?«

»Nach Biarritz, um genau zu sein. Keith hat mich darum gebeten.«

»Wirklich? Nun, ich... ich hoffe...«

»Daß wir Spaß miteinander haben werden? Vielen Dank, Robin. Ich werde versuchen, dafür zu sorgen.«

Sir Keith reiste also mit Bella nach Biarritz, und seine Töchter – wie ich später erfuhr – waren zusammen auf einer griechischen Insel, als der Jahrestag der Kington-Morde näherrückte. Ich kann mich kaum daran erinnern, wo ich war. Aber ich weiß, wohin meine Gedanken schweiften.

Der Sommer 1991 war gut für Timariot & Small. Die allgemeine Wirtschaftsrezession beeinträchtigte das Geschäft mit Kricketschlägern verhältnismäßig wenig. Ich vermute, deswegen hatten wir auch so wenig Bedenken wegen der Übernahme von Viburna Sportswear, die Jennifers positivem Bericht über deren Finanzen folgte. Sie und Adrian flogen im August wieder hinüber, um die Bedingungen endgültig festzulegen, und Simon freute sich schon darauf, den größten Teil des australischen Frühlings in Melbourne zu verbringen und verschiedene Werbemaßnahmen in die Wege zu leiten. Als Chef der Produktion hatte ich keine Veranlassung, selbst dorthin zu fliegen, denn Viburnas ehemaliger Vorsitzender und Generaldirektor, Greg Dyson, würde bleiben, um die Produktion in Australien zu leiten. Formell wurde Viburna Sportswear am 1. Oktober 1991 eine Tochtergesellschaft von Timariot & Small. Der Weg für Adrians internationale Ambitionen war frei.

Meine eigenen Ambitionen ließen sich nicht so einfach bestimmen. Ich stand ganz oben auf der Karriereleiter und sah befriedigt, daß einige meiner Neuerungen sich gut bewährten. Innerhalb eines knappen Jahres hatte ich mich so gut in der Firma eingelebt, daß sie mir paßte wie eine alte und bequeme Jacke. Ich mochte die Belegschaft, ich genoß die Mischung aus Tradition und Effizienz, aus altem Handwerk und modernem Geschäftsleben. Aber außerhalb der Stunden, die ich in der Fabrik verbrachte, gab es eine Leere in meinem Leben, die ich eigentlich hätte wünschen sollen zu füllen, ein Alleinsein, das ich als Einsamkeit hätte betrachten sollen. Statt dessen unternahm ich nur halbherzige, fast schon unaufrichtige Anstrengungen, Menschen zu treffen und Freundschaften zu schließen. Es gab ein paar Kommilitonen von Churcher's, die ich ab und zu sah, die meisten waren verheiratet und hatten Kinder. Es gab die Stammkunden der Kricketspieler, mit denen man sich einen müßigen Abend vertreiben konnte. Oder Simon, mit dem ich mich bis zur Bewußtlosigkeit betrinken konnte, wenn ich in der Stimmung dazu war, was von Zeit zu Zeit vorkam. Aber das war schon alles.

Bis Jennifer versuchte, mich mit einer ihrer Freundinnen zu verkuppeln, die als Innenarchitektin in Petersfield arbeitete und sich gerade von einer unschönen Scheidung erholte. Ann Taylor war eine attraktive und einfühlsame Frau in meinem Alter. Ich mochte sie sofort. Ihre Lebhaftigkeit. Ihren Humor. Ihre Zartheit. Und sie mochte mich. Daran bestand kein Zweifel. Es hätte funktionieren können mit uns. Es hätte zu etwas führen können. Statt dessen ließ ich es mir entgehen. Ein fürchterlich falsch verstandenes Wochenende in Devon zwang uns beide in die Defensive. Danach gab es keinen dramatischen Bruch, keine endgültige Trennung der Wege. Nur ein Abdriften in eine schwache Gleichgültigkeit.

»Was ist mit dir los?« verlangte Jennifer in ihrer Verzweiflung zu wissen. »Ihr wart füreinander bestimmt.« Vielleicht hatte sie recht. Oder hätte recht gehabt. Aber meine Erinnerung konnte ich nicht abschütteln.

»Wer ist Louise?« hatte Ann mich in unserem Hotelzimmer in Devon am Morgen nach jener vermasselten Nacht gefragt. »Du hast dich im Schlaf mit ihr unterhalten. Über einen Spiegel.«

»Das hast du falsch verstanden.«

»Ich glaube nicht. Der Name war ziemlich deutlich. Es macht mir nichts aus... wenn es jemand ist, den du früher... gut gekannt hast.«

»Nein. Es ist niemand, den ich jemals gekannt habe.«

Ihre bloße Abwesenheit
Bedeutet mir viel mehr
Als die Anwesenheit anderer,
Mag das Leben herrlich sein
Oder vollkommen düster.

Ich habe sie nicht gesehen,
Ich habe nichts von ihr gehört;

Ich weiß nur
Daß sie nicht hier ist, aber
Sie mag dort gewesen sein.

Eines Sonntagmorgens Mitte Oktober überraschte mich Bella mit einem Anruf, sie und Sir Keith zum Mittagessen in Tylney Hall zu treffen, einem Landgasthof in der Nähe von Basingstoke. Ich nahm die Einladung sofort an, obwohl mir klar war, daß sie nicht mir zu Ehren stattfand. Die Fahrt dorthin war idyllisch, herbstlicher Sonnenschein tauchte die Bäume und Hecken in goldenes Licht. Etwas von dem gleichen flüchtigen schimmernden Glanz schien meine Gastgeber zu umgeben, die mich auf der Terrasse erwarteten. Sir Keith lächelte nicht nur. Er wirkte überglücklich, gesund und blühend. Eine Blume im Knopfloch und eine knallige Krawatte signalisierten Entspannung und Genuß. Bella sah in einem engtaillierten rosa Kostüm und einer changierenden Seidenbluse noch bezaubernder aus als sonst. Das Glitzern von Diamanten zog meinen Blick auf ihren Ringfinger. Und dort, neben einem Verlobungsring, wie ich noch nie einen zuvor gesehen hatte, saß ein einfacher Goldring.

»Ich wollte, daß du einer der ersten bist, die es erfahren, Robin«, sagte Bella, als sie mich küßte. »Wir haben am Donnerstag geheiratet.«

»Ich hoffe, Sie verzeihen uns die Geheimnistuerei«, mischte sich Sir Keith ein. »Aber wir dachten, eine einfache Zeremonie wäre das beste. Sie wissen, wie komisch manche Leute sein können.«

»Aber du nicht, Robin«, sagte Bella und lächelte lieb. »Hoffen wir.«

»Nein«, erwiderte ich schnell. »Natürlich nicht. Meine ... herzlichsten Glückwünsche.«

Also war es passiert. Bella war die zweite Lady Paxton geworden. Ohne Zweifel hätte sie ihre Errungenschaft liebend gerne bombastisch gefeiert, aber Sir Keith hatte auf Diskretion bestanden, und man konnte leicht verstehen, warum. Fünfzehn Monate waren keine lange Zeit, wie einige gesagt haben würden, um eine Frau nach dreiundzwanzig Ehejahren zu betrauern. Um ehrlich zu sein, ich selbst hätte es auch gesagt. Fünfzehn *Jahre* wären mir nicht ausreichend erschienen. Nicht wenn es sich bei dem Verlust um Louise handelte. Sie war eine Art Frau, die er niemals wieder finden würde.

Aber natürlich ließ ich sie nichts von meinen wahren Gedanken spüren. Statt dessen lieferte ich ihnen eine ganz überzeugende Vorstellung davon, was Bella von mir erwartete: der symbolische Verwandte, der seine distinguierte Freude über ihre Neuigkeit zum Ausdruck bringt. Wir nahmen in dem eichengetäfelten Restaurant ein üppiges und ausgiebiges Mittagessen zu uns, und ich hörte höflich zu, während sie ihre Hoffnungen und Erwartungen über ihr neues gemeinsames Leben über mich ausschütteten.

»Ich werde die Londoner Praxis auflösen und meine Beratungen aufgeben«, verkündete Sir Keith. »Ich bin einundsechzig, also wird es langsam Zeit. Vielleicht hätte ich noch fünf oder sechs Jahre so weitergemacht, wenn nicht... Nun, der Ruhestand ist ein neuer Anfang. Für uns beide. Wir können so mehr Zeit in Biarritz verbringen. Und überall dort, wo Bella möchte.«

»Die Mädchen haben großartig reagiert«, sagte Bella. »Kein Ärger. Kein Widerstand. Sie wollen einfach nur, daß ihr Vater glücklich ist. Und ich werde darauf achten, daß er es ist.«

»Ich nehme an, es ist einfacher, weil sie beide das Nest verlassen haben«, fuhr Sir Keith fort. »Sarah arbeitet bei einer erstklassigen Rechtsanwaltspraxis in Bristol. Und Rowena hat dort an der Universität angefangen. Sie hat sich gut eingewöhnt. Hat die Schwierigkeiten... des letzten Jahres... hinter sich gelassen. Sie haben zusammen eine Wohnung in Clifton. Gemütlicher kleiner Ort. Sie sollten hinfahren und sie besuchen. Sie würden sich darüber freuen.«

»Inzwischen«, sagte Bella, »macht Keith mit mir eine Weltreise auf einem Luxus-Traumschiff. Wir legen übermorgen in Southampton ab. Tolle Flitterwochen, findest du nicht auch?«

Ich würde nicht verraten, was ich wirklich dachte. Was Bella begriffen haben muß. Denn als Sir Keith uns für ein paar Minuten allein ließ, wurde ihr überschäumender Ton plötzlich glanzlos.

»Du glaubst, ich hätte ihn nur wegen seines Geldes geheiratet, stimmt's, Robin?«

»Nein. Da ist auch noch der Titel.«

»Sehr komisch. Aber es ist nicht wahr. Zufällig mag ich ihn sehr.«

»Mögen – aber nicht lieben?«

»Vielleicht wird mehr daraus. Aber für den Anfang können wir zumindest viel Spaß miteinander haben.«

»Ich bin sicher, *du wirst* Spaß haben, Bella. Das hast du immer.«

»Versuch es selbst. Es ist nicht die schlechteste Art und Weise zu leben. Statt in Petersfield dahinzuvegetieren.«

»Glaubst du, daß ich das tue?«

»Etwa nicht?«

»Nein. Wahrlich nicht.«

»Was *tust* du dann? Als ich dich das erste Mal getroffen habe, dachte ich, du wärst der einzige aus deiner seltsamen Familie, der wirklich etwas mit seinem Leben anfangen würde. Statt dessen bist du hier und arbeitest wie alle übrigen in dieser verdammten Firma. Du hast mich enttäuscht, Robin. Wirklich.«

»Das tut mir leid«, antwortete ich mit einem sarkastischen Lächeln. Dann bemerkte ich, wie ihr Blick an mir vorbeiging. Ihr Mann kehrte soeben zu uns zurück. Aber bevor er wieder bei uns war, blieb mir noch Zeit hinzuzufügen: »Wir wollen hoffen, daß *du* Sir Keith nicht enttäuschst, Bella. Und umgekehrt natürlich genauso.«

Ein Monat verging, in dessen Verlauf ich von Bella eine triumphierend selbstgefällige Postkarte erhielt, die während eines Zwischenaufenthalts in Ägypten aufgegeben worden war. *»Pyramiden sind so unglaublich viel interessanter als Kricketschläger.«* Dann, an einem ereignislosen Freitagnachmittag rief Sarah mich von Bristol aus in der Arbeit an. »Ich bin im Büro, deshalb kann ich nicht lange sprechen.« Sie klang reichlich gestelzt, selbst wenn man berücksichtigte, daß wir schon länger keinen Kontakt mehr hatten. »Denken Sie ... Hören Sie zu, wäre es möglich ... für Sie, hierherzukommen ... kurzfristig? Zum Beispiel ... morgen?«

»Morgen? Das ... ähm ... ist schwierig.« Das war eine Lüge, weil ich das Gefühl hatte, ich würde irgendwie über den Tisch gezogen. »Ich meine, ich würde Sie natürlich gerne wiedersehen. Und auch Rowena. Aber ... warum so eilig?«

»Wegen Rowena. Ich kann es Ihnen nicht am Telefon erklären. Aber es *ist* dringend. Ihr ... geht es nicht gut. Und ich dachte ... Aber wenn es für Sie unmöglich ist ...«

»Nein, nein. Es ist in Ordnung. Ich kann meine Pläne ändern. Was ist los mit ihr?«

»Ich kann nicht mehr sagen. Nicht jetzt. Aber morgen ...«

»Also gut. Ich denke, ich könnte gegen Mittag da sein. Geben Sie mir Ihre Adresse.«

»Es ist weit. Ginge es nicht schneller, wenn Sie bis Reading fahren und von dort aus den Zug nehmen würden? Dann könnte ich Sie vom Bahnhof abholen.«

»Oh, das ist nun wirklich nicht –«

»Ich habe einen Fahrplan. Wir könnten den Zug gleich raussuchen. So wäre es einfacher, Robin. Glauben Sie mir.« Etwas fast Flehendes in ihrer Stimme hielt mich von weiterem Widerstand ab.

Wie versprochen wartete sie in Temple Meads auf mich. Die Sorge verlieh ihrem kontrollierten Benehmen eine gewisse Lebhaftigkeit. Außerdem hatte sich ihr Kleidungsstil geändert – schwarzer Pullover und Leggins unter einem kurzen, flotten Mantel –, aber nichts weiter, das den Übergang von der Studentin zur Rechtsanwältin erklärt hätte. Ihre Garderobe schien ihre Persönlichkeit verdecken zu wollen. Vielleicht war es genau das, was mir auffiel. Eine unsichtbare Barriere zwischen uns, eine gewisse Vorsicht, die durch den Tod ihrer Mutter zeitweise abgestreift worden war. Aber jetzt war sie wieder da.

Auf dem Weg zu ihrem Wagen tauschten wir Belanglosigkeiten über unsere Berufe aus. Ich fragte nicht danach – obwohl ich es gerne wissen wollte –, ob ihre Idee, mich vom Bahnhof abzuholen, ein Trick war, damit sie genügend Zeit hatte, um mich auf das, was uns in Clifton erwartete, vorzubereiten. Voraussichtlich Rowena. Der es nicht gutging. Was auch immer das bedeutete.

Darüber klärte Sarah mich schnell auf, als wir in westlicher Richtung am Flußufer entlangfuhren. Es war ein kalter und grauer Tag, der Frühnebel lag noch über dem Land. Die Vorzüge des Herbstes waren nirgendwo zu sehen oder zu spüren.

»Rowena hat letzten Montag einen Selbstmordversuch unternommen, Robin. Sie ist jetzt wieder okay. Aber die Ärzte sagen, es war ein ernstgemeinter Versuch. Aspirin, Beruhigungsmittel und Gin in ausreichender Menge, um sich zu töten, wenn ich nicht mittags in die Wohnung zurückgekehrt wäre – was ich normalerweise nicht tue.«

»Großer Gott.«

»Ja. Ein ziemlicher Schock.«

»Aber sicherlich ... Ich dachte, Ihr Vater hat gesagt ... wie gut sie sich macht.«

»Das wollte er gerne glauben. Mit Bellas Unterstützung. Vielmehr war es so, daß Rowena für sie eine ziemlich überzeugende

Show abgezogen hat. Hat auch mich getäuscht. Aber das ist auch alles gewesen. Eine Show.«

»Ist Ihr Vater ... Nun, werden sie ...«

»Zurückkommen? Nein. Weil sie es nicht wissen. Ehrlich gesagt, glaube ich nicht, daß Daddy – und noch viel weniger Bella – im Augenblick eine große Hilfe für Rowena sein könnten. Er ist völlig vernarrt in Bella, wissen Sie. Ach, natürlich wissen Sie das. Sie ist Ihre Schwägerin. Tut mir leid. Das klang wie ein Vorwurf. Bella ist eben so, wie sie ist. Daddy kann ihr einfach nicht widerstehen. Ich denke, wenn er nicht mein Vater wäre, könnte ich fast darüber lachen. Aber so, wie es ist, ist es wirklich peinlich.«

»Aber ... wenn ich richtig verstanden habe ... Sie haben mir erzählt, Sie hätten die Heirat befürwortet. Sogar ziemlich eindeutig.«

»Es hatte überhaupt keinen Sinn, etwas dagegen einzuwenden. Es hatte keinen Sinn, dieses durchtriebene Miststück, Entschuldigung, meine Stiefmutter wissen zu lassen, was ich wirklich dachte.«

»Hat Rowena deshalb die Überdosis genommen?«

»Ich würde gerne ja sagen. Es würde mir gut passen, Bella dafür verantwortlich zu machen. Aber es hat keinen Sinn, sich in die Tasche zu lügen. Sie ist nicht der Grund dafür.«

»Aber was dann?«

Sie warf mir einen Blick zu, antwortete aber nicht gleich. Ich glaube, ich kannte die Antwort bereits. Sir Keith hatte man nichts davon erzählt. Mir schon. Weil ich es vielleicht verstehen würde. Wir fuhren jetzt über den Fluß. Vor uns konnte ich gerade die verschwommenen Umrisse der Hängebrücke ausmachen, die die mit trübem Wasser gefüllte Avon Gorge überspannte. Wir waren fast da. In doppelter Hinsicht. »Jener Nachmittag am Frensham Pond«, sagte Sarah. »Erinnern Sie sich? Vor fast einem Jahr. Damals dachte ich, es ginge nur darum, den

Prozeß zu überstehen. Ich dachte, Rowena trauerte einfach nur. So wie ich. Aber das stimmte nicht. Es war immer mehr als das. Ich erkannte, daß Sie spürten, was es war. Ich habe mir eingeredet, daß es keine Bedeutung hätte. Und ich habe weiterhin so getan. Aber das hat uns nicht sehr weit gebracht, nicht wahr?«

»Das stimmt nicht, Sarah. Ich wußte nichts, und das ist auch jetzt noch so.«

»Aber Sie haben eine leise Ahnung. Oder nicht?«

»Mag sein. Vielleicht eine dunkle Ahnung.«

»Über Mummy?«

»Etwas über sie, ja. Darüber, wie sie war ... an jenem letzten Tag.«

»Und das teilen Sie mit Rowena?«

»In gewissem Sinne. Aber ... Nun, ich denke schon. Ja.«

»Dann helfen Sie ihr dabei, es loszuwerden, Robin. Bitte. Uns allen zuliebe.«

Sie bewohnten am Rand von Clifton Village in einer gefälligen Regency-Häuserreihe eine Wohnung im zweiten Stock, die in einer seltsamen Mischung aus Exotik und Förmlichkeit eingerichtet war. Rowena benahm sich während unseres gemeinsamen Mittagessens viel ungezwungener, als ich erwartet hatte, sprach indirekt von ihrer »Krankheit« und darüber, daß sie so bald wie möglich ihren Mathematikkurs wiederaufnehmen wollte. Anschließend sagte Sarah, sie müßte jetzt fort, wäre aber zum Tee wieder zurück. Ich blieb im Wohnzimmer, während die Schwestern an der Tür angespannt miteinander flüsterten. »Sprich einfach mit ihm, Ro«, hörte ich Sarah sagen. »Das ist alles, worum ich dich bitte.« Dann schloß sich die Tür. Rowena ging in die Küche und machte keine Anstalten, sich mir anzuschließen. Schließlich fühlte *ich* mich gezwungen, mich *ihr* anzuschließen. »Wollen Sie Kaffee aufgießen?« fragte ich, als ich den Wasserkessel in ihrer Hand bemerkte. Sie erschrak heftig, und ein Schwall kochendes Wasser ergoß sich über die Kochstelle.

»Es tut mir leid. Ich wollte nicht –«

»Ist schon gut«, sagte sie, lehnte sich gegen den Küchenschrank und schloß für eine Sekunde die Augen. »Meine Nerven. Sie sind etwas – angespannt.«

»Natürlich. Ich verstehe das gut.«

»Genau das denkt Sarah, nicht wahr? Daß Sie verstehen, meine ich.« Sie hatte die Augen jetzt wieder geöffnet und direkt auf mich gerichtet. Ich hatte vergessen, wie beunruhigend riesig sie waren, und sie wirkten ebenso klug wie unschuldig. Dann wandte sie den Blick ab. »Ich darf keinen Kaffee trinken. Aber wenn Sie –«

»Was Sie gerade zubereiten.«

»Kräutertee.« Sie lächelte. »Soll eine beruhigende Wirkung haben.«

»Also dann Tee.«

Sie gab mit einem Löffel ein paar der staubig und wenig verlockend aussehenden Blätter in einen Becher für mich, goß Wasser in ihren und meinen Becher und ging vor mir her zurück ins Wohnzimmer. Sie setzte sich ans Fenster, hielt ihren Becher fest umklammert und atmete beim Trinken den Dampf ein. Vielleicht taten die Kräuter ihre Wirkung. Auf jeden Fall schien sie ruhig, fast besinnlich, als ob ihr etwas klargeworden wäre oder sie die Hoffnung darauf aufgegeben hätte.

»Es hat mir leid getan«, begann ich zögernd, »als ich von Ihren … Schwierigkeiten hörte.«

»Tatsächlich?«

»Natürlich.«

»Warum? Wir kennen uns kaum.«

»Nein, aber –«

»Ich habe es nicht geplant, Robin. Ich habe mich nicht wochenlang da hineingesteigert. Ich hatte sogar vergessen, daß es Mummys Geburtstag war. Der 11. November. Ich habe es bloß auf dem Kalender in der Küche gesehen. Sarah war schon zur

Arbeit gegangen. Und es war ein so grauer Tag. So wie heute. Mummys Geburtstag. Und Daddy auf einer Kreuzfahrt mit einer ... neuen Frau. Glauben Sie, daß er daran gedacht hat?«

»Ich bin ganz sicher.«

»Es ist komisch ... daß man so wenig Kontrolle hat. Sich selbst zu sehen ... als ob man körperlos wäre ... weinend und klagend. Als ob Gefühle einfach ... zu mächtig sind, um sie zu beherrschen.«

»Rowena –«

»Sie wollen, daß ich sie vergesse. Daddy. Sarah. Und natürlich Bella. Sie alle wollen, daß ich sie vergesse. ›Laß es hinter dir‹, sagen sie. ›Akzeptier es. Gewöhn dich daran. Mach weiter.‹ Sie denken anscheinend, es sei so einfach. Genauso wie die Ärzte. Und die Rechtsanwälte. Und dieser Psychiater, den Daddy letztes Jahr für mich aufgetrieben hat. Sie alle denken das gleiche. Daß es einfach nur Trauer ist. Eine Weigerung, sich mit der Wirklichkeit anzufreunden.«

»Ihre Mutter *ist* tot, Rowena. Nichts kann sie zurückbringen.«

»Aber *warum* ist sie tot?«

»Weil Shaun Naylor sie umgebracht hat.«

Sie schüttelte langsam den Kopf, mehr aus Trauer, wie es schien, als deswegen, weil sie nicht einverstanden war. »Ich habe so oft über alles nachgedacht. Was sie gesagt hat. Wie sie es gesagt hat. Als ob ich es auf einem Videofilm hätte und es immer wieder und wieder abspielen könnte. In Zeitlupe. Bild für Bild. Um nach einem Hinweis zu suchen.«

»Was für ein Hinweis?«

Ihr Blick wanderte langsam durch den Raum, vom Fenster bis zu meinem Platz. »Sie wissen es, oder nicht?«

»Nein. Sagen Sie es mir.«

»Als Mummy an jenem Nachmittag fortging, sagte sie zu mir ... Wir standen beim Auto. Sie war fertig zum Aufbruch.

Zögerte ein wenig. Das hätte sie normalerweise nie getan. Wir verabschiedeten uns. Es sollte ja nicht für lange sein. Sie sagte ... Ich erinnere mich genau an ihre Worte. Sarah denkt, daß ich mich verhört habe. Aber das ist nicht wahr. Ich habe sie einfach nicht verstanden. Das ist es, was geschehen war. Sie sagte: ›Ich werde vielleicht eine ganze Weile weg sein, Liebling.‹ Ich dachte, daß sie damit meint, daß sie bei Sophie Marsden bleiben wird. Um ihr das Bild zu zeigen. Nun, sie hatte davon gesprochen. Deshalb sagte ich nur: ›Du bist bei Sophie?‹ Und sie überlegte einen Moment lang. Und dann antwortete sie: ›Natürlich, mein Schatz. Genau dort bin ich.‹ Dann küßte sie mich und fuhr weg.«

»Ich verstehe nicht –«

»Ich habe vor Gericht ausgesagt, daß Mummy sich ziemlich genau über ihre Pläne geäußert hätte. Aber das stimmte nicht. Nicht wirklich. Sonst hätte sie Sophie angerufen, bevor sie losfuhr. Sie erzählte mir, sie würde nach Kington fahren, um eines von Oscar Bantocks Gemälden zu kaufen. Aber zum Schluß ... als sie fortging ... ich glaube, sie hat etwas anderes sagen wollen. Es war so, als ob ... sie wußte, daß sie mich vielleicht niemals wiedersehen würde.«

»Bestimmt nicht.«

»Wenn ich keine voreiligen Schlüsse gezogen hätte, dann hätte sie vielleicht ... Und dann war da noch der Ring. Ich bemerkte, wie sie mit dem Daumen prüfend über den Finger fuhr, an dem sie ihn gewöhnlich trug. Als ob ... sie ihn gar nicht verloren hätte ... aber sie prüfte ... um sich selbst zu beruhigen ... daß er nicht da war.«

»Ein Reflex. Nichts weiter.«

»Was sie niemals ausgesprochen hat ... Was ich nicht richtig beschreiben kann ... Sie haben es auch gespürt, nicht wahr?«

»Ich bin nicht sicher, was Sie meinen.«

»Sie stand am Abgrund. Sie war im Begriff auszusteigen. In die Leere. Sie wußte es. Und trotzdem tat sie es. Warum?«

»Ich weiß es nicht.« Ich stand auf und ging zum Fenster hinüber. Sie setzte sich neben mich und folgte meinem Blick. Hinaus in die Grauheit des Himmels über den benachbarten Dächern. »Ehrlich, Rowena.« Aus einem Impuls heraus kauerte ich mich neben ihren Stuhl und nahm ihre Hand in meine. Sie ließ es zu und betrachtete mich ernst mit jenen riesigen, tiefgründigen Augen. »Ich denke oft – anscheinend genauso wie Sie –, daß da irgend etwas nicht stimmte, daß etwas falsch war an jenem Abend. Sie war – wie eine prächtige Yacht mit geblähten Segeln, aber mit niemandem am Steuer... die auf eine frische Brise wartete, auf die Strömung, die sie vorantreiben würde. Ich habe es niemals verstanden. War mir niemals sicher, daß ich nicht dem, was geschah, zuviel Bedeutung beimaß wegen dem, was dann folgte. Ich glaube nicht, daß ich es tue. Ich glaube nicht, daß Sie es tun. Aber...«

Sie lächelte erleichtert. »Es bedeutet mir sehr viel, daß ich damit nicht völlig allein stehe, Robin. Es bedeutet, daß ich trotz allem nicht das Opfer meiner eigenen Wahnvorstellungen bin. Es sei denn, wir sind es beide.«

»Sie hätte nicht gewollt, daß Sie so darüber nachgrübeln. Daß Sie ihretwegen leiden.«

»Ich weiß.«

»Sie hätte gewollt, daß Sie glücklich sind. Oder etwa nicht?«

»O ja.«

»Warum können Sie es dann nicht sein? Für sie?«

»Aber ich bin es. Manchmal. Spüren Sie das nicht? Ich habe nicht meine Fröhlichkeit verloren. Sondern mein Gleichgewicht. Meine Ausgeglichenheit.« Plötzlich verzog sich schmerzhaft ihr Gesicht, und sie begann zu weinen. Sie verkrampfte sich, als ob sie ein Schluchzen unterdrücken wollte, ließ meine Hand los, setzte den Becher ab und seufzte. »Man sagt einem nie, wie das eigentlich ist mit Selbstmord. Der Gedanke daran... kann so berauschend sein. So verführerisch.« Sie schüttelte den Kopf.

»Aber ich bin jetzt darüber hinweg. Es ist überhaupt nichts Verführerisches daran, wenn man dir den Magen auspumpt. Das können Sie mir glauben.« Dabei lächelte sie. Und ich ebenfalls. »Lassen Sie uns einen Spaziergang machen, Robin. Ich war nicht mehr draußen, seit ich aus dem Krankenhaus entlassen wurde. Wir können für Sarah eine Nachricht hinterlassen.«

Wir stiegen hinauf auf den Observatory Hill und gingen dann im Kreis zurück zur Hängebrücke. Ich wußte, daß sie sie überqueren wollte. Um mich mit dem klassischen Selbstmörderblick hinunter in die Schlucht aufzuziehen. Um auszuprobieren, ob ich versuchen würde, sie aufzuhalten. Aber wenn ich es täte, würde ein dünner Faden des Vertrauens zwischen uns zerreißen. Also ließ ich sie vorausgehen, und sie ließ ihre Hand beim Gehen über das Geländer gleiten, blinzelte hinauf zu den hohen durchhängenden Kabeln oder hinunter zu dem grauen gewundenen Fluß. In der Mitte blieb sie stehen, und ich holte sie ein. Ihre Augen waren vor Freude weit geöffnet.

»Es ist schön, am Leben zu sein«, sagte sie und drehte sich zu mir um. »Nicht wahr?«

Ich nickte. »Ja. Das stimmt.«

»Sogar am Montag habe ich das gedacht. Es ist nur ... einen Moment lang ... höchstens eine Stunde ... schien der Tod ... oder das Vergessen ... noch verlockender zu sein.«

»Aber jetzt nicht mehr?«

»Nein. Die Welt ist zu wunderbar, um aufzugeben. Ich hatte noch nicht genug davon.«

»Das werden Sie niemals.«

»Ich hoffe nicht. Es sei denn ... glauben Sie, Mummy hatte einfach nur ... genug von der Welt?«

»Ich würde genau das Gegenteil behaupten.«

»Sie haben bestimmt recht. Trotzdem ist es komisch. Als ich sie sah ... an dem Ort ... in der Leichenhalle ... sie sah so ... ausgesprochen schön aus.«

»Sie war wunderschön, als sie lebte.«

»Aber als sie tot war, sogar noch mehr. Ihre Haut war so blaß. Wie... makelloser Alabaster. Und so kalt. Als ich sie berührte, öffnete sie die Augen, wissen Sie?«

»Was?«

»Oh, es war natürlich eine Halluzination. Pure Einbildung. Aber es wirkte so wirklich. Und das Sonderbarste war... wie glücklich sie aussah.« Rowena holte tief Luft und machte sich dann auf den Rückweg zu der Clifton zugewandten Seite der Brücke. Als ich wieder neben ihr war, sagte sie: »Das, was ich schon immer an der Mathematik gemocht habe, ist die Eindeutigkeit. Eine Antwort ist entweder richtig oder falsch. Und wenn sie richtig ist, dann ist sie vollständig richtig und wird es immer sein. Die grundlegenden Prinzipien bestimmen alles. Zwei plus zwei ergibt vier und niemals etwas anderes.«

»So ist es.«

»Vielleicht in der Mathematik. Aber nicht im Leben. Die veränderlichen Größen sind zu zahlreich. Es wäre möglich, innerhalb des gleichen Rahmens die Ereignisse des 17. Juli 1990 hundertmal zu wiederholen und dabei hundert verschiedene Ergebnisse zu erzielen. Natürlich würden sich viele davon ähneln. Aber es gäbe keine identischen. Einige wären fundamental verschieden, beinahe nicht wiederzuerkennen. Viele Male – vielleicht in der Mehrheit der Fälle – würde Mummy nicht sterben. Wäre noch nicht einmal in Gefahr. Nur wegen einer winzigen, kaum wahrnehmbaren Veränderung. Wie zum Beispiel das, was sie zu mir sagte. Oder zu Ihnen. Und dem, was wir ihr geantwortet haben.«

»Aber wir können jene Ereignisse nicht wiederholen. Und genausowenig können oder sollten wir die Verantwortung für die verhängnisvolle Variante übernehmen.«

»Ich weiß.« Sie drehte sich zu mir um und lächelte. »Genau deswegen werde ich auch damit aufhören.«

Rowena blieb zu Hause, als Sarah mich am frühen Abend zum

Bahnhof fuhr. Sarah fand, daß ihre Schwester sich schonen und ihre Genesung ernst nehmen sollte. Sie vertrat ihre Fürsorge jedoch so energisch, daß ich einen anderen Grund dahinter vermutete: ihren Wunsch, sich mit mir über Rowenas Geisteszustand auszutauschen. Und genauso war es auch. Kaum hatten wir Clifton hinter uns gelassen, als sie vorschlug, unterwegs haltzumachen und etwas zu trinken. Es gab noch jede Menge Züge, die später fuhren als der, den ich mir ausgesucht hatte. Eine Hotelbar bot die Ungestörtheit, die Sarah suchte. Sie bestand darauf, die Getränke zu bezahlen, als ob ich für mein Kommen eine Belohnung verdient hätte. Vielleicht war ihr meine bereitwillige Reaktion auf ihren Anruf als ungewöhnlich – oder sogar merkwürdig – großmütig erschienen. Sie konnte nicht wissen, wie hilflos ich war, jeglichen Anrufen, die von ihrer Familie kamen, zu widerstehen. Ich hätte nicht erklären können, warum. Aber es war eine Tatsache. Was sie vielleicht für Altruismus hielt, war in Wahrheit ein Zwang.

»Ich glaube, Ihr Besuch hat Rowena gutgetan. Sie wirkte heute nachmittag viel entspannter als sonst.«

»Ich habe nicht viel getan. Außer Zuhören.«

»Mag sein. Aber sie denkt, daß Sie der einzige sind, der verstehen kann, was sie an dem Tag, an dem Mummy starb, empfunden hat.«

»Ich kann es versuchen. Obwohl ich ihre Ansicht nicht teile, daß Ihre Mutter ihren Tod irgendwie vorhergesehen hat.«

»Nein. Nun, offensichtlich hat sie es nicht.«

»Trotzdem waren ihre Abschiedsworte an Rowena ... etwas seltsam, finden Sie nicht?«

»Ah. Sie hat Ihnen davon erzählt, stimmt's?« Sarah spielte mit ihrem Glas, ließ die Eiswürfel gegeneinanderklirren und runzelte die Stirn, als ob sie über eine komplizierte Rechtsfrage nachdächte. »Ich wünschte, sie würde vergessen, was Mummy gesagt hat und was es vielleicht bedeutet haben könnte.«

»Warum?«

»Weil ich langsam nicht mehr weiß, wie ich es noch vermeiden soll, ihr zu erklären, daß es eine viel einleuchtendere Erklärung gibt als ihre abstruse Idee von dem Vorherwissen.«

Jetzt war es an mir, die Stirn zu runzeln. »Und welche?«

»Oh, kommen Sie. Mummy hatte ihren Ehering verloren. Sie hatte einen Koffer voller Kleider aus Biarritz mitgebracht, aber sie hat ihn nicht ins Haus geschafft. Er lag im Auto, mit der Begründung, daß sie keine Zeit zum Auspacken hatte.«

»Ich verstehe noch nicht –«

»Sie wollte Daddy verlassen. Das ist meine Meinung. Wahrscheinlich hat sie ihm das in der Nachricht mitgeteilt, die er weggeworfen hat. Und das war es vermutlich auch, was sie Rowena sagen wollte, bevor sie es sich anders überlegt hat. Gott sei Dank.«

Ich wollte ihr widersprechen. Ich wollte abstreiten, daß das Rätsel und die Zweideutigkeit um den Tod ihrer Mutter auf bloßes eheliches Verlassen reduziert werden konnte. Aber mir war schon klar, bevor ich den Mund aufmachte, daß meine Einwände nicht zu erklären wären. Was ging es mich an, ob es wahr war oder nicht? Warum sollte ich mir deswegen Sorgen machen? Schließlich sagte ich gar nichts.

»Natürlich bin ich mir nicht sicher. Mit so etwas hatte ich nicht gerechnet. Und ich hatte auch keinen Grund dazu. Aber Mummy wäre fähig gewesen, eine überzeugende Tarnung zur Schau zu stellen. Vielleicht hat Daddy nicht mal gewußt, daß sie ihn verlassen wollte. Ich kann ihn schlecht danach fragen, oder? Ich müßte ihn beschuldigen, daß er wegen der Nachricht gelogen und Beweismaterial vernichtet hat.«

Sie hatte schon länger darüber nachgedacht. Schon bevor wir uns in Brüssel getroffen hatten. Natürlich war es jetzt nicht mehr gefährlich, es mir zu erzählen. Der Prozeß war vorüber. Meine Aussage über das untadelige Image ihrer Mutter konnte nun nicht mehr in Zweifel gezogen und beeinträchtigt werden. Auch hatte wohl die Empörung über die Heirat ihres Vaters mit meiner Schwägerin eine Rolle gespielt. Wahrscheinlich fand sie eine gewisse Befriedigung darin, mich aufzuklären. Betrachtete es als stellvertretenden Schlag in Bellas Gesicht.

»Sind Sie nicht auf diese Idee gekommen, Robin? Ich meine, rein theoretisch.«

»Nein.«

»Ich habe mir deswegen solche Sorgen gemacht. Und daß Sie es Rowena sagen würden. Sie darf nicht einmal daran denken. Es wäre katastrophal. Für sie war Mummy in jeder Hinsicht einfach vollkommen.«

»Aber für Sie nicht?«

»Sie war ein Mensch. Wie wir anderen auch. Und sie hat viel für sich behalten. Wenn sie genug gehabt hätte von ihrer Ehe, dann hätte es ihr wirklich ähnlich gesehen, es vor Rowena und mir zu verbergen. Und es so lange zu ertragen, bis wir nicht mehr abhängig von ihr waren. Nun, mich war sie bereits los. Und Rowena war im Begriff, sich zu lösen. Vielleicht schien das letzte Jahr die geeignete Zeit zu sein, um den Schritt zu vollziehen.«

»Wohin wäre sie gegangen?«

»Ich weiß es nicht. Sie vielleicht ebensowenig. Vielleicht genügte es schon, eigene Wege zu gehen. Ein paar Tage bei Sophie, dann ... Das heißt, falls sie wirklich zu Sophie wollte.«

»Sie wollen nicht andeuten, daß sie und Oscar Bantock –«

»Nein, nein. Das sicher nicht. Aber ... Vielleicht wartete ein anderer Mann, den ich nicht kenne, geduldig auf sie. Jemand, den sie schon seit Jahren kannte und nach dem sie sich sehnte.«

Mir fiel der Mann ein, der uns in der Butterbur Lane fast umgefahren hatte, und ich war versucht, ihn Sarah zu beschreiben für den Fall, daß sie ihn kannte. Doch der Ärger über ihre Heimlichtuerei überwog. Warum sollte ich ihr irgend etwas erzählen, das ihre Theorie stützte, wenn sie sie so lange vor mir geheimgehalten hatte. Warum sollte ich einen Verdacht bestärken, mit dem ich nichts zu tun haben wollte. »Sie könnten sich doch auch irren«, widersprach ich in dem stillen Wunsch, sie würde zustimmen. »Würden Sie als Rechtsanwältin nicht sagen, daß es sich lediglich um einen Indizienbeweis handelt?«

»O ja. Ich könnte mich irren. Leicht. Ich hoffe, ich *habe* unrecht. Ich liebe meinen Vater. Ich mag mir nicht vorstellen, was er durchmachen mußte, wenn ich recht hätte. Festzustellen, daß Mummy ihn verlassen hat, ein paar Stunden bevor er erfuhr, daß sie tot war. Und dies dann keinem erzählen zu dürfen. Sie zu lieben und gleichzeitig zu verlieren. Doppelt schlimm. Das ist wirkliches Leiden, meinen Sie nicht?«

»Ich glaube, daß alle gelitten haben. Jeder auf unterschiedliche Weise.«

»Rowena reagiert darauf, indem sie versucht, sich umzubringen. Während Daddy sich mit einer betörenden Witwe zum Narren macht.« Sie lachte, machte sich ebenso über mich wie über sich selbst lustig. »Und was ist mit mir, Robin?«

»Sie werden damit spielend fertig. Oberflächlich betrachtet.«

»Sie glauben das nicht?«

»Sagen Sie es mir. Es ist nicht einfach, die starke Schwester zu sein. Entschuldigen Sie, daß ich das sage, aber ...«

»Ja?«

»Sie wirken ... etwas verausgabt.«

»Blödsinn.« Sie wurde rot und nippte an ihrem Getränk. »Völliger Blödsinn.«

»Wirklich?«

»Ich sehe den Tatsachen gern ins Auge.« Sie warf den Kopf zurück, und hinter dem beherrschten Profi kam das hochnäsige Schulmädchen zum Vorschein. »Notfalls, bis ich mit ihnen fertig geworden bin.«

»Aber das sind keine Tatsachen. Lediglich Spekulationen.«

»Genau.« Sie schaute mich ungeduldig an, als ob ich fürchterlich begriffsstutzig wäre. »Genau deshalb möchte ich Rowena davor beschützen. Denn was nicht bewiesen werden kann, kann auch nicht widerlegt werden.«

»Dann hören Sie auf, sich Sorgen zu machen. Von mir wird sie nichts erfahren.«

»Nein. Das glaube ich auch nicht.« Sie lehnte sich zurück und beobachtete mich konzentriert mit zusammengekniffenen Augen. »Sie sind ein Rätsel, Robin. Wirklich.«

»In welcher Beziehung?«

»Warum interessieren Sie sich so für uns? Wir ermutigen Sie nicht gerade dazu. Wir sind noch nicht einmal so dankbar, wie wir eigentlich sein sollten. Als Sie Mummy auf Hergest Ridge getroffen haben – übrigens, das *war* doch das erste Mal, daß Sie sie getroffen haben, oder?«

»Natürlich.«

»Es ist nur ... nun ... wir haben ja nur Ihr Wort darauf. Ich meine, daß es eine zufällige Begegnung war.« Ja. Das hatten sie. Und ich ebenfalls. Nur mein Wort. Nur meine fehlbare Erinnerung. Und jetzt schlich sich der halbfertige Gedanke in Sarahs Kopf, der sich auch schon in meinen verirrt hatte. Ich hatte Louise Paxton zufällig getroffen. Es war reiner Zufall. Es konnte gar nichts anderes gewesen sein. Oder doch? »Kommen Sie, Robin. Sagen Sie, daß es genau das war. Warum tun Sie es nicht? Was hält Sie zurück?«

»Nichts.«

»Aber trotzdem sagen Sie es nicht.«

»Weil ich es nicht beweisen kann. Ihnen. Oder jemand anderem.«

Ihre Augen waren jetzt weit geöffnet und blickten mich erstaunt an. Das war die letzte Antwort, die sie erwartet hatte. Und die letzte, die sie hatte hören wollen. »Ich kann es nicht beweisen, Sarah. Nicht einmal mir selbst.«

Während wir in Temple Meads auf den Zug warteten, ernüchtert von der kalten Luft und dem Spektakel einer randalierenden Fußballgemeinde weiter unten auf dem Bahnsteig, schauten Sarah und ich uns verlegen an. Wir bedauerten beide die Wendung, die unser Gespräch genommen hatte. Wir schämten uns der Anschuldigungen, die wir beinahe erhoben hätten, der verborgenen Wahrheiten, die wir fast offengelegt hätten. Das waren Vertrautheiten, für die wir noch nicht offen waren. Arenen, die wir noch nicht bereit waren zu betreten.

»Es tut mir leid«, sagte sie stockend, »wegen der Dinge, die ich ... Vergessen Sie es. Bitte. Alles.«

»Betrachten Sie es als vergessen.«

»Aber das ist es natürlich nicht, oder?«

»Nein.« Ich wagte ein Lächeln, und sie senkte den Kopf. »Sollen wir uns darauf einigen ... einfach nicht mehr darüber zu sprechen?«

»In Ordnung.«

»Wenn es noch irgend etwas gibt, das ich tun kann, um Rowena zu helfen ... oder Ihnen ... dann werden Sie es mich wissen lassen, ja?«

»Wenn Sie sicher sind, daß Sie das wollen. Wäre es nicht besser ... überhaupt nichts mehr mit uns zu tun zu haben? Besser für Sie, meine ich.«

»Ich weiß nicht. Vielleicht. Aber ich kann es nicht. Also ...«

»Ich werde Ihr Angebot im Kopf behalten.« Sie drehte sich um. »Da kommt Ihr Zug.« Dann beugte sie sich vor und küßte mich. »Gute Reise, Robin.«

Sarah hatte unrecht. Das sagte ich mir selbst immer wieder, als der Zug Richtung Reading raste. Sie hatte unrecht, auch wenn ihre Erklärung besser zu den Tatsachen paßte als jede andere. Sie hatte unrecht, auch wenn ich, in meinen schwächeren Momenten, fürchtete, sie könnte recht haben.

8. Kapitel

Der Tod meiner Mutter entzog der Familie Timariot eine zusammenschweißende Kraft, von der ich niemals angenommen hatte, daß sie sie besessen hatte. Das wurde erstmals Weihnachten 1991 deutlich, als das traditionelle Treffen bei Adrian und Wendy nicht stattfand. Ich verbrachte den Tag allein und lief durch die Straßen rund um Steep, wobei ich mich fragte, ob ich mich nicht eher benachteiligt und verlassen fühlen sollte als merkwürdigerweise zufrieden.

Am zweiten Weihnachtsfeiertag fuhr ich nach Hayling Island zu Onkel Larry. Er lebte in einem Bungalow mit Blick auf Chichester Harbour, und in seinem Schlafzimmerfenster stand immer ein Fernrohr, mit dem er die Seevögel auf dem Wattenmeer beobachten konnte. Seine andere Passion, Kricket, offenbarte sich in vollen Bücherregalen und einem überfüllten Schreibtisch mit Notizen und Dokumenten, die er seit zehn oder mehr Jahren in eine bedeutende Geschichte über Timariot & Small umzuwandeln versuchte. Aber es war die Zukunft der Firma, nicht ihre Vergangenheit, über die er mit mir sprechen wollte.

»Kürzlich war ich mit Les Buckingham beim Mittagessen«, verkündete er. (Les Buckingham war sein Gegenspieler bei einem unserer größten Konkurrenten im Kricketschlägergeschäft gewesen.) »Er erzählte etwas über Viburna Sportswear, das mich beunruhigt hat. Ich wußte nicht, was ich davon halten sollte. Wahrscheinlich hat er es falsch verstanden, aber laut Les hat Bushranger Viburna ziemlich im Griff. Bushranger Sports, um genau zu sein.« Diese Klarstellung war unnötig. Bushranger

Sports of Sydney and Auckland fertigte seit knapp zwanzig Jahren Kricketschläger und hatte bereits einen großen Anteil des australischen Marktes erobert. »Er kann nicht verstehen, wie sie es zulassen können, daß Viburna unsere Schläger direkt vor ihrer Nase verkauft.«

»Sie können sie schlecht davon abhalten, jetzt, da wir praktisch Viburna *sind*.«

»Genau das habe ich auch gesagt. Aber Les ... Nun, er war nicht überzeugt. Vermutete, daß Bushranger ... Mittel und Wege fände. Natürlich konnte er nicht sagen, *was* für Mittel und Wege. Deswegen habe ich auch gedacht, er ließe nur einen Versuchsballon aufsteigen. Aber ich wollte herausfinden, ob du vielleicht etwas Ähnliches gehört hast. Wir haben eine Menge in diese Übernahme investiert. Und einen Kredit aufgenommen, wie Jenny mir erzählt hat. Und so wie die Zinssätze im Augenblick sind, können wir es uns nicht leisten, daß was schiefgeht.«

»Der Ansicht bin ich auch. Aber es wird nichts schiefgehen.«

»Bist du sicher?«

»Nun, Adrian, Jenny und Simon sind sich sicher. Also bin ich es auch. Und was Les Buckingham angeht, jetzt, da er in Rente ist, hat er da nicht notgedrungen etwas ... die Verbindung verloren?«

»Du meinst, so wie ich?«

»Nein, natürlich nicht.«

»Nun, vielleicht hast du recht. Ihr seid alle vernünftige Menschen. Ich nehme an, ich sollte euch einfach machen lassen.«

»Wahrscheinlich.«

»Und aufhören, mir Sorgen zu machen?«

»Ja. Glaub mir, Onkel, es gibt *keinen* Grund dazu.« Aber natürlich gab es einen. Sogar mehrere.

Die Wahrheit kam bröckchenweise während der ersten paar Monate des Jahres 1992 ans Licht. Gerüchte, die nicht stichhaltiger waren als das von Les Buckingham, begannen sich zu Zweifeln zu verdichten, die niemand mehr unterdrücken oder abtun konnte. Ungeklärte Probleme verzögerten und verhinderten schließlich die Plazierung von Schlägern von Timariot & Small in Viburnas Einzelhandelsläden. Laut Greg Dyson wegen technischer Schwierigkeiten. Doch wie ich zu argwöhnen begann, war es etwas mehr als nur das.

Dann, im März, platzten zwei Bomben gleichzeitig. Danziger, der landesweite Einzelhändler für australische Sportwaren, bestätigte schriftlich, daß ein juristisch durchsetzbarer Vertrag mit Bushranger Sports ihm untersagte, mit Kricketschlägern zu handeln, die von Bushrangers einheimischen Konkurrenten stammten. Unser Erwerb von Viburna bedeutete, daß wir jetzt unter diese Klassifizierung fielen. Der primäre Nutzen der Übernahme – schnellerer Zugang zum australischen Markt – war sinnlos, wenn uns Danzigers Türen verschlossen blieben. Und die Rechtsanwälte bestätigten, daß sie uns verschlossen *blieben*, falls der Vertrag gültig war. Nun, Bushranger war streitsüchtig genug, um in seinen Behauptungen anzudeuten, daß er keine Zweifel an der Gültigkeit hätte. Und Danziger beharrte darauf, daß Greg Dyson schon lange von der Existenz des Vertrages gewußt hätte. Natürlich wollten wir dazu Dysons Stellungnahme hören. Aber genau zu diesem Zeitpunkt schickte er uns einen Formbrief mit seiner Kündigung und verließ Melbourne, ohne eine Nachsendeadresse zu hinterlassen.

Damit nicht genug. Adrian und Jenny machten sich eilends auf den Weg nach Melbourne, um Nachforschungen anzustellen. Bisher nicht gekannte Gläubiger von Viburna traten in Erscheinung. Zusammen mit Einzelheiten über erhebliche Devisentransaktionen während der letzten paar Wochen von Dysons Anstellung, die er anscheinend genutzt hatte, um die Umleitung von Viburna-Geldern auf europäische Bankkonten zu tarnen. Sie liefen auf Namen, die auffällig nach Decknamen klangen.

Viburna-Gelder waren natürlich Timariot & Small-Gelder. Noch bedrohlicher war, daß sie Geldmittel darstellten, die uns unter der Voraussetzung geliehen worden waren, daß wir sie aus den Gewinnen zurückzahlen konnten, die uns die Übernahme von Viburna einbringen würde. Jetzt aber würde es keine Gewinne geben. Lediglich in die Höhe schnellende Verluste, die noch durch Gerichtskosten, versteckte Schulden und glatten Diebstahl verschlimmert wurden. Ich weiß nicht, ob Dyson sich jemals an der Schafschur versucht hatte. Aber er hatte sicherlich ganze Arbeit dabei geleistet, uns zu scheren. Die gegenseitigen Beschuldigungen begannen auf der Stelle. Simon und ich waren der Meinung, daß Adrian, der mehr mit Dyson zu tun gehabt hatte als wir übrigen, hätte bemerken müssen, daß er ein Gauner war. Wir glaubten auch, daß Jennifer die Mängel in Viburnas Büchern hätte entdecken müssen. Es gab erbitterte Konferenzen und fürchterlichen Streit. Bösen Ärger und beginnende Fehden. Adrian leugnete unsere Vorwürfe mit eiserner Stirn, vertrat die Ansicht, daß wir von einem Meisterbetrüger hereingelegt worden waren: ihn treffe keine Schuld. Jennifer hingegen zeigte sich einsichtig, indem sie eingestand, daß sie den Braten eher hätte riechen müssen, und anbot, von ihrem Posten zurückzutreten. Sie war wirklich entsetzt, daß wir so leicht betrogen worden waren. Nun, das ging uns allen so. Schließlich war nichts damit erreicht, daß wir Jennifer zum Sündenbock machten. Ihr Angebot wurde niemals angenommen. Und Adrian behielt die Leitung. Aber seine Autorität – ebenso wie unser Vertrauen in ihn und zueinander – war beschädigt und konnte nicht wiederhergestellt werden. Die besorgten Diskussionen und unterdrückten Anschuldigungen ließen uns uneinig und entmutigt zurück. Timariot & Small konnte nie wieder so sein wie vorher.

Noch schlimmer, es konnte auch nicht florieren. Das Unternehmen in Petersfield blieb so rentabel wie zuvor, um nicht zu sagen, es lief ausgesprochen gut. Aber die Verbindung mit Viburna war eine offene Wunde, deren Blutung wir nicht stillen konnten. Die Aufgabe, die Schulden zu begleichen, die Dyson in unserem Namen angehäuft hatte, und Viburna Sportswear aufzulösen, führte die Firma auf mehrere Jahre in die Verlustzone. Daran war nichts zu ändern, selbst wenn die australischen Behörden Dyson erwischten – wofür es allerdings keinerlei Anzeichen gab. Onkel Larry sagte kein einziges Mal: »Ich habe es dir ja gesagt.« Aber die ganze Angelegenheit bedrückte ihn mehr als jeden von uns. Er hatte den Finanzbericht von Timariot & Small für seine Firmengeschichte untersucht und wußte genau, daß seit der Gründung jedes Jahr Gewinn eingefahren worden war, wie klein auch immer. Um genau zu sein, in jedem von 156 Jahren. Aber das 157. Jahr würde anders sein. Und ebenso die folgenden. Die Zukunft hatte ihre Sicherheit verloren.

Trotz ihrer bissigen Kritik wollte Bella nicht in die Konsequenzen der Viburna-Katastrophe hineingezogen werden. Vermutlich fand sie, als Lady Paxton sollte sie sich da raushalten. Das konnte sie sich wegen des Vermögens von Sir Keith auch leisten. Sie hatten das Haus in London verkauft und benutzten nun Hurdles als ihren Stützpunkt in England. Jedoch verbrachten sie immer mehr Zeit in Biarritz, denn das erschien Bella sowohl fürs Skifahren in den Pyrenäen als auch für das Sonnenbaden an der Côte d'Argent zweckmäßig. Ich sah sie kaum und wußte auch nicht, ob Sir Keith über Rowenas Selbstmordversuch unterrichtet worden war. Falls nicht, dann wollte ich nicht mit der Nachricht herausplatzen. Besonders, da sie sich so gut davon erholt zu haben schien.

Mein Beweis für diese Einschätzung war zugegebenermaßen begrenzt. Aber er war überzeugend. Anfang April fuhr ich nach einem Besuch bei einer Maschinenbaufirma in Pontypool über Bristol zurück. Einer Laune folgend bog ich nach Clifton ab und fuhr bei der Wohnung am Caledonia Place vorbei. Ich hatte allerdings wenig Hoffnung, daß irgend jemand zu Hause wäre, denn schließlich war es noch früh am Nachmittag und ein ganz normaler Arbeitstag. Aber Rowenas Osterferien hatten gerade begonnen. Sie hieß mich herzlich willkommen, sorgte dafür, daß der Kräutertee nicht ausging, und versicherte mir wiederholt, daß sie die Neurose vom Herbst längst überwunden hatte. Es fiel mir nicht schwer, ihr zu glauben. Sie wirkte, klang und benahm sich wie eine entspannte und selbstbewußte Zwanzigjährige. Das sackartige schwarze Kleid war wenig schmeichelhaft, die Musik, die sie mir zuliebe leiser drehte, gräßlich, aber beides war modern. Sie hatte ihr Haar zwar nicht schneiden lassen, und ich hoffte, sie würde es niemals tun, aber es war mit einer Art Halstuch zurückgebunden. Ihre geheimnisvolle ätherische Ausstrahlung verblaßte. Und ein Teil von mir bedauerte das. Aber ich wußte, sie würde so glücklicher sein.

Ein weiteres ermutigendes Zeichen war ein Telefonanruf, der Rowena für zehn Minuten flüsternd im Flur festhielt. Ein Freund namens Paul, wie sie mir anschließend erklärte. »Es ist nichts Ernstes«, fügte sie hinzu. Aber ich konnte nicht umhin zu vermuten, daß ihr Erröten mehr aussagte als ihre Worte.

Während ihres Telefonats hatte ich Zeit, eine Fotografie zu betrachten, die in einem Rahmen auf dem Kaminsims stand. Es war ein Bild von ihr und Sarah und ihrer Mutter und konnte nicht älter als zwei oder drei Jahre sein. Ein unspektakulärer Schnappschuß in zwangloser Pose. Aber sogar dort, in Louise Paxtons distanziertem, halb zweifelndem Lächeln, konnte man die zögernden Anfänge ihres rätselhaften Endes erahnen, aus dessen Schatten Rowena endlich heraustrat.

Was soll ich meiner jüngeren Tochter geben,
Abgesehen von dem, was sie vor Hunger und Kälte bewahrt?
Ich werde ihr gar nichts geben.

Im Juni hatte ich die Nase voll von Timariot & Smalls Problemen, ich brauchte dringend eine Pause. Zu meiner Überraschung lud Bella mich ein, sie und Sir Keith in Biarritz zu besuchen. Ich war zu sehr mit anderen Dingen beschäftigt gewesen, um irgendeinen Urlaub für mich zu buchen. Also nahm ich mit gut getarnter Bereitwilligkeit an.

Ich flog los, sobald ich alles für meine vierzehntägige Abwesenheit geregelt hatte, und fand den Urlaubsort noch unberührt vom Tumult des Hochsommers vor. Seine weißen Fassaden und Terrakottadächer säumten mit heruntergekommener, aber unbestreitbarer Würde drei Meilen Brandung, Sand und bröckelnde Felsen. Torquay mit gallischer Angeberei, wenn man so will. Und genauso fühlte ich mich. Seine leeren Strände im Morgengrauen. Seine stechenden Salzwinde. Seine blendenden Nachmittage und seine trägen Abende. Seine niemals unterwürfige Gewißheit, der Himmel für jedermann zu sein. Und für jede Frau auch.

L'Hivernance lag am Nordende der Stadt, wo Pointe St.-Martin und sein Leuchtturm über dem Plage Miramar Wache hielten. Die Villa war in den zwanziger Jahren für einen im Exil lebenden chilenischen Politiker gebaut worden. Sie lag geschützt, mit einem herrlichen Ausblick. Ihre Konstruktion war einfach, aber ausdrucksvoll, alle Erker und Balkone mit pfirsichfarbenem Anstrich, mit großen rundbogigen Fenstern, die aussahen wie die schwerlidrigen Augen einer vollbusigen Witwe. Es fiel leicht, sich vorzustellen, wie der erste Besitzer hinaus auf den Atlantik geblickt hatte und dabei über den letzten Staatsstreich in Santiago nachdachte. Vielleicht, weil er sich vor politischen Feinden fürchtete, die auf der Suche nach ihm Agenten losgeschickt hatten, war von der Straße aus kein Eingang zu sehen. Eine türlose Front, umgeben vom subtropischen Blätterwerk des Gartens, beherrschte die Aussicht auf das Meer. Eine Auffahrt, die zu einem Tor hineinführte und zu einem anderen heraus, beschrieb einen Bogen zur Rückseite, wo man diskreten Zugang erhielt. Oder auch nicht, wie es manchmal der Fall sein mochte. Innen war es weniger dezent. Hohe Decken und breite Treppen ließen ein größeres und prachtvolleres Haus vermuten, als es tatsächlich war. Dudley Paxton hatte den natürlichen Komfort mit verschiedenen völkerkundlichen Kunstwerken überladen, die er während seiner Zeit in Afrika gesammelt hatte. Sein Sohn versicherte mir, daß das meiste davon jetzt in einem Museumskeller in Bayonne vermoderte, aber eine Menge Elfenbein, gehämmertes Kupfer und starräugige Statuen war übriggeblieben, Sesselschoner aus Leopardenfell und Papierkörbe aus Elefantenfüßen.

Ich konnte mir beim besten Willen nicht vorstellen, was Louise mit diesem schauerlichen Kram angefangen hatte. Sie hätte besser daran getan, ihre eigene Persönlichkeit in der Villa zum Ausdruck kommen zu lassen, als sich damit zu begnügen, lediglich ein paar wenige Zimmer nach ihrem Geschmack zu gestalten. Ein luftiges Boudoir mit zartfarbenen Vorhängen und Südbalkon. Und eine Galerie an der Rückseite des Hauses, in der ungefähr ein Dutzend expressionistische Gemälde hingen. Natürlich waren es nicht die besten. Die waren immer in England geblieben. Inzwischen in einem Banktresor, wie mir Sir Keith erzählte. Im Tresor lagerten ein paar Ensors. Und ein Rouault, wie Louise stets geglaubt hatte, obwohl er noch immer auf das Echtheitssiegel wartete. Die Bilder in L'Hivernance waren wirklich nur zweite Wahl. Und genau dazu zählte die Kunstkritik auch Oscar Bantock. Deshalb war es keine Überraschung, daß er mit zwei ausgesprochen stürmischen Werken vertreten war. *The Drowning Clown* und *Face at the Window*. Dazwischen befand sich eine leere Stelle, wo vielleicht *Black Widow* einst hätte hängen sollen. Aber darüber sagte Sir Keith nichts.

In der Villa zu wohnen lenkte meine Gedanken auf Sarahs nur allzu einleuchtende Theorie darüber, was hier im Juli 1990 geschehen war. Natürlich konnte ich niemanden darüber befragen. Bella und ich hatten uns, ohne es auszusprechen, auf einen Handel geeinigt, als ich ihre Einladung angenommen hatte. Ihr Teil bestand darin, mich wegen der Viburna-Katastrophe nicht ins Kreuzverhör zu nehmen. Ich hingegen sollte die Rolle eines kultivierten, aber zurückhaltenden Verwandten spielen, dessen Anwesenheit ihre neuen Freunde darüber beruhigen sollte, daß ihr Hintergrund in England nicht aus einer diskreditierenden Leere bestand. Deshalb vermutlich auch die hektische Runde von Abendgesellschaften, die sie während meiner Anwesenheit arrangierte. Und deshalb waren auch jegliche Äußerungen meinerseits über die erste Lady Paxton und die Umstände ihrer letzten Abreise von L'Hivernance verpönt. Aber das hielt mich nicht vom Nachdenken ab. Oder vom Phantasieren. Zugeschlagene Türen und laute Stimmen widerhallten durch die meereslichtdurchfluteten Räume. Louise, wie sie bei Sonnenaufgang am Strand stand, einen Ring vom Finger streifte und ihn in die schaumgekrönten Brecher schleuderte. Oder wie sie auf dem Balkon des Boudoirs saß und einen Abschiedsbrief an ihren abwesenden Ehemann schrieb. *Wenn Du dieses liest, Keith ...* Ich betrachtete ihn oft, wenn er es nicht bemerkte, und fragte mich, was sie ihm mitgeteilt hatte. Wenn Sarah recht hatte, dann konnte man es ihm nicht verübeln, daß er die Nachricht vernichtet hatte. Abgesehen davon machte es sowieso keinen Unterschied. Nichts konnte Louise wieder zum Leben erwecken. Und ganz bestimmt nicht die fehlenden Puzzleteile der Wahrheit darüber, wie sie gestorben war. Selbst wenn ich sie fände, so könnte ich doch nie Louise finden. Sie war für immer fort. Obwohl man manchmal – wenn sich ein Vorhang bewegte oder Schweigen herrschte – glauben konnte, daß sie nicht völlig außer Reichweite war.

Meine vierzehn Tage in Biarritz waren halb vorüber, als Rowena ihren Vater anrief und ihm Neuigkeiten mitteilte, die ihn offensichtlich sehr erstaunten. Sie hatte sich verlobt und wollte auf der Stelle herkommen, um ihm und Bella ihren Partner vorzustellen. Sein Name war Paul, wie ich hätte prophezeien können. Offensichtlich kein Student, sondern ein Fachmann für Risikofragen bei der Metropolitan Mutual, einer Versicherungsgesellschaft mit Hauptsitz in Bristol. In einem späteren Telefonat erklärte Sarah, daß sie und Paul Bryant zusammen am King's College studiert hatten und Paul sich bei einem Besuch auf der Stelle in Rowena verliebt hatte. So wie sie sich in ihn. Sie glaubte, Sir Keith würde es nicht fertigbringen, ihn nicht zu mögen.

Sie hatte vollkommen recht. Rowena und Paul waren kaum im Haus, als klar war, daß sie wie füreinander geschaffen waren und Paul sich als Schwiegersohn bestens eignete. Er war ein junger Mann mit Charme, Humor und von offensichtlicher Aufrichtigkeit. Dunkelhaarig und gutaussehend wie ein Model, was Bella eindeutig ebenso anzog wie Rowena, besaß er außerdem einen scharfen Intellekt. Zusätzlich hatte er die entwaffnende Fähigkeit, andere Leute über ihre Leistungen und Ambitionen auszufragen, während er bemerkenswert wenig über sich selbst sagte. Ich war mir nicht sicher, ob das Taktik war oder ein persönlicher Charakterzug. Und auch nicht, ob es für andere ebenso offensichtlich war wie für mich. Aber merkwürdigerweise machte es ihn keinesfalls unsympathischer. Ganz im Gegenteil. Besonders bei Frauen. Laut Bella war er *»der am wenigsten eingebildete gutaussehende Mann, den ich jemals getroffen habe«*. Was aus ihrem Munde ein ziemlich großes Kompliment war. Obwohl ich keine Lust hatte, Vermutungen darüber anzustellen, wo ich dabei blieb.

Etwas allerdings verwirrte mich an Paul Bryant von Anfang an. Seine Liebenswürdigkeit war ebenso faszinierend wie gewinnend. Entweder steckte mehr dahinter oder aber weniger, als man auf den ersten Blick meinte. Dies zu entscheiden verhinderte jedoch seine Art. Er konnte naiv sein und tiefgründig, linkisch und empfindsam. Manchmal schien es, er könnte alles sein, was man seiner Meinung nach von ihm erwartete.

Aber seine Liebe für Rowena war aufrichtig und über jeden Zweifel erhaben. Wenn man ihn beobachtete, wie er sie betrachtete, dann sah man aufrichtige Ergebenheit. Und es war eine Ergebenheit, die niemals drohte zu enden. Er wußte genau, wieviel Unterstützung und Unabhängigkeit sie brauchte. Er beschützte sie, ohne sie zu beherrschen. Er ermutigte sie, ihre Persönlichkeit zu entfalten, und trat dann zurück, um das Ergebnis zu betrachten. Er war der beste Freund, den sie sich jemals erhoffen konnte. Und er würde ein perfekter Ehemann sein. Wie sie sehr wohl wußte. »Als ich Paul traf, war es, als ob ich nicht mehr länger farbenblind wäre«, erzählte sie mir. »Er hat die Düsterkeit aus meinem Leben vertrieben. Nicht die Traurigkeit. Auf jeden Fall nicht vollständig. Noch nicht. Aber mit Paul kann ich ein glücklicheres Leben führen, als ich jemals erwartet habe.«

Es war nicht anzunehmen, daß Sir Keith Einwände gegen die Heirat erheben würde. Da Paul in Bristol arbeitete und bereits ein Haus dort besaß, würden Rowenas Studien durch eine Heirat in keiner Weise gestört werden. Als sie damit herausrückte, daß sie an eine Hochzeit im September gedacht hätten, war ihr Vater fast noch begeisterter als sie. »Ja, September ist gut«, sagte er nachdrücklich. »Es wird mehr als eine Hochzeit sein. Es wird der Tag sein, an dem diese Familie die Vergangenheit hinter sich läßt und gemeinsam in die Zukunft schreitet.«

Schöne Worte. Schöne Gefühle. Mit jeder Aussicht auf Erfüllung.

Solange ich in Biarritz war, gab es nur eine Gelegenheit, mit Paul allein zu sprechen. Es war an dem Tag vor meiner Abreise. Sir Keith war auf dem Golfplatz, während Bella Rowena mitgenommen hatte, um die Vorzüge der Thalassotherapie kennenzulernen, der neuesten Schönheitsbehandlung, womit sie die mittleren Jahre hinauszuschieben hoffte. Wir hatten vereinbart, uns anschließend zum Tee zu treffen. Paul und ich verließen die Villa in dem Bewußtsein, viel Zeit zu haben, und schlenderten Richtung alter Fischerhafen am Strand entlang, der wegen des grauen Himmels und eines scharfen Windes verlassen war. Dann stiegen wir auf Zickzackpfaden durch die Tamariskenwälder bis zum Pointe Atalaye hinauf. Oben angelangt, lehnten wir uns ans Geländer und schauten an der geschwungenen Bucht entlang zurück zum Leuchtturm und dem Dach von L'Hivernance, das sich in die Landschaft schmiegte. Und plötzlich antwortete Paul auf eine Frage, die ich nicht den Mut gehabt hatte zu stellen.

»Ich weiß von dem Selbstmordversuch, Robin. Sie müssen mir zuliebe dieses Thema nicht aussparen.«

»In Ordnung. Ich bin froh darüber. Daß Sie davon wissen, meine ich.«

»Sie hat es mir gleich zu Anfang erzählt. Sie ist immer noch nicht in der Lage, es ihrem Vater zu sagen, aber ... irgendwann wird es dazu kommen.«

»Da bin ich mir sicher. Sie scheinen genau der zu sein, den sie braucht.«

»Es freut mich, daß Sie so denken. Das macht es mir einfacher, über etwas zu sprechen, das mir im Kopf herumgeht.«

»Ach ja?«

»Nun, Sarah und Rowena haben mir erzählt, wie nett Sie zu ihnen seit dem Tod ihrer Mutter gewesen sind. Wie großzügig mit Ihrer Zeit und Ihrer Aufmerksamkeit.« Es war eine merkwürdige Wortwahl. Als er fortfuhr, hielt er seine Augen auf den entfernten Leuchtturm gerichtet. »Sarah und ich sahen uns ziemlich oft in Cambridge. Ich habe das Gefühl, daß ich sie fast genauso gut kenne wie Rowena. Ich habe sogar ihre Mutter einmal getroffen. Und den berüchtigten Oscar Bantock.«

»Wirklich?«

»Bei einer Ausstellung seiner Bilder in Cambridge. Ziemlich beschissenes Zeug.« Er lachte. »Ich glaube, Bantock hat meine

Gedanken gespürt. Ich glaube, ich war etwas betrunken. Ich hatte meine Zunge nicht mehr unter Kontrolle. Seitdem habe ich gelernt, sie besser im Zaum zu halten. Wie auch immer. Louise Paxton war da. Ich wechselte ein paar Worte mit ihr. Weiter nichts. So wie Sie, nehme ich an.«

Jetzt sah er mich an. »Nur eine flüchtige Begegnung. Aber genug, um sich vorstellen zu können, was ihr Verlust für ihre Töchter bedeutet haben muß.«

»Sie haben sehr gelitten, keine Frage.«

»Aber Sarah hat es überstanden. Und mit meiner Hilfe wird Rowena das auch gelingen.«

»Gut.« Ich lächelte, um meine Verwirrung zu verbergen. Er steuerte auf irgend etwas hin. Aber ich wußte nicht, was es war. »Ich hoffe, Sie haben recht.«

»Oh, bestimmt. Ich bin ganz sicher. Sicherer als ich jemals bei irgend etwas gewesen bin. Rowena und ich sind füreinander bestimmt. Das bedeutet...« Er lächelte. »Was ich sagen will, Robin, ist, daß Sie aufhören können, sich ihretwegen Sorgen zu machen. Jetzt hat sie mich, damit ich auf sie aufpasse.« *Und sie braucht Sie nicht mehr*, erklärte sein strahlendes Lächeln. »Sie waren wirklich eine Hilfe für sie. Und für Sarah. Aber von nun an... Nun, Sie können alles mir überlassen.« Er warnte mich. Höflich, aber bestimmt wurde ich darauf hingewiesen, Abstand zu halten. Er sah mich offensichtlich nicht als Rivalen um Rowenas Zuneigung. Aber als was betrachtete er mich? Jemand, der ein wenig zuviel wußte als guttat? Jemand, der möglicherweise mehr wußte als er? War es das, was er fürchtete? Oder wollte er mich nur Rowena zuliebe loswerden? In seinem Gesichtsausdruck oder seinem Ton oder seiner Stimme war nichts, was mir einen Hinweis hätte geben können. Offenheit und Verheimlichung waren bei ihm fast das gleiche.

Ich lächelte zurück und machte einen gezielten Versuch, ihn zu überrumpeln. »Sagen Sie mir, Paul, glaubt Rowena immer noch, daß ihre Mutter jenes verhängnisvolle Mal nur deswegen nach England zurückgekehrt ist, um eines von Bantocks Bildern zu kaufen?«

Die Frage war genauso als Test für Sarah bestimmt wie für Paul. Ich mußte wissen, ob sie ihm wirklich so vollständig vertraute, wie er angedeutet hatte. Seine Antwort kam prompt. Aber sie zerstreute den Zweifel eigentlich nicht. »Sie glaubt daran. Und ich denke, es ist das beste so. Sie nicht?«

Jetzt hatte er mich da, wo er mich haben wollte. Das einzige, was ich ihm versagen konnte, war die Freude, meine ausdrückliche Zustimmung zu hören. Ich warf einen Blick auf meine Uhr und nickte hinunter zum Hôtel du Palais, einem Denkmal für den Prunk des Second Empire, das die Uferlinie beherrschte – und das wir als Treffpunkt für unsere Teegesellschaft ausgewählt hatten. »Ich denke, wir sollten langsam zurückgehen«, sagte ich und lächelte ihn an. »Meinen Sie nicht?«

Teetrinken inmitten der Kristallpracht des Hôtel du Palais – dem Ritz über dem Meer, wie Bella es bezeichnete – war oberflächlich betrachtet ein wunderbares Erlebnis. Für Bella war es eine Gelegenheit, einem dankbaren Publikum der *Après-midi*-Gesellschaft zu zeigen, was sie besaß. Ihren Schmuck. Ihre Bräune. Ihre wohlgeformten Oberschenkel. Ihre hübsche Stieftochter. Und den gutaussehenden Verlobten ihrer Stieftochter. Paul und Rowena spielten ihre Rollen so gut, daß meine eigene Stimmung keine Auswirkung hatte. Als Bella bemerkte, daß ich keine Lust hatte, an dem geistreichen Geplänkel teilzunehmen, schob sie es der Niedergeschlagenheit zu, die mich bei dem Gedanken an meine Rückkehr nach England befiel. Und ich ließ sie in dem Glauben.

In gewissem Sinne hatte sie vermutlich recht. Aber es war nicht die Aussicht, auf die Reize von Biarritz verzichten zu müssen, die mich deprimierte. Es war das Wissen, daß Pauls

Heirat mit Rowena tatsächlich alle Brücken zwischen uns abbrechen würde. Zwischen mir und der einzigen anderen Person, die Louise Paxton an ihrem Todestag getroffen und die einen Blick auf die unentzifferbare Wahrheit geworfen hatte. Es hätte keine so große Rolle spielen sollen. Es hätte überhaupt keine Bedeutung haben sollen. Aber noch immer, zwei Jahre danach, konnte ich nicht vergessen. Ich wollte auch nicht, daß Rowena vergaß. Ich wollte nicht, daß Paul Bryant sie auf Kosten der Erinnerung an ihre Mutter glücklich machte. Aber ich wußte, daß er genau das vorhatte. Und ich befürchtete sehr, daß er erfolgreich sein würde.

Rowena Paxton und Paul Bryant heirateten am Samstag, dem 12. September 1992, in der St. Kenelm's Church in Sapperton. Es war ein herrlicher Spätsommertag mit warmem Sonnenlicht und unbewegter Luft.

Als ich an jenem Morgen über die Berkshire Downs und durch das Vale of the White Horse fuhr, konnte ich mir bereits die Szene vorstellen, die mich erwartete: der Cotswold-Stein, die farbigen Glasfenster, die spitzenbesetzten Halskrausen der Chorknaben, die Seidenkleider der Damen, die grauen Zylinder der Herren, und die tiefschwarzen Schatten der alten Eiben auf den Grabsteinen. Die Segnungen der Natur und die Erfindungen der Menschheit würden ihren vertrauten Zauber spinnen, und einen einzigen Nachmittag lang würden wir glauben, tatsächlich an der perfekten Verbindung zweier Leben teilzuhaben.

Die Wirklichkeit entsprach fast genau der Vorstellung. Sapperton liegt tief im Ideal Home Land: ein sauberes kleines Dorf mit restaurierten Cottages und abgelegenen Häusern, das sich an die östlichen Hänge des Golden Valley schmiegt. Die Wagen parkten zwei- und dreireihig an der Straße, die zur Kirche führte. In ihrem Inneren versammelten sich Familie und Freunde in ihrer ganzen Pracht. Vor der Kirche erhaschte ich einen Blick auf

Bella, bevor ich auf eine der hinteren Bänke abgeschoben wurde. Ich war glücklich, von dort aus unerkannt zuschauen zu können, wie die Braut am Arm ihres Vaters hereinschritt. Rowena erschien in ihrem enganliegenden Brautkleid als eine märchenhafte Schönheit, während Paul, schlank und elegant in seinem Cut, ihrem erlösenden Prinzen dermaßen glich, wie man es sich nur vorstellen konnte. Sir Keith war von väterlichem Stolz erfüllt, als er seine Tochter den Gang hinuntergeleitete, Sarah und zwei weitere Brautjungfern folgten zusammen mit den Pagen. Der Geistliche hieß uns mit einer wohlwollend aufgenommenen Anspielung auf die Brautmutter willkommen. Paul und Rowena sagten ihren Text ohne Stocken auf. Die Ehe wurde für geschlossen erklärt. Gebete wurden verrichtet. Hymnen wurden gesungen. Man tupfte sich die Augen und räusperte sich. Und ich bemerkte eine so ungetrübte Freude in Rowenas Gesichtsausdruck, daß ich mich selbst dafür tadelte, angezweifelt zu haben, daß sich dies als das Beste herausstellen würde, was sie je getan hatte. Sie strahlte Zuversicht aus. Also wer war ich, daß ich daran herumkritisierte?

Das Old Parsonage lag so nahe bei der Kirche, daß die Fahrt des Brautpaars mit Pferd und Wagen eigentlich überflüssig gewesen wäre. Es war ein hübsches Giebelhaus, das durch seine Lage hoch über dem Tal größer wirkte, als es tatsächlich war. Der terrassenförmig angelegte Garten lenkte den Blick zu dem gewundenen Verlauf des darunterliegenden Flusses und zu den bewaldeten Hängen auf der anderen Seite: ein unregelmäßiger grüner Teppich, auf dem ein größer werdender Schatten den fortschreitenden Nachmittag verkündete.

Auf dem höchsten Punkt des Gartens direkt neben dem Haus war ein Festzelt aufgestellt worden. Ein Streichquartett musizierte, und Bedienungen schenkten mit unbegrenzter Freizügigkeit Champagner aus. Ich gab mir große Mühe, die Gäste, mit denen ich am Tisch saß, zu unterhalten: die Nachbarn von nebenan mit ihrer Tochter, ein alter Berufskollege von Sir Keith und ein Cousin von Paul, der ihn ungefähr ebenso gut zu kennen schien wie ich. »Charmant und doch zugeknöpft, unser Paul«, bemerkte er mit einem Stirnrunzeln. »Das war er schon immer.«

Ich wechselte ein paar Worte und einen Kuß mit Rowena, einen Händedruck und wirre Glückwünsche mit Paul. Mehr hatte ich eigentlich auch nicht erwartet. Meine Einladung war so etwas wie eine Abschiedsgeste. Ich wußte es und sie ebenfalls. Meine Verbindung zu Bella bedeutete, daß es wahrscheinlich über die Jahre hinweg flüchtige Begegnungen geben würde. Aber weiter nichts. Paul war der Herr über Rowenas Schicksal geworden. Und ich kam in seinen Plänen überhaupt nicht vor. Dies spürte ich den ganzen Tag über. Als ich dem Platzanweiser durch die Kirche folgte. Als ich die Reden beklatschte und auf die Zukunft des glücklichen Paars trank. Als ich auf der überfüllten Straße stand und sie verabschiedete. Und ich wußte, es würde noch immer dasein, wenn ich mich auf meine einsame Rückfahrt begeben würde. Für sie war es ein herrlicher Anfang. Für mich ein trauriges Ende.

»Es ging gut«, sagte Bella zu mir, als sie davonfuhren, und ließ etwas von ihrer Erleichterung durchblicken, die sie vor anderen versteckt hatte. Sie hatte den Hauptteil der Planung übernommen, und in gewisser Weise war das Fest ebensosehr eine Feier ihrer Hochzeit wie Rowenas. Es war die erste öffentliche Gelegenheit, bei der sie als Lady Paxton aufgetreten war. Der Erfolg war ein Maßstab für ihre Anerkennung. Und es war ein Erfolg gewesen. Falls irgend jemand einen für sie ungünstigen Vergleich gegenüber der ersten Lady Paxton gezogen hatte, dann hatte er es nur in Gedanken getan. Bella war sicher eingeführt.

Ich hatte das natürlich immer gewußt. Ihr Kleidergeschmack mochte sie gelegentlich verraten. Einige würden zum Beispiel gesagt haben, sie hätte auf der Hochzeit ihrer Stieftochter nicht so viel Dekolleté zeigen sollen. Aber das wäre nicht die Meinung der männlichen Gäste gewesen. Ihr *joie de vivre* war grenzenlos. Und ihr gesellschaftlicher Ehrgeiz ebenso. Das Mädchen aus der Sozialwohnung war das geworden, was meine Mutter immer für unmöglich erklärt hatte: eine Dame.

Sir Keith zollte ihr in seiner Rede besondere Anerkennung, indem er sie beschrieb als »die Frau, die mir und meinen Töchtern dabei geholfen hat, uns von dem Verlust, den wir vor zwei Jahren erlitten haben, zu erholen, besser, als wir es uns je gedacht hätten«. Ebenso übertrieben fiel sein Lob für seinen neuen Schwiegersohn aus. »Paul ist ein bemerkenswerter junger Mann. Ebenso stark wie empfindsam. Ebenso ehrlich wie einfühlsam. Rowena hat sich einen guten Ehemann ausgesucht.« Er meinte es auch so. Die Überzeugung in seiner Stimme war nicht zu verkennen. Sir Keith war ein Mann, der mit den Entschädigungen, die das Leben – und der Tod – ihm geboten hatten, hochzufrieden war.

Wer konnte es ihm verübeln? Er war mit Bella noch nicht lange genug verheiratet, um ihre unbarmherzige Seite zu kennen. Während Paul genau die Sorte Schwiegersohn war, von der Väter träumen. Ich hatte ihn beobachtet, wie er die Tanten bezauberte und die Pagen unterhielt. Ich hatte seine witzige, wohldurchdachte Rede gehört. Ich hatte ihn gründlich und ausgiebig beobachtet, wie er mit seinen Eltern und Schwestern für noch ein Foto posiert hatte. Mr. und Mrs. Bryant waren ein linkisches, gutherziges Ehepaar, tief beeindruckt von der Gesellschaft medizinischer Honoratioren und Leuten, die ihre Wochenenden in Cotswold verbrachten. Aber ihr Sohn war anders. Paul Bryant ließ sich von niemandem einschüchtern. Die Metropolitan Mutual beschäftigte ihn als Risikofachmann, und es war leicht zu erkennen, weshalb. Weil ein Risiko für ihn keine Gefahr bedeutete. Er hatte sein Leben vollständig unter Kontrolle. Und Rowenas jetzt ebenfalls.

Das Fest löste sich nach der Abreise des Brautpaars langsam auf. Einige Gäste gingen sofort. Andere verweilten, unterhielten sich bei Tee und Kaffee im Festzelt oder schlenderten durch den Garten. Bella mischte sich unter sie, schloß neue Bekanntschaften und erneuerte alte, ihre Energie war offensichtlich unerschöpflich. Auch Sir Keith machte die Runde und schenkte mir wenig Beachtung, als ich mich verabschiedete. »Habe mich gefreut, daß Sie kommen konnten, Robin. Sehr gefreut. Es war ein großartiger Tag, nicht wahr?« Er wartete meine Antwort nicht ab. Aber sie hätte ihn gewiß nicht enttäuscht.

Ich hatte den ganzen Nachmittag kein Wort mit Sarah gesprochen, deshalb ging ich auf die Suche nach ihr, bevor ich aufbrach. Ein Freund von ihr, an den ich mich schwach erinnerte, sagte, sie sei im Haus. Ich fand sie weit entfernt vom Fest in einem kleinen Zimmer, das wie ein Arbeitsraum eingerichtet war. Bei ihr war eine Frau. Groß, hellhaarig und elegant, zwischen vierzig und fünfzig. Ich hatte sie weder am Tisch mit den wichtigsten Personen gesehen noch in der Nähe des Mittelpunktes der Feierlichkeiten. Aber offensichtlich kannte sie Sarah gut. Als ich eintrat, unterhielten sie sich leise, fast flüsternd. Und worüber sie auch immer sprachen, sie beendeten es, als sie mich sahen.

»Robin!« sagte Sarah und sprang auf. »Wie schön. Ich habe gehofft, daß ich Sie noch sehe, bevor Sie gehen. Es tut mir leid, daß ich Sie vernachlässigt habe. Aber es war *so* hektisch.«

»Natürlich«, sagte ich lächelnd. »Ich verstehe das vollkommen.«

»Hat man sich gut um Sie gekümmert?«

»Es hätte nicht besser sein können.«

»Genau das habe ich auch gerade gesagt«, bemerkte ihre Begleiterin. »Übrigens, ich bin Sophie Marsden.« Sie erhob sich und trat auf mich zu, indem sie mir eine Hand im Glacélederhandschuh entgegenstreckte.

»Robin Timariot.« Ich sah sie an, während wir uns begrüßten, und jetzt, da ich wußte, wer sie war, war meine Aufmerksamkeit geweckt. Sie war Louise Paxtons Freundin. Diejenige, die ihre

Begeisterung für expressionistische Kunst geteilt hatte. Und außerdem vielleicht noch ein paar Geheimnisse. Es *gab* eine Ähnlichkeit mit Louise. Nicht so sehr im Aussehen als im Benehmen. Eine Andeutung von Distanz. Eine ungewollte Auswirkung, da sich ihr Geist viel mit Dingen beschäftigte, die sonst niemand verstehen konnte. Sie war spürbar, wenn auch schwächer, unbeständiger als bei der Frau, die ich auf Hergest Ridge getroffen hatte. Aber sie *war* da. Wie ein Händedruck. Ein Eindruck. Eine getrocknete Blume zwischen den Seiten eines Buches. Kein Geruch. Kein Saft. Kein Leben. Aber stärker als eine Erinnerung. Mehr als zufällige Ähnlichkeit oder verblassende Erinnerung. Mehr als man jemals vergessen könnte.

»Sarah hat mir von Ihnen erzählt, Mr. Timariot. Was für eine große Hilfe Sie für sie und Rowena gewesen sind. Und natürlich auch für Keith. Indem Sie ihn mit Bella bekannt gemacht haben.«

»Nun, ich ...«

»Wissen Sie, Louise hat sehr an das Leben geglaubt. Daran, das Beste daraus zu machen. Daran, vergangene Traurigkeiten abzuwerfen. Sie hätte sich wirklich sehr darüber gefreut, wie sich die Dinge entwickelt haben.«

»Ich ... ich bin ...« Ich suchte nach einer passenden Antwort. Ein Teil von mir wollte ihre Ansicht bestätigen. Um eine schöne gerade Linie zu ziehen mit Louise Paxton auf der einen Seite und mir unwiderlegbar auf der anderen. Aber ein anderer Teil von mir wollte Einspruch erheben. Um gegen ein Zerrbild zu wettern, das ich nicht definieren konnte. Um die schöne gerade Linie zu durchkreuzen. »Ich bin so froh ... daß eine Freundin von ihr das sagt, Mrs. Marsden.«

»Eigentlich, Robin«, sagte Sarah, »wollten wir gerade zu Mummys Grab gehen. Seit der Beerdigung ist Sophie nicht mehr dort gewesen. Rowena hat mich darum gebeten, ihren Strauß zusammen mit meinem dorthin zu legen. Würden Sie gerne mit uns kommen?«

»Sehr gerne«, sagte ich. Mit unerwarteter und vollkommener Ernsthaftigkeit.

Der Friedhof der St. Kenelm's Church war seit fünfzig oder mehr Jahren voll. Seitdem wurden die Verstorbenen auf einem kleinen Friedhof außerhalb des Dorfes zur letzten Ruhe gebettet. Wir fuhren in meinem Wagen dorthin. Obwohl nicht einmal eine Meile vom Old Parsonage entfernt, erschien uns der Abstand zu der lautstarken Fröhlichkeit des Hochzeitsfestes riesig. Der Friedhof war still und ruhig, mit Gräbern um eine Allee von Eibenbäumen auf der einen Seite und einer von Gestrüpp überwucherten Fläche auf der anderen, die auf eine zukünftige Nutzung wartete. Ich fragte nicht, warum Sir Keith nicht mitgekommen war. Warum Rowena nicht in der Lage war, ihren Strauß selbst niederzulegen. Warum Sarah Sophie und mich gebeten hatte, sie zu begleiten. Hielt sie uns für eher geeignet, ihre Gefühle zu verstehen, als ihren Vater? Waren wir die einzigen, denen sie vertraute, diese Erfahrung mit ihr zu teilen?

Wir schritten langsam und befangen den Kiesweg entlang, Sarah ein wenig voraus, die Sträuße an sich gedrückt. Sie ging geradewegs zu dem Grab und legte die Blumen unter den Grabstein. Sophie und ich standen hinter ihr und beobachteten, wie sie sich hinkniete. Auf dem Gras, im Schatten der Eibe, lag noch Tau. Seine Feuchtigkeit färbte den Saum ihres Festkleides dunkel und verwandelte rosarot in blutrot. Alles war voller Bedeutung, wenn man sich die Mühe machte, genau hinzuschauen. So wie ich jetzt auf die Inschrift des Grabsteins schaute.

LOUISE JANE PAXTON

11. NOVEMBER 1945 – 17. JULI 1990

ERST ERKANNT, ALS SIE VERLOREN WAR

Die Redewendung stammte aus einem Gedicht von Thomas. Nur Sarah konnte sie ausgewählt haben. Nur sie konnte gewußt haben, was die Wahl bedeutete. Obwohl ich es in diesem Moment ebenso zu verstehen schien.

Wir blieben nur ein paar Minuten. Dann zogen Sophie und ich uns leise zurück und ließen Sarah noch beim Grab verweilen. Es gab viel, was ich Sophie gerne gefragt hätte, aber die Zeit war zu kurz, und ich fand keinen naheliegenden Vorwand, wie ich sie hätte ausdehnen können. Außerdem würde meine Neugier über ihre tote Freundin seltsam erscheinen, verdächtig unangemessen. Ein paar nichtssagende Bemerkungen waren alles, was man von mir erwartete.

»Ein friedlicher Ort«, begann ich, als wir das Tor erreichten und uns nach Sarah umschauten.

»Ja. Ich bin froh, daß ich noch einmal hierhergekommen bin. Für Sie war es das erste Mal?«

»Ja.«

»Sie waren natürlich nicht auf der Beerdigung. Aber ich dachte, vielleicht danach ...« Sie wandte sich zu mir um, ihre Augen wurden schmal unter dem Rand ihres Hutes. Ich spürte Argwohn aus einem Grund, den ich nicht deuten konnte. Ich spürte, daß es eine Frage gab, die sie mir gerne stellen wollte. Aber irgend etwas hielt sie zurück. »Sarah hat mir erzählt, daß Sie eine Kricketschlägerfabrik in Petersfield leiten. Ist das richtig?«

»Ja.« Das Thema schien absichtlich banal und provozierte mich dazu, in gleicher Weise zu antworten. »Was ist mit Ihrem Mann, Mrs. Marsden? In welchem Bereich ist er –«

»Landwirtschaftsmaschinen. Aber darüber wollen Sie sicher nichts hören. Mehr als langweilig.«

»Nicht langweiliger als das Geschäft mit Kricketschlägern, da bin ich sicher.«

»Glauben Sie mir, es ist so.« Unvermittelt wechselte sie das Thema. »Haben Sie übrigens von Henley Bantock gehört?«

»Wie bitte?«

»Oscar Bantocks Neffe. Er schreibt die Biographie seines Onkels. *Hat* sie geschrieben. Sie soll nächstes Frühjahr erscheinen. Er hat mich vor ein paar Monaten besucht. In meinem Wohnzimmer hängen zwei Bantocks, und er wollte sie für das Buch fotografieren. Wünschte, ich hätte nicht zugestimmt. Entsetzlich widerlicher Typ.«

Ich lächelte. »Das ist er wirklich.«

»Oh, dann *haben* Sie ihn getroffen?«

»Einmal, ja. Aber nicht wegen des Buches. Es gibt sowieso nichts, was ich ihm erzählen könnte.«

»Nicht?«

»Natürlich nicht.« Ihre Fragen wurden immer rätselhafter. Ich hätte glauben können, sie versuchte, mich zu provozieren. »Ich habe Oscar Bantock nicht gekannt.«

»Nein. Aber Sie kannten seinen ehemaligen Mäzen, oder nicht?«

Ich runzelte die Stirn. Inzwischen mußte sie meine Verwirrung bemerkt haben. Und meine wachsende Verärgerung auch. »Sie meinen Louise Paxton?«

»Wen sonst?«

»Ich komme nicht mehr mit. Ich habe Lady Paxton für wenige Minuten an dem Tag, an dem sie starb, getroffen. Das ist alles. Wir haben nicht über Oscar Bantocks Malerkarriere gesprochen.«

»Aus welchem Grund haben Sie sich dann mit dem widerlichen Henley in Verbindung gesetzt? *Ich* komme bei *Ihnen* nicht mehr mit.«

Wir starrten uns an, Unverständnis kämpfte mit Ungläubigkeit. Ich spürte, daß es töricht wäre – vielleicht gefährlich –, ihr zu erklären, warum ich Henley aufgesucht hatte. Aber ich hätte nicht sagen können, warum. Sophie Marsden schien nicht einfach nur etwas zu wissen, was ich nicht wußte, sondern etwas *über mich* zu wissen. Ich schwankte, was schlimmer wäre: es herauszufinden oder nicht.

»Geht es euch gut?« fragte Sarah, indem sie uns beide überraschte, obwohl ihr Kommen auf dem Kiesweg unüberhörbar gewesen sein mußte.

»Prächtig«, antwortete Sophie. »Wir unterhalten uns ein bißchen.«

»Ja«, sagte ich. »Aber um ehrlich zu sein –« Ich blickte auffällig auf meine Armbanduhr. »Ich sollte mich jetzt auf den Heimweg machen. Ich habe ... ähm ... eine lange Fahrt vor mir.«

»Natürlich«, sagte Sarah und lächelte herzlich. Die beiden wollten zu Fuß zurückgehen. »Es ist schön, daß Sie den Tag mit uns verbringen konnten, Robin. Rowena wußte es wirklich zu schätzen, das weiß ich.«

»Das hätte ich um keinen Preis der Welt versäumen wollen«, antwortete ich, führte sie durch das Tor und ging hinüber zu meinem Wagen. »Nun, ich ...«

»Auf Wiedersehen«, sagte Sarah und trat vor, um mich zu küssen. »Es war schön, Sie zu sehen.«

»Sie auch«, murmelte ich. Dann wandte ich mich zu Sophie, um ihr die Hand zu geben. »Auf Wiedersehen, Mrs. Marsden«, sagte ich und hoffte, daß mein Grinsen nicht zu steif wirken würde.

»Bitte nennen Sie mich Sophie«, erwiderte sie und schaute mir fest in die Augen. »Ich bin sicher, daß wir uns wiedersehen werden.«

9. Kapitel

DIE FINANZIELLE Lage von Timariot & Small verbesserte sich zum Jahreswechsel 1992/93 nicht. Um ehrlich zu sein, gab es auch keinerlei Gründe dafür, dies zu erwarten. Jennifer verbrachte beinahe so viel Zeit in Melbourne wie in Petersfield, aber je mehr sie über Dysons Leitung von Viburna Sportswear erfuhr, desto düsterer schienen die Zukunftsaussichten zu sein. Adrians Versuche, für uns eine Befreiung von Bushrangers Vertrag mit Danziger auszuhandeln, führten, wie vorauszusehen war, zu nichts. Der Weg zurück zu Gewinn und Selbstachtung würde lang und schwer werden.

Aber wir hatten keine andere Wahl. Ich für meinen Teil tröstete mich damit, daß mich von allen Vorstandsmitgliedern die geringste Schuld traf, und konzentrierte mich darauf, das Unternehmen in der Frenchman's Road so effizient wie möglich zu betreiben. Natürlich wußte die Arbeiterschaft von der Viburna-Katastrophe. Wie auch nicht? Das führte zu einigen zynischen Äußerungen über die Qualität der Chefs, aber insgesamt blieb die Kritik moderater, als gerechtfertigt gewesen wäre. Solange ich mich erinnern konnte, hatte Don Banks Kricketschläger von gleichbleibend hoher Qualität gefertigt. Er hatte allein fünfzehn Jahre gebraucht, um es zu lernen. Seine Maßstäbe waren gleichbleibend anspruchsvoll. Und er mäkelte nicht. Don war ein ernster, zurückhaltender, ehrerbietiger Mann. Aber ich sah seinen Gesichtsausdruck, als Adrian und ich eines Tages in der Werkstatt standen und uns unterhielten. Und ich wußte, was er dachte. Wir hatten ihn und seine Handwerkskollegen im Stich gelassen. Wir waren daran gescheitert, *ihren* Anforderungen gerecht zu werden.

Ich glaube, es waren Leute wie Don, die mich dazu bewegten, das Ganze durchzustehen. Ich hätte zurück nach Brüssel schleichen können in mein sicheres Nest, wann immer ich gewollt hätte. Ich dachte oft daran, es zu tun, das kann ich nicht leugnen. Der Vertrag von Maastricht boxte sich seinen Weg durch die europäischen Parlamente, und sicherlich würde er jede Menge interessanter neuer Stellen nach sich ziehen. Auf einer davon könnte ich sitzen. Niemand könnte mir einen Vorwurf machen, wenn ich eine reife Pflaume vom vollbehangenen Ast pflückte. Außer Don Banks und dem Rest natürlich. Außer all denen, für die Timariot & Small etwas Befriedigenderes als einen angemessenen Lebensunterhalt bedeutet hatte und vielleicht immer noch bedeutete. Und letzten Endes außer mir.

Also nahm ich die Aufgabe in Angriff und überkompensierte die strategischen Defizite des Vorstandes, indem ich arbeitete wie ein Verrückter und mein Leben einschränkte, bis es darin außer den kurzfristigen Sorgen und langfristigen Problemen eines Familienunternehmens nichts anderes mehr gab. Hughs Beispiel hätte mich davon abhalten sollen, ein Workaholic zu werden. Aber an einem Abend voll bitterer Wahrheiten und brüderlicher Verbundenheit im Old Drum versicherte mir Simon, daß ich mich genau auf diesem Weg befand. Und er hatte recht, wie sehr es mir auch widerstrebte, es zuzugeben. Ich hatte kaum Freunde und außer Wandern keine Freizeitbeschäftigungen. Seit dem Bruch mit Ann vermied ich bewußt jede Vertrautheit mit anderen Menschen. Nicht nur sexuelle Intimität, sondern auch psychologische Offenheit. Ich fand mein asketisches Leben merkwürdig beruhigend. Immer mehr sah ich ein, wie sicher, wie anspruchslos das einsame Leben wirklich war. Und ich fing an zu glauben, daß ich mich wahrscheinlich damit zufriedengeben würde.

Es war weitgehend Bella zu verdanken, daß ich mit den Paxtons in loser Verbindung blieb. Sie lud mich am zweiten Weihnachtsfeiertag nach Hurdles zum Mittagessen ein. Paul, Rowena, Sarah und ein humorloser junger Rechtsanwalt namens Rodney, der eindeutig von ihr mehr angezogen war als sie von ihm, waren ebenfalls da. Abgesehen von dieser und ein paar ähnlichen Gelegenheiten überschnitten sich unsere Welten nicht mehr. Sir Keith hatte seinen Töchtern Nutzungsrecht von Old Parsonage als Wochenendschlupfwinkel eingeräumt, da es von Bristol aus leicht erreichbar war, während er und Bella ihre Zeit zwischen Biarritz und Hinthead aufteilten. Das Leben von Louise Paxtons Mann und ihren Kindern war wieder im Lot. Sir Keith richtete sich in seiner Ehe und seinem Ruhestand ein. Sarah schaute nach vorne auf ihre Karriere als Rechtsanwältin. Und Rowena wartete wahrscheinlich nur noch darauf, ihr Examen zu machen, bevor sie eine Familie gründete. Das Gleichgewicht war wiederhergestellt. Und was Louise und die hartnäckige, aber flüchtige Erinnerung an sie betraf – diejenigen, die sie nicht vergessen konnten, sprachen nicht über sie. Jene wie ich, die nicht aufhören konnten, sich Fragen zu stellen, taten dies besser im stillen.

Im März 1993 jedoch kamen die Kington-Morde plötzlich wieder ans Licht. In jenem Monat erschien *Frustration und Fälschung: das Doppelleben des Oscar Bantock* von Henley Bantock und Barnaby Maitland. Ich erinnere mich noch genau an den Augenblick, als ich auf die Besprechung des Buches stieß. Es war ein normaler Donnerstagnachmittag. Ich aß gerade an meinem Schreibtisch eine Kleinigkeit, wartete auf den Rückruf unseres Holzvertreters und blätterte in der Zeitung. Mein Blick blieb an einer Schlagzeile hängen. DER LETZTE TRIUMPH EINES VERNACHLÄSSIGTEN EXPRESSIONISTEN ÜBER DIE KUNSTWELT. Was offensichtlich in der Fachpresse bereits Aufsehen erregt hatte, war folgendes:

Diese unterhaltsame, wenn auch zuweilen oberflächliche Biographie über Oscar Bantock, den exzentrischen englischen Ex-

pressionisten, der vor drei Jahren ermordet wurde, ist eine Zusammenarbeit zwischen Bantocks Neffen Henley und dem unkonventionellen Kunstgeschichtler Barnaby Maitland. Sie enthüllt, daß Bantock, der zu seinen Lebzeiten als bissiger, trunksüchtiger Einsiedler galt, dazu bestimmt, allein und vollkommen unverkäuflich auf weiter expressionistischer Flur zu stehen, in Wirklichkeit ein Schürzenjäger mit beträchtlichem Charme war, ein beliebter und geselliger Wirtshausgeher und ein talentierter Fälscher. Seine Verachtung naturalistischer und gefühlsbetonter Werke zeigte sich in subtilen Persiflagen ihrer bekanntesten Beispiele, mit denen er weit mehr Geld verdiente als jemals mit eigenen Bildern. Maitlands Untersuchungen stützen sich auf Aufzeichnungen, die Bantock seinem Neffen hinterließ, und auf sorgfältige Gegenproben mit den Unterlagen derjenigen Kunsthändler, die in den Aufzeichnungen genannt wurden, häufig sehr zum Mißfallen jener Händler. Sie entlarven den Idealisten als geldgierigen, charakterlosen Fälscher. Er schien sich anfangs auf gerade verstorbene Künstler mittlerer Qualität konzentriert zu haben, hauptsächlich auf eine Gruppe von Zeitgenossen Eduards VII., die spezialisiert waren auf Salon- oder Gartenszenen mit Kindern und Haustieren. Material für Glückwunschkarten, weder berühmt noch kostspielig genug, um die Aufmerksamkeit von Kunstkennern auf sich zu ziehen. In seinen letzten Lebensjahren jedoch wurde er ehrgeiziger und nutzte seine expressionistische Begabung dafür, mehrere hervorragend gefälschte Rouaults und Soutines anzufertigen. Henley Bantocks Einblick in die zynischen Neigungen seines Onkels stützt Maitlands Behauptung, daß diese Veränderung ausgelöst wurde durch die Erkenntnis des Künstlers, daß er für seine eigene Person nicht auf Anerkennung hoffen konnte und daß materieller Erfolg seine einzige Aussicht auf Genugtuung darstellte. Falls die Autoren recht haben, was viele aufgebrachte Kunsthändler, Auktionatoren und Besitzer anzweifeln werden, dann haben Bantock und eine der wenigen unermüdlichen Verehrerinnen seines Werkes, die verstorbene Lady Paxton, einen hohen Preis für seine Rache am künstlerischen Establishment gezahlt. Die überraschendste Schlußfolgerung der Autoren ist, daß die Morde an Bantock und Lady Paxton im Juli 1990 vielleicht mehr mit der Produktion gefälschter Kunst zu tun gehabt haben als mit irgendeinem der Motive, die man dem Mann zugeschrieben hat, der für die Verbrechen verurteilt wurde. Falls diese traurige und aufsehenerregende Geschichte von Frustration und Fälschung sich, was leicht geschehen kann, als cause célèbre eines Justizirrtums herausstellt, dann haben die Autoren nicht nur einen Kunst-, sondern auch einen Justizskandal aufgedeckt. Aber das ist, wie sie sagen, eine andere Geschichte.

Ich war sprachlos. Was hatte Henley sich da ausgedacht? Sein Onkel ein Fälscher. Nun, das war eine Angelegenheit zwischen ihm, seinem Gewissen und seinen Kunden. Wie auch immer, es berührte mich in keiner Weise. Aber Louise Paxton war mir nicht egal. Und der Kritiker unterstellte – ohne näher auf Beweise einzugehen –, daß mehr hinter ihrer Ermordung steckte, als ins Auge fiel. Wesentlich mehr, als man Shaun Naylor in die Schuhe schieben konnte.

An jenem Abend rief ich Sarah an. Bevor ich noch den Grund meines Anrufs erklären konnte, sagte sie:

»Sie haben *Fälschung und Frustration* gelesen?«

»Nein. Nur eine Besprechung.«

»Dann machen Sie vermutlich mehr daraus, als Sie sollten. Henley Bantock hat mir ein Vorabexemplar geschickt. In einem Begleitbrief hat er seine Theorie erläutert, sagte, ich könnte gar nicht anders, als sie überzeugend zu finden. Nun, das ist nicht der Fall. Er hat keinerlei Beweise vorgebracht, die seine Theorie untermauern.«

»Aber wie *lautet* seine Theorie?«

»Daß Oscar ermordet wurde, weil mehrere Kunsthändler, denen er Fälschungen verkauft hatte, befürchteten, er würde mit der Geschichte, wie er sie betrogen hat, an die Öffentlichkeit gehen. Und daß Mummy das Pech hatte, dort zu sein, als es geschah. Aber er kann es nicht beweisen. Die Sache mit den Fälschungen scheint zu stimmen. Aber das war offensichtlich nicht reißerisch genug für den Verleger. Also tat Henley des Guten zuviel und breitete seine verrückte Idee aus, die zufällig mit Naylors Verteidigung übereinstimmt.«

»Aber wenn es keine Beweise gibt –«

»Wird die Sache im Sande verlaufen. Genau. Deshalb fand ich es auch nicht wichtig, Ihnen davon zu erzählen. Hören Sie, ich muß weg und . . .« Sie schien leise mit jemandem im Hintergrund zu sprechen. »Ich schicke Ihnen einfach das Buch, Robin. Das geht schneller, als wenn Sie sich ein Exemplar bestellen. Schauen Sie rein, dann werden Sie verstehen, was ich meine.«

Zwei Tage später traf es ein. Auf dem Umschlag war eines von Oscar Bantocks Gemälden abgebildet, ein unscharfes, aber ins Auge stechendes Selbstporträt, das den Künstler in einer grell gestrichenen Bar zeigte, wie er dastand und aus einem Humpen trank, der wie ein Totenkopf aussah. Es hatte etwas Ekelerregendes, Prophetisches an sich, was mich zu der Annahme verleitete, daß Sarah vielleicht froh war, es loszuwerden. Laut Klappentext war Henley Bantock ein ehemaliger kommunaler Regierungsbeamter. Wahrscheinlich hatten er und Muriel bereits genug an Onkel Oscars Kunst verdient, so daß er das bürokratische Leben aufgeben konnte. Jetzt wollten sie aus seinen skandalösen Geheimnissen Kapital schlagen, die sie zugleich verurteilten. Und Barnaby Maitland hatte die Funktion, dem Ganzen einen wissenschaftlichen Anstrich zu verleihen. Maitland hatte bereits Bücher über zwei andere Fälscher des 20. Jahrhunderts veröffentlicht – den berüchtigten Tom Keating und den Vermeer-Spezialisten Hans van Meegeren. Seine Wahl als Koautor war leicht zu durchschauen. Umgekehrt müssen die Aufzeichnungen, die Henley in Whistler's Cot entdeckt hatte, eine zu große Verführung für Maitland gewesen sein, als daß er hätte widerstehen können.

Ich las das Buch in einem Zug durch und ertrug Henleys selbstsüchtige Vollstreckungsarbeit nur dank Maitlands überzeugenden Ausführungen darüber, wie und warum Oscar Bantock zum Fälscher geworden war. Und sogar das war nur ein nützlicher Hinweis auf das, was mich wirklich interessierte. Über Maitlands sorgfältigen Nachweis der Produktion von Fälschungen, die in den Unterlagen verzeichnet waren, stieß ich allmählich zum zentralen Punkt vor. Oscar hatte gewollt, daß die Wahrheit nach seinem Tod ans Licht kommen sollte. Der Zweck war, aufzuzeigen, was für Dummköpfe die Experten waren, die sein Werk verunglimpften. Er wollte beweisen, daß sie gut und schlecht, richtig und falsch, Original und Fälschung nicht voneinander unterscheiden konnten. Und er hatte es bewiesen. Vielleicht zu gut. Nach Maitlands Meinung wurden ihm die Rouaults und Soutines zum Verhängnis. Trotz Zweifeln an ihrer Echtheit erzielten sie hohe Preise. Und zwar so hohe Preise, daß die Wahrheit über sie den Ruf und Lebensunterhalt von einflußreichen Händlern und mächtigen Zwischenhändlern bedrohte. Die Autoren vermuteten, Oscar hätte durchblicken lassen, daß er die Sache an die Öffentlichkeit bringen wollte. Dies wäre sein ruhmreicher Sieg über die selbsternannten Herren des Geschmacks gewesen, die ihn schlechtgemacht hatten. Sein wahres Motiv für die Produktion von Fälschungen hätte Erfüllung gefunden, was nach Meinung der Autoren weniger das Geld als vielmehr sein gekränkter Stolz gewesen war.

Sarah hatte recht. Sie hatten keinerlei Beweise, um ihre Theorie zu untermauern. Sie war eine durchsichtige Geschichte, um den Verkauf anzukurbeln. Aber für schlecht unterrichtete

Leute mochte sie plausibel klingen. Ein Mord auf Bestellung, der Louise Paxton als zusätzliches Opfer forderte, weil sie zur falschen Zeit am falschen Ort war. Und welche Rolle spielte Naylor bei der ganzen Sache? Das wußten die Autoren nicht. Aber Maitland bezweifelte, daß er zu der Sorte von Menschen gehörte, die als Killer angeheuert wurden. Am Ende war ihre Theorie klar. Aber sie zogen keine Schlußfolgerungen. Das war das Schlimmste daran. Sie bekannten niemals Farbe und sprachen aus, was viele Leser dachten: daß Naylor unschuldig war.

Nachdem ich das Buch zu Ende gelesen hatte, war ich so ärgerlich, daß ich über seinen Verleger an Henley Bantock schrieb und ihm vorwarf, die Erinnerung an eine prächtige Frau ohne Not verletzt zu haben. Es war eine dumme Reaktion, denn sie bewirkte nichts als eine sarkastische Antwort, die bewußt an dem vorbeiging, was ich gemeint hatte. *»Sie können mich nicht über Ihre Verbindung zu Lady Paxton täuschen«*, schrieb Bantock, *»deshalb ist Ihr überzogener moralischer Ton wohl kaum gerechtfertigt. Unsere Rückschlüsse über die Kington-Morde stellen eine angemessene Extrapolation der bekannten Tatsachen dar. Es tut mir leid, wenn sie bei Ihnen Anstoß erregt haben, aber ich frage mich, ob das in Wirklichkeit nicht damit zu tun hat, daß Sie uns übelnehmen, die Dinge in einem klareren Licht zu sehen als Sie.«* Ich setzte den Briefwechsel nicht fort. Und ich kam auch seiner Bitte, mit der er schloß, nicht nach. *»Bitte grüßen Sie Ihre Schwester von mir.«*

Laut Sarah war es am vernünftigsten und besten, das Buch nicht zu beachten. »Behandeln Sie es mit der Geringschätzung, die es verdient, Robin«, sagte sie kurz nach Beendigung meiner Lektüre bei einem Telefongespräch. »Verbrennen Sie es, wenn Sie wollen. *Ich* will es auf jeden Fall nicht zurück.«

Natürlich habe ich es nicht vernichtet. Ich schob es außer Sichtweite in ein Bücherregal, mit dem Rücken zur Wand, und tat mein möglichstes, es zu vergessen. Über Oscar Bantocks

Karriere als Fälscher würde in der Kunstwelt zweifelsohne lange gesprochen werden. Aber das war nicht meine Welt. Und was die möglichen Konsequenzen für Naylors Verurteilung als Vergewaltiger und Doppelmörder betraf, so war dies sicherlich ein Ballon, der nicht hochgehen würde. Ob mit oder ohne Buch, Naylor würde bleiben, wo er hingehörte: im Gefängnis. Und die Wahrheit würde da bleiben, wohin *sie* gehörte. Die Kington-Morde würden nicht zurückkehren, um uns zu quälen. Nicht nach so langer Zeit. Nicht angesichts so großer Gewißheit. Das war unmöglich. Oder nicht?

An Ostern traf ich mich mit Bella und Sir Keith zum Mittagessen. Sie vertraten den gleichen Standpunkt wie Sarah. Würdevolles Schweigen war die einzig richtige Art und Weise, um auf Henley Bantocks Raffgier zu reagieren. »Ich bin froh, daß Louise nicht wußte, daß der alte Oscar als Fälscher tätig war«, sagte Sir Keith. »Sie hielt ihn für ein verkanntes Genie – und für einen Idealisten obendrein. Die wirkliche Ironie ist, daß das tatsächlich den Wert der Original-Bantocks vergrößern wird, für die Louise fast nichts bezahlt hat. *Und* Sophie Marsden. Sie sollte sich freuen. Aber der große Gewinner ist Henley, nicht wahr? Honorar für sein abscheuliches kleines Buch. Und weiß Gott, wieviel Prozente auf seinen Vorrat an Bantock-Originalen aufgeschlagen werden. Mit all dem, worauf er sich freuen kann, möchte man meinen, hätte er den Anstand besitzen können, die Morde da herauszuhalten. Aber die Menschen sind niemals *in Maßen* gierig. Sie wollen immer mehr.«

Ich erkundigte mich vorsichtig, wie Rowena auf das Buch reagiert hatte. Aber soweit Sir Keith wußte, hatte sie keine Ahnung von seiner Existenz. »Viel zu beschäftigt mit dem Versuch, ihr Leben als Studentin und als Hausfrau miteinander zu vereinbaren, als daß sie Zeit hätte, Besprechungen zu lesen. Paul hat sie nicht darauf aufmerksam gemacht und, ehrlich gesagt, halte ich das für klug. Schließlich wollen wir doch keine Wiederholung der Probleme, die sie vor dem Prozeß hatte, oder? Ich wäre sogar dankbar, Sie würden es nicht erwähnen, wenn Sie sie das nächste Mal sehen. Mit ein bißchen Glück wird es spurlos an ihr vorübergehen. Lassen Sie sie sich lieber darauf konzentrieren, mich so bald wie möglich zum Großvater zu machen.«

Ich versprach, meinen Mund zu halten, obwohl ich nicht sicher war, ob es vernünftig war, Rowena im ungewissen zu lassen. Für meinen Geschmack türmten sich bereits zu viele Geheimnisse auf. Vermutlich wußte Sir Keith noch immer nicht Bescheid über ihren Selbstmordversuch. Jetzt sollte sie nichts über Henley Bantocks Alternativerklärung für den Tod ihrer Mutter erfahren. Falls und wenn sie es herausfand, könnten die Anstrengungen, es von ihr fernzuhalten, der Theorie mehr Glaubwürdigkeit verschaffen, als sie verdiente. »Es wird in Tränen enden«, hätte meine Mutter gesagt. Und ich hätte ihr beipflichten müssen. Tränen. Oder etwas noch Schlimmeres.

Die Rechtfertigung meiner Skepsis war nur eine Frage von Wochen. Sie wurde durch einen Telefonanruf angekündigt, den ich während der Arbeit von einem Rechercheur für die Fernsehserie *Im Zweifel für den Angeklagten* erhielt. Ich hatte natürlich davon gehört und sie ein paarmal gesehen. Nick Seymour, der Moderator, ging während seiner dreißigminütigen Sendung so vor, daß er die öffentliche Aufmerksamkeit auf einen möglichen Justizirrtum lenkte, und Beweise, die einen oder mehrere Menschen ins Gefängnis gebracht hatten, kritisch beleuchtete. Er hatte in mehreren Fällen dazu beigetragen, daß es zu Freispruch und Freilassung gekommen war, und war damit im Laufe der Zeit eine kleine Berühmtheit geworden. Nun plante er eine Folge über die Kington-Morde und die Verurteilung von Shaun Naylor. Wäre ich als einer der Zeugen in Naylors Prozeß bereit, ein Interview für die Sendung zu geben? Ich sagte nein. Aber Seymour war nicht der Mann, der es dabei bewenden ließ. Ein paar Tage später rief er mich persönlich zu Hause an.

»Ich versuche, ein möglichst vollständiges und faires Bild zu bekommen, Mr. Timariot. Ich will weiter nichts von Ihnen, als daß Sie Ihre Aussage wiederholen, die Sie vor Gericht gemacht haben. Stellen Sie die Szene für den Zuschauer nach. Geben Sie Ihren Eindruck von Lady Paxtons Gemütszustand am Mordtag aus erster Hand wieder.« Seine Stimme war sanft und vernünftig. Aber es lag auch eine Spur Ungeduld darin. Er mochte es nicht, abgewiesen zu werden.

»Das Problem dabei ist, Mr. Seymour, daß ich annehmen muß, Sie werden versuchen zu unterstellen, daß Naylor unschuldig ist. Und daran glaube ich einfach nicht.«

»Haben Sie diese neue Biographie über Oscar Bantock gelesen?«

»*Frustration und Fälschung?* Und falls Henley Bantocks unbegründete Theorien das sind, was –«

»Sie sind ein Teil davon, natürlich. Aber wenn Sie so sicher sind, daß sie unbegründet sind, warum sagen Sie das dann nicht im Fernsehen? Ich biete Ihnen diese Chance.«

»Aber die Sendung wird darauf ausgerichtet sein, Henleys Auslegung zu unterstützen. Sonst würden Sie es doch nicht tun.«

»Richtig. Aber sehen Sie es mal so. Naylor behauptet, daß Lady Paxton ihn in jener Nacht mitgenommen hat. Wenn Sie glauben, daß er lügt, warum schildern Sie dann nicht Ihre Sichtweise in der Sendung? Schließlich sind Sie die einzige Person, die sie an jenem Tag gesehen hat. Abgesehen von ihrer Tochter. Und die will ich eigentlich wirklich nicht belästigen. Es sei denn, Sie lassen mir keine andere Wahl.«

Der Druck war subtil, aber eindeutig. Ich konnte mich nicht für Mr. Seymour erwärmen. Aber ich konnte mich des Gedankens nicht erwehren, daß es besser wäre, mit ihm zusammenzuarbeiten. Wenn auch nur Rowena zuliebe.

»Woher soll ich wissen, daß Sie senden, was ich sage? Ich kann Ihnen schon jetzt versichern, daß nichts davon Ihnen helfen wird, Naylor in einem günstigen Licht erscheinen zu lassen.«

»Dann werde ich es nicht verwenden. Aber wenigstens könnte ich nicht behaupten, daß Sie sich geweigert haben, mit mir zu sprechen.«

»Also gut, Mr. Seymour. Sie bekommen Ihr Interview. Wenn Ihnen das weiterhilft.«

Das Interview war für Donnerstag, den 20. Mai, angesetzt. Seymour und ein Kameramann würden an jenem Abend um sechs Uhr nach Greenhayes kommen und nach einer Stunde wieder verschwunden sein. Sie würden pünktlich sein, und ich müßte mir so gut wie keine Umstände machen. Das hatte mir Seymour versichert. Und ich glaubte ihm. Im übrigen war ich der Meinung, er würde auch nicht länger bleiben wollen, nachdem er gehört hatte, was ich zu sagen hatte.

Zu dem Zeitpunkt, als ich die Verabredung in meinem Kalender eintrug, schien Donnerstag, der 20. Mai, praktisch das einzige Loch in einer ansonsten ausgefüllten Woche zu sein. Aber es stellte sich ganz anders heraus. Adrian hätte nach vierzehn Tagen in Australien am Montag, dem 17. Mai, ins Büro zurückkehren sollen. Die Reise war ein letzter Versuch, mit Bushranger Sports zu irgendeiner Art von Vereinbarung zu gelangen. Adrian glaubte – im Gegensatz zu uns übrigen –, daß es ihm gelingen würde, Bushrangers notorisch dickköpfigen Direktor Harvey McGraw mit süßen Worten zu überzeugen. Und McGraw war anscheinend damit einverstanden gewesen, es ihn versuchen zu lassen. Am 17. Mai kam ich in der Erwartung in die Frenchman's Road, Adrians Bericht über seine gescheiterte Mission zu hören. Statt dessen verkündete seine Sekretärin, daß sich seine Rückkehr um achtundvierzig Stunden verzögern würde. Ob das ein gutes oder ein schlechtes Zeichen war, hatte er ihr nicht verraten. Wir mußten abwarten und Tee trinken.

Am Mittwoch kam Adrian nach Hause. Aber er ließ sich nicht in der Firma blicken. Er rief an, um zu sagen, daß er Schwierigkeiten mit der Zeitumstellung hätte, aber am Donnerstagmorgen wieder in Form sein würde, um bei einem informellen Vorstandstreffen den Vorsitz zu führen und vom Ergebnis seiner Reise zu berichten. Inzwischen begann ich den Braten zu riechen. Simon und Jennifer waren ebenso verblüfft wie ich. Und genauso ging es Onkel Larry, der mich an jenem Abend anrief. »Warum möchte Adrian, daß ich an diesem verdammten Treffen teilnehme, Robin? Was hat er vor?« Ich konnte es ihm nicht sagen. Aber wir mußten nicht mehr lange warten, bis wir die Antwort erfuhren.

Am Donnerstag regnete es. Und es sollte den ganzen Tag so bleiben. Der Regen klopfte an die Fenster des Besprechungsraums und floß als gespiegeltes Rinnsal am verglasten Porträt Joseph Timariots herab. Er schien unserer Besprechung zuzuhören. Unsere Leistungen mit seinen zu vergleichen. Und schweigend die Ungleichheit zur Kenntnis zu nehmen.

Wir waren erwartungsvoll und beklommen. Wir fühlten uns alle unbehaglich, obwohl es bei manchen offensichtlicher war als bei anderen. Sogar Adrian wirkte seltsamerweise beschämt. Als ob das, was er zu berichten hatte, etwas Schlimmeres wäre als einfach nur die Unmöglichkeit, mit Bushranger Sports zu einer Einigung zu gelangen. Und so war es auch. Viel schlimmer. Es war das, was er Erfolg nannte. Aber oft hat Erfolg einen höheren Preis als Mißerfolg. Und den forderte er uns auf, zu bezahlen.

»Ich habe viel Zeit mit Harvey McGraw verbracht. Ich habe den Mann ziemlich gut kennengelernt. Er *ist* hart. Aber fair. Er machte mir ein Angebot, das zwar hart ist zu akzeptieren, aber fair. Und unter den gegebenen Umständen das Beste, was wir erhoffen können. Ich bin sicher, ihr werdet mir zustimmen, wenn ihr darüber nachgedacht habt. Ich möchte jetzt noch keine Reaktionen. Deshalb ist dies auch ein informelles Treffen. Ich möchte eure wohlüberlegten Einschätzungen, wenn ihr es euch durch den Kopf habt gehen lassen.«

»Wenn wir uns was durch den Kopf haben gehen lassen?« fragte Simon ungeduldig. Aber inzwischen hatten wir wohl alle eine dunkle Ahnung davon, was kommen würde.

»McGraw bietet an, uns aufzukaufen.«

»Viburna? Der Kerl muß –«

»Nicht Viburna. Jedenfalls nicht Viburna allein. McGraw will das ganze Unternehmen.«

»Du meinst Timariot & Small?« mischte sich Onkel Larry ein.

»Ja.«

»Großer Gott!«

»Aber du hast ihm doch sicherlich gesagt, daß wir nicht verkaufen werden?« fragte ich scheinheilig.

»Eigentlich nicht. Er weiß, daß wir in Schwierigkeiten stekken. Er weiß, daß wir verhandlungsbereit sein müssen.«

»Warum?«

»Weil es ein gutes Angebot ist. Er wird Viburnas Schulden übernehmen und uns zusätzlich zweieinhalb Millionen zahlen.« Adrian wagte ein Lächeln. »Und zwar in Pfund.«

Einen Augenblick lang herrschte Stille. Dann sagte Onkel Larry: »Verstehe ich das richtig, daß du uns empfiehlst, das Angebot anzunehmen?«

»Genau.«

Onkel Larry starrte ihn verblüfft an. »Du befürwortest den Verkauf dieses Unternehmens? Nach mehr als hundertfünfzig Jahren Unabhängigkeit? An einen Australier? Gütiger Gott, Harvey McGraws Großvater war wahrscheinlich in Ketten auf einem Sträflingsschiff unterwegs nach Botany Bay, als mein Urgroßvater –«

»Die Firmengeschichte vorzutragen wird uns nicht weiterhelfen«, schnauzte Adrian. »Wir schauen erdrückenden Verlusten entgegen.«

»Aber das wäre nicht so«, ich konnte mir den Kommentar nicht verkneifen, »wenn wir nicht zuerst Viburna gekauft hätten.« Adrian schaute mich an, sagte aber kein Wort. Statt dessen klopfte Jennifer mit dem Stift auf ihren Notizblock und sagte: »Es ist ein gutes Angebot. Rein finanziell betrachtet. Es ist mehr, als wir tatsächlich wert sind. Im Augenblick. Und in absehbarer Zukunft.« Sie wandte sich an Adrian. »Irgendwelche Bedingungen?«

»Keine.«

»Es muß keine geben, nicht wahr?« sagte Simon. »Bushranger kann Viburna dank seines Vertrags mit Danziger zum Florieren bringen. Und sie können uns dazu benutzen, hier zu expandieren, so wie wir vorhatten, Viburna zu benutzen, um dort drüben zu expandieren. Als wir unseren Zeh in australische Gewässer steckten, dachte ich daran, daß er uns abgebissen werden könnte. Aber ich habe nicht erwartet, daß wir bei lebendigem Leib verschlungen werden würden.«

»Ich hatte Vorbehalte wegen der Übernahme von Viburna«, sagte ich und sah Adrian anklagend an. »Aber du hast mit dem Klischee aufgewartet, daß wir uns vergrößern müßten, wenn wir nicht schrumpfen wollten. Jetzt scheint es so zu sein, daß du mit der Vergrößerung einen Rückzug aus dem Geschäft beabsichtigst.«

»Gegenseitige Beschuldigungen helfen uns nicht weiter«, sagte Jennifer, die schon immer die Beschwichtigerin war.

»Aber auch nicht Nachgeben. Man erwartet von uns, daß wir die Arbeiterschaft durch den Verkauf opfern, so daß sie für unsere Fehler bezahlt. Zumindest für die Fehler von einigen von uns.«

Adrian war wütend. Diese letzte Spitze hatte gesessen. Ich konnte es an dem nervösen Zucken seiner Wange erkennen. Sein Ton hingegen blieb ruhig und vernünftig. »Bushranger möchte unsere Firma übernehmen, nicht stillegen. Die Arbeiterschaft wird vollkommen abgesichert sein. Timariot & Small wird eine Tochtergesellschaft von Bushranger Sports werden, das ist alles. In gewissem Sinn wird es ein größeres und attraktiveres Unternehmen sein. Wir werden Bushrangers Produkte vertreiben, zusammen mit –«

»Wer ist wir? Wer wird an der Spitze dieser Tochtergesellschaft stehen? Unser augenblicklicher Vorsitzender?«

Adrian wurde rot. »Vielleicht. Aber –«

»Ohne Zweifel winkt als Belohnung für dieses Geschäft ein Sitz im Vorstand von Bushranger. Ich sehe schon, du wirst das sehr gut hinkriegen, indem du diese Firma vom Gewinn zum selbstverursachten Verlust führst.« Auch ich war ärgerlich. Ärgerlicher, als ich jemals geahnt hätte. Über die weitreichenden Konsequenzen der schönredenden, vorausschauenden Leitung meines Bruders. Und über meine eigene Naivität. Ich hätte seinen unüberlegten Bestrebungen schon längst Einhalt gebieten sollen. Ich hätte es besser wissen sollen, als daß ich ihm bei der Verwaltung der Vermögenswerte und der Traditionen von Timariot & Small vertraut hätte. Ich hätte erkennen müssen, daß er sie bloß als Sprungbrett für etwas Größeres und Bedeutenderes sah. Größer und bedeutender allerdings nur für ihn.

»Dein Anteil an zweieinhalb Millionen ist kein schlechter Ertrag für drei Jahre Abwesenheit von den Fleischtöpfen Brüssels«, sagte Adrian mit finsterem Gesicht.

»Ist kein? Meinst du nicht vielmehr, wäre kein? *Falls* wir deine Fehleinschätzungen einvernehmlich korrigieren, indem wir dieses Angebot annehmen?«

Er lehnte sich zurück und versuchte sich zu beherrschen. Er wollte sich in keine offene Konfrontation hineinziehen lassen. »Ich bin zuversichtlich, daß dieser Vorstand das Angebot annehmen wird, wenn er erst einmal Gelegenheit hatte, über seine Vorzüge nachzudenken. Im Augenblick ist das alles, worum ich bitte. Obwohl ich nicht verschweigen sollte, daß ich auf meinem

Rückflug von Australien Zwischenstation in Frankreich gemacht habe. Ich habe Bella in Biarritz besucht und sie informiert. Sie favorisiert die Annahme des Vorschlags genauso wie ich.«

Da war sie also. Seine Siegeserklärung. Er und Bella besaßen zusammen mehr als 40 Prozent der Firmenanteile. Wenn Jennifer zustimmte – wie ihre vorsichtigen Bemerkungen vermuten ließen –, hätte Adrian seine Schäfchen im trockenen. Simon war ziemlich verbittert, als ich ihn später in seinem Büro darauf ansprach. Aber er wurde rasch philosophisch. »Das könnte mir mehr als dreihundert einbringen, Rob. Genug, um Joan in Schach zu halten, und etwas darüber hinaus. Ich muß einfach zustimmen. Das siehst du doch ein, oder?« O ja. Ich sah alles nur zu klar. »Jeder, der mit Nein stimmt, wird rausgeschmissen, wenn der Vertrag abgeschlossen wird. Das ist offensichtlich. Und er wird abgeschlossen. Das weißt du. Also warum dagegen ankämpfen?«

In der Tat, warum? Es war schwer, es jemandem zu erklären, der das nicht verstand. Onkel Larry verstand es natürlich. Ich traf mich mit ihm zu einem wehmütigen Mittagessen im Bat & Ball in Broadhalfpenny Down, der Wiege des organisierten Kricket. Danach standen wir draußen im Regen und schauten über den Zaun auf das berühmte Spielfeld, das alte Clubhaus und den Gedenkstein, Zeugnis der legendären Heldentaten des Hambledon Clubs vor mehr als zweihundert Jahren.

»John Small hat hier viele Male gespielt«, sagte Onkel Larry. »Ich meine Old John. Er hat mehr als siebzig Jahre lang Schläger hergestellt, weißt du.« Ich wußte es sehr gut. Außerdem war er der Großvater von jenem John Small, der 1836 mit Joseph Timariot das Geschäft gegründet hatte. »Ich denke, man könnte sagen, er war in gewissem Sinne unser Gründer.«

»Ich werde dagegen stimmen«, erklärte ich ernst.

»Das werde ich auch. Aber wir werden unterliegen. Adrian muß an seine Kinder denken. Simon braucht das Geld. Jenny wird immer wie ein Buchhalter denken. Und für Bella ist das alles vorsintflutlicher Kram. Die Sache ist gegessen.«

»Aber noch nicht verdaut.«

Von Broadhalfpenny Down aus fuhr ich direkt nach Hause und rief Bella an. Aber sie war nicht da. Statt dessen hob Sir Keith den Hörer ab.

»Kann ich irgend etwas für Sie tun, Robin?«

»Ich glaube nicht. Ich wollte mit Bella über das Angebot von Bushranger sprechen.«

»Ach ja. Ihr Bruder hat uns davon erzählt. Bella findet, es scheint ein guter Weg zu sein, aus der Klemme herauszukommen, in die ihr euch gebracht habt.«

»Wirklich?«

»Sie müssen ja gewaltig erleichtert sein.«

»Eigentlich nicht.«

»Das sollten Sie aber. So eine Rettung gibt es selten. Übrigens bin ich froh, daß Sie angerufen haben. Mein Rechtsanwalt sagte mir, daß die Fernsehsendung *Im Zweifel für den Angeklagten* beabsichtigt, Naylors Verurteilung kritisch zu beleuchten. Haben Sie irgend etwas von den Produzenten gehört?«

»Nein«, hörte ich mich selbst lügen. »Kein Wort.«

»Nun, falls ja –«

»Dann weiß ich, was ich ihnen sagen werde.«

Im Rückblick kann ich verstehen, warum es passierte. Mein Ärger über das voraussichtliche Ende von Timariot & Small und mein Frust darüber, daß ich unfähig war, irgend etwas dagegen zu unternehmen, mußten irgendwie ein Ventil finden. Ich hatte nicht bewußt darüber nachgedacht. Ich hatte nicht vor, Bella anzugreifen, indem ich die unschuldigen Annahmen ihres Mannes erschütterte. Aber genau das tat ich. Ich hatte in Greenhayes ein paar Stunden damit verbracht, Scotch zu trinken und den Regenteppich über dem Garten zu betrachten, als Seymour und sein Kameramann eintrafen, pünktlich auf die Minute. Bis dahin hatte ich eine ordentliche Portion Ärger angehäuft. Ärger über die Gier, die Timariot & Small zu Fall gebracht hatte; über die Leichtigkeit, mit der Adrian und die anderen bereit zu sein schienen, der Arbeit von vier Generationen den Rücken zu kehren; über die Bereitschaft, die ich und andere gezeigt hatten, die Erinnerung an Louise Paxton so zu verändern, daß sie unseren Bedürfnissen entsprach. Einmal mehr schien der Zweck die Mittel geheiligt zu haben. Ich wollte, daß Ehre und Tradition wenigstens einmal über kommerzielles Zweckdenken triumphierten; Anständigkeit und Ernsthaftigkeit ein einziges Mal über den Genuß siegten. Ich wollte meine Meinung sagen, ohne meine Worte auf die Zuhörer abzustimmen und meine Gedanken auf die Ergebnisse. Ich wollte meine eigene engstirnige Form der Gerechtigkeit. Und Nick Seymour gab mir die Gelegenheit dazu.

Ich hatte erwartet, ihn nicht zu mögen. Im Endeffekt nahmen mich sein bescheidener Humor und seine umgängliche Art für ihn ein. Er hatte Verstand und Geduld. Den Verstand, zu erkennen, daß ich in der Stimmung war zu reden. Und die Geduld, mich zu lassen. Er hatte eine lange Frageliste mitgebracht. Aber er hatte es nicht nötig, sie herunterzurasseln. Ich beantwortete sie, ohne daß man mich dazu hätte auffordern müssen. Ich versuchte – zum allerersten Mal –, mein Treffen mit Louise Paxton in allen Einzelheiten zu schildern. Ich hatte genug Verstand, dem, was ich vor Gericht gesagt hatte, nicht zu widersprechen oder es zurückzunehmen. Aber ich war auch mutig genug – oder dumm oder leichtsinnig oder alles drei zusammen –, zu erklären, welche Gedanken nach unserer flüchtigen Begegnung auf Hergest Ridge durch meinen Kopf geschossen waren.

Nachdem Seymour gegangen war, offensichtlich zufrieden mit dem Material, das er auf Band hatte, konnte ich mich nicht mehr genau daran erinnern, was ich ihm erzählt hatte. Nicht an jedes einzelne Wort und an den Tonfall. Natürlich hatte ich keine Vorstellung davon, wie es nach Ablauf von mehreren Wochen im Fernsehen wirken und klingen würde. Und es kümmerte mich nicht weiter. Nicht zu dem Zeitpunkt. Es genügte, daß ich mein Herz ausgeschüttet hatte. Es so geschildert zu haben, wie es wirklich gewesen war. Oder wie es an jenem Tag erschienen war. Endlich wieder ins Gedächtnis gerufen. Ohne Verdrehung oder Ausflucht. Ohne Furcht vor den Folgen.

Ich mixte mir einen weiteren Drink und trank auf die zerbrechliche Wahrheit, die das einzige war, was ich Bella und Sir Keith und meinen hartherzigen Geschwistern entgegensetzen konnte. Ich hatte Louise Paxton gegenüber meine Schuld beglichen. Spät, aber vollständig. Ich hatte meine Schulden bereinigt. Jetzt konnte ich andere an ihre erinnern.

10. Kapitel

RÜHRSELIGE BITTEN erwiesen sich als noch weniger wirksam als schuldzuweisende Argumente. Beides versuchte ich während der nächsten paar Wochen, ohne daß die geringste Auswirkung auf Adrians Entschlossenheit, die Akzeptierung von Bushrangers Angebot durchzusetzen, spürbar gewesen wäre. Von seinem Standpunkt aus löste es unsere Probleme mit einem Schlag, ungeachtet der Tatsache, daß er die Probleme verursacht hatte und daß diese Lösung ein beschämendes Ende für ein stolzes Stück Geschichte bedeutete. Simon und Jennifer waren mit ihm einig, Simon, weil er mit seinem Anteil endlich Joan loswerden konnte, und Jennifer, weil sie keinen anderen Weg sah, aus dem Defizit herauszukommen. Und was Bella betraf, so wurde mir klar, als ich sie endlich mal erreichte, daß für sie die Auflösung von Timariot & Small das gleiche war wie Töten aus Mitleid. »Hugh hätte irgend so was schon vor Jahren aushandeln sollen. Dann hätte er sich vielleicht nicht so früh ins Grab gebracht.« Meine Hoffnung, daß Sir Keith sich vielleicht überlegen könnte, Kapital in die Firma zu stecken, damit sie als eigenständiges Unternehmen überlebte, erwies sich als trügerisch, noch ehe ich sie geäußert hatte.

Damit waren Onkel Larry und ich die entschlossene Minderheit. Adrian tat uns als wirklichkeitsfremde Romantiker ab, und vermutlich hatte er nicht so unrecht. Onkel Larrys Widerstand gegen die Übernahme des Familienunternehmens konnte man schlicht als die Weigerung eines alten Mannes betrachten, in der Gegenwart zu leben, während die Ironie meiner Position darin lag, daß ich mich der Vergangenheit *und* der Zukunft von Timariot & Small mehr verpflichtet fühlte als meine Geschwister, obwohl ich mich länger als irgendeiner von ihnen abseits gehalten hatte. Vielleicht war genau das der Grund. Vielleicht verstand ich genau deswegen, was wir durch den Verkauf verlieren würden, weil ich zwölf Jahre nichts damit zu tun gehabt hatte. Und vielleicht verstanden sie es genau deshalb nicht, weil sie diese Distanz nicht besaßen. Allzugroße Vertrautheit hatte Verachtung erzeugt. Ich wußte, daß sie es später bereuen würden. Aber das wäre zu spät. Wir konnten das, was unsere Vorfahren geschaffen hatten, nur einmal zerstören. Es war eine unwiderrufliche Tat. Aber sie wollten sie offensichtlich durchführen.

Da ich damit beschäftigt war, falschen Hoffnungen und schwachen Aussichten darauf nachzujagen, die Übernahme durch Bushranger abzuwehren, verschwendete ich kaum Gedanken auf mein Interview für *Im Zweifel für den Angeklagten*, außer daß ich Schadenfreude empfand, Bella ein wenig in Verlegenheit zu bringen. Seymour hatte mir gesagt, daß die Aufzeichnung irgendwann Mitte Juni gesendet würde, und mir versprochen, ein Video zu schicken für den Fall, daß ich die Ausstrahlung versäumte. Hätte ich es geschafft, den Sendetermin in *Radio Times* nachzuschauen, wie ich mir vorgenommen hatte, dann hätte ich eine Woche früher gewußt, daß die Sendung für Mittwoch, den 16. Juni, um 20.30 Uhr vorgesehen war. Aber so bestand meine erste dunkle Ahnung in einem schmalen Päckchen, das ich am 14. Juni auf der Fußmatte fand, als ich von der Arbeit nach Hause kam. Es war das versprochene Video. Ich schaute es mir auf der Stelle an. Und sehr bald schon wurde mir klar, was für ein Riesendummkopf ich gewesen war.

Seymour war nicht bloß ein einflußreicher Mann an der Spitze. Er war auch sehr schlau. Wenn ich das nicht schon vorher gewußt hätte, dann hätte ich es spätestens jetzt bemerkt. Der Zweifel an Naylors Schuld, den er im Zuschauer weckte, gründete sich nicht auf fundierte Tatsachen oder überzeugende Argumente. Vielmehr verließ er sich auf Eindrücke und Andeutungen. Die Sendung begann mit einer lockeren Zusammenfassung des Falls von der Entdeckung der Morde bis hin zu Naylors Verurteilung. Dann wandte Seymour seine Aufmerksamkeit Naylors Verteidigung zu. »Wir wollen sehen, ob diese standhält«, sagte er kühl. »Lassen Sie uns die Zweifel so lange hintanstellen, bis wir Shaun Naylors Version der Ereignisse einigen Prüfungen unterworfen haben. Wir beginnen da, wo er sagte, daß alles anfing, im Harp Inn in Old Radnor.« Die Kamera schwenkte über die Fassade des Gasthauses und richtete sich dann auf den einen Mann, der bei der Verhandlung bezeugt hatte, daß er Naylor am Abend des 17. Juli 1990 dort mit einer gutaussehenden Frau gesehen hatte. Er schien jetzt überzeugter als vorher zu sein, daß es sich dabei um Louise Paxton gehandelt hatte. »Ich glaube, daß sie es war, ja. Sie haben sich gut verstanden. Lachten und scherzten miteinander.« Wenn er recht hatte, wie Seymour betonte, dann konnten sie sich gerade erst getroffen haben. Zumindest ließ es auf eine Bereitschaft Lady Paxtons zum Flirten schließen. War das glaubhaft? Entsprach das ihrem Charakter?

Plötzlich war auf dem Bildschirm Sophie Marsden zu sehen, die sich im schwarzglänzenden zaumzeugbestückten Inneren ihres Hauses in Shropshire entspannte. Sie wirkte sehr ungezwungen und sprach ganz offen über die Freundin, wie sie sie gekannt hatte. »Louise war in Wirklichkeit nicht die lammfromme Ehefrau und Mutter, als die sie dargestellt wurde. Mit ihr konnte man viel Spaß haben. Sie hat das Leben voll ausgekostet. Manchmal flirtete sie mit Fremden. Und manchmal ging es vielleicht auch darüber hinaus. Ich weiß von mindestens einer Gelegenheit, wo es mit Sicherheit so war. Sie hat mir davon erzählt. Sie hat nicht angegeben. Es war ... die Art von Geheimnis, die wir miteinander teilten.«

Noch bevor ich das, was Sophie gesagt hatte, in all seinen

Aspekten begriffen hatte, war Seymour wieder im Bild. Er ging mit großen Schritten den Pfad von Kington nach Hergest Ridge hinauf. »Laut Lady Paxtons bester Freundin ist also Shaun Naylors Darstellung darüber, wie sie sich getroffen haben, durchaus plausibel. Darüber hinaus wissen wir, daß sie an jenem Abend zumindest einen anderen Mann unter ähnlichen Umständen getroffen hat. Hier oben, auf Offa's Dyke, wo man einsame männliche Wanderer oft antreffen kann.«

Dann starrte mich mein eigenes Gesicht aus dem Bildschirm heraus an, im Hintergrund das Wohnzimmer von Greenhayes einschließlich jenes Fernsehgeräts, in das ich gerade hineinschaute. Und ich sagte genau das, was Seymour hören wollte. »Lady Paxton war freundlich und leicht zugänglich. Sie machte den Eindruck, als ob sie sich unterhalten wollte. Nicht nur über das Wetter. Über irgend etwas anderes. Aber gleichzeitig widerstrebte es ihr auch zu reden. Als ob ... Nun, ich war eigentlich niemals so richtig fähig, ihren Gemütszustand zu beschreiben, nicht einmal mir selbst gegenüber. Es war so schwierig einzuschätzen. Als sie mir anbot, mich mitzunehmen, dachte ich, es wäre nur eine nette Geste. Jetzt bin ich mir nicht mehr so sicher. Ich denke, sie wollte, daß ich – daß irgend jemand – bei ihr blieb.« Dann waren wir wieder zurück bei Seymour auf Hergest Ridge. Und ich schrie sein Video-Gesicht an: »Warte mal. Was ist mit dem Rest? Das ist noch nicht alles, was ich gesagt habe, du hinterhältiger Scheißkerl.« Doch wie hinterhältig er tatsächlich war, wurde mir erst klar, als ich das Interview mehrere Male abgespielt hatte und es mir endlich gelang, mich daran zu erinnern, was genau ich noch gesagt hatte. *»Ich denke, sie wollte, daß ich – daß irgend jemand – bei ihr blieb. Um ihr ein paar unvoreingenommene Ratschläge bezüglich eines Problems zu geben, das sie versuchte zu lösen. Um zuzuhören, während sie sich, was immer es war, von der Seele redete.«* Meine Erklärung konnte keinesfalls als sexueller Antrag verstanden werden. Aber Seymours geschnittene Fassung sehr wohl. »Ich denke, sie wollte, daß ich – daß irgend jemand – bei ihr blieb.« Diese Phrase hallte in meinem Kopf wider, während Seymour sie vor der Kamera zitierte. »Hatte Lady Paxton, nachdem sie diesen Jemand vergeblich in Mr. Timariot gesucht hatte, eine halbe Stunde später im Harp Inn mehr Glück? Die Beweise, die uns vorliegen, lassen vermuten, daß es so gewesen sein könnte.«

Der nächste Filmschnitt zeigte die Vorderseite von Whistler's Cot. Seymour lief mit großen Schritten ins Bild. »Die Anklage argumentierte in der Verhandlung, daß Lady Paxton wohl kaum riskiert hätte, das Haus eines anderen für unerlaubten Sex zu benutzen. Aber ihre Beziehung zum Eigentümer ist nie untersucht worden. Wir wissen, daß sie in Wirklichkeit seine Gönnerin war. Er schuldete ihr eine ganze Menge. Vielleicht wollte er ihr jene Schuld zurückzahlen, indem er ihr sein Haus für ihre Zwecke zur Verfügung stellte. Oder vielleicht hatte sie gewußt, daß er in jener Nacht erst später zurückkehren würde. Da beide tot sind, können wir nicht hoffen, es jemals herauszufinden. Aber Lady Paxtons Freundin, Sophie Marsden, sagt genau das.«

Sophie erschien wieder auf dem Bildschirm. »Louise und Oscar kamen gut miteinander aus. Es gab eine Übereinstimmung zwischen ihnen. Eine gewisse Anziehung, eine intuitive Bindung. Platonisch, aber aufrichtig. Deswegen hat sie seine Bilder mehr geschätzt als die meisten anderen.«

Dann waren wir wieder bei Seymour. »Wenn die Geschworenen das gehört hätten, dann wären sie sich vielleicht nicht so sicher gewesen, daß Shaun Naylor gelogen hat, als er sagte, Lady Paxton hätte ihn hierher mitgenommen. Aber sie müßten noch einen gewichtigen Einwand aufgrund seiner Darstellung der Ereignisse berücksichtigen. Wenn nicht er Oscar Bantock und Lady Paxton ermordet hatte, wer war es dann? Und warum? Bis vor drei Monaten schien es keinen anderen Verdächtigen oder ein anderes Motiv zu geben. Dann wurde dieses Buch« – er schwang ein Exemplar von *Frustration und Fälschung* – »veröffentlicht. Und plötzlich wurde die Situation kompliziert.«

Ich erkannte Henley Bantock sofort. Eine Bildunterschrift wies seinen rundlichen Begleiter mit Fliege als Barnaby Maitland aus. Sie ergriffen mit unverhohlener Freude die Möglichkeit, kostenlos zur besten Sendezeit für ihr Buch zu werben. Aber sie verkündeten auch mit unbestreitbarer Gewandtheit ihre Version der Kington-Morde. »Die feinen Künste und die Unterwelt überschneiden sich in vielen Punkten«, erläuterte Maitland. »Fälschung ist vielleicht der einträglichste von ihnen – und damit der gefährlichste.«

»Mein Onkel hat mir oft erzählt, er könnte das Kunstestablishment demütigen, wenn er nur wollte«, steuerte Henley bei. »Erst als ich seine Aufzeichnungen fand, wurde mir klar, daß es stimmte.«

»Es muß gesagt werden«, faßte Maitland zusammen, »daß es viele Gründe gibt, weshalb der gute alte Oscar im Sommer 1990 tot mehr wert war als lebendig.«

»Viele Gründe«, wiederholte Seymour. »Keiner davon wurde beim Prozeß in Betracht gezogen. Wenn es anders gewesen wäre, hätte dies Einfluß auf das Urteil gehabt? Shaun Naylors Rechtsanwalt, Vijay Sarwate, ist der Meinung, ja.«

Wir wechselten zu dem engen, vollen Büro Sarwates. Er war ein schlanker, müde klingender Mann, der den Eindruck machte, als ob er sich nicht sicher war, über die Rechtshilfe-Lotterie, die ihm so einen Fall beschert hatte, dankbar oder verbittert sein zu sollen. Aber über eine Sache *war* er sich sicher. »Beweismaterial bezüglich Oscar Bantocks Tätigkeiten als Fälscher wäre für meinen Klienten sehr wertvoll gewesen. Es hätte das fehlende Bindeglied für seine Verteidigung geliefert: eine glaubwürdige Erklärung für die Ereignisse, die in jener Nacht stattgefunden haben, *nachdem* er Whistler's Cot verlassen hatte. Indizienbeweise können meist nur sehr schwer widerlegt werden, denn in den

Hinterköpfen der Geschworenen steckt immer die unausgesprochene Frage: *Wenn er es nicht getan hat, wer dann?* Diese Frage blieb beim Prozeß unbeantwortet. Im Licht dieser neuerlichen Enthüllungen würde sie ganz offensichtlich nicht mehr unbeantwortet bleiben. Zusammen mit meinen Kollegen untersuche ich gerade, ob die Möglichkeit besteht, aus diesen Gründen eine Berufung zuzulassen.«

»Während sein Rechtsanwalt Rat einholt«, fuhr Seymour fort, »warten Shaun Naylors Frau und Kinder immer noch auf den Ehemann und Vater, über den das Gesetz entschieden hat, daß er von ihnen mindestens zwanzig Jahre lang ferngehalten werden soll. Dann ist Mrs. Naylor fast fünfzig Jahre alt.« Die Wohnung der Naylors in Bermondsey. In grellen Farben eingerichtet und übersät mit ausrangiertem Spielzeug, aber auf ihre Weise sauber und gemütlich. Carol Naylor, eine dünne, verhärmte und offensichtlich unter großem Druck stehende junge Frau, saß auf der Kante eines schwarzen Kunstledersofas, zog nervös an einer Zigarette und blickte auf ein gerahmtes Foto von Shaun, der ihr Jüngstes vier Weihnachtsfeste zuvor auf den Knien schaukelte. »Was macht Sie so sicher, daß er unschuldig ist?« fragte Seymour. »Ich kenne ihn schon mein ganzes Leben«, antwortete sie. »Wir sind sechs Häuser voneinander entfernt aufgewachsen. Ich bin seit acht Jahren mit ihm verheiratet. Ich kenne ihn besser als er sich selbst. Er kann unbeherrscht und überheblich sein. Aber er ist kein Vergewaltiger. Und auch kein kaltblütiger Mörder. Das ist einfach nicht seine Natur.« Sie kämpfte mit den Tränen. »Er hat nicht getan, was sie von ihm behaupten. Er hätte es nicht tun können. Das wußte ich vom ersten Tag an.«

»Und vom ersten Tag an«, fuhr Seymour fort, der inzwischen die Szene gewechselt hatte und jetzt vor einer Gefängnismauer stand, »hat Naylor konsequent geleugnet, in jener Nacht im Juli 1990 die Vergewaltigung und den Doppelmord begangen zu haben. Seit seiner Verurteilung wird er hier, im Albany Prison auf der Isle of Wight, gefangengehalten. Die Vorschriften des Innenministeriums verbieten es uns, ihn zu besuchen, aber wir haben Briefe mit ihm gewechselt. In seiner letzten Mitteilung schreibt er folgendes.« Seymour hielt den Brief hoch und las daraus vor. »›Ich hoffe, daß diese Fälschungssache die Behörden veranlassen wird, meinen Fall wiederaufzunehmen. Das ist der erste Lichtblick, seit ich verurteilt worden bin. Am Schluß werden sie feststellen, daß ich wirklich unschuldig bin. Daran muß ich glauben. Sonst werde ich verrückt, wenn ich an die Ungerechtigkeit denke, die mir widerfahren ist.‹« Seymour machte eine effektvolle Pause. »Shaun Naylor beteuert noch immer, daß er das Opfer eines Justizirrtums geworden ist. Konfrontiert mit dem, was wir jetzt wissen, und dem Recht auf Mutmaßungen darüber, was sich am 17. Juli 1990 ereignet hat, gibt es vielleicht viele, die mit ihm einer Meinung sind und das Gefühl haben, daß man ihm den entscheidenden Bestandteil der Gerechtigkeit versagt hat: im Zweifelsfall zu seinen Gunsten zu entscheiden.«

Als der Nachspann begann, schaltete ich den Fernseher ab und starrte ausdruckslos mein Spiegelbild auf dem Bildschirm an. Meine paar Minuten Sendezeit erstarrten in meinen Gedanken zu einer einzigen schrecklichen Erinnerung, untilgbar und unabänderlich. In achtundvierzig Stunden würde ich in Tausenden von Wohnungen zu sehen und zu hören sein. In denen meiner Kollegen und Untergebenen. In denen von Naylors Freunden und Verwandten. Und in denen von Louise Paxtons Freunden und Verwandten. Bei ihnen würde ich kein bißchen Hoffnung wecken. Ich hatte die Erinnerung an eine prächtige Frau preisgegeben. Und mein eigenes feierliches Versprechen. Sophie Marsdens Offenheit würde vermutlich mehr Schaden anrichten als meine. Aber meine war schwerer zu verzeihen. Und Beschwerden wegen der verzerrten Art der Darstellung würden das Ganze wahrscheinlich nur noch schlimmer machen.

Ich überlegte, beim Sender anzurufen und mit Seymour zu

sprechen. Aber ich wußte, daß es nichts nützen würde. Selbst wenn ich Erfolg hätte und ihn erreichte, würde er die Verantwortung nur ablehnen. Daß Interviews zusammengeschnitten wurden, war normal. Ob es einer absichtlich verzerrten Darstellung gleichkam, hing völlig vom jeweiligen Standpunkt ab. Außerdem hatte ich keine Aufnahme unserer Unterhaltung, die ich gegen seine setzen konnte. Ich hatte keinen Beweis dafür, daß er das, was ich gesagt hatte, absichtlich falsch dargestellt hatte. Keinen einzigen.

Schließlich überlegte ich mir, wie groß die Resonanz auf meinen Beitrag für sein mieses Programm sein würde. Eines war sicher. Wenn ich es zuließ, daß Sarah oder Rowena oder Sir Keith mein Interview ohne Vorwarnung sahen, dann würden sie mit Recht das Schlimmste von mir denken. Ich mußte sie darauf vorbereiten. Ich mußte ihnen erklären, wie ich überlistet worden war. Und ich mußte es sehr schnell tun.

Bei Sarah rechnete ich mir aus, daß sie wenigstens versuchen würde, mich zu verstehen. Ich rief bei ihr an, aber sie war nicht zu Hause. Ich hinterließ eine Nachricht und betonte ihre Dringlichkeit. Zwei bange Stunden vergingen, während derer ich das Video mehrere Male ablaufen ließ. Dann, als ich schon drauf und dran war, Sarah noch einmal anzurufen, rief sie zurück.

»Ich muß Sie sehen, Sarah. Morgen. Es gibt etwas, das ich Ihnen erzählen muß.«

»Was?«

»Es ist zu kompliziert, um es am Telefon zu erklären. Können wir uns treffen?«

»Nun... ich denke schon. Aber morgen ist es schwierig.«

»Es geht nicht später. Wirklich nicht.«

»Vielleicht muß es aber sein. Ich habe unheimlich viel zu tun –«

»Es geht um Rowena«, unterbrach ich sie, wohlkalkulierend,

daß dieser Name Wunder wirkte, wenn alle Bitten für mich selbst scheitern würden.

»Worum geht es, Robin?«

»Treffen Sie sich morgen mit mir, Sarah. Bitte.«

»Es ist wirklich dringend?«

»Ja. Ich komme nach Bristol. Wohin es Ihnen paßt.«

»Also gut. College Green, pünktlich um halb eins. Warten Sie dort auf einer der Bänke. Ich arbeite in der Nähe. Aber eine lange Mittagspause ist das letzte, was mein Terminkalender im Augenblick verträgt. Kommen Sie also bitte nicht zu spät.«

»Bestimmt nicht, ich verspreche es.«

Am nächsten Morgen fuhr ich schon früh nach Bristol, damit ich auf jeden Fall pünktlich sein würde. Es war ein warmer, sonniger Tag. Als ich eintraf, waren die Bänke von College Green bereits von trägen Jugendlichen und müden Einkäufern besetzt, die ein bißchen Sonne tanken wollten. Warmer Dunst trübte den Blick auf die Park Street und die hoch aufragende Eleganz des University Tower, während der Verkehr vorüberbrandete und Auspuffgase in die bewegungslose Luft wirbelte. Ich stand in der Mitte des Grasdreiecks von College Green, beobachtete das geschäftige Treiben der Welt und dachte darüber nach, wie machtlos ich war, seinen Lauf in irgendeiner Weise aufzuhalten oder zu ändern. Was geschehen sollte, würde geschehen.

Sie erschien pünktlich um halb eins an der Mündung einer engen Straße zwischen der Kathedrale und dem Royal Hotel. Eine zierliche, eilige Person in einem grauen Kostüm und einer weißen Bluse. Während ich beobachtete, wie sie näher kam, fiel mir auf, daß sie mit ihren fünfundzwanzig Jahren bereits begonnen hatte, einige der jugendlichen Eigenschaften zu verlieren, die mir bei unserer ersten Begegnung aufgefallen waren. Das war nicht nur ein Maßstab für ihre beruflichen Sorgen, sondern auch ein Anzeichen dafür, wie lange ich sie bereits kannte. Ihre Mutter war jetzt fast schon drei Jahre tot. Aber trotzdem, auf so vielerlei Art, lebte sie.

»Ich habe nicht viel Zeit, Robin«, verkündete Sarah, als sie mich mit einem flüchtigen Kuß begrüßte. »Sollen wir in einen Pub gehen? Gleich um die Ecke gibt es einen anständigen.« Dann bemerkte sie die Plastiktüte in meiner Hand. »Einkaufen gewesen?«

»Eigentlich nicht.« Ihre unschuldige Frage ersparte mir eine peinliche Einleitung. Ich legte direkt los. »Wußten Sie, daß morgen abend eine Sendung über den Mord an Ihrer Mutter im Fernsehen läuft?«

»*Im Zweifel für den Angeklagten*? Ja. Daddys Rechtsanwalt hat Wind davon bekommen.«

»Dies ist eine Aufnahme davon.« Ich hielt die Tüte in die Höhe. »Und genau deswegen bin ich hier.«

»Was machen Sie mit einer Aufnahme von einer Sendung, die noch nicht einmal gelaufen ist?«

»Es ist ein Vorabexemplar. Eine Dankesgeste des Moderators. Wissen Sie, ich stecke da drin. In vielerlei Hinsicht.«

Wir saßen in einer kühlen, schattigen Nische des Hatchet Inn, das durch den Krach der Spielautomaten und der Gespräche am Tresen für Ungestörtheit sorgte. Sarah hörte ungeduldig zu, was ich ihr zu sagen hatte. Sie hatte den Druck ihrer Verpflichtungen vergessen, jetzt, da ich sie aus ihrem täglichen Trott herausgeholt hatte, damit sie sich noch einmal die Zweifel und Schwierigkeiten durch den Kopf gehen ließ, die ihr der Tod ihrer Mutter hinterlassen hatte – und von denen sie von ganzem Herzen gewünscht haben mußte, daß sie sie endlich für immer hinter sich lassen konnte.

»Ich bin ein Idiot gewesen, daß ich mit dem Interview einverstanden war. Und noch ein viel größerer Idiot, daß ich es zugelassen habe, mich so zu präsentieren, wie er es getan hat. Das

Bushranger-Angebot war daran schuld. Aber trotz all der Verwirrung in meinem Kopf hätte ich dafür sorgen müssen, daß ich meine Zunge im Zaum halte. Ich war etwas betrunken, etwas ärgerlich, etwas ... Nun, jetzt haben wir den Salat. Es ist passiert. Und es kann nicht mehr ungeschehen gemacht werden. Seymour hat das Band so geschnitten, daß es klingt, als ob ich der Meinung wäre, Ihre Mutter hätte mich abschleppen wollen. Das habe ich nicht gesagt. Das habe ich auch nicht gemeint. Aber so klingt es. Es tut mir leid. Es tut mir leid, und ich schäme mich. Es gibt keine Möglichkeit, wie ich das Ganze stoppen könnte. Oder ändern. Ich wollte nur, daß Sie wissen ... im voraus ... daß es nicht beabsichtigt war. Gott weiß, was sich Sophie gedacht hat, aber ich habe ... an all die Sachen gedacht, die schiefgelaufen sind. Ich habe mich nicht darauf konzentriert. Nicht an die Folgen gedacht. Nicht ... klar gesehen.«

»Ich verstehe das nicht. Auch mit noch so viel Schneiden kann man Ihnen doch keine Worte in den Mund legen.«

»Es kann so wirken, glauben Sie mir. Seymour verdreht, was ich gesagt habe, indem er einzelne Sätze wegläßt. Es ist sehr raffiniert gemacht. Es würde Ihnen nicht auffallen, wenn Sie es nicht wüßten.«

»Und deshalb wollten Sie sich mit mir treffen? Damit ich es *weiß*?«

»Teilweise. Aber ich mache mir auch Sorgen wegen Rowena.«

»Das geht uns beiden so. Es hätte zu keinem schlechteren Zeitpunkt passieren können. Sie ist in letzter Zeit ... etwas niedergeschlagen. Paul vermutete, es wäre wegen ihrer Prüfungen gewesen. Aber die sind inzwischen vorüber, und es geht ihr trotzdem nicht besser. Man sagt, daß Depression eine Krankheit sei, die immer wiederkehrt, und ich glaube, in ihrem Fall ist sie zurückgekommen. Allerdings nicht wegen Mummy oder diesem verdammten Buch. Ich bin nicht einmal sicher, ob sie weiß, daß es veröffentlicht wurde.«

»Warum dann?«

»Ich weiß darüber auch nicht mehr als Sie. Paul ist jetzt ihr Vertrauter, nicht ich. Oder er sollte es wenigstens sein.«

»Die Ehe läuft aber doch gut, oder nicht?«

»Ja. Zumindest... Nun, *zu wenig* Ärger könnte das Problem sein. Paul liebt Rowena. Das ist ganz offensichtlich, wenn man sie zusammen sieht. Aber es gibt so etwas wie zuviel Liebe. Sie kann einen erdrücken. Rowena ist erst zweiundzwanzig. Wirklich noch kein Alter. Sie ist spät erwachsen geworden. Wenn sie es überhaupt schon ist. Vielleicht bereut sie es, daß sie sich so früh entschieden hat. Jetzt ist für sie alles schon vorprogrammiert. Sie ist Pauls Ehefrau. Die Mutter von Pauls Kindern. Ein fester Punkt in Pauls Leben. Ein Teil von Paul. Wo bleibt Rowena?«

»Wenn sie so denkt...«

»Daß Zweifel an Mummys Tod aufflackern, wird ihr nicht helfen. Bestimmt nicht. Glücklicherweise schaut Rowena kaum Fernsehen, abgesehen von den Wochenenden. Mit ein bißchen Glück erfährt sie überhaupt nichts von der Sendung. Morgen abend bin ich mit ihr und Paul zum Abendessen verabredet. Nur um sicherzugehen.«

»War das Ihre Idee?«

»Meine *und* Pauls.«

»Es könnte auf Rowena wie eine Verschwörung wirken, wenn sie es jemals herausfindet. Man hat das Buch vor ihr geheimgehalten. Man sagt ihr nichts von der Fernsehsendung. Sie und ihr Mann bestimmen, was sie wissen darf. Es ist eine gefährliche –«

»Haben Sie etwa eine bessere Idee?« Sie war ärgerlich. Es geschah ganz plötzlich, und erst jetzt, zu spät, wurde mir klar, warum. Ich hatte die unsichtbare Grenze zwischen berechtigter Sorge und unwillkommener Einmischung überschritten. »Was schlagen Sie vor? All die Zweifel wieder auszugraben? Sie aufs neue die verrückte Idee verfolgen zu lassen, daß Mummy ihren Tod vorhergesehen hat?«

»Nein. Natürlich nicht. Aber –«

»Oder ist dieses Interview Ihre Art, uns die Entscheidung aus der Hand zu nehmen?«

»Sie wissen, daß das nicht stimmt.«

»Ach ja?«

»Hätte ich Sie sonst davor gewarnt?«

»Vielleicht nicht. Aber –«

»Ausweichen und Verheimlichen bringen Probleme, Sarah. Erkennen Sie das nicht? Oh, welch ein Gespinst weben wir und so weiter und so fort. Wenn Sie Rowena gegenüber ehrlich gewesen wären und die Möglichkeit erwähnt hätten, daß Ihre Mutter die Absicht hatte, Ihren Vater zu verlassen, dann wäre ihr die Sache mit der Vorhersehung vielleicht nie in den Sinn gekommen als eine –«

»Das ist es also.« Sie starrte mich entsetzt an. »Deswegen haben Sie es getan. Ich wußte, ich hätte Ihnen nie davon erzählen sollen, daß Mummy Daddy verlassen wollte. Sie haben es mir übelgenommen, daß ich es Ihnen erst nach dem Prozeß erzählt habe, stimmt's?«

»Warum hätte ich Ihnen das übelnehmen sollen?«

»Weil das, was Sie vor Gericht ausgesagt haben, vielleicht anders ausgesehen hätte, wenn Sie bereits damals davon gewußt hätten. Und Sie denken, daß ich es deshalb für mich behalten habe. Außerdem, weil Sie recht haben. Ich habe es Ihnen nur deshalb erzählt, weil ich dachte, daß Rowenas Selbstmordversuch Sie dazu bringen könnte zu verstehen, wie zerstörerisch vollständige Offenheit sein kann. Aber Sie haben nichts verstanden. Und Sie verstehen immer noch nichts. Wie ich erwartet habe.« Sie zeigte auf die Tüte, die zwischen uns auf dem Tisch lag. »Und jetzt wollen Sie beides haben. Die Wahrheit – oder Ihre Version davon – in der Öffentlichkeit. Und mein großzügiges Verzeihen. Gerechtfertigt durch irgendeine Scheiße oder verzerrte Wiedergabe.«

»Das haben Sie falsch verstanden, Sarah. Ich versuche nur zu –«

»Uns Ihre Meinung über uns gewaltsam aufzudrängen. Nun, das werde ich nicht zulassen.« Sie stand unvermittelt auf, ihr Stuhl schrammte hinter ihr über den Boden, und griff nach der Tüte. »Ich werde mir das Band ansehen, Robin. Und ich werde über das urteilen, was ich sehe. Herzlichen Dank.« Sie drehte sich auf dem Absatz um und schob sich durch die Menge zur Tür.

»Sarah, warten Sie! Ich –« Aber sie war schon verschwunden. Und eine Verfolgung würde die Dinge jetzt nur noch schlimmer machen. Eine erregte Diskussion auf der Straße, die zu unseren Mißverständnissen hinzukommen würde. Ich sank in meinen Stuhl zurück und dachte über das Ende meiner Strategie nach. Es steckte ein Fünkchen Wahrheit in dem, was sie gesagt hatte. Ich wollte ihre Anerkennung, sogar ihre Wertschätzung. Vielleicht, zu tief verschüttet, um es zuzugeben oder zu erkennen, wollte ich einen Teil von ihr, der mich an ihre Mutter erinnerte. Aber schließlich setzte sich ein größerer Wunsch durch. Ein Verlangen, das Geheimnis zu lüften, das Louise Paxton mit ins Grab genommen hatte. *»Können wir wirklich etwas ändern, was meinen Sie?«* Nein. Wir konnten überhaupt nichts ändern. Es sei denn, wir entdeckten es zuerst. Und dann ... Vielleicht. Nur vielleicht.

Ich blieb länger in dem Pub, als eigentlich gut für mich war. Dann schlenderte ich leicht betrunken hinaus in den heißen Nachmittag. Der Besuch in Bristol war ein Fehler gewesen. Das wußte ich nur zu gut. Sarah hätte keine schlechtere Meinung von mir haben können, wenn ich sie die Sendung unvorbereitet hätte sehen lassen. Ich hatte versucht, sie vor Seymours Doppelspiel zu warnen. Aber ich war nur erfolgreich darin gewesen, sie vor meinem zu warnen. Ich ging zurück zu College Green und orientierte mich so in Richtung Queen Square, wo ich mein Auto abgestellt hatte. Aber es war offensichtlich, daß ich einen starken Kaffee brauchte, bevor ich irgendwohin fahren konnte. Die Kaufhäuser, die im westlichen Hafengebiet direkt unterhalb des Royal Hotel gestanden hatten, waren zu einem Komplex von Geschäften, Restaurants und Kunstgalerien umgebaut worden. Ein paar *espressos* in einem Café dort verhalfen mir wieder zu einem klaren Kopf. Als ich heraustrat, war ich bereit für die Rückfahrt nach Petersfield.

Ich blieb wie angewurzelt stehen: Auf der anderen Straßenseite schlenderte Rowena. Sie trug ein langes weites Kleid mit Blumenmuster. Ihr Haar hing offen bis zur Taille herunter, eine rötlichblonde Mähne im Sonnenlicht, die sich bei jedem Schritt leicht bewegte, so wie ein Weizenfeld, das von einer Brise gestreift wird. Sie ging in Richtung Süden, war vermutlich auf dem Weg nach Hause. Ich wußte von Sarah, daß sie und Paul in einem der hübschen Stadthäuser am Hafen wohnten, die seit dem Verfall der Geschäfte dort wie Pilze aus dem Boden geschossen waren. Günstig gelegen zum Metropolitan Mutual *und* zur Universität. Aber sie schien es nicht eilig zu haben. Sie schlurfte mit den Füßen, spielte beim Gehen mit dem Riemen ihrer Schultertasche und schaute abwechselnd hinauf in den Himmel und hinunter auf das Kopfsteinpflaster. Sie blickte weder nach rechts noch nach links, aber selbst wenn sie einen Blick in meine Richtung geworfen hätte, hätte sie mich wahrscheinlich im Schatten der Kolonnade, die längs des Kaufhausblocks entlangführte, nicht gesehen. Natürlich war das Gebiet überschaubar. Wenn ich einen Schritt vorgetreten wäre und nach ihr gerufen hätte, hätte sie mich gehört. Aber etwas hielt mich zurück. Etwas in ihrem Benehmen und meine Scham. Etwas, das mir sagte, daß man zufällige Treffen am besten vermied.

Trotzdem ertappte ich mich dabei, daß ich in die gleiche

Richtung ging wie sie. Und im gleichen Tempo. Ich behielt sie so lange im Auge, wie unsere Strecken parallel verliefen. Ihre hinunter am Unicorn Hotel vorbei zum Arnolfini-Gebäude an der Ecke des Kais. Meine bis dahin, wo die Kolonnade aufhörte und ein fest vertäutes Schiff, das ein schwimmender Pub war, mir den Blick auf sie versperrte. Eilig ging ich an Bord, bestellte mir ein Getränk, das ich gar nicht wollte, und ging damit zu dem Fenster auf der Steuerbordseite. Aber Rowena war auf der Kaiseite gegenüber stehengeblieben, fast so, als ob sie gewußt hätte, daß ich ein bißchen Zeit brauchte, um aufzuholen. Ich war sicher, daß sie mich nicht sehen konnte. Nicht, solange die Sonne sie blendete. Sie schien nach irgend etwas Ausschau zu halten und blinzelte über das Wasser. Sie machte einen Schritt auf den Rand zu, und eine Sekunde lang war ich beunruhigt. Aber es gab keinen Grund dazu. Sie warf ihren Kopf zurück, wobei ihr Haar über den Rücken tanzte, dann drehte sie sich um und ging auf die Hängebrücke zu, die über den Hafen führte.

Sie würde bald außerhalb meiner Sichtweite sein. Sie würde in der Entfernung verschwinden. Ich beobachtete sie, wie sie die Brücke überquerte, sich dann nach links wandte und sich immer weiter von mir entfernte, entlang den Kais auf der anderen Seite des Hafens. Ein blasser Fleck zwischen dem bunten Gewirr von Masten und Dächern, Autos und Menschen, hellem Himmel und funkelndem Wasser. Ein paar Sekunden lang, während sich meine Augen anstrengten, ihr zu folgen. Ein letztes Aufleuchten des Sonnenlichts auf ihrem Haar. Dann war sie fort. Ich wartete, um sicher zu sein. Aber es gab keine Spur mehr von ihr. Nicht einmal einen verschwommenen Fleck. Ich ließ mein Getränk stehen und verließ das Schiff. Dort drüben am Kai, auf der anderen Seite, hatte sie ein paar Minuten zuvor noch gestanden. Ich hätte sie aufhalten können. Ich hätte sie bitten können zu warten, während ich auf die andere Seite zu ihr geeilt wäre. Und wenn sie jetzt noch dort gestanden hätte, dann, glaube ich, hätte ich es getan. Aber Glauben kann so häufig Selbstbetrug sein. Ich hatte die Chance gehabt. Und ich hatte sie vertan. Jetzt konnte ich nichts weiter tun, als umzukehren.

Zwischen meiner Rückkehr nach Petersfield und der Ausstrahlung von *Im Zweifel für den Angeklagten* hörte ich nichts von Sarah. Sie hatte bis dahin reichlich Zeit gehabt, das Video so oft abzuspielen, bis jedes meiner Worte sich ihrem Gedächtnis eingeprägt hatte. Aber ihre einzige Antwort war Schweigen. Vielleicht, so dachte ich, sollte dies meine Bestrafung sein. Mein Ausschluß, sowohl aus Rowenas Leben wie aus ihrem eigenen, soweit sie es beeinflussen konnte. Der Verlust ihres Vertrauens, das sie einst in mich gesetzt hatten.

Ich nahm die Sendung auf, aber ich sah sie mir nicht an. Ich hatte sie bereits zu viele Male gesehen. Das Bewußtsein, daß ich Seymour nicht dazu bewegen konnte, zuzugeben, daß er meine Aussage absichtlich verzerrt dargestellt hatte, und, was noch schlimmer war, Sarah nicht dazu bringen konnte, genau diese Tatsache zur Kenntnis zu nehmen, verwandelte meine Verzweiflung in Erschöpfung. Und schließlich war Gleichgültigkeit der einzige Gegenschlag, zu dem ich fähig war. Adrian hatte ein paar Eintrittskarten für den Eröffnungstag des Lord's Test ergattert und sie Simon und mir angeboten mit der Begründung, er sei zu beschäftigt, um selbst hinzugehen. Simon und mir war klar, daß es eher so etwas wie eine Bestechung war, denn die offizielle Antwort der Firma auf Bushrangers Angebot hing noch immer in der Schwebe. Aber das hielt uns nicht davon ab, die Karten anzunehmen. Was mich betraf, so war es genau das, was ich brauchte: einen Zufluchtsort, wo ich geschützt war vor einem wütenden Anruf von Bella oder Paul oder Sir Keith wegen meines Interviews, das am Abend zuvor ausgestrahlt worden war. Simon hielt mit seiner Meinung darüber natürlich nicht hinterm Berg. »Ich habe dir von Anfang an gesagt, daß du dich da hättest raushalten sollen, Rob. Du hättest auf deinen großen Bruder hören sollen.« All das war absolut vorhersehbar gewesen. Und kam der Wahrheit verdächtig nahe. Aber sobald der Champagner zu fließen begann, gab er es auf, mir Vorträge zu halten, und ein Stillhalteabkommen beim Thema Bushranger bedeutete, daß wir einen angenehm vergnüglichen Tag hatten. Selbst wenn Australiens Sieg über England eine düstere Moral für Timariot & Small anzudeuten schien.

In jener Nacht kehrte ich spät nach Greenhayes zurück, verschlief am nächsten Morgen und kam erst gegen zehn Uhr ins Büro. Daß Simon wahrscheinlich einen noch schlimmeren Kater hatte als ich, machte meinen nicht erträglicher. Seit meiner Abwesenheit hatte sich ein Stapel Nachrichten angehäuft. Während ich mit der einen Hand ziellos darin herumblätterte und mit der anderen versuchte, ein Aspirin aus der Folienverpackung herauszudrücken, steckte meine Sekretärin den Kopf durch die Tür, um zu verkünden, daß sie Nick Seymour am Telefon hätte.

»Das ist *der* Nick Seymour«, sagte sie, anscheinend beeindruckt.

»Was will er?« fuhr ich sie schlechtgelaunt an.

»Das hat er nicht gesagt. Es kann aber doch nichts mit dem zu tun haben, was in der Zeitung steht, oder doch?«

»Weiß ich nicht. Ich habe noch keine Zeitung gelesen.«

»Oh. Dann wissen Sie es noch gar nicht.«

»Habe ich das nicht gerade gesagt?«

»Tut mir leid«, sagte sie entrüstet. »Es ist nur –«

»Stellen Sie *den* Nick Seymour durch, Liz. Ohne noch mehr Zeit zu verschwenden, ja?« Ich machte eine abweisende Handbewegung, und sie begriff. Ein paar Sekunden später klingelte das Telefon.

»Mr. Timariot?« Es war tatsächlich Seymour, und eine Spur von Sorge tat seiner Selbstsicherheit kaum Abbruch.

»Rufen Sie an, um sich zu entschuldigen?«

»Was meinen Sie?«

»Das wissen Sie sehr genau.«

»Hören Sie zu, ich habe keine Zeit für Spielchen. Ich will lediglich dafür sorgen, daß wir eine gemeinsame Linie in dieser Sache vertreten. In unser beider Interesse.«

»Ich weiß nicht, wovon Sie reden.«

»Kommen Sie. Das Paxtonmädchen. Oder Bryant. Wie auch immer der richtige Name lautet. Die Boulevardzeitungen versuchen, mich für das, was geschehen ist, verantwortlich zu machen.«

»Was *ist* geschehen?«

»Wissen Sie das nicht?«

»Dann würde ich nicht fragen.«

»Ich dachte, Sie müßten es wissen.«

»Sagen Sie es mir einfach.«

Mein Tonfall ließ ihn für einen Augenblick verstummen. Dann sagte er: »Lady Paxtons jüngere Tochter hat gestern nachmittag Selbstmord begangen.«

»Was?«

»Hat sich anscheinend von der Clifton-Hängebrücke gestürzt.«

»Rowena ist tot?«

»Ja. Und die Zeitungen deuten an, daß sie es nur deswegen getan hat, weil sie am Mittwoch meine Sendung gesehen hat.«

»O mein Gott!«

»Sie sehen also, es ist unerläßlich, daß wir zusammenhalten. Vielleicht wenden sich die Zeitungen überhaupt nicht an Sie. Aber wenn doch, dann wären Sie gut beraten, wenn –«

Ich unterbrach die Verbindung, bevor er noch mehr sagen konnte, und legte langsam den Hörer auf. Vor mir, in dem Durcheinander von den von Liz sauber getippten Nachrichten des Vortages, war eine, die kürzer war als die meisten. *Mrs. Bryant hat in einer dringenden Angelegenheit angerufen. Sie meldet sich wieder.* Und da, vor meinem geistigen Auge, war das Sonnenlicht, das auf ihrem Haar leuchtete, als sie sich vom Kai abwandte.

Ich sprang von meinem Stuhl auf und lief ins Vorzimmer, während ich das Stück Papier umklammert hielt. Liz schaute überrascht auf. »Stimmt was nicht?«

»Diese Nachricht.« Ich knallte sie vor sie hin. »Wann haben Sie die entgegengenommen?«

»Mrs. Bryant«, überlegte sie. »Oh, ich erinnere mich. Sagte, sie sei in einer Telefonzelle. Klang beunruhigt.«

»Wann?«

»Äh... in der Mittagspause. Ja, kurz vor zwei. Oder kurz danach.«

»Geben Sie mir mal Ihre Zeitung.« Ihre *Daily Mail* schaute aus der Schreibtischschublade heraus.

»Wollen Sie etwa sagen... Rowena war diese Mrs. Bryant, die gestern für Sie angerufen hat?« Entsetzen machte sich langsam auf ihrem Gesicht breit. »Ich hätte niemals –«

»Geben Sie mir die Zeitung!« Die Schlagzeile auf der ersten Seite sprang mir entgegen. TOCHTER BRACHTE SICH DREI JAHRE NACH ERMORDUNG DER MUTTER UM. *Die Tochter eines der Opfer des Doppelmordes vor drei Jahren nahm sich gestern mit einem tödlichen Sprung von der Clifton-Hängebrücke das Leben. Die Brücke gilt als der berüchtigste Ort für Selbstmorde in Bristol.* Mein Blick jagte über die Abschnitte, auf der Suche nach der Information, die ich wollte und zugleich fürchtete. *Von Rowena Bryant, einer 22jährigen verheirateten Studentin an der Universität von Bristol, wird berichtet, daß sie während der letzten Wochen unter Depressionen litt. Es wird angenommen, daß ihr Selbstmord dadurch ausgelöst wurde, daß sie eine Videoaufnahme der Sendung* »Im Zweifel für den Angeklagten« *von Mittwochabend gesehen hat, in der der umstrittene Moderator Nick Seymour Zweifel an der Schuld des Mannes äußerte, der wegen der Vergewaltigung und Ermordung ihrer Mutter, Lady Paxton, im Juli 1990 verurteilt wurde. Shaun Naylor, 31, verbüßt gerade eine* – Aber wo stand die Zeit – die genaue Zeit? Wann war es geschehen? *Zuschauer beobachteten erstaunt, wie Mrs. Bryant gestern nachmittag kurz nach zwei Uhr ruhig bis zur Mitte der Brücke ging, auf das Geländer kletterte und* – Kurz nach zwei Uhr. Dann war es sogar noch schlimmer, als ich befürchtet hatte.

»Geht es Ihnen gut, Robin?« fragte Liz.

Sie erhielt keine Antwort. Ich faltete die Zeitung zusammen, ließ sie auf den Tisch gleiten und nahm die Nachricht an mich, die Liz am vergangenen Nachmittag kurz vor zwei entgegengenommen hatte. Oder vielleicht auch kurz danach. *Mrs. Bryant hat in einer dringenden Angelegenheit angerufen. Sie meldet sich wieder.* »Ist das wirklich alles, was sie gesagt hat?« wollte ich wissen.

»Ja. Das Gespräch hat nur ein oder zwei Minuten gedauert. Sie sagte, es sei dringend und persönlich. Als ich ihr erklärte, daß Sie nicht da wären, wirkte sie enttäuscht. Ich schlug vor, sie solle noch mal anrufen. Sie stimmte zu. Dann ...«

»Was dann?«

»Sie legte auf.«

Sie legte auf. Und ging die kurze Strecke vom Telefonhäuschen zur Brücke. Sie mußte die Telefonzelle auf der Clifton-Seite benutzt haben. Ich konnte mich daran erinnern, daß ich an jenem Tag im November 1991 mit ihr daran vorbeigekommen war, als ich auf Sarahs Bitte, Rowena zu helfen, das Rätsel um den Tod ihrer Mutter zu vergessen, nach Bristol gefahren war. Wir hatten über ihren Selbstmordversuch gesprochen, den sie ein paar Tage zuvor unternommen hatte; darüber, wie gut es war, am Leben zu sein; und über den seltsamen Reiz, den der Tod dennoch zu bieten schien. Für einen Augenblick, höchstens für eine Stunde, hatte sie gesagt, war ihr der Tod verführerischer erschienen als das Leben. Und jetzt war es wieder so gewesen. Aber eine Überdosis wirkte weder sicher noch sofort. Während ein Sprung von der Brücke –

»Es ergibt keinen Sinn«, murmelte Liz. »Sie sagte, sie würde zurückrufen. Da bin ich ganz sicher.«

»Machen Sie sich keine Sorgen. Es war nicht Ihre Schuld. Sie konnten es nicht wissen.«

Sie schaute dankbar zu mir auf. »Das hat vermutlich keiner wissen können, oder?«

Ich wollte zustimmen und von ganzem Herzen versichern, daß dies ein Blitz aus heiterem Himmel war, den niemand hatte vorhersehen oder verhindern können. Aber irgend etwas hielt mich zurück. Rowenas eigene Worte – ihr irrationales Schuldgefühl wegen des Schicksals, das ihre Mutter ereilt hatte – standen zwischen mir und der Verantwortung, die ich sonst nur zu gern geleugnet hätte. *»Es wäre möglich, die Ereignisse des 17. Juli hundertmal zu wiederholen und hundert verschiedene Ergebnisse zu erzielen. Viele Male – vielleicht in der Mehrheit der Fälle – würde Mummy nicht sterben. Wäre noch nicht einmal in Gefahr. Nur wegen einer winzigen, kaum wahrnehmbaren Veränderung. Wie zum Beispiel das, was sie zu mir sagte. Oder zu Ihnen. Und was wir ihr geantwortet haben.«* Ich hatte sie überzeugt, mir zuzustimmen, daß, selbst wenn es so war, niemand die tödliche Variante hätte vorhersehen können oder die Schuld daran trug. Aber vielleicht hatte ich das in Wahrheit ebensowenig geglaubt wie sie. Vielleicht hatten wir es beide besser gewußt, aber nicht gewagt, es zu sagen. Aus Angst davor, was es bedeutete. *»Können wir wirklich etwas ändern, was meinen Sie?«* Ja, Louise. Ich hätte dich retten können. Und ich hätte deine Tochter retten können. Wenn ich Seymour das Interview verweigert hätte. Wenn ich mit meinen Äußerungen vorsichtiger gewesen wäre. Wenn ich ihm keine Möglichkeit gegeben hätte, das Ergebnis zu verfälschen. Wenn ich zu Rowena gegangen wäre. Wenn ich ihr über den Hafen hinweg zugerufen hätte. Wenn ich im Büro gewesen wäre, um ihren Anruf entgegenzunehmen. Wenn ich ihr von Anfang an die Wahrheit gesagt hätte. Wenn ich ihr einfach vertraut hätte, so wie sie es gewollt hatte. Wenn ich nur eine richtige Wahl getroffen hätte anstatt ein Dutzend Fehlentscheidungen zu treffen. Dann – und nur dann – wäre es vielleicht ganz anders gekommen. Aber es würde nicht mehr gehen. Genausowenig, wie Rowena zurückrufen wird. Jetzt nicht. Nie mehr.

11. Kapitel

Ich weiss nicht mehr, wie ich den restlichen Tag überstanden habe. Die meiste Zeit blieb ich im Büro und kämpfte darum, irgendwie auf Rowenas Tod zu reagieren. Ich wußte, daß es zu diesem Zeitpunkt unsinnig sein würde, mit Sarah Kontakt aufzunehmen. Sie konnte gar nicht anders, als mir die Schuld zu geben für das, was geschehen war. Obwohl ich sie zu gerne fragen würde, wie es passieren konnte, daß Rowena das Video gesehen hatte. Paul war praktisch ein Fremder für mich. An ihn auf dem Höhepunkt seines Schmerzes heranzutreten war undenkbar. Bella war eine mögliche Vermittlerin, und ich riskierte es, sie in Biarritz anzurufen. Doch ich erfuhr nur, daß sie und Sir Keith bereits nach England aufgebrochen waren. Also hing ich herum, unfähig, etwas zu unternehmen, denn nichts, was ich in Betracht zog, brachte mich weiter.

Allerdings entschied ich mich, auf Seymours Vorschlag einzugehen, wenn auch aus ganz persönlichen Gründen. Ich beauftragte Liz, allen Journalisten, die anriefen, zu sagen, daß ich nicht da sei. Verschiedene meldeten sich bei ihr. Aber sie würden nicht von mir hören. Mit einem Interview hatte das Ganze begonnen, und ich wußte, daß gegenseitige Beschuldigungen die Sache nur verlängern würden. Wenn Sarah die Erklärung, die ich ihr von Angesicht zu Angesicht gegeben hatte, nicht glauben wollte, dann würde eine entstellte Fassung davon in der Sensationspresse auch keinen Unterschied machen. Aber ich ließ auch Seymour glauben, was er wollte. Ich war für ihn ebenfalls nicht zu sprechen. Und das sollte auch so bleiben.

Ich ging so früh nach Hause, wie es mit dem Arbeitspensum

eines Tages vereinbar war, aber ich blieb gerade so lange, wie ich brauchte, um meine Kleidung zu wechseln. Ich hatte Angst davor, daß Sir Keith oder irgendein sensationslüsterner Zeitungsmensch anrufen könnten, und ich hätte doch abnehmen müssen, weil es auch Sarah hätte sein können, die mir ein Versöhnungsangebot machen wollte. Es war immer noch besser, bis zur Erschöpfung durch die Straßen und Gassen zu laufen, als in qualvoller Ungewißheit in Greenhayes auszuharren. Also zog ich los. Schließlich landete ich im White Horse, einem alten Stammlokal von Thomas auf dem Foxfield Plateau, wo man mich glücklicherweise nicht kannte und ich mich besaufen konnte, bis die Teufel in mir betäubt waren.

Als ich nach Greenhayes zurückkehrte, war es fast schon Mitternacht. Aber noch bevor ich die Tür hinter mir geschlossen hatte, läutete bereits das Telefon. Und ich war zu betrunken, um darüber nachzudenken, ob ich den Hörer abnehmen sollte oder besser nicht.

»Robin?«

»Oh, Bella... Du bist es.«

»Ich versuche schon den ganzen Abend, dich zu erreichen.«

»Tut mir leid. Ich war... weg.«

»Ich nehme an, du hast das mit Rowena gehört.«

»O ja. Ich habe es gehört.«

»Ist das alles, was du dazu zu sagen hast?«

»Was möchtest du denn gerne von mir hören?«

»Ich hätte gedacht, daß du uns zumindest eine Erklärung schuldig wärst.«

»Ich würde gerne eine abgeben. Wenn du glaubst, daß man sie hören will.«

»Ich werde zuhören, Robin.«

»Und was ist mit Keith? Mit Paul? Mit Sarah?«

»Wahrscheinlich nicht, nein. Kannst du es ihnen verdenken? Sie glauben, daß du und dieses Miststück Marsden teilweise –

wenn nicht hauptsächlich – verantwortlich dafür seid, was Rowena getan hat.«

»Und zweifellos teilst du ihre Meinung.«

»Was ich denke, ist im Moment nicht weiter wichtig. Aber jetzt hör mir zu. Keith wird das Wochenende mit Sarah und Paul verbringen. Aber ich fahre morgen nach Hinthead. Ich würde dich gerne sehen. Komm doch zu Hurdles um ... wie wär's ... vier Uhr?«

»In Ordnung. Wenn du denkst, daß das irgendeinen Sinn –«

»Sei einfach da, Robin.« Und sie hängte ein, bevor ich eine Chance hatte, noch weitere Ausflüchte zu machen. Nicht, daß es mir in den Sinn gekommen wäre. Ich hatte genauso viele Fragen an sie wie umgekehrt.

Ich traf mitten an einem brütend heißen Nachmittag in Hurdles ein. Auf dem Rasen zirpten die Heuschrecken. Von jenseits des Nachbarzauns klang das Plop-Plop eines Tennisspiels. Und vom tiefblauen Himmel ein entferntes Brummen, als eine kleine Sportmaschine ein Segelflugzeug hinauf in die Thermik zog. Der Tod schien unendlich weit entfernt zu sein, und zugleich hatte er mich hierhergebracht.

Bella begrüßte mich mit einer Klage über die Hitze. »Ich hatte vergessen, wie schwül es in England sein kann«, sagte sie. »Mein Gott, was für ein Zeitpunkt für so ein Ereignis.«

»Gibt es für so etwas einen geeigneten Zeitpunkt?«

»Du weißt, was ich meine. Möchtest du etwas trinken?«

»Ja gern.«

»Im Kühlschrank steht Bier. Das ist auch so ungefähr das einzige, was es im Kühlschrank gibt. Bring es mit auf die Terrasse.«

Ich holte eine Dose Bier und ein Glas und folgte ihr hinaus auf die Rückseite des Hauses, wo sie ein paar Klappstühle unter die Pergola gestellt hatte. Sie hatte bereits etwas zu trinken, irgend etwas Kaltes, Zitronenfarbenes mit einem Strohhalm. Ein Bündel aufgerissener Briefe lag neben ihrem Stuhl. Bella mußte lange fort gewesen sein. Und sie wirkte nicht gerade glücklich, daß sie wieder in England war. Sie rauchte, was kein gutes Zeichen war. Wie auch die Sonnenbrille, hinter der sie sich versteckte. Ihren Mann und ihre Stieftochter mochte ich verraten haben. Ihr aber hatte ich Unannehmlichkeiten bereitet. Eine schändliche Beleidigung.

»Sarah hat mir erzählt, du hättest behauptet, das Opfer einer verzerrten Darstellung geworden zu sein.«

»Das ist richtig. So war es.«

»Scheißdreck. Ich habe das Band gesehen, Robin. Was *hast* du dir eigentlich dabei gedacht?«

»Ich habe versucht, es so zu erzählen, wie es wirklich war.«

»Und war es das wert, Rowena damit in den Selbstmord zu treiben?«

»Nein. Natürlich nicht. Ich hatte keine Ahnung –«

»Du wußtest von ihrem ersten Versuch. Wie kannst du behaupten, du hättest keine Ahnung gehabt?«

»Aha. Sarah hat es dir also erzählt.«

»Ja. Und ich wünschte, sie hätte es schon früher getan. Dann hätten Keith und ich vielleicht – Oh, vergiß es.« Sie stand auf und ging auf und ab, während sie an ihrer Zigarette zog. »Es ist nicht *alles* deine Schuld. Soviel will ich zugeben. Sarah war ein Dummkopf, uns im dunkeln zu lassen. Und ihr hätte klar sein müssen, was passieren konnte, wenn Rowena von der Sendung erfuhr.«

»Wie *hat* sie es herausgefunden?«

»Ein dummer Zufall. Nachdem ihre Prüfungen vorbei waren und das Semester so gut wie beendet, ging sie letzte Woche nicht mehr zur Uni. Deshalb dachte Paul, sie würde wahrscheinlich niemanden treffen, der die Sendung gesehen hat. Aber eine andere Mathematikstudentin, die sie ziemlich gut kannte, *hatte* sie gesehen. Sie kam am Donnerstagmorgen auf einen Kaffee vorbei und fragte Rowena deswegen. Aber Rowena wußte nicht einmal von der Existenz der Sendung, geschweige denn von der Ausstrahlung. Sie war schockiert. Und wohl auch entrüstet, daß man es vor ihr geheimgehalten hatte. Ich habe es immer für einen Fehler gehalten. Ich hätte niemals zulassen dürfen, daß Keith... Wie auch immer, ungefähr eine halbe Stunde, nachdem die Kommilitonin gegangen war, wurde Rowena von einem anderen Bewohner gesehen, wie sie in Sarahs Wohnung am Caledonia Place ging. Sie hatte noch einen Schlüssel aus der Zeit, als sie dort wohnte. Sie muß davon ausgegangen sein, daß ihre Schwester die Sendung aufgenommen hatte, während sie mit ihr und Paul zum Abendessen ausgegangen war. Aber das hatte Sarah gar nicht nötig gehabt. Weil du ihr ja eine Aufzeichnung gegeben hattest, fein säuberlich beschriftet, die Rowena fand und sich auf Sarahs Fernseher ansah. Das Band steckte noch im Videorecorder, als Sarah zurückkam. Kannst du dir vorstellen, welche Wirkung die Aussagen gehabt haben müssen? Sophie Marsden, die andeutete, daß ihre Mutter so etwas wie eine Nymphomanin gewesen sei?«

»Sie hat nicht genau –«

»Und du hast sie noch unterstützt. Indem du Rowenas Wahnvorstellungen über das Zweite Gesicht und verpaßte Gelegenheiten wiederaufgegriffen hast. Indem du ihr Schuldgefühle gemacht hast, daß sie zu Naylors Verurteilung beigetragen hat. Indem du ihr Mißtrauen gegen die eigene Familie geweckt hast, daß diese so viel vor ihr geheimgehalten hat. Indem du ihr angst gemacht hast, was das alles vielleicht bedeuten könnte. Weiß der Himmel, wie oft sie während der nächsten paar Stunden das Video angeschaut hat. Aber es war auf jeden Fall zu oft, als daß sie es hätte ertragen können. Sie trank ungefähr eine halbe Flasche Gin, weißt du. Dann lief sie hinüber zur Brücke und stürzte sich hinunter. Man nimmt an, daß sie vorher noch versucht hat, jemanden anzurufen. Man hat ihr Adreßbuch in der Telefonzelle auf der Clifton-Seite gefunden.«

»Sie hat mich angerufen.«

Bella starrte mich erstaunt an. »Dich?«

»Ja. Aber ich war den ganzen Tag bei Lord's. Mit Simon. Sie hat meiner Sekretärin gesagt, sie würde zurückrufen.«

»Oh, perfekt. Unsere letzte Chance, um sie am Springen zu hindern. Weil du zu dem verdammten Lord's gehen und dich mit Simon vollaufen lassen mußtest. Das ist wirklich wunderbar.«

»Um Gottes willen, ich konnte doch gar nichts wissen.« Wenn hier schon die Schuld verteilt wurde, dann hatte ich keine Lust, mehr als meinen Anteil zu übernehmen. »Sarah hatte mich beschworen, daß ich nichts über Rowenas Selbstmordversuch sagen sollte. Und *dein Mann* hatte mich darum gebeten, daß ich ihr nichts sagen sollte über die Sendung. Vielleicht hättet ihr vor der Verhandlung versuchen sollen, ihre Bedenken zu verstehen; vielleicht hättet ihr nur versuchen sollen, ihr zu vertrauen –«

»Keith hatte dich nicht darum gebeten, Seymour ein Interview zu geben. Oder den Mistkerl mit irgendeinem Psychogeschwätz über Louises Gemütszustand an dem Tag, an dem sie starb, zu überschütten.«

»Nein, aber –«

»Und da du schon versuchst, die Schuld für das, was geschehen ist, abzuschieben, kann ich genausogut über etwas reden, das ich dir eigentlich ersparen wollte. Aber nachdem du zugegeben hast, daß du es warst, den sie angerufen hat, ergibt es mehr Sinn. Als Sarah in ihre Wohnung zurückkehrte, war der Fernseher noch an. Mit dem Video, das angehalten worden war bei dem Interview mit dir. Jetzt weißt du also, warum sie mit dir sprechen wollte, nicht wahr?«

»Um zu fragen, welche Version die Wahrheit war«, murmelte ich als Antwort, ebenso zu mir wie zu Bella. »Diejenige, die ich bei der Verhandlung erzählt habe, oder diejenige, auf die ich im Interview angespielt habe. Diejenige, die sie sich selbst zwang zu glauben, oder diejenige, die sie niemals ganz vergessen würde.«

»Und was hättest du ihr gesagt?«

»Ich weiß es nicht. Ich bin mir über die Antwort nicht mehr sicher. Ich glaube, ich war es niemals.«

Bella setzte sich wieder hin, drückte ihre Zigarette aus und schaute zu mir herüber. »Warum konntest du nicht einfach die Finger davonlassen, Robin? Sie war gerade dabei, es zu vergessen. Sie alle. Keith war in letzter Zeit so glücklich. Er genoß seinen Ruhestand wirklich. Und jetzt ...«

»Es tut mir leid, Bella. Alles tut mir leid. Aber selbst wenn ich nichts getan und gesagt hätte, hätte Bantock trotzdem sein Buch geschrieben. Und Seymour hätte trotzdem seine Sendung gemacht. Die Fragen – und die Zweifel – wären trotz allem aufgetaucht.«

»Aber vielleicht hätte Rowena sie aushalten können. Ohne dein Eingreifen. Hast du darüber schon mal nachgedacht?«

»Ja. Das habe ich. Trotzdem ist es nett von dir, daß du darauf hinweist.«

Bella nahm ihre Sonnenbrille ab und schaute mich an. Sie spürte vielleicht, daß sie zu weit gegangen war. Doch das einzige Zugeständnis war, daß sie in sanfterem Ton weitersprach. »Keith, Sarah und Paul werden all meine Hilfe brauchen. Es ist wie ein Schlag auf eine noch nicht verheilte Wunde. Ich muß zuerst an sie denken.«

»Das verstehe ich.«

»Ich weiß noch nicht, wann die Beerdigung stattfinden wird, aber ich denke, es wird das beste sein, wenn du sie in Ruhe läßt, bis alles vorbei ist. Bis es wirklich *ganz* vorbei ist.«

Das hatte ich natürlich erwartet. Diese Verbannung aus ihrer Gesellschaft genauso wie ihre Gefühle. Ich hatte es mir selbst zuzuschreiben. Trotzdem tat es weh. »Gibst du mir Bescheid, wann und wo? Ich würde gerne ... ein paar Blumen schicken.«

»Ich laß es dich wissen.«

»Wenn es irgend etwas gibt –«

»Um ehrlich zu sein, da wäre etwas.«

»Was?«

»Sprich mit Sophie Marsden. Finde heraus, was zum Teufel sie sich dabei gedacht hat, Seymour diese Dinge zu sagen. Es macht Keith verrückt. Die Angst, daß etwas Wahres dran sein könnte. Ich persönlich bezweifle es ja. Louise war kein leichtes Mädchen. Nicht nach Aussage all derer, mit denen ich über sie gesprochen habe. Und in diesem Fall würde ich gerne wissen, warum Sophie Marsden sie so dargestellt hat. Keith hat Sophie immer als Freundin angesehen. Ihr Verhalten hat ihn sogar noch mehr schockiert als deines.«

»Wie kommst du darauf, daß sie ausgerechnet mir reinen Wein einschenken wird?«

»Du bist doch auf ihrer Seite, oder?«

»Natürlich nicht. Es gibt keine –«

»Außerdem würde ich mich selbst nicht trauen. Ich brauche einen Vermittler. Wenn du wirklich etwas von dem, was du angerichtet hast, wiedergutmachen willst...«

»In Ordnung. Ich werde deinen Botenjungen spielen.« Mein Widerstand war gespielt. Im Grunde wollte ich mindestens so sehr wie Bella, wenn nicht mehr, herausbekommen, was Sophies Beweggründe gewesen waren. Unser einziges kurzes Zusammentreffen auf Rowenas Hochzeit hatte bei mir den eigenartigen und beunruhigenden Eindruck hinterlassen, daß sie etwas über mich wußte, was nicht einmal mir selbst bekannt war. Es war höchste Zeit, daß ich es herausfand.

Bella hatte mir Sophies Telefonnummer gegeben. Sobald ich wieder zu Hause war, versuchte ich, sie zu erreichen. Aber wie mir ihr Mann sagte, war Sophie nicht da.

»Sie sind nicht etwa einer von diesen verdammten Journalisten, oder doch?«

»Nein. Eher ein weiteres Opfer.«

»In diesem Fall werde ich ihr ausrichten, daß Sie angerufen haben.«

In seiner klagenden Stimme lag etwas Vertrautes. Mir schien fast, als hätte ich schon einmal mit ihm gesprochen. Aber wann hätten sich unsere Wege kreuzen sollen?

Erst fünf Stunden später rief Sophie zurück und weckte mich aus alkoholschwerem Schlaf. Sie klang kein bißchen schläfrig, auch wenn die Uhr im Flur eins geschlagen hatte. Und zu meinem Erstaunen schien es ihr auch kein bißchen zu widerstreben, mich zu treffen.

»Wir sollten uns wohl mal treffen, nicht wahr? Unter diesen Umständen.«

»Nun, offen gestanden, ja. Aber –«

»Würde Ihnen London passen? Wir haben ein kleines Appartement in Bayswater. Ich überlege, ob ich nächste Woche für ein paar Tage dorthin fahren soll. Vielleicht heitert mich der Sommerschlußverkauf ein wenig auf. Seit der Nachricht über Rowena fühle ich mich ziemlich schrecklich.« Die Vorstellung, daß eine Verschwendungstour durch Harrods sie mit der sinnlosen Vernichtung eines jungen Lebens versöhnen könnte, widerte mich an, stärker, als mein müder Geist im Augenblick begreifen konnte. »Wie wäre es mit Dienstag zum Tee?«

»In Ordnung. Wo ist das –?«

»Godolphin Terrace sechs. Ich erwarte Sie gegen halb vier.«

»Gut. Ich –«

»Bis dann. Auf Wiederhören.«

Als ich wieder im Bett lag, war ich angespannt und vollständig wach. Ich überlegte, ob sie mit ihrem Anruf gewartet hatte, bis ihr Mann eingeschlafen war. Und wenn dem so war, warum sollte sie ein Interesse haben, unsere Verabredung geheimzuhalten? Jeder würde denken, es wäre eine *liaison*. Und warum – ja, warum – war sie nicht nur einverstanden, sondern sogar begierig darauf, daß wir uns trafen?

Solche Gedanken verdrängten den Schlaf mühelos und waren die Ursache dafür, daß ich mich während der kurzen Sommernacht im Bett hin und her wälzte und im Geiste wieder und wieder die Abfolge der Ereignisse abspulte, die von Louise Paxtons Ermordung zum Selbstmord ihrer Tochter führten. Rowenas Selbstzerstörung war in vieler Hinsicht der schrecklichere Tod. Sie war so zerbrechlich, so verletzlich, brauchte so offenkundig Schutz. Es hätte einen Weg geben müssen, sie zu retten. Es hätte einen geben müssen, und wahrscheinlich hatte es einen gegeben. Aber er war vernachlässigt worden, nicht berücksichtigt wegen der Verfolgung anderer Ziele, anderer flüchtiger Impulse. Bei mir wie bei anderen. Aber was hatten die anderen wirklich noch für eine Bedeutung, wenn ich die Augen schloß und in Bildern, die ich nicht verdrängen konnte, sah, wie jene schlanke Gestalt von der Brücke stürzte, mit ausgebreiteten Armen, und auf der Ablage einer Telefonzelle blieb ihr Notizbuch zurück und mein verschwommenes Gesicht flimmerte auf dem Bildschirm eines Fernsehers?

Als es dämmerte, war ich bereits gewaschen und angezogen. Der Gedanke an einen einsamen Sonntag auf Greenhayes war nicht nur unerträglich. Er war ganz einfach unvorstellbar. Bella hatte mir befohlen, sie in Ruhe zu lassen. Das heißt, die Lebenden. Daran würde ich mich auch halten. Aber niemand konnte mir verbieten, mich auf die Suche nach den Toten zu begeben. Ich hatte in dem Zimmer gestanden, in dem Louise ermordet worden war. Jetzt mußte ich auf der Brücke stehen, von der Rowena gesprungen war. Ich hatte keine Wahl. Ich mußte es einfach tun.

Clifton war an einem so frühen Sonntagmorgen still und ruhig wie ein Grab. Aber die Sonne schien bereits warm auf meinen Rücken, als ich den Sion Hill hinaufstieg und einen Blick auf den Caledonia Place riskierte. Ein Milchauto brummte vom anderen Ende auf mich zu. Ich beobachtete, wie es in der Nähe von Sarahs Tür klirrend zum Stehen kam, und fragte mich, ob sie herauskommen und eine Flasche holen würde. Ich zweifelte nicht daran, daß sie bereits wach war. Sie hatte sicher kein bißchen besser geschlafen als ich. Aber der Gedanke daran, was passieren würde, wenn sie mich entdeckte, ließ mich meinen Weg fortsetzen. Jetzt folgte ich wahrscheinlich Rowenas Schritten, die sie drei Tage zuvor gemacht hatte. Ich folgte der Biegung von Sion Hill, während die Hängebrücke die Aussicht zu meiner Linken beherrschte. Aus dieser Entfernung wirkte die Aufhängung, als bestünde sie aus Bindfäden. Und die Tiefe der Schlucht war nicht zu erahnen. Es hätte eine Fußgängerbrücke über einen seichten Bach sein können.

Ein Weg führte über eine breite Böschung hinauf zur Brückenstraße. Oben an der Straße liefen alle Wege zusammen. Denn da, vor mir, war die Telefonzelle, die Rowena benutzt hatte. Ich blieb stehen und öffnete die Tür. Ich wußte eigentlich nicht, warum. Es gab nichts, was sie von tausend anderen unterschieden hätte. Das Telefon. Die gedruckten Anweisungen. Der üble Geruch. Die unterschiedlichen Kritzeleien. Und eine leere Ablage.

Ich setzte meinen Weg fort. Vorbei an dem Zahlhäuschen und den Mautschranken. Um den riesigen Fuß des linken Mastes herum. Und hinaus auf die Brücke. Das Geländer war ungefähr eineinhalb Meter hoch, umzäunt von leichtem Maschendraht und gekrönt mit stumpfen Holzstacheln. Kein wirkliches Hindernis für die Verzweifelten oder die Entschlossenen. Und Rowena mußte an jenem Tag beides gewesen sein. Sie hatten gesagt, sie sei von der Mitte gesprungen. Ich schaute im Laufen vor und zurück, um sicherzugehen, daß ich genau den Punkt erreichte, wo sie stehengeblieben sein mußte. Als ich dort war, blieb auch ich stehen. Und schaute zum erstenmal hinunter.

So tief. So ehrfurchtgebietend tief. Das Sonnenlicht glitzerte mild auf dem gewundenen Fluß und vergoldete die mit Furchen durchzogenen schlammigen Ufer. Die Hauptstraße von Bristol nach Avonmouth verlief an der östlichen Seite des Flusses, und die Höhe, auf der ich mich befand, nährte eine flüchtige Illusion in meinem Kopf. Daß sie und die wenigen Autos, die darauf entlangfuhren, Spielzeuge waren, die ich als Kind auf den Fußboden meines Zimmers gestellt hatte.

Spielzeuge, die ich nach Wunsch aufheben oder wegnehmen konnte. Dann drang der riesige, gähnende Abgrund in mein Bewußtsein, und ich trat entsetzt zurück. Gütiger allmächtiger Gott. Was für ein Gedanke. Was für eine Tat, für deren Ausführung man nicht nur den Wunsch, sondern auch den Mut haben mußte. Einen sicheren Halt zu finden und auf das Geländer zu klettern. Und was dann? Von dort springen? Oder sich hinablassen, bis die Zehen auf dem schmalen Sims am Fuß des Geländers ruhen, dann umdrehen und sich fallen lassen? Die Überlegung. Die Entscheidung. Alles rückgängig zu machen. Alles annullierbar. Bis zu dem Bruchteil einer Sekunde, nachdem man losgelassen hat, wenn der Wind und die Schwerkraft einem die Freiheit entreißen. Und das Leben nur noch jenen langen stürzenden Augenblick dauern wird.

Warum hatte sie das getan? Als ich da in der Mitte der Brücke stand, fühlte ich, wie eine Woge von Übelkeit mich überrollte. Ich schaute hinauf in den Himmel, bis es vorüber war. Dann sah ich wieder hinunter. Und wußte es. Es waren nicht die Lügen, die wir dir erzählt hatten, nicht wahr, Rowena? Es war nicht der Gedanke, daß wir dich in einen möglichen Justizirrtum verwikkelt hatten. Und auch nicht die Angst, daß du deine Mutter niemals so kennengelernt hattest, wie sie wirklich war. Es war nichts davon. Nicht am Schluß. Nicht, als du den Punkt erreicht hattest, an dem es kein Zurück gab. *»Sie stand am Abgrund«*, hattest du von ihr gesagt. *»Sie war im Begriff auszusteigen.«* Ich erinnerte mich jetzt. *»In die Leere.«* Deine Worte. *»Sie wußte es.«* Jedes deiner Worte. *»Und trotzdem tat sie es.«* Du mußtest es wissen, nicht wahr? Du mußtest es herausfinden. *»Warum?«*

Ich konnte es dir nicht sagen. Niemand konnte es. Du hast das gewußt. Und als du das Video angeschaut hast, muß dir klargeworden sein, daß es niemals anders sein würde. Es sei denn, du würdest ihr folgen. Es sei denn, du würdest dem Impuls nachgeben, den du versucht hast zu begraben. *»Der Gedanke daran kann so berauschend sein.«* Ja. Natürlich. *»So verführerisch.«* Und so endgültig.

Es war mitten am Vormittag, als ich Bristol verließ. Ich fuhr langsam und wußte kaum, ob es besser war zu bleiben oder den Ort zu verlassen. Irgendwo in der Nähe von Warminster schaltete ich das Radio an: Es lief gerade der Kricket-Kommentar von Lord's. Das Testmatch war noch im Gange. Eigentlich hatte mich anfangs ziemlich interessiert, wie es ausgehen würde. Aber damals war Rowena noch am Leben gewesen. Jetzt erschien es mir wie eine Übertragung von einem anderen Planeten. Mit Tränen in den Augen schaltete ich das Gerät aus. Und in dem Schweigen, das folgte, lag etwas Tröstendes.

Der Dienstag kam. Und damit meine Verabredung in London. Nach einem halbherzig mit Arbeit verbrachten Morgen ging ich zum Bahnhof und nahm den Mittagszug nach Waterloo. Dann begab ich mich auf den langen Weg über die Circle line nach Bayswater und machte die Godolphin Terrace ausfindig.

Es stellte sich heraus, daß die Adresse weit weniger großartig aussah, als sie klang. Die Häuser waren alle im traditionellen Stil erbaut: vier mit Stuck verzierte Stockwerke plus Dachboden und Keller, komplett mit Säulenvorbau und einem Delphin als Türklopfer. Aber einige sahen ziemlich heruntergekommen aus. Ein oder zwei waren bereits reif für Hausbesetzer, wenn die Hausbewohner nicht aufpaßten. Obwohl ich sicher war, daß man sich in dieser Beziehung auf Sophie Marsden verlassen konnte. Nummer sechs war in gutem Zustand, mit poliertem Messing und leuchtender Farbe. Als ich läutete, reagierte Sophie sofort.

»Robin?«

»Ja.«

»Drücken Sie, wenn Sie den Summer hören. Ich wohne im zweiten Stock.«

Ich trat ein. Als ich den zweiten Absatz erreichte, stand sie schon wartend in der Tür. Frisch vom Friseur, wie ich vermutete, wenn auch voraussichtlich nicht meinetwegen. Aber als ich ihr in ein geschmackvoll eingerichtetes Wohnzimmer folgte, brachte mich ihr enganliegendes Kleid auf den Gedanken, daß ich vielleicht unrecht hatte. Vielleicht sollte ein Flirt ihre Erwiderung darauf sein, was auch immer sie von mir erwartete. Wenn dem so war, dann hatte ich nicht vor, mich darauf einzulassen.

»Natürlich gibt es auch Tee. Aber ich für meinen Teil habe eher Lust auf einen Gin mit Tonic. Und Sie?«

»Das ist mir recht.«

Ich ging zum Fenster, während sie die Getränke einschenkte, und schaute hinunter auf die Straße. Eher, als ich erwartet hatte, tauchte sie neben mir auf, mit einem Glas in der Hand, und lächelte rätselhaft. »Befürchten Sie, daß Ihnen jemand gefolgt sein könnte, Robin?«

»Nein. Natürlich nicht.«

»Hier ist Ihr Drink. Setzen Sie sich doch.«

Vor einem riesigen Kamin aus Marmor standen ein Sofa und zwei Sessel um einen niedrigen Tisch. Jede Menge goldgerahmter Einladungen verdrängten die Nippessachen auf dem Kaminsims, über dem ein düsteres Ölgemälde hing, dessen Motiv aussah wie der Turm von Babel. Sophie setzte sich an das eine Ende des Sofas und klopfte auf das Kissen des angrenzenden Sessels. Ich ließ mich nieder und nippte an meinem Drink, während ich dem mächtigen Drang widerstand, mehrere große Schlucke zu nehmen. Dann bemerkte ich den Bantock, der an der gegenüberliegenden Wand hing. Wie es natürlich von mir erwartet wurde. Eine Madonna mit Kind. Oder eine alte Frau mit Puppe. Es war schwer zu sagen.

»Was halten Sie vom Expressionismus, Robin?«

»Ich bin wirklich nicht kompetent, um –«

»Wir sind alle kompetent, mit Sicherheit. Um zu beurteilen, ob etwas gut oder schlecht ist. Richtig oder falsch. Ich selbst war niemals wirklich überzeugt von Oscars Werk.«

»Warum haben Sie dann –«

»Als Anlage. Louise war eine Enthusiastin. Ich habe ihrem Geschmack vertraut. Und es hat sich ausgezahlt. Wenn auch ironischerweise nur wegen Oscars Tod. Zusammen mit Louises.«

»Sophie, ich bin nicht hierhergekommen, um –«

»Über Kunst zu diskutieren? Nein. Vermutlich nicht.« Sie schüttelte das Eis in ihrem Glas und nahm einen großen Schluck. »Ah, das habe ich gebraucht.« Sie lächelte. »Der erste Schluck ist immer der beste. Bei allem, was man im Leben kostet, nicht?«

»Warum haben Sie das zu Seymour gesagt?«

»Sie glauben daran, daß es am besten ist, gleich zur Sache zu kommen? Ist es das, was – nun, ich nehme an, wir werden später darauf zurückkommen.«

»Auf was zurückkommen?« Sie spielte das gleiche Spiel mit mir, das sie in Sapperton begonnen hatte. Die gleiche Katz-und-Maus-Geschichte. Und die Ähnlichkeit mit Louise wurde wieder deutlich. Oder ich bemerkte sie stärker. Aber vielleicht war Ähnlichkeit auch nicht das richtige Wort. Es war eher eine Imitation. Eine raffinierte Wiederbelebung von Louises Persönlichkeitsmerkmalen, die ich, wie sie wußte, wiedererkennen würde. Die sanfte Stimme. Das Zurückwerfen des Kopfes. Das Balancieren am Rand.

»Ich war geschockt, als ich von Rowena hörte. Ein junges Leben ausgelöscht. So tragisch. Ich habe Louise immer um ihre

Kinder beneidet, da ich niemals selbst welche hatte. Aber ich vermute, sie bringen ebensoviel Schmerz wie Freude. Wie hält sich Keith?«

»Ich habe ihn nicht gesehen. Auch nicht Sarah. Oder Paul.«

»Ah. Sie machen einen weiten Bogen um Sie, habe ich recht? Das verstehe ich gut. Ich fand, ich müßte das gleiche tun. Unter diesen Umständen.«

»Ich habe mit Bella gesprochen.«

»Natürlich. Ihre Schwägerin. Lady Paxton, sollte ich wohl sagen. Obwohl der Name nicht so recht paßt, finden Sie nicht auch?«

»Sie sagte mir, daß alle sehr mitgenommen sind. Wie zu erwarten war. Und sie machen Sie und mich verantwortlich für das, was geschehen ist. Wie ebenfalls zu erwarten war.«

»Dann sitzen wir also im selben Boot.«

»In gewissem Sinne.«

»Mmm.« Sie lehnte sich zurück und starrte nachdenklich an die Decke. »Wenn das so ist, warum erzählen Sie mir dann nicht, warum Sie mit dem reizenden Mr. Seymour zusammengearbeitet haben.«

»Um ihn davon abzuhalten, Rowena zu belästigen.«

»Sie denken, das hatte er vor?«

»Ich weiß es nicht. Auf jeden Fall war es ein wirkungsvolles Druckmittel, mich zu überreden. Und als er mich erst einmal zum Reden gebracht hatte, wußte er, daß ein bißchen Schneidetechnik den Rest erledigen würde.«

»Das ist Ihre Geschichte, nicht wahr?«

»Zufällig ist es –«

»Kommen Sie, Robin. Niemand wird Ihnen das abkaufen, und ich als allerletzte. Keiner von uns hat gedacht, daß Rowena so ... drastisch reagieren würde. So ... übertrieben. Es war nicht unsere Schuld.«

»Nein?«

»Nein. Also lassen Sie uns aufhören, so zu tun, als hätte Seymour uns das eingebrockt. Sogar die Zeitungen scheinen es aufgegeben zu haben, ihn als Übeltäter hinzustellen. Wir beide wußten genau, was wir taten. Und warum.«

»Vielleicht. Aber ich bezweifle, daß wir die gleichen Gründe hatten.«

»Wirklich? Ich hätte behauptet, sie seien identisch. Sie haben dem offiziellen Bericht über Louises Tod niemals geglaubt. Und Sie haben gehofft, daß Seymour vielleicht in der Lage wäre, genügend Zweifel zu wecken, um andere zu veranlassen, Ihre Ungläubigkeit zu teilen. Also beschlossen Sie, ihn ein wenig zu unterstützen. Das ist alles.«

»Wollen Sie damit etwa sagen... daß Sie deshalb...«

»Natürlich. Wenn ich gewußt hätte, daß Sie genauso denken –«

»Aber das tue ich doch gar nicht.«

»Doch, das tun Sie. Das müssen Sie. Sonst hätten Sie Seymour kein Interview gegeben.«

»Nein. Das stimmt nicht. Das ist nicht der Grund, warum ich es getan habe.«

Sie beugte sich über die Sofalehne dicht zu mir herüber und senkte ihre Stimme, als ob sie mir ein Geheimnis mitteilen wollte. »Ich freue mich, daß wir auf derselben Seite stehen, Robin. Ich nehme an, wir brauchen beide einen Verbündeten. Einen Freund, an den wir uns wenden können. Ich hatte sehr stark befürchtet, daß Sie mit ihm unter einer Decke stecken. Ich kann Ihnen gar nicht sagen, was für eine Erleichterung es ist zu wissen, daß Sie nichts damit zu tun haben.«

»Womit zu tun haben?«

»Ich sehe, daß ich in Ihre sparsamen, wenigen Tatsachen zuviel hineininterpretiert habe. Aber es gab schon immer eine einfachere Erklärung dafür, nicht wahr? Irgendeine Freundin, die Sie schützen wollten. Vielleicht eine Verlobte. Ist sie seitdem auf der Strecke geblieben? Haben Sie es deshalb gewagt, Ihren Kopf über die Brüstung zu strecken?«

»Ich habe keine Ahnung, wovon Sie eigentlich sprechen.«

»Doch, das haben Sie. Aber wie Sie wollen. Ich möchte Sie nicht dazu bringen, irgend etwas zuzugeben.« Sie streckte langsam den Arm aus und zeichnete mit ihrem Zeigefinger einen Kreis auf den Rücken meiner Hand, die auf der Sessellehne lag. »Oder etwas zu tun. Es sei denn, Sie wollen es. Es sei denn, wir beide wollen es.«

Ich sah in ihre Augen und bemerkte mit plötzlichem Begehren, daß wir beide etwas wünschten, was noch – aber nur gerade noch – abwendbar war. Die Gründe waren pervers und falsch. Bei allem, was geschehen würde, gäbe es einen Dritten. Einen Konkurrenten. Einen Ersatz. Einen stillen Beobachter. Und doch –

»Louise ist tot, Robin. Aber Sie müssen sie nicht vollständig loslassen. Die Leute haben immer gesagt, daß wir uns sehr ähnlich waren.« Ich glaubte ihr. Sogar mehr, als ich eigentlich wollte. Der Geist, dem ich nachjagte, wurde körperlich. Warm und nah. Der Saum ihres Kleides rutschte über ihren Oberschenkel nach oben, als sie sich vorbeugte. Der weiße Spitzen-BH schimmerte zwischen den Knöpfen hindurch. Wie schon einmal zuvor. Verfolgung. Selbstverleugnung und Versuchung. Verbunden. *»In vielerlei Hinsicht.«*

Sie küßte mich langsam und bedächtig, indem sie mir viel Zeit gab zurückzuweichen, aber sie spürte, daß ich es nicht tun würde. Ihre Augen waren zuerst geschlossen. Als sie sie öffnete, wußte ich, daß wir beide vorhatten, dieses Spiel bis zum Schluß zu spielen. Von kühler Förmlichkeit hin zu brennender Vertrautheit. Von der Begierde zur Erfüllung.

Und so geschah es. Mit inniger Hingabe, als sie sich wie eine Katze neben mir auf dem Kaminvorleger ausstreckte. Und später im Bett, als sie die Führung übernahm, wieder und wieder, mit rhythmischer Freude, während das Sonnenlicht weicher und die Schatten länger wurden und die Leidenschaft zur Ekstase anwuchs. Während der Nachmittag langsam in den Abend überging und *ihr* Verlangen zu *meinem* Begehren wurde. Ich durchschaute ihre List und Tücke, ihre Qualen und Freuden. Was sie wollte und wie sie es wollte, hervorgerufen und verfeinert durch das verstärkte Gefühl, das nur lange Abstinenz hervorbringen kann. Meine *und* ihre. Von Brutalität zur Zärtlichkeit. Und wieder zurück. Einen Teil des Weges. Aber nicht den ganzen.

»Was denkst du, Robin?« fragte sie, als wir regungslos und ausgelaugt nebeneinanderlagen. »Bist du schockiert? Darüber, daß eine verheiratete Frau in mittleren Jahren zu einer solchen Verderbtheit fähig ist?«

»Nein«, murmelte ich als Antwort. Und das stimmte. Sophie hatte mich nicht schockiert. Und auch nicht die Dinge, die sie mir gestattet hatte, mit ihr anzustellen. Unsere gemeinsam genossenen Orgasmen bedeuteten nichts. Verglichen mit den gefährlichen Phantasien, die sich um jeden Augenblick der Erlösung gewunden hatten – und um all die Augenblicke danach.

»Weißt du, mein Mann ist nur dem Namen nach mein Mann«, fuhr sie fort, ohne sich um die Zweideutigkeit meines Neins zu kümmern. »Wir haben seit Jahren keinen Sex mehr miteinander. Sogar, wenn wir miteinander schliefen . . .«

»Gibt es jemand anderen?«

»Nein. Niemanden. Jedenfalls nicht mehr. Genauso wie es für dich niemanden gibt, richtig? Da ist niemand. Nicht eine einzige Person, die sie ersetzen könnte.«

»Ich verstehe dich nicht.« Natürlich war das nicht ganz richtig. Es schien mir, als ob ich sie nur allzu gut verstand. Genauso wie sie mich. Und da lag der Hase im Pfeffer. Sie sollte mich eigentlich nicht verstehen können. Sie sollte nicht in der Lage sein, meine Gedanken so tief und genau zu ergründen. Und trotzdem tat sie es. »Was meinst du, Sophie? Was glaubst du, über mich und Louise zu wissen?«

»Wir waren die besten Freundinnen, Robin. Wir mußten unsere Geheimnisse miteinander teilen, auch wenn wir es nicht vorhatten. Nenn es Intuition, wenn du willst, obwohl es viel mehr war als das. Sie hat mir von dir erzählt.«

»Dir erzählt? Von mir? Du bist verrückt. Wie hätte sie das tun können? Schon wenige Stunden nach unserem einzigen Treffen war sie tot.«

Sophie lachte leise. »Du kannst dir deine Heuchelei bei mir sparen. Nach dem, was wir getan haben. Louise wollte Keith verlassen. Ich weiß, daß sie es vorhatte. Sie hat es mir gesagt, ein paar Wochen bevor sie starb. Sie plante, ihn in jenem Sommer zu verlassen. Gut möglich, daß es an jenem Tag passierte. Ihr wolltet euch in Kington treffen, nicht wahr? Und du wolltest sie mitnehmen.« Sie mußte die Verblüffung auf meinem Gesicht bemerkt haben. Aber ich konnte mir nicht vorstellen, was sie daraus las. »Was ging schief? Habt ihr euch gestritten? Habt ihr es euch anders überlegt? Du kannst es mir ebensogut erzählen. Warum ist sie nicht mit dir fortgegangen?«

»Weil wir uns nie zuvor getroffen haben. Weil wir Fremde füreinander waren.«

»Komm schon. Sie hat es mir gebeichtet. Sie hat mit mir über den Mann in ihrem Leben gesprochen. Denjenigen, den sie in jenem Frühjahr auf Hergest Ridge getroffen hatte. Mitte März, kurz nach Oscars Ausstellung in Cambridge. Und vielleicht weißt du, was sie noch gesagt hat. Hast du deswegen behauptet, ihr wärt Fremde? Hat sie dir das ins Gesicht gesagt?«

»Mir was gesagt?« Der groteske Trugschluß in Sophies Argumentation spielte keine so große Rolle mehr wie das Bedürfnis, alles zu erfahren.

»›Mein vollkommener Fremder.‹ Genau ihre Worte. Ihre Beschreibung. Von dir.«

Ein langer Augenblick des Schweigens folgte, in dem die Zeit und meine eigenen Gedanken stillzustehen schienen. Es war unmöglich. Es ergab keinen Sinn. Es war heller Wahnsinn, diese Idee auch nur für eine Sekunde unwiderlegt stehenzulassen. Trotzdem tat ich es. Und genauso lange glaubte ich es fast selbst.

»Mach dir keine Sorgen. Niemand sonst weiß davon. Nur ich.«

»Sophie –«

»Streite es nicht ab. Unterschätze mich nicht so weit, zu glauben, du *könntest* es abstreiten.«

»Aber ich muß. Es ist nicht wahr.«

»Sie hätte es nicht erfinden können. Das wäre ein zu großer Zufall gewesen. Der Mann, den sie auf Hergest Ridge getroffen hat und in den sie sich verliebte, warst du. Natürlich hat sie mir niemals deinen Namen verraten. Das hätte ich auch nicht von ihr erwartet. Aber was sie mir erzählt hat, war genug, daß ich dich schon beim erstenmal, als wir uns trafen, in Verdacht hatte. Und nach deinem Interview mit Seymour ... war ich mir sicher.«

»Du hast unrecht.«

»Nein. Warum solltest du sonst noch immer versuchen, sie zu rächen? Warum – es sei denn, du hast sie geliebt?«

»Ich habe sie nicht geliebt. Ich hatte nie die Gelegenheit dazu.«

»Louise hat etwas anderes gesagt.«

»Was hat sie denn gesagt? Erzähl es mir. Genau.«

»Also gut. Wenn es nötig ist, um dich zu überzeugen. Ich habe nichts zu verbergen. Mitte Juni in jenem Jahr fuhren Louise und ich für ein paar Tage auf eine Schönheitsfarm in der Nähe von Malvern. Wir waren schon öfter dort gewesen. Dort konnten wir uns entspannen und wieder in Form bringen. Sarahs Abschlußfeier stand bevor, und Louise wollte da so gut wie möglich aussehen. Nun, das war ihre Version. Aber da war ein Glitzern in ihren Augen, das nichts zu tun hatte mit den akademischen Leistungen ihrer Tochter. In der letzten Nacht, die wir dort verbrachten, gab sie zu, daß sie einen Liebhaber hatte. Einen Mann, den sie zufällig auf Hergest Ridge getroffen hatte. Sie war nach Kington gefahren, um nach der Ausstellung in Cambridge ein paar von Oscars Bildern zurückzubringen. Oscar war nicht da. Also stellte sie die Bilder in sein Atelier und fuhr zum Hergest Ridge, um dort spazierenzugehen. Das Wetter war für März außergewöhnlich warm. Sie wollte etwas frische Luft schnappen. Du vermutlich auch.«

»Ich war es nicht.«

»Wer auch immer. Sie traf ihn auf dem Kamm. Sie begannen eine Unterhaltung. Sie gingen zusammen weg. Er nahm sie mit in ein Hotel in der Nähe von Hereford. Sie blieben über Nacht. Sie erzählte Keith, sie wäre bei mir. Die gleiche Geschichte, die sie auch im Juli erzählt hat. Aber beide Male eine Lüge. Statt dessen ... Nun, du weißt viel besser als ich, was statt dessen geschah. Ein Abenteuer für eine Nacht, das sich in eine leidenschaftliche Liebesaffäre verwandelte. So leidenschaftlich, daß sie bereits entschlossen war, Keith zu verlassen, als sie mir davon erzählte. Ich hatte sie noch nie zuvor so erlebt. So ... überwältigt. So ... mitgerissen. Sie hatte sich nicht mehr unter Kontrolle. Und Kontrolle war eigentlich das, was sie immer im Überfluß besaß. Aber nicht in jenen letzten Wochen. Dank dir.«

»Nicht mir. Jemand anderem. Wenn das, was du sagst, wahr ist.«

»Du weißt, daß es wahr ist. Und du weißt, daß es niemand anderes ist. Du kannst sie einfach nicht vergessen. Deswegen bist du mit ihrer Familie in Verbindung geblieben. Deswegen hast du Seymour dabei geholfen, das Interesse an diesem Fall wieder wachzurufen. Deswegen bist du heute nachmittag hierhergekommen. Deswegen war das, was wir getan haben, so ...« Wir schauten uns an, ihre Überzeugung und meine trafen sich, aber sie würden nie eine Einheit werden. Sie log nicht. Louise hatte ihr erzählt, was sie mir gerade erzählt hatte. »Ich habe es herausgefunden, Robin. Ich habe abgewartet, und jetzt habe ich dich gefunden. Du mußt es sein. Es gibt niemand anderen, der in Frage käme. Sie war die Liebe deines Lebens. Oder etwa nicht?«

Ich kann mich jetzt kaum noch daran erinnern, wie ich die Wohnung verlassen habe. Alles ist ganz klar in meinem Kopf. Was wir getan haben. Was wir sagten. Abgesehen vom Ende. Zu diesem Zeitpunkt war ich zu verwirrt, um mich zu konzentrieren, zu überrascht von Sophies Mißverständnis, um mir eine Antwort darauf einfallen zu lassen, von einer Widerlegung ganz zu schweigen. Sie muß erwartet haben, daß ich ihr alles erzählen würde. Sie muß gehofft haben, daß ich meine Geheimnisse mit ihr teilen würde, so wie ich mein Begehren mit ihr geteilt hatte. Aber ihre Argumentation war ebenso schlüssig wie ihre Schlußfolgerung falsch. Es gab nichts, was ich ihr erzählen konnte. Abgesehen von dem, was sie sowieso nicht glauben wollte. Und es gab nichts, was ich mir selbst erzählen konnte. Um die unbestimmbaren Ängste, die sie mir in den Kopf gesetzt hatte, davon abzuhalten, zu wachsen und Form anzunehmen. Sophie hatte unrecht. Aber in vielerlei Hinsicht hatte sie recht. Sie hatten sich – genau wie wir – auf Hergest Ridge getroffen. Rein zufällig. Als vollkommen Fremde. Louise – und irgend jemand anderes. Wer war er? Wer könnte er sein? Wenn ich es nicht war?

»Du kannst bleiben ... wenn du möchtest.«

»Nein. Ich muß gehen.«

»Wann werden wir uns wiedersehen?«

»Ich weiß es nicht. Ich bin mir nicht sicher. Ich bin im Augenblick ... bei gar nichts sicher.«

Im Zug schlief ich ein und erlebte in meinen Träumen den Nachmittag noch einmal. Indem ich die Augen schloß, um zu vergessen, sah ich alles nur noch viel deutlicher. Sophie und mich. Jede Bewegung. Jede Einzelheit. Ich sah es noch einmal, wie ein unsichtbarer Beobachter.

Es war bereits dunkel, als ich in Petersfield ankam. Eine kühle ruhige Nacht nach einem atemlosen Tag. Ich lief hinüber zur Fabrik, wo ich mein Auto abgestellt hatte. Ich war jetzt müde, zu erschöpft, um es noch einmal zu durchdenken. Die Antwort mußte warten. Wenigstens bis morgen.

Mein Auto parkte als einziges noch auf dem Hof. Es stand am anderen Ende, in der Nähe des Trockenschuppens, einem seitlich offenen Gebäude, in dem die frisch gelieferten Weidenhölzer gestapelt wurden, bis sie den letzten Rest Saft ausgeschwitzt hatten, ehe sie zu Schlägern geformt wurden. Ein Sicherheitslicht leuchtete auf, als ich näher kam, und blendete mich für einen Moment. Ich schirmte meine Augen ab und ging weiter, während ich in der Tasche nach dem Autoschlüssel suchte. Als ich um den Kofferraum herumgegangen war und meine Augen sich an das grelle Licht gewöhnt hatten, blickte ich auf. Da sah ich ein paar Meter von mir entfernt einen Mann stehen, seine Silhouette zeichnete sich gegen das Licht ab. Er stand ganz ruhig da, mit vor der Brust verschränkten Armen. Er schien auf irgend etwas zu warten. Oder auf jemanden. Erst als er sprach, erkannte ich ihn.

»Sie haben lange gebraucht.«

»Paul?«

»Aber es spielt keine Rolle. Ich hätte so lange gewartet, wie es nötig gewesen wäre.«

»Was ... was machen Sie hier?«

»Ich bin gekommen, um mit Ihnen zu reden.«

»Aber ... wir hätten ...«

»Uns verabreden können? Ich glaube kaum. Vielleicht früher. Aber jetzt nicht mehr. Sehen Sie, ich habe heute etwas erfahren. Über Rowena.«

»Rowena?«

»Sie war schwanger.«

»Was?«

»Im zweiten Monat. Sie hatte es bereits eine Zeitlang gewußt.

Ihr Arzt war überrascht, daß sie es mir nicht gesagt hatte. Nun, vielleicht wollte sie auf eine besondere Gelegenheit warten. Ende dieser Woche ist der Jahrestag unserer Verlobung. Wir werden es niemals mehr erfahren.«

»Paul, ich –«

»Wir werden es niemals erfahren, weil Sie und dieses Miststück Sophie Marsden sie zusammen mit euren vergifteten Worten und euren bösen kleinen Beleidigungen fertiggemacht habt. Oder ist es etwa nicht so?«

»Es tut mir leid, was geschehen ist. Mehr als ich sagen kann. Aber ich habe niemals –«

»Ich will Ihre Trauer nicht!« Er schrie jetzt, seine Stimme überschlug sich, seine Arme wirbelten durch die Luft. Plötzlich sah ich, daß er einen Schläger hielt und ihn wie einen Knüppel hochhob. »Ich will überhaupt nichts von Ihnen!«

Bevor ich mich auch nur umdrehen konnte, um wegzulaufen, war er schon über mir und knallte mir den Schläger in die Magengegend. Ich krümmte mich und fiel nach hinten gegen die Wagentür. Der nächste Schlag zielte gegen meinen Kopf, aber es gelang mir, ihn mit meinen Unterarmen zu parieren, doch den folgenden konnte ich nur mit Mühe abwehren. Ich versuchte aufzustehen, denn mir war klar, daß ich hinter ihn gelangen mußte, wenn ich auch nur eine Chance haben wollte. Aber er sah mich kommen und stieß mich mit der Schulter zu Boden. Ich fiel der Länge nach hin und rappelte mich auf allen vieren auf. Ich erinnere mich daran, daß ich versuchte, wieder in die Senkrechte zu kommen, als der erste Schmerz den Schock durchdrang. Ich erinnere mich daran, daß ich ihn aus den Augenwinkeln hinter und über mir sah. Ich erinnere mich sogar an das Pfeifen, das der Schläger verursachte, als er die Luft durchschnitt und auf mich niederraste. Dann erinnere ich mich an nichts mehr. Die Nacht verschluckte mich völlig. Als ob es mich nie gegeben hätte.

12. Kapitel

Offensichtlich war ich bei Bewußtsein, als der Krankenwagen eintraf. Ich selbst kann mich nicht daran erinnern. Und auch nicht an vieles andere in dieser Nacht, abgesehen von einer Folge verschwommener Gesichter, die auf mich hinunterstarrten, und den unverwechselbaren Desinfektionsgeruch eines Krankenzimmers. Am nächsten Morgen puzzelte ich aus dem Wirrwarr meiner eigenen Erinnerungen und den verblüfften Fragen einer Krankenschwester zusammen, was passiert war. Der Schreck, als er mich bewußtlos am Boden liegen sah, aus Mund und Wange blutend, hatte Paul innehalten lassen. Erschrocken darüber, was er getan hatte, stürzte er zu seinem Auto in der Frenchman's Road und rief einen Krankenwagen. Er blieb bei mir, bis er eintraf, sah, daß sie mich einluden, und versprach, ins Krankenhaus nachzukommen. Aber er tauchte dort nicht auf. Seitdem war er nicht mehr gesehen worden. Und niemand kannte ihn.

Ich beschloß von Anfang an, mich dumm zu stellen. Die Tragödie, an der ich beteiligt war, würde nur noch schlimmer und länger werden, wenn Paul wegen Körperverletzung angeklagt würde. Ich fühlte mich nicht als Held oder Märtyrer. Ich hatte nicht einmal den Eindruck, als ob ich Paul einen Gefallen täte. Es sah nur so aus, als wäre das für uns alle die am wenigsten schmerzhafte Lösung. Da ich auf ärztliche Anweisung bis zum Mittag des folgenden Tages vor der Polizei geschützt war, übte ich eine geeignete Geschichte ein, die ich dann einem leichtgläubigen Kriminalbeamten auftischte. Ich war spät von London zurückgekehrt, hatte jemanden, den ich für einen Einbrecher gehalten hatte, dabei überrascht, wie er um die Fabrik herumschlich, und war fürchterlich zusammengeschlagen worden. Da es stockfinster gewesen war, konnte ich meinen Angreifer leider nicht beschreiben. Und auch den barmherzigen Samariter nicht, der mich gefunden und den Notruf gewählt hatte. Ich war ein Opfer der wachsenden Kriminalität, dem nichts weiter gebührte als ein dunkler Platz in der Polizeistatistik.

Körperlich war ich in keiner schlechten Verfassung. Eine gebrochene Rippe, gebrochenes Jochbein, zwei lockere Zähne, verschiedene Schnitte und Blutergüsse; und das, was der Arzt eine »einfache« Gehirnerschütterung nannte. Aber es reichte, um mich von Dienstagnacht bis zum Freitagmorgen im Krankenhaus zu behalten. Jennifer, Simon, Adrian und Onkel Larry besuchten mich, überhäuften mich mit Obst und Zeitschriften und zeigten sich äußerst mitfühlend. Adrian wollte die Sicherheitsvorkehrungen in der Fabrik verbessern und ließ die Prospekte von einigen Gesellschaften bei mir zurück, die mit Wachhunden patrouillierten, damit ich sie mir anschauen konnte. Er schlug sogar vor, ich sollte während der Genesungszeit bei ihm wohnen. Zum Glück deutete er meine Weigerung als Ausdruck meines unabhängigen Geistes. Dies ersparte mir die Notwendigkeit zu erklären, warum ein paar Tage, die ich mit Wendy und den Kindern unter einem Dach verbringen müßte – ganz zu schweigen von den Hunden –, mich wahrscheinlich wieder zurück ins Krankenhaus bringen würden. Ich litt nämlich an nervöser Erschöpfung.

Von Bella hörte ich nichts. Es gab eigentlich auch keinen Grund, es sei denn, Paul hatte sich entschlossen, die Wahrheit zu erzählen. Selbst wenn das der Fall war, wer würde ihn für das, was er getan hatte, verurteilen? Jetzt trauerte er nicht nur um seine Frau, sondern auch um sein Kind. Genauso wie Sir Keith zusammen mit einer Tochter ein Enkelkind verloren hatte. Der Schmerz hatte sich wie ein Mal auf drei Generationen gelegt.

Und ich konnte ihn mit ein paar gebrochenen Knochen weder auslöschen noch verringern.

Natürlich wußte ich, daß ich irgendwann von Bella hören würde. Sie wartete darauf, daß ich ihr von dem Ergebnis meines Treffens mit Sophie berichtete. Aber je länger dies hinausgeschoben werden konnte, um so besser. Ich hatte das Gefühl, als ob ich wirklich eine Phase der Ruhe und Erholung bräuchte, ehe ich sie mit welchen Lügen auch immer als Ersatz für eine Wahrheit konfrontieren würde, die sogar sie als schockierend empfände. Was Sophie betraf, so ließ jede Stunde, die verstrich, das, was wir getan hatten, nicht nur bloß immer entfernter erscheinen, sondern auch unvorstellbarer.

Am Freitagmorgen, als Jennifer kam, um mich abzuholen und nach Hause zu fahren, war mein Dilemma keineswegs kleiner geworden. Ich ließ mich sogar deswegen zu einer falschen Schlußfolgerung hinreißen, als sie auf halber Strecke auf der A3 in Richtung Petersfield plötzlich sagte: »Rate mal, wer gestern nach dir gefragt hat.«

»Bella?«

»Nein. Ihre Stieftochter. Sarah Paxton. Sie hatte erfahren, daß du im Krankenhaus bist und –«

»Wie hat sie davon erfahren?«

»Das hat sie nicht gesagt. Spielt das eine Rolle?«

Es spielte eine große Rolle. Aber aus Gründen, die ich ihr nicht erklären konnte. »Ähm ... Eigentlich nicht.«

»Nun, sie schien richtig besorgt zu sein deinetwegen. Wirklich ziemlich rührend, wenn man ihren schmerzlichen Verlust bedenkt und ... nun ... wie leicht sie in Versuchung kommen könnte, dich zumindest teilweise für den Selbstmord ihrer Schwester verantwortlich zu machen.«

»Ich bin sicher, das tut sie.«

»Vielleicht hast du unrecht. Sie will dich am Wochenende in Greenhayes besuchen. Sich vergewissern, daß es dir gutgeht. Sie sagte, sie wäre sowieso in Hinthead, und es würde keine Umstände machen. Aber weißt du, für mich klang es so, als würde sie extra deinetwegen kommen. Nur um dich zu sehen. *Sehr* besorgt, würde ich sagen. Es gibt nicht zufällig was, das du mir vielleicht gern erzählen würdest über euch beide?«

»Nichts, was du gerne hören würdest, Jenny. Glaub mir.«

Sie kam am Sonntagnachmittag. Es war wieder so ein heißer windstiller Tag. Ich lag dösend in einem Liegestuhl im Garten, als ich hörte, wie ein Wagen von der Straße einbog. Sie mußte eine Vermutung gehabt haben, wo ich sein würde, denn sie lief direkt von der Vorderseite um das Haus herum. Das brachte mich mühsam auf die Füße, und ich setzte so etwas wie ein Lächeln auf, um sie zu begrüßen. Aber sie lächelte nicht. Sobald sie mich sah, blieb sie stehen und schaute mich ausdruckslos an. Erst dann, nach ein paar Sekunden, kam sie näher.

»Hallo, Robin.« Noch immer kein Lächeln. Und sogar der förmliche Kuß, den sie mir normalerweise gewährte, entfiel. Sie trug einen Strohhut, eine Sonnenbrille, die sie offenbar nicht absetzen wollte, eine übergroße weiße Hemdbluse über hellblauen Hosen und Sandalen. Und sie hielt eine Videokassette in der Hand. Ich mußte nicht erst das Schild auf der Umhüllung sehen, um zu wissen, welche es war.

»Hallo, Sarah. Ich . . .«

»Sie sehen ziemlich mitgenommen aus.«

»Ärger in der Fabrik. Hat Jenny erzählt, wie es passiert ist?«

»Das brauchte sie nicht. Paul hat es mir erzählt.«

»Ah, ich verstehe.«

»Er hat damit gerechnet, Besuch von der Polizei zu bekommen. Aber ich nehme an, Sie haben seine Spuren verwischt.«

»Nun . . .« Ich zuckte die Schultern. »Ich glaube nicht, daß es irgend jemandem genutzt hätte, wenn gegen ihn Anklage erhoben worden wäre. Sie etwa?«

»Nein. Aber es war trotzdem nett von Ihnen.«

»Ach wirklich? Nicht nach allem, was passiert ist.«

»Daddy hat keine Ahnung. Und Bella auch nicht. Es gibt keinen Grund, ihnen davon zu erzählen.«

»Meinen Sie meinetwegen? Oder wegen ...«

»Ihretwegen.« Sie streckte die Hand aus und hielt mir das Video entgegen. Ich hatte den merkwürdigen Eindruck, daß sie es zwischen uns ins Gras fallen lassen würde, wenn ich es nicht sofort nähme. »Natürlich wissen sie von dem Baby. Daddy hat furchtbar reagiert. Paul vermutlich ebenfalls. Aber er frißt seine Gefühle in sich rein. Was mit Ihnen passiert ist ... daß er die Kontrolle verloren hat ... ist ungewöhnlich. Nach meiner Erfahrung beispiellos.«

»Ich gebe ihm keine Schuld.«

»Ich auch nicht. Aber ... in seinem Namen ... und um Rowenas willen ... danke, daß Sie es nicht verfolgt haben.«

Schweigen und Distanz breiteten sich zwischen uns aus. Ihr Mund zuckte nicht einmal. Und welche Gedanken sich in ihren Augen spiegeln mochten, wußte ich nicht zu deuten. »Möchten Sie ... etwas trinken?«

»Nein. Ich kann nicht bleiben.«

»Nicht einmal ein paar Minuten?«

»Wozu wäre das gut?«

»Ich weiß es nicht. Ich möchte nur ...«

»Warum haben Sie diese Dinge zu Seymour gesagt, Robin? Das wenigstens möchte ich gerne wissen. Wirklich.« Auch wenn ihr Gesicht zur Maske erstarrt blieb, verriet ihre Stimme schließlich doch eine Spur Gefühl. »Ich meine, nachdem Sie uns dazu gebracht haben, Sie für einen Freund zu halten, nachdem Sie uns Ihre besten Absichten versichert haben ... Nach all dem. Warum?«

»Was ich gesagt habe, stimmt.«

»Und das entschuldigt alles? Das ist Rowenas Tod wert?«

»Nein. Natürlich nicht.«

»Was ist mit Sophie? Aus dem, was Bella gesagt hat, habe ich geschlossen, daß Sie es übernehmen wollten, herauszufinden, was sie mit ihren paar Minuten Persönlichkeitszerstörung erreichen wollte. Ich kann nicht glauben, daß *sie* behauptet, die Wahrheit gesagt zu haben.«

»Um ehrlich zu sein, genau das tut sie.«

»Ich verstehe.« Sarah seufzte und schaute an mir vorbei auf die Hügel hinter dem Haus. Die bewaldeten Hänge flirrten in der Hitze. »Gute alte Sophie.«

»Sarah –« Sie sah zu mir herüber, und ich spürte, daß sie damit rechnete, daß ich mich verteidigte oder entschuldigte, und sie schien sich fast danach zu sehnen, mich zurückzuweisen. Aber ich war klug genug, es zu lassen. Ich würde jede Schuld, die man mir wegen Rowenas Tod anhängte, auf mich laden. Das war meine stille Art zu trauern. Aber in meinem Hinterkopf lauerte die Schuld für etwas viel Schlimmeres als einen verzweifelten Sprung von der Clifton-Hängebrücke. Wobei Sarah mir vielleicht behilflich sein konnte, diesen Gedanken einzukreisen. »Sophie behauptet, daß Ihre Mutter ihr ein paar Wochen vor ihrem Tod anvertraut hätte, daß sie Ihren Vater verlassen wollte.« Keine Reaktion. Keine Antwort. Nur der gleiche ausdruckslose, schmerzerfüllte Blick. »Sie haben mir einmal selbst etwas Ähnliches gesagt. Als Theorie. Als Verdacht, den Sie entwickelten. Sophie formulierte ihn noch eindeutiger.«

»Tatsächlich?«

»Aber sie wußte nicht, wegen *wem* Ihre Mutter Ihren Vater verlassen wollte. Wer der Mann in ihrem Leben war. Und Sie auch nicht, wie ich mich erinnere.«

»Warum muß es überhaupt einen Mann gegeben haben?«

»Daran könnte man seine Zweifel haben, richtig. Wenn nicht... Während der Tage im Krankenhaus hatte ich Zeit nachzudenken. Und mich zu erinnern. Zehn Tage nach den

Morden fuhr ich mit Bella nach Kington. Wir gingen mit Henley Bantock Mittag essen. Er hat Ihnen davon erzählt. Das haben Sie behauptet, als Sie mir nach Brüssel schrieben. Sie sind am selben Tag dort gewesen.«

»Was soll das?«

»Und außerdem noch jemand anderes. Er fuhr Bella und mich in der Butterbur Lane fast über den Haufen. Hat Henley Ihnen gegenüber diesen Mann nicht erwähnt? Uns gegenüber schon.«

»Ich glaube nicht. Warum?«

»Weil der Fahrer des Wagens offensichtlich ausgesprochen erregt war. Er war vielleicht ... nun, er hätte ...«

»Der Mann in Mummys Leben sein können?«

»Das wäre durchaus denkbar, oder?«

»Ja. Vermutlich haben Sie recht. Also, wer war er?«

»Ich weiß es nicht. Aber es kam mir in den Sinn, Sie wüßten es vielleicht. Wenn ich ihn beschreiben würde. Ein Freund oder Bekannter Ihrer Mutter. Oder vielleicht auch von Ihrem Vater. Ein Nachbar. Ein Kollege. Ein Kunstsammler. Irgend etwas in der Richtung. Er war – warten Sie mal – ein Typ in den Fünfzigern, mit dichtem, silbergrauem Haar. Rundes Gesicht. Rundlich. Nun, eigentlich mehr schwammig. Als ob er kürzlich erst abgenommen hätte. Natürlich war es nur –« Ich hielt inne. Sarahs Lippen hatten sich vor Überraschung geöffnet. Sie nahm ihre Sonnenbrille ab und schaute mich eindringlich an. »Sie kennen ihn?«

»Vielleicht. Was für ein Auto hat er gefahren?«

»Einen Volvo Estate.«

»Farbe?«

»Kastanienbraun.«

»Dann muß es so sein.«

»Sie *kennen* ihn also?«

»Ja. Aber das kann nicht sein. Nicht wirklich. Nicht er und Mummy.«

»Wer ist es?«

»Ich bin überrascht, daß weder Sie noch Bella ihn getroffen haben. Aber es gab wohl auch keinen Grund dafür. Er war nicht auf Rowenas Hochzeit. Oder bei Mummys Beerdigung. Das erschien damals merkwürdig. Beinahe respektlos. Auch wenn man sagen könnte, daß Sophie ihn vertreten hat. Aber vielleicht hatte er Angst vor –«

»Was meinen Sie mit *vertreten*?«

»Sie ist mit ihm verheiratet, Robin. Der Mann, den Sie beschrieben haben, ist Howard Marsden. Sophies Ehemann. Bis daß der Tod sie scheidet.«

Augenblicklich wurde mir alles klar. Als ob ich in einen verdunkelten Raum gekrochen und in der Finsternis herumgestolpert wäre, mich tastend vorwärts bewegend, geleitet von Vermutungen. Auf der Suche nach dem Licht, das plötzlich eingeschaltet wurde. Um mich dort wiederzufinden, wo ich es auf keinen Fall vermutet hätte. Howard Marsden. Sophies Mann. Und Louises Liebhaber. Ja, natürlich. Das ergab einen Sinn. Sophie mußte es die ganze Zeit gewußt haben. Und jetzt nahm sie Rache. An Louise, indem sie ihren guten Ruf befleckte, so gut sie irgend konnte. Und an Howard, indem sie ihn bei der ersten Gelegenheit betrog. Falls ich der erste *war*. Ihre Geschichte über den »vollkommenen Fremden«; ihre Behauptung zu glauben, ich sei jener Mann; ihre Zweifel an Naylors Schuld: All das waren raffiniert erfundene Geschichten, die sie mit einer ganz bestimmten Absicht konstruiert hatte. Es waren nicht meine Verführungskünste gewesen. Nein, nein. Sophie spielte ein größeres Spiel, bei dem die vollständige Demütigung ihres Mannes das Ziel war. Er konnte an ihrer Untreue keinen Anstoß nehmen, ohne daß er sich sagen lassen mußte, was dem einen recht war ...

»Also deshalb will Sophie uns weh tun«, murmelte Sarah.

»Genauso sieht es aus.«

»O mein Gott! Was für ein Durcheinander.«

»Ich glaube nicht, daß sie Rowena verletzen wollte. Es war der gute Name Ihrer Mutter, den sie vorhatte zu –«

»Wenn man sich auf solche Dinge einläßt, darf man nicht wählerisch sein. Man weiß nie, wie die Sache ausgeht.«

»Richtig. Rowena hat mir einmal erklärt, es gibt zu viele Variablen im Leben, als daß man irgendein Ergebnis mit Genauigkeit vorhersagen könnte.«

Sarah schüttelte den Kopf und rieb sich die Nasenflügel an den Stellen, wo die Sonnenbrille gesessen hatte. Plötzlich sah sie müde aus. »Kann ich mich setzen, Robin? Ich glaube, ich hätte jetzt doch gerne etwas zu trinken.«

Ich holte einen Stuhl und etwas zu trinken, und wir saßen dort im Garten eine Stunde oder länger zusammen, während die Hitze des Nachmittags sich langsam in die Kühle des Abends verwandelte. Unsere beiderseitige Bestürzung hatte unsere Abwehrmechanismen geschwächt. Und erlaubte uns, wenn schon keine Aussöhnung, dann doch wenigstens eine Annäherung. Sarah machte sich Vorwürfe, daß sie Fehleinschätzungen getroffen hatte. Indem sie versucht hatte, Rowena von der Wirklichkeit zu isolieren. Indem sie nicht fähig gewesen war vorherzusehen, was Rowena tun würde, wenn sie herausfände, daß sie getäuscht worden war. Die Ironie war, daß Sarah, selbst wenn ich ihr das Video nicht gegeben hätte, die Sendung wahrscheinlich selbst aufgenommen hätte, während sie mit Paul und Rowena essen war. Rowena hatte einfach nur scharfsinniger die Gedanken ihrer Schwester gelesen, als man ihr zugetraut hatte.

Und was den Selbstmord betraf, so gab es dafür vielleicht nicht das eindeutige und einfache Motiv, das Sarah gerne glauben wollte. Warum hatte Rowena Paul nicht gesagt, daß sie schwanger war? Warum hatte sie so depressiv gewirkt? Weil Mutterschaft nicht notwendigerweise die Zukunft war, die sie vor Augen hatte. Aber es gab kein Entrinnen. Bis der Schock darüber, wie die Vergangenheit ihrer Mutter interpretiert wurde, ihr einen Ausweg gezeigt hatte. Und sie hatte der Versuchung nachgegeben.

»Ich frage mich, ob Paul deswegen auf Sie losgegangen ist. Weil er befürchtet, daß dies die Wahrheit sein könnte. Natürlich würde er es nie zugeben. Ich würde ihn nicht darum bitten. Aber denkbar wäre es.«

»Wie geht es ihm jetzt?«

»Gedämpft. Beherrscht. Ein wenig reumütig, glaube ich. Ein wenig beschämt darüber, was er getan hat. Aber erwarten Sie keine Entschuldigung. Oder irgendeine Art von Dank dafür, weil Sie keine Anzeige erstattet haben. Das liegt nicht in seiner Natur.«

»Werden Sie ihm von Howard Marsden erzählen?«

»O ja. Wenn ich durch Rowenas Tod eines gelernt habe, dann die Gefahr von Heimlichkeiten.«

»Und Ihr Vater?«

»Er weiß es vielleicht schon. Er hat es vielleicht schon immer gewußt. Vielleicht hat das in der Nachricht gestanden, die er vernichtet hat.«

»Aber wenn nicht?«

»Ich werde es Bella überlassen, diese Probleme zu lösen. Sind Stiefmütter nicht dafür da?«

»Werden Sie Sophie wissen lassen, daß wir es herausgefunden haben?«

»Nur, wenn sie fragt. Was unwahrscheinlich ist, da ich nicht vorhabe, ihre Gesellschaft zu suchen. Oder die ihres Mannes.«

»Was ist er für ein Mann?«

»Nun, das ist die nächste Ironie. Vorsichtig und konventionell, damit ist er ausreichend beschrieben. Ziemlich langweilig, habe ich immer gedacht. Überhaupt nicht Mummys Typ. Das hätte ich jedenfalls behauptet. Aber was weiß ich schon? Immer mehr erscheint mir meine Mutter als eine Fremde. Oder wie eine

Schauspielerin. Jemand, der nie so war, wie er sich gab. Wie sie wirklich war... ich habe keine Ahnung.«

»Aber Sie wollen nicht sagen, daß Sie Naylor vielleicht für unschuldig halten?«

»O nein. Das ist das Schlimmste daran. Das Allerschlimmste. Seymour und Leute seines Schlages werden weiterhin auf der Freilassung dieses Scheißkerls bestehen. Und Rowenas Selbstmord wird ihnen nur helfen. Sie werden sagen, sie hatte ein schlechtes Gewissen. Sie werden sagen, daß es ihre Art war, der Wahrheit aus dem Weg zu gehen.«

»Sicherlich nicht.«

»Ich fürchte schon. Die Sache ist gerade erst ins Rollen gekommen. Es wird noch mehr Bücher geben. Noch mehr Sendungen. Noch mehr Artikel. Und es wird nicht lange dauern, bis sie ein Komitee bilden, das die Kampagne für seine Freilassung koordiniert. Fragen werden im Ausschuß gestellt werden. Sie werden Druck machen für ein Wiederaufnahmeverfahren. Oder zumindest für eine Weiterleitung an das Berufungsgericht. Und sie werden nicht eher aufhören, bis Naylor als freier Mann den königlichen Gerichtshof verläßt und auf den Armen seiner bewundernden Anhänger das Gestade hinuntergetragen wird.«

»Ich kann das nicht glauben.«

»Finden Sie sich lieber damit ab. Denn es wird so kommen. Ob es uns gefällt oder nicht. Es gibt nichts, was wir tun können, um es zu verhindern. Wir können nur...«

»Ja?«

»Unser Leben leben, Robin. Was sonst?«

Es gab nichts anderes. Keinen Berg zu überwinden. Keine Schanze zu verteidigen. Keine Stellung zu beziehen. Sarah würde ihr Leben weiterführen. Und ich ebenfalls. Als sie an jenem Abend Greenhayes verließ, spürte ich, daß es ein endgültiger Abschied war. Sie war auf dem Weg in ihre Zukunft. Und ich in meine Vergangenheit.

Nachdem sie fort war, ging ich hinunter zu Cricketers und trank so viel, daß mich der Wirt die kurze Strecke nach Hause fahren mußte. Und obwohl ich am nächsten Morgen mit einem dicken Kopf aufwachte, war ich mir über meine Zukunftsaussichten klarer als all die Wochen zuvor. Wenn Bushranger Sports Timariot & Small übernehmen würde, dann würde ich kündigen, bevor sie mich entlassen konnten, und noch vor Ablauf meiner *congé* nach Brüssel zurückkehren. Ich würde einem katastrophalen Umweg meiner Karriere den Rücken kehren. Ich würde es aufgeben, Schatten nachzujagen, und mein Streben nach Wohlstand und Muße wiederaufnehmen. Ich würde Louise Paxton das längst überfällige »Lebewohl« sagen. Ich würde weggehen. Und vergessen. Auch wenn

> Diese zwei Worte eine Tür schlossen
> Zwischen mir und dem willkommenen Regen,
> Die noch nie zuvor geschlossen war
> Und sich niemals wieder öffnen ließ.

Rowena wurde am Montag, dem 28. Juni, in Sapperton beerdigt. Ich blieb in Petersfield und verbrachte zurückgezogen einen halben Tag in der Firma, um mich abzulenken. Aber die Medien hatten nicht vor, mich in Ruhe zu lassen. In jener Nacht erschien in den Fernsehnachrichten ein Filmbericht, aufgenommen vor der St. Kenelm's Church und musikalisch unterlegt mit Kirchengesang. *»Während sich Vermutungen darüber häufen, daß Rowena Bryant sich lieber selbst tötete, als sich dem Gedanken zu stellen, daß ihre Aussage dazu beitrug, einen Unschuldigen zu verurteilen, hat ein Sprecher der West Mercia Police nachdrücklich betont, daß die Polizei nicht beabsichtigt, ihre Untersuchungen bezüglich der Kington-Morde wiederaufzunehmen.«* Bevor sich der Schauplatz auf den Friedhof verlagerte, schaltete ich ab.

Eine halbe Stunde später rief Sophie an, ich konnte ihre säuselnde Stimme auf dem Anrufbeantworter hören. Aber ich nahm den Hörer nicht ab. Und ich erwiderte ihren Anruf nicht. Sie hatte mich einmal zum Narren gehalten. Das reichte. Ich hatte nicht vor, ihr dafür noch einmal auch nur die kleinste Chance zu geben.

Zwei Tage nach der Beerdigung tauchte Bella bei mir auf. Es war wohl so eine Art Abschiedsbesuch, denn sie und Sir Keith wollten bereits am nächsten Tag nach Biarritz zurückkehren. Aber sie kam nicht nur aus diesem Grund.

»Keith wird viel Zeit brauchen, um sich von dem Verlust, den er erlitten hat, zu erholen, Robin. Wenn es ihm jemals gelingt. Und er wird viel Zeit brauchen, um jenen zu verzeihen, die er für diesen Verlust verantwortlich macht.«

»Wie zum Beispiel mich, meinst du.«

»Ja. Wie dich.«

»Du hast noch nie zu denen gehört, die ein Blatt vor den Mund nehmen.«

»Wäre dir das lieber?«

»Nein. Ich nehme an, Sarah hat dir von Howard Marsden erzählt?«

»Das hat sie.«

»Hast du es Keith gegenüber erwähnt?«

»Nein.«

»Also ist es Zeit, die Dinge unter den Teppich zu kehren, nicht wahr? Zeit, die Schotten dichtzumachen?«

»Zeit zu gehen, Robin. Das ist alles.«

»Sogar ohne Abschiedsdrink?«

Und bei dieser Bemerkung hatte sie den Anstand zu lächeln.

Wir gingen ins Red Lion nach Chalton, wohin sie mich im Juli 1990 mitgenommen hatte, um mich über die Kington-Morde auszuhorchen. Die drei Jahre, die in der Zwischenzeit vergangen waren, erschienen mir eher wie zehn, als ich sie im Garten des Lokals über den Tisch hinweg beobachtete und sah, wie ihr Blick über das Feld hinter mir schweifte. Wogen von blauen Leinsamen, damals wie heute. Auch sie verlor sich in Erinnerungen.

»Du hast gesagt, ich würde einen Fehler machen, als ich in die Firma zurückkehrte«, bemerkte ich.

»Und ich hatte recht. Oder etwa nicht?«

»So wie sich die Dinge entwickelt haben, würde ich sagen, ja. Aber du konntest ja auch Einfluß darauf nehmen, recht zu behalten.«

»Es ist Adrians Idee, das Angebot von Bushranger anzunehmen. Nicht meine.«

»Aber ohne deine Unterstützung kann er es nicht durchsetzen, oder?«

»Genaugenommen nicht. Aber ich habe keineswegs die Absicht, meine Meinung zu ändern. Also verschwende nicht deine Zeit und –«

»Das habe ich nicht vor. Ich habe meine Lektion gelernt. Du siehst vor dir einen Mann, der nicht mehr länger gegen den Strom schwimmen wird. Ich habe einen Vertrag mit der Zukunft geschlossen. Und du solltest dich geschmeichelt fühlen, Bella, wirklich. Denn ich werde deinem Beispiel folgen.«

»In welcher Hinsicht?«

»Ich habe vor, das Geld zu kassieren und mich auf und davon zu machen.«

Einen Augenblick lang befürchtete ich, sie würde mir ihr Helles ins Gesicht schütten. Aber nachdem sie mich ein paar Sekunden lang angestarrt hatte, schüttelte sie bloß den Kopf und lachte. Wenn alles gesagt und getan war, verstanden wir beide uns.

Zwei Wochen vergingen. Und Louises dritter Todestag näherte sich. Da er auf einen Samstag fiel, konnte mich nichts davon abhalten, nach Kington zu fahren, wie ich es schon lange vorhatte, und noch einmal eine Wanderung auf Hergest Ridge zu unternehmen. Es war ein Tag, der mich sehr an sein Gegenstück erinnerte. Trotzdem konnte es niemals das gleiche sein. Und ich wollte es auch gar nicht. Ich wollte die steinige Erde unter meinen Füßen spüren und die von Stechginster erfüllte Luft einatmen, um die Normalität des Ortes heraufzubeschwören. Um mich davon zu überzeugen, daß dort keine Zauberei und kein Geheimnis auf mich warteten. Und auch keine vollkommen Fremde. Nur Wiesen und Himmel und Schafe. Und die friedvolle Geringschätzung der Natur für die Illusionen der Menschheit.

Ich fuhr hinunter nach Kington und legte im Swan eine Pause ein, um etwas zu trinken. Genauso wie vor drei Jahren. Dieses Mal jedoch begann ich eine Unterhaltung mit einem Einheimischen, der nichts dagegen zu haben schien, noch einmal über die Morde zu sprechen. Keines der Opfer hatte aus Kington gestammt, und ihr Gedächtnis verdiente offenbar keinen besonderen Schutz vor Fremden. »Warten Sie ab, da wird noch einiges rauskommen. Sehr viel. Soweit ich gehört habe, hat dieser Seymour vom Fernsehen alles falsch verstanden. Mit Fälscherei hatte Oscar Bantock nichts am Hut. O nein. Satanskult. Das war es. Teufelsverehrung. Sein Neffe vermietet Whistler's Cot an Urlauber, wissen Sie. Aber ich würde keine Nacht unter diesem Dach verbringen. Nicht nach all dem, was der alte Oscar angestellt hat. Ich nicht. Auf keinen Fall. Natürlich gibt's hier in der Gegend 'ne Menge davon. Schwarze Magie, meine ich. Hexensabbate. Opfergaben. Schwarze Messen. Mitternachtsorgien. Sie würden nicht die Hälfte davon glauben.« Zumindest in diesem letzten Punkt hatte er absolut recht.

Ich verließ das Swan und fuhr geradewegs aus der Stadt heraus. Ich hatte eigentlich daran gedacht, einen Blick auf Whistler's Cot zu werfen, aber als ich dorthin kam, änderte ich meine Meinung umgehend. Eine Begegnung mit irgendeiner enthusiastischen Familie, die ihre Fahrt unterbrach und begeistert berichtete, sie hätte keine Gespenster gesehen, wäre mir wirklich eine Nummer zuviel gewesen. Ich war nach Kington gekommen, um ein Kapitel meines Lebens abzuschließen. Und als ich es verließ, war ich davon überzeugt, es geschafft zu haben.

Ich hätte auf dem Rückweg nach Petersfield in Sapperton haltmachen und Rowenas Grab ebenso wie das ihrer Mutter aufsuchen können. Es wäre ein Umweg von nur wenigen Meilen gewesen. Unter normalen Umständen hätte ich es auch getan. Aber das waren keine normalen Umstände. Also fuhr ich Richtung Süden, durch Monmouth und den Forest of Dean, und in Chepstow auf die Autobahn. Als ich die Severn-Brücke überquerte, war ich klug genug, nicht nach links zu schauen. Nur für den Fall, daß ich eine einsame Gestalt auf den Klippen von Sedbury am Ende – oder zu Beginn – einer Reise sehen sollte. Statt dessen hielt ich meinen Blick fest auf die Straße gerichtet. Und nahm den Fuß nicht vom Gas.

Der größte Teil des vergangenen Sommers erscheint jetzt vollkommen widersprüchlich, nach allem, was vorangegangen war und noch folgen würde. Trotzdem schien mein Leben zu der Zeit in geordneten Bahnen zu verlaufen, und wenn es auch nicht vollkommen war, so war es doch wenigstens annehmbar. Der Streit um das Kleingedruckte verzögerte den endgültigen Abschluß des Abkommens mit Bushranger, aber nachdem Adrian und Jennifer zweimal nach Sydney geflogen waren und Harvey McGraw mit einem Gefolge von Finanzberatern in der Fabrik herumstolziert war, wurden die verbliebenen Schwierigkeiten aus dem Weg geräumt und die endgültigen Vertragsbedingungen festgelegt. Adrian ließ uns wissen, daß wir auf einer Vorstandssitzung, die auf den 23. September festgesetzt wurde, über das Angebot formell und endgültig abstimmen würden.

Da es keinerlei Zweifel über das Ergebnis geben würde, schmiedete ich meine eigenen Pläne. Anfang September verbrachte ich einige Tage in Brüssel und lud verschiedene frühere Kollegen zum Mittagessen ein. Die übereinstimmende Meinung war, daß der Generaldirektor dazu bewegt werden konnte, mich praktisch zu den gleichen Bedingungen wieder auf die Stelle zu setzen, die ich 1990 aufgegeben hatte. Die offizielle Sprachregelung würde lauten, daß ich nach dem Tod meines Bruders widerwillig meine Pflicht für den Familienbetrieb erfüllt hatte, daß der Betrieb jetzt wieder auf den Beinen war und ich deshalb in den Schoß der Gemeinde zurückkehren wollte. Es sah ganz so aus, als wenn meine Niederlage schmerzlos sein würde.

Und ohne Zweifel wäre es so gewesen. Aber ich hätte niemals die Entwicklung der Ereignisse vorhersehen können. Ich hätte nicht gedacht, daß ich noch jemals etwas darüber hören würde. Obwohl die Welt es anders wahrnahm. Sarahs Vorhersagen hatten sich bereits in der einen oder anderen Art und Weise erfüllt. Die Opfer der Kington-Morde sollten nicht in Frieden ruhen dürfen. Hier ein Interview. Dort ein Artikel. Genährt durch Neugier und Skepsis, um die Geschichte hartnäckig am Leben zu erhalten. Aber nicht in *meinem* Herzen. Ich hatte sie begraben. Unter einem furchtbar lastenden Gewicht von Zweifeln. Geräumtes Territorium. Ausgelieferte Erinnerung. Die Vergangenheit abgeschüttelt. Sicherlich war ich jetzt außerhalb ihrer Reichweite. Völlig in Sicherheit.

Aber nein. Ich war es nicht. Überhaupt nicht. An jenem feuchten Freitagabend, dem 10. September, streckte sie ihre Hand aus, um mir auf die Schulter zu klopfen. Ich drehte mich um, um ihr zu begegnen. Und in jenem Augenblick gewann sie mich zurück.

»Paul?«

Er stand hinter mir, nahe genug, um bedrohlich zu wirken. Doch in seinem Gesicht, über das die Regentropfen liefen, lagen keine Anzeichen von Gewalt. Lediglich Schmerz und Qual. Früher hatte er immer sehr schick ausgesehen. Jetzt war sein

Anzug durchnäßt und zerknittert, sein Hemd klaffte am Hals, und seine Krawatte hing schief. Und auf seinem Kinn standen Bartstoppeln, die mindestens zwei Tage alt waren. Seine Gesichtszüge waren vertraut, aber trotzdem nicht vollständig erkennbar. Er sah aus wie der ältere, weniger begünstigte Bruder des Mannes, den Rowena geheiratet hatte: streng und vorzeitig gealtert, gebeugt durch eine unerträgliche Last.

»Ich muß sagen, das ist wirklich eine Überraschung.«

Wir standen im Fabrikhof, nur ein paar Meter von der Stelle entfernt, wo er mich im Juni überfallen hatte. Der Regen und tiefhängende Wolken beschleunigten den Einbruch der Dunkelheit, aber es war noch nicht so dunkel wie damals. Und Pauls Verfassung war völlig anders. Er bewegte sich langsam und sprach, als ob sein Gehirn seinen Befehlen nicht traute und jeden einzelnen davon einer Prüfung unterzog, ehe es sie in die Tat umsetzte.

»Wie geht es Ihnen?«

»Es geht so«, murmelte er.

»Was kann ich für Sie tun?«

»Hören Sie mir zu. Das ist alles. Irgend jemand muß es tun.«

»Nun, ich ...«

»Können wir irgendwohin gehen?«

»Ähm ... Ja. Natürlich. Wohin wollen Sie –«

»Irgendwohin. Es spielt keine Rolle.«

»Da unten an der Straße gibt es einen Pub. Wir könnten –«

»Nein. Irgendwo, wo wir allein sind.«

»In Ordnung. Aber –«

»Fahren Sie mich irgendwohin. Aus der Stadt raus. Ins Freie. Wo ich atmen kann.«

In Anbetracht dessen, was geschehen war, als wir uns das letzte Mal getroffen hatten, hätte ich eigentlich nervös sein müssen. Aber irgendwie bezwang sein Verhalten all diese Bedenken. Er wirkte so müde, so außerordentlich erschöpft, daß es unmöglich war, sich vor ihm zu fürchten. Ganz im Gegenteil. Ich hatte Mitleid mit ihm, fühlte die Trauer und Verzweiflung, die ihn zu dieser schäbigen, schlurfenden Farce jenes selbstsicheren jungen Mannes hatte werden lassen, den ich erstmals in Biarritz getroffen hatte. Ich wollte ihm helfen. Und ich wußte, daß ich ihm vertrauen konnte.

Wir fuhren durch Steep hindurch, an Greenhayes vorbei und die Zickzackstraße hinauf zum Gipfel von Stoner Hill. Bevor wir den Gipfel erreichten, bog ich in einen der Parkplätze unter den Bäumen, wo sich durch die Zweige die bewaldeten Tiefen von Lutcombe öffneten. Es war jetzt schon fast Nacht geworden. Nur auf den Hängen lag noch das letzte Tageslicht. Regentropfen trommelten wild auf das Wagendach. Scheinwerfer leuchteten auf und glitten über die Windschutzscheibe, wenn Autos an uns vorbeifuhren. Ich beobachtete Paul, wie er das Fenster herunterkurbelte, seine Hand hinausstreckte und dann die Feuchtigkeit auf seinem Gesicht verteilte.

»Ist alles in Ordnung?« fragte ich.

»Bei mir ist schon seit langer Zeit nichts mehr *in Ordnung*. Seit Jahren vermutlich.«

»Bestimmt nicht seit Jahren. Als Rowena noch lebte –«

»Es begann vor ihrem Tod. Verstehen Sie denn nicht?« Er brach ab, dann fuhr er in ruhigerem Ton fort. »Nein. Natürlich verstehen Sie nicht. Deshalb bin ich hergekommen. Damit Sie verstehen. Es tut mir leid, was ich Ihnen angetan habe. Ich hätte mich verletzen sollen, nicht Sie. Aber wenigstens löst es das Problem, wem ich mich anvertrauen kann. Es bedeutet, daß Sie verdienen, es als erster zu hören.«

»Was zu hören?«

»Die Wahrheit, der ich all die Jahre aus dem Weg gegangen und ausgewichen bin.«

»Was meinen Sie?«

»Ich habe sie getötet, verstehen Sie?«

»Niemand hat sie getötet, Paul. Wir können darüber diskutieren, wo die Schuld liegt. Aber letztendlich war es ihre Entscheidung.«

»Ich meine nicht Rowena.« Ich spürte, daß er mich ansah. »Ich meine Louise.«

»Wie bitte?« Ich war sicher, daß ich mich verhört hatte. Oder irgendeine Metapher nicht begriffen hatte. Was immer er meinte, *das* konnte es nicht sein.

»Ich habe Louise Paxton ermordet. Und auch Oscar Bantock. In Whistler's Cot. Am 17. Juli 1990.« Ein näherkommendes Scheinwerferpaar beleuchtete sein Gesicht als blasses Relief. Er schaute mich direkt an. Mit einem Ernst, der mich irgendwie dazu veranlaßte, ihm zu glauben. Auch wenn ich es nicht wollte. Auch wenn ich es kaum wagte. »Ich bin derjenige, der die lebenslange Strafe verbüßen sollte, die Shaun Naylor aufgebrummt wurde. Ich bin der wirkliche Mörder.«

»Das kann nicht Ihr Ernst sein.«

»O doch. Es ist Schluß mit den Lügen. Ich habe genug davon. Nachdem Rowena tot ist, gibt es nichts mehr, *wofür* es sich lohnen würde zu lügen. Also kann ich genausogut die Wahrheit sagen. Und den Konsequenzen ins Auge sehen.«

»Das meinen Sie doch nicht wirklich?«

»Aber ja. Shaun Naylor hat Louise nicht ermordet. Oder den alten Oscar. Ich war es.«

»Aber ... das können Sie unmöglich getan haben.«

»Ich wünschte so sehr, daß Sie recht hätten. Aber ich habe es getan. Und noch schlimmer, ich habe es zugelassen, daß ein Unschuldiger ins Gefängnis kam. Ich habe mir eingeredet, er zählte nicht. Irgendein ordinärer kleiner Krimineller, den die Gesellschaft endlich los war. Damit habe ich mein Gewissen beruhigt. Aber Rowena war anders. Ich habe sie geheiratet, weil ich dachte, wenn ich mich um sie kümmere, wenn ich dafür sorge, daß ihr niemals wieder etwas Schlimmes geschieht, dann würde ich irgendwie wieder wettmachen, daß ich ihr die Mutter genommen hatte. Aber ich habe mich nicht um sie gekümmert. Ich habe es nur noch schlimmer gemacht. So sehr viel schlimmer, daß sie der Zukunft, die sie an mich band, nicht ins Gesicht schauen konnte. Und sie wollte alles auf sich nehmen, um ihr zu entfliehen. Sie sagten, ich hätte sie nicht getötet, und im Prinzip haben Sie recht. Aber ich habe sie indirekt getötet. Eigentlich sollte ich dankbar sein. Es beweist, daß es etwas *gibt*, was mein Gewissen nicht ertragen kann. Ich habe die letzten paar Monate damit gekämpft. Ich bin Nacht für Nacht wach gelegen und habe versucht, einen Ausweg zu finden. Aber es gibt keinen. Ich bin sicher, ich werde nicht eher Frieden finden, bis ich meine Verbrechen gestanden habe. Und dafür gebüßt habe. So einfach ist das.«

Ich war sprachlos. Vollkommen sprachlos. Alles, was ich angenommen hatte, alles, was ich über Louise Paxtons Tod gefolgert hatte, war innerhalb weniger Minuten in sich zusammengebrochen. Ein Mann, der behauptete, sie getötet zu haben, saß auf einem einsamen Hügel direkt neben mir im Auto, während uns eine nasse Septembernacht umgab. Wenn ich ihm glaubte, dann sollte ich mir eigentlich um meine eigene Sicherheit Sorgen machen. Und ich glaubte ihm. Nicht wegen der Ernsthaftigkeit in seiner Stimme, sondern wegen des unverkennbaren Ausdrucks von Erleichterung in seinem Benehmen und seiner Haltung. Und genau deswegen hatte ich keine Angst vor ihm. Er saß neben mir, gebeugt und besiegt, ein Mann, dessen Vorrat an Lügen und Ausflüchten schon lange erschöpft war. Alles, was er jetzt noch zu wollen schien, war, frei über sich zu reden. Er war keine Bedrohung mehr für irgend jemanden.

»Natürlich wird mir die Polizei zunächst nicht glauben wollen. Ich bin eine Blamage für sie. Aber am Schluß werden sie es einsehen. Nachdem ich ihnen die ganze Geschichte erzählt habe, werden sie merken, daß es die Wahrheit ist. Aber bevor ich ein

Geständnis ablege, wollte ich, daß Sie es wissen. Alles. Damit Sie es Sarah und ihrem Vater erzählen können, bevor sie es aus der Zeitung oder dem Fernsehen erfahren. Ich habe nicht den Mut, ihnen selbst gegenüberzutreten. Ich dachte, ich könnte es. Ich bin jeden Morgen in dieser Woche mit der Absicht aufgewacht, zu Sarah zu gehen, aber dann habe ich es doch nicht geschafft. So kann es nicht weitergehen. Deswegen habe ich mich an Sie gewandt. Kein richtiger Freund. Kein richtiger Fremder. Vielleicht macht Sie das zum perfekten Beichtvater. Das heißt, falls Sie zuhören wollen.« Er machte eine Pause. Ich konnte im Dunkeln spüren, wie er den Kopf hängenließ. Dann richtete er sich auf und seufzte. »Wollen Sie?« fragte er mit belegter Stimme.

»Ja«, antwortete ich. »Ich höre Ihnen zu.«

Und dann, während der Regen gegen die Windschutzscheibe spritzte und die düstere feuchte Nachtluft hereinkroch und sich um uns legte, begann Paul Bryant seine Geschichte. Ich hörte ihm schweigend zu. Und lange, ehe er geendet hatte, wurde mir klar, daß nichts mehr so wie vorher sein würde. Jetzt hatte sein Geständnis Gehör gefunden.

13. Kapitel

»MEINE ELTERN lernten sich kennen in der Bank, bei der sie beide arbeiteten. Langweilige, anständige, durchschnittliche Leute. Niemals im Ausland gewesen. Niemals Ehebruch begangen. Niemals in der Öffentlichkeit unter Eid gestanden. Niemals davon geträumt, mehr zu sein, als sie waren. Meine Schwestern und ich wurden alle im selben Bett im selben Zimmer in derselben Doppelhaushälfte in Surbiton gezeugt. Geformt nach dem bescheidenen Ebenbild unserer Eltern. So jedenfalls müssen sie gedacht haben. Falls sie überhaupt jemals über solche Dinge nachgedacht haben. Und ich nehme an, was meine Schwestern betrifft, so hatten sie recht. Ein paar Urlaube auf Mallorca und eine Scheidung verändern im Grunde nicht sehr viel.

Aber ich wollte immer mehr. Mehr Reisen. Mehr Kultur. Mehr Gesellschaft. Mehr Abwechslung. Und es stellte sich heraus, daß ich intelligent genug war, um zu erreichen, was ich wollte. Ein Studienplatz in Cambridge rundete nicht nur eine gute Ausbildung ab und verbesserte meine Berufsaussichten. Es holte mich auch aus der erstickenden Langeweile meiner kleinbürgerlichen Jugend heraus. Cambridge besaß natürlich mehr als seinen gerechten Anteil an Wichtigtuern und Dummköpfen. Aber es gab mir etwas, was ich noch nie zuvor hatte. Die Überzeugung, daß das Leben unbegrenzte Möglichkeiten bot. Den Glauben, daß ich nicht nur haben konnte, was immer ich wollte, wenn ich mich nur darauf konzentrierte, sondern auch, daß ich es verdiente. Elitedenken. Ichbezogenheit. Ausgeprägtes Selbstbewußtsein. Von allem genoß ich reichlich.

Vermutlich zu reichlich. Ich meine, es war alles eine Farce.

Natürlich war es das. Jetzt weiß ich es. Ein wertloses und oberflächliches Spiel, bei dem der Schlüssel zum Erfolg darin bestand, sich selbst todernst zu nehmen, während man vorgab, alles nur wie einen Scherz zu sehen. Ich spielte das Spiel. Aber ich verwechselte es mit dem richtigen Leben. Deshalb verblüffte und reizte mich die Oberflächlichkeit der Mitspieler. Sie schienen nicht zu verstehen, daß die Erörterung eines akademischen Problems und die Würdigung eines schönen Gemäldes im Fitzwilliam ein und dasselbe waren: eine Verherrlichung der individuellen Überlegenheit. Schon bald gelangte ich zu der Überzeugung, daß ich mehr fühlte, mehr spürte, mehr verstand, besser das Wesentliche des Seins und Handelns und Denkens erfaßte als der ganze oberflächliche Haufen zusammen.

Damals hat es begonnen. Meine Unzufriedenheit mit den Leuten, mit denen ich mich betrank oder ins Bett ging. Sie verwandelte sich in Verachtung für ihren Mangel an Reife. Ich sehnte mich danach, ihrem Gekotze und Geplapper zu entkommen. Ich sehnte mich nach älteren, klügeren Freunden, mit denen ich die Tugenden und Laster der Welt diskutieren konnte. Aber diese fand man nicht in Cambridge. Ich fühlte mich wie ein hungriger Mann, dem man einen ganzen Laden voller Zuckerwatte anbot. Wie ein Philosoph, der als Kinderpfleger arbeiten soll.

Dann, während des Frühjahrstrimesters in meinem zweiten Jahr, traf ich Sarah. Wir gingen ein paarmal miteinander aus. Es ist nicht viel dabei herausgekommen. Nicht einmal Sex. Aber zufällig war ich der Mann, den sie im Schlepptau hatte, als sie zu der privaten Vernissage ging, die ihre Mutter arrangiert hatte, um Oscar Bantocks Bilder zu lancieren. Fast wäre ich nicht mitgekommen. Sie mußte mich abholen, als ich nicht bei ihr auftauchte. Von da an kühlte unser Verhältnis ziemlich schnell ab. Außerdem haßte ich den Expressionismus. Und zudem hatte ich bereits eine feste Vorstellung von dem Künstler und seiner Gönnerin. Ein rotgesichtiger alter Bohemien, der langsam fett wurde, und eine pferdegesichtige Angehörige der feinen Gesellschaft, die billigen Wein im Austausch gegen billige Komplimente anbot. Das war es, was ich erwartet hatte. Oscar Bantock entsprach diesem Bild auch mehr oder weniger. Aber Louise? Sie war ganz und gar anders.

Die Galerie war ein kleiner, aber exklusiver Ort. An diesem Abend natürlich überfüllt. Ein grinsender Haufen sogenannter Ästheten, die genügend heiße Luft produzierten, daß die Fenster davon vollständig beschlugen. Wir drängten uns hinein. Sarah machte sich sofort auf die Suche nach ihrer Mutter. Um sicherzugehen, nehme ich an, daß ihre Anwesenheit auch bemerkt wurde. Das war der Zeitpunkt, als ich Louise das erste Mal sah. Es war wie ein elektrischer Schlag. Ich meine, es war unmittelbar. Sie war so wunderschön. Sie war so ... irrsinnig hübsch. Ich starrte sie nur mit offenem Mund an. Ich erinnere mich, daß ich dachte: Warum schauen diese Leute nicht sie an? Können sie nicht sehen? Erkennen sie es nicht? Sie haben sie selbst einmal getroffen, deshalb verstehen Sie es vielleicht. Sie war unglaublich. Sie war die Frau, nach der ich mich gesehnt hatte. Und in diesem Augenblick, noch ehe Sarah uns bekannt gemacht hatte, wußte ich, daß ich sie haben mußte. Sie besitzen mußte, ihren Körper und ihre Seele. So einfach war das. Natürlich völlig unmöglich. Absurd und unrealistisch. Vollkommen verrückt. Aber ich habe diesen Instinkt keinen Augenblick hinterfragt. Er war so stark, daß ich mir sicher war, daß es richtig sein mußte.

Ich habe nur ein paar Minuten mit ihr gesprochen. Wir haben uns über nichts Tiefgründiges oder Bedeutendes unterhalten. Aber das war unwichtig. Ihre Stimme. Die Bewegung ihres Haares, wenn sie lachte. Die quälende Kühle in ihren Augen. Es war, als ob sie mich brandmarken würden. Ich hätte alles für sie getan. Ich wäre überall hingegangen, um mit ihr zusammenzusein. Ich war in ihrer Gewalt. Nur daß sie nichts davon wußte.

Was meine Vernarrtheit bloß noch steigerte. Unverhohlene Zurückweisung hätte mein Begehren vielleicht im Keim erstickt. Aber dazu war sie zu höflich – zu einfühlsam. Ich schaffte es, bei einem Mittagessen am nächsten Tag dabeizusein, zu dem sie sich mit Sarah getroffen hatte. Ich richtete es so ein, daß ich mich in Sarahs Treppenhaus aufhielt, als Louise am Tag danach bei ihr vorbeischaute, um sich zu verabschieden. Ich war der typische aufdringliche Begleiter. Louise dachte wahrscheinlich, daß ich hinter ihrer Tochter her war. Deswegen hat sie wohl auch vorgeschlagen, ich sollte sie während der Osterferien in Sapperton besuchen. Aber Sarah hielt davon nichts. Nachdem ihre Mutter gegangen war, machte sie mir klar, daß sie mich dort nicht sehen wollte.

Zu Semesterende fuhr ich nach Hause und dachte, ich würde Louise bald vergessen. Aber das eintönige Leben in Surbiton verstärkte nur meine Sehnsucht nach ihr. Ich wußte, daß sie ein Stadthaus in Holland Park besaßen. Also fuhr ich eines Tages dorthin und besuchte sie. Zu meiner Überraschung öffnete Louise die Tür. Sie war allein. Sarah war mit Freunden weggegangen. Rowena war in der Schule. Sir Keith war in seiner Sprechstunde. Ich behauptete, zufällig in der Gegend zu sein. Sie bat mich ins Haus. Bot mir Kaffee an. Sagte, sie hätte keine Ahnung, wie lange Sarah fortbleiben würde. Ich sagte, das spielte keine Rolle. Und das war die Wahrheit. Je länger sie fortblieb, desto besser. Nur mit Louise zusammensein, sie anschauen und ihr zuhören zu dürfen, nur ihre Aufmerksamkeit zu fühlen, wenn ich redete ... Es schien wie ein Stück vom Paradies zu sein. Und sie für mich allein zu haben, für wie kurze Zeit auch immer, erschien mir wie eine Gelegenheit, die ich mir nicht entgehen lassen durfte. Als sie in die Küche ging, um mir noch einen Kaffee zu machen, folgte ich ihr. Und dort habe ich es ihr gesagt. Während sie darauf wartete, daß das Wasser kochte.

Ich hatte mir schon ausgemalt, wie sie auf die Erklärung

meiner unsterblichen Liebe reagieren würde. Ein zögerndes Eingeständnis, daß sie genauso fühlte. Dann eine leidenschaftliche Kapitulation. Sie würde es zulassen, daß ich sie küßte. Vielleicht sogar, daß ich mit ihr nach oben ging und sie liebte. Oder vereinbaren, daß sie mich am nächsten Tag in einer Nobelherberge treffen würde, wo wir den ganzen Nachmittag und Abend im Bett verbringen würden. Später würden wir damit beginnen, unsere gemeinsame Zeit zu planen. Diskutieren, wohin wir davonlaufen würden. Natürlich alles Unsinn. Der reine Wahnsinn und die schiere Überheblichkeit. Aber ich war von meinem Phantasiegebilde so überwältigt, daß ich glaubte, es würde die Wirklichkeit vorwegnehmen.

Natürlich geschah nichts. Ihre erste Reaktion war: ›Ach du meine Güte.‹ Sie wirkte eher verlegen als ärgerlich. Fast, als ob ich ihr leid tat. Sie geleitete mich zurück ins Wohnzimmer und erklärte mir behutsam die Unmöglichkeit dessen, was ich vorgeschlagen hatte. Sie war eine glücklich verheiratete Frau mittleren Alters mit einer Tochter in meinem Alter. Es kam überhaupt nicht in Frage, daß sie ihren Mann betrog. Weder mit mir noch mit jemand anderem. Komischerweise schien sie eigentlich nicht besonders schockiert zu sein. Vielleicht hatten andere Männer ihr unter ähnlichen Umständen das Herz ausgeschüttet. Vielleicht war sie daran gewöhnt, das Objekt hoffnungsloser Liebe zu sein. ›Das ist nur eine Phase, die Sie gerade durchmachen‹, sagte sie. ›Eine Phase, die Sie bald hinter sich haben werden.‹ Sie sprach so leichthin, so wegwerfend. Als ob ich irgendein dummer Junge wäre, der für sie schwärmte. Ich hätte sie hassen können, wenn ich sie nicht so geliebt hätte. Und in gewisser Weise, nehme ich an, hat es damals angefangen. Haß ebenso wie Liebe, meine ich.

Aber Liebe ist sowieso das falsche Wort. Es war eine Besessenheit, die sich zur Manie steigerte. Ich übertrug den ganzen Sinn und die Bedeutung meines Lebens auf sie. Ich ließ sie einen Test um den einzigen Zweck meiner Existenz gewinnen. Ein Test, an dem ich scheitern mußte. Denn sie war nicht interessiert. Kein bißchen. Sie war nicht einmal beunruhigt. Auf jeden Fall damals nicht, obwohl später ... Sie nahm mich einfach nicht ernst, wissen Sie. Das war das Schlimmste. Ich konnte ihr Mitleid haben. Sogar ihren Hohn, wenn ich nicht lockerließ. Aber niemals das, was ich wollte. Niemals, um deutlich zu werden, ihre Achtung, jetzt da ich meine Karten offengelegt hatte.

Sie hat mich sehr höflich hinausgeworfen. Meinte, es wäre das beste, wenn ich nicht auf Sarah wartete. Aber sie versprach, ihr nichts von all dem zu erzählen. ›Wir wollen vergessen, daß dies jemals passiert ist‹, sagte sie. ›Lassen Sie es uns als unglückseliges Mißverständnis abschreiben.‹ Ich vermute, das war es auf gewisse Weise auch. Ein Mißverständnis. Sie verstand einfach nicht, daß es mir wirklich ernst war. Und ich verstand nicht, wie absurd das, was ich meinte, wirklich war.

Aber was das Abschreiben betraf, so schien das nicht möglich zu sein. Während der nächsten Tage rief ich sie mehrere Male an. Legte wieder auf, wenn jemand anderer abhob. Redete, wenn sie dran war. Ich bettelte sie an, es sich noch einmal zu überlegen. Flehte sie an, mir eine Chance zu geben. Nur ein Treffen. Nur ein paar Minuten. Schließlich gab sie nach. Wir trafen uns in einem Café in Covent Garden. Ihre Stimmung hatte sich bis dahin gewandelt. Wenn ich nicht lockerlassen würde, sagte sie, dann würde sie die Collegeverwaltung informieren. Sie versicherte, daß bis jetzt niemand davon wußte. Aber wenn ich jetzt nicht damit aufhörte, würde es jeder erfahren. Sarah. Meine Eltern. Meine Kommilitonen. Mein Studienberater. Mein Tutor. In meinem eigenen Interesse müßte ich aufgeben. Auf der Stelle. Und sie hoffte sehr, ich wäre vernünftig.

Als sie ging, hatte ich überhaupt nichts versprochen. Aber ich versuchte es. Die Schande und der Spott, den ihre formelle Beschwerde über mich bringen konnten, waren ein ernster Gedanke. Er brachte mich zur Vernunft. Zumindest für eine Zeitlang. Ich schrieb ihr einen Entschuldigungsbrief, in dem ich ihr erklärte, daß sie nichts mehr von mir hören würde. Und es war mir ernst. Wirklich. Nach Ostern fuhr ich zurück nach Cambridge, fest entschlossen, mich hinter meine Studien zu klemmen und diese lächerliche Geschichte mit einer älteren Frau zu vergessen.

Eine ganze Weile habe ich gedacht, es würde funktionieren. Aber als meine Prüfungen vorbei waren, hatte ich plötzlich sehr viel freie Zeit. Ein Kumpel, der mit mir auf demselben Gang wohnte, Peter Rossington, erzählte mir, daß er einen Gefährten für einen Interrailtrip durch Europa in diesem Sommer suche. Wissen Sie, die meisten Studenten machen mindestens einmal so eine Billigreise mit dem Bahnpaß. Nun, ich hatte die Wahl zwischen Interrail und Surbiton. Keine echte Alternative. Ich sagte ihm, daß ich ihn begleiten werde, und wir vereinbarten, Anfang Juli aufzubrechen. Bis dahin hatte ich nichts weiter zu tun, als in Cambridge zu faulenzen und nachzudenken. Über Louise. Darüber, wie ich es noch schaffen könnte, daß sie ihre Meinung änderte. Darüber, wie ich sie trotz allem überreden könnte, sich mir hinzugeben, sogar gegen ihre bessere Einsicht. Ich blieb bis zum bitteren Ende des Semesters und war immer noch da, als die Studenten im dritten Jahr zurückkehrten, um zu graduieren. Einschließlich Sarah. Was bedeutete, daß Louise auch nach Cambridge kommen mußte. Ich umschmeichelte Sarah so lange, bis ich wußte, in welchem Hotel ihre Eltern übernachten würden. The Garden House. Ein großes modernes Gebäude auf dem Universitätsgelände, hinter Peterhouse. Die Abschlußfeier fand am letzten Freitag im Juni statt. Sie sollten am Donnerstag eintreffen und zusammen mit Sarah am Samstag wieder abfahren.

Natürlich hätte ich an dem Mittwoch abhauen sollen. Oder noch früher. Aber ich tat es nicht. Ich lungerte herum und hoffte auf einen Blick von ihr. Vielleicht sogar auf eine Gelegenheit, mit ihr zu sprechen. Früh am Freitagmorgen lief ich am Flußufer entlang auf der gegenüberliegenden Seite des Garden House. Am Hotel vorbei und wieder zurück. Wieder und immer wieder. Ich hoffte, daß sie mich von ihrem Zimmer aus sehen würde, auch wenn ich gar nicht wußte, ob sie überhaupt eines mit Flußblick hatte. Nun, sie mußte mich bemerkt haben, denn plötzlich kam sie vom Hotel herüber, um mich zur Rede zu stellen. Sie war wütend. ›Sind Sie verrückt?‹ wollte sie wissen. ›Wir waren uns doch einig, daß Sie mich in Ruhe lassen. Was soll das, daß Sie hier auf und ab patrouillieren?‹ Ich tat so, als wäre alles ein einziges Mißverständnis. Ich schlenderte hier nur zufällig herum und hätte keine Ahnung, daß sie in dem Hotel wohnte. Es war klar, daß sie mir nicht glaubte, aber sie konnte mir auch nicht beweisen, daß ich log. Schließlich ging sie einfach davon. Ich rannte ihr nach und bettelte, stehenzubleiben und mit mir zu reden. Aber sie tat es nicht. Ich folgte ihr den ganzen Weg den Granta Place hinunter bis zum Hotel. Kurz nach dem Eingang blieb sie stehen und drehte sich zu mir um. ›Mein Mann wartet im Restaurant auf mich, um mit mir zu frühstücken‹, sagte sie. ›Möchten Sie sich anschließen, Paul? Möchten Sie, daß ich ihm erzähle, was hier vor sich geht?‹ Nun, ich war nicht bereit, Sir Keith gegenüberzutreten. Nicht damals. Nicht einfach so. Ihre Unverblümtheit erschreckte mich. Ich murmelte so etwas wie eine Entschuldigung und zog mich zurück.

Aber es konnte niemals ein endgültiger Rückzug sein. Ich trieb mich in den Straßen herum und beobachtete den Umzug zum Senate House. Dann schlich ich mich auf die Rückseite und bespitzelte bei King's das Festessen für Graduierte und ihre Eltern. Ich erhaschte einen Blick auf Louise, die strahlend schön aussah. Sir Keith war natürlich an ihrer Seite. Es war das erste Mal, daß ich ihn sah. Natürlich wirkte er auf mich ihrer völlig unwürdig. Ich schlich mich davon und überließ sie ihrem Schicksal. In der Zwischenzeit fühlte ich mich absolut unglücklich. Deprimiert und angeekelt von mir selbst. Und trotzdem war ich immer noch so in sie verliebt, daß ich sie mir einfach nicht aus dem Kopf schlagen konnte.

Am nächsten Morgen fuhren sie ab. Ich verbrachte das Wochenende damit, mich zu betrinken. Und einen Plan auszuarbeiten. Am Mittwoch sollte ich Peter in London treffen. Somit blieben mir zwei Tage, an denen ich Louise allein erwischen konnte. Ich wußte nicht, ob sie in Sapperton oder in London war. Also beschloß ich, auf Nummer Sicher zu gehen und es am Montag zuerst in Sapperton zu versuchen. Ich fuhr an jenem Morgen hinüber. Kam gegen elf Uhr an. Stellte meinen Wagen in der Nähe der Kirche ab. Erkundete die Gegend. Versuchte mir genau vorzustellen, wie ich auf sie zugehen würde.

Ich saß in meinem Wagen am Ende der Straße in Richtung The Old Parsonage, als Sarah vorbeikam. Sie hatte vielleicht einen Spaziergang gemacht. Ich sah sie nicht kommen, aber sie entdeckte mich sofort. Ich tischte ihr eine Geschichte von einem Besuch bei einer Tante in Cirencester auf und daß ich einen Abstecher nach Sapperton gemacht hätte, um zu sehen, ob Sarah Lust hätte, mit mir zu Mittag zu essen. Nun, sie schien darauf hereinzufallen. Anscheinend war niemand sonst zu Hause. Sie schlug vor, ein Gasthaus in der Nähe anzusteuern. Und ich mußte das Spiel fortführen, nachdem ich es einmal angefangen hatte. Also machten wir uns auf den Weg. Zum Daneway Inn unten im Tal unterhalb Sappertons. Es war nicht gerade eine entspannte Angelegenheit. Ich denke, Sarah war verwirrt. Vielleicht beunruhigt, daß ich die Sache zwischen uns wieder aufleben lassen wollte. Vielleicht machte das sie nervös. Und im Endeffekt redselig. Was auch immer der Grund dafür war, sie erzählte mir mehr über ihre Familie, als ihr wahrscheinlich klar war.

Sir Keith war in London. Aber Louise war nach Kington

gefahren, um Oscar Bantock zu besuchen. ›Sie sieht ihn ziemlich oft‹, sagte Sarah. ›Ich glaube, es gibt sonst niemanden, mit dem sie über Expressionismus sprechen kann.‹ Zuerst dachte ich mir überhaupt nichts dabei. Sarah würde am Ende der Woche nach Schottland fahren, um dort mit ein paar anderen Juristen von King's Urlaub zu machen. Zur selben Zeit würden ihre Eltern in ihre Villa nach Biarritz fahren. Rowena würde sich ihnen dort anschließen, sobald die Sommerferien begannen. Alles sehr behaglich und gemütlich.

Wir tranken noch zusammen Tee bei ihr zu Hause. Dann brach ich auf, unsicher, was ich als nächstes tun sollte. Aber als ich nach Cambridge zurückfuhr, fand ich plötzlich die Antwort. Louise hatte niemandem von mir erzählt. Warum? Weil ich ihr leid tat? Oder weil sie befürchtete, daß ihr Mann denken könnte, daß sie keineswegs so unschuldig war, wie sie sich gab? Vielleicht hatte er bereits Anlaß, sie zu verdächtigen. Wegen Oscar Bantock. Oder jemand anderem. Vielleicht waren sie gar nicht das treue Ehepaar, wie sie behauptet hatte.

Es ist merkwürdig, aber ich denke, ich hätte ihre Zurückweisung vielleicht akzeptieren können, wenn ich sie weiterhin für eine treue Ehefrau hätte halten können. Es war dieser Gedanke, daß sie es vielleicht doch nicht war, der den Ausschlag gab. Wenn sie vorhatte, ihren Mann zu betrügen, dann, so sagte mir die abartige Logik in meinem Hirn, sollte es mit mir geschehen. Nicht mit irgendeinem heruntergekommenen alten Maler oder Gott weiß mit wem. Sie war nicht fair. Sie gab mir keine Chance.

Ich fuhr nicht mehr nach Sapperton. Solange Sarah dort war, war es einfach zu riskant. Außerdem war es nicht nötig. Sie hatte mir gesagt, wo ich ihre Mutter finden konnte. Den ganzen Sommer über. Am Mittwoch traf ich mich mit Peter in London. Am folgenden Tag brachen wir zu unserer Reise auf. Wir verbrachten ein langes Wochenende in Paris, dann fuhren wir nach

Italien. Ich sagte, ich wollte in den französischen Alpen Zwischenstation machen, wohl wissend, daß Peter fieberte, nach Florenz und Rom zu kommen. Nach einem Streit in Lyon einigten wir uns darauf, uns zu trennen. Er fuhr weiter nach Italien. Ich nach Chamonix. Nun, das habe ich ihm zumindest erzählt. In Wirklichkeit kehrte ich nach Paris zurück und setzte mich in den Zug nach Biarritz.

Spät am Donnerstag, dem 12. Juli, traf ich dort ein. Mietete mich in einer billigen *pension* in der Nähe des Bahnhofs ein. Am nächsten Tag machte ich L'Hivernance ausfindig und trieb mich dort herum in der Hoffnung, daß Louise sich zeigen würde. Oder daß Sir Keith wegging, so daß ich wußte, sie wäre allein. Nichts geschah. Abgesehen davon, daß sie am frühen Abend gemeinsam wegfuhren. Auf dem Weg in ein vornehmes Restaurant, wie ich vermutete. Ich gab auf. Aber am nächsten Tag war ich wieder da, fest entschlossen, diesmal einfallsreicher zu sein. Nachdem ich mich versichert hatte, daß alles ruhig war, kletterte ich über eine Mauer und schlich mich durch den Garten zum Haus. Niemand war zu sehen. Aber als ich näher kam, hörte ich Stimmen, die aus einem offenen Fenster im Erdgeschoß drangen. Eine davon war die von Louise. Die andere gehörte Sir Keith. Sie stritten sich. Ich kann Ihnen gar nicht sagen, welche Freude – welche Hoffnung – das für mich bedeutete. Wenn sie vorhatten, sich zu trennen, dann konnte ich sie vielleicht über die Enttäuschung hinwegtrösten.

Ich kam nicht dicht genug heran, um genau zu verstehen, was gesagt wurde. Aber ganz offensichtlich war Sir Keith ärgerlich. Er erwähnte Bantock. ›Dieser verdammte Kleckser‹, nannte er ihn. Und er sagte, daß er am folgenden Tag abreisen würde. ›Was du machst, ist also deine Sache, nicht wahr?‹ Ich konnte Louises Antwort nicht verstehen. Sie sprach leiser als er. Hielt ihren Ärger im Zaum. Wie auch immer, auf jeden Fall tauchte plötzlich ein Gärtner auf. Deshalb mußte ich mich aus dem Staub machen.

Er entdeckte mich erst, als ich gerade über die Mauer verschwand.

Aber ich hatte herausgefunden, was ich wissen wollte. Sie waren sich gegenseitig an den Hals gefahren. Und Sir Keith würde abreisen. Den Weg für mich frei machen. Früh am Sonntagmorgen war ich zurück und wartete darauf, daß er abfuhr. Er hatte es nicht eilig. Es wurde Mittag, bis er das Haus verließ. Mit ein paar Koffern. Ein Taxi holte ihn ab. Ich konnte mein Glück nicht fassen. Louise würde verletzlich und aufgeregt sein, bedürftig nach Sympathie, bedürftig nach Liebe.

Ich beschloß, bis zum Abend zu warten. Wenn ich direkt nach Sir Keiths Abreise auftauchte, würde dies Verdacht erregen. Es war ein sonniger Nachmittag. Die Strände waren überfüllt. Ich bummelte herum, drehte Däumchen und aß Eis. Einmal hat ein Mädchen versucht, mich anzumachen. Bestand nur aus Schmollmund und wackelnden Hüften. Sie hätte mich reizen müssen. Aber sie erschien mir bloß so erbärmlich unreif, verglichen mit Louise. Alle erschienen mir damals so.

Bei Einbruch der Dämmerung waren die Strände leergefegt. Ich kehrte zurück zu L'Hivernance. Aber bevor ich dorthin kam, sah ich Louise. Sie war am Plage Miramar, direkt am Wasser, ging langsam und schien in Gedanken versunken. Ich lief hinunter zu den Dünen und beobachtete sie von dem geschützten Durchgang unterhalb der Terrasse des Hôtel du Palais. Sie lief einfach nur immer wieder dieselbe Strecke im Sand auf und ab, während die Wellen ans Ufer schlugen und es langsam Nacht wurde. Ich hatte vor, sie auf ihrem Weg zurück zur Villa abzufangen. Aber als es fast schon dunkel war und sie noch immer keine Anstalten machte, zurückzukommen, beschloß ich, zu ihr zu gehen.

Sie bemerkte mich nicht. Sie schaute hinaus aufs Meer und beobachtete die letzten Spuren des Sonnenuntergangs am Horizont. Als ich nur noch ein paar Meter entfernt war, zog sie ihren

Ehering vom Finger, holte aus und schleuderte den Ring so weit sie konnte hinaus in die Wellen. Ich blieb verwundert stehen, unfähig zu glauben, daß sie so etwas getan hatte. Dann drehte sie sich um. Und sah mich.

›Paul!‹ sagte sie. ›Was machen Sie denn hier?‹ Es ist komisch. Sie schien nicht besonders überrascht zu sein, mich zu sehen. Ich ließ meine vorbereitete Rede darüber los, daß ich mich einfach nicht von ihr fernhalten könnte. Darüber, daß ich mich fürchterlich in sie verliebt hätte. Und darüber, daß ich sicher sei, daß sie einen Freund brauchte – vielleicht mehr als das – jetzt, da ihre Ehe scheiterte. Ihr muß klar gewesen sein, daß ich ihr nachspioniert hatte. Aber sie war nicht ärgerlich. ›Ich kann jetzt nicht mit Ihnen reden, Paul‹, sagte sie. ›Mir geht zu viel durch den Kopf. Aber kommen Sie doch morgen vormittag gegen elf Uhr zu L'Hivernance, und wir *werden* uns unterhalten. Bestimmt.‹ Dann küßte sie mich. Es war nur ein formeller Kuß auf die Wange. Aber er reichte aus, um mich auf den Gedanken zu bringen, daß ich ihren Widerstand doch noch brechen würde. Ich schaute ihr nach, wie sie davonging, während ich mir ausmalte, was geschehen würde, wenn wir uns wiedersähen. Diesmal auf *ihre* Veranlassung.

Am nächsten Morgen war ich Punkt elf an der Villa. Ich trug ein Jackett und eine Krawatte, die ich vor einer knappen Stunde gekauft hatte, und hielt einen Blumenstrauß umklammert. Ich war nervös und unsicher. Aber auch aufgeregt und erwartungsvoll. Doch nicht lange. Die Haushälterin, die mir die Tür öffnete, sagte mir, daß Louise am frühen Morgen nach England abgereist war und nichts von einer Verabredung mit mir erwähnt hatte. Ich war sprachlos. Zu entsetzt, um etwas zu sagen. Ich stolperte in Richtung Leuchtturm davon und wählte einen der schmalen gewundenen Wege, die hinunter zum Strand führten. Zuerst wußte ich nicht, was ich davon halten sollte. Dann wurde mir alles klar. Sie hatte mich reingelegt. Mich für die kurze Zeit abgespeist, die sie brauchte, um zu packen und zu gehen. Ich schleuderte die Blumen ins Meer und weinte. Dann löste Wut meine Verzweiflung ab. Sie hatte auf meinem Stolz herumgetrampelt. Sie hatte mich ebenso betrogen wie ihren Mann. Nun, ich würde sie dafür bezahlen lassen.

Ich wußte, wohin sie gegangen war. Nach Kington. Um mit Bantock zusammenzusein. Mit Auto und Flugzeug würde sie viel eher dort sein als ich. Aber das schien keine Rolle zu spielen. Da ich sie am Ende doch einholen würde. Ich eilte zurück in meine *pension*, packte, bezahlte und lief zum Bahnhof. Dort stellte ich fest, daß ich mehr als zwei Stunden auf den nächsten Zug nach Paris warten mußte.

Während der ganzen Wartezeit wuchs meine Entschlossenheit, Louise mit ihrem Verrat zu konfrontieren. Natürlich war das einzige, was sie wirklich enttäuscht hatte, meine Phantasie, mit der ich sie umgeben hatte. Sonst nichts. Sie schuldete mir gar nichts, und am allerwenigsten eine Erklärung. Daß sie eine Verabredung mit mir getroffen hatte, die sie nicht einhalten wollte, war nur vernünftig, um mich loszuwerden. Und der Zustand ihrer Ehe ging mich nun wirklich nichts an. Jetzt sehe ich das alles ganz klar. Aber damals habe ich überhaupt nichts klargesehen. Am allerwenigsten, was ich tun würde, wenn ich sie schließlich gefunden hätte.

Es kostete mich zweiundzwanzig Stunden, um mit dem Zug, der Fähre und dem Bus von Biarritz nach Kington zu reisen. Paris. Dieppe. Newhaven. London. Newport. Hereford.

Schließlich kletterte ich um ein Uhr am folgenden Nachmittag – am Dienstag, dem 17. Juli – in Kington aus dem Bus. Bantocks Adresse erfuhr ich aus dem Telefonbuch, und eine praktische kleine Karte, die mir zeigte, wo die Butterbur Lane lag, erhielt ich gratis beim Fremdenverkehrsbüro. Eine halbe Stunde später stand ich vor Whistler's Cot und hämmerte an die Tür. Ich war sicher, daß Louise dort war, auch wenn ich ihr Auto nicht sah.

Aber ich hatte unrecht. Bantock kam von hinten um das Haus herum und wollte wissen, was der Lärm sollte. Er kannte mich von der Ausstellung her. Ich besaß die Geistesgegenwart zu behaupten, ich sei gerade auf Urlaub in dieser Gegend und begierig, seine Arbeit zu sehen. Er bat mich herein und zeigte mir sein Atelier. Ein Bild, an dem er arbeitete. Nun, es war offensichtlich, daß Louise nicht da war. Aber ich war noch immer überzeugt, daß sie über kurz oder lang auftauchen würde. Vielleicht hatte sie in London eine Zwischenstation eingelegt. Was auch immer der Grund dafür war, irgendwie hatte ich sie auf der Strecke überholt.

Bantock sagte, er müßte weg, und ich war froh, daß ich meinen Besuch abkürzen konnte. Meine Imitation eines Kunstfans war inzwischen erschreckend dilettantisch geworden. Er bot mir an, mich mitzunehmen, aber ich sagte, ich würde lieber laufen. Ich machte mich langsam auf den Weg. Auf halber Strecke die Straße hinunter überholte er mich mit seinem Auto. Sobald er außer Sichtweite war, machte ich kehrt und folgte der Straße an Whistler's Cot vorbei hinaus auf die Wiesen. Dann durchstreifte ich die Felder oberhalb der Straße, bis ich mich auf der anderen Seite der Hecke gegenüber dem Haus wiederfand. Ich konnte gut über die Hecke sehen und bemerkte, daß ich mich auf gleicher Höhe wie die Schlafzimmerfenster befand. Ich ließ mich im Schatten einer Buche nieder und wartete auf ihre Rückkehr. Ich war sicher, daß *beide* kommen würden. Bantock war weggefahren, um sie zu treffen, und würde früher oder später mit ihr auftauchen. Daran zweifelte ich nicht. Und dann wäre ich bereit.

Gegen fünf Uhr traf Louise in ihrem Wagen ein. Ich war begeistert, daß sich meine Annahme als richtig erwies. Aber in einem hatte ich unrecht. Bantock war nicht bei ihr. Sie klopfte an die Tür, dann ging sie ums Haus herum. Ich dachte, sie würde drinnen auf Bantock warten, aber ein paar Minuten später kam sie wieder heraus und fuhr davon. Ich konnte es nicht verstehen.

Aber ich war noch immer entschlossen, es durchzustehen. Es konnte nur eine Frage der Zeit sein.

In meinem Rucksack hatte ich ein paar Dosen helles Bier. Sie zu trinken war ein Fehler. Die Hitze, der Streß und die Belastung der Reise ließen mich einschlafen. Als ich aufwachte, war es fast schon dunkel, und es war kalt. In Whistler's Cot zeigte sich keine Spur von Leben. Ich fühlte mich langsam wie ein Idiot. Meine Zuversicht begann zu schwinden. Ich wollte aufgeben und gehen. Doch genau in diesem Augenblick, es war ungefähr neun Uhr, kam Louises Mercedes die Straße herauf, dicht gefolgt von einem gelben Lieferwagen. Beide Autos hielten bei dem Häuschen an. Diesmal hatte sie jemanden dabei. Aber es war nicht Bantock. O nein. Es war jemand, den ich noch nie gesehen hatte. Natürlich habe ich in der Zwischenzeit Fotos von ihm gesehen. Es war Shaun Naylor. Er sah genauso aus, wie er ist. Ein gutaussehender junger Schlägertyp. Die Sorte, die an einer Straßenecke Parfüm schwarz verkauft oder auf einem Parkplatz herumschleicht und Wagentüren ausprobiert. Rauhbeinig. Bereit zu allem. Mit einem Anflug von Narzißmus als Zugabe. Wie er an Louise geraten war, konnte ich mir einfach nicht erklären. Er war überhaupt nicht ihr Typ. Das jedenfalls hätte ich gedacht.

Aber ich wußte nicht, was ihr Typ war, oder? Alles, was ich wußte, war, daß sie dieses Stück Dreck irgendwo aufgegabelt hatte. Und das konnte noch nicht lange her sein, wie man aus den wenigen Worten schließen konnte, die sie miteinander wechselten, bevor sie hineingingen. ›Du hast mich dort hinten fast verloren‹, sagte er zu ihr mit schönstem Cockneyakzent. ›Das hätte ich nicht zugelassen‹, antwortete sie. ›Nicht, nachdem ich dich gerade erst gefunden habe.‹ Dann zog er sie an sich und küßte sie grob. Ich konnte nicht glauben, was ich da sah – oder hörte. Sie streckte sich und flüsterte ihm etwas ins Ohr. ›Du bist wirklich ein kleiner Schäker‹, sagte er daraufhin. ›Wer schäkert hier?‹ erwiderte sie. ›Wollen wir hineingehen?‹

Sie führte ihn zur Rückseite des Hauses. Wenige Sekunden später gingen ein paar Lichter an. Zuerst nur unten, wo ich nicht viel erkennen konnte. Dann, nach ungefähr zehn Minuten, auf dem Treppenabsatz und in einem der Schlafzimmer. Von meinem Hügel aus hatte ich einen guten Blick. Ich sah Louise und Naylor ins Zimmer gehen. Keiner von beiden versuchte, die Vorhänge zuzuziehen. Vielleicht rechneten sie nicht damit, daß irgend jemand ihnen zusehen könnte. Vielleicht war es ihnen auch einfach egal. In diesem Augenblick hatte ich die verrückte Idee, daß Louise wußte, ich war da, und daß sie wollte, daß ich sah, wozu sie fähig war – mit dem richtigen Mann.

Ich werde nicht detailliert beschreiben, was sie ihm erlaubte, mit ihr anzustellen. Nun, es gab nicht viel, was sie ihm nicht erlaubte. Sie war schon eine willige Partnerin. So wie Naylor bei seiner Verhandlung sagte, es war keine Vergewaltigung. Wenn es das nur gewesen wäre. Dann hätte ich hineinstürzen und versuchen können, sie zu befreien. Ich hätte ihr weißer Ritter in glänzender Rüstung sein können. Statt dessen saß ich da und beobachtete, was für einen Voyeur die Erfüllung seiner Träume gewesen wäre. Es war schrecklich. Nicht nur der Sex selbst. Das waren lediglich zwei Körper, die sich in einem Rechteck aus Licht zusammen bewegten. Wie in einem Pornofilm. Nein, es war das Vergnügen auf ihrem Gesicht, das mich so entsetzte. Es konnte nicht das erste Mal für sie sein. Es war eine gekonnte Vorstellung. Sie war gut. So gut wie die beste aller Huren. Ich hätte fast glauben können, daß sie genau das war. Eine Edelnutte für diese ... Kreatur, die sie aufgegabelt hatte ... für Gebrauch und Mißbrauch. Für jeden. Wenn das Geld stimmte. Oder wenn sie einen Narren an dir gefressen hatte. Absolut für jeden. Aber nicht für mich. Niemals für mich.

Danach blieb er nicht mehr lange. Zog sich an und ging, ließ sie im Bett zurück. Nun, auf dem Bett. Sie machte sich nicht einmal die Mühe, sich zuzudecken. Er kam aus dem Haus und fuhr weg.

Sie stand nicht auf. Sie mußte eingeschlafen sein. Ich beobachtete sie noch ein paar Minuten. Ungläubigkeit verwandelte sich in Eifersucht. Und aus der Eifersucht wurde Zorn. Ich wollte sie dafür bestrafen, weil sie mir all das verweigert hatte, was sie einem Fremden so zwanglos gegeben hatte. Dafür, daß sie das Bild zerstört hatte, das ich in meiner Phantasie aufgebaut hatte. Dafür, daß sie nicht die Frau war, die ich mir erträumt hatte.

Ich kroch durch eine Lücke in der Hecke, ließ mich die Böschung hinunter auf die Straße rollen und schlich mich zur Rückseite des Häuschens. Natürlich war die Tür nicht verschlossen. Ich ging hinein und machte so wenig Geräusche wie möglich. Ich wußte immer noch nicht genau, was ich eigentlich tun wollte. In der Küche und im Wohnzimmer brannte Licht. Die Ateliertür stand offen. Ich warf einen Blick hinein und bemerkte eine Rolle Bilderdraht auf einer Bank. Ich stand da und starrte so lange auf den Draht, bis ich mich selbst davon überzeugt hatte, daß sie es verdient hatte. Bis ich mich selbst so sehr in die Tat hineingesteigert hatte, daß sie unvermeidlich schien. Ich hob eine Kombizange auf, die neben dem Draht lag, und schnitt ein Stück davon ab. Dann zog ich ein Paar alte Lederhandschuhe an, die ich auf einem Regal neben der Hintertür entdeckt hatte. Ich habe nicht über Fingerabdrücke nachgedacht. Es war nur so, daß ich mich mit dem Draht nicht in die Hände schneiden wollte, wenn ich ihn ihr fest um den Hals legte.

Ich kann mich nicht genau daran erinnern, was als nächstes geschah. Auf jeden Fall ging ich hinauf zum Schlafzimmer. Aber ob ich auf Zehenspitzen ging oder gerannt bin, kann ich nicht sagen. Plötzlich war ich in dem Zimmer und schaute auf sie hinunter, wie sie nackt auf dem Bett lag. Sie lag auf der Seite, mit abgewandtem Gesicht. Sie hörte etwas und bewegte sich. ›Shaun?‹ sagte sie. ›Bist du –‹ Dann war ich über ihr, drückte sie mit meinem ganzen Gewicht auf die Matratze, als ich ihr den Draht um den Hals schlang und straff um ihre Kehle zog. Sie würgte und versuchte, mich abzuwerfen. Aber ich war zu stark für sie. ›Ich bin es, du Hure!‹ schrie ich ihr ins Ohr, als ich den Draht fester zog. ›Es ist Paul.‹ Sie würgte und wand sich und kämpfte. Aber jetzt gab es kein Zurück mehr. Weder für sie noch für mich. Es dauerte länger, als ich erwartet hatte. Viel länger. Aber am Schluß war alles Leben herausgepreßt. Und sie lag schlaff und ruhig neben mir. Kein Atem. Keine Bewegung. Kein Augenflackern. Sie war tot. Ich erhob mich und schaute auf ihren Körper hinab, den ich mich einst gesehnt hatte zu berühren und zu streicheln. Aber jetzt war er nichts mehr als bleiches Fleisch, das mit jeder Sekunde kälter wurde. Ich drehte mich um und sah eine Spiegelung der Szene in dem riesigen Spiegel, der den größten Teil der gegenüberliegenden Wand ausfüllte. Mich selbst zu sehen, hohläugig und keuchend, mit ihrem Körper auf dem Bett hinter mir, machte es irgendwie nur noch schlimmer. Ich ging mit meinem Stiefel auf den Spiegel los und zersplitterte eine der Ecken. Dann stürzte ich aus dem Zimmer. Ich kam gerade bis zur Küche, als ich hörte, wie draußen ein Wagen anhielt. Er klang wie Bantocks. Das Quietschen des Garagentors bestätigte meine Annahme. Ich war schon im Begriff wegzurennen, als mir plötzlich klarwurde, wie katastrophal das wäre. Wenn er mich sah, würde er mich erkennen. Wenn er mich nicht sah, würde er der Polizei erzählen, daß ich zu einem früheren Zeitpunkt an diesem Tag unter einem fadenscheinigen Vorwand dagewesen war. Und mein Rucksack befand sich auf der anderen Seite der Hecke. Wenn ich ihn dort zurückließ, gäbe es keinen Zweifel an meiner Schuld. Das wenige, was ich von Spurensicherung wußte, ließ mich vermuten, daß, wenn sie einen Grund hatten, mich zu verdächtigen, sie in der Lage wären zu beweisen, daß ich in jener Nacht hiergewesen war. Ein Fingerabdruck. Eine Faser. Ein Haar. Gott weiß was. Aber sie würden es finden. Und ich würde dafür verurteilt werden. Hingegen wenn sie *keinen* Grund hatten, mich zu verdächtigen ... wenn sie keinen Grund hatten, mich auch nur in Betracht zu ziehen ...

Ich verschwand im Atelier und schnitt ein weiteres Stück Draht ab. Ich hatte vor, mich auf Bantock zu stürzen, wenn er durch die Küche ging. Aber als er die Hintertür öffnete, ›Louise?‹ rief und keine Antwort bekam, blieb er stehen und wandte sich dann zum Atelier, fast als ob er meine Anwesenheit dort gespürt hätte. Ich versteckte mich hinter der Tür und sprang ihm, als er hereinkam, in den Rücken, warf den Draht über seinen Kopf und zog ihn um seinen Hals zusammen. Bantock gab im ersten Moment nach, setzte sich dann aber zur Wehr, stürzte in dem Versuch, mich abzuschütttelnn, nach vorne. Wir krachten zu Boden und rollten einige Male herum. Ich konnte hören und fühlen, wie Gegenstände um uns herum zu Boden fielen. Er war ein großer starker Mann, aber er hatte Übergewicht und keine Kondition. Ich konnte es mir nicht leisten, daß er mir entkam. Ich schlug ihm in den Magen, schaffte es, seine Arme mit meinen Knien zu Boden zu drücken, und zog wie verrückt an dem Draht. Und so ist er gestorben, ein würgender, keuchender Haufen auf dem Boden seines Ateliers, sein Gesicht verschmiert mit feinem vielfarbigen Staub, bestehend aus winzigen Farbsplittern, die seine Pinsel und Paletten während all der Jahre verloren hatten.

Ich rappelte mich auf und versuchte, klar zu denken. Nachdem Bantock tot war, gab es niemanden, der mich mit dem, was geschehen war, in Verbindung bringen konnte. Ich war angeblich im Ausland, und wenn es mir gelang, nach Frankreich zurückzukehren, ohne daß mich jemand sah, der mich kannte, war ich mit hoher Wahrscheinlichkeit vor einer Entdeckung sicher. Mein Selbsterhaltungstrieb löschte das Entsetzen über das, was ich getan hatte, aus, zumindest für eine Weile. Ich steckte die Rolle Draht und die Kombizange ein, behielt die Handschuhe an und stürzte hinaus auf die Straße. Es war niemand zu sehen. Mir konnte nichts passieren, solange ich die Nerven behielt. Ich rannte die Straße hinauf zu den Wiesen und arbeitete mich durch bis zu der Buche, wo ich den Rucksack zurückgelassen hatte. Ich holte meine Taschenlampe heraus und suchte den Boden nach Sachen ab, die ich vielleicht fallen gelassen hatte, sammelte die leeren Bierdosen ein und stopfte sie in den Rucksack. Dann stolperte ich über das Feld hinunter zu der Straße nach Kington und orientierte mich an den Lichtern der Häuser in der Butterbur Lane.

Wenn ich erst einmal auf der Straße war, so glaubte ich, würde ich wie ein ganz normaler Wanderer aussehen. Ich ging direkt durch die Stadt, indem ich meine Schritte zügelte und dem Drang widerstand, hinaus auf die Umgehungsstraße zu rennen. Dann versuchte ich, per Anhalter zu fahren. Ich hatte Glück. Nach wenigen Minuten hielt ein Lkw-Fahrer an. Er war auf dem Weg nach Coventry. Nun, mir war alles recht, wenn es nur weit entfernt war von Kington. Er setzte mich in den frühen Morgenstunden an einer Autobahnraststätte zwischen Birmingham und Coventry ab. Es gelang mir, von dort bis hinunter nach London mitgenommen zu werden. Als die Leichen in Whistler's Cot gefunden wurden, befand ich mich auf einer Fähre mitten im Kanal.

Den größten Teil der folgenden Woche verbrachte ich mit Reisen durch Deutschland, Österreich und die Balkanländer und kaufte bei jedem Halt englische Zeitungen, um zu erfahren, welche Spuren die Polizei verfolgte, was für Hinweise sie gefunden hatte. Die Panikanfälle ließen nach. Die Furcht vor einer bevorstehenden Verhaftung verebbte. Dann befiel mich schleichender Ekel darüber, was ich getan hatte. Ich konnte, wollte nicht *glauben*, was ich getan hatte, bis ich anfing, es zu bezweifeln. Meine geographische Entfernung vom Schauplatz des Verbrechens wurde gleichzeitig zu einer psychologischen. Meine Erinnerung sagte mir, was geschehen war, aber mein Bewußtsein weigerte sich, es zur Kenntnis zu nehmen. Ich denke, es war teilweise ein Überlebensmechanismus. Ein Weg, mit der Schuld fertig zu werden. Eine Methode, der Verantwortung für meine Taten auszuweichen. Es war Louises Schuld, weil sie mich über das Maß des Erträglichen hinaus gereizt hatte. Bantocks, weil er hereingeplatzt war. Naylors, weil er angefaßt und beschmutzt hatte, was mir nicht erlaubt war zu berühren. Jedermanns Schuld. Nur nicht meine. Natürlich wußte ich noch immer nicht, wer Naylor war. Als ich von seiner Verhaftung las, geriet ich kurzzeitig in Versuchung, zum nächsten britischen Konsulat zu gehen und mich selbst anzuzeigen. Dann dachte ich, ich warte besser, um zu sehen, ob er angeklagt wird. Als das geschah – wegen Vergewaltigung und Mord –, wurde mir klar, wer er ist und warum die Polizei glaubte, daß sie den Schuldigen gefaßt hätte. Ich war aus dem Schneider. Und plötzlich schien es nicht nur eine Frage von Glück, sondern auch von Schicksal zu sein. Das Schicksal hatte verfügt, daß Naylor und nicht ich bestraft werden sollte. Wer war ich, daß ich widersprechen sollte? Schließlich war es nur gerecht. Es war so, wie es sein sollte. Ich hatte nicht gewußt, was ich getan hatte. Ich hatte die Kontrolle verloren. In Frankreich hätten sie es als Verbrechen aus Leidenschaft beurteilt, eine verständliche und entschuldbare Kapitulation vor Zorn und Eifersucht. Und was Naylor betraf, nun, es war eine ironische Form von Gerechtigkeit, daß er für das, was ich getan hatte, würde büßen müssen. Denn er hatte mich ja eigentlich erst dazu getrieben.

Das habe ich mir jedenfalls eingeredet. Es klingt verachtenswert, ich weiß. Es *ist* verachtenswert. Aber man weiß nicht, zu welchen Entschuldigungen und Rechtfertigungen das Gehirn fähig ist, bevor man sich nicht selbst in so einer extremen Situation befindet. Louise war tot. Und Bantock ebenfalls. Ich konnte sie nicht wieder zum Leben erwecken, indem ich mich zu ihrer Ermordung bekannte. Und Naylor bedeutete mir nichts. Er war ein Nichts, *verglichen* mit mir. Ein erfolgreiches und lohnendes Leben lag vor mir. Ich hatte die Chance, mich selbst durch harte Arbeit und Anständigkeit reinzuwaschen. Wohingegen er nur eine erbärmliche, unbedeutende Figur war, die ebenso glücklich in einer Gefängniszelle wie auf der Straße sein würde. Mich zu opfern, um ihn zu retten, wäre eine sinnlose Verschwendung. Es würde das Ganze nur noch schlimmer machen, als es sowieso schon war. Ich führte deswegen endlose Selbstgespräche und Diskussionen. Ich überzeugte mich sogar selbst davon, daß Louise mir verziehen hätte und mich drängte, nicht zu gestehen. Gelegentlich sah ich sie in meinen Träumen. Sogar noch schöner, als sie in Wirklichkeit gewesen war. So gelassen. So verständnisvoll. Und ich hörte immer noch ihre Stimme. Sie sprach die Worte, die sie an jenem Nachmittag in Holland Park gesagt hatte: ›*Wir wollen vergessen, daß dies jemals passiert ist. Lassen Sie es uns als unglückseliges Mißverständnis abschreiben.*‹ Schließlich schien es ihr Wille zu sein, dem ich nachgab, ihr letzter Wunsch, den ich respektierte. Ich hatte sie getötet, ja. Aber indem ich Naylor die Verantwortung dafür übernehmen ließ, schützte ich ihren Ruf. Man würde sich an sie als treue Frau und ergebene Mutter erinnern. So lange, wie ich meine Zunge im Zaum hielt.

Ende August kehrte ich nach Hause zurück, inzwischen sicher, daß nichts mich mit den Morden in Verbindung bringen konnte und daß mein Gewissen, obwohl es niemals rein sein konnte, zumindest ruhig war. Ich schrieb einen Kondolenzbrief an Sarah und erhielt eine höfliche, aber zurückhaltende Antwort. Ich beschloß, es dabei zu belassen. Unsere Wege hatten sich getrennt, und ich war überzeugt, daß sie sich niemals wieder kreuzen würden. Im Oktober ging ich zurück nach Cambridge, entschlossen, mein Leben neu zu beginnen. Mir ein neues Ich zu schaffen und im Verlauf dessen die Erinnerung an die Dinge, die ich in jener Nacht in Whistler's Cot getan hatte, für immer abzulegen.

Ich war erfolgreich. Ich gewann neue Freunde und stürzte mich in neue Aktivitäten. Als der Prozeß begann, konnte mich nichts mehr erschüttern. Ich fühlte mich so sicher in meiner geschäftigen, ichbezogenen Welt, daß ich nicht einmal die Zeitungsberichte über den Prozeßverlauf las. Es war lediglich einem anderen Studenten, der Sarah kannte, zu verdanken, daß ich von Naylors Verurteilung erfuhr. Und wissen Sie, wie ich mich fühlte, als ich von der Strafe hörte? Erleichtert. Das war alles. Nur erleichtert, daß es vorüber war. Bloß froh, daß er für zwanzig Jahre hinter Gittern verschwinden würde. Einfach glücklich zu wissen, daß ich ihn endlich vergessen konnte.

Aber das konnte ich dann doch nicht, wie sich herausgestellt hat. Nach der Graduierung spielte ich mit verschiedenen Stellenangeboten, und da ich fand, sie unterschieden sich nicht sonderlich voneinander, nahm ich schließlich eine Stellung bei der Metropolitan Mutual Insurance an. Ein verhängnisvoller Fehler, könnte man wohl sagen. Denn es bedeutete, daß ich nach Bristol ziehen mußte. Wohin Sarah gegangen war, um ihre Referendarprüfung zu machen. Und wo auch Rowena war, um Mathematik zu studieren. Natürlich wußte ich nichts davon, daß sie dort lebten. Ich hatte absolut keine Ahnung. Bis zu dem Tag, als ich in der Park Street mit Sarah zusammenstieß.

Zu der Zeit schien es keine große Sache zu sein. Ein Zufall, den ich einfach wieder vergessen konnte. Aber Sarah lud mich zum Abendessen ein, und ich konnte schwerlich ablehnen. Also fuhr ich eines Abends hinaus nach Clifton. Dort traf ich Rowena zum erstenmal. Es war Anfang Januar letzten Jahres. Wirklich noch nicht lange her. Überhaupt nicht. Doch in anderer Hinsicht scheint es ... Sarah hat später zugegeben, daß sie darauf aus war, daß Rowena möglichst viele neue Leute kennenlernte. Ihr Selbstmordversuch lag erst ungefähr sechs Wochen zurück. Sarah wollte ihre Schwester auf andere Gedanken bringen. Deshalb hatte sie mich eingeladen.

Es begann langsam. Mich zogen die Eigenschaften Rowenas

an, die mich an Louise erinnerten. Zwischen uns entwickelte sich ein Verhältnis, das sich auf dem unbewußten Wissen gründete, daß wir beide etwas unterdrückten. Bei Rowena waren es Zweifel über den Tod ihrer Mutter. Bei mir das Wissen darüber, was sich tatsächlich hinter diesen Zweifeln verbarg. Natürlich war sie auch wunderschön. Wunderschön *und* verletzlich. Von Anfang an wollte ich sie beschützen. Sie abschirmen vor einer Wahrheit, die sie nach meinem Dafürhalten nicht ertragen konnte. Und mich gleichzeitig ebenfalls abschirmen. Der Zufall hatte mir die Gelegenheit gegeben, etwas von dem Schaden wiedergutzumachen, den ich angerichtet hatte, und die Stimme zum Schweigen zu bringen, die mir in langen schlaflosen Nächten noch immer Vorwürfe zuflüsterte. Es sah so aus, als ob das Schicksal bei meinem Leben wieder einmal die Hand im Spiel hatte.

Und so war es. Aber nicht, wie ich gedacht hatte. Ich heiratete Rowena, und eine Zeitlang schien alles vollkommen zu sein. Sie zu lieben ließ mich meine Besessenheit für Louise als das erkennen, was sie wirklich gewesen war: eine oberflächliche Illusion. Aber ihre Folgen hatten Bestand. Ob das Geheimnis, das ich immer bewahren mußte, an Rowenas Vertrauen zu mir nagte oder ob sie einfach nicht fähig war, ihre Zweifel zu vergessen, weiß ich nicht. Aber irgend etwas war nicht in Ordnung, bereits bevor das Buch erschien, ganz zu schweigen von der Fernsehsendung. Und dann gab es natürlich auch noch die Schwangerschaft. Sie hat mir nichts davon gesagt. Also war es vielleicht keine gute Nachricht, soweit es sie betraf. Vielleicht war es ein weiteres Problem für sie. Ließ ihre Zukunft ebenso von Zweifeln zernagt erscheinen wie ihre Vergangenheit. Und ebenso unerträglich.

Ich hätte nicht versuchen sollen, sie im dunkeln zu lassen. Das ist mir jetzt klar. Aber ich befürchtete, wenn ich den Gerüchten und Spekulationen ins Gesicht sehen würde, ich vielleicht gezwungen wäre, ihr die ganze Wahrheit zu erzählen. Geheimnistuerei wird irgendwann zur Gewohnheit, wissen Sie. Es wird mehr als nur eine Notwendigkeit. Fast ein Lebensstil. Man kann es nicht einfach abschütteln. So funktioniert das nicht. Also war meine Antwort auf das wachsende Interesse an dem Fall, einfach abzublocken und so zu tun, als würde es nicht existieren. Es war sowieso alles auf groteske Weise verdreht. Oscar Bantock mag ein Fälscher gewesen sein oder nicht. Aber ich wußte besser als irgend jemand sonst, warum er sterben mußte. Und Fälscherei hatte damit nichts zu tun.

Höchstens in dem Sinne, daß mein ganzes Leben eine einzige Fälschung geworden war. Überzeugend, aber falsch. Eine Heuchelei auf der Grundlage einer Lüge. Die einzig aufrichtige Sache darin war meine Liebe zu Rowena. Als sie sich von der Brücke stürzte, nahm sie den Zweck meines Betrugs mit sich. Sie legte meine Fälschung offen. Damit die Welt sie sehen konnte.

Aber die Welt sah sie einfach nicht. Das tut sie niemals. Sie will es nicht. Man muß sie dazu zwingen, die Augen zu öffnen. Das Eingeständnis von Unrecht ist eine zutiefst unangenehme Erfahrung. Sich zu einem Fehler zu bekennen ist viel schwieriger, als ihn zu verbergen. Und normalerweise gibt es so viele Wege, sich vor etwas zu drücken. Das Eingeständnis zu vermeiden. Aber nicht dieses Mal. Nicht jetzt. Weil ich beabsichtige, gesehen *und* gehört zu werden. Ich habe vor, die Dinge in Ordnung zu bringen. Und mich den Konsequenzen zu stellen. Wie allen anderen ebenfalls.«

14. Kapitel

WÄHREND ICH Paul Bryants Geständnis lauschte, wurde mir klar, wie wenig ich wirklich über die Familie Paxton und die Ereignisse im Juli 1990 gewußt hatte. Ich hatte aus den Bestandteilen meiner begrenzten Kenntnis eine vollständige Fassung der Wahrheit konstruiert. Und jetzt plötzlich erkannte ich meine Version als die Karikatur, die sie immer gewesen war. Die Vergangenheit war ebenso im Fluß und ungewiß wie die Zukunft.

Anfangs war ich viel zu erschüttert, um auf das, was Paul gesagt hatte, zu reagieren. So vieles wurde dadurch anders, so vieles durcheinandergebracht. Louise war nicht das gewesen, was ich oder andere von ihr gedacht hatten. Sie war nicht darauf vorbereitet gewesen, das zu sein, was wir von ihr erwartet hatten, nicht einmal im Tod. Alles, was wir von ihr geglaubt hatten, war Lüge gewesen. Und die einzige Behauptung über sie, die wir mit Sicherheit für eine Lüge gehalten hatten, entpuppte sich als Wahrheit. Naylor war nicht schuldig. Aber sonst fast jeder. Darin, andere getäuscht zu haben. Oder sich selbst. Es spielte eigentlich keine Rolle, was zutraf. Ausgenommen natürlich, was Paul betraf. Er hatte die ungeheuerlichste von allen Lügen gelebt. Er hatte zwei Leute ermordet und einen Unschuldigen ins Gefängnis gehen lassen. Ich hätte eigentlich wütend sein sollen. Und letztendlich war ich das auch. Aber nicht wegen des scheußlichen Verbrechens. O nein. Was mich wirklich erzürnte, war die Offenbarung von so viel Falschheit, von so viel Leichtgläubigkeit. Vermutlich war es einfach zu glatt und zu bequem gewesen, um zu widerstehen. Naylor eingesperrt. Und mit ihm unsere Zweifel. Aber jetzt würde er freigelassen werden. Der Schurke des Ganzen als das eigentliche Opfer. Die Geschichte müßte neu geschrieben werden. Und jeder, der die Fassung gebilligt hatte, die, wie ich jetzt wußte, falsch war, würde im besten Fall als Narr dastehen, im schlimmsten als Schuft oder Verbrecher.

Ich nehme an, die unvermeidbare Erkenntnis über meine eigene Leichtgläubigkeit erklärt die stumme Bestürzung, mit der ich schließlich reagierte. Natürlich war ich entsetzt. Aber drei Jahre nach der Tat verliert das Entsetzen seine Schärfe. Die Befriedigung, mit der ich Naylors zwanzigjährige Strafe aufgenommen hatte, konnte niemals wiederholt werden. Pauls Schuld wurde irgendwie durch das Unrecht, das jemand anderem widerfahren und an dem ich beteiligt war, vermindert. Und durch die Scham darüber, daß diese Ungerechtigkeit durchgesetzt wurde. Es gab einen Augenblick, als ich versucht war, ihn zum Schweigen zu bringen, ihm eine Platitüde zuzuflüstern, in der Art, »man sollte schlafende Hunde nicht wecken«. Dann verwarf ich den Gedanken heftig. Es mußte endlich ein Ende haben mit den Ausflüchten und Absprachen. Und dieses war es.

»Was Sie getan haben, Paul – was Sie freiwillig zugegeben haben, getan zu haben –, ist schrecklich. Furchtbar. Unentschuldbar. Ich bin der Meinung, daß Mörder hingerichtet werden sollten. Aufgehängt. Verstehen Sie? Vernichtet.«

»Ich verstehe Sie, Robin. Ich höre, was Sie sagen. Eigentlich bin ich ganz Ihrer Meinung. Ein Leben sollte mit einem anderen Leben bezahlt werden. Aber das Gesetz ist anderer Ansicht. Deshalb ...«

»Was wollen Sie jetzt tun? Sich der Polizei stellen?«

»Nicht direkt. Ich habe morgen früh eine Verabredung mit Naylors Rechtsanwalt in Worcester. Ich werde ihm genau das erzählen, was ich Ihnen erzählt habe. Dann ist es seine Entscheidung, was geschehen soll. Ehrlich gesagt, bin ich froh, wenn es soweit ist. Dankbar dafür, daß er die Sache in Bewegung bringen wird. Außerdem wird es, wenn ich zu ihm gehe, jegliche Möglichkeit verhindern, daß sich die Polizei taub stellt.«

»Sie glauben, das würde sie versuchen?«

»Wer weiß? Aber so haben sie keine andere Wahl.«

»Und Sarah? Sie möchten, daß ich es ihr sage?«

»Wenn Sie wollen. Wenn Sie können. Vielleicht als Gefälligkeit.«

Ich zögerte, hin und her gerissen von dem Wunsch, mich zu weigern, und dem Wissen, daß es für sie besser wäre, es zuerst von mir zu hören. Am Ende war es keine schwierige Wahl, die ich treffen mußte, wie schwer ihre Ausführung auch immer sein würde. »Also gut. Ich werde es Sarah erzählen. Aber ich werde es *ihr* zuliebe tun, Paul. Nicht Ihnen.«

Es vergingen ein paar schweigsame Minuten, während derer er vielleicht über die vielen Zurückweisungen und Verurteilungen nachdachte, denen er schon bald ausgesetzt sein würde. Dann sagte er einfach nur: »Danke.«

»Warum haben Sie das getan?« fragte ich und hoffte, er würde plötzlich sagen, nein, es war in Wirklichkeit alles nur ein Scherz. »Ich meine, in Gottes Namen, warum bloß?«

»Ich weiß es nicht, Robin. Ich erinnere mich an die Taten, nicht an die Gründe. Sie hat mich verzaubert, und dieser Zauber konnte nur durch ihren Tod gebrochen werden. Und jetzt erscheint es mir ebenso unerklärlich wie Ihnen.«

»All diese Lügen, die Sie erzählt haben. Wie konnten Sie das nur aushalten?«

»Notwendigkeit. Furcht. Gewohnheit. Und etwas Stolz. Vermutlich darauf, nicht entdeckt worden zu sein. Es gab genug Gründe. Bis Rowena kam. Aber jetzt ist sie nicht mehr da. Es gibt keinen Grund mehr. Keinen Sinn. Die Täuschung hat keinen Zweck mehr. Wissen Sie, ich bin in diesen letzten paar Wochen in die Kirche gegangen. Und habe um Erleuchtung gebetet. Um mich auf das Geständnis vorzubereiten, könnte man vielleicht sagen. In einer der Lesungen gab es einen Vers aus dem Evangelium des heiligen Johannes, der mir im Gedächtnis geblieben ist. Sechs Worte, die mir mehr Mut gegeben haben als alle anderen zusammen. Und gerade genug für mich, daß ich in der Lage bin, dies zu tun. ›Die Wahrheit wird dich frei machen.‹ Ich habe viel darüber nachgedacht. Über die Hoffnung, meine ich. Es ist einfach zu sagen. Aber nicht so einfach zu glauben. Aber ich habe begonnen, daran zu glauben. Wirklich. Gerade jetzt, als ich es Ihnen erzählt habe. Seit der Nacht, in der ich sie getötet habe, habe ich mich nicht mehr frei gefühlt. Aber jetzt gibt es eine Chance. Daß die Wahrheit mich frei machen *wird*. Endlich. Ganz und gar. Wirklich frei.«

Wenn mir jemand gesagt hätte, daß ich eines Tages den Mörder von Louise Paxton eingeladen hätte in mein Haus, um dort zu übernachten, hätte ich ihn für verrückt erklärt. Aber Paul Bryant *hat* jene Nacht in Greenhayes verbracht. Als die Sprache darauf kam, stellte sich heraus, daß er wirklich nirgendwohin sonst gehen konnte. Er gab zu, daß er dankbar wäre, wenn er am nächsten Morgen auf dem Weg nach Worcester Gesellschaft hätte, und ich vermute, ein Teil von mir wollte sichergehen, daß er wirklich mit seinem Geständnis Ernst machen wollte, bevor ich damit begann, mich in der Sache zu engagieren.

Wir brachen im Morgengrauen auf. Paul sah aus, als hätte er bedeutend besser geschlafen als ich. Vielleicht machte sich die Sehnsucht nach Freiheit bereits bemerkbar. Er sprach wenig auf unserer Fahrt nach Norden, lehnte sich mit geschlossenen Augen im Sitz zurück, und auf seinem Gesicht lag fast ein zufriedener Ausdruck. Gelegentlich lächelte er und murmelte vor sich hin. Aber wann auch immer ich ihn fragte, was er gesagt hatte, antwortete er nur: »Es ist nicht wichtig.« Nichts *war* wichtig, verglichen mit der Geschichte, die er zu erzählen hatte.

Nichts zählte mehr – ausgenommen seine grimmige Entschlossenheit, die Dinge richtigzustellen.

Wir erreichten Worcester rechtzeitig für seine Verabredung um zehn Uhr. Cordwainer, Murray & Co belegte bescheidene Räumlichkeiten im ersten Stock eines Gebäudes in der Nähe des Bahnhofs in der Foregate Street. Ich setzte ihn vor der Tür ab und beobachtete, wie er hineinging. Er schaute nicht zurück, als er das Gebäude betrat. Er zögerte nicht einmal. Es sah so aus, als müßte er sich beherrschen, nicht zu rennen, als er diesen unwiderruflichen Schritt unternahm.

Auch ich hatte es eilig, denn ich wußte, daß eine Verzögerung nur Ausflüchte bewirken würde. Es war nicht leicht, Sarah zu erzählen, daß sich all ihre schlimmsten Befürchtungen über ihre Mutter bestätigt hatten. Aber es gab auch keine Möglichkeit, es zu vermeiden. Ich fuhr direkt über die Autobahn hinunter nach Bristol und zum Caledonia Place.

Aber sie war nicht zu Hause. Nun, warum sollte sie auch? Für sie war es ein ganz gewöhnlicher Samstagmorgen. Ich hätte sie vorher anrufen sollen. Ich hätte mir eine Strategie zurechtlegen sollen. Aber nach Pauls Geständnis erschien jede Strategie nutzlos und lächerlich. An was hätte man sich letztlich auch halten können als an seinen Instinkt?

Ich wartete zwanzig Minuten, die mir wie eine Ewigkeit vorkamen. Endlich fuhr sie mit ihrem Auto vor, entlud ein paar Einkäufe und trug sie zur Tür. Ich lief auf sie zu, spürte, wie die normalen Begrüßungsworte auf meinen Lippen erstarben. Sie war gerade dabei, die Schlüssel aus ihrer Handtasche zu fischen, als sie aufblickte und mich entdeckte.

»Robin! Was machen Sie denn hier?«

»Ich habe ein paar Neuigkeiten für Sie, Sarah. Lassen Sie uns hineingehen.«

Sie reagierte ähnlich wie ich am Tag vorher. In den Veränderungen in ihrem Gesichtsausdruck konnte ich die gleichen Phasen beobachten, die ich durchgemacht hatte. Verwirrung. Ungläubigkeit. Langsam wachsende Überzeugung. Dann Entsetzen. Darüber, was Paul getan hatte. Und darüber, was es bedeutete. Über Naylor. Über Louise. Über uns alle. Schließlich kam die Wut. Zunächst gegen Paul gerichtet. Dann darauf, was sein Geständnis zwangsläufig für all unsere bequemen Annahmen und Auslegungen bedeuten würde. Nichts würde mehr bequem und praktisch sein. Und Sarah wußte das jetzt. Genauso wie ich.

»Ich hätte niemals gedacht«, sagte sie, »mir niemals vorgestellt... Als er an jenem Tag in Sapperton auftauchte... Als ich herausfand, daß er während meiner Graduierung immer noch in Cambridge herumlungerte... Ich hatte niemals auch nur die geringste Ahnung, was tatsächlich vor sich ging.«

»Wie hätten Sie auch?«

»Mummy hätte es mir sagen sollen. Dann hätte ich dem Ganzen einen Riegel vorschieben können, bevor sie nach Biarritz flog.«

»Das ist nicht sicher. Er war völlig besessen von ihr. Ich glaube nicht, daß ihn irgend etwas hätte aufhalten können.«

»Meinen Sie nicht? Nun, vielleicht haben Sie recht.« Sie ging hinüber zum Fenster und schaute hinaus auf die feuchten grauen Dächer von Clifton; und als sie sagte, was ich bereits gedacht hatte, drehte sie mir den Rücken zu, als ob sie mir nicht in die Augen schauen könnte. »Aber es hätte nicht mit Mord geendet. Nicht, wenn Mummy die treue Frau gewesen wäre, die sie uns immer vorgespielt hat. Nicht, wenn sie nicht Naylor abgeschleppt hätte, so wie er es immer von ihr behauptet hat, in einer Laune, auf gut Glück, aus keinem anderen Grund als...« Sie senkte den Kopf, und ich dachte, sie würde gleich weinen. Aber sie hatte keine Tränen in den Augen, als sie sich umdrehte. »Es ist dumm, nicht wahr? Aber irgendwie ist das, was wir dabei über Mummy erfahren, sogar noch schlimmer als das, was wir über Paul erfahren.«

»Das sollten Sie nicht sagen. Er hat sie umgebracht. Und Bantock. Dafür gibt es keine Entschuldigung. Was für Probleme Ihre Eltern auch immer in ihrer Ehe gehabt haben –«

»Sie führten keine Ehe, stimmt's?« Ihr Zorn hatte jetzt ein neues Ziel gefunden. Ihre Mutter war tot. Und der Mann, der dafür verantwortlich war, war doch noch bereit, die Konsequenzen zu tragen. Nur die Lügen ihres Vaters mußte man noch festnageln. »Das Ganze war Heuchelei, oder nicht? Ein abgekartetes Spiel. Sie *war* im Begriff, ihn zu verlassen. Genauso, wie ich immer gedacht habe. Aber nicht wegen Howard Marsden oder einem anderen gepflegten Liebhaber mittleren Alters. Sie wollte ihn verlassen für jeden beliebigen, den sie bekommen konnte. Und Daddy muß das die ganze Zeit gewußt haben. Er muß gewußt haben, daß sie zu dem fähig war, was Naylor von ihr behauptet hat.«

»Sie können Ihrem Vater nicht die Schuld geben. Wahrscheinlich wollte er Sie und Rowena beschützen vor –«

»Wohin hat uns das *Beschützen* gebracht? Ihre Schwägerin hat sich uns als Stiefmutter aufgedrängt. Rowena wurde dazu gezwungen, vor Gericht Dinge zu sagen, die sie nicht wirklich glaubte. Dann verheiratet mit dem Mörder ihrer eigenen Mutter.« Sie starrte mich an, verstummt durch die zusätzliche Dimension, die ihre Worte den Tatsachen verliehen hatten. Dann fügte sie mit gedämpfter Stimme hinzu: »Und schließlich in den Selbstmord getrieben.«

»Sarah, ich –«

»Sind Sie nun zufrieden, Robin? Sie haben immer gesagt, wir sollten in unserer Familie nicht so viele Geheimnisse haben. Nun, das beweist ein für allemal, daß Sie recht hatten, oder nicht?«

»Sie denken doch nicht etwa, ich würde irgendeine –«

»Nein!« Sie hielt ihre Hände in einer beschwichtigenden Geste in die Höhe. Dann runzelte sie die Stirn, als ob sie von der

Heftigkeit ihrer Reaktion überrascht wäre. »Es tut mir leid. Ich wollte nicht... Außerdem beweist es wirklich, daß Sie recht hatten. Ich hätte früher auf Sie hören sollen.«

»Es hätte keinen Unterschied gemacht.«

»Vielleicht nicht.« Sie ließ sich langsam auf das Sofa sinken und schüttelte müde und bestürzt den Kopf. »Das Ganze ist ein verdammtes, heilloses Durcheinander.« Ich setzte mich neben sie. Für einen Augenblick erlaubte sie mir, ihre Hand zu halten, nicht lange, dann schüttelte sie mich behutsam ab. Die Art und Weise, wie sie ihre Schultern straffte und tief und entschlossen Luft holte, zeigte ihre Absicht deutlich. Trost wäre ihr nur lästig. Sie würde die Kraft finden, all dies alleine durchzustehen. Selbständigkeit wäre ihre Garantie gegen den Verrat, der ihre Schwester fertiggemacht hatte. »Wo ist Paul jetzt?«

»In Worcester. Bei Naylors Rechtsanwalt.«

»Dann hat es also schon angefangen. Er wird eine eidesstattliche Erklärung vorbereiten und sie der Anklagevertretung als Grundlage für ein Revisionsverfahren vorlegen. Sie werden die Polizei bitten, Pauls Darstellung zu bestätigen. Und vorausgesetzt, sie tut es...«

»Paul schien der Ansicht zu sein, sie würden versuchen, ihn zu ignorieren.«

»Ich bezweifle, daß sie das können. Ich selbst kann einen Teil seiner Geschichte bestätigen. Und Peter Rossington wahrscheinlich ebenfalls. Dann gibt es da noch eine Menge Einzelheiten, die bei der Verhandlung nicht zur Sprache kamen. Dinge, die nur der wirkliche Mörder wissen kann. Sie halten immer ein paar Dinge zurück als Schutz gegen Geständnisse von Spinnern. Wenn einige davon zu Pauls Darstellung passen, der Darstellung eines Mannes, von dem man nicht einmal angenommen hat, daß er Whistler's Cot jemals besucht hat...«

»Ich denke, wir wissen beide, daß sie passen werden.«

»Ja. In diesem Fall...«

»Wie lange wird es dauern, bis es an die Öffentlichkeit gelangt?«

»Das weiß ich auch nicht. Genaugenommen gibt es keine Notwendigkeit dafür, bevor Naylors Revision nicht stattgegeben wurde. Und das wird erst dann geschehen, wenn die Polizei ihre Untersuchungen abgeschlossen hat. Selbst dann muß die Grundlage für die Revision nicht bekanntgegeben werden – oder Pauls Name veröffentlicht –, bevor der Einspruch tatsächlich angehört wurde. Aber die meisten Polizeidienststellen sind so undicht wie ein Sieb. Das ist eine sensationelle Geschichte. Früher oder später wird die Presse davon Wind bekommen. Und ich würde eher auf früher wetten.«

»Aber wir haben zumindest ein paar Wochen?«

»O ja. Ein paar Wochen. Die Polizei wird die Sache vermutlich schleifen lassen. Sie wird ziemlich dumm aussehen, wenn es herauskommt. Aber eigentlich kann niemand damit angeben. Nicht einmal Nick Seymour. Er hatte aus den falschen Gründen recht. Der einzige, der schlußendlich gut dastehen wird, ist ...«

»Naylor.«

»Ja. Ein kleiner, geiler Einbrecher, der zufällig ...« Wieder ein tiefer Atemzug. Ein neuerliches Sammeln der inneren Reserven. »Aber er *ist* unschuldig. Er hat drei Jahre im Gefängnis verbracht für ein Verbrechen, das er nicht begangen hat. Wir müssen uns bei ihm entschuldigen. Wir, die wir uns solche Mühe gegeben haben sicherzugehen, daß er verurteilt wird.«

»Wir dachten, er wäre schuldig.«

»Ja. Wir dachten. Aber jetzt müssen wir neu nachdenken.«

»Zeugen haben ausgesagt, daß sie gehört haben, wie er es zugegeben hat.«

»Handlanger der Polizei. Das war mir klar, auch wenn Sie keine Ahnung hatten.«

»Was?«

Sie lächelte mich an, als ob sie meine Naivität bemitleidete.

»Ein Teilzeit-Barkeeper in einem Pub in Bermondsey, der vermutlich ein Vorstrafenregister hat, das so lang wie Ihr Arm ist, und ein Untersuchungshäftling, der auf eine milde Strafe hoffte. Sie waren nicht wirklich unvoreingenommen. Ich fürchte, die Polizei neigt dazu, in Fällen wie diesem der Wahrheit etwas nachzuhelfen. Natürlich holt es sie irgendwann ein, wenn sich herausstellt, daß sie auf den falschen Mann gesetzt haben. Aber ich bezweifle, daß irgendein Zeuge jemals wegen Meineid angeklagt werden wird. Das könnte ziemlich unschön werden.«

»Sie wollen sagen, daß einige der Beweise gegen Naylor erfunden waren?«

»So muß es gewesen sein. Natürlich nur aus den ehrenvollsten Gründen. Um sicherzustellen, daß er mit Mord nicht davonkommt. Der einzige Haken ist – er war nicht der Mörder.«

»Mein Gott. Und ich ...« Mir wirbelten die Sätze durch den Kopf, die ich vor Gericht hätte sagen können und die vielleicht das Ergebnis der Verhandlung verändert hätten. Die Schuld breitete sich in alle Richtungen aus.

»Machen Sie sich keine Vorwürfe, Robin. Vielleicht hätten Sie mitteilsamer sein können. Aber ich wollte das ja gar nicht. Ich habe Sie doch praktisch gebeten, es nicht zu sein.« Wir schauten uns an. Ohne daß es Worte gebraucht hätte, schienen wir den Wahnsinn zu begreifen, in den wir beide gelockt worden waren. Paul hatte drei Jahre lang mit einer Lüge gelebt. Und wir hatten sie mehr oder weniger mit ihm gelebt.

»Was können wir tun?«

»Nichts. Wir müssen dem Gesetz seinen Lauf lassen. Es kann bis zu sechs Monaten dauern, ehe das Revisionsverfahren aufgenommen wird. Bis dahin kann Paul nicht angeklagt werden. Er kann nicht einmal verhaftet werden.«

»Sie wollen damit doch nicht etwa andeuten, daß er sich aus dem Staub machen wird?«

»Nein. Er würde kein Geständnis ablegen, wenn er nicht

vorhätte, das Ganze durchzustehen. Aber eine lange, zermürbende Wartezeit liegt vor ihm. Und dann muß man auch noch Naylor berücksichtigen.«

»Was meinen Sie damit?«

»Nun, wenn die Polizei Pauls Geständnis nicht widerlegen kann, dann muß die Anklage akzeptieren, daß Naylor unschuldig ist. Das bedeutet, daß sie kein Beweismaterial gegen die Revision vorbringen wird. Mit dieser Absichtserklärung kann Naylor auf Bewährung entlassen werden, bevor das Revisionsverfahren eröffnet wird. Wenn ich sein Rechtsanwalt wäre, dann würde ich darauf hinarbeiten.«

»Na und?«

»Denken Sie nach. Naylor auf freiem Fuß. Und Paul noch nicht verhaftet. Für mich klingt das nach einer gefährlichen Situation.«

»Bestimmt wäre Naylor nicht so dumm, sich an ihm zu rächen.«

»Ich hoffe nicht. Obwohl, warum sollte ich ...« Was immer sie gerade sagen wollte, sie hatte es sich offensichtlich anders überlegt. Sie sah zur Seite und schüttelte den Kopf. »Wir kennen doch Shaun Naylor überhaupt nicht. Wir wissen nicht das geringste über ihn. Er ist ein völlig Fremder für uns. Trotzdem gibt es keinen Bereich in unserem Leben, den er nicht berührt hätte. Oder ruiniert.«

»Aber er hat Ihre Mutter nicht ermordet. Das war Paul Bryant.«

»Ja. Und wenn ich daran denke, wie charmant er immer schien... Wie fein und anständig... Er schlich sich in unser Leben ein. Schmeichelte uns, bis wir eine *so* hohe Meinung von ihm hatten. Ich war froh – ich war *dankbar* –, als Rowena sagte, sie wollte ihn heiraten. Können Sie sich das vorstellen? Ich habe mich tatsächlich für sie gefreut. Und die ganze Zeit ...«

»Ich glaube, er hat sie wirklich geliebt.«

»Gut. Dann hoffe ich, daß er sie genauso sehr vermißt wie ich. Ich hoffe, daß der Schaden, den er angerichtet hat, ihn so tief verletzt, wie er sie verletzt hat. Bis an sein Lebensende.«

Sie preßte ihre Finger gegen die Stirn und seufzte. Ich hätte so gern meinen Arm um sie gelegt und versucht, sie zu trösten. Aber ich spürte, daß sie das nicht wollte. Und ich erwartete auch nicht, daß sie meinen Vorschlag annahm. »Sarah, wenn Sie wollen, daß ich ... Ihrem Vater ... die Nachricht überbringe ...«

»Nein. Sie haben schon genug getan.« Ich denke, sie meinte es dankbar. Aber dennoch, trotz alledem, lag eine Spur von Vorwurf in ihrer Bemerkung. Und ein Echo der Versuchung, die ich kurzzeitig selbst gefühlt hatte. *Hätten Sie ihn nicht dazu überreden können, den Mund zu halten?* schien sie sagen zu wollen. *Uns allen zuliebe.* Aber es war ein sinnloses Spiel. Es konnte keinen Weg zurück geben. »Ich werde Daddy selbst anrufen«, sagte sie in düsterer Entschiedenheit. »Sobald Sie weg sind.«

Es ist merkwürdig, dachte ich bei mir, als ich zurück nach Petersfield fuhr, wie die Zeit die Art und Weise unseres Fühlens verändert. Wenn Paul Bryant sich vor Naylors Verhaftung im Juli 1990 der Polizei gestellt hätte, dann hätte seine unverzügliche Kapitulation unseren Zorn nicht abgeschwächt. Wir hätten für ihn die Höchststrafe gewollt. Drei Jahre Wartezeit, während ein Unschuldiger im Gefängnis saß, hätten sein Vergehen eigentlich vergrößern sollen. Statt dessen hatten sie es irgendwie gemildert. Irgendwie neigten sowohl Sarah als auch ich dazu, Pauls Opfer für den Irrglauben, mit dem er uns gequält hatte, verantwortlich zu machen. Natürlich war es absurd und verachtenswert. Als ob Louise um ihren Mörder gebeten hätte. Oder Naylor um seine ungerechtfertigte Verurteilung. Und trotzdem war es da, ganz hinten in unseren Köpfen, und verführte uns in schwachen Momenten mit der Hoffnung, daß unsere Verantwortung für einen gräßlichen Justizirrtum auf andere übertragen werden konnte.

Aber das war nicht die schlimmste Ausflucht. Es gab noch etwas viel Hoffnungsloseres. Der Gedanke, der niemals ausgesprochen werden konnte, den man aber miteinander teilen mußte. Es wäre besser gewesen, wenn Paul unverzüglich gestanden hätte. Selbstverständlich. Offensichtlich. Aber weil er das nicht getan hatte, weil jede Lösung, die er uns anbot, lediglich die zweitbeste war, wäre es da nicht besser gewesen – oder zumindest weniger schrecklich –, wenn er niemals gestanden hätte?

Es erinnerte mich an ein Märchen, das ich einst gehört hatte. Es basierte auf der berühmten Schlacht an den Thermopylen. Die Bewohner von Sparta waren dermaßen stolz auf die Selbstaufopferung ihrer dreihundert Soldaten – *»Wanderer kommst du nach Sparta, so berichte, du habest uns hier liegen gesehn wie das Gesetz es befahl«* –, daß, wenn einer von ihnen zu seiner Frau und seinen Kindern zurückgekehrt wäre, er abgewiesen und als Fremder vertrieben worden wäre. Sein Unvermögen zu sterben blamierte sie. Genauso wie Louise Paxtons und Shaun Naylors Unvermögen, die Rollen zu spielen, die ihnen zugewiesen worden waren, uns blamierte. Aber im Unterschied zu den Spartanern konnten wir nicht einfach so tun, als ob es nicht existierte. Paul Bryant würde es nicht zulassen.

Drei Tage vergingen, ohne daß ich irgend etwas hörte. Meine Entschlossenheit, die Paxtons ihre Schwierigkeiten ohne meine Einmischung bewältigen zu lassen, wurde auf eine harte Probe gestellt. Aber ich hielt durch. Auch wenn besonders Bellas Schweigen in meiner Vorstellung eine unheilverkündende Bedeutung bekam. Dann, am Mittwochnachmittag, rief Sarah mich im Büro an.

»Ich bin in Hurdles, Robin. Mit Daddy und Bella. Können Sie zu uns kommen?«

»Ähm ... ja. Ich denke schon. Ich vermute ... alle beide ...«

»Sie wissen Bescheid. Daddy hat heute morgen mit Paul gesprochen. Er möchte ... Nun, *ich* wäre auch dankbar ... wenn Sie mit Daddy sprechen könnten. Vielleicht hilft es ihm.«

»In Ordnung. Ich bin in einer Stunde da.«

Sarah öffnete mir die Tür, was ich seltsam fand, bis ich ihr ins Wohnzimmer folgte. Dort ging Sir Keith vor dem Kamin auf und ab, während Bella steif in ihrem Sessel saß und eine Zigarette rauchte. Sie stand nicht einmal auf, um mich zu begrüßen, und ich schätzte ihre Stimmung sofort richtig ein. Das war ein Blitz aus heiterem Himmel zuviel, als daß sie ihn hätte ertragen können. Sie wollte mit dieser ganzen gräßlichen Angelegenheit nichts mehr zu tun haben. Überließ es ihrem Mann, den Schaden zu begrenzen, für den sie zweifellos ihn verantwortlich machte. Eigentlich konnte ich es ihr nicht verdenken. Skandal war nach ihrem Verständnis in ihrer Heiratsvereinbarung niemals vorgesehen gewesen. Aber jetzt gab es ihn. Ein Kodizill, das ihre Zustimmung nicht benötigte. Und deshalb auch nicht mit ihrer Aufmerksamkeit beehrt werden würde.

Seit Rowenas Tod hatte ich Sir Keith nicht mehr gesehen. Die Tragödie hatte ihn altern lassen. Sein Haar war weiß, seine Schultern waren eingefallen. Sein Teint war rosig wie immer, aber es lag eine unverkennbare Abgespanntheit in seinen Gesichtszügen. Er wirkte wie ein Mann, der sich selbst zu sehr forderte – oder gefordert wurde. Ich hatte Angst davor gehabt, ihn zu treffen, weil ich dachte, er könnte gar nicht anders, als mich für den Selbstmord seiner Tochter verantwortlich zu machen. Aber plötzlich war dies nicht länger ein Problem zwischen uns. Es war durch die Ereignisse überholt worden.

»Es tut mir leid, daß ich Sie bemüht habe, Robin«, sagte er und schüttelte mir zerstreut die Hand. »Eine furchtbare Sache.«

»Es gibt keinen Grund für Entschuldigungen. Wenn ich irgend etwas –«

»Sarah hat mir erzählt, daß Paul zuerst zu Ihnen gekommen ist.«

»Ja. Das stimmt.«

»Ich habe ihn heute morgen gesehen. In Bristol.«

»Was machte er für einen Eindruck?«

»Wie in Trance. Wie ein Mann in einer verdammten Trance.«

Ich schaute fragend zu Sarah hinüber. Sie zuckte die Schultern und sagte: »Er hat bei der Metropolitan Mutual gekündigt. Vergangenen Freitag. Jetzt sitzt er nur in dem kleinen Haus an der Bathurst Wharf herum und wartet darauf, daß sie ihn holen kommen.«

»Aber... Sie haben gesagt, es könnte Monate dauern, bevor...«

»Das ist richtig. Aber es scheint ihm nichts auszumachen. Es ist, als ob er aufgehört hätte zu funktionieren. Zu keinem anderen Zweck, als sein Geständnis bis zum Ende durchzustehen.«

»Wenn es soweit kommt«, mischte sich Sir Keith ein.

»Geschieht das nicht zwangsläufig?« sagte ich. »Sobald die Polizei seine Darstellung bestätigt hat–«

»Aber wird sie sie bestätigen?« schnauzte er. »Das ist die Frage.«

»Die Polizei hat doch gar keine andere Wahl.«

»Sie gehen davon aus, daß er die Wahrheit sagt.«

»Nun, tut er das etwa nicht?«

»Ich weiß es nicht.« Er hielt inne und warf Bella und Sarah einen merkwürdigen, mißtrauischen Blick zu. »Im Unterschied zu allen anderen behalte ich einen klaren Kopf in dieser Angelegenheit.«

»Daddy denkt, daß Paul sich das vielleicht alles nur ausgedacht hat«, sagte Sarah, und ihre Stimme konnte ihre Verzweiflung kaum verbergen. »Als so eine Art selbstauferlegte Strafe dafür, weil er Rowenas Selbstmord nicht verhindern konnte.«

»Das wäre doch möglich, oder?« antwortete er, ebenso an mich wie an Sarah gewandt. »Keiner von uns weiß, was in den letzten paar Monaten in seinem Kopf vorgegangen ist. Er hat sogar damit angefangen, zur Kirche zu gehen, wissen Sie.«

»Das ist es«, bemerkte Bella in einer Wolke von Zigarettenrauch. »Er kann unmöglich die Wahrheit sagen.«

Sir Keith wandte sich ihr zu und öffnete den Mund. Für einen Augenblick dachte ich, seine Geduld mit ihr wäre endlich erschöpft. Und ich konnte nicht verhindern, daß es mich gefreut hätte. Aber er schluckte den Tadel hinunter, lehnte sich an den Kamin und runzelte beleidigt die Stirn. »Er *sagt* nicht die Wahrheit«, knurrte er. »Auf jeden Fall nicht über Louise. Mein Gott, sie war meine Frau. Ich müßte es doch wissen.«

Ja, verkündete Bellas flüchtiger Blick. *Das müßtest du. Aber wie es aussieht, tust du es nicht.* Sir Keith fing ihren Blick nicht auf. Es sollte nicht sein. Noch nicht.

Er tat mir leid, zerrieben zwischen den Mühlsteinen der wechselhaften Erinnerung an seine erste Frau und der nachlassenden Sympathie seiner zweiten. Vielleicht hatte er das Gefühl, keine andere Wahl zu haben, als dabei unterzugehen, so daß er für seine Version der Vergangenheit kämpfte. Vielleicht hatte er sie schon so oft wiederholt, daß er wirklich daran glaubte. Aber dann war er gewiß der einzige. »Ist denn die Wahrheit im Grunde genommen nicht bloß eine Sache der Perspektive?« wagte ich zu sagen. »Ich meine, was wir glauben, *ist* die Wahrheit. Bis sich herausstellt, daß es nicht stimmt.«

»Bis *bewiesen* wird, daß es nicht so ist, meinen Sie«, murmelte Sir Keith.

»Nun, ja. Aber die Polizei wird ihr möglichstes tun, um Pauls Geschichte zu widerlegen. Wenn sie scheitert, müssen wir das akzeptieren.«

»*Wenn* sie scheitert«, sagte er stur.

»Das wird sie nicht«, sagte Sarah hinter mir. »Das weißt du, Daddy. Es ist lächerlich anzunehmen, er könnte so eine Geschichte erfunden haben. Jenes Wochenende in Cambridge nach der Ausstellung, als er mich und Mummy belästigte. Jener Tag, als er nach Sapperton kam und mich zum Mittagessen ins Daneway einlud. Ich weiß, daß er diese Dinge getan hat, weil ich es bezeugen kann. Ich habe nur das Muster nicht erkannt, zu dem sie gehörten. Als er Mummy in Holland Park besuchte. Als er sie in Covent Garden traf. Als er ihretwegen vor dem Garden House Hotel auf der Lauer lag. Wie hätte er sich all diese Ereignisse ausdenken können? Er konnte doch gar nicht wissen, daß wir nicht in der Lage gewesen wären, ihm einen Strich durch die Rechnung zu machen. Daß wir sagen: ›Nein, übrigens wissen wir mit Sicherheit, daß sie an jenem Tag, an dem du sie in London gesehen haben willst, woanders war.‹ Die Chance, daß er mit so einer Täuschung davonkommen würde, wäre astronomisch gering.«

»Sie hätte mir davon erzählt«, beharrte er mit heiserer Stimme. »Jener Morgen in Cambridge... Sie hat vor dem Frühstück lediglich einen Spaziergang gemacht.«

»Aber wie hätte er wissen können, daß sie einen Spaziergang machte, es sei denn, er war dort?«

»Ich weiß es nicht, verdammt noch mal! Glück. Vermutung. Irgend etwas in der Richtung.«

»Er muß unglaubliches Glück gehabt haben«, sagte Bella langsam und kaltschnäuzig, »mit seiner Vermutung, daß du eine... Meinungsverschiedenheit... mit Louise hattest an dem Tag, bevor du Biarritz verlassen hast.«

»Hatte ich nicht. Nicht so. Keinen Krach von dem Ausmaß, wie er ihn schildert. Er hat alles verdreht. Er sagt, ich hätte Bantock einen – wie war das? –, einen ›verdammten Kleckser‹ genannt. Nun, diese Wendung habe ich niemals benutzt. Nicht damals. Nicht später. Ich habe es niemals gesagt.«

Schweigen breitete sich zwischen uns aus. Bella drehte ihre Zigarette zwischen den Fingern. Sarah zuckte mit den Schultern. Sir Keith holte ein Taschentuch heraus und betupfte sich die Mundwinkel. Er mußte geahnt haben, daß wir ihm nicht glauben würden. Es lag etwas von einem in die Enge getriebenen Fuchs in seiner geduckten Haltung, als suchte er den letzten Ausweg aus seinem sinnlosen Leugnen. Er hätte sagen sollen, daß es überhaupt keinen Krach gegeben hätte, kein demonstratives Verlassen, keinen weggeworfenen Ring, keinen Abschiedsbrief. Aber das konnte er nicht. Also lieferte er statt dessen eine banale Diskussion um einzelne Phrasen. Und einen flehenden Blick in meine Richtung.

»Bestimmt teilen Sie bis zu einem gewissen Grad meine Bedenken, Robin.«

»Eigentlich nicht. Für mich ist klar, daß Paul die Wahrheit gesagt hat. Und ob seine Erinnerung in bezug auf einzelne Details völlig richtig ist oder nicht, kann daran nichts ändern. Außerdem, wie Sarah sagte, kann er sich das Ganze einfach nicht ausgedacht haben.«

»Ich verstehe. Also sind Sie nicht einmal dazu bereit, mit Ihrem Urteil zu warten, bis die Polizei mit ihren Untersuchungen fertig ist.«

»Mein Urteil ist lediglich eine Meinung. Was hätte es für einen Sinn, so zu tun, als hätte ich keine? Die Polizei wird sich von dem, was ich denke, sowieso nicht beeinflussen lassen.«

»Nein. Und ich darf wohl sagen, auch nicht von den Gedanken anderer.« Er straffte sich und steckte sein Taschentuch wieder ein. »Nun«, sagte er, »vielleicht wollen Sie mich entschuldigen. Ich brauche etwas frische Luft.« Dann ging er zur Tür, mit gesenktem Kopf, und schaute sich nicht einmal nach Bella um.

»Daddy!« rief Sarah ihm nach. »Können wir nicht einfach –« Aber er blieb nicht stehen. Er verlangsamte nicht einmal seinen Schritt. Die Tür schloß sich hinter ihm mit einem Klicken, das mehr aussagte als jedes Türenknallen. Dann hörten wir, wie die Haustür geöffnet und wieder geschlossen wurde. Und ein paar Sekunden später das Geräusch des Daimlers, wie er angelassen wurde und sich knirschend entfernte.

»Macht euch keine Sorgen«, sagte Bella. »Er wird bald wiederkommen.« Es hatte den Eindruck, als ob sie ohne besonderes Interesse eine objektive Einschätzung des menschlichen Verhaltens abgeben würde. Ich war sicher, daß sie recht hatte. Aber ich beneidete Sir Keith nicht um die Begrüßung, die seine Frau ihm bei seiner Rückkehr bereiten würde. Sie hatte ihm in Krisen, die er nicht selbst verschuldet hatte, unbegrenzte Unterstützung gewährt. Aber das hier war etwas anderes. Und dementsprechend fiel auch Bellas Reaktion aus. Ich wünschte, ich hätte den Mut gehabt, sie dort und damals zu fragen: *Wann hast du vor, ihn abzuservieren, Bella? Vor Pauls Prozeß? Oder danach?* Aber ich hatte bereits genügend in die Zukunft gesehen, um die Nase davon endgültig vollzuhaben. Und außerdem beantwortete Bella in gewisser Weise meine unausgesprochene Frage mit ihrer nächsten Bemerkung: »Sag mal, Sarah. Du als Rechtsanwältin, wie lange, glaubst du, wird es brauchen, bis diese Geschichte erledigt ist?«

»Länger, als jeder von uns sich wünschen wird«, antwortete Sarah. »Die polizeiliche Untersuchung. Die Revision. Die Verhandlung. Es kann ein Jahr dauern, vielleicht sogar länger.«

Bella schloß kurz die Augen, als ob sie einen Schmerz abwehren wollte. Dann sagte sie: »Und bis es vergessen ist?«

»Oh, ich glaube, es wird nie vergessen werden.« Sarah schaute uns beide abwechselnd an, ehe sie hinzufügte: »Ihr etwa?«

15. Kapitel

Der Geist ist Herr über die Maßnahmen, die er zu seinem Schutze ergreift. Es gibt immer noch eine Zugbrücke, die hochgezogen, immer noch ein Fallgitter, das herabgelassen werden kann. Es gab nichts, was ich tun konnte, um die Folgen von Paul Bryants Geständnis zu blockieren oder abzumildern. Und deshalb, ohne es nicht einmal mir gegenüber einzugestehen, was ich tat, fing ich an, meinen Rückzug von den Paxtons vorzubereiten. Sie würden ihre Zukunft ohne mich meistern müssen. Ich hatte schon einmal versucht, mich von ihnen zu lösen, und war gescheitert. Dieses Mal mußte ich den Bruch schaffen. Ich hatte Bella gesagt, daß ich vorhatte, das Geld zu kassieren und mich aus dem Staub zu machen. Und jetzt hatte ich sogar noch einen zwingenderen Grund.

Es war nicht nur, daß das ordentliche, distanzierte Leben eines Eurokraten plötzlich wie eine Zuflucht vor Skandal und Gegenbeschuldigungen erschien. Es erschien mir auch wie eine Zuflucht vor meinen eigenen zerbrochenen Träumen. Was einige Leute an Pauls Benehmen im Juli 1990 für völlig unverständlich gehalten haben mochten – seine Vernarrtheit in Louise Paxton –, war für mich nur allzu glaubwürdig. Eine einzige kurze Begegnung mit ihr hatte bei mir eine Spur Verständnis für Pauls Unfähigkeit zurückgelassen, mit seiner Besessenheit fertig zu werden. Und für die Gewalttätigkeit seiner Reaktion, als er die wahre Natur der Frau erkannte, die er verehrt und idealisiert hatte. Es hätte leicht auch mich erwischen können.

Es war nicht schwer, meine distanzierte Haltung aufrechtzuerhalten. Bis die polizeiliche Untersuchung begann, würden nur wenige Leute wissen, was geschehen war. Bella hatte mich eindringlich gebeten, zurückhaltend zu sein: *Bitte versuche, über das Ganze Stillschweigen zu bewahren, Robin.* Aber sie hätte sich keine Sorgen zu machen brauchen. Ich beabsichtigte nicht, irgend jemandem etwas zu erzählen, und am allerwenigsten den Mitgliedern meiner eigenen Familie, von denen Bella annahm, sie würden über ihr Unglück frohlocken. Auch wenn ich mich ihnen hätte anvertrauen wollen, hätte doch die erbitterte Schärfe, die um so mehr zunahm, je näher das entscheidende Vorstandstreffen rückte, diese Idee ausgeschlossen. Das Vertrauen war schon längst den gleichen Weg gegangen wie unsere Gewinne.

Ich war noch immer entschlossen, mich dem Bushranger-Angebot entgegenzustellen, aber natürlich würde es völlig vergeblich sein. Doch sogar Sinnlosigkeit kann einen Zweck erfüllen. Mein Widerstand gegen die Zukunft, die Adrian für Timariot & Small entworfen hatte, verschaffte mir einen ehrenwerten Grund für meine Weigerung, daran teilzuhaben. Und dafür, mich lange vor dem Wiederauftauchen der Kington-Morde in den Schlagzeilen nach Brüssel abzusetzen. Ich war bereit zurückzugehen. Und es schien keinen Grund zu geben, warum mein Rückzug nicht wenigstens den Anschein eines ordentlichen Abzugs haben sollte. Abgesehen davon, daß ich, nicht zum erstenmal, meine Rechnung ohne Bellas unberechenbare Handlungen gemacht hatte.

Seit meinem Besuch in Hurdles war eine Woche vergangen. Sarah war nach Bristol zurückgefahren, während Bella und Sir Keith nach Biarritz zurückgekehrt waren. Da sie Adrian ihre Stimmvollmacht übertragen hatte, gab es für sie eigentlich keinen Grund, wegen des Vorstandstreffens dazubleiben. Deshalb war ich überrascht, als sie mich am Mittwoch, dem 22., dem Tag vor dem Treffen, früh am Morgen zu Hause anrief. Acht Uhr war eine Zeit, zu der ich nicht mit ihr gerechnet hätte. Und die Telefonverbindung war so gut, daß es schien, als ob sie sich eher in Hinthead als in Biarritz aufhielte. Was in der Tat so war.

»Können wir uns zum Mittagessen treffen, Robin?«

»Heute?«

»Ja. Ich lade dich ein.«

»Ich weiß nicht. Ich habe viel zu –«

»Es ist sehr wichtig.«

»In welcher Hinsicht?«

»In fast jeder. Ich erkläre es dir beim Essen.«

»Ja, aber da ich gerade –«

»Im Angel in Midhurst. 12.30 Uhr. Sei pünktlich.«

Um zwölf fuhr ich durch Sonnenschein und Regenschauer hinüber nach Midhurst. Die Bäume verfärbten sich, die ersten Herbstblätter fielen zu Boden. Ich erinnere mich daran, daß ich gedacht habe, nächstes Jahr um diese Zeit wird alles der Öffentlichkeit bekannt sein. Zwar nicht vorbei. Aber nicht mehr länger unter der Decke. Nicht mehr länger mein Geheimnis. Oder das von jemand anderem. Und ich werde aus der Sache raus sein. Vollkommen raus.

Im Angel war viel los, aber Bella hatte einen der abgelegeneren Tische reservieren lassen. Ich war früh dran, und sie kam natürlich zu spät. Da sie mich gedrängt hatte, pünktlich zu sein, kränkte es mich. Nachdem ich zwanzig Minunten lang mit meinem Mineralwasser herumgespielt und den Unterhaltungen über Schulgebühren und Wettscheine gelauscht hatte, überlegte ich mir gerade, wieder zu gehen, als Bella ganz gemächlich den Schauplatz betrat. Sie trug ein aufregendes, rotes Kostüm, das die bewundernden Blicke von Männern und Frauen gleichermaßen auf sich zog, wenn auch aus sehr unterschiedlichen Gründen. Ich konnte nicht anders, als ihr Lächeln zu erwidern, während ich aufstand, um sie zu begrüßen.

»Vermutlich wirst du dich fragen, warum ich immer noch hier bin«, sagte sie, nachdem sie einen Drink bestellt hatte.

»Das wirst du mir schon noch sagen.«

»Stimmt. Aber zuerst muß ich mich entschuldigen für die... Atmosphäre... bei unserem letzten Treffen. Teilweise meine Schuld. Pauls... Neuigkeiten... waren ein Schock.«

»Ja. Natürlich. Wie geht es Keith inzwischen?«

»Besser. Ich glaube, er hat sich damit abgefunden.«

»Und du?«

»Eigentlich nicht.« Ihr Gesicht erhellte sich auch nicht, als der Drink kam. Bereits das war ein Zeichen für eine Veränderung. »Keith möchte gerne zurück nach Biarritz. Er denkt, daß wir den Sturm dort besser überstehen können.«

»Was hält dich davon ab?«

»Nicht zu Ende gebrachte Geschäfte.« Als sie sah, daß ich die Stirn runzelte, sagte sie: »Erklär mir, was du gegen das Bushranger-Angebot hast, Robin.«

»Darüber hast du nachgedacht? Gerade jetzt, wo –«

»Sag's mir einfach. Sei lieb.«

Diese Redewendung erinnerte mich, wie es vielleicht auch beabsichtigt war, an frühere Zeiten. Unsere geheimen gemeinsamen Zeiten, über die wir stillschweigend übereingekommen waren, niemals zu sprechen. Es war sowieso nichts weiter gewesen als ein sexuelles Abenteuer. Mehr war vermutlich mit Bella nicht möglich. Trotzdem war eine winzige, schwache geistige Verbindung geblieben. Sie hatte nie versucht, es auszunützen. Das war nicht nötig gewesen. Bis jetzt. Es machte mir nichts aus, meine Einwände gegen die Auslieferung von hundertsiebenundfünfzig Jahren englischer Tradition an den Ned Kelly der australischen Schlägerfabrikation preiszugeben. Vielmehr freute ich mich, daß ich darum gebeten worden war. Aber ich dachte keinen Moment lang, daß Bella wirklich daran interessiert war. Als ihr Lachs in Sauerampfersoße gebracht wurde und ich meine Schmährede gegen Geschäftsmethoden dieser aggressiven Art beendet hatte, legte sie ihr eigentliches Anliegen offen.

»Dann hast du also immer noch vor, gegen das Angebot zu stimmen?«

»Natürlich.«

»Zusammen mit Onkel Larry?«

»Er wird seine Meinung ebensowenig ändern.«

»Aber ihr werdet unterliegen.«

»Es sieht so aus.«

»Es sei denn, daß noch andere ihre Meinung ändern.«

»Stimmt. Aber damit rechne ich nicht.«

»Vielleicht solltest du das. Wenn du möchtest, kannst du meine Stimme haben.«

Ich starrte sie verwundert an und ließ meine aufgespießte Kartoffel fallen. »Das ist nicht dein Ernst.«

»Doch. Ich kann heute nachmittag zu Adrian gehen und meine Vollmacht zurückziehen. Onkel Larry und ich haben jeweils einen Anteil von zwanzigtausend. Das sind zusammen vierzig Prozent. Gemeinsam mit deinem Anteil von zwölfeinhalb Prozent...«

»... wären das zweiundfünfzig Komma fünf Prozent. Eine dünne Mehrheit. Ich kann auch rechnen, Bella.« Ich legte meine Gabel nieder und trank etwas Wein. »Aber nicht raten. Warum solltest du mit uns stimmen?«

»Weil das Ergebnis für mich nicht ansatzweise soviel Bedeutung hat wie für dich. Ich kann das Angebot von Bushranger zurückweisen, ohne einen Gedanken daran zu verschwenden. Ob Timariot & Small Gewinn oder Verlust macht, bedeutet für mich keinen großen Unterschied. Natürlich ziehe ich den Gewinn vor. Wer würde das nicht? Ich würde auch zwanzig Prozent von zweieinhalb Millionen Pfund vorziehen. Natürlich. Aber ich brauche sie nicht. Nicht so sehr, wie ich etwas anderes brauche.«

»Und das wäre?«

»Deine Hilfe.«

»Wobei?«

Sie beugte sich über den Tisch und senkte ihre Stimme. »Zu beweisen, daß Paul Bryant Louise Paxton und Oscar Bantock nicht ermordet hat.«

»Wie bitte?« Ich stellte fest, daß auch ich flüsterte.

»Ich möchte, daß du mir dabei hilfst, seine Geschichte zu widerlegen. Den Fehler darin zu finden. Zu beweisen, daß er es nicht getan haben kann.«

»Aber er hat es getan. Du weißt das genausogut wie ich. Letzte Woche hast du das mehr oder weniger gesagt.«

»Letzte Woche war letzte Woche. Wie Keith betont hat, gibt es Ungenauigkeiten in seiner Darstellung. Verdächtige Doppeldeutigkeiten.«

»Nein, gibt es nicht.«

»Es gibt Gründe für Zweifel«, fuhr sie unbeirrt fort. »Genug, um eine genaue Überprüfung zu rechtfertigen.«

»Nun, es wird eine genaue Überprüfung geben. Durch die Polizei.«

»Naylors Rechtsanwalt hat gerade eben Pauls eidesstattliche Erklärung beim Crown Prosecution Service eingereicht. Es kann Wochen dauern, ehe die Polizei mit ihren Nachforschungen beginnt. Und es kann sehr unschön werden. In der Zwischenzeit besteht Gelegenheit, dem vorzubeugen. Das Ganze unnötig zu machen. Uns eine Menge Leid zu ersparen.«

»Woher willst du wissen, was Naylors Rechtsanwalt vorhat?«

»Ich habe ihn natürlich gefragt. Es schien ihm nichts auszumachen, es mir zu erzählen. Nun, warum sollte es auch? Er ist sehr mit sich zufrieden. Im Augenblick.«

Ich lehnte mich in meinem Stuhl zurück und schüttelte den Kopf. »Bella, das ist lächerlich. Du weißt, daß Paul die Wahrheit gesagt hat. Wie kannst du –«

»Ich weiß es eben nicht. Mir leuchtet inzwischen Keiths Standpunkt ein. Daß es möglich ist, daß Paul sich alle Schuld auflädt, um seine Schuldgefühle zu kompensieren wegen Rowenas Selbstmord. Daß er bestraft werden möchte. Und daß er sich diese Geschichte ausgedacht hat, um sicherzugehen, daß er bestraft wird.«

»Das glaubst du doch nicht wirklich. Das kann einfach nicht sein.«

»Vielleicht nicht. Aber ich bezweifle es auch nicht. Ich möchte einfach nur die Möglichkeit überprüfen.«

»Bevor dein Mann – und du – eine Menge unerfreulicher Publicity bekommen?«

»Und? Wenn das mein Beweggrund wäre? Ich bin sicher, daß ich niemals behauptet habe, ich wäre ein demütiger Sucher der Wahrheit. Wenn es dir gefällt, so zu tun, nur zu.«

»Bella, du hast mir vor ein paar Monaten den Rat gegeben, das Geld zu nehmen und mich davonzumachen. Und jetzt willst du einer halben Million Pfund den Rücken kehren?«

»Ja. Denn es gibt wichtigere Dinge als Geld. Du möchtest Timariot & Small vor den Barbaren retten. Ich möchte Keith davor bewahren, daß seine erste Frau als Nymphomanin hingestellt wird.«

»Und was schlägst du vor, um das zu erreichen?«

»Die Überprüfung von Pauls Geschichte. Wenn er lügt, dann kann er am Tag der Morde nicht in Kington gewesen sein. Oder ein paar Tage zuvor in Biarritz. Er muß irgendwo anders gewesen sein. Also muß es ein Alibi geben. Ein Alibi, das er mit viel Mühe zu verbergen versucht. Vielleicht sogar mehr als nur eines. Beginn bei seiner Familie. Vielleicht wissen sie etwas. Es kann nichts Auffälliges sein, sonst hätten sie es erwähnt. Paul *hat* es ihnen übrigens gesagt. Keith wurde von Mr. Bryant angerufen. Der Mann hat kaum einen zusammenhängenden Satz herausgebracht, aber inzwischen sollte er sich beruhigt haben. Vielleicht kann er dich auf die richtige Spur bringen. Dann ist da noch dieser Freund, mit dem Paul durch Europa gereist ist, Peter –«

»Du erwartest von mir, daß ich diese Leute ins Kreuzverhör nehme?«

»Ja, Robin. Das erwarte ich. Und jeden anderen auch, der uns vielleicht zur Wahrheit führen kann.«

»Im Austausch dafür, daß du gegen das Bushranger-Angebot stimmst?«

»Genau. Ein großzügiges Angebot, findest du nicht?«

Aber viel von dem, was ich dachte, konnte ich mir nicht leisten zu sagen. Meine glorreiche Niederlage war in Gefahr, ein Pyrrhussieg zu werden. Trotzdem konnte ich nicht umhin, es mir zu wünschen. Harvey McGraw seine Millionen ins Gesicht zu werfen. Adrians selbstsüchtige Pläne zu sabotieren. Und die unabhängige Stellung von Timariot & Small zu retten. Es wäre eine verführerische Aussicht. Und doch – »Warum machst du es nicht selbst? Du brauchst mich nicht dazu, die Dinge ins Rollen zu bringen.«

»Ehrlich gesagt, doch.« Sie spielte mit dem Stiel ihres Weinglases und leckte sich nervös über die Lippen. Ihr Blick glitt auf ihren Teller. »Weißt du, Keith hat mir verboten, irgend jemanden darauf anzusprechen. Er befürchtet, wenn bekannt wird, daß ich Nachforschungen anstelle ... Nun, er macht sich Sorgen, die Leute könnten denken, er hätte versucht zu verhindern, daß ein Justizirrtum ans Licht kommt, nur um seinen guten Namen zu schützen.«

»Und sie hätten recht. Sein guter Name – und deiner. Ist es das, worum es hier geht?« Als ich es aussprach, durchfuhr mich Skepsis. Daß sie einen Adeligen geheiratet hatte, konnte bei Bella nicht dieses Bewußtsein für ihren Ruf ausgelöst haben. Sie hatte zu viele Leichen im Keller, als daß es ihr eine halbe Million Pfund wert sein könnte, daß gerade diese hier nicht ausgegraben würde. Da mußte noch mehr sein. »Oder gibt es noch etwas, das du bisher verschwiegen hast? Etwas viel Wichtigeres, als in der Thalassotherapie-Klinik den Kopf hoch tragen zu können?«

»Ich möchte bloß alles tun, was man tun kann. Bevor es zu spät ist.«

»Aber die Polizei hat mindestens einen so guten Grund wie du, Pauls Geschichte keinen Glauben zu schenken. Und sie hat die nötigen Mittel und die Sachkenntnis. Wenn es möglich ist. Was, glaubst du ernsthaft, kann *ich* wohl erreichen?«

»Ich weiß es nicht. Bevor du es nicht versucht hast.«

»Aber Bella –«

»Wirst du es tun?«

Ich überlegte, daß ich nur einen geringen Preis zu zahlen hätte. Ich müßte nicht viel mehr tun, als den Anschein zu erwecken, Nachforschungen anzustellen. Es würde nichts dabei herauskommen. Natürlich könnte ich dennoch meinen Fluchtweg nach Brüssel nehmen. Aber allein der Gedanke an Adrians Gesichtsausdruck, wenn ihm klarwurde, daß er verloren hatte, reichte aus, um sicher zu sein, daß ich nicht flüchten würde. Zusammen mit dem nagenden Zweifel, den ich verdrängt, aber noch nicht beseitigt hatte. Es schien nie eine komplette Wahrheit zu geben. Sogar Pauls Geständnis ließ mehrere Fragen unbeantwortet. Jetzt hatte ich den idealen Anreiz, sie zu stellen. Und nichts zu verlieren. Soweit ich es überblicken konnte. »Ich könnte sagen, ich würde es tun, Bella, und nach dem morgigen Treffen meine Meinung ändern. Was dann?«

Sie lächelte. »Das würdest du nicht tun.«

»Wie kannst du dir da so sicher sein?«

»Weil du auf deine konfuse Art ein ehrenwerter Mann bist. Wahrscheinlich der einzige, den ich kenne. Du glaubst wirklich an das Geschwafel, das du über Timariot & Small vom Stapel gelassen hast, daß die Firma bestimmte Werte verkörpert, die es wert sind, um jeden Preis verteidigt zu werden. Und ich denke mir, einen Handel einzulösen, ist einer dieser Werte.«

Ich zuckte die Schultern, unsicher, wie ich auf so ein zweifelhaftes Kompliment reagieren sollte. »Vielleicht hast du ja recht.«

»Weswegen ich auch zuversichtlich bin, daß du dich an die eine Bedingung, die ich stellen muß, halten wirst.« Erst als ich fragend zu ihr hinübersah, fuhr sie fort. »Was auch immer du über Paul herausfindest, Gutes oder Schlechtes, wirst du zuerst mir berichten. Bevor du es irgend jemand anderem erzählst.« Sie machte eine Pause, dann fügte sie mit feierlicher Betonung hinzu: *»Was auch immer* es sein mag.«

»Wird das nicht schwierig sein, wenn Keith weiterhin denken soll, daß du seine Forderungen erfüllst, dich nicht einzumischen?«

»Keith muß davon absolut nichts wissen. Wir können uns am Telefon unter dem Vorwand, Geschäftsgespräche zu führen, unterhalten. Nach dem morgigen Treffen werden wirklich einige nötig sein. Adrian wird sich nicht so leicht geschlagen geben. Natürlich kann ich immer herkommen, wenn die Angelegenheit ... dringend wird.«

»Wie willst du Keith deinen Sinneswandel erklären?«

»Genauso wie ich es Adrian, Simon und Jennifer erklären werde. Ich werde sagen, daß du mich davon überzeugt hast, daß wir auf lange Sicht als unabhängige Firma besser dastehen werden. Es könnte sogar stimmen.«

»Ich glaube daran.«

»Na also. In gewisser Weise *hast* du mich ja auch überzeugt.«

Wir schwiegen, während eine Kellnerin unsere Teller abräumte und Dessertkarten vor uns hinlegte. Bella verteilte den Rest aus der Weinflasche in unsere Gläser, zündete sich eine Zigarette an und lehnte sich zurück, um mich über den Tisch hinweg prüfend anzuschauen.

»Abgemacht?«

»Du wirst dabei nichts gewinnen, Bella. Alles, was ich tun kann, ist, Pauls Geschichte zu verifizieren. Er sagt die Wahrheit. Das weißt du doch.«

»Nein, weiß ich nicht.«

»Du denkst, daß er lügt?«

»Ich denke, daß es möglich wäre.«

»Falls ja, wird die Polizei es herausfinden.«

»Aber sie werden mich nicht vorwarnen, wenn sich herausstellt, daß die Wahrheit sogar noch skandalöser ist als die Lüge. Du aber schon.«

Also diese Rolle sollte ich spielen. Bellas Spion in unerforschtem Gebiet. Aber sie hatte mir nicht alles erzählt, was sie wußte. Das war klar. Und es war fast ebenso klar, daß sie es auch niemals tun würde. Wenn ich herausfinden wollte, um was es sich dabei handelte, dann mußte ich mich selbst auf die Suche machen. Und das war genau das, was Bella wollte. Sie hatte mir den Köder direkt vor die Nase gelegt. Und jetzt zeigte sie mir die Peitsche. Ich hätte mißtrauischer sein sollen. Ich hätte um mehr Informationen feilschen sollen. Aber ich bezweifle, daß ich sie bekommen hätte. Und letztendlich hätte es auch keinen Unterschied gemacht. Ich war jetzt gleichermaßen neugierig wie mißtrauisch. Und die Neugierde gewinnt immer die Oberhand.

»Abgemacht?« wiederholte Bella.

Nichts kommt so, wie man es erwartet. Ich dachte, Bella hätte mir den Sieg auf einem Silbertablett präsentiert. Dabei gab sie mir lediglich ihre Stimme, was in meiner Vorstellung dasselbe bedeutete, aber in Wirklichkeit weit davon entfernt war. Adrians Reaktion auf eine solche Herausforderung war genau das, was ich bei meinen Berechnungen nicht in Betracht gezogen hatte. Er hatte mich zuvor oft genug unterschätzt. Jetzt unterschätzte ich ihn. Mir war klar, daß er den Verdacht haben würde, daß etwas im Busch war, sobald Bella ihm mitteilte, daß sie ihre Handlungsvollmacht zurückziehen und am Treffen teilnehmen würde. Aber ich nahm an, daß er nicht in der Lage wäre, irgend etwas dagegen zu unternehmen, sogar wenn er richtig folgerte, was Bellas Änderung ihrer Pläne bedeutete. Genau damit aber lag ich falsch.

Ich rief Onkel Larry an jenem Abend an, um ihm zu sagen, daß es mir gelungen war, Bella auf unsere Seite zu ziehen. Er war ebenso erfreut wie überrascht. Aber am folgenden Morgen, als wir uns alle im Sitzungssaal einfanden, schien sich seine Stimmung gewandelt zu haben. Zwar war er immer noch sichtlich erfreut über die veränderten Umstände, aber als ich ihn vor Beginn beiseite nahm, war eine gewisse Verlegenheit in seinem Benehmen spürbar, die mich verwirrte. Jedoch blieb mir keine Gelegenheit herauszufinden, was dahintersteckte, da Simon sich zu uns gesellte und fragte, was wir dächten, warum Bella jetzt doch erschienen war. Zu Simons offensichtlicher Bestürzung wirkte sie in einem schwarzen Kostüm und einer violetten Bluse ungewöhnlich seriös. Und sie brachte es fertig, mitten in ihrer Unterhaltung mit Jennifer herüberzuschauen und meinen Blick einzufangen, während ich eine unverbindliche Antwort brummelte. Doch glücklicherweise rief Adrian uns zusammen, ehe ich mich zu einer Lüge gedrängt fühlte.

»Ihr habt alle Einzelheiten über das Bushranger-Angebot bekommen«, begann er, als wir uns um den Tisch herum niedergelassen hatten. »Jenny hat hart gearbeitet, um unsere Interessen möglichst optimal zu sichern, und ich möchte ihr meine besondere Anerkennung dafür aussprechen. Ich bin sicher, daß wir ihr alle sehr dankbar sind.« Zustimmendes Gemurmel. Jennifer lächelte dankbar. »Die Angebotspapiere vor euch haben jetzt ihre endgültige und maßgebliche Form. Die Rechtsanwälte haben sie gründlich geprüft, und soweit ich weiß, gibt es keine offenen Fragen wegen der Bedingungen.« Allgemeines Kopfnicken. »Sehr gut. Bevor wir über das Angebot abstimmen, möchte ich nur noch eines sagen.« Er machte eine Pause und warf mir über den Tisch hinweg einen Blick zu, ehe er fortfuhr: »Sollte dieser Vorstand beschließen, das Angebot von Bushranger abzulehnen, werde ich zurücktreten, sowohl als Vorsitzender als auch als Geschäftsführer.«

Jennifer und Simon drehten sich um und schauten ihn erstaunt an. Die Versammlung verlief nicht so, wie sie es erwartet hatten. »Wir werden das Angebot nicht ablehnen, Ade«, sagte Simon in heiterer Verblüffung. »Dein Ultimatum sparen wir uns für ein andermal auf.« Aber als er uns übrige der Reihe nach anschaute und nur ausweichende, ernste Gesichter sah, änderte sich sein Ton. »Nun, wir werden nicht ablehnen, oder?«

»Das hängt davon ab«, sagte Adrian, »aus welchem Grund Bella heute hier ist.«

»Sicher wegen der Abrechnung«, sagte Simon, der immer noch auf ein Mißverständnis hoffte. »Obwohl sie auch so immer gern gesehen ist.« Er bedachte Bella mit einem anzüglichen Grinsen, das sie deutlich sichtbar ignorierte.

»Warum *bist* du hier, Bella?« fragte Jennifer unverblümt.

»Um abzustimmen, natürlich. Wie ihr alle. Mir gehört ein beträchtlicher Anteil an dieser Firma, auch wenn ich nicht in ihr arbeite.«

»Um wie abzustimmen?« wollte Adrian wissen und schaute ihr direkt ins Gesicht.

»Gegen eine Übernahme«, antwortete sie kühl.

»Verdammt noch mal!« sagte Simon überrascht.

»Warum das?« fuhr Jennifer sie an. »Nachdem du so lange Zeit so deutlich deine Zustimmung zu erkennen gegeben hast.«

»Ich habe meine Meinung geändert.«

»Oder sie ändern lassen«, unterstellte Adrian.

»Wenn du willst, kannst du es so ausdrücken. Tatsache ist, daß Robin mich davon überzeugt hat, daß wir auf lange Sicht als unabhängige Firma besser dastehen werden.«

»Auf lange Sicht?« Simon starrte sie mit offenem Mund an. »Und was ist auf kurze Sicht? Mit den zweieinhalb Millionen Pfund?«

»Geld ist nicht alles.«

»Ich kann nicht glauben, daß du das gerade gesagt hast. Es ist genauso, als ob der Erzbischof von Canterbury bekanntgäbe, er sei Atheist geworden.« Bella neigte den Kopf und blickte auf ihn herab. Sie schien das nicht komisch zu finden. »Was ist mit den Verlusten, die wir gemacht haben?«

»Damit müssen wir fertig werden.«

»Aber wir werden pleite gehen.«

»Meiner Ansicht nach nicht«, mischte ich mich ein und versuchte, so vernünftig wie möglich zu klingen. »Wenn wir Viburna sofort abstoßen und uns auf unsere traditionelle konzentrieren –«

»Damit ich das richtig verstehe«, warf Jennifer ein. »Ihr drei« – sie schaute Bella, Onkel Larry und mich an – »habt vor, gegen das Angebot zu stimmen?«

»Ja«, sagte ich. Daraufhin nickte Onkel Larry, und Bella straffte in einer anmutigen Geste ihren Nacken. »Dann kann der Verkauf nicht stattfinden. Der Antrag ist abgelehnt.«

»Der Antrag ist noch nicht einmal gestellt worden«, sagte Adrian. Seine ruhige Stimme löste bei mir sofort Alarm aus. »Wie ich angedeutet habe, würde ich zurücktreten, wenn das Angebot einfach so abgelehnt würde. In Anbetracht der Besorgnis jedoch, die zum Ausdruck gekommen ist, bin ich bereit, einen Kompromiß vorzuschlagen. Wie es aussieht, ist das Angebot, so wie es vorliegt, für drei der Vorstandsmitglieder nicht akzeptabel. Deshalb bin ich bereit, eine Verbesserung der Konditionen anzustreben. Vielleicht von vornherein mehr Geld. Größere Garantien für die Belegschaft. Was auch immer ich aus Bushranger herausquetschen kann.«

»Das wird alles verderben«, sagte Simon. »Du hast nichts, womit du verhandeln könntest.«

»Ich bin bereit, es zu versuchen.«

Er wollte Zeit gewinnen. Ich wußte genausogut wie er, daß

Harvey McGraw keinen Zentimeter nachgeben würde. Aber wenn Adrian uns dazu überreden könnte, eine endgültige Entscheidung hinauszuzögern, dann könnte er hoffen, Bella wieder auf seine Seite zu ziehen, ehe das Ultimatum ablief. Ohne Zweifel dachte er, er könnte mein Angebot überbieten, wenn er nur herausfände, was sie wollte. Hätte es sich dabei nicht um Umstände gehandelt, von denen er nicht die leiseste Ahnung hatte, dann wäre das vernünftig gewesen. Fast bewunderte ich seinen Scharfsinn. Aber ich hatte nicht vor, mir selbst Steine in den Weg zu legen. »Die Bedingungen sind nicht das Problem«, sagte ich ruhig. »Kein Angebot von Bushranger ist für mich annehmbar.«

»Was ist mit dir, Onkel?« fragte Adrian und lächelte nachgiebig.

»Nun, ich...«

»Ich bitte nur um etwas mehr Zeit.«

»Ja, aber –«

»Wenn meine Verhandlungen mit Bushranger scheitern oder wenn die Verbesserungen, die ich erreiche, nicht ausreichend sind, um dich umzustimmen, dann werde ich deine Entscheidung endgültig akzeptieren.«

Onkel Larry starrte auf seine Papiere und schürzte die Lippen. »Nun, das würde... einen bedauerlichen Bruch... vermeiden, nicht wahr?« Er sah zu mir, um meine Zustimmung flehend. »Es wäre doch Unsinn, Adrian zum Rücktritt zu zwingen, oder? Nicht, wenn wir alle... mit Würde aus dem Ganzen herauskommen können.« Er war lahmgelegt. Soviel sah ich an seinem besorgten Stirnrunzeln und seiner Weigerung, mir in die Augen zu schauen. Adrian hatte ihn vor der Versammlung abgefangen und gezwungen, zwischen einer Familienspaltung und einem fadenscheinigen Kompromiß zu wählen. Fadenscheinig deshalb, weil Adrian beabsichtigte, alle ihm zur Verfügung stehende Zeit zu nutzen, um mit Bella zu verhandeln, nicht aber mit Harvey McGraw. Und weil seine Rücktrittsdrohung niemals vollzogen werden würde. Mit einer Frau, vier Kindern, zwei Hunden und einer Hypothek, die er abzahlen mußte, konnte er es sich nicht leisten, einfach alles hinzuschmeißen und zu gehen.

»Ich schlage vor, wir überprüfen die Situation in einem Monat noch einmal neu«, fuhr Adrian fort. »Und lassen bis dahin das Angebot ruhen.«

»Das klingt vernünftig für mich«, sagte Jennifer.

»Für mich auch«, murmelte Simon.

Adrian schaute mit erhobenen Augenbrauen zu Onkel Larry. Der alte Knabe räusperte sich und zog den Knoten seiner Krawatte zurecht. »Na schön«, sagte er schließlich.

Bella schaute zu mir herüber und formte mit ihrem Mund einen spöttischen kleinen Kreis, als ob sie sagen wollte, *ach Göttchen*. Aber sie sagte nur: »Nun, warum nicht?«

»Weil dies hier endlich zu Ende gebracht werden sollte«, sagte ich, bemüht, ruhig zu bleiben. »Ein für allemal.«

»Aber das ist nicht die allgemeine Meinung der Versammlung«, sagte Adrian, mich mit der Gelassenheit seines Ausdrucks reizend. »Oder doch?«

»Offensichtlich nicht.«

»Sehr gut.« Er lächelte und schlug seinen Kalender auf. »Ich schlage vor, wir vereinbaren ein gesondertes Treffen, um über den Fortschritt zu sprechen, am, sagen wir, Donnerstag, dem 28. Oktober.«

»Gar nicht gut«, wandte Simon düster ein. »Wir beide wollten doch nach Lancashire. Um einen gewissen aufstrebenden Filmstar zu überreden, einen T & S-Schläger vor den Fernsehkameras zu schwingen.«

»Natürlich. Dann am darauffolgenden Donnerstag, 4. November.«

»Das ist erst in sechs Wochen«, protestierte ich.

»Nun, wir sind alle sehr beschäftigt, Robin«, erwiderte Adrian. »Besonders ich, da ich jetzt kurzfristig nach Sydney fliegen muß.«

»Ja, aber deine Bitte drehte sich nur um –« Ich gab auf, als ich spürte, wie um mich herum die Feindseligkeit wuchs. Es war schlimm genug, daß ich mich dem widersetzt hatte, was Simon, Jennifer und Onkel Larry offensichtlich alle für einen vernünftigen Kompromiß hielten. Jetzt bestand die Gefahr, daß ich kleinlich wirken würde. »Oh, vergiß es«, schloß ich ungeduldig. »Der 4. November ist in Ordnung.«

»Gut«, sagte Adrian so freundlich, daß man hätte meinen können, eine unglückselige Unvereinbarkeit von Terminen wäre das ganze Problem, das er hatte lösen wollen. »Wird es dir dann möglich sein, dabeizusein, Bella?«

»Aber sicher«, antwortete sie. »Doch ob ich will...« Sie warf mir einen Blick zu und schüttelte leicht den Kopf, als ob sie jede Verantwortung dafür, wie die Sache gelaufen war, von sich weisen wollte. »Das kommt darauf an.«

Bella und ich hatten uns vorher darauf geeinigt, die Frenchman's Road zu verschiedenen Zeiten zu verlassen, um möglichst keinen Verdacht zu schüren, und uns in den Five Bells in Burton zu treffen. Ich hatte eigentlich erwartet, mich in Feierstimmung zu befinden und duldsam ihren Launen gegenüber zu sein. Statt dessen war ich ärgerlich und ungehalten. Ärgerlich über mich selbst, weil ich nicht vorhergesehen hatte, was bei dem Treffen passieren könnte. Und ungehalten über die beneidenswerte Stellung, in die sie die Ereignisse versetzt hatten. Anstatt daß sie ihre Hälfte der Vereinbarung zuerst erfüllen und mir dann vertrauen mußte, daß ich meine erfüllte, konnte sie sich jetzt zurücklehnen und auf die Ergebnisse meiner Bemühungen warten. In sechs Wochen würde sie seelenruhig von unserem Handel zurücktreten können, falls ich nichts von Nutzen erreicht hätte. Ich konnte meine Untersuchungen unmöglich auf sechs Wochen ausdehnen. Lange vor dem 4. November mußte ich mit Ergebnissen aufwarten. Oder mein Scheitern eingestehen. Und letzteres schien mir sehr viel wahrscheinlicher zu sein. Dieser Umstand ließ mir keine andere Wahl, als ein Versprechen von ihr zu erbitten, von dem ich genau wußte, daß sie sich nicht daran gebunden fühlen würde.

»Ich werde tun, was ich kann, Bella. Aber wenn ich am Schluß sogar noch sicherer als jetzt sein werde, daß Paul die Wahrheit gesagt hat...«

»Kannst du dich dann noch darauf verlassen, daß ich am 4. November mit dir stimmen werde?«

»Genau.«

»Mach dir deswegen keine Sorgen. Finde nur heraus, was Paul vorhat.«

»Ja, aber –«

»Du solltest wirklich froh sein, daß sich alles so entwickelt hat.«

»Warum?«

»Weil dir das genau den Anreiz gibt, den du brauchst.« Sie lächelte unaufrichtig. »Ich weiß nicht, warum du mich so finster ansiehst. Jeder würde denken, das, was geschehen ist, wäre meine Schuld.« Auf diesen Gedanken war ich bis dahin überhaupt noch nicht gekommen. Aber jetzt, da sie ihn mir praktisch ins Hirn gepflanzt hatte, wußte ich, daß ich ihn so schnell nicht vergessen würde. War es möglich, daß sie Adrian irgendeinen Wink gegeben hatte? War es denkbar, daß sie mich von Anfang an hereingelegt hatte? »Ich werde morgen nach Biarritz zurückfliegen, Robin. Ich rufe dich Anfang nächster Woche an, um zu hören, wie du vorankommst. Und denk daran...« Ihre Augen blitzten übermütig, als sie an ihrem Drink nippte und mich über den Rand ihres Glases hinweg anschaute. »Es ist keine Zeit zu verlieren.«

16. Kapitel

Noch am selben Abend rief ich bei den Bryants an und fragte, ob wir uns treffen könnten, um uns über die Tragweite von Pauls Geständnis zu unterhalten. Ich sprach mit seinem Vater, und er schien ziemlich berührt, daß ein Mitglied der Familie Paxton – für das er mich wegen meiner Verbindung zu Bella irgendwie hielt – sie unter diesen Umständen überhaupt zu sehen wünschte. Es war auch offensichtlich, daß jegliche Hilfe, die ich ihnen anbieten konnte, dankbar angenommen werden würde. »Ich sage Ihnen offen, Mr. Timariot«, sagte er, »daß Dot und ich in der vergangenen Woche vor Sorgen völlig außer uns waren. Wir wissen einfach nicht, was wir machen sollen.« Ich würde am Samstagnachmittag ein willkommener Besucher in Surbiton sein. Obwohl es unwahrscheinlich war, daß sie mich auch als einen solchen in Erinnerung behalten würden.

Ich wußte nicht, ob ich mich freuen oder mir Sorgen machen sollte, als das Wochenende näherrückte. Ich hatte nämlich die Nase voll von den gegenseitigen Beschuldigungen bei Timariot & Small, die dem Vorstandstreffen am Donnerstag gefolgt waren. Adrian und ich sprachen nicht miteinander. Aber Simon und Jennifer glichen das mehr als aus, indem sie ohne Ende eine Situation sezierten, die sie, wie sie beide zugaben, nicht verstehen konnten. »Was hat Bella vor?« wollte Jennifer wissen. »Das Spiel, zu dem du sie überredet hast, könnte uns das Angebot verderben, weißt du das?« Von dieser Art hatte sie noch mehr Vorwürfe auf Lager. Simon hingegen schwankte zwischen Verwirrung und Verfolgungswahn. Von »Adrian kann doch nicht ernsthaft annehmen, daß er irgend etwas aus Harvey McGraw herausholen kann«, bis »Das hast du zusammen mit Joan ausgeheckt, damit ich ihren Klauen nicht entkommen kann«. Aber wie abenteuerlich seine Theorien auch wurden, sie konnten doch niemals die Wahrheit erreichen. Ich hatte das Gefühl, ich würde ihm fast einen Gefallen damit tun, daß ich ihn darüber im dunkeln ließ.

Die Bryants wohnten in der Skylark Avenue, einer langen, kurvigen Straße mit den völlig identischen, rauhverputzten Pseudo-Tudor-Doppelhäusern auf der Berrylands-Seite von Surbiton. Natürlich wußte ich von Paul, daß sie bereits ihr ganzes Eheleben dort verbracht hatten. Als ich an jenem milden grauen Samstagnachmittag dort entlangfuhr, während überall Rasen gemäht und Autos gewaschen wurden, spürte ich die lähmende Vorhersagbarkeit, gegen die er während seiner Teenagerzeit rebelliert hatte. Trotzdem konnte ich nicht verhindern, daß ich mich gleichzeitig damit identifizierte. Der magere Jugendliche, der an seinem rostfleckigen Auto herumbastelte, während ein Fußballreporter aus einem knatternden Radio auf ihn einredete. Der übergewichtige Pendler, der heftig schwitzend seine Hecke mit geometrischer Perfektion stutzte. Jeder von ihnen war in seiner eigenen frustrierten Art Teil des Lebensgefüges, das Paul in einer einzigen Nacht in Stücke gerissen hatte.

Das erste Zeichen davon war die fehlende Geschäftigkeit vor Nummer 34. Es herrschte traurige Stille und Reglosigkeit. Norman Bryant lud mich mit der gedämpften Höflichkeit der kürzlich Hinterbliebenen ein, ins Haus zu kommen. Doch worüber ich mich unterhalten wollte, war schlimmer als der Tod. Pauls bloßes Dahinscheiden hätte seinen Vater nicht mit schamgebeugten Schultern zurückgelassen. Der Tod seines Sohnes wäre dem Schlag, unter dem er litt, vorzuziehen gewesen. Er war ein dünner, gebückter, schüchtern wirkender Mann Anfang Sechzig, und die Krawatte unter seinem Pullover zeugte von vierzig

Jahren Arbeit bei einer Bank. Sein Teint und sein Haar waren grau, seine Kleider braun, sein Verstand nicht darauf ausgerichtet, mit der gegenwärtigen Herausforderung fertig zu werden. »Es wird eine Erleichterung sein, einfach nur mit jemandem darüber sprechen zu können«, gab er zu. »Es tut Dot gar nicht gut, alles in sich hineinzufressen.« Und ihm auch nicht, wie ich stark vermutete. »Gott sei Dank sind wir wenigstens beide in Rente. Wie ich den Kollegen in der Bank hätte gegenübertreten sollen...« Bei dieser Vorstellung schüttelte er den Kopf, dann führte er mich ins Wohnzimmer. Dort wartete Mrs. Bryant mit einer ihrer Töchter. Ich kannte sie von der Hochzeit, obwohl der Gegensatz sehr traurig war. Mrs. Bryant war eine kleine, rundliche Frau mit einem rosa Gesicht, deren Grübchenlächeln meine deutlichste Erinnerung an sie war. Aber jetzt gab es kein Anzeichen darauf. Sie zitterte und zappelte wie eine aufgeregte Haselmaus, ihr Blick war abwechselnd starr und unruhig. Und ihr Händedruck war so schlaff, daß ich erwartete, ihr Arm würde in dem Moment, wenn ich ihn losließ, zu Boden fallen. »Sie sind... Lady Paxtons Bruder?« sagte sie so zögerlich, daß ich es nicht übers Herz brachte, sie zu korrigieren. »Das ist... unsere Tochter... Cheryl.«

»Hallo«, sagte Cheryl mit einem leichten Lächeln. »Wir sind uns letztes Jahr begegnet.« Sie war eine große, schlanke, leger gekleidete Frau von ungefähr dreißig, nicht ganz so flott und selbstbewußt wie Paul, aber fast, mit kurzem dunklen Haar, einem direkten Blick und dem Hinweis irgendwo hinter ihren Augen, daß sie ihren Eltern zuliebe ihr bestes Benehmen zeigte.

»Wir haben Cheryl erzählt, daß Sie kommen würden«, sagte Mr. Bryant. »Ich hoffe, es macht Ihnen nichts aus.«

»Überhaupt nicht. Ich bin froh darum. Wird Ihre andere Tochter auch –«

»Ally lebt in Kanada«, sagte Cheryl. »Weit weg vom Schuß.«

Es lag etwas in ihrer Bemerkung, das ihr Vater nicht ignorieren konnte. »Wir haben Allison nichts davon erzählt, Mr. Timariot. Es hat keinen Sinn, sie damit zu belasten. Auf jeden Fall nicht, bevor es notwendig ist.«

»Wir vergessen unsere Manieren«, sagte Mrs. Bryant unvermittelt. »Bitte nehmen Sie doch Platz, Mr. Timariot. Möchten Sie eine Tasse Tee?«

»Vielen Dank. Das wäre nett.«

»Ich mache ihn«, sagte Cheryl und stürzte mit einer Bereitschaft in die Küche, die vermuten ließ, daß sie froh war um jede Entschuldigung, das Zimmer verlassen zu können.

»Nimm die Tassen mit den Untertellern«, rief ihre Mutter ihr nach, ehe sie sich mit leichtem Erröten zu mir wandte. »Ich hasse Becher. Sie auch?«

»Nun, ich...«

»Mr. Timariot ist nicht hierhergekommen, um sich über Geschirr zu unterhalten, meine Liebe«, sagte Mr. Bryant und tätschelte seiner Frau die Hand. Sie saßen mir auf dem Sofa gegenüber, mit einem bemitleidenswerten Optimismus in ihren Gesichtern. Vielleicht könnte ich irgendwie, so schienen sie zu hoffen, die Dinge in Ordnung bringen. Vielleicht könnte ich die Uhr zurückdrehen bis zur untadeligen Kindheit ihres Sohnes und den Fehler korrigieren, bevor es zu spät war. »Wir müssen noch einmal sagen, daß es uns... so leid tut... wirklich sehr leid... wegen all dem...«

»Es ist nicht Ihre Schuld.«

»Das fragt man sich trotzdem«, sagte er und blickte stirnrunzelnd auf den Teppich, der zwischen uns lag. »Man erzieht sie, so gut man kann. Man gibt ihnen so vieles, was man selbst nie hatte. So viele Vorteile. Und dann...«

»Er war so ein gutmütiges Kind«, bemerkte Mrs. Bryant. Dann, als ob ihr bewußt wurde, wie nebensächlich die Äußerung war, wechselte sie sofort das Thema. »Für Sir Keith muß dies ganz schrecklich sein, wirklich. Ich fühle mit ihm.«

»Für Sie muß es mindestens genauso schlimm sein«, sagte ich.

Mr. Bryant nickte und krümmte seine Hand. »Er war letztes Wochenende hier. Paul, meine ich. Setzte uns hierhin und erzählte uns alles. Auf dem Stuhl, auf dem Sie jetzt sitzen. So ruhig, wie Sie sich nur denken können. Schüttete alles über uns aus.«

»Furchtbar«, murmelte Mrs. Bryant.

»Sagte, er hoffte, wir würden verstehen. Aber wie kann man *das* verstehen?« Er beugte sich vor und schaute mich an. »Ich, habe die Beherrschung verloren. Ich habe ihn geschlagen. Zum erstenmal in seinem Leben habe ich ihn wirklich geschlagen. Ich war wütend. Aber er nicht. Nicht einmal dann. Er war so ... beherrscht. Ich habe meinen Sohn kaum wiedererkannt.«

»Er war niemals gewalttätig«, sagte Mrs. Bryant. »Verschlossen. Aber niemals gewalttätig. Deshalb kann ich es auch nicht glauben.«

Mr. Bryant lächelte mir vertraulich zu, als ob er sagen wollte: *Mütter*. Aber Väter waren offensichtlich nicht so engstirnig. »Er hat sich das nicht nur ausgedacht, meine Liebe. Wir müssen das endlich akzeptieren. Wenigstens hat er es zugegeben. Besser spät als nie.«

»Warum, denken Sie, hat er es gerade jetzt zugegeben?« fragte ich.

»Er sagte, es wäre wegen Rowena«, antwortete Cheryl, als sie geschäftig mit dem Teetablett ins Zimmer eilte. »Sagte, er könnte es nicht mehr länger aushalten.«

»Also ist wenigstens etwas Gutes herausgekommen bei Rowenas ...« Mr. Bryant rückte seine Brille zurecht und sah mich an, während Cheryl zwischen uns hin und her ging und die Tassen abstellte. *Selbstmord* war das Wort. Aber er konnte sich nicht überwinden, es auszusprechen. Oder *Mord*. Man konnte sich der Wahrheit nur indirekt nähern. »Zumindest wird ein Unschuldiger nicht mehr lange im Gefängnis sitzen«, schloß er mit einem Seufzer.

»Sind Sie sicher, daß er unschuldig ist?« fragte ich sofort, indem ich die Gelegenheit beim Schopf packte.

»Nun ... Sie etwa nicht?«

»Nicht ganz. Bella ... Lady Paxton, meine ich ... und ich haben die Möglichkeit in Betracht gezogen, daß Paul sich vielleicht deshalb zu den Morden bekennt, um sich selbst für Rowenas Selbstmord zu bestrafen.«

»Sie meinen ...« Mr. Bryant runzelte die Brauen. Er sah seine Frau und seine Tochter an. »Sie meinen, er könnte es vielleicht ...«

»Nicht getan haben?« mischte sich Mrs. Bryant ein, mit hoffnungsvoll aufgerissenen Augen.

Aber Cheryl war zu realistisch, um sich täuschen zu lassen. Und nicht geneigt, um es bei ihren Eltern zuzulassen. »Das ist verrückt«, sagte sie und schaute mich direkt an.

»Nicht unbedingt.«

»Ich habe gehört, wie er es gesagt hat, Mr. Timariot. Alles. Und es ist alles wahr.«

»Ich habe ihn selbst gehört. Und es war überzeugend, sicherlich. Aber es existiert die Möglichkeit – nicht mehr, da gebe ich Ihnen recht –, daß er vielleicht lügt.«

»Weil er sich für Rowenas Tod verantwortlich fühlt? Kommen Sie.«

»Es stimmt, damit ist er nie fertig geworden«, sagte Mr. Bryant. »Aber ich kann einfach nicht glauben –«

»Was ist mit der Postkarte?« Seine Frau hatte seinen Ellbogen ergriffen und rutschte in ihrem Stuhl nach vorne, wobei sie Tee in die Untertasse verschüttete. »Ich habe dir gesagt, daß ich es mir nicht eingebildet habe.«

Mr. Bryant seufzte. »Nicht das schon wieder.« Er schüttelte den Kopf und blickte mich an. »Wissen Sie, daß Paul in dem Sommer damals mit dem Zug durch Europa gefahren ist, Mr. Timariot?«

»Ja, natürlich.«

»Nun, er schickte uns mehrere Postkarten. Insgesamt ungefähr ein halbes Dutzend. Nur Touristenattraktionen. Der Eiffelturm. Die Akropolis. Solches Zeug. Ich kann mich nicht mehr genau daran erinnern. Aber Dot denkt –«

»Eine davon war vom Mount Blank, Mr. Timariot«, warf seine Frau ein. »Und dieser Ort, von dem er seinem Freund gesagt hat, daß er hin wollte, als sie sich trennten ...«

»Chamonix?«

»Ja. Er liegt direkt am Fuß des Mount Blank. Ich habe im Atlas nachgeschaut.«

»Wollen Sie sagen, daß die Karte in Chamonix aufgegeben wurde?«

»Nun ... Das eigentlich nicht. Ich erinnere mich nicht, wo ...«

»Und außerdem hat sie die Karte weggeworfen«, erklärte Mr. Bryant.

»Ich dachte, ich hätte sie aufgehoben«, sagte Mrs. Bryant hartnäckig. »Wegen der Marken. Ich weiß nicht, wie es passiert ist –«

»Dot ist groß im Wegwerfen«, sagte ihr Mann mit einem reuigen Lächeln.

»Es muß irgendein Gipfel in den österreichischen Alpen gewesen sein, Mum«, sagte Cheryl, und ihr Tonfall deutete an, daß sie bereits mehr als genug über dieses Thema gehört hatte.

Aber Mrs. Bryant konnte nicht davon abgebracht werden, obwohl ihre entsetzlich falsche Aussprache von Montblanc nur ihre Neigung zu Irrtümern unterstrich – ebenso wie ihren Irrglauben. »Es war der Mount Blank«, beharrte sie.

»Vielleicht hat Paul die Karte ausdrücklich deswegen geschickt, um uns glauben zu lassen, daß er in Chamonix war. Aber wann und wo wurde sie aufgegeben? Das ist die Frage.«

»Ich weiß es nicht.« Ihre Mutter wurde ärgerlich. »Ich habe mir die Einzelheiten des Poststempels nicht aufgeschrieben.«

»Was sagt Paul dazu?« fragte ich, um die Wogen zu glätten.

»Wir haben ihn nicht gefragt«, antwortete Mr. Bryant. »Als Dot daran dachte, war er bereits wieder weg.«

»Und die Karte ist auch weg«, sagte Cheryl. »Deshalb macht es wirklich nicht viel Sinn, sich darüber zu unterhalten, oder?«

»Vielleicht nicht«, sagte ich und versuchte noch immer, wie die Verkörperung der reinen Vernunft zu klingen. »Aber es ist genau das, was hilfreich sein könnte. Falls Paul *wirklich* lügt, dann können wir ihm durch solche kleinen Ausrutscher auf die Schliche kommen. Ich meine, falls er in der fraglichen Nacht nicht in Kington war, dann muß er irgendwo anders gewesen sein, richtig? Und irgend jemand muß ihn dort gesehen haben.«

Cheryl seufzte. »Er war nirgendwo sonst.«

»Aber vorausgesetzt, er war ... nur mal angenommen ... Bei dieser – und jenen anderen Gelegenheiten. In Cambridge und –«

»Er blieb noch nach Ende des Semesters dort«, sagte Mrs. Bryant traurig. »Daran erinnere ich mich.«

»Also während der Osterferien in jenem Jahr. Schien er in ... einer merkwürdigen Stimmung zu sein?«

»Er war immer in merkwürdiger Stimmung«, sagte Cheryl. »Von Geburt an, soweit ich weiß.«

Mr. Bryant blickte sie streng an, dann sagte er: »Paul ist niemals das gewesen, was Sie offen nennen würden. Es war nie leicht zu erraten, was in seinem Kopf vor sich ging.«

»Das wissen wir jetzt«, murmelte Cheryl.

In der Zwischenzeit hatte ihre Mutter sich in den April 1990 zurückversetzt. »Er schien so wie immer zu sein, Mr. Timariot. Wie Norman schon sagte, er war immer sehr ... zurückgezogen. Nie jemand, der leicht Freundschaften schloß, unser Paul.«

»Oder überhaupt«, warf Cheryl ein.

»Was ist mit Peter Rossington?«

»Wir haben ihn nie kennengelernt«, erwiderte Mr. Bryant. »Ich glaube, sie sind nur Reisegefährten gewesen.«

»Paul muß doch irgendwelche Freunde haben.«

Mr. Bryant zuckte die Schultern. »Eigentlich nicht. Der Junge war immer so etwas wie ein einsamer Wolf.« Er schien zusammenzuzucken, als ob ihm plötzlich die raubtierhaften Assoziationen bewußt wurden. »Deshalb haben wir uns auch so gefreut, als er und Rowena ...« Er verstummte schließlich, als ihm klarwurde, daß jedes Wort ihn nur noch tiefer hineinreiten würde.

»Jemand sollte bei diesem Peter Rossington nachfragen«, fuhr seine Frau fort. »Er weiß vielleicht, wann Paul in ... wie nennt man es ... Chamonicks war.«

»Er war niemals in Chamonicks«, sagte Cheryl bissig. Sie holte tief Luft und preßte eine Hand gegen die Stirn, bevor sie sich ruhig korrigierte. »Chamonix.«

»Die Polizei wird bei ihm nachfragen, meine Liebe«, tröstete Mr. Bryant seine Frau.

»Ich würde gern selbst mit ihm sprechen«, sagte ich, indem ich mich rasch mit der Wahrscheinlichkeit abfand, daß dieser Besuch mir keine andere Spur zur Erkundung liefern würde. »Wissen Sie, wo ich ihn finden kann?«

»Paul sagte, er arbeitete für irgendeine große Werbeagentur in London«, antwortete Mrs. Bryant. »Aber ich kann mich nicht ...«

»Schneider Mackintosh«, sagte Cheryl mit einem kühlen Lächeln. »Kennen Sie sie? Die Leute, denen wir das Ergebnis der letzten Wahl zu verdanken haben.«

»Ach ja. Natürlich.«

»Wollen Sie ihn aufsuchen?« fragte Mrs. Bryant.

»Wenn er mich sehen will, bestimmt.«

»Gut.« Sie warf ihrem Mann einen Seitenblick zu. »Ich bin froh, daß jemand irgend etwas tut.«

»Sie verschwenden Ihre Zeit«, sagte Cheryl. »Er wird Ihnen nur bestätigen, was Paul uns bereits gesagt hat.«

»Vielleicht. Aber –«

»Und wissen Sie auch, warum? Weil es die Wahrheit ist.«

»Wie können Sie so sicher sein?«

»Weil er mein Bruder ist, Mr. Timariot. Ich kenne ihn sein ganzes Leben. Ich habe ihn aufwachsen sehen. Aber ich habe ihn nie wirklich verstanden. Bis jetzt. Vorher hat er immer irgend etwas versteckt. Etwas zurückgehalten. Aber jetzt nicht mehr. Jetzt ist alles an der Öffentlichkeit. Ich wünschte, es wäre anders. Aber es ist so. Und je eher wir uns damit auseinandersetzen, desto besser.«

»Cheryl hat recht«, sagte Mr. Bryant, als er mich zu meinem Wagen begleitete. »Wir müssen so gut wir können akzeptieren, was Paul getan hat. Es hat keinen Sinn ... unsere Ohren davor zu verschließen.«

»Ich möchte nur sicher sein, Mr. Bryant. Aber Ihre Frau scheint es nicht zu sein.«

»Sie ist seine Mutter. Was können Sie anderes erwarten? Sie kann es einfach nicht glauben, daß er einen Mord begehen konnte.«

»Aber Sie schon?«

Wir waren beim Auto angekommen und blieben stehen. Er sah mich nicht an und beantwortete meine Frage nicht. Aber das Scharren seiner Füße und sein herunterfallendes Kinn waren auch eine Art Antwort. »Es war nett von Ihnen, daß Sie uns besucht haben, Mr. Timariot. Ich weiß das zu schätzen. Aber sehen Sie, ich muß an Dot denken. Ich muß ihr dabei helfen, sich mit dem, was geschehen ist, abzufinden. Und was geschehen wird. Wenn man Hoffnungen in ihr weckt, wird es nur noch schlimmer werden, wenn sie zunichte gemacht werden.« Jetzt schaute er mich an. »Was, wie wir beide nur zu gut wissen, geschehen wird.«

»Ich versuche, die Sache unvoreingenommen zu betrachten. Das sollten Sie auch tun.«

»Wissen Sie, Paul hat seine Stelle gekündigt. Und es war eine gute Stelle. Die Grundlage für eine großartige Karriere.«

»Sie denken, das beweist irgend etwas?«

»Ich denke, es beweist, daß er sich auf das Schlimmste gefaßt macht. Und deshalb müssen wir das auch tun.« Er runzelte die Stirn. »Ich wäre dankbar, Mr. Timariot... um Dots willen... wenn Sie uns nicht mehr aufsuchen würden... unter diesen Umständen.« Dann seufzte er und fügte hinzu: »Es tut mir leid.«

»Was ist, wenn ich von Peter Rossington etwas Nützliches erfahre?«

Ein Wagen fuhr an uns vorbei, und Mr. Bryant winkte über meine Schulter hinweg dem Fahrer zu, mit einem kleinen Lächeln auf den Lippen – das genauso schnell wieder verschwunden war. Seine Augen folgten dem Fahrzeug für einen kurzen Moment, als ob er sich fragte, wie viele Nachbarn ihm nicht mehr zuwinkten, wenn Pauls Schuld erst einmal allgemein bekannt werden würde. Dann sah er mich wieder an. »Das werden Sie nicht«, sagte er ohne jegliche Feindseligkeit.

»Vielleicht doch.«

Ein Ausdruck von höflich unterdrückter Skepsis huschte über sein Gesicht, eine Art Gesichtsausdruck, den er aufgesetzt haben mochte, wenn ein Kunde der Bank mit stark überzogenem Konto unter fadenscheinigen Vorwänden um eine Verlängerung des Kredits ersuchte. »Auf Wiedersehen, Mr. Timariot«, sagte er, schüttelte meine Hand und machte sich traurig auf den Rückweg zum Haus.

Am Montagmorgen rief ich als erstes bei Schneider Mackintosh an. Peter Rossington war unerreichbar. Entweder war er nicht im Zimmer, oder er telefonierte auf einer anderen Leitung. Gegen vier Uhr hatte ich endlich Glück und wurde mit einer kurzen Unterhaltung belohnt. Er klang jung, selbstsicher und eine Spur herablassend. Außerdem ausgesprochen mißtrauisch, als ich sagte, ich wollte mit ihm über Paul Bryant sprechen. Nun, das konnte ich ihm nicht verübeln. Aber die Schlußfolgerung, ich sei eine Art Headhunter, der Pauls Eignung für einen Spitzenjob testen wollte, war etwas ganz anderes. Da ich ihm diese Idee nicht in den Kopf gesetzt hatte, schien es mir nur gerecht zu sein, das Beste daraus zu machen. Besonders da ein Mittagessen in einem Restaurant seiner Wahl ein stolzer Preis war für was auch immer für Informationen. Ich schlug den folgenden Tag vor, aber er berief sich auf dringende andere Verpflichtungen, und so verabredeten wir uns schließlich für Donnerstag.

Bis dahin hatte Bella, die neugierig war, ob ich schon Fortschritte gemacht hatte, sich bereits bei mir gemeldet. Aber eine Beschreibung meines Besuches bei den Bryants schien ihren Anforderungen nicht zu genügen, um unter das Stichwort »Fortschritt« zu fallen. »Du hast überhaupt nichts aus ihnen herausbekommen?« beschwerte sie sich, wobei sie es fertigbrachte anzudeuten, der Grund dafür läge eher bei mir als in der kläglichen Wahrheit, daß einfach nichts herauszufinden war. »Du solltest lieber etwas hartnäckiger sein, wenn du Peter Rossington triffst.«

Aber ich bezweifelte, ob Hartnäckigkeit oder Raffinesse einen Fehler in Pauls Bericht über seine Unternehmungen im Sommer 1990 zum Vorschein bringen würde. Cheryl Bryant hatte mir gesagt, ich würde meine Zeit verschwenden, und soweit ich es beurteilen konnte, hatte sie absolut recht damit. Aber Bella würde nicht zufrieden sein, bevor ich nicht noch viel mehr Zeit verschwendet hätte.

Ein weiteres Problem, das mir durch den Kopf ging, als ich am Donnerstagmorgen nach London fuhr, war, wie ich Peter Rossington über Paul ausfragen sollte, ohne mit dem wahren Grund herauszurücken. Meine Rolle als Headhunter würde mich nicht weiterbringen. Und es war eine Rolle, die, wie ich genau wußte, ein aufgeweckter, junger leitender Angestellter im Werbegeschäft ziemlich schnell durchschauen würde. Wie sich herausstellte, hätte ich mir keine Sorgen zu machen brauchen. Zumindest nicht darüber.

Rossington wartete bereits im Square auf mich, einem hellen, luftigen und zurückhaltend ausgestatteten Lokal im Herzen von St. James. Er war ein spindeldünner, bläßlicher Typ mit sehr modischem Haarschnitt und Anzug, so daß er sogar noch jünger wirkte, als ich ihn einschätzte. Eher wie neunzehn als wie fünfundzwanzig. Er hatte ein breites, aber kühles Lächeln, sein Blick war abschätzend. Hinter seiner schrillen Stimme und seiner spöttischen Miene lauerte ein scharfer Verstand. Ich mochte ihn von Anfang an nicht. Und ich hatte den starken Eindruck, daß dieses Gefühl auf Gegenseitigkeit beruhte. Aber keiner von uns war hier, um seinen Gefühlen nachzugeben. Er hatte aber offensichtlich ein gewisses Gespür, wie seine Bestellung eines zweiten Glases Champagner sofort zeigte.

»Karten auf den Tisch, Mr. Timariot«, ging er mich ohne Umschweife an. »Ihre Einladung klang irgendwie leicht verdächtig. Deshalb habe ich bei Paul nachgefragt. Einer der Gründe, warum ich das Treffen hinausgezögert habe. Ich wollte genügend Zeit haben, um mal vorzufühlen.« Er senkte die Stimme. »Stellte sich heraus, daß die Sache viel heißer ist, als ich mir jemals vorgestellt hätte.«

»Richtig«, sagte ich, während sich mein Verstand bemühte, sich auf die Bedeutung seiner Äußerung einzustellen. Ich war natürlich enttarnt. Aber viel schlimmer war, daß Paul jetzt wußte, daß ich in seiner Vergangenheit herumschnüffelte. Das hätte ich vermeiden können, wenn ich von Anfang an ehrlich gegenüber Rossington gewesen wäre. Aber es war zu spät, den Schaden zu reparieren. »Also... Sie wissen, worum es geht, nicht wahr?«

»Leider ja. Ehrlich gesagt, wäre es mir andersherum lieber. Klingt nach einem grauenhaften Durcheinander. Aber das ist ja wohl Pauls Problem. Und Ihres anscheinend.«

»Haben Sie Paul getroffen?«

»Ja. Gestern. Er hat mir alles erzählt. Es war wirklich ein Schock. Ich meine, wir waren niemals enge Freunde. Um genau zu sein, überhaupt keine Freunde. Paul war nicht der freundschaftliche Typ. Er hat sich nicht in die Karten schauen lassen. Und jetzt, da ich weiß, was in ihm vorging, kann ich verstehen, warum. Aber sogar dann ...« Er zündete sich eine Zigarette an, ohne sich die Mühe zu machen, mir auch eine anzubieten. »Sogar dann braucht man einige Zeit, um sich daran zu gewöhnen, nicht wahr? Bekannt zu sein mit jemandem, der fähig ist ...« Er schüttelte den Kopf und stieß eine Rauchwolke aus. »Scheiße.«

Ich lächelte verlegen. »Tut mir leid, daß ich Sie getäuscht habe.«

Seine Augen wurden schmal. »Ja. Nun, das sollte es auch. Vielleicht möchten Sie mir gerne den Grund nennen. Das ist das einzige, worüber Paul mich nicht aufklären konnte.«

»Ich versuche bloß, seine Geschichte zu bestätigen, ehe sich die Polizei einschaltet.«

»Laut Paul hat sie das bereits. Er hat mich vorgewarnt, daß ich mit einem Besuch rechnen müßte. Kann nicht behaupten, daß ich mich darauf freue.«

»Warum nicht?«

Er runzelte die Stirn. »Weil niemand scharf darauf ist, in so etwas verwickelt zu werden. Mord ist schlimm genug. Besonders wenn Sex dabei eine Rolle spielt. Aber ...« Er strengte sich wieder an, leise zu sprechen. Es fiel ihm sichtlich schwer. »Aber ein Justizirrtum macht das Ganze noch schlimmer, nicht wahr? Riesige Schlagzeilen. Mega-Berichterstattung. Und irgendwo darin mein Name. So daß die Kollegen ihn einfach bemerken müssen.«

»Also machen Sie sich Sorgen wegen ein paar ... beruflicher Unannehmlichkeiten?«

»Darauf können Sie wetten. Irgendein gemeiner Hund wird sagen, ich hätte doch kapieren müssen, was Paul vorhatte.«

»Und hätten Sie?«

»Natürlich nicht. Er hat nie etwas angedeutet –« Er unterbrach sich, um sein Essen zu bestellen. Da ich nicht vorbereitet war, bestellte ich das gleiche. Von Wein war nicht die Rede. Etwas Stärkeres hätte ins Schwarze getroffen. Aber auch davon war nicht die Rede. »Wie ich Ihnen gesagt habe«, fuhr Rossington fort, »Paul war und ist für mich wie ein Buch mit sieben Siegeln. Ich schlug ihm diese Tour durch Europa vor, weil ich keine Lust hatte, allein zu reisen. So einfach ist das. Er machte auch nicht die geringste Andeutung, daß er einen Hintergedanken dabei hatte. Nun, ich nehme an, zu der Zeit gab es auch noch keinen. Der kam erst später, oder?«

»Haben Sie irgendeine Veränderung an ihm bemerkt in der Zeit zwischen der Vereinbarung der Reise und dem Aufbruch?«

»Ich habe *niemals* eine Veränderung an ihm bemerkt. Er wirkt auf mich jetzt immer noch genauso wie damals. Kühl, ruhig und gelassen. Er geht vollkommen seinen eigenen Weg.«

»Und Sie haben sich in Lyon getrennt?«

»Das stimmt. Weil er eine Woche in den Alpen verbringen und ich unbedingt nach Italien weiterfahren wollte, ehe mein Geld zu Ende war. Damals hatte ich noch nicht so viel. Ich hatte keine Ahnung, daß er eigentlich nach Biarritz wollte. Wie sollte ich auch? Paul gehört nicht zu denjenigen, die einem von sich aus was erzählen.«

»Aber was hätte er getan, wenn Sie damit einverstanden gewesen wären, mit nach Chamonix zu fahren?«

»Wie zum T–«, Rossington zog heftig an seiner Zigarette. »Woher soll ich das wissen? Vermutlich hätte er sich eine andere Ausrede einfallen lassen. Das konnte er schon immer gut. Ich habe ihn wirklich auf dem Bahnhof in Lyon verabschiedet. Im Zug nach dem verdammten Chamonix. Mein Zug ging nämlich erst später. Wissen Sie, was er getan hat, der gerissene Hund? Stieg bei der nächsten Station aus, wartete ab, bis er sicher sein konnte, daß ich in meinem Zug saß, fuhr dann zurück nach Lyon und nahm den nächsten Zug nach Paris. Wirklich einfach.«

»An welchem Tag passierte das?«

»Kann mich nicht erinnern. Paul erzählte mir gestern, daß es Mittwoch, der 11. Juli war. Nun, das klingt glaubwürdig für mich. Gegen Ende der Woche muß ich in Rom angekommen sein.«

»Und wann haben Sie Paul das nächste Mal gesehen?«

»Im Oktober in Cambridge. Bis dahin hatte ich von den Kington-Morden gehört. Wußte, daß Sarah Paxtons Mutter eines der Opfer war. Nun, jeder sprach darüber. Sogar Paul. Aber er hat ein verdammt kaltblütiges Spiel getrieben, das kann ich Ihnen sagen. Das hätten Sie niemals vermutet. Nie im Leben. Er hat mir gegenüber sogar eine Art Alibi für sich vorbereitet. Prahlte mit irgendeiner schwedischen Sexbombe, die er in Chamonix aufgerissen hätte. Es klang so echt, daß er mich richtig neidisch machte. Aber das war alles gelogen. Soviel hat er gestern zugegeben. Eine Lüge, um mich gar nicht erst auf den Gedanken kommen zu lassen, er sei irgendwo anders gewesen. Zum Beispiel in Biarritz. Oder in Kington.«

Unser Essen wurde serviert. Wir hatten beide keinen Appetit. Rossington drückte seine Zigarette aus und legte den Kopf schief, um mich kritisch zu mustern.

»Es ist Ihnen klar, nicht wahr, Mr. Timariot? Er hat es getan. Der Versuch, ihn über Daten und Orte stolpern zu lassen, wird nicht funktionieren.«

»Vielleicht haben Sie recht. Ich möchte nur sicher sein.«

»Für wen tun Sie das? Paul sagte, Sie hätten nur eine sehr schwache Verbindung mit dem Fall. Und was ist mit der Familie?«

»Vielleicht tue ich es für ihn?«

»Das schien er nicht zu denken.«

»Dann für mich selbst.«

»Aber Sie glauben doch bereits, daß er die Wahrheit sagt. Das haben Sie ihm doch selbst gesagt.«

»Ich überprüfe es nur noch einmal, das ist alles.«

»Und was ist dabei bis jetzt herausgekommen? Irgendwelche Zweifel oder Diskrepanzen?«

Ich mußte lächeln. »Nichts.«

»Na also.« Er nahm sein Messer und schnitt eine weiche Scheibe Entenfleisch ab. »Sieht für mich so aus, als wären Sie besser dran, wenn Sie meinem Beispiel folgten.«

»Und was ist Ihr Beispiel, Mr. Rossington?«

»An sich selbst denken.« Ein rosa Bissen Fleisch verschwand zwischen seinen glänzenden Zähnen. »Und Paul Bryant sich selbst überlassen.«

Rossingtons Ratschlag war vernünftig, aber unbrauchbar. Paul wußte, daß ich hinter irgend etwas her war, und das mindeste, was ich ihm jetzt schuldete, war eine schnelle, wenn auch notwendigerweise unvollständige Erklärung. Als ich das Restaurant verließ, nahm ich mir ein Taxi und fuhr damit nicht nach Waterloo, sondern nach Paddington. Von dort nahm ich den nächsten Zug nach Bristol. Um vier Uhr stand ich vor dem eleganten kleinen Stadthaus auf der Bathurst Wharf, auf das Rowena zugelaufen war, als ich sie zum letztenmal gesehen hatte.

Paul öffnete so schnell die Tür, als ob er mich hätte kommen sehen. Er sah noch flotter aus als damals, als er nach Petersfield gekommen war, aber die Beschreibung, die Sir Keith über ihn abgegeben hatte – »*wie in Trance*« –, stimmte. Seine Selbstbeherrschung war so überragend, sein Zielbewußtsein so vorherrschend, daß eine Gelassenheit ihn befallen hatte, die fast schon an Ausdruckslosigkeit grenzte. Er blickte mich an, wie ein engagiertes Mitglied einer geschlossenen Religionsgemeinschaft einen glücklosen Fremden anblicken mochte, der an ihr Tor geklopft hatte. Mit einer gleichmäßigen Mischung aus Verachtung und Mitgefühl. »Hallo, Robin«, sagte er ruhig. »Kommen Sie herein.«

Ich folgte ihm durch einen kurzen Gang, vorbei an Speisezimmer und Küche, und streifte einen am Haken hängenden Mantel, der sicher Rowena gehört hatte. Ich warf einen Blick in die Küche und entdeckte weitere Spuren ihrer Anwesenheit. Einen Schmortopf, der so geformt und bemalt war wie eine brütende Henne. Über dem Spülbecken einen Kalender mit Figuren von Beatrice Potter. Ich konnte nicht erkennen, bei welchem Monat er aufgeschlagen war, aber das Wort war zu kurz für September. Es konnte also leicht Juni sein – der Monat ihres Todes.

Der Gedanke ließ mich nicht los, während wir die Treppen zum Wohnzimmer im ersten Stock hinaufstiegen. Und dort wurde er noch verstärkt. Die Vorhänge und Teppiche, der Sofabezug, die ovale Brücke in der Mitte des Raums, die Schale mit den getrockneten Blumen: Sie hatte all das ausgesucht. Und in der Luft lag ein Duft, der an die zarten Blütenparfüms erinnerte, die sie getragen hatte. Er erinnerte mich so sehr an sie, daß ich versucht war, Paul zu fragen, ob die Duftmischung den gleichen Duft hatte. Aber die plötzliche Angst, er könnte mir sagen, ich würde es mir nur einbilden, belehrte mich eines Besseren. Ich trat ans Fenster und schaute hinunter auf die Yachten, die am Kai vertäut waren, auf die Drehbrücke, die über den Hafen führte und auf der ich sie an jenem Tag im Juni gesehen hatte. Als ich den Hals reckte, konnte ich sogar den schwimmenden Pub auf der anderen Seite von St. Augustine's Reach erkennen, von dem aus ich sie beobachtet hatte. Alles war noch genauso. Alles war noch so, wie ich es im Gedächtnis hatte. Aber keine einsame Gestalt mit wehendem Haar näherte sich. Und würde es auch niemals mehr tun.

»Suchen Sie etwas?« erkundigte sich Paul von der anderen Seite des Zimmers.

»Nein.« Ich drehte mich um und sah ihn an. »Nichts.«

»Dann geht es Ihnen wie mir. Ich stehe oft dort und starre hinaus ins Leere. Dabei kann ich gut nachdenken.« Während er sprach, ging er langsam um das Sofa herum. Dann blieb er stehen, lehnte sich an die Rückseite, verschränkte die Arme und sah mich stirnrunzelnd mit leichter Neugier an. »Was soll das alles, Robin? Wenn ich richtig verstanden habe, dann haben Sie sich heute mit Peter Rossington zum Mittagessen getroffen.«

»Ja. Das stimmt.«

»Ist er der einzige, den Sie über mich ausgefragt haben?«

»Ehrlich gesagt, nein. Ich habe mich mit Ihrer Familie unterhalten.«

»Wirklich? Sie haben nichts davon erzählt.«

»Vielleicht waren sie nicht der Meinung, daß das nötig war.«

»Vielleicht nicht. Macht es Ihnen etwas aus, mir zu erklären, warum Sie zu ihnen gegangen sind?«

»Überhaupt nicht. Deswegen bin ich gekommen. Um es zu erklären.« Ich versuchte ein Lächeln, aber mir gelang lediglich eine schmallippige Grimasse. »Ich wollte einfach nur Ihre Geschichte bestätigen ... ein paar Einzelheiten überprüfen ... bevor die Polizei hineingezogen wird.«

»Warum? Glauben Sie nicht, daß die Polizei gründliche Arbeit leisten wird?«

»Darum geht es nicht. Ich ...«

»Sie bezweifeln nicht, daß das, was ich Ihnen erzählt habe, die Wahrheit ist?«

»Nein«, sagte ich, froh, eine ehrliche Antwort geben zu können. »Das bezweifle ich nicht.«

»Was wollen Sie dann damit erreichen?«

Ich zuckte die Schultern. »Vollkommene Gewißheit vermutlich.«

Er stieß sich von der Sessellehne ab, ging zu dem Fenster, wo ich stand, legte seinen Kopf an die Scheibe und sah mich nachdenklich an. »Wer hat Sie dazu gebracht, Robin?«

»Niemand.«

»Sir Keith?«

»Ich sagte Ihnen doch schon. Niemand.«

»Dann Sarah. Wenn das stimmt, dann hat sie mich enttäuscht. Ich hätte gedacht, eine Rechtsanwältin würde es vorziehen, solche Dinge persönlich zu erledigen.«

»Sarah hat keine Ahnung davon.«

»Dann muß es Bella sein.« Er hob seinen Kopf und schnalzte mit der Zunge. »Ja. Wenn ich es mir recht überlege, es muß Bella sein. Sie würde immer zuerst danach fragen, ob etwas zu leugnen wäre, bevor sie sich fragte, ob es wahr sei. Was hat sie über Sie in der Hand, das Sie zwingt, als ihr Laufbursche zu dienen?« Bevor ich antworten konnte, durchquerte er das Zimmer und ließ sich in einen Lehnstuhl fallen. Seine Arme hielt er fest gekreuzt, seine Brauen waren fragend gerunzelt. »Geben Sie sich keine Mühe zu antworten. Es geht mich wirklich nichts an. Außerdem macht es mir nichts aus, wenn Sie Leute befragen. Ich habe nichts zu verbergen. Wenn Sie meine Mutter überzeugen können, der Wahrheit über mich ins Gesicht zu schauen, oder Sir Keith, die Wahrheit über Louise zu akzeptieren, um so besser. Letztendlich müssen sie es ja doch tun. Und was Bella betrifft, so kann sie, was mich angeht, machen, was sie will. Und Sie ebenfalls. Die Polizei wird meine Darstellung einer weit eingehenderen und kritischeren Überprüfung unterziehen, als Sie es jemals können. Aber das Ergebnis wird dasselbe sein. In ein paar Monaten werden Sie haben, was Sie behaupten zu wollen. Vollkommene Gewißheit.«

»Vielleicht kann ich sie jetzt schon bekommen.«

»Nur zu.«

»Ihre Mutter denkt, daß Sie ihr eine Postkarte vom Montblanc geschickt haben. Aus Chamonix.«

»Mum erinnert sich daran, nicht wahr? Gut, gut, gut. Ich habe ihr tatsächlich eine Karte geschickt. Aber nicht aus Chamonix. Ich habe sie in Chambéry gekauft, wo ich aus dem Zug von Lyon ausgestiegen bin. Habe sie aufgegeben, bevor ich mit dem nächsten Zug zurückfuhr. Dachte, es würde helfen, meine Spuren zu verwischen. *Schrieb* natürlich, ich wäre in Chamonix. ›Ein paar Zeilen, während ich in einer Seilbahn sitze, die auf den Montblanc hinaufgezogen wird.‹ Etwas in der Art. Datierte sie auf den folgenden Tag. Es bestand keine Gefahr, daß Mum viel aus einem verschwommenen französischen Poststempel herauslesen würde. Ich dachte, daß man es noch gut gebrauchen könnte. Hat sie die Karte etwa nicht aufgehoben?«

»Nein.«

»Nun, das spielt auch keine große Rolle. Es ist nur eine weitere kleine Einzelheit. Die Polizei wird alles genau unter die Lupe nehmen.«

»Es kann doch nichts schaden, wenn ich selbst ein paar Details überprüfe, oder?«

»Absolut nicht.« Er schüttelte den Kopf und schaute mich konzentriert an. »Aber tun Sie mir einen Gefallen, ja? Sagen Sie Bella, es wird nicht funktionieren. Ich habe meinen Kurs festgelegt, und nichts wird mich davon abbringen. Je eher Sie und Bella und jeder andere, der damit zu tun hat, einsehen, was das bedeutet, desto weniger schmerzhaft wird es sein, wenn die Wahrheit ans Licht kommt. Und daß dies geschieht, dafür werde ich sorgen.«

Ich hatte mich eigentlich gleich auf den Weg nach Petersfield machen wollen. Aber nachdem ich Bathurst Wharf verlassen hatte, reizte mich die Aussicht auf eine lange und einsame Bahnfahrt und die Rückkehr in ein leeres Haus überhaupt nicht. Ein Spaziergang hinaus nach Clifton und ein spontaner Besuch bei Sarah hingegen sehr wohl. Ich mußte meine Probleme unbedingt mit jemandem besprechen, und sie war so ungefähr die einzige, bei der ich mich darauf verlassen konnte, daß sie überhaupt Verständnis zeigte.

Es gab aber noch einen anderen Grund, sie wiederzusehen. Früher oder später würde sie herausfinden, was ich vorhatte. Paul würde es ihr wahrscheinlich bei ihrem nächsten Treffen erzählen, wann immer das auch sein würde. Es war sogar möglich, daß seine Eltern Kontakt mit ihr aufnahmen oder sie mit ihnen. Wie auch immer, ich konnte nicht riskieren, daß sie Sir Keith über meine Aktivitäten in Bellas Auftrag alarmierte. Es schien alles in allem klüger zu sein, sie umgehend in unser verabredetes Stillschweigen miteinzubeziehen.

Ich wartete in einem Pub bei ihr um die Ecke, bis sie von der Arbeit nach Hause kam. Wie sich herausstellte, hatte ich beinahe zu lange gewartet, denn als ich ankam, war sie bereits im Begriff, auszugehen. Sie sah ungewöhnlich betörend aus in einem kurzen schwarzen Kleid und mit ihrem dezenten Schmuck. Und ihr Haar hatte einen Glanz, der vermuten ließ, daß es an diesem Tag von einem Profi frisiert worden war.

»Robin! Was machen Sie denn hier?«

»Das ist eine lange Geschichte. Haben Sie Zeit, sie sich anzuhören?«

»Ich fürchte nein. Rodney wird mich in ungefähr zwanzig Minuten abholen.« Die Nachricht, daß Rodney noch immer eine Rolle in ihrem Leben spielte, machte mich nervös. »Wir gehen auf ein Fest. Und da es mir zu Ehren veranstaltet wird, kann ich es mir nicht leisten, zu spät zu kommen.«

»Ihnen zu Ehren? Aus welchem Anlaß?«

Für einen Augenblick befürchtete ich, Rodneys Beharrlichkeit könnte Sarah in eine Verpflichtung gelockt haben, ihn zu heiraten. Deshalb war ich sehr erleichtert, als sie antwortete: »Dies ist der letzte Tag meines Referendariats. Und ab morgen bin ich eine echte Rechtsanwältin.«

»Wirklich? Herzlichen Glückwunsch.«

»Danke.«

»Wollen Sie weiterhin bei Anstey's bleiben?«

»Zunächst noch. Zumindest bis sich etwas Besseres findet. *Falls* sich etwas findet. Um ehrlich zu sein, frage ich mich schon die ganze Zeit, ob meine Verwicklung in einen Justizirrtum, wie geringfügig auch immer sie sein mag, irgendeine Auswirkung auf meine Karriereaussichten haben wird. Die Wahrheit von Paul zu erfahren, war wie in einen Kaktus zu greifen. Man weiß einfach nicht, wie tief einige der Stacheln reichen werden.«

Ich lächelte tröstend. »Man könnte sagen, genau deswegen bin ich hier.«

»Das dachte ich mir schon.« Sie warf einen Blick auf ihre Armbanduhr. »Sehen Sie, zwanzig Minuten *sind* zwanzig Minuten. Möchten Sie etwas trinken?«

»Danke. Das wäre nett.«

Vielleicht machte es die Zeitbeschränkung leichter. Zur Schnelligkeit gezwungen, faßte ich mich kurz, hielt aber keine diskreditierende Seite meines Dilemmas zurück. Was für einen Sinn hätte das gemacht? Sarah kannte Bellas Wesensart ebenso gut wie ich. Und sie wußte auch, wie unlösbar mein Problem war.

»Nun«, sagte sie, als ich geendet hatte. »Ich werde Daddy ganz bestimmt nichts erzählen. Aber ich verstehe immer noch nicht, was Bella damit bezweckt. Sie denkt doch nicht ernsthaft, daß Paul lügt, oder?«

»Nein. Das glaube ich nicht.«

»Was hofft sie dann?«

»Daß ich Gründe für berechtigte Zweifel finde.«

»Aber bis jetzt hatten Sie kein Glück?«

»Nein. Wie zu erwarten war.«

»Was Sie in ernsthafte Verlegenheit bringt. Wie wollen Sie Bella im Stich lassen, ohne sie zu provozieren, Ihre Vereinbarung zu brechen?«

»Genau.«

»Das ist hart.« Sie ging zum Fenster und blickte hinunter auf die dunkel werdende Straße. Aber offensichtlich war von Rodney noch nichts zu sehen. »Als Rechtsanwältin sollte ich in der Lage sein, Ihnen ein paar gute Ratschläge zu geben. Aber ich bin nicht sicher, ob ich es wirklich kann.« Sie drehte sich um und zuckte die Schultern. »Es tut mir leid, daß Sie da hineingezogen worden sind, Robin. Das haben Sie nicht verdient.«

»Es ist nicht Ihre Schuld.«

»Vielleicht nicht. Aber es tut mir trotzdem leid.«

»Das klingt, als ob Sie der Meinung wären, ich sollte einfach aufgeben.«

»Vermutlich ja. Die Polizei wird jede Einzelheit von Pauls Geschichte gründlich unter die Lupe nehmen. Wenn ein Fehler darin ist, wird sie ihn entdecken.«

»Aber Bella hat nicht vor, darauf zu warten. Was ihr Problem wäre, es sei denn...«

»Es ist Ihres.« Sarah schüttelte den Kopf und seufzte. Sie wollte gerade etwas sagen, als draußen ein Wagen vorfuhr und hupte. Sie schaute hinaus, lächelte und winkte. »Das ist Rodney«, sagte sie über die Schulter zu mir. »Ich muß gehen.«

»Natürlich. Ich begleite Sie hinaus.«

Sie kam auf mich zu, lächelte verlegen und griff nach meiner Hand, als wollte Sie mich dazu bringen, etwas zu akzeptieren. »Eigentlich, warum warten Sie nicht, bis ich weg bin, und gehen dann? Rodney hat keine Ahnung von all dem. Und ich möchte nicht in die Verlegenheit kommen... Nun, Sie verstehen sicher, was ich meine.«

»Ja.« Ich sah sie an und nickte zustimmend. »Ich verstehe.«

Dann runzelte sie die Stirn, als ob ihr gerade ein Gedanke gekommen wäre. »Wenn Sie meinen, Sie müßten damit weitermachen...«

»Ich habe keine andere Wahl, oder?«

»Es gibt da einen Aspekt, den die Polizei vielleicht vernachlässigen wird und um den Sie sich kümmern könnten. Sie werden versuchen, Zeugen zu finden, die Paul irgendwo anders gesehen haben zu der Zeit, in der er behauptet, in Kington gewesen zu sein. Sie könnten nach einem Zeugen suchen, der Mummy – oder auch Naylor – zu der Zeit gesehen hat, als Paul ihnen angeblich in Whistler's Cot nachspioniert hat.«

»Aber es gibt keine Zeugen. Wenn es welche gäbe, dann hätten sie sich bei der Verhandlung gemeldet.«

Die Autohupe erklang erneut, ein ungeduldiges dreifaches Tuten. »Was ist mit Howard Marsden? Wenn er Mummy so gut kannte, wie wir denken ...«

Ich runzelte die Stirn, dann lächelte ich. »Das ist genial.«

»Nein«, sagte sie, küßte mich schnell und eilte zur Tür. »Das ist juristisches Training.« Sie öffnete die Tür, blieb dann auf der Türschwelle stehen und drehte sich zu mir um. »Ich glaube kaum, daß Sie irgend etwas Wichtiges aus ihm herausbekommen. Aber wenn Sie ... etwas über Mummy herausfinden, meine ich ... dann werden Sie es mir doch sagen, ja?«

»Natürlich. Das ist ein Versprechen.«

Aber dieses Versprechen hatte ich zu früh gegeben. Erst nachdem ich gehört hatte, wie sich Rodneys Wagen schnell den Caledonia Place entlang entfernt hatte, wurde mir klar, wie leicht diese Zusage mit meinen Verpflichtungen Bella gegenüber kollidieren konnte. Unter diesen Umständen konnte ich nur hoffen, daß sich Sarahs Annahme über Howard Marsden als richtig erwies. Andernfalls würde ich versuchen müssen, zwei Versprechen zu halten – und beide brechen.

17. Kapitel

Sophie Marsden hatte mir erzählt, daß ihr Mann im Landwirtschaftsmaschinengeschäft tätig war, und durch ihre Telefonnummer wußte ich, daß sie in oder bei Ludlow wohnten. Dies führte mich direkt zu Salop Agritechnics Ltd in der Weeping Cross Lane in Ludlow. Und am Freitagmorgen zu einem Telefongespräch mit seinem Geschäftsführer, Howard Marsden.

»Was kann ich für Sie tun, Mr. Timariot? Ich erinnere mich, daß wir damals wegen dieser verdammten Sendung, *Im Zweifel für den Angeklagten,* miteinander gesprochen haben, aber –«

»Ich hoffe, daß Sie sich mit mir treffen werden, Mr. Marsden. Damit wir uns über eine Angelegenheit von erheblicher Dringlichkeit unterhalten können. Es betrifft Ihre Beziehung zu Louise Paxton.«

»Ich verstehe nicht ganz.«

»Es tut mir leid, wenn ich so offen sein muß, aber ich habe wirklich keine andere Wahl. Und ich bin sicher, daß Sie mir zustimmen werden, daß man über diese Angelegenheit am besten persönlich redet.«

»Ich weiß nicht, was Sie meinen. Louise Paxton war eine Freundin meiner Frau. Ich kannte sie einzig und allein aus diesem Grund.« Aber in seiner Stimme lag ein Unterton von Fatalismus. Er mußte bereits die Hoffnung aufgegeben haben, mich abwimmeln zu können.

»In diesem Fall war Ihre Zurschaustellung von Trauer, als wir uns das letzte Mal sahen, ziemlich übertrieben, finden Sie nicht?« Ich wartete auf seine Antwort. Aber er sagte nichts. Einige schweigsame Sekunden verstrichen. Dann fuhr ich fort. »Butterbur Lane in Kington, Mr. Marsden. 27. Juli 1990. Sie haben mich fast umgefahren.«

Es folgte eine bedeutungsschwere Pause. Schließlich sagte er: »Worum geht es eigentlich, Mr. Timariot?«

»Es geht um Louise.«

»Ich kann Ihnen nicht helfen. Sie sprechen besser mit meiner Frau. Sie –«

»Mit Ihrer Frau habe ich bereits gesprochen. Jetzt muß ich mit Ihnen reden.«

Eine weitere, noch längere Pause folgte. Dann preßte er die Worte heraus, die ich hören wollte. »Also gut.«

»Ich kann nach Ludlow kommen, wenn Ihnen das paßt. Sie sind sicherlich sehr beschäftigt. Ich kann mir auch denken, daß Sie es vorziehen, wenn wir uns erst nach dem Wochenende treffen.« Er erhob keine Einwände. Wir wußten beide, worauf ich mich bezog. Eine diskrete Unterbrechung seines Arbeitstages bedurfte keiner Erklärung gegenüber Sophie, während ... »Wie wäre es mit Montag?«

»Unmöglich.«

»Gewiß nicht. Nennen Sie mir eine Zeit.«

»Nun ... es müßte früh sein.«

»Kein Problem. Ich fahre schon am Abend vorher hinüber.«

»Werden Sie im Feathers absteigen?«

»Wenn Sie das empfehlen.«

»Es gibt nichts Besseres. Also gut, Mr. Timariot. Ich komme am Montagmorgen um acht Uhr im Feathers vorbei. Ich hoffe, das ist Ihnen nicht *zu* früh?«

»Keineswegs«, erwiderte ich, entschlossen, ihm keinen Anlaß zu bieten. »Bis dann.«

Howard Marsden dazu zu bringen, sich mit mir zu treffen, war eine Sache. Aber irgend etwas Wichtiges bei diesem Treffen zu erfahren, war natürlich eine ganz andere. Den größten Teil meiner langen Fahrt am Sonntag nach Ludlow verbrachte ich damit, darüber nachzudenken, wie ich seine Affäre mit Louise am besten ansprechen konnte. Ich bezweifelte nicht, daß sie eine Affäre miteinander gehabt hatten. Die Tränen, die ihm in der Butterbur Lane übers Gesicht gelaufen waren, waren nicht die eines platonischen Freundes gewesen. Und Sophies Geschichte über Louises »vollkommenen Fremden« ergab in jedem anderen Zusammenhang keinen Sinn. Die eigentliche Frage war: Dauerte die Affäre im Juli 1990 immer noch an? Wenn nicht, dann würde Howard keine große Hilfe für Bella sein. Glücklicherweise hatte sie sich seit meiner Rückkehr von Bristol nicht mehr bei mir gemeldet. Wenn sich jetzt also herausstellen würde, daß ich meine Zeit verschwendete, dann brauchte sie wenigstens nichts davon zu erfahren.

Genaugenommen verschwendete ich nicht eigentlich meine Zeit. Diese Tage fern vom Büro, die ich kurzfristig und ohne Erklärung anmeldete, begannen Adrian zuzusetzen. Offensichtlich vermutete er ein undurchsichtiges und hinterhältiges Spiel. Und da seine Reise nach Sydney bedrohlich näher rückte, war es nicht schlecht, ihn in dem Glauben zu lassen. Ich hatte das Gefühl, daß er all die Sorgen, die ich für ihn heraufbeschwören konnte, mehr als verdient hatte.

Die tiefe Stille eines windstillen Sonntagabends lag über Ludlow, als ich dort eintraf. Ich fand sofort Gefallen an den steilen Straßen und Gassen, an dem Durcheinander von alten Fachwerkhäusern und historischen Gasthäusern. Das Feathers war ein idyllisches und gemütliches Hotel von der Sorte, die ich in englischen Marktstädtchen schon längst nicht mehr vermutete. Wenn ich nach einem Platz in der tiefsten Provinz gesucht hätte, um mich zu erholen, dann wäre ich auf die vollkommene Einrichtung gestoßen. Unglücklicherweise war ich nicht deswegen hier.

Ich kaute am nächsten Morgen nach einem viel zu zeitigen Frühstück, womit ich die Küche überrumpelt hatte, noch an einem Stück Toast, als ich die Nachricht erhielt, daß an der Rezeption ein Besucher auf mich wartete. Howard Marsden hatte das, was er in der Welt der Landwirtschaftsmaschinen darstellte, offensichtlich nicht dadurch erreicht, daß er zu einer Verabredung zu spät kam. Er sah keineswegs so verzweifelt aus, wie ich ihn in Erinnerung hatte. Er hatte etwas Gewicht zugelegt und war an den Schläfen gebieterisch weiß geworden. Außerdem befand er sich auf heimatlichem Gebiet, was das Selbstbewußtsein immer stützt. Insgesamt wirkte er in seinem Nadelstreifenanzug, seinem Cashmeremantel und dem verbeulten Filzhut, als ob man ihn ungefähr so leicht zu Tränen rühren könnte wie eines der holzgeschnitzten Gesichter, die sich unter den Giebeln an der Vorderseite des Hotels befanden. Aber was ich gesehen hatte, hatte ich gesehen.

»Sollen wir einen Spaziergang machen?« fragte ich und zog meinen Mantel an. Er nickte zustimmend. Keiner von uns dachte ernsthaft daran, sich dort zu unterhalten, wo man uns zuhören konnte.

Wir traten hinaus auf die leere Straße und wandten uns zur Stadtmitte. Es war ein frischer, heiterer Herbstmorgen, eine heftige Brise jagte Blätterwirbel vor uns her über die Bürgersteige, und das Sonnenlicht glitzerte und funkelte zwischen den Dächern hindurch. Ein Metzger, der Würste in seinem Schaufenster dekorierte, schaute auf und legte beim Anblick meines Begleiters grüßend die Hand an seinen Strohhut. »Guten Morgen, Mr. Marsden!« rief er, erhielt aber als Antwort kaum mehr als ein Brummen.

»Sie sind hier gut bekannt?«

»Es ist eine kleine Stadt. Und wir sind ein großes Unternehmen.«

»Leben Sie schon immer hier?«

»Nein. Ich war zwanzig Jahre in der Navy, bevor –« Er unterbrach sich und sah mich an. »Sie sind doch nicht an meiner

Autobiographie interessiert, Mr. Timariot. Warum kommen Sie nicht einfach zur Sache?«

»Also gut. Sie wissen, daß ziemlich viele Leute denken, daß Shaun Naylor Louise nicht ermordet hat?«

Er schnaubte. »Sie meinen Leute wie Nick Seymour. Scharlatane, alles Scharlatane.«

»Vielleicht. Aber wie es aussieht, könnten diese Leute recht haben. Ein Mann hat sich gemeldet und ein Geständnis abgelegt.«

»Was?«

»Der wahre Mörder hat es zugegeben – drei Jahre zu spät.«

»Großer Gott!« Er blieb plötzlich stehen und drehte sich zu mir um. »Das kann nicht sein.«

»Leider doch.«

»Wer ist es?«

»Es wäre nicht fair, seinen Namen preiszugeben, ehe die Polizei seine Behauptung nicht überprüft hat.«

»Seine *Behauptung*? Sie meinen, es bestehen irgendwelche Zweifel?«

»Keine großen. Aber wir alle würden es lieber nicht glauben. Wenn es möglich wäre.«

Sein erstauntes Stirnrunzeln verwandelte sich langsam in vollkommene Verwirrung. »Sie sagen, Naylor ist unschuldig? Und dieser ... andere Mann ... hat die Morde begangen?«

»Offensichtlich.«

»Mein Gott.« Er zupfte nachdenklich an seiner Unterlippe, dann warf er mir einen mißtrauischen Blick zu. »Warum erzählen Sie mir das?«

»Weil ich überzeugt bin, daß Sie vielleicht nützliche Informationen über Louises Aktionen an jenem Tag zurückhalten. Informationen, bei denen die Polizei keinen Grund zu der Annahme hat, daß Sie sie besitzen. Sehen Sie, die Polizei hat keine Ahnung, daß Sie Louise geliebt haben. Aber ich weiß es.« Er zuckte zurück, als ob ich ihn hätte schlagen wollen. »Sie hatten ein Verhältnis mit Louise Paxton, nicht wahr?«

»Mit Sicherheit nicht.«

»Kommen Sie. Sie haben mich an jenem Tag fast umgefahren, weil Sie so außer sich waren. Und Ihre Frau hat mehr oder weniger zugegeben –«

»Was? Was hat sie zugegeben?«

»Daß sie wußte, daß sich irgend etwas zwischen Ihnen und Louise abspielte. Aber der Zustand Ihrer Ehe geht mich nichts an. Ich bin lediglich –«

»Sie haben verdammt recht, es geht Sie nichts an!«

»Hören Sie zu«, sagte ich und hob meine Hände, um ihn zu beschwichtigen. »Ich bin nicht hier, um irgend jemanden zu verurteilen oder zu verdammen. Ich will einfach nur wissen, ob Sie Louise an dem Tag, an dem sie starb, in Kington getroffen haben.«

Sein Ärger schien sich zu legen. Sein feindseliger Blick verwandelte sich in einen verzweifelten Ausdruck. »Sie denken, sie fuhr dorthin, um *mich* zu treffen?«

»Sie hatte ihren Mann verlassen. Wen sonst hätte sie treffen sollen?«

»Sie hatte Keith verlassen?«

»So sieht es aus.«

»Oh, verdammt noch mal!« Er seufzte und ging weiter, langsamer als zuvor. »Wenn Sie nur recht hätten«, murmelte er. »Wenn ich das nur gewußt hätte.«

»Haben Sie das nicht?«

Er schüttelte den Kopf. »Natürlich nicht.«

»Aber –«

»Zwischen uns war nichts. Niemals. Sie hätte es nicht zugelassen. Sophie weiß das ganz genau, verdammt.«

Wir erreichten den Marktplatz, auf dem Händler bereits ihre Stände aufstellten und inmitten des Lärms von klappernden

Stangen, flatternden Planen und gutgelauntem Geplänkel ihre Waren aufbauten. Marsden trottete düster auf der einen Seite des Platzes hinunter, ohne Sinn für die geschäftige Szene. Und ich zockelte hinterher.

»Da Sie so viel zu wissen scheinen, können Sie genausogut alles erfahren. Wenigstens verstehen Sie es dann. Ich *war* in Louise verliebt. In gewisser Weise bin ich es noch immer. Obwohl sie mich niemals auch nur irgendwie ermutigt hat. Es ist *niemals* irgend etwas passiert. Weiß Gott, ich habe es gewollt. Ich hätte Sophie ohne zu zögern verlassen, wenn nur –« Er seufzte. »Manchmal denke ich, es wäre ihr lieber gewesen. Daß Louise mich zurückgewiesen hat, war verletzender für Sophies Stolz als ein Verhältnis oder sogar eine Scheidung. Dadurch, daß ihre beste Freundin die Nase über mich – *ihren* Mann – rümpfte, muß ihr bewußt geworden sein, was für ein schlechter Scherz unsere Ehe war ...« Ein müdes Kopfschütteln schien mehr Jahre an Unzufriedenheit und mangelnder Befriedigung auszudrükken, als er sich die Mühe machte zu zählen. »Ich habe Louise angebetet. Ich hätte alles für sie getan. Aber sie wollte nichts davon wissen. Ich habe sie vor den Kopf gestoßen. Sophie hielt es für erniedrigend und unverzeihlich. Und vermutlich hatte sie recht.«

Während ein Puzzlestück sich einfügte, fiel ein anderes heraus. Falls Howard Marsden die Wahrheit sagte – und dessen war ich mir sicher –, dann war nicht er der Anlaß für Louises Entscheidung gewesen, Sir Keith zu verlassen. Aber irgend jemand mußte es gewesen sein. Nicht Oscar Bantock, wie Paul anfangs geargwöhnt hatte. Er war mit größerer Wahrscheinlichkeit ihr Kuppler als ihr Liebhaber gewesen. Und auch nicht Naylor, da sie ihn damals nur zufällig getroffen hatte. Aber wer dann? Es gab keine Antwort darauf. Aber in meinem Hinterkopf lauerte noch immer der »vollkommene Fremde«, von dem Sophie gesprochen hatte. Ich war niemals völlig davon überzeugt gewesen, daß sie ihn erfunden hatte. Und jetzt deckte meine Bereitschaft, Bellas Befehl zu befolgen, auf, was es in Wahrheit war. Kein Versuch, Pauls Geständnis zu beweisen oder zu widerlegen, sondern eine Jagd nach der am schwersten faßbaren Gestalt in Louises Leben. Die sich mehr und mehr in meines verirrte.

»Sie wissen genausoviel über Louises Aktionen an dem Tag, als sie starb, wie ich, Mr. Timariot. Vielleicht sogar mehr. Schließlich haben Sie sie getroffen, ich nicht. Ich habe keine Informationen – weder für Sie noch für die Polizei.«

»Nein. Das weiß ich jetzt auch.«

»Ich fürchte, Ihre Reise ist ganz umsonst gewesen.«

»Das spielt keine Rolle.«

Wir hatten die andere Seite des Platzes erreicht und standen am oberen Ende einer breiten Straße, die hinunter zum Fluß führte. Marsden betrachtete für einen Augenblick die Aussicht, dann wandte er sich mir zu und sagte: »Der Mann, der gestanden hat. Gibt es *irgendeinen* Zweifel an seiner Schuld?«

»Eigentlich nicht.«

»Das bedeutet, daß Naylor die ganze Zeit die Wahrheit gesagt hat?«

»Ja.«

»Über Louise? Darüber, wie sie sich getroffen haben? Und warum?«

Ich mußte ihm nicht antworten. Der Blick, den wir tauschten, sagte alles. Jeder von uns wollte an seiner eigenen Erinnerung an Louise festhalten. Aber keinem von uns würde es gestattet sein.

»Das wird ihren Ruf zerstören«, murmelte er.

»Ja«, sagte ich, unfähig, ihm auch nur den kleinsten Trost anzubieten. »Sehr, leider.«

Ich bemühte mich, bei Howard Marsden den Eindruck zu erwecken, daß ich auf der Stelle nach Petersfield zurückfahren würde. Aber ich hatte nicht vor, Ludlow zu verlassen, bevor ich nicht zuerst Sophie ausfindig gemacht hatte. Aus Gründen, die ich ihrem Mann mit Sicherheit nicht erklären wollte.

Im Telefonbuch im Hotel fand ich ihre Adresse. Es stellte sich heraus, daß Frith's End in Ashford Carbonell ein eindrucksvoll ausgestattetes schwarzweißes Haus in einem schmucken Dorf ein paar Meilen entfernt von Ludlow war. Es strahlte Wohlstand aus, der weder zur Schau gestellt noch versteckt wurde.

Ich kam dort kurz nach halb zehn an und vermutete, daß Sophie zu der Zeit zwar schon aufgestanden, aber noch nicht ausgegangen sein würde. Und so war es auch, obwohl der rosafarbene seidene Schlafrock, der lässig über das wenige, was sie darunter trug, geworfen worden war, andeutete, daß ich meinen Besuch ohne Gefahr auch um wenigstens eine Stunde hätte hinauszögern können.

Sie war offensichtlich überrascht, mich zu sehen, aber das ließ nur ein kurzzeitiges Aufreißen ihrer Augen erkennen. »Robin!« sagte sie mit aufleuchtendem Lächeln. »Willst du nicht hereinkommen?«

Ich folgte ihr in ein großes und elegant möbliertes Wohnzimmer, von dem mir einige Teile aus ihrem Interview im Fernsehen bekannt vorkamen – oder vielleicht auch aus Inneneinrichtungsmagazinen, die ich während der Jahre in den Wartezimmern von Zahnärzten durchgeblättert hatte. Verandatüren führten hinaus auf einen leicht abschüssigen Rasen, der vor kurzem gemäht worden war und auf dem der Tau glitzerte. Jenseits davon säumten Bäume, die sich zu verschiedenen Goldtönungen verfärbten, einen langen gewundenen Flußabschnitt. Im Inneren war alles von geschmackvoller Untadeligkeit: eine beruhigende Mischung aus glänzendem Walnußholz und glitzerndem Messing; Sofas mit dicken Polstern und übereinandergelegte Teppiche; dickbauchige Vasen und dünnstielige Gläser.

Ich beobachtete Sophie, als sie vor mir durchs Zimmer ging, die einladenden Formen und weichen Falten des Bademantels weckten halbvergessene Vorstellungen in mir. Natürlich wußte sie, daß ich sie beobachtete. Und es gefiel ihr. Ihre Bewegungen waren für ein Publikum bestimmt, wahrscheinlich sogar, wenn sie allein war. Eine Zeitung, ein paar Briefe und eine leere Frühstückstasse befanden sich auf einem niedrigen Tisch neben einem Lehnsessel gegenüber dem Fernsehgerät, in dem sich zwei Personen lautlos miteinander unterhielten. Sophie mußte den Ton abgeschaltet haben, als sie die Klingel gehört hatte. Nun beugte sie sich hinunter zur Fernbedienung, die auf der Sessellehne lag, und schaltete das Bild ebenfalls aus. Dann wandte sie sich zu mir um.

»Ich habe es nicht gern, wenn man mich belästigt, Robin. Aber genausowenig mag ich es, vernachlässigt zu werden. Du hättest dich schon früher melden können.«

»Was in London passiert ist –«, begann ich, darauf bedacht, eine Verteidigung aufzubauen, bevor ich angegriffen werden konnte.

»War ein Fehler? Ein Mißverständnis? Ein unglückseliger Fehltritt, der sich niemals wiederholen wird?« Ihre Augen blickten mich spöttisch an. »Das kannst du doch besser. Damals konntest du es jedenfalls, wie ich mich erinnere.«

»Es wird nicht wieder geschehen.«

»Glaubst du, daß ich das will?« Sie setzte sich in den Sessel und betrachtete mich mit einem verdutzten Stirnrunzeln. »Du unterscheidest dich nicht im geringsten von den meisten Männern, weißt du. Überheblich genug zu glauben, daß es nur darauf ankommt, was du möchtest. Feige genug, das zu leugnen, was du wirklich willst.«

»Was ich möchte, ist die Wahrheit über Louise Paxton.«

»Nein, das stimmt nicht. Es ist das genaue Gegenteil. Du möchtest, daß ich deine Phantasien über sie bestätige. Daß ich sage: Ja, sie ist wirklich so gewesen, wie du sie sehen willst. Aber das kann ich nicht.« Sie schlug die Beine übereinander, wobei sie raffiniert berechnete, wieviel Oberschenkel der auseinanderklaffende Bademantel enthüllen würde. »Wenn du denkst, das würde zur Erregung beitragen.«

»Ich bin nicht deswegen hier.«

»Ach? Der ganze Aufwand nur wegen einer trockenen Unterhaltung über Wahrheit und Falschheit? Du enttäuschst mich. Und du überzeugst mich auch nicht.«

»Warum hast du diese Geschichte über Louise erfunden, die einen Mann auf Hergest Ridge getroffen haben soll, mit dem sie durchbrennen wollte?«

»Habe ich nicht. Ich hätte wohl kaum unterstellt, daß du der geheimnisvolle Mann in ihrem Leben wärst, wenn ich ihn zuerst erfunden hätte. Das wäre doch absurd gewesen.«

Das stimmte. Aber das ließ nur noch eine Schlußfolgerung zu. Daß es tatsächlich so einen Mann gegeben hatte. Und Sophie mich irrtümlich für ihn gehalten hatte. »Ich war es nicht, Sophie. Gott ist mein Zeuge, ich war es nicht.«

»Nein?« Ihre Stirn glättete sich. »Nun, vielleicht nicht. Sogar mir können Fehler unterlaufen. Aber sie zu bedauern ist ein Fehler, den ich niemals mache. Nur, wenn du es nicht warst...«

»Wer war es dann?«

»Ich weiß es nicht. Ich war mir anfangs so sicher. Ich war so sicher, daß das Rätsel um ihren Tod ihn herauslocken würde. Deswegen habe ich dich teilweise immer noch in Verdacht, Robin. Ich befürchte immer noch, du könntest schlauer sein, als du ausschaust. An dir ist irgend etwas. Ein Eindruck, den sie bei dir hinterlassen hat, der zu stark und anhaltend ist, als daß man ihn erklären könnte. Es sei denn, du *warst* ihr Liebhaber.«

»Ich war es nicht.«

»Das sagst du. Das sagst du.« Sie stand auf, trat ans Fenster und sah hinaus. Ich bemerkte, wie sie ihre Schultern beugte und ihren Nacken wölbte. Sie zog den Gürtel fester um die Taille, drehte sich dann um und kam langsam zu mir herüber. »Aber ich glaube es einfach nicht. Und du auch nicht.«

»Es war jemand anderes.«

»Oder niemand anderes.«

»Es war nicht ich.«

»Genauso wie der Mann, der so ... an jenem Nachmittag in Bayswater ... nicht du warst?« Sie blickte mich abschätzend an, um herauszufinden, ob die Entfernung zwischen uns überbrückt werden konnte oder sollte. »Meinst du das?«

»Nein. Das ist es nicht.«

»Warum kommst du dann immer wieder zurück?«

»Das werde ich nicht. Es ist das letzte Mal.«

»Das glaube ich kaum. Durch mich kannst du Louise jetzt am nächsten kommen. Und du kannst sie einfach nicht in Ruhe lassen. Nicht einmal im Tod. Also warum sollte das so sein? Es sei denn, ich hätte die ganze Zeit recht gehabt.«

»Ich weiß es nicht. Aber du hast *nicht* recht.«

»Aber auch nicht völlig unrecht?« Sie kam näher, lächelte und hob eine Hand an ihren Mund, dann schob sie erst einen und dann zwei Finger zwischen ihre Zähne. Sie biß leicht darauf, dann zog sie sie langsam zurück. »Möchtest du bleiben? Oder gehen?«

Natürlich wollte ich beides. Aber ich wußte, daß ich es nicht konnte. Wenn ich ein zweites Mal erlag, würde es ein drittes, ein viertes, ein fünftes Mal geben. Sie würde mich in den Klauen haben, fester und immer fester. Ihre Lügen würden zu meinen werden, ihr Mann ebensogut mein Opfer wie ihres. Wie sehr hatte Louise ihr wirklich geglichen? Viel mehr, als ich vor mir selbst zugeben würde? Oder viel weniger, als Sophie sich anstrengte vorzutäuschen? Es mußte eine Antwort darauf geben. Aber ich würde sie niemals in Sophies Armen finden. »Ich muß gehen«, sagte ich und trat einen halben Schritt zurück.

»Müssen und wollen sind nicht dasselbe.«

»Diesmal schon.«

»Und das nächste Mal?«

»Wie ich dir bereits sagte. Es wird kein nächstes Mal geben.«

Aber sie glaubte mir nicht. Oder vielleicht wollte sie mir auch nur nicht das letzte Wort lassen. Als ich aus dem Zimmer ging, warf sie mir mit der Überzeugung einer Prophetin noch eine Bemerkung zu. »Wir sehen uns wieder, Robin.«

Ich fuhr auf der A49 in südlicher Richtung hinunter nach Leominster. Bis Leominster konnte ich mir noch einreden, daß ich auf der Strecke nach Hause war. Aber müssen und wollen waren, wie Sophie gesagt hatte, nicht dasselbe. Ab Leominster nahm ich die Straße nach Kington und sah die Hügel langsam am Horizont auftauchen, auf denen ich drei Jahre zuvor entlanggewandert war. Es schien, als würde ich immer wieder zurückgezogen. Zum Schnittpunkt. Dem Ort des Treffens und der Trennung. Und diesmal schneller als zuvor. Denn jetzt hatte ich nicht nur ein Streben, sondern auch ein Ziel.

Ich reiste schnell, mit Hoffnungen, daß ich
Jenes andere hinter mir lassen würde. Ich plante nicht,
Was ich tun würde, wenn ich gefaßt würde. Ich strebte danach,
Die Ähnlichkeit zu beweisen, und wenn es wahr sein sollte,
So lange zu schauen, bis ich mich selbst kannte.

Wer war er? Es gab keinen Weg, das herauszufinden. Er wartete nicht im Harp Inn, wo ich allein zu Mittag aß und einen Regenbogen beobachtete, der sich jenseits der Gewitterfront über dem Radnor Forest bildete. Er klopfte mir nicht auf die Schulter, als ich neben dem Steinhügel auf Hergest Ridge stand, wo Louise und ich an jenem entschwundenen Sommerabend vor langer Zeit gesessen hatten. Ich kam, und ich ging. Aber niemand gesellte sich zu mir. Die Sonne schien schwach, als ein scharfer Wind über den einsamen Hügel hinwegfegte. Und der Regen kam in hastigen Böen, verschleierte die Sicht und verwischte die Ränder der Wahrnehmung. Da war nichts, dem man einen Namen geben konnte. Oder vor dem man seinen leugnen konnte. Da war nur der Zweifel, wie er schon immer bestanden hatte. Und die noch immer unbeantwortete Frage. *»Können wir wirklich etwas ändern, was meinen Sie? Kann irgend jemand von uns jemals aufhören, das zu sein, was er ist, und etwas anderes werden?«* Oder *jemand* anderes. Vielleicht war es das, was sie wirklich gemeint hatte. Vielleicht war es das, was sie versucht hatte, mir zu sagen. Die ganze Zeit.

Ich weiß nicht, was mich davon abhielt, nach Whistler's Cot hinaufzufahren. Klugheit? Vorsicht? Eine Spur Angst? Vielleicht ein bißchen von allem. Auf jeden Fall etwas, das mich veranlaßte, meinen Wagen am Fuß der Straße abzustellen und von dort aus zu laufen.

Regenwasser, das von den Feldern ablief, floß in gewundenen Bächen bergabwärts auf mich zu. Sonnenlicht glänzte auf den mit Wasserperlen bedeckten Blättern und den nassen Schieferdächern. Die Wahrheit, so spürte ich, wich vor mir zurück, sie war der Sicht entzogen, wenn auch niemals weit weg. Vielleicht hinter der Hecke, wo Paul sich an jenem Tag versteckt hatte. Oder um die Ecke. Immer gerade eins weiter als die nächste Begegnung. Wie diejenige, die mich in Whistler's Cot erwartete.

Ein Wagen ragte halb aus der Garage, auf seinem Kofferraum standen mehrere Schachteln mit Schwämmen, Bürsten, Seifenflockenkartons, Poliermittelbüchsen und Spraydosen. Fast alle Fenster im Haus standen offen, und rot-weiß karierte Vorhänge blähten sich im Wind. Aus dem Inneren erklang das Dröhnen einer Waschmaschine im Schleudergang, zusammen mit dem Brummen eines Staubsaugers.

Wenn ich mir klargemacht hätte, was all diese Geschäftigkeit bedeutete, dann hätte ich wohl kehrtgemacht und wäre geflohen.

Aber ich war so in mich versunken, daß ich einfach nur abwesend vor mich hin starrte. Und dann war es zu spät. Denn Henley Bantock tauchte an der Rückseite des Hauses mit einem prallgefüllten schwarzen Müllsack auf – und blieb stehen, als er mich sah.

»Mr. Timariot!« Er schaute über das Büschel, das den Sack verschloß, zu mir her. »Gütiger Himmel, Sie *sind* es. Welch unerwartete Freude!«

»Es tut mir leid«, sagte ich. »Ich hatte keine Ahnung ... Das heißt ...«

»Entschuldigen Sie sich nicht. Das ist genau der Grund, den Muriel und ich brauchen, um eine Pause zu machen. Sie erwischen uns mitten im Großreinemachen am Ende der Saison. Die letzten Feriengäste sind am Wochenende abgereist. Aber sie haben ihren Abfall nicht mitgenommen.« Er grinste und ließ den Sack vor sich zu Boden fallen. »Warum kommen Sie nicht herein und trinken eine Tasse Tee mit uns?«

Teetrinken mit den Bantocks in einem Wohnzimmer, das nach Bohnerwachs und Raumspray roch, war eine lehrreiche, wenn auch bedrückende Erfahrung. Muriel war eine aufgeregt aufmerksame Gastgeberin, die sich ständig wegen ihres Tennisshirts und ihrer Trainingshose entschuldigte, die sie als Hausputzmontur trug. Außerdem war sie eine erschreckend zärtliche Frau, die mitten in der Unterhaltung Henleys Knie drückte und ihm lange, liebevolle Blicke schenkte. In der Zwischenzeit versuchte Henley, mit der Feindseligkeit fertig zu werden, die er bei mir entdeckt haben mußte, indem er so tat, als wären wir die zivilisiertesten aller konkurrierenden Theoretiker, die sich darin einig waren, daß sie verschiedener Meinung waren. Es war so, als ob der wütende Brief, den ich ihm nach der Veröffentlichung seines Buches geschickt hatte, und seine sarkastische Antwort darauf niemals geschrieben worden wären.

Vielleicht wäre es anders gewesen, wenn Whistler's Cot irgendwie noch ein bißchen Oscar Bantocks Zuhause geglichen hätte.

Aber alles, was aus jenen Jahren stammte, war verschwunden. Im Atelier, wo Oscar tot unter seinen Staffeleien gelegen hatte, stand jetzt ein Billardtisch, umgeben von Wintergartenstühlen. Die Wände um uns herum, an denen dichtgedrängt seine ausdrucksstarken Bilder gehangen hatten, waren überfüllt mit faden Jagddrucken und reproduzierten Landschaftsansichten von Old Herefordshire. Während im Schlafzimmer... Ich wollte nicht fragen. Aber ich war sicher, daß sogar dort das gleiche Verfahren angewandt worden war. Es war die Austreibung böser Geister durch Desinfektion. Und ihre Wirksamkeit war unbestreitbar.

»*Frustration und Fälschung* erscheint im kommenden Frühjahr als Paperback«, verkündete Henley, den Mund voller Kekse. »Natürlich freuen wir uns sehr darüber.« Aus irgendeinem Grund schien er anzunehmen, daß mich das ebenfalls freuen würde. »Und die gebundene Ausgabe sollte sich in der Weihnachtszeit gut verkaufen, was meinst du, Muriel?«

»O ja, Liebster.«

»Was passiert«, konnte ich mich nicht zurückhalten, »wenn es von den Ereignissen überholt wird?«

Henley runzelte die Stirn. »Wie meinen Sie das?«

»Nun, das Buch betrachtet die Morde doch unter gewissen Voraussetzungen. Bringt sie mit der Kunstfälschung Ihres Onkels in Verbindung. Was würden Sie sagen, wenn sich das als unzutreffend herausstellen würde?«

»Aber es ist nicht falsch, Mr. Timariot. Es ist genau das, was passiert ist.«

»Mr. Maitland hat sich sehr gründlich damit auseinandergesetzt«, sagte Muriel in ehrfurchtsvollem Ton.

»Ohne Zweifel. Aber der eindeutige Beweis steht noch aus, oder nicht?«

»Vielleicht juristisch«, sagte Henley. »Aber das können wir auch nicht erwarten, oder? Nicht zu diesem späten Zeitpunkt.«

»Da wäre ich nicht so sicher. Man weiß nie, was vielleicht noch herauskommt.«

Meine Hartnäckigkeit begann Henley zu beunruhigen – so wie es beabsichtigt war. »Haben Sie ... etwas Bestimmtes im Sinn?«

»Nein, nein. Nur so ein paar ... flüchtige Gedanken. Zum Beispiel ... haben Sie sich jemals gefragt, ob vielleicht etwas zwischen Oscar und Lady Paxton gewesen ist?«

Diese Frage sollte ebenso in die Irre führen wie aufstacheln. Ich erwartete nicht, daß ich damit irgendeine nützliche Information herauslocken würde. Aber wie so oft wurden meine Erwartungen durcheinandergewirbelt. »Unnötiger Gedanke«, sagte Henley mit einem Gluckser. »Das kann ich mit absoluter Sicherheit ausschließen.«

»Aber der Ruf Ihres Onkels als Frauenheld hat sicherlich –«

»Mich schon vor langer Zeit dazu verleitet, etwas in der Art zu vermuten. Aber als ich Onkel Oscar deswegen ansprach, hat er mich fast geohrfeigt. ›Sie ist viel zu gut für mich, mein Junge‹, erinnere ich mich, ihn sagen zu hören. ›Und eine viel zu gute Mäzenin, als daß ich es riskieren würde, sie zu verlieren.‹«

»Sie hatten doch nicht etwa erwartet, daß er es zugeben würde?«

»O doch. Onkel Oscar hat immer mit seinen Eroberungen geprahlt. Wenn Lady Paxton eine davon gewesen wäre, dann hätte ich es erfahren, da können Sie sicher sein.«

»Dann war es also eine rein geschäftliche Beziehung?«

»Das habe ich nicht gesagt. Er hat sich auf ihre Unterstützung verlassen. Was sie dafür gewollt hat, mag nicht so geschäftsmäßig gewesen sein. Ich glaube, sie hat Naylor in jener Nacht mit hierhergebracht. Was das betrifft, so meinen das auch Barnaby Maitland und Nick Seymour. Die Frage ist nur: warum? In gewissem Sinne ist dies ein idealer Ort ... für das, was sie offensichtlich vorhatte. Und vielleicht hat sie es in der Mordnacht nicht zum erstenmal getan. Vielleicht hat Onkel Oscar sich regelmäßig zurückgezogen, wenn sie das wünschte. Vielleicht hat er gedacht, daß es seinen Preis wert war.«

Ja. Das war es, was sie sagen *wollten.* Das war es, was Seymour in seiner Fernsehsendung angedeutet hatte. Und es paßte zu den Tatsachen. Besser als Seymour oder Henley bisher vermuteten.

»Es sei denn, Sie sind der Meinung, daß diese Theorie vielleicht ebenfalls ... von den Ereignissen überholt worden ist.«

»Nein«, sagte ich und widerstand der Versuchung, ihm zu erzählen, daß sie schon bald durch die Ereignisse gerechtfertigt werden würde. Ereignisse, die trotzdem zum Mißerfolg der Paperbackausgabe seines Buches führten. Aber es schien nur gerecht, ihn *nicht* vor seinem bescheidenen Anteil an der bevorstehenden Katastrophe zu warnen. Schließlich hatte er ebensoviel wie ich getan, um sie herbeizuführen. »Das würde ich nicht meinen«, schloß ich mit einem Lächeln. »Wie Sie sagen, es ist wahrscheinlich zu spät für irgend etwas in der Art.«

»Noch eine Tasse Tee, Mr. Timariot?« fragte Muriel.

»Nein danke. Ich glaube, auch dafür ist es wahrscheinlich zu spät.«

»Wollen Sie schon aufbrechen?« sagte Henley.

»Ich fürchte, ich muß.«

»Aber Sie haben noch nicht erklärt, was Sie hierhergeführt hat.«

»Auf Wiedersehen«, sagte ich mit einem breiten Lächeln und ignorierte Henleys Bemerkung zu dreist, als daß er hätte protestieren können. »Es war mir ein Vergnügen.«

Die Regenschauer ließen nach, als ich nach Osten fuhr. Hergest Ridge und die umliegenden Gipfel fielen hinter mir im Rückspiegel zurück. Die Wahrheit beobachtete mich nicht mehr von ihrer versteckten günstigen Ausgangsposition. Der Fremde verschmolz mit dem Zwielicht. Sein unsichtbares Gesicht zerfloß in der Dämmerung. Und nur meine Spiegelung schaute auf mich zurück. Ich reiste allein. Aber in Gesellschaft.

Ich kam bei Einbruch der Dunkelheit in Bristol an, bog nach Clifton ab und traf Sarah zu Hause an. Es war eine Erleichterung, jemanden zu haben, mit dem ich meine zügellosen Gedanken teilen konnte. Eine Freundin, die sie objektiv betrachtete. Ich begann Bella zu verfluchen, daß sie mich auf diese Spur gesetzt hatte. Eine Spur zurück zu einem Rätsel, vor dem ich weggelaufen war. Aber dem ich nicht entkommen konnte.

»Es sieht so aus, als ob Howard Marsden viele Jahre lang eine unerwiderte Leidenschaft für Ihre Mutter gehegt hat«, erklärte ich. »Sowohl sie als auch Sophie wußten es. Und genau das hat Sophie besonders übelgenommen: die Tatsache, daß sie unerwidert *war.*«

»Daher ihr Eifer, Mummy zu verunglimpfen.« Sarah schüttelte düster den Kopf. »Was für eine traurige, kleinliche Frau sie sein muß. Wenn ich daran denke, daß ich sie all die Jahre gekannt habe, ohne daß mir das klarwurde. Ich kann mir nicht helfen, aber Howard tut mir leid. Sie muß ihm das Leben zur Hölle machen.«

»Ja«, sagte ich, darauf bedacht, nicht anzudeuten, daß ich in dieser Beziehung über spezielles Wissen verfügte. »Ich denke, das tut sie.«

»Aber Sie glauben ihr bezüglich dieses ... anderen Mannes ... in Mummys Leben?«

»Es klang wahr. Die Frage ist ...«

»Wer war er?«

»Wer *ist* er?«

»Ich weiß es nicht.« Sarah stand auf, ging hinüber zum Kaminsims und kehrte mit der gerahmten Fotografie von sich und Rowena mit ihrer Mutter zurück. »An ihrem vierzigsten Geburtstag aufgenommen. Sie war wunderschön, nicht?«

»Das war sie mit Sicherheit.« Louise Paxton lächelte mich von dem leicht verschwommenen Schnappschuß orakelhaft an. Ihre Schönheit wurde durch den Glanz des Bildes konserviert, aber irgend etwas anderes war verlorengegangen. Wie die sepiafarbene Vermischung einer rührenden Gestalt auf einem frühen viktorianischen Bild, hatte das Geheimnis ihrer Seele eine unkoordinierte Zweideutigkeit in ihrem Blick hinterlassen, eine immerwährende Ungewißheit darüber, was oder wen jenseits der Kamera sie wirklich anschaute.

»Je mehr ihr Tod in die Vergangenheit gleitet«, sagte Sarah, »desto rätselhafter scheint ihr Leben zu werden. Ich habe mich gefragt, ob dieser Mann, wer immer er auch war, sie im letzten Augenblick im Stich gelassen hat. Einfach nicht dort erschienen ist, wo er sollte. Sie einfach hängen ließ. Ich habe mich gefragt, ob sie vielleicht deswegen Naylor ermutigt hat. Aber wir werden es nie erfahren, es sei denn, Sie machen diesen Mann ausfindig.«

»Wie kann ich ihn finden? Es gibt keinerlei Hinweise, denen ich nachgehen könnte.«

»Ich weiß. Deshalb denke ich auch, daß es niemals eine Antwort auf diese Frage geben wird. Es sei denn, Naylor weiß etwas. Ich meine, vielleicht hat sie etwas zu ihm gesagt. *Ihm* einen Hinweis gegeben. Niemand hat ihn je danach gefragt. Niemand hat je daran gedacht. Aber wir werden bald reichlich Gelegenheit dazu erhalten.«

»Sie meinen, wenn er frei ist?«

»Ja, wenn er frei ist.« Sie sprach die Worte fast seufzend. Sie stellte das Foto zurück auf den Kaminsims, plazierte es sorgfältig zwischen einer Standuhr und einem Porzellankaninchen, dann drehte sie sich um und lächelte mich ironisch an. »Natürlich hilft dies nicht, sich aus Bellas Schlinge zu ziehen.«

Ich zuckte die Schultern. »Ist das überhaupt möglich?«

»Ich bezweifle es. Sie möchte, daß Sie etwas widerlegen, was Sie und ich – und sie wahrscheinlich ebenfalls – für wahr halten. Und dieses Spiel können Sie nicht gewinnen, oder?«

»Ja. Das stimmt.«

»Und trotzdem werden Sie weiter mitspielen?«

»Ich fürchte, ich muß.« Jetzt brachte auch ich ein Lächeln zustande. »Zumindest noch ein bißchen.«

Sarah bot mir an, bei ihr zu übernachten, aber ich beharrte darauf, daß ich besser nach Hause fuhr. Während ich durch die rabenschwarze Nacht über den Salisbury Plain fuhr und Regen an die Windschutzscheibe spritzte, kam mir der Gedanke, daß das Angebot möglicherweise mehr als eine nette Geste gewesen sein könnte. Aber dann verwarf ich die Idee. Unter den derzeitigen Umständen brauchte Sarah viel nötiger einen Freund als einen potentiellen Liebhaber. Und mir ging es ebenso.

Außerdem waren meine Beziehungen zur Familie Paxton wirklich bereits kompliziert genug. Wie die drei Nachrichten von Bella auf meinem Anrufbeantworter bewiesen. Jede einzelne endete mit demselben Versprechen: *»Ich melde mich wieder.«* Früh am nächsten Morgen, als ich noch nicht ganz wach war, setzte sie es in die Tat um. Und es wurde sofort deutlich, daß die frühe Stunde ihrer Laune nicht bekam.

»Du hast *nichts* herausgefunden?«

»Nicht, daß ich es nicht versucht hätte, Bella.«

»Dann mußt du es eben noch energischer versuchen.«

»Aber wie? Es ist niemand mehr übrig, den ich befragen könnte.«

»Was ist mit dieser Postkarte, an die sich Mrs. Bryant erinnert...«

»Zu erinnern *glaubt.*«

»Und von der sie *glaubt,* daß sie aus Chamonix geschickt wurde. Wo Paul angeblich nie war.«

»Nicht aus Chamonix, wie Paul sagt. Chambéry. Ein Bahnhof auf der Hauptstrecke von Lyon aus. Es war eine List. Eine bewußte Täuschung.«

»Oder seine Erklärung ist die Täuschung. Gestern war ich in

der *pension,* in der er angeblich in Biarritz gewohnt hat. Habe der Wirtin sein Foto gezeigt. Sie hat ihn noch niemals zuvor in ihrem Leben gesehen.«

»Du meinst, sie hat ihn nicht wiedererkannt.«

»Das ist doch das gleiche.«

»Nein, ist es nicht, Bella. Er hat vor mehr als drei Jahren ein paar Tage dort verbracht. Hast du wirklich ernsthaft erwartet, daß sie sich an ihn erinnert?«

»Tatsache ist, daß sie es nicht tut. Aber vielleicht erinnert sich jemand in Chamonix.«

Ich wußte sofort, was als nächstes kam. Und ich wußte auch, wie meine Antwort lauten mußte. »Also wirst du dorthin fahren, Robin.«

18. Kapitel

Am Freitag darauf flog ich nach Chamonix, nachdem ich Adrian, Simon und Jennifer erzählt hatte, daß ein Freund in Brüssel in einer seelischen Krise steckte und Hilfe benötigte. Weiß der Himmel, was Adrian davon hielt, da er sich auf den Weg nach Sydney machte, noch bevor ich zurückkam. Simon unterstellte, daß ich darauf hoffte, eine EU-Vorschrift zu entdecken, gegen die das Bushranger-Angebot verstieß. Aber ich *glaube* nicht, daß er das ernst meinte.

Wie sich herausstellte, wäre ich mit einem solchen Auftrag vielleicht besser bedient gewesen. Mehrere Tage zog ich in einem Skigebiet der Alpen, das stets im gewaltigen Schatten des Montblancmassivs zu liegen schien, durch Hotels, Restaurants, Cafés und Pensionen. Sie erwiesen sich als genauso sinnlos, wie ich erwartet hatte – und sogar als noch frustrierender. Niemand erinnerte sich an den Namen Paul Bryant. Niemand erkannte das Gesicht des Bräutigams auf der Fotografie von seiner und Rowenas Hochzeit, die ich dabeihatte. Und niemand hielt es auch nur entfernt für wahrscheinlich, daß irgend jemand sonst ihn erkennen würde. »*Un étudiant, monsieur? Il y a plus de trois ans? Vous plaisantez, non?*«

Natürlich machte ich keine Witze. Bereits nach dem ersten Tag hatte ich die Nase voll, aber ich fühlte mich verpflichtet, weiterzumachen. Am dritten Tag jedoch um die Mittagszeit bereitete ich der Sache ein Ende und fuhr mit der Seilbahn – so wie Paul seiner Mutter geschrieben hatte – den Berghang hinauf zum Aiguille du Midi. Von der Aussichtsplattform schaute ich hinaus auf die blendenden Schneeflächen, die sich bis nach Italien erstreckten, atmete die klare kalte Luft und dachte über die Sinnlosigkeit meiner Reise nach. Paul war niemals hiergewesen. Seine Spuren waren nirgends zu finden. Aber irgendwie konnte ich mich des Gedankens nicht erwehren, daß diese Einsicht Bella nicht zufriedenstellen würde.

Bella Rede und Antwort zu stehen war jedoch nicht das erste Problem, das mich erwartete, als ich am Dienstag nach Hause flog. Liz hatte mir eine Nachricht auf Band gesprochen: Detective Inspector David Joyce von der Kripo von West Mercia würde mich am folgenden Nachmittag aufsuchen. Und sie fügte einen beunruhigenden Zusatz an. »Ich habe ihm gesagt, ich könnte den Termin erst festmachen, wenn ich mit Ihnen gesprochen hätte, aber er sagte, er würde nicht um einen Termin bitten, er würde einen festlegen.«

Er sah immer noch genauso aus wie vor drei Jahren. Ich gratulierte ihm zu seiner Beförderung, aber sein flüchtiger Dank ließ darauf schließen, daß dies keine Neuigkeit mehr war. Er erkundigte sich nach meiner Mutter, und es schien ihm wirklich leid zu tun, von ihrem Tod zu erfahren. Und dann, als Liz den Tee gebracht hatte und wieder gegangen war, legte er los.

»Wie Sie vielleicht wissen, Sir, wurden wir beauftragt, Paul Bryants Geständnis in bezug auf die Morde an Louise Paxton und Oscar Bantock zu überprüfen.«

»Natürlich wußte ich, daß es sehr wahrscheinlich dazu kommen würde, Inspector. Aber ich wußte nicht, daß die Untersuchung schon im Gang ist.«

»Schon lange. Und wir haben bereits von Mr. Bryants Familie und von einem gewissen Mr. Peter Rossington erfahren, daß noch jemand anderer sich damit beschäftigt, was man eine Paralleluntersuchung nennen könnte.«

»Ah. Ich verstehe.«

»Aber ich nicht, Sir. Was wollen Sie damit erreichen?«

»Das gleiche wie Sie, vermutlich. Ich wollte einfach nur Pauls

Geschichte nachprüfen, bevor sie an die Öffentlichkeit gelangt. Um der Familie jegliche unnötige –«

»Sie meinen die Familie Paxton?«

»Nun, ja, natürlich.«

»Zu der Sie nicht gehören.«

»Nicht direkt, nein. Mehr als Freund. Obwohl meine Schwägerin –«

»Ach ja, die jetzige Lady Paxton. Mit Ihnen verwandt. Komplizierter als bei den Borgias, nicht wahr?« Sein Lächeln wäre weiter nichts als ärgerlich gewesen, wenn ich Sarkasmus für seine einzige Absicht gehalten hätte. Aber ich spürte, daß meine Verbindung mit Sir Keiths zweiter Frau seinen Verdacht geweckt hatte. Und ich bezweifelte, daß dieser durch eine einfache Erklärung, wie solche Zustände zustande gekommen waren, zerstreut werden konnte. »Verstehe ich recht, daß Sie von Mr. Bryants Schuld nicht überzeugt sind?«

»Nein. Aber es könnte eine geringe Möglichkeit geben, daß er lügt.«

»Warum sollte er lügen?«

»Ich weiß es nicht. Aber der Selbstmord seiner Frau liegt erst vier Monate zurück. So etwas könnte doch ... nur ... zu irrationalem Verhalten führen.«

»Ein Psychiater hat ihn kurz untersucht. Er hat Mr. Bryant für ebenso normal erklärt wie Sie und mich.«

»Wirklich?«

Joyces Lächeln wirkte plötzlich müde. »Die Sache ist doch die, Mr. Timariot, daß wir für derartige Untersuchungen ausgerüstet sind und dafür bezahlt werden. Und wir tun unsere Arbeit. Gründlich und schnell. Und jede Einmischung von Amateuren, wie gut sie auch immer gemeint sein mag, wird höchstwahrscheinlich nur unsere Anstrengungen behindern.« Jetzt waren wir bei dem angekommen, was ich von Anfang an erwartet hatte. Bei der Warnung.

»Mir war nicht klar, daß ein paar Fragen bereits eine Einmischung darstellen würden.«

»Es ist aber so. Einen abgeschlossenen Fall wiederaufzunehmen, ist unangenehm genug.«

»Besonders, wenn Sie vielleicht eingestehen müssen, daß Sie den falschen Mann erwischt haben.«

Diesen Seitenhieb konnte ich mir nicht verkneifen. Aber der ärgerliche Ausdruck in Joyces Gesicht und der drohende Unterton in seiner Stimme ließen es mich sofort bedauern. »Ganz genau, Sir. Es könnte sehr peinlich sein. Für uns – *und* für die Zeugen in Naylors Verhandlung, die dazu beigetragen haben, daß er verurteilt wurde.« Er räusperte sich. »Ich habe eine Kopie Ihrer Aussage dabei, die Sie am 25. Juli 1990 unterzeichnet haben.« Er zog das Dokument aus seiner Tasche und hielt es in die Höhe. »Möchten Sie Ihre Erinnerung an das, was Sie gesagt haben, auffrischen?«

»Ich kann mich gut erinnern, vielen Dank.«

»Und gibt es etwas, das Sie dem hinzufügen wollen?«

»Nein.«

»Trotz allem, was Sie vor einiger Zeit im Fernsehen gesagt haben?«

»Ich war das Opfer einer geschickten Schnittechnik.«

Er warf mir einen langen, skeptischen Blick zu, dann holte er ein anderes Stück Papier aus seiner Tasche und las mir meine eigenen, auf Band aufgenommenen Worte vor. »Als sie mir anbot, mich mitzunehmen, hielt ich das nur für eine nette Geste. Jetzt bin ich nicht mehr so sicher. Ich denke, sie wollte, daß ich – daß irgend jemand – bei ihr blieb!« Er hob den Blick. »Entspricht nicht so ganz Ihrer Aussage, nicht wahr?«

»Ich schilderte Seymour lediglich einen Eindruck, weiter nichts. Aber ich habe das Mitfahrangebot in meiner Aussage erwähnt. Und vor Gericht.«

»In der Tat, Sir. Ich erinnere mich gut daran. Und ich erinnere mich auch an Ihre Antwort, als ich Sie fragte, warum Sie das Angebot nicht angenommen haben. Sie sagten, es wäre deshalb gewesen, weil Sie vorhatten, die gesamte Strecke zu laufen und Sie keine Lücke im südlichen Teil der Route haben wollten.«

Ich lächelte. »Sie haben ein gutes Gedächtnis, Inspector.«

»Haben Sie Ihr Vorhaben im Jahr darauf vollendet? Mit den Füßen im See in Prestatyn geplanscht, so wie ich?«

»Nein. Habe ich nicht. Weder noch.«

»Ich verstehe. Also hätten Sie ebensogut das Mitfahrangebot annehmen können.«

»Ja. Und dann wäre vielleicht alles ganz anders gekommen. Meinen Sie, ich hätte nicht auch schon daran gedacht?«

»Schwierig, es nicht zu tun, nehme ich an.«

»Sehr. Genauso schwierig, wie sich keine Gedanken über andere Dinge zu machen.«

»Zum Beispiel?«

Er hatte seinen Spaß auf meine Kosten gehabt. Es schien nur gerecht, es ihm heimzuzahlen. »Ein Rechtsanwalt hat mir gesagt, Sie würden in Fällen wie diesen einige Informationen zurückhalten als eine Art Test für zwanghafte Bekenner.«

»Und wenn es so wäre?«

»Nun, ich vermute, Paul Bryant hat den Test bereits bestanden. Andernfalls würden Sie mit Ihren Untersuchungen nicht fortfahren, oder?«

Er rutschte unruhig auf seinem Stuhl hin und her. »Dazu kann ich mich nicht äußern.«

»Das bedeutet, daß Sie wissen, daß Shaun Naylor unschuldig ist.«

»Denken Sie das, Sir?«

»Ich denke, daß, wenn er es ist, jene beiden Zeugen, die ausgesagt haben, sie hätten gehört, wie er die Morde zugegeben hat, eine Menge werden erklären müssen. Es sei denn, Sie wissen bereits, wie ihre Erklärung lauten wird.«

Er sah mich ruhig an. »Denken Sie an etwas Bestimmtes, Sir?«

»Nein. Aber es ist doch komisch, oder nicht?«

»Vielleicht denken Sie, wir hätten sie dazu angestiftet. Wollen Sie darauf hinaus?« Sein Blick war direkt und herausfordernd. Er wußte genausogut wie ich, daß die Leute genau das sagen würden. Und schon fühlte er sich veranlaßt, sich zu verteidigen. »Sie haben sich beide freiwillig gemeldet. Ihre Aussagen erfolgten unaufgefordert.«

»Und völlig falsch.«

»Das bleibt abzuwarten.«

»Haben Sie bereits mit ihnen gesprochen?«

Er schien wieder eine »Kein-Kommentar«-Formel auf den Lippen zu haben. Dann überlegte er es sich offenbar anders. »Jason Bledlow, der Zeuge, der ausgesagt hat, daß Naylor ihm gegenübergestanden hat, als sie in Untersuchungshaft eine Zelle miteinander teilten, wurde im September vergangenen Jahres erschossen. Bei einem bewaffneten Raubüberfall in ein Lagerhaus mit Goldbarren.«

»Mein Gott.«

»Und Vincent Cassidy, der Barkeeper von Naylors Stammlokal, der aussagte, daß Naylor ihm gegenüber damit geprahlt hätte, daß er die Morde begangen hätte, ist verschwunden. Spurlos verschwunden. Erst vor kurzem. Als ob er gewußt hätte, daß wir mit ihm sprechen wollten.«

»Aber das konnte er doch nicht wissen.«

»Nein. Es sei denn, jemand hätte ihn gewarnt. Versehentlich, meine ich. Indem er ihm die Sorte Fragen stellte, die wir ihm gestellt hätten.« Sein Blick wurde kalt und verächtlich. »Ich denke da an einen Amateur mit wohlmeinenden, aber störenden Absichten. Sie kennen einen, nicht wahr!«

»Ich habe nicht mit Cassidy gesprochen.«

»Ich hoffe wirklich, daß dies der Wahrheit entspricht, Sir. Um Ihretwillen.«

»Inspector, ich kann Ihnen versichern –«

»Sagen Sie nichts, was Ihnen mal leid tun könnte.« Er lächelte mich wissend an, dabei nachgiebig und entspannt, eine Haltung, die mich mehr beunruhigte als offene Feindseligkeit. »Wir werden Cassidy früher oder später finden. Er hat nicht genug Köpfchen, um sich lange zu verstecken. Und dann werden wir auch herausfinden, wer ihn gewarnt hat. Mit *oder* ohne Absicht.«

»Ich war es nicht.«

»Dann haben Sie ja nichts zu befürchten.« Er trank seinen Tee aus und beugte sich über den Tisch zu mir vor. »Wie auch immer, Mr. Timariot, halten Sie sich bitte von jetzt an aus der Sache raus. Es ist das Klügste, was Sie tun können.«

Joyces Versuch, mich einzuschüchtern, hätte wahrscheinlich Erfolg gehabt, wenn es nicht einen einzigen Fehler in seiner Logik gegeben hätte. Ich wußte, was er nicht wissen konnte: Ich *war nicht* Cassidys Informant gewesen. Deshalb war es ziemlich unwahrscheinlich, daß Joyce sich die Frage gestellt hatte, die mir im Kopf herumging. Wenn ich Cassidy nicht gewarnt hatte, wer war es dann gewesen?

Darauf schien es nur eine glaubwürdige Antwort zu geben. Und nur eine Möglichkeit, sie zu verifizieren. Ich rief auf der Stelle Cordwainer, Murray & Co in Worcester an und verlangte, mit Shaun Naylors Anwalt zu sprechen. Ich war ärgerlich über die Ungerechtigkeit von Joyces Anschuldigung und wollte demjenigen die Schuld in die Schuhe schieben, dem sie meiner Ansicht nach gebührte: Vijay Sarwate.

Aber Sarwate erwies sich als ebenso schlagfertig wie besonnen. »Ihre Reaktion ist durchaus verständlich, Mr. Timariot. Aber lassen Sie mich Ihnen dennoch versichern, daß ich weder direkten noch indirekten Kontakt mit Vincent Cassidy hatte. Ich glaube Ihnen gerne, daß Sie ihn nicht vor der polizeilichen Untersuchung gewarnt haben, aber ich muß betonen, daß auch ich nichts dergleichen getan habe.«

»Aber wer war es dann?«

»Das kann ich Ihnen nicht sagen. Aber hören Sie, wäre es nicht hilfreich, wenn wir uns treffen würden, um über dieses unglückselige Mißverständnis zu sprechen? Es gibt nämlich mehrere Fragen, die ich in diesem Zusammenhang sehr gerne mit Ihnen erörtern würde.«

»Ich weiß wirklich nicht –«

»Zufällig fahre ich morgen hinunter zur Isle of Wight, um meinen Klienten zu besuchen. Es wäre ein leichtes, Sie anschließend aufzusuchen. Würde Ihnen vier Uhr passen?«

Es war nicht nur meine Unfähigkeit, eine Ablehnung zu rechtfertigen, die mich veranlaßte, einem Treffen mit Sarwate zuzustimmen. Ich betrachtete es auch als Beschwichtigungsmittel gegenüber Bella; ein Beweis dafür, daß ich um ihretwillen nichts unversucht ließ. In Anbetracht dessen, daß ich in Chamonix kein Glück gehabt hatte, war ich der Ansicht, es wäre besser, noch etwas berichten zu können, wenn sie anrief. Aber als ich zu unserer Verabredung hinunter ins Southampton Hilton fuhr, hatte sie noch nicht angerufen.

Der Treffpunkt war mein Vorschlag, wofür sich Sarwate überschwenglich bedankt hatte, da er ihm einen Umweg von seiner Rückfahrt nach Worcester ersparte. Natürlich hatte ich dabei nicht an ihn gedacht, sondern vielmehr an die Vorteile eines anonymen Hotels, in dem zwei Geschäftsleute in dunklen Anzügen unter all den übrigen gar nicht auffielen. Wir erkannten uns von der Sendung *Im Zweifel für den Angeklagten*. Natürlich wußte Sarwate nicht, wie Seymour mich hereingelegt hatte. Und er hatte auch keine Ahnung von dem wirklichen Grund für meine nochmalige Überprüfung von Pauls Geständnis. Folglich war ein gewisses Erstaunen über meine Beweggründe hinter seiner indischen Höflichkeit und geschäftlichen Zurückhaltung spürbar. Ich war ein Rätsel, auf das er gut hätte verzichten können. Und ein Rätsel, das er wohl kaum würde lösen können.

»Mr. Bryant hat mir erzählt, daß er Ihnen sein Herz ausgeschüttet hat, bevor er zu mir gekommen ist. Er hat mir keinerlei Hinweis darauf gegeben, daß Sie irgendwelche Zweifel an seinem Geständnis hegten. Darf ich annehmen, daß sie erst kürzlich entstanden sind?«

»Ich versuche lediglich, mir eine gesunde Skepsis zu bewahren.«

»Das wird schon die Polizei übernehmen, Mr. Timariot. Vielleicht sogar eine *un*gesunde Skepsis. Sie braucht weder Ihre Hilfe noch Ihre Unterstützung.«

»So hat sie sich geäußert.«

»Warum überlassen Sie es ihr dann nicht?«

»Vermutlich, weil ich mich gerne persönlich von etwas überzeuge. Um für mich selbst sicher zu sein.«

»Und das sind Sie nicht?«

»Nicht ganz. Nicht völlig.«

»Aber Mr. Bryant hat die Bedenken, die Sie in Ihrem Fernsehinterview geäußert haben, gerechtfertigt. Er hat das offengelegt, was Sie, wie ich vermute, die ganze Zeit geahnt hatten. Daß mein Klient das Opfer eines Justizirrtums ist.«

»Vielleicht.«

»Wie können Sie das bezweifeln?«

»Das habe ich nicht gesagt.«

»Du meine Güte, ist das verwirrend.« Sarwate nippte an seinem Tee und betrachtete mich über den Rand der Tasse hinweg. »Shaun – Mr. Naylor – war enttäuscht, als er von Ihrer... ausweichenden Antwort hörte. Ich hatte die Hoffnung in ihm geweckt, daß Sie bereit wären, Ihre Aussage, die Sie bei seinem Prozeß gemacht hatten, zu erweitern. Daß Sie in Anbetracht Ihrer Äußerungen im Fernsehen Ihre ursprüngliche Aussage revidieren würden. Gehe ich recht in der Annahme –«

»Ich habe der Polizei gesagt, daß ich meine Aussage nicht zu ändern gedenke.«

»Ach herrje.« Er wirkte sichtlich niedergeschlagen. »Ich bedaure, das zu hören.«

»Gut möglich. Aber –«

»Shaun *ist* unschuldig, Mr. Timariot. Das wußte ich von Anfang an. Er hat ständig seine Unschuld beteuert, auch wenn er sich das Leben leichter gemacht hätte, wenn er sich für schuldig erklärt hätte. Er hat mehr als drei Jahre im Gefängnis verbracht für ein Verbrechen, das er nicht begangen hat. Und zwar für eine Sorte von Verbrechen, für das Gefangene, die selbst Frauen und Töchter haben, Strafen fordern, von denen das Gesetz nicht einmal geträumt hätte. Er hat viel durchgemacht.«

»Da bin ich sicher.«

»Aber er hat es nicht verdient. Das ist mein Standpunkt.«

»Ein Standpunkt, den Sie noch nicht bewiesen haben, Mr. Sarwate.«

»Wenn Sie ihn nur treffen könnten, dann würden Sie mir sicher zustimmen.«

»Vielleicht. Aber da ich das nicht kann –«

»Aber Sie können es. Ich könnte ganz leicht einen Besuch arrangieren.«

Sarwates Lächeln vermittelte mir das üble Gefühl, daß ich in eine Falle gelaufen war. Und der einzige Ausweg war der Rückwärtsgang. »Ich habe Ihrem Klienten nichts zu sagen.«

»Aber vielleicht hat er Ihnen etwas zu sagen«, bemerkte Sarwate augenzwinkernd. »Möchten Sie nicht herausfinden, wer Vincent Cassidys Informant gewesen ist?«

»Das wissen Sie doch«, sagte ich, darum bemüht, daß man meiner Stimme meine Neugier nicht anmerkte.

»Ich habe Shaun gegenüber diese Frage aufgeworfen. Wie es aussieht, hat er dazu vielleicht eine Vermutung.«

»Er hat einen Namen genannt?«

»Er hat den Namen einer Person genannt, die es seiner Ansicht nach höchstwahrscheinlich gewesen ist.«

»Wer?«

»Fragen Sie ihn selbst, Mr. Timariot.« Sarwate strahlte mich mit der stolzen Freude eines Zauberers an, der gerade eine besondere Herausforderung mit Bravour gemeistert hatte. »Wenn Sie ihn besuchen.«

Bella rief an jenem Abend an, während ich noch immer damit haderte, wie geschickt Sarwate mich ausgetrickst hatte. Eine persönliche Begegnung mit Shaun Naylor war nun wirklich das letzte, was ich brauchen konnte. Aber ich mußte es ertragen, wenn ich Joyce loswerden wollte. Was Bellas höhnisches Mißfallen über meinen mangelnden Erfolg in Chamonix nur um so unerträglicher machte.

»Ich hätte genausogut in Afrika auf Tigerjagd gehen können, Bella. Paul ist niemals in Chamonix gewesen.«

»Du hast dich nicht genug bemüht, Robin. So ist es!«

»Nein. Die Wahrheit ist, daß du mich für nichts und wieder nichts losgeschickt hast. Jedesmal mit dem gleichen Ergebnis. Ob Surbiton oder Chamonix, das ist verdammt noch mal kein Unterschied.«

»Sprich nicht in diesem Ton mit mir.«

»Ich spreche mit dir, wie es mir paßt. Dank dir darf ich jetzt Shaun Naylor im Gefängnis besuchen. Ich nehme an, du erinnerst dich an ihn?«

»Wovon sprichst du eigentlich?«

In gereizter Knappheit erklärte ich, warum ich mich wahrscheinlich schon bald mit den Frauen und Freundinnen in einer Schlange vor dem Albany Prison wiederfinden würde. Natürlich hatte ich keinerlei Mitgefühl erwartet. Im Gegenteil, ich ging davon aus, daß Bella es begrüßen würde, daß wir den Mann befragen konnten, von dem sie noch immer gerne glauben wollte, daß er Louise Paxton ermordet hatte. Doch merkwürdigerweise reagierte sie ganz anders.

»Durch ein Treffen mit Naylor können wir nichts erreichen«, sagte sie. Die Schärfe in ihrer Stimme war ebenso verschwunden wie die Freude, die sie aus meinem Unbehagen gezogen hatte. »Sag den Besuch ab.«

»Warum?« Jetzt hatte ich Verdacht geschöpft und ließ meine Gedanken zurückschweifen zu unserem Mittagessen in Midhurst und der bohrenden Unzufriedenheit, die mich seither ihrer Beweggründe wegen gequält hatte.

»Weil es reine Zeitverschwendung ist. Konzentrier dich auf Paul.«

»Das habe ich getan. Ohne jeden Erfolg.«

»Er muß noch andere Freunde in Cambridge gehabt haben, abgesehen von Peter Rossington. Wir müssen –«

»*Ich* muß die Polizei davon überzeugen, daß ich ihre Untersuchungen nicht behindere. Und Naylor kann mir vielleicht dabei helfen.«

»Das ist dein Problem, nicht meines. Es ist mir egal, wer Cassidy gewarnt hat. Ich interessiere mich nur für –«

»Warum willst du das nicht wissen?« Ich mochte sie nicht einfach so davonkommen lassen. Es lag etwas fast Verzweifeltes in ihrem Eifer, über Cassidy hinwegzusehen. »Warum ermutigst du mich nicht sogar, nach ihm zu suchen, für den Fall, daß er über Naylors Geständnis die Wahrheit gesagt hat? Nachdem Bledlow tot ist, ist er der einzige, der –«

»Vergiß Cassidy!«

»Warum?«

»Weil er *bedeutungslos* ist.«

»Schon gut, schon gut.« Natürlich war es ganz und gar nicht gut. Mein Widerspruchsgeist drängte mich aus genau diesem Grund dazu, das zu tun, was Bella mir verboten hatte. Aber ich wußte, daß es ebenso sinnlos wäre, sie mit meinem Verdacht zu konfrontieren, wie verheerend, sie über meine Absichten in Kenntnis zu setzen. Sie war immer dann am wenigsten gefährlich, wenn sie glaubte, daß alles nach ihrem Kopf ging. Also beschloß ich zu sagen, was sie hören wollte – obwohl ich nichts davon ernst meinte. »Streichen wir also Cassidy von der Liste. Und Naylor ebenso. Zurück zu Paul. Was genau soll ich als nächstes versuchen?«

Bellas Taktik klang für mich wie das Allerletzte. Ich sollte mich mit dem Trauzeugen von Pauls und Rowenas Hochzeit in Verbindung setzen – mit Martin Hill, einem Kollegen von Paul bei der Metropolitan Mutual – und herausfinden, was er wußte. Ich sollte Sarah – ohne ihr den Grund dafür zu nennen – über Pauls Freunde in Cambridge aushorchen. Dann sollte ich nach Cambridge fahren, mit seinem alten Tutor sprechen und auch mit allen Studenten, die sich vielleicht an ihn erinnerten. Ich versicherte Bella, daß ich gleich am Wochenende damit beginnen würde.

Was ich vorschriftsmäßig tat, indem ich am Samstag nach Bristol fuhr, mit Martin Hill zu Mittag aß und mit Sarah später Tee trank. Hill war ein liebenswürdiger und gesprächiger Bursche, aber er konnte mir nur das sagen, was er bereits der Polizei erzählt hatte. Er hatte ein Büro mit Paul geteilt, aber keine Geheimnisse. Die Einladung als Trauzeuge war eine Überraschung für ihn gewesen. »Offen gesagt, glaube ich nicht, daß er irgendwelche echten Freunde hatte, die er hätte fragen können. Ich war die letzte Rettung.« Diese Charakterisierung eines verschlossenen Menschen ohne Freunde deckte sich mit Cheryl Bryants Bericht über die Kindheit ihres Bruders. Und dazu paßte auch Sarahs Beschreibung über Pauls Jahre in Cambridge. »Sie wissen, wie Paul ist, Robin. Einfach im Umgang. Schwer zu verstehen. In Cambridge war er nicht anders. Das dürfte auch der Grund gewesen sein, warum wir uns auseinandergelebt haben. Er hat nie jemand an sich herangelassen ... außer Rowena. Ich kann Ihnen sagen, wer seine Tutorin war. Sie war auch meine. Doktor Olive Meyer. Sie sollten sie auf jeden Fall aufsuchen. Wenn Sie wollen, werde ich sie sogar anrufen und ein Treffen vereinbaren. Aber ich glaube kaum, daß Sie irgend etwas aus ihr herausbekommen werden. Zumindest nicht das, worauf Bella hofft. Ich fürchte, sie läßt Sie nach etwas suchen, was es einfach nicht gibt.«

Sarah hatte natürlich recht. Da die Vorstandssitzung bereits in knapp drei Wochen stattfinden sollte, würden Bella und ich uns bald mit dieser Tatsache auseinandersetzen müssen. Aber es blieb noch genügend Zeit für ein paar Anstrengungen, sie davon zu überzeugen, unseren Handel einzulösen. Und es war auf jeden Fall noch genug Zeit, den einen Weg weiterzuverfolgen, von dem sie versucht hatte, mich abzubringen. Sie glaubte, daß das, was sie nicht wußte, ihr auch nicht schaden konnte – aber nur, *solange* sie es nicht wußte.

Am Sonntagmorgen fuhr ich nach London. Es war ein absolut vollkommener Herbsttag, der Himmel von makellosem Blau, die herabgefallenen Blätter leuchteten in goldenen Flecken auf den Bürgersteigen und in den Parks. Aber die Schönheiten der Natur konnten wenig in der Jamaica Road in Bermondsey ausrichten. Oder bei der angekotzten Fassade des Greyhound Inn. Die meisten Kneipenbesucher sahen so aus, als ob sie Schwierigkeiten hätten, sich daran zu erinnern, wieviel sie in der vergangenen Nacht getrunken hatten, ganz zu schweigen davon, wann Vincent Cassidy ihnen das letzte Mal ein Glas Bier gezapft hatte.

Ganz anders jedoch der ernste, tätowierte Wirt. Seine Erinnerungen an Cassidy waren deutlich. Aber er hatte keine Absicht, sie mit mir zu teilen. »Vince Cassidy arbeitet seit mehr als einem Jahr nicht mehr hier. Aber ich möchte klarstellen, daß ich das Privatleben meiner Angestellten respektiere – früher *und* heute.«

»Er hat von mir nichts zu befürchten.«

»Vielleicht nicht. Aber woher soll ich das wissen?«

»Ich frage nur, ob Sie vielleicht wissen, wo er sich zur Zeit aufhält.«

»Das letzte, was ich *gehört* habe, ist, daß er für Dave Gormley arbeitet. Er betreibt eine Kfz-Werkstatt unten an der Raymouth Road.«

Und damit wandte er sich ab, um einen anderen Kunden zu bedienen. Ein dicker Mann mit fettigen Haaren, der auf einem Barhocker neben mir saß, machte sich auf meine Kosten lustig. »Syd hat Sie übers Ohr gehauen«, murmelte er. »Nehmen Sie's nicht persönlich. Das macht er auch mit seinen Stammkunden.«

»Sie meinen, Vince arbeitet gar nicht für Dave Gormley?«

»Nicht mehr. Hat sich vor ungefähr vierzehn Tagen aus dem Staub gemacht. Verschwand wie ein Kaninchen in seinem Bau. Nur daß in Vinces Fall sogar sein Bau leer ist. Die Polizei ist hinter ihm her. Weiß nicht, warum. Sie suchen ihn nicht zufällig aus demselben Grund, oder doch?«

»Das glaube ich kaum.«

»Spielt auch keine Rolle. Vince hat sich in den großen Unsichtbaren verwandelt.«

»Weiß denn überhaupt niemand, wo er ist?«

»Das habe ich nicht gesagt, oder?« Er blinzelte, trank den letzten Schluck Bier und schaute stirnrunzelnd auf sein leeres Glas. Subtilität war nicht gerade seine Stärke. Eine frische Halbe und ein doppelter Whisky zum Nachspülen machten ihn gesprächig. Vince Cassidy hatte eine Schwester. Und mein durstiger Bekannter wußte ihre Adresse.

Sharon Peters, geborene Cassidy, wohnte in einem der zerbrökkelnden Mietsblöcke aus gelben Backsteinen, die zwischen der Jamaica Road und der Haupteisenbahnlinie, die aus Charing Cross hinausführt, eingezwängt sind. Im Osten schimmerte der Turm der Canary Wharf im Sonnenlicht, für die Bewohner eine immerwährende Erinnerung daran, wie lohnend eine Wirtschaft war, die ihnen angemessen beleuchtete Treppenhäuser und einen gelegentlichen Klecks frischer Farbe vorenthielt. Das waren die

Elendsquartiere einer Zukunft, die bereits Gegenwart geworden war und für jemanden wie mich ebenso entmutigend zu besuchen, wie für jemanden wie Sharon Peters bedrückend zu bewohnen.

Sie war eine vollbusige Blondine Ende Zwanzig in einer schmuddeligen grauen Leggins und einem orangen T-Shirt und beseitigte gerade die Überreste eines Fertiggericht-Mittagessens, die ihre Kinder hinterlassen hatten. Sie waren vielleicht bei der johlenden Horde dabeigewesen, die mich auf der Treppe angerempelt hatte, und ich konnte nicht umhin, mich zu fragen, ob sie vielleicht gerade jetzt mit einem verbogenen Kleiderbügel meine Autotür knackten, um eine Spritztour durch die Siedlung zu machen. Wie auch immer, es gab keine Spur von ihnen. Und auch nicht von ihrem Vater, vorausgesetzt, er lebte noch bei ihnen. Sharon Peters war allein. Und sie sah so aus, als ob sie das vorzöge. Im Fernsehen lief gerade die Zusammenfassung von *East Enders*, wenn auch nicht laut genug, um den Rhythmus der Reggaemusik zu übertönen, die aus einer Nachbarwohnung drang. Die Tür war angelehnt gewesen, und als ich geklingelt hatte, hatte sie gerufen, ich solle hereinkommen, weil sie vermutlich jemand anderen erwartet hatte. Jetzt schaute sie mich quer durch ihr spielzeugübersätes Wohnzimmer an, als ob ich ein Außerirdischer wäre. Was in gewissem Sinne ja auch stimmte.

»Herrgott! Wer sind Sie?«

»Robin Timariot, Mrs. Peters. Ich nehme an, Sie sind die Schwester von Vince Cassidy.«

»Na und?«

»Ich bin auf der Suche nach ihm.«

»Ach ja?«

»Und ich hatte gehofft, Sie könnten mir vielleicht –«

»Wie ich schon dem Bullen gesagt habe, ich habe keine Ahnung, wo er steckt.«

»Natürlich haben Sie das der Polizei gesagt, Mrs. Peters. Aber ich bin nicht die Polizei.«

»Nein? Vielleicht gibt es ja noch Schlimmere, die nach unserem Vince suchen. Selbst wenn ich wüßte, wo er ist, würde ich es jemandem wie Ihnen nicht sagen. Was sind Sie? Schuldeneintreiber? Privatdetektiv? Oder beides?«

»Nichts von alldem. Ich war Zeuge in Shaun Naylors Prozeß, und die jüngste Wendung der Ereignisse hat mich in eine schwierige Lage gebracht. Ebenso wie Vince.«

»Ich weiß nicht, wovon Sie reden.«

»Kommen Sie, Mrs. Peters. Warum ist Vince untergetaucht? Wenn er bei der Verhandlung die Wahrheit gesagt hat, dann hat er nichts zu befürchten. Und wenn die Polizei ihm das Wort im Mund herumgedreht hätte, dann würde er nicht vor ihr davonlaufen. Also muß ihn jemand anderes dazu angestiftet haben. Ich möchte gerne herausfinden, wer das war.«

»Ich weiß immer noch nicht, wovon Sie reden.«

»Ich denke doch. Aber egal. Sagen Sie Vince nur –«

»Ich kann ihm gar nichts sagen. Ich weiß nicht, wo er ist.«

»Ich könnte ihm vielleicht helfen.«

»Das können Sie Ihrer Großmutter erzählen.«

»Also gut. Ich könnte ihn vielleicht dafür *belohnen*. Wenn sich herausstellt, daß er wertvolle Informationen besitzt. Ich vermute, er hat im Augenblick keine Arbeit. Vielleicht kann er ein bißchen Bargeld gebrauchen.«

»Können wir das nicht alle?«

»Ganz recht.« Die Feindseligkeit in ihrem Blick war nicht mehr ganz so stark und erlaubte mir, einen Vorschlag vorzubringen. »Nun, wenn etwas ... Geld ... Ihnen dabei helfen würde, sich zu erinnern, wohin Vince gehen wollte ...«

»Sie haben vielleicht Nerven.« Ihr Gesicht wurde rot vor Wut. »Wenn ich es wirklich fertigbrächte, meinen eigenen Bruder für ein paar Pfund zu verraten, dann wäre ich oben in Soho und würde meine Titten vor Männern wie Ihnen schwenken, anstatt hierzubleiben und mich für nichts und wieder nichts abzurakkern –« Sie unterbrach sich und wandte sich ab, während sie an ihrem Daumennagel kaute. Ich spürte, daß sie ebenso wütend auf Vince war wie auf mich. Vielleicht war sie sogar wütend über ihre Loyalität. »Warum hauen Sie nicht einfach ab?« murmelte sie.

»Also gut. Ich gehe. Aber hier ist meine Karte.« Ich zog eine aus der Tasche, schrieb meine private Telefonnummer auf die Rückseite und schob sie ihr über den Tisch hinweg zu, der zwischen uns stand. »Erzählen Sie Vince, was ich Ihnen gesagt habe … falls Sie ihn sehen.« Sie warf einen Blick auf die Karte, machte aber keine Anstalten, sie zu nehmen. Ich hatte den Eindruck, als ob sie sie gleich in den Abfall werfen würde. Aber zumindest hatte ich ihr die Wahl gelassen. Unter diesen Umständen konnte ich nicht mehr erreichen.

Sharon Peters' Wohnung lag am anderen Ende des Ganges im zweiten Stock. Während ich denselben Weg zurückging, schaute ich hinunter in den Hof und registrierte mit einiger Erleichterung, daß mein Wagen noch alle vier Räder besaß und dort stand, wo ich ihn zurückgelassen hatte.

Als ich aufsah, tauchte eine junge Frau auf dem Treppenabsatz vor mir auf und stöckelte mit klappernden Schritten auf mich zu. Sie war dünn und leicht gebückt und hatte dunkles lockiges Haar, das ein blasses hageres Gesicht umrahmte. Ihre Kleider waren *haute couture* von der Stange: ein schwarzer Kunstledermantel, der ihr viel zu groß war, über einem gestreiften Pullover und einem roten Minirock. Ihr Blick traf meinen für den Bruchteil einer Sekunde, als sie an mir vorüberging. Etwas darin rief meine Erinnerung wach. Dann eilten wir beide weiter.

Aber als ich den Treppenabsatz erreicht hatte, hatte sich der schwache Eindruck der Vertrautheit wieder belebt. Ich blieb stehen und schaute den Gang entlang zurück. Sie stand vor

Sharon Peters' Tür und blickte über die Schulter zu mir zurück, als sie klingelte. Sie runzelte die Stirn. Ich konnte spüren, daß sie dachte, was ich dachte: Wer *ist* das? Dann wurde die Tür geöffnet, und sie trat mit einem lebhaften Lächeln ein. Die Tür wurde geschlossen. Und ich war allein. Mit einer Antwort, die mir wieder entglitt.

19. Kapitel

Ich verband meinen Besuch in Cambridge mit einer lange überfälligen Fahrt zu den Lieferanten der Weidenhölzer in Suffolk und Essex. Dies hielt mich den größten Teil der nächsten Woche vom Büro fern, was so etwas wie ein Pluspunkt war, da Adrian genau in dieser Zeit aus Australien zurückkommen sollte und mit Sicherheit denken würde, daß ich ihm absichtlich aus dem Weg ging.

Es stellte sich heraus, daß es auch in Cambridge keine weiteren Hinweise auf die Geheimnisse von Paul Bryants Seele gab als in Chamonix. Ich bezweifle, daß Doktor Olive Meyer nur das geringste bemerkt hätte, selbst wenn Paul irgend etwas von sich preisgegeben hätte. Sie war nicht gerade der einfühlsame Typ. Jedoch gab sie mir, mehr als Gefallen gegenüber Sarah, den Namen eines Studenten im dritten Jahr, der während seines ersten Jahres direkt neben Paul gewohnt hatte. Aber als ich Jake Hobson schließlich nach langem Warten draußen vor den möblierten Zimmern von Romsey Town in der Cafeteria des College aufgespürt hatte, konnte er sich kaum daran erinnern, wie Paul ausgesehen hatte. »Habe das ganze Jahr kaum zwei Sätze mit ihm gewechselt, Kumpel. Er war ein Buch mit sieben Siegeln für mich.« In dieser Hinsicht, so nahm ich an, war Paul wahrscheinlich nicht der einzige gewesen.

Also war ich wieder einmal genau da, wo ich angefangen hatte. Wie eine Labormaus in einem Labyrinth. Ich stand auf dem Weg am Flußufer gegenüber dem Garden House Hotel und stellte mir vor, daß Louise durch den kühlen Oktobernebel auf mich zulief, so wie sie durch den warmen Junisonnenschein auf Paul zugegangen war. Ich ging zu der Galerie, wo sie sich an jenem bedeutsamen Märzabend kennengelernt hatten, und schlenderte an den blassen Stilleben vorbei, die Bantocks blutrot leuchtende Kleckserеien abgelöst hatten. Ich durchschritt die Höfe des King's College und fragte mich, warum ich sie nicht sehen konnte, so wie Paul, um eine Ecke biegend oder, halb in Furcht und halb in Versuchung, aus einem der hohen Fenster herabschauend. Aber die Vergangenheit lag nicht herum wie die gelbgefärbten Blätter, die darauf warteten, eingesammelt zu werden. Sie hielt Abstand. Einen Schritt hinter mir. Oder vor mir.

Donnerstagnacht kehrte ich nach Greenhayes zurück, und ich wußte nicht, was ich als nächstes tun sollte. Aber freundlicherweise wartete die Antwort zwischen den Rechnungen und der Werbepost bereits auf mich. Eine Besuchserlaubnis vom Albany Prison, die mich berechtigte, an irgendeinem Nachmittag während der kommenden vier Wochen Shaun Andrew Naylor im Flügel E zu besuchen. Und auf der Stelle beschloß ich, bereits am folgenden Tag hinzufahren. Verzögerung würde die Begegnung nicht einfacher machen. Aber vielleicht Eile.

Es war wieder ein klarer Herbsttag, und die vertraute Landschaft der Insel war in goldenes Licht getaucht. Aber trotz allem war Albany ein Gefängnis mit hohen Mauern und einem verschlossenen Tor. Und der Sinn der engen Vorhalle, in der ich mit den anderen Besuchern wartete, bestand dennoch darin, die Strenge des Eingesperrtseins zu bewahren, die klaustrophobische Wirklichkeit der langandauernden Inhaftierung zu vermitteln. Dies lag förmlich in der Luft. Naylor hatte gerade mal etwas mehr als drei Jahre einer Gesamtstrafe von zwanzig Jahren verbüßt. Während ich gemeinsam mit Ehefrauen, Freundinnen, Müttern und Kindern dastand, begann ich mich das erste Mal zu fragen, wie es wohl sein mochte, mit so einer Zukunft konfrontiert zu sein, wenn man wußte – wie keiner sonst wissen konnte –, daß man unschuldig war, daß man als Strafe für etwas, was man nicht getan hatte, ein Drittel oder mehr seines Lebens an so einem scheußlichen Ort verbringen mußte.

Um zwei Uhr gingen die anderen Besucher hinein. Man sagte mir, es gäbe eine Verzögerung. Naylor hatte nicht gewußt, daß ich kommen würde, und mußte erst aus der Turnhalle geholt werden. Ich las zum x-ten Mal das Schild mit den Verboten des Innenministeriums, starrte hinaus in den blauen Himmel und auf den Verkehr, der sich auf der Newport Road in Richtung Cowes bewegte, versuchte mich daran zu erinnern, wie Naylor aussah, und zu entscheiden, was ich zu ihm sagen sollte. Dann, nach zwanzig Minuten, die mir wie Stunden vorgekommen waren, wurde ich gerufen.

Ein Gefängnisbeamter führte mich durch zwei Schiebetüren mit Zeitschloß, eine Treppe hinauf, durch einen Metalldetektor und in ein Besucherzimmer. Es war zu meiner Überraschung gemütlich möbliert und hübsch eingerichtet, mit Topfpflanzen und Bildern an den Wänden, die einen fast die Gitterstäbe vor den Fenstern vergessen ließen. Familien saßen gruppenweise an Tischen, in ausreichendem Abstand voneinander, auf Stühlen mit pfirsichfarbenen Polstern, tranken Tee und rauchten Zigaretten, unterhielten sich und lächelten. In der am weitesten vom Tisch des aufsichtführenden Beamten entfernten Ecke saß ein Mann ohne Gesellschaft. Er schaute genau in meine Richtung.

Vielleicht etwas schwerer und mit längerem Haar als damals, als ich ihn auf der Anklagebank während seines Prozesses beobachtet hatte, wirkte Naylor erstaunlich gesund und fit, mit klarem und ernstem Blick, der direkt und leicht herausfordernd auf mich gerichtet war. Er trug die vorgeschriebene Kleidung: eine blaue Jeanshose und ein gestreiftes Hemd, dessen Ärmel bis weit über die Ellbogen aufgerollt waren und trainierte Bizeps und Unterarme enthüllten. Als ich näher kam, zog er noch einmal an seiner Zigarette und drückte sie dann im Aschenbecher aus, ohne den Blick von mir zu wenden. Er lächelte nicht, stand auch nicht auf und nahm nicht einmal das Bein vom Knie. Er wartete einfach nur, so wie ein Mann, der gelernt hatte, geduldig zu sein, wie ein Mann, der Zeit übrig hatte – sogar für mich.

»Sie sind also doch gekommen«, sagte er ruhig, als ich mich setzte. »Hatte nicht damit gerechnet.«

»Hat Mr. Sarwate es Ihnen nicht erklärt? Ich –«

»O doch. Dachte trotzdem nicht, daß Sie erscheinen würden. Solche Orte verderben den Leuten die Lust.«

»Nun ...« Ich schaute mich um. »Die Örtlichkeiten hier wirken ziemlich ... akzeptabel.«

»Ja. Irgendwie schon, nicht? Aber dahinter sieht es anders aus.« Er deutete mit dem Kopf zu einer Tür, die zu einem anderen Trakt des Gefängnisses führte.

»Ja. Das kann ich mir vorstellen.«

»Aber das ist auch alles, was Sie tun müssen, oder? Es sich vorstellen. Sie müssen nicht hier leben.«

»Nein. Nun, natür –«

»Würden Sie uns Tee holen?« Er deutete über meine Schulter hinweg zu einer Durchreiche. »Zwei Stück Zucker.« Folgsam ging ich hin und kaufte ihm eine Tasse Tee. Als ich sie ihm brachte, bedankte er sich mit keinem Wort, nahm nur einen Schluck und sagte: »Ist hier gar nicht so übel. Ich werde nicht so schikaniert wie ... woanders. Meine erste Nacht in Winson Green, nun, ich dachte, es würde meine letzte sein. Überall. Sie haben mich fast zu Tode geprügelt. Im wahrsten Sinne des Wortes. Konservative mögen keine Abartigen, wissen Sie.«

»Abartige?«

»Sexualverbrecher. Wir müssen abgesondert werden. Deswegen bin ich hier in der AuH. Abteilung für ungeschützte Häftlinge. Zusammengesperrt mit denen, die Kinder mißbrauchen. Alles klar? Wirklich nette Leute. Aber ich darf mich nicht beschweren, oder? Als Vergewaltiger und Mörder. Ich komm' noch gut dabei weg. Meinen Sie nicht?«

»Es steht mir nicht zu –«

»Sie wissen, daß ich es nicht war. Sie haben sie an jenem Tag getroffen. Sie müssen gespürt haben, was sie wollte. Ist es das? Habe ich Ihnen meine Inhaftierung zu verdanken, weil Sie was verpaßt haben?«

Es war das winzige Stückchen Wahrheit in seiner Frage, das mich mehr ärgerte als die Unterhaltung selbst. »Wenn Sie versuchen wollen, mich gegen sich aufzubringen, Mr. Naylor, dann sind Sie auf dem besten Weg dazu.«

»Wirklich?« Ein spöttisches Lächeln zuckte um seine Lippen. »Nun, wenn Sie in der Erwartung gekommen sind, daß ich Sie anflehen würde, dann haben Sie die Reise umsonst gemacht.«

»Ich bin auf Vorschlag Ihres Rechtsanwalts gekommen, in der Hoffnung, Sie könnten mir vielleicht –«

»Erzählen, wer Vince gewarnt hat? Ja, das hat er gesagt. Er hat auch gesagt, daß die Polizei davon ausgeht, daß Sie es waren.«

»Ja. Das stimmt. Aber ich bin sicher, Sie nicht.«

Er zündete sich wieder eine Zigarette an und nahm einen tiefen Zug. »Ich sag' Ihnen was. Erklären Sie sich bereit, Ihre Aussage zu ändern. Erklären Sie sich einverstanden, auszusagen, daß Sie die ganze Zeit wußten, daß sie an jenem Tag jemanden aufreißen wollte. Dann gebe ich Ihnen, was Sie wollen.«

»Wollen Sie mich erpressen?«

»Nee. Das würden Sie schon merken. Es ist nur ein Angebot. Ein faires Angebot. Wird Ihnen nicht schaden. Und außerdem ist es sowieso die Wahrheit.«

»Nein, ist es nicht.«

»Kommen Sie. Sie wissen, hinter was sie her war. Das war mir klar, als ich Ihre Aussage hörte. Sie haben die Zeichen bemerkt. Genauso wie ich. Oh, Sie wären niemals darauf eingegangen. Zu wohlerzogen. Aber Sie wußten, was sie für ein Spiel spielte, nicht wahr?«

»Nein. Wußte ich nicht. Was *war* das für ein Spiel?«

»Sie wollen, daß ich es Ihnen erkläre? Sie wollen hören, daß ich es sage? Okay. Sie wollte ausprobieren, wie weit sie gehen konnte. Wissen, wie weit es ihr *gefallen* würde. Und das war ziemlich weit. Sie wollte, daß ein Fremder Dinge mit ihr trieb, um die ihren Mann zu bitten sie sich niemals getraut hätte. Oder ihre Liebhaber. Sie wollte grob behandelt werden. Und das tat ich. Darauf können Sie wetten. Eine klasse Frau, ohne Einschränkungen. Zu gut, um es abzulehnen. Ein echtes Angebot, habe ich gedacht. Aber das ist es letztendlich dann doch nicht gewesen, was?«

»Offensichtlich nicht.« Mir fiel Sarahs Verdacht ein, und ich fügte hinzu: »Sagen Sie, hat sie Ihnen gegenüber irgend jemanden erwähnt?«

»Nein.«

»Einen Mann in ihrem Leben, der sie abserviert oder ... irgendwie im Stich gelassen hat?«

Er wirkte verblüfft. »Sie hat nichts dergleichen gesagt.« Und mir war klar, daß er keine Ahnung hatte, worauf ich hinauswollte.

»Dann vergessen Sie's«, schloß ich lahm.

Er grinste anmaßend. »Ich werde hier rauskommen, wissen Sie? Hätte nie gedacht, daß der Scheißkerl, der sie abgemurkst hat, singen würde. Aber das hat er, oder nicht? Schon bald wird jeder wissen, daß ich es nicht war.«

»Dann ist es ja gar nicht nötig, daß ich meine Aussage ändere.«

»Es ist nicht unbedingt nötig, wenn Sie das meinen. Aber Sarwate denkt, es wäre hilfreich, also ... habe ich gesagt, ich würde mit Ihnen sprechen.«

»Wer hat Cassidy gewarnt?«

Naylor grinste und entfernte einen Tabakkrümel von seiner Zunge. »Nicht so schnell. Werden Sie Ihre Aussage ändern?«

»Vielleicht.«

»Sie müssen es versprechen.«

»Nichts leichter als das. Was ist, wenn ich es tue und mich nicht daran halte?«

»Ich würde es nicht vergessen. Bis ich rauskomme. Ich werde ein paar alte Rechnungen zu begleichen haben. Sie würden sich nicht wünschen dazuzugehören.« Er nahm noch einen Schluck Tee und schaute mich wissend an. »Was Sie in der Glotze gesagt haben, würde völlig ausreichen.«

Und was ich im Fernsehen gesagt hatte, entsprach mehr der Wahrheit, als mir damals bewußt gewesen war. Dieser Schlußfolgerung auszuweichen bedeutete, stur an einer Erinnerung festzuhalten, die durch jede neue Entdeckung wieder als Lüge entlarvt wurde. Und Sturheit war ein Luxus, den ich mir nicht leisten konnte. Er würde freikommen. Er wußte das. Und ich ebenfalls. Es würde andere Konsequenzen – andere Kapitulationen – geben, die schmerzhafter sein würden als diese. »Also gut. Ich werde eine neue Aussage machen. Entsprechend den Erklärungen in meinem Interview. Sie haben mein Wort.«

Er lachte leise. »Das Ehrenwort eines Gentleman?«

»Wenn es Ihnen Spaß macht, es so auszudrücken.«

»Ja. Das macht es. Aber irgendwie ist das Ganze ziemlich komisch, finden Sie nicht? All die Anstrengungen – der enge Zusammenhalt –, um mich zu verknacken. Und dann stellt sich heraus, daß der wahre Mörder einer aus euren Kreisen ist. Ich habe gehört, daß es in der Familie bleiben sollte, aber –«

»Wer hat Cassidy gewarnt?«

»Ist das nicht sonnenklar?«

»Nicht für mich.«

»Ich darf jeden Monat nur ein paar wenige Besucher haben, Kumpel. Warum, glauben Sie wohl, verschwende ich meine Zeit mit Ihnen?«

»Weil Sarwate Ihnen den Rat gegeben hat, daß es –«

»Sarwate? Ich nehme keine Befehle von irgendeinem –« Er unterbrach sich und lächelte grimmig. »Die Wahrheit ist, daß ich noch Besuche guthabe. Die Alte kommt nicht mehr. Sagt, es wäre schlecht für die Kinder. Aber das ist Bockmist.«

»Und warum kommt sie dann nicht?«

»Weil sie einen anderen hat. So einfach ist das. Kann es ihr eigentlich nicht übelnehmen. Ich meine, zwanzig Jahre sind eine lange Zeit. Muß ein ziemlicher Schock für sie gewesen sein, als sie hörte, daß ich bald draußen bin. Wie ich schon sagte, kann's ihr nicht verübeln. Zumindest *würde* ich es nicht. Wenn es nicht gerade Vince Cassidy wäre.«

»Wollen Sie damit sagen ...«

»Meine Frau hat Vince gewarnt. Es kann niemand anderes gewesen sein. Sarwate hat ihr von Bryant erzählt. Sie hat es Vince gesagt. Und Vince ist verduftet. Was konnte er sonst tun? Abwarten, bis die Polizei zu ihm kommt, und dann erklären, daß er mitgeholfen hat, mich einzubuchten, damit er und Carol ...«

Er schüttelte seinen Kopf. »Wohl kaum, oder?«

»Warum haben Sie das bei Ihrem Prozeß nicht gesagt?«

»Wußte es doch nicht. Damals noch nicht. Carol hat mir eingeredet, daß er es getan hat, damit das Drogendezernat ein paar Anklagen gegen ihn fallenläßt. Aber seit ich weiß, daß er es schon lange vorher mit ihr getrieben hat ...« Niedergeschlagen schwenkte er den Tee in seiner Tasse und trank ihn aus. »Hätte es wissen sollen. Sie war schon immer ganz dicke mit diesem Flittchen von Vinces Schwester.«

Da fiel es mir ein. Das Mädchen auf dem Gang vor Sharon Peters' Wohnung. Die schwache, aber gegenseitige Erinnerung. Wir hatten uns auf demselben Video gesehen. Carol Naylor und ich. Carol Naylor, die Vince Cassidys Schwester besuchte. *Sie* hatte ihn gewarnt. Überall gab es Verrat. Sogar, vielleicht besonders, für Shaun Naylor.

»Sie wirken schockierter als ich damals, Kumpel. Nicht die Antwort, die Sie erwartet hatten?«

»Nicht ganz.«

»Tut mir leid, Sie zu enttäuschen. Aber das ist die älteste Geschichte der Welt.«

»Sind Sie sich ganz sicher?«

»O ja.«

»Und Bledlow? Warum sollte er gegen Sie ausgesagt haben?«

Naylor zuckte die Schultern. »Weiß der Himmel. Er konnte mich auf den Tod nicht ausstehen, aber . . . vielleicht hätte er sich auch sonst auf einen Handel eingelassen. Wissen Sie, er bekam eine leichte Strafe. Muß gedacht haben, daß er wirklich clever gewesen ist. Komisch, wie es manchmal geht, nicht? Wenn er sein Maul gehalten und seine normale Strafe abgesessen hätte, dann wäre er nicht rechtzeitig genug rausgekommen, um sich bei diesem Goldbarreneinbruch den Kopf wegschießen zu lassen. Manchmal lache ich darüber.«

Plötzlich wurde mir klar, daß die Spur hier endete. Das Rätsel um Vince Cassidys Beweggründe – aufgelöst in der erbärmlichen Normalität von Ehebruch und Betrug. Und das Rätsel um Louise Paxton löste sich damit auch. Ich hatte nicht das gefunden, was Bella gewollt hatte. Statt dessen, bei jeder Wende, war ich auf etwas immer noch Schlimmeres gestoßen: die Wahrheit; die vollständige, unauslöschbare, penetrante Wahrheit.

»Was haben Sie jetzt vor?«

»Meine Aussage ändern. Wie versprochen. Natürlich muß ich der Polizei von Cassidy und Ihrer Frau erzählen.«

»Nur zu! Wahrscheinlich weiß sie es bereits. Hat wahrscheinlich nur *gesagt*, daß sie Ihnen die Schuld gibt. Um Sie abzuschrecken. Sieht den Jungs ähnlich.«

»Vielleicht haben Sie recht.«

»Was ist mit Ihrer Herumschnüffelei, wie Sarwate mir erzählt hat? Machen Sie damit weiter?«

»Ich glaube nicht.«

»Warum nicht?«

»Weil es nichts mehr herauszufinden gibt.«

»Heißt das, daß Sie zugeben müssen, daß Bryant die Morde begangen hat?«

»Oh, das werde ich den tüchtigen Behörden überlassen. Es wird Zeit, daß ich aussteige.«

»Sie haben Glück, daß Sie das können«, sagte er, offensichtlich ganz ohne Verbitterung.

»Ganz recht.« Ich schob meinen Stuhl zurück und stand auf. »Nun, ich muß gehen. Vielen Dank ... für die Unterhaltung.«

Er bewegte sich nicht, hob lediglich kurz die Augen, um mich anzusehen. »Gern geschehen.«

»Es tut mir leid ... wegen Ihrer Frau.«

»Ich wette, nicht halb so sehr, wie daß ich nicht der Täter bin. Äußerst ärgerlich, nicht wahr?«

Er lächelte jetzt, kostete bereits den Vorgeschmack seines endgültigen Sieges aus, plante bereits die Demütigung, mit der er jene überschütten würde, die ihm Unrecht getan hatten. Ich sollte mich eigentlich glücklich schätzen, daß sich meine hinter verschlossenen Türen abgespielt hatte. Von diesem widerlichen Mann bis zu dem Punkt gequält, an dem ich mir sagen konnte, daß er die Entschuldigung nicht zu hören verdiente, die man ihm schuldig war. Aber ich war ganz und gar nicht glücklich. Nur begierig darauf, aus seinen Augen zu verschwinden.

»Dieser Bryant ...«, begann er, und sein Lächeln verwandelte sich in ein gedankenvolles Stirnrunzeln.

»Was ist mit ihm?«

Einige schweigsame Sekunden verstrichen, während Naylor zu mir aufschaute. Dann sagte er: »Nichts. Spielt keine Rolle.«

»Na schön. Ich –«

»Sollten sich am besten auf den Weg machen, was?« Er lächelte wieder, als er sich die Zigarette zwischen die Lippen schob.

»Auf Wiedersehen, Mr. Naylor«, sagte ich zwischen zusammengebissenen Zähnen. Ich wartete auf seine Antwort, aber er starrte mich nur kühl durch einen Rauchschleier hindurch an. Dann drehte ich mich um und ging langsam in Richtung Ausgang. Ich fing den Blick eines der Gefängnisbeamten auf.

»Sie gehen schon so früh, Sir?«

»Ja.«

Aber mir erschien es nicht früh. Während ich darauf wartete, daß die Tür aufgeschlossen wurde, und mich zusammenriß, um nicht zu Naylor zurückzuschauen, schien mir, daß alles zu spät war.

Als ich eine Stunde später im Passagierraum der Autofähre nach Portsmouth saß, traf ich die Entscheidung, die ich nicht länger aufschieben konnte. Was auch immer Bella sagen würde, das *war* das Ende. Sie würde empört sein, sobald sie hörte, daß ich meine Aussage geändert hatte. Also konnte ich die Sache genausogut beenden, ehe der Schaden noch größer wurde, und ihr sagen, daß ich von jetzt an ihre Befehle nicht mehr ausführte. Wahrscheinlich würde sie sich rächen, indem sie Adrian ihre Stimme übertrug, es sei denn, ich könnte sie davon überzeugen, daß ich wirklich alles getan hatte, was sie von mir erwarten konnte. Und sogar dann... Aber da konnte man nichts machen. Ich hatte mich so energisch für meine Sache eingesetzt, wie ich nur konnte. Aber letztendlich lag es nicht an mir. Nach meinem Besuch bei Naylor war ich fast froh darüber. Plötzlich wollte ich nichts mehr damit zu tun haben, koste es, was es wolle.

Fest entschlossen, meine Entscheidung sofort in die Tat umzusetzen, rief ich an jenem Abend Bella an. Sie schien verärgert zu sein, daß ich mich von mir aus meldete, und bestand darauf, daß sie mich später zurückrufen würde, »wenn es einfacher ist zu sprechen«. Es wurde beinahe Mitternacht, eine Zeit, zu der sie am aufgewecktesten und aktivsten war. Zu anderen Gelegenheiten wäre ich vielleicht schwerfällig und meine Gedanken wären langsam gewesen. Aber diesmal war ich auf sie eingestellt.

»Ich muß dich sofort sehen, Bella. Es gibt eine neue Entwicklung.«

»Welcher Art?«

»Das kann ich nicht am Telefon erörtern. Wir müssen uns treffen.«

»Nun, im Augenblick kann ich nicht nach England kommen.«

»Dann komme ich zu dir.«

»Nein. Die Situation hier ist schon gespannt genug, ohne daß du plötzlich auch noch auftauchst. Keith ist nicht in der Stimmung, unerwartete Gäste zu unterhalten.«

»Was schlägst du vor?«

»Laß mich nachdenken«, fuhr sie mich an. Einige Zeit verging. Dann sagte sie: »Wir könnten uns in Bordeaux treffen.«

»Gut. Aber wie soll das –«

»Buche für Dienstag einen Flug. Ich werde am selben Tag dorthin fahren. Ein Einkaufsbummel mit Übernachtung wird Keiths Verdacht nicht erregen. Das habe ich früher auch schon gemacht. Ich werde im Burdigala wohnen, wie gewöhnlich. Du suchst dir besser woanders ein Quartier. Wir treffen uns um sechs Uhr in der Hotelbar.«

»Okay. Ich werde da sein.«

»Und Robin –«

»Ja?«

»Hoffentlich ist es das wert.«

Meine Abwesenheiten vom Büro waren inzwischen so auffällig geworden, daß man schon darüber sprach, und deshalb kündigte ich die nächste gar nicht erst an. Der Montag verging zum Glück sehr schnell, und Adrian erwies sich als ebensowenig gesprächig in bezug auf seine Reise nach Sydney, wie ich mich dazu veranlaßt sah, über meine Fahrt zu den East Anglian Weidenpflanzungen zu reden. Die Vorstandssitzung sollte in zehn Tagen stattfinden, und unter der Belegschaft herrschte Sorge und Argwohn, ganz zu schweigen von meinen Geschwistern. Unsere Zukunft ist natürlich immer ungewiß. Aber normalerweise schaffen wir es irgendwie, diese Tatsache zu ignorieren. Bei Timariot & Small war dies jedoch während der letzten Oktoberwoche einfach nicht möglich. Und wenn mein Anruf bei Liz am Dienstagmorgen von Gatwick aus sehr wahrscheinlich Bestürzung auslösen würde, so war mir das inzwischen ganz egal.

Das Hotel Burdigala war ein Luxushotel in der Nähe der vornehmen Geschäfte und Restaurants in der Stadtmitte von Bordeaux. Bella bestand immer auf dem Besten, was der eintönige, niedrige Schuppen draußen am Flughafen, wo ich abgestiegen war, sicherlich nicht war. Aber ihre Maßstäbe hatten sich zumindest in einer Hinsicht reduziert. Dieses Mal ließ sie mich nicht warten oder lange über ihre Reaktion im ungewissen, als ich ihr erzählte, was ich vorhatte – und warum.

»Dann läßt du mich also im Stich, Robin.«

»Ich habe keine andere Wahl.«

»Das ist lächerlich. Ich lasse nicht gelten, daß wir bereits alle Möglichkeiten ausgeschöpft haben.«

»*Ich habe* sie ausgeschöpft. Und mich dabei erschöpft. Man hat es Naylor angehängt. Verdientermaßen, könnte man sagen. Aber das ist vermutlich die Feuerprobe für die Gerechtigkeit. Den Unschuldigen ihr Recht zu geben, auch wenn man ihren Anblick nicht ertragen kann.«

»Und Paul?«

»Muß dem ins Auge sehen, was er getan hat. Ihr solltet die Anständigkeit besitzen, das gleiche zu tun.«

Sie hätte darüber vielleicht zornig werden müssen. Statt dessen schenkte sie mir einen seelenvollen Blick. »Du weißt nicht, was du da verlangst, Robin. Das Ganze zerstört Keith. Und unsere Ehe.«

»Es tut mir leid, Bella. Das ist nicht mein Problem. Du hast mein Mitgefühl, aber ...«

»Nicht deine Hilfe?«

»Ich habe getan, was ich konnte.«

»Das glaube ich nicht.«

»Heißt das, daß du dein Versprechen brechen und in Adrians Sinn abstimmen wirst?«

»Das habe ich nicht gesagt.« Sie zündete sich eine Zigarette an, wobei ihre Hand leicht zitterte. War sie wirklich durcheinander? Oder suchte sie nur einen anderen Weg, meine Verteidigung zu schwächen? »Willst du es dir nicht noch mal überlegen? Ich glaube wirklich, daß Paul sich das alles nur ausgedacht hat. Es muß einen Weg geben, um –«

»Um Gottes willen!« Ich hatte laut genug gesprochen, daß sich überall in der Bar die Köpfe nach uns drehten. Jetzt beugte ich mich über den Tisch vor zu ihr und senkte meine Stimme. »Ich habe mit jedem gesprochen, der ihn vor drei Jahren gekannt hat. Ich war überall, wo er war. Und auch an einigen Orten, wo er niemals war. Ich habe alles versucht. Und bin genau da gelandet, wo ich es vorausgesehen hatte. Ich will nicht, daß er es war. Ich wünschte, er hätte es nicht getan. Aber er war es. Und du mußt das akzeptieren.«

Sie hob ihre linke Hand zum Gesicht und bedeckte ihren Mund, ihr Daumen lag auf einem Wangenknochen, ihr Zeigefinger auf dem anderen. Ihr Verlobungsring glitzerte im Lampenlicht. Eine zarte Rauchwolke stieg von der Zigarette in ihrer rechten Hand auf. Und in ihren Augen lag so großartig gespieltes Leid, daß ich fast hätte glauben können, daß sie genau das tatsächlich fühlte. Aber als sie ihre Hand wegnahm, war ihr Mund zu einem Strich zusammengepreßt, der absolute Entschlossenheit verhieß. »Ich muß jetzt an mich selbst denken, Robin. Das verstehst du doch, nicht wahr?«

»Das habe ich immer verstanden.«

»Ich muß mich auf eine selbständige Zukunft vorbereiten.«

»Dann willst du Keith also abservieren?«

»Das ist keine Frage von Abservieren. Es ist einfach notwendig.« Sie bemerkte, wie ich zweifelnd meine Augenbrauen hob, fuhr aber unbeeindruckt fort: »Und das ist nicht das einzige. Ich werde nicht mit Adrian stimmen, sondern mit dir. Aber wir werden verlieren.«

»Was meinst du damit?«

»Weißt du, Adrian hat mir ein Angebot gemacht. Eines, das zu gut ist, als daß ich es ablehnen könnte. Besonders jetzt.«

»Was für ein Angebot?«

»Er möchte fünf Prozent meiner Anteile kaufen. Mit einem beträchtlichen Zuschlag auf den Preis, den Bushranger zahlen wird.«

Ich konnte fast nicht anders als lächeln. Und ich denke, Bella ging es ebenso. Fünf Prozent würden das Stimmenverhältnis genau umkehren und Adrian eine knappe Mehrheit verschaffen. Bella würde der Verliererseite ihre Stimme geben, aber am Schluß sogar noch besser dastehen, als wenn wir gewinnen würden. Sie würde sowohl mich *als auch* Adrian lächerlich machen. Und anschließend würde sie mit genügend Geld aus der Sache rausgehen, um sich eines Ehemanns entledigen zu können, der im Begriff stand, sie zu blamieren. Leb wohl, Timariot & Small. *Adieu, L'Hivernance*. Solange beides funktioniert hatte, war es erfreulich gewesen. Aber Bella hatte entschieden, daß es Zeit war zu gehen.

Wir traten hinaus in die milde Abenddämmerung von Bordeaux. Bella wirkte so, als ob es ihr tatsächlich leid um mich täte, als sie neben mir vor dem Hotel stand. Aber ihr Mitleid kam sie billiger als ihre Stimme. Viel billiger. »Ich habe einen Tisch im Le Chapon Fin reserviert«, sagte sie. »Es ist ein hervorragendes Restaurant.«

»Du mußt alleine essen gehen. Das ist mir lieber.« Es war nicht so verbittert gemeint, wie es vielleicht klang. Aber ich hatte nicht die Kraft, mich zurückzuhalten.

»Wie du meinst«, sagte Bella. »Daran werde ich mich wohl gewöhnen müssen.«

»Nicht allzu lange, wenn ich mich nicht täusche.«

Sie runzelte leicht die Stirn, als ob sie mit sich kämpfte, ob sie ihre Beweggründe erklären sollte. Ich fand, daß ich ihre Motive bereits gut genug verstand. Mit dieser Lektion war sie nicht vertraut. »Was hast du vor, Robin?« wollte sie mit liebenswürdiger Neugier wissen. »Nach Brüssel zurückgehen?«

»Von wo ich deiner Ansicht nach niemals hätte weggehen sollen? Ich glaube kaum. Es gibt so etwas wie zuviel Sicherheit.«

»Was dann?«

»Natürlich werde ich mich aus der Firma zurückziehen. Ehe Harvey McGraw Gelegenheit bekommt, mich rauszuschmeißen. Und dann, nun, ich weiß nicht. Ich bin mein eigener Herr. Dank dir und Adrian habe ich dreihunderttausend Pfund zum Verpulvern. Ich werde vielleicht ein paar Reisen machen. Mir die Welt ansehen. All das hinter mir lassen. Alles weit hinter mir lassen – bevor unser Freund Naylor aus dem Gefängnis kommt.«

»Und Paul hineingeht?«

»Das natürlich auch.« Ich hob einen Arm, als ein Taxi in die Parkbucht des Hotels einbog. Der Fahrer nickte und hielt neben mir an. »Das auch.«

»Viel Glück«, sagte Bella.

»Ich würde dir gern das gleiche wünschen«, antwortete ich, »aber die Worte könnten mir im Hals steckenbleiben. Außerdem hattest du noch nie Glück nötig, um das zu bekommen, was du willst, nicht wahr? Ich denke, daran wird sich nichts ändern.«

»Doch«, sagte sie so leise, daß ich sie kaum verstand, als ich ins Taxi stieg. »Glaub mir, das wird es.«

Am nächsten Morgen flog ich zurück nach England und war noch vor dem Abend wieder im Büro; ich wich Simons immer verzweifelteren Fragen aus und stellte mich Adrian zuliebe dumm. Er hatte während meiner Abwesenheit bekanntgegeben, daß McGraw sich weigerte, seine Preisvorstellungen zu revidieren. Das überraschte mich nicht, aber Simon und Jennifer beunruhigte es offensichtlich, da Adrian nichts darüber verraten hatte, wie er den Vorstand für sich gewinnen würde. Dementsprechend sagte auch ich kein Wort und zog es vor, den Dingen ihren Lauf zu lassen. Noch vor Ende der Woche erhielt ich einen Brief von Bella, in dem sie mir ihre Handlungsvollmacht für die Sitzung übertrug. Aber es war der Schlüssel zu einer leeren Schatztruhe, wie Adrians selbstgefälliger Gesichtsausdruck bestätigte. Das Spiel war aus. Aber jeder von uns hatte vor, es bis zum bitteren Ende zu spielen.

Ungefähr zur selben Zeit setzte ich mich mit Inspector Joyce in Verbindung und vereinbarte mit ihm für den Tag vor der Vorstandssitzung ein Treffen in Worcester, um eine neue und revidierte Aussage über meine Begegnung mit Louise Paxton am 17. Juli 1990 zu machen. Unsere Unterhaltung am Telefon war reine Schattenboxerei, da wir uns beide darüber im klaren waren, was für einen Abstieg diese Veränderung darstellte. In dem Versuch, einen Teil meiner Selbstachtung zu bewahren, deutete ich an, daß Naylors Frau vielleicht diejenige war, die Vince Cassidy gewarnt hatte. Und sein heftiger Einwand verriet mir, daß Naylors Vermutung richtig gewesen war. Die Polizei hatte es die ganze Zeit über gewußt.

Wie so oft zuvor wandte ich mich auf der Suche nach Verständnis und Rat an Sarah. Natürlich war sie neugierig, wieso meine Nachforschungen in Bellas Namen ein so bitteres und plötzliches Ende genommen hatten, und schlug ein Treffen in Sapperton vor, wohin sie am Sonntag fahren wollte, um in Old Parsonage aufzuräumen.

Es war der letzte Tag im Oktober, mild, feucht und atemlos ruhig. Auf meinem Weg ins Dorf machte ich beim Friedhof halt und besuchte zum erstenmal Rowenas Grab. Es lag neben dem ihrer Mutter, mit frischen Blumen in beiden Vasen, passenden

Grabsteinen und einander entsprechenden Inschriften. Ich erinnerte mich sehr gut an Louises: *Erst erkannt, als sie verloren war*. Aber jetzt erschienen die Worte dumm, voll bitterer, unbeabsichtigter Ironie. Doch das verstärkte nur noch die Wehmut des Satzes von Thomas, den Sarah im Gedenken an ihre Schwester ausgesucht hatte.

ROWENA CLAUDETTE BRYANT,
GEBORENE PAXTON

23. MAI 1971 – 17. JUNI 1993

FRÜHER SCHIEN DIE SONNE

In Gedanken war ich wieder auf Hergest Ridge und drehte mich langsam, wie ein Kreisel, im Begriff zu fallen. Nimm alles, halb oder gar nichts. Die Chancen waren immer gleich gering, die Mathematik der Unvorhersehbarkeit genauso unnachgiebig. Ich ging zurück zum Tor, meine Schritte knirschten im Kies, die Illusion eines leichteren Schrittes hinter mir legte sich leise um das Schweigen. Meine Hand traf den schmiedeeisernen Griff des Tors, so wie Rowenas Hand die Balustrade der Brücke getroffen haben muß. Einen Augenblick lang konnte ich den Abgrund sehen und seine Anziehung spüren, seinen fremden, gähnenden Reiz. Zu springen. Und alles hinter sich zu lassen. Aber ich konnte es nicht. Es gab nichts als den harten Boden unter meinen Füßen. Nichts als den grauen Himmel über meinem Kopf. Nichts als die Zukunft, der ich ins Gesicht blicken mußte.

Und natürlich Sarah. Sie war diejenige von uns, die gleichermaßen unverwüstlich wie einfühlsam zu sein schien. Sie ignorierte die Wirklichkeit nicht und beugte sich ihr nicht. Sie widersetzte sich dem Schlimmsten, indem sie ein normales, ausgeglichenes Leben führte. Für sie galt nicht Rowenas Verzweiflung oder Sir Keiths Weigerung, der Wahrheit ins Gesicht zu sehen, und nicht einmal Bellas Eifer, sie zu untergraben. Ich wußte, daß ich mich darauf verlassen konnte, daß Sarah tun würde, was getan werden mußte. Ich wußte, daß ich mich um Antworten ebenso wie für Fragen an sie wenden konnte.

Es stellte sich heraus, daß das »Aufräumen«, von dem sie am Telefon gesprochen hatte, etwas mehr als nur das war. Sie entfernte vor der Ankunft der Mieter, die dort sechs Monate wohnen wollten, alle persönlichen Dinge der Familie. Sie erklärte mir, daß Sir Keith das Anwesen nur als Wochenendaufenthalt für sie und Rowena behalten hatte, später für Rowena und Paul. Sie hatten jetzt keine Verwendung mehr dafür. Es wurde Zeit, ein weiteres Kapitel zu beenden.

Wir gingen zum Mittagessen hinunter ins Daneway Inn und saßen draußen, mit Schal und Pullover gegen die Kälte geschützt. Ich erzählte von meinen Ausflügen nach Cambridge, Albany und Bordeaux. Ich verschwieg nichts, da ich fand, daß Sarah, wenn schon niemand anderes, die volle Wahrheit verdiente. Nachdem sie gezwungen worden war, den Charakter ihrer Mutter neu zu beurteilen, war es keine große Sache, die verstärkte Selbstsüchtigkeit ihrer Stiefmutter zu akzeptieren. Außerdem hatte Sarah bereits geahnt, daß Bella ihren Vater verlassen würde.

»Je eher sie geht, desto besser. Vielleicht gelingt es Daddy dann, sich mit dem, was geschehen ist, abzufinden.«

»Sie glauben, das wird er schaffen?«

»Letztendlich schon. Es bleibt uns allen immer noch genügend Zeit, uns darauf vorzubereiten.«

»Ist es das, was Sie tun?«

»Ich versuche es. Und Paul wohl ebenfalls.«

»Haben Sie ihn in letzter Zeit gesehen?«

»Nein. Ich habe ihm nichts zu sagen. Aber ich habe kürzlich Martin Hill getroffen. Er hat Paul besucht.«

»Hat er gesagt, wie es ihm geht?«

»Ja. Martin hatte wohl irgendein theatralisches Getue erwartet. Aber statt dessen hat er das gleiche wie Sie erlebt. Diese gewaltige, beunruhigende Gelassenheit. Anscheinend liest Paul die Bibel. Ich meine nicht, daß er ab und zu einen Blick hineinwirft. Ich meine, daß er sie von der ersten bis zur letzten Seite liest und ganze Abschnitte auswendig lernt. Können Sie das glauben? Er sitzt in diesem Haus, mit Rowenas Sachen – Rowenas Andenken – überall um ihn herum, und *liest die Bibel.* Jeden Tag. Den ganzen Tag lang.«

Ich schüttelte den Kopf und signalisierte damit sowohl meinen Widerwillen als auch meine Unfähigkeit, seinen Geisteszustand einzuschätzen. Ich wußte, er würde mir leid tun, wenn ich versuchte, mir seine Not vorzustellen. Und ich wollte überhaupt nichts für ihn empfinden, nicht einmal Verachtung. Ich wollte weder Naylors Unschuld noch Pauls Schuld teilen, wollte weder über eine Ungerechtigkeit schimpfen noch über ihre Berichtigung jubeln. Alles, wonach ich mich jetzt sehnte, war, was ich nur dann hätte haben können, wenn ich im Juli 1990 die Zeitungsartikel gelesen und die Fernsehberichte gesehen hätte – und absolut nichts gesagt hätte. Unbeteiligtsein. Gleichgültigkeit. Die Zuflucht des Fremden. Aber so oder so hatte ich dem Ganzen den Rücken gekehrt.

»Ich bin heute morgen zufällig auf etwas gestoßen, das Sie interessieren könnte«, sagte Sarah plötzlich, griff in ihre Handtasche und holte einen Taschenkalender heraus. Auf dem roten Ledereinband war in Gold das Jahr eingeprägt. 1990. »Es ist der von Mummy. Wurde vermutlich irgendwann von der Polizei zurückgegeben. Daddy muß ihn aufgehoben und dann vergessen haben.«

Ich streckte die Hand aus und nahm den Kalender. Ich wollte ihn sofort durchblättern und in seinen Geheimnissen wühlen. Aber ich brauchte Sarahs Erlaubnis, um mein Verlangen zu tarnen. »Darf ich?« sagte ich.

»Natürlich. Es steht nicht viel drin. Mummy war keine Tagebuchschreiberin. Nur das Übliche. Friseurtermine. Telefonnummern. Flugzeiten. Geburtstage. Verabredungen zum Abendessen. Termine. Die normalen Dinge des täglichen Lebens eben.«

Ich blätterte bereits in den Seiten, sah zum erstenmal ihre Handschrift und spürte ihre Finger nahe an meinen, während sie die Eintragungen niederschrieb. Sarah hatte recht. Es gab nichts Ungewöhnliches. Aber sogar das Banale kann gewichtig sein. *Mittwoch, 7. März: Oscars Vernissage. Allison Gallerie, Cambridge, 18.30.* Ich blätterte weiter. *Freitag, 16. März: Bilder bei Allison abholen.* Mein Blick schweifte zum nächsten Tag. *Samstag, 17. März: Bilder nach Kington bringen.* Da war es endlich. Die Bestätigung von Sophies Behauptung. Das war der Tag, an dem Louise ihren »vollkommenen Fremden« auf Hergest Ridge getroffen hatte. »*Das Wetter war für März außergewöhnlich warm. Sie wollte etwas frische Luft. Du vermutlich auch.*« Nein, das war nicht ich. Das bin ich niemals gewesen.

»Aber schauen Sie sich doch den Eintrag am 5. April an«, sagte Sarah. »Der ist nicht ganz so gewöhnlich.«

Donnerstag, 5. April: Atascadero, 15.30. Ich runzelte die Stirn. »Was bedeutet das?«

»Es war nur ein Verdacht, aber als ich mich bei der Telefonauskunft erkundigte und dort anrief, stellte sich heraus, daß es stimmte. Atascadero ist ein Café in Covent Garden. Und zwar das, in dem Mummy Paul getroffen hat, um ihm den Laufpaß zu geben.«

»Das untermauert also sein Geständnis.«

»Ja. Ich denke, ich sollte es der Polizei mitteilen. Aber da ist noch etwas. Etwas, das für mich noch viel bedeutsamer ist, obwohl ich bezweifle, daß die Polizei mir zustimmen wird.«

»Was?«

»Gehen Sie zu der Woche ihres Todes.«

Ich blätterte bis zu der Woche mit dem 17. Juli. Es gab nur

einen Eintrag. Eine Flugnummer der Air France und eine Abflugzeit für Montagmorgen, den 16. Juli. Weiter nichts. Aber wie sollte es auch? Am 18. Juli war sie bereits tot. »Und?« fragte ich.

»Blättern Sie weiter.«

Ich tat es. Aber es folgten nur leere Wochenseiten. Keine Reisen. Keine Verabredungen. Keine *aides-mémoires*. Nichts.

»Merken Sie was? Da sollte eigentlich etwas stehen. Ein Zahnarzttermin. Eine Hotelreservierung. Irgendeine belanglose Verpflichtung. Aber da ist gar nichts. Es ist so, als ob –«

»Sie ahnte, daß sie sterben würde.«

»Ich erinnere mich, daß Rowena das gesagt hat. Ich erinnere mich, daß ich ihr gesagt habe, sie sollte nicht so albern sein. Und hier ist es jetzt, in Mummys Handschrift. Ein absoluter Stopp. Ein Ende. Eine Leere.«

»Und sie hat sich ausgesucht, dort einzutreten.«

»Aber das kann doch nicht sein. Ich meine, es ergibt keinen Sinn.«

»Es könnte auch nur eine Vorsichtsmaßnahme gewesen sein«, legte ich nahe. »Vielleicht hat sie ihre Pläne für den restlichen Sommer deshalb nicht notiert, damit Ihr Vater, falls er den Kalender in die Hand bekam, aus den Eintragungen nicht ersehen konnte, daß sie ihn verlassen wollte.«

»Wäre eine völlige Leere nicht noch viel verdächtiger?«

»Ich vermute schon, aber ... was für eine Erklärung könnte es sonst geben?« Ich schaute Sarah an. Sie war ebenso ratlos wie ich. Es würde niemals eine Antwort darauf geben. Es war unmöglich. Rowena hatte bereits genausoviel gewußt, ohne den Beweis eines Kalenders. Das Leben ihrer Mutter hatte einen Wendepunkt erreicht. Der zu ihrem Tod geführt hatte.

20. Kapitel

Als ich älter wurde, hatte ich gelernt, sowohl mein eigenes Verhalten wie das anderer kritisch zu betrachten. Ich hatte schließlich verstanden, daß jede Stimmung, ob Triumph oder Enttäuschung, vergänglich ist. Das ist kein großer Trost, aber ein wirksames Mittel gegen Verzweiflung. Ich nehme an, eines Tages wird es sogar den Tod als annehmbares Tauschgeschäft für das rauhe Leben erscheinen lassen.

Inzwischen, als der November näher rückte, mußten Übergaben verhandelt und Fluchtwege geplant werden. Am 3. November fuhr ich nach Worcester und machte gegenüber Inspector Joyce meine versprochene Aussage. Ich räumte ein, daß Louise Paxton tatsächlich unverhohlen nach männlicher Gesellschaft gesucht haben konnte, als ich sie am Abend des 17. Juli 1990 getroffen hatte. Am darauffolgenden Tag nahm ich an der letzten Vorstandssitzung von Timariot & Small als unabhängiger Firma teil, hielt eine leidenschaftliche Rede, in der ich Simon und Jennifer beschwor, ihre Meinung zu ändern, und erlitt eine Niederlage, mit einer dünnen, aber für Adrian kostspieligen Mehrheit. Onkel Larry plädierte für die Einheit der Familie; Adrian versuchte, sich von der liebenswürdigen Seite zu zeigen, scheiterte jedoch; Simon murmelte zufrieden vor sich hin; und Jennifer plauderte über Abschlußtermine. Nichts von all dem hielt mich davon ab, einen formellen Protest über das, was sie getan hatten, zu Protokoll zu geben und mit sofortiger Wirkung zurückzutreten.

In meinem Kopf war meine Taktik klar. Und obwohl ich meinen Mitgesellschaftern keinen Hinweis darauf gab, war die

Zukunft, die ich für mich plante, in vielerlei Hinsicht einem lange währenden Kampf um das kommerzielle Überleben von Timariot & Small vorzuziehen. Mehr oder weniger anstandslos wurden mir weitere zwölf Monate Verlängerung meiner *congé de convenance personelle* garantiert. Also würde ich mindestens bis November 1994 ein freier und ungehinderter Mensch sein. Dank Bushranger Sports war ich sogar einigermaßen wohlhabend. Und da ich mich bisher sehr darum bemüht hatte, dem Erwerb von Vermögen zu widerstehen, hatte ich beschlossen, ich könnte ebensogut Vergnügen daran haben, es wieder loszuwerden.

Aus verschiedenen Gründen stieg ich damals nicht sofort aus, obwohl ich angedeutet hatte, daß ich genau das vorhatte. Mehrere Wochen vergingen, bevor der Verkauf endgültig zum Abschluß gebracht wurde, und schließlich war ich damit einverstanden, so lange zu bleiben, bis ein Experte von Bushranger aus Sydney eingeflogen werden konnte, um meine Aufgaben zu übernehmen. Ich versuchte, die Belegschaft über die neue Geschäftsleitung zu beruhigen, fühlte mich aber eher wie Kerensky, der erklärte, wie wunderbar das Leben unter Lenin werden würde. Niemand glaubte mir, nicht mal ich selbst. Und sie alle wußten, daß ich etwas hatte, was sie nicht hatten. Einen Ausweg.

Aber es war nicht nur ein Ausweg, dem Ausverkauf von Timariot & Small zu entfliehen. Was mir die bittere Pille noch versüßte, war das Wissen, daß ich zu der Zeit, wenn Shaun Naylors Unschuld und Paul Bryants Schuld bekanntwerden würden, irgendwo am Strand einer Südseeinsel leben konnte. Die Presse hatte noch keinen Wind bekommen von der Geschichte, und bis es soweit war, würde wahrscheinlich eine unheimliche Ruhe herrschen. Akten und Berichte gingen zwischen der Polizei und der Anklagevertretung hin und her, zwischen Sarwate und der Berufungsinstanz, zwischen Gerichtsdienern und Rechtssprechern. Shaun Naylor zählte in seiner Zelle im

Albany Prison die Tage. Paul Bryant las in seinem Haus am Wasser die Bibel. Und wir alle warteten.

Aber einige waren nicht darauf vorbereitet zu warten. Am letzten Samstag im November rief mich Jennifer in beträchtlicher Aufregung an, um mir von einer Begegnung mit Bella während eines weihnachtlichen Einkaufsbummels in Farnham zu berichten. »Sie hat ihren Mann verlassen, Robin. Hat es mir bei einer Tasse Kaffee ziemlich unverblümt erzählt. Ist wieder hier und denkt an Scheidung. Ich wußte nicht, was ich sagen sollte. Ich meine, sie sind erst ein paar Jahre verheiratet. Aber sie scheint überhaupt keine Schuldgefühle deswegen zu haben. Mitgefühl kannst du vergessen. Sie braucht keines. Weißt du, was sie sagte, als ich sie so taktvoll wie nur möglich fragte, wie es dazu gekommen sei? ›Das würdest du nicht verstehen, meine Liebe.‹ Wie herablassend kann man eigentlich werden?«

Natürlich dachte ich, ich würde es nur zu gut verstehen. Und daran ließ ich auch keinen Zweifel, als ich am nächsten Morgen Hurdles aufsuchte und Bella dabei antraf, wie sie sich widerwillig an die Langeweile englischer Sonntage gewöhnte.

»Ich hätte nicht gedacht, daß du so schnell umziehen würdest, Bella. Befürchtest du nicht, etwas voreilig zu handeln?«

»Ganz und gar nicht. Keiths Rechtsanwalt geht davon aus, daß Naylor noch vor Weihnachten gegen Kaution freigelassen wird. Die Polizei hat offensichtlich kapituliert, und die Anklagevertretung wird keinerlei Beweismaterial vorlegen, wenn der Fall in Revision geht. Ich hatte also gar keine andere Wahl.«

»Du hättest dich dafür *entscheiden* können, deinem Mann beizustehen.«

»Wenn du wüßtest, wie er sich in letzter Zeit benommen hat, würdest du das nicht vorschlagen.«

»Ich kann mir vorstellen, daß er ziemlich unter Druck steht.«

»Aber *ich* genauso.«

»Natürlich. Aber –«

»Warte ab, Robin«, sagte sie mit plötzlicher Heftigkeit und drückte ihre Zigarette in einem Aschenbecher aus, der bereits mit zahlreichen Stummeln gefüllt war. »Wenn alles herauskommt, wirst du nicht mehr so schlecht über mich denken.« Aber das zu glauben fiel mir schwer.

Was den Abbruch familiärer Beziehungen betrifft, so war er bei uns eine ziemlich harmlose Angelegenheit. Jetzt, da alles erledigt war, hatte es wenig Sinn, nachtragend zu sein. Und das Fernweh, das in mir wuchs, je näher der endgültige Bruch rückte, entzog dem Ganzen viel Bitterkeit. Merv Gibson, mein Nachfolger, stellte sich als sanfter und sensibler Charakter heraus, und ich hätte niemals gedacht, daß jemand wie er in Harvey McGraws Imperium erfolgreich sein könnte. Man hätte mich fast davon überzeugen können, daß sich unter der Kontrolle von Bushranger kaum etwas in der Frenchman's Road änderte. Aber eben nur fast. Tatsache war, daß, wie geschickt auch immer der Schein gewahrt werden würde, eine Ära zu Ende war.

Zumindest mußte ich nicht ausharren und den Beginn einer neuen beobachten. Am Freitag, dem 17. Dezember, trennten sich unsere Wege. Die Belegschaft veranstaltete einen stürmischeren Abschied für mich, als meine drei Jahre als Produktionschef gerechtfertigt hätten. Ich glaube, daß sie sich gleichzeitig auch von ihrer Vergangenheit verabschiedeten, wie ihr Geschenk an mich – ein Aquarell von Broadhalfpenny Down – zu bestätigen schien.

An diesem Tag erschienen auch die ersten Zeitungsartikel, die Naylors Freilassung aus dem Gefängnis ankündigten. Sie äußerten sich überwiegend vorsichtig und bezogen sich auf »*Hinweise, daß Shaun Naylor im Anschluß an ein Revisionsverfahren am kommenden Mittwoch freigelassen werden könnte*« und »*die Vermutung, die ein Sprecher der Polizei nicht dementiert hatte, daß eine bisher noch nicht identifizierte Person die Morde gestan-*

den hätte, für die Naylor im Mai 1991 zu lebenslanger Haft verurteilt worden war«. Aber auch wenn die Presse ganz gegen ihre sonstige Gewohnheit zurückhaltend war, so war es mein Bruder Simon keineswegs, besonders nach einigen Drinks auf meiner Abschiedsparty. »Was zum Teufel bedeutet das eigentlich alles, Rob? Und versuch bloß nicht, mir weiszumachen, du wüßtest es nicht, weil ich mir verdammt sicher bin, daß du es weißt.« Sich Simon gegenüber dumm zu stellen, wenn er auf einen Vollrausch zusteuerte, kam überhaupt nicht in Frage; statt dessen versuchte ich, ihn zu verblüffen, was ganz gut funktionierte. »Meine Lippen sind versiegelt, Sime. Aber frag doch Bella. Sie kann dich vielleicht aufklären.«

Bis zum Wochenende waren weitere Informationen an die Öffentlichkeit durchgesickert. Die West Mercia Police und die Anklagevertretung waren immer noch verschwiegen, aber Vijay Sarwate hatte sich mit einem Interview vorgewagt. »*Ich kann bestätigen, daß wir bei einer Verhandlung am 22. dieses Monats gegen Mr. Naylors Verurteilung Berufung beantragen werden und daß die Grundlage für den Antrag ein vollständiges und freiwilliges Schuldgeständnis des tatsächlichen Mörders von Oscar Bantock und Lady Paxton ist. Soweit mir bekannt ist, hat sich die Polizei von der Genauigkeit und Richtigkeit dieses Geständnisses überzeugt, und die Anklagevertretung wird deshalb nicht nur keinerlei Einwände gegen die Berufung erheben, sondern auch keinerlei Beweismaterial vorlegen, wenn es zur Verhandlung kommt. Unter diesen Umständen gehe ich davon aus, daß ein Antrag auf Mr. Naylors Freilassung gegen Kaution positiv beschieden wird. Sie werden verstehen, daß ich alles in meiner Kraft Stehende tun werde, um Mr. Naylor mit seiner Frau und seinen Kindern wieder zu vereinigen, damit sie zum erstenmal seit vier Jahren zusammen Weihnachten feiern können.*«

Es muß für Sarwate schwierig gewesen sein, ernst zu bleiben, während er dieses harmonische Bild der Naylors im Stil von

Cratchit zeichnete, aber vermutlich konnte er den jahreszeitlich bedingten Gefühlen nicht widerstehen. Die Zeitungen waren offensichtlich durch den Wandel der Ereignisse verwirrt. Es nützte keiner Interessengruppe in der Angelegenheit, daß Naylor freigesprochen wurde. Und zwar aus Gründen, die mit dem einzigen schlüssigen Argument, das die Medien jemals für seine Unschuld vorgebracht hatten, in keiner Beziehung standen. Aber da es ziemlich unwahrscheinlich war, daß ein Berufskiller, der von Oscar Bantocks Komplizen im Fälschungsspiel angeheuert worden war, zu diesem späten Zeitpunkt sein Gewissen erleichtern wollte, mußte es für alle Beteiligten klar sein, daß sie die falsche Spur verfolgt hatten. Ihre einmütige Reaktion darauf war ein Rückzug *sub judice* und Zurückhaltung. Das war ganz bestimmt nicht der Stoff für schockierende Leitartikel. Und es würde auch nicht der Stoff sein, aus dem meine Zukunft bestand, wie auch immer ich es betrachtete. Für den Weihnachtsabend hatte ich einen Flug nach Rio de Janeiro gebucht, was ich als Beginn einer ausführlichen und äußerst entspannenden Reise durch den amerikanischen Kontinent betrachtete, die nach meiner vorläufigen Zeitplanung unter dem leuchtenden Laub eines Herbstes in Neuengland enden sollte. Ich erwartete nicht, auf meiner Reise irgend jemanden zu treffen, der jemals von Shaun Naylor gehört hatte. Und das wäre auch das letzte gewesen, was ich mir gewünscht hätte.

Aber noch lag eine Woche zwischen mir und dem unbeschwerten Leben. Ich hatte mich damit einverstanden erklärt, daß Jennifer, Simon und Adrian im neuen Jahr Greenhayes zum Verkauf ausschreiben würden. Also mußte mein ganzer Besitz eingelagert werden. Es war in der Tat herzlich wenig, verglichen mit dem, was aus den Tagen meiner Mutter übriggeblieben war. Aber trotzdem wurde das Ganze zu einer anstrengenden lästigen Pflicht, genauso wie ich es mir vorgestellt hatte. Doch das war nicht der einzige Grund, warum ich es so lange hinausgeschoben hatte. Ich hatte auch Angst vor der psychologischen Auswirkung, mich durch den Müll meines Lebens und dem meiner Eltern zu arbeiten. Es lenkte meine Gedanken zurück zu meiner Kindheit, als Hugh mich auf seinem Motorrad zu haarsträubenden Fahrten durch die Straßen mitnahm und Jennifers Freunde alle wie Frank Zappa gekleidet waren, als Simons Lachen noch nicht reuevoll sein mußte und Adrian noch nicht das Schicksal anderer beherrschte, noch nicht einmal sein eigenes. Wie ich befürchtet hatte, stürzte es mich in Selbstbesinnung und Nostalgie. Und es bereitete mich schlecht auf die Erkenntnis vor, wieviel leichter es doch ist, in etwas hineinzugeraten, als wieder herauszukommen.

»Hallo?«

»Ist dort Robin Timariot?« Die Stimme am anderen Ende der Leitung klang kehlig und fremd.

»Am Apparat.«

»Sind Sie allein?«

»Wer spricht denn da?«

»Vince Cassidy.«

»Wie bitte?«

»Sie wissen, wer ich bin. Sharon hat gesagt, Sie wollten mich sprechen.«

»Das muß ein Mißverständnis sein.«

»Nein, bestimmt nicht. Die Nachricht war ganz eindeutig. Sie wollten wissen, wer mich bezahlt hat, damit ich Shaun Naylor reinlege.«

»Das war vor zwei Monaten, Mr. Cassidy. Ich bin nicht mehr daran interessiert.«

»Das ist nicht Ihr Ernst.«

»Ich fürchte doch. Außerdem habe ich in der Zwischenzeit herausgefunden, warum Sie es getan haben.«

»Einen Dreck haben Sie.«

»Shaun hat mir von Ihnen und seiner Frau erzählt, Mr. Cassidy. Rufen Sie deswegen an? In der Hoffnung, mir Geld aus der Tasche zu ziehen, damit Sie gegen Shaun gewappnet sind, wenn er wieder auf freiem Fuß ist? In diesem Fall muß ich –«

»Das hat nichts mit Carol zu tun.«

»Dann gehen Sie doch zur Polizei. Sie wird Sie vielleicht anhören, aber sicher nichts dafür zahlen. Und was mich betrifft, so werde ich keins von beidem tun.«

»Augenblick mal. Sie können nicht –«

Ich legte den Hörer auf und schaltete den Anrufbeantworter ein. Die Zeitungsartikel hatten ihn in Panik versetzt. Das war ebenso offensichtlich wie verständlich. Aber es war viel zu spät für ihn, um mich um Hilfe angehen zu können. Ein paar Minuten später rief jemand an, hinterließ aber keine Nachricht nach dem Piepton. Cassidy? Er mußte es sein. Und sogar wenn er keine Nachricht hinterlassen hatte, so hatte er doch offensichtlich eine bekommen. Weil er nicht mehr anrief. Weder jetzt noch später.

Dienstag war der erste heitere Tag seit Wochen, wie mir schien. Also gönnte ich mir nach dem Mittagessen eine längere Wanderung über die Hügel. Es war so etwas wie ein Abschiedsrundgang in der Landschaft, in der ich aufgewachsen war, zu der ich zurückgekehrt war und die ich jetzt wieder verließ. Ich machte mich erst wieder auf den Nachhauseweg, als es schon fast dunkel war. Unterhalb der Straße von Shoulder of Mutton Hill fuhr ein Auto an mir vorbei, hielt kurz darauf an und wendete dann, um zu mir zurückzufahren. Und erst als das Fenster heruntergedreht wurde, erkannte ich die Fahrerin.

»Sarah! Was tun Sie denn hier?«

»Ich will Sie nach Hause bringen«, sagte sie lächelnd. Ich stieg ein, und wir fuhren los. »Ehrlich gesagt, habe ich gerade einen Zweitages-Auffrischungskurs am College of Law in Guildford absolviert, und ich dachte mir, ich könnte mal sehen, wie es Ihnen geht.«

»Sie haben Glück, daß Sie mich erwischt haben. Am Freitag fliege ich nach Brasilien.«

»Ich wünschte, ich könnte das auch.« Sie klang wirklich neidisch. »Ehrlich.«

»Kommen Sie doch mit«, sagte ich leichtfertig.

»Sie wissen gar nicht, wie verlockend Ihr Vorschlag ist.«

»Sie meinen wegen des morgigen Revisionsverfahrens?«

»Ja.« Ich musterte sie, während sie sich auf eine scharfe Kurve konzentrierte. Sie wirkte müde und von Sorgen gezeichnet. »Das und alles, was damit verbunden ist.«

Als wir in Greenhayes zwischen all den Bücherstapeln und Kisten Tee tranken, schilderte Sarah den quälenden Druck der Ereignisse, die gnadenlose Vorhersehbarkeit von allem, was seit Pauls Geständnis geschehen war und was notgedrungen noch geschehen mußte. Die Weigerung ihres Vaters, der Realität ins Auge zu sehen, hatte praktisch ebenso zu einer Entfremdung ihr gegenüber geführt wie zu der sichtbaren Entfremdung mit Bella. »Ich kann nicht mit ihm sprechen, Robin. Er läßt es nicht zu, daß ich ihm helfe. Und er ist nicht bereit, mir bei dem Ganzen beizustehen. Also müssen wir es so gut wir können getrennt voneinander durchstehen. Aber das macht die Sache nur um so schwerer.«

»Wenn es irgend etwas gibt, das ich –«

»Nein, nein. Sie haben recht, das alles hinter sich zu lassen. Fahren Sie nur, und amüsieren Sie sich. Und machen Sie sich dabei um mich keine Sorgen.« Sie lächelte schwach, und wie es mir schien, wollte sie ebensowenig zugeben, daß sie Trost brauchte, wie sie ihren eigenen unausgesprochenen Wunsch nicht eingestehen wollte: daß Paul die Wahrheit mit Rowena hätte begraben sollen. Es war eine andere Situation als damals, als sie zu mir nach Brüssel gekommen war. Wir waren beide älter und klüger und trauriger. Und trotzdem war es irgendwie das gleiche. Wir beide symbolisierten für den anderen eine Verbindung mit Louise, so wie sie am letzten Tag ihres Lebens gewesen war. Wir verkörperten die gescheiterte Hoffnung, daß etwas aus den Trümmern der Ereignisse gerettet werden könnte, um ihren Tod zu adeln. Aber in unseren düsteren Gesichtern und unausgesprochenen Worten spürten wir, daß nichts davon jemals sein würde. »Wann, sagten Sie, wollen Sie uns verlassen?«

»Am Freitag.«

»Freitag«, wiederholte sie nachdenklich und schaute an mir vorbei zum dunklen Fenster. »Bis dahin wird noch viel passieren.«

»Sie meinen die Anhörung?«

Sie antwortete nicht. Und ihr distanzierter Blick hielt mich davon ab, sie zu einer Antwort zu drängen. Außerdem schien keine Notwendigkeit dafür zu bestehen. Was sonst konnte sie meinen?

Wir gingen hinunter zum Cricketers, um dort etwas zu trinken. Sarahs anhaltende Unaufmerksamkeit wurde ebenso deutlich wie ihre gelegentlichen Fröhlichkeitsausbrüche. Sie sprach mit weitschweifiger Zuneigung über Rowena und ihre Mutter und erinnerte sich an Begebenheiten aus der Kindheit und an Episoden aus der Jugend. Damals waren sie eine ganz gewöhnliche, liebevolle Familie gewesen, unberührt von Tragödien und nicht gekennzeichnet von trauriger Berühmtheit. »Ich habe es nicht kommen sehen, Robin. Es gab nie einen Hinweis darauf. Ich habe nie gespürt, wie die Zukunft ihre Fangarme um uns schlang. Ich dachte einfach, wir würden in der gleichen gelassenen Art weiterleben.« Wie ich damals wünschte, ich hätte die Chance ergriffen, die Louise mir gegeben hatte, um dafür zu sorgen, daß es so gekommen wäre. Auch wenn ich nicht gewußt hätte, daß es darum ging.

Um halb acht sagte sie, sie müßte sich auf den Heimweg nach Bristol machen. Als ich ihr versicherte, sie könnte gern in Greenhayes bleiben, zögerte sie lange, ehe sie ablehnte. Aber wir wußten wohl beide, daß sie ablehnen mußte. Es war ein Ende, kein Anfang. Es war eine Trennung, ein Weggehen. Alles, was blieb, waren die letzten sehnsüchtigen Blicke zurück.

»Ich werde Sie vermissen«, sagte sie, und ihr Atem bildete kleine Wolken in der frostigen Luft, als wir im Schein des Lichts, das aus den Fenstern des Pubs drang, neben ihrem Auto standen. »Es scheint niemanden sonst zu geben, der mich versteht.«

»Sie müssen bessere Freunde haben als mich, Sarah.«

»Ehrlich gesagt, glaube ich das nicht.«

»Was ist mit Rodney? Werden Sie ihn nicht schon bald zu einem glücklichen Mann machen?«

»Nein. Da Sie schon fragen, das werde ich nicht.«

»Wirklich? Sie lassen mich fast wünschen –«

»Sagen Sie es nicht.« Sie legte mir ihre Hand auf den Mund, um mich zum Schweigen zu bringen. Dann lächelte sie über die Übertriebenheit ihrer Vorsichtsmaßnahme. »Tut mir leid. Ich weiß nicht, was ich da mache.«

»Auf Wiedersehen sagen?«

»Ja. Vermutlich ist es das.« Sie runzelte die Stirn. »Lassen Sie sich von nichts dazu bringen, Ihren Flug zu verschieben, in Ordnung?«

»Warum sollte ich?«

»Einfach so. Es ist nur ... Ich denke, es wird Ihnen guttun, wenn Sie gehen. Und ich möchte nicht, daß irgendein Zeitungsgeschwätz über Mummy ... oder Daddy, um genau zu sein ... Sie veranlaßt zu denken, daß Sie bleiben müßten.«

»Es werden ein paar harte Dinge gesagt werden.«

»Ich weiß. Aber nichts davon ist Ihre Schuld. Also, versprechen Sie mir, daß Sie am Freitag fliegen werden. Was auch immer geschieht.«

»In Ordnung. Versprochen.«

»Gut.« Sie wurde fröhlicher. »Und jetzt küssen Sie mich lieber. Und lassen Sie mich Ihnen *bon voyage* wünschen.«

Wenige Minuten später stand ich am Straßenrand und beobachtete, wie die Lichter ihres Wagens langsam meinen Blicken entschwanden. Natürlich hatte sie mir angeboten, mich zurück nach Greenhayes zu bringen, aber ich hatte abgelehnt, da ich einen einsamen Spaziergang durch die kalte Nacht vorzog. Die Sterne waren hell über den Himmel verstreut, und ein Sichelmond stand hoch und klar zwischen ihnen. »Als ich zuerst hierherkam, war ich voller Hoffnung«, rezitierte ich beim Gehen vor mich hin. »Hoffnung auf ich weiß nicht was.« Und jetzt, gerade als ich dachte, ich wüßte es vielleicht... »Muß ich für immer weggehen. Wohin auch immer, fort für immer.«

Mittwoch, der 22. Dezember. Die Wolken waren von Westen hereingezogen, und es hatte den ganzen Morgen geregnet, in London ebenso wie in Steep. Hinter dem Korrespondenten im Regenmantel glänzte das Straßenpflaster vor Nässe, während er vor dem Gericht für die Mittagsnachrichten seinen Bericht formulierte. Und hinter mir klopfte der Regen ans Fenster, während ich dasaß und seinen Worten lauschte. *»Im Anschluß an die einstündige Anhörung vor Richter Sir John Smedley heute morgen am Revisionsgericht wird Shaun Naylor zu späterer Stunde am heutigen Tag aus dem Gefängnis entlassen werden. Er war für den Mord an Oscar Bantock und den Mord mit Vergewaltigung an Lady Louise Paxton, die sogenannten Kington-Morde, im Juli 1990 verurteilt worden. Seine Freilassung gegen Kaution bis zum Revisionsverfahren im kommenden März wurde bewilligt. Der Richter beschrieb ihn in seinem Prozeß, der zehn Monate nach den Morden stattfand, als ›verkommenes und gefährliches Subjekt‹ und empfahl eine Strafverbüßung von mindestens zwanzig Jahren. Aber seit damals hat Naylor ständig seine Unschuld beteuert, und heute morgen wurde hier vor Gericht bestätigt, daß eine Person, die nur als Mr. A. bezeichnet wird, die Morde gestanden hat, und daß die Polizei jetzt davon überzeugt ist, daß er und nicht*

Naylor die Verbrechen begangen hat. Naylor hat stets zugegeben, daß er in der fraglichen Nacht mit Lady Paxton Geschlechtsverkehr hatte, aber er hat die Vergewaltigung bestritten. Seine Freilassung gegen Kaution hat zur Folge, daß die Anklage annimmt, daß alle drei Schuldsprüche im Revisionsprozeß angeklagt werden. Richter Smedley sagte, die Aussicht auf eine faire Verhandlung würde beeinträchtigt werden, wenn die Identität des Verdächtigen bereits in diesem Stadium bekannt würde, und er bat die Medien eindringlich um Zurückhaltung. Shaun Naylors Frau Carol war nicht im Gericht, um die Entscheidung zu hören. Man nimmt an, daß sie sich mit ihrem Mann an einem geheimgehaltenen Ort zu einem späteren Zeitpunkt treffen wird.«

Also war er frei. Oder er würde es bald sein. Ich hatte keine Ahnung, was seine Frau ihm über Vince Cassidy sagen würde, wenn und falls sie sich »an einem geheimgehaltenen Ort« treffen würden. Und ich wollte mir nicht vorstellen, was Shaun zu tun beabsichtigte, wenn sie es ihm gesagt hatte. Für sie war es noch nicht vorbei. Und für Paul Bryant auch nicht. Oder für Sarah. Aber für mich war es das sehr bald. In zwei Tagen würde ich davonfliegen und all das hinter mir lassen.

Jennifer lud mich an jenem Abend zum Essen ein. Das war ihre Art, sich von mir zu verabschieden. Donnerstag, mein letzter Abend in England, war für ein Trinkgelage mit Simon vorgesehen, der, wie ich genau wußte, jede Menge Fragen wegen Naylors Freilassung haben würde. Aber Jennifer hatte bisher noch keinen Wind davon bekommen, und dafür war ich dankbar. Je weniger ich darüber sprechen mußte, desto leichter war es, nicht darüber nachzudenken. Im Vergleich dazu war es ein Kinderspiel, Jennifers Vorschlägen zu dem Thema auszuweichen, wie die Dinge zwischen Adrian und mir wieder in Ordnung gebracht werden könnten. Schließlich war sie mit mir einig, daß meine Abwesenheit an sich dafür wahrscheinlich völlig ausreichen würde. »Die Zeit heilt viele Wunden«, stellte sie fest.

Und ich unterließ es, darauf hinzuweisen, daß das Beispiel von Louise Paxton das genaue Gegenteil bewiesen hatte.

Es war schon fast Mitternacht, als ich wieder in Greenhayes eintraf. Zu behaupten, daß der Anblick von Bellas BMW, der vor der Garage stand, eine Überraschung war, wäre eine erhebliche Untertreibung. Als ich dahinter anhielt und aus meinem Wagen stieg, kam mir die unwahrscheinliche Idee in den Sinn, daß sie beschlossen hatte, daß ich nicht ohne ein paar Abschiedsworte und Ratschläge davonkommen sollte. Aber ihr Gesichtsausdruck, als sie das Fenster ihres BMW öffnete und zu mir aufsah, legte einen ernsthafteren Grund nahe.

»Mein Gott, ich dachte schon, du würdest nie zurückkommen«, sagte sie. Und irgendwie verstärkte der Mangel an Vorwurf in ihrer Stimme meine Besorgnis.

»Ich war bei Jenny.«

»Das habe ich mir gedacht.«

»Warum bist du dann nicht vorbeigekommen – oder hast angerufen?«

»Weil es um so besser ist, je weniger Leute wissen, was passiert ist.«

»Was *ist* denn passiert?«

Sie starrte an mir vorbei, als ob sie befürchtete, daß ich nicht allein wäre, ehe sie antwortete. »Können wir reingehen?«

Ich ging vor ihr her ins Haus und beschäftigte mich mit den Schlüsseln, Lichtschaltern und dem Wärmethermostaten, während Bella ins Wohnzimmer ging. Als ich ihr folgte, hatte sie sich bereits eine Zigarette angezündet und stand neben dem Kamin, wobei sie die Asche auf den leeren Feuerrost abstreifte. Ich hatte in Vorbereitung auf die Malerarbeiten, die laut Jennifer nötig waren, um einen Käufer anzulocken, die Bilder und Teller von den Wänden genommen und die Möbel mit Tüchern bedeckt. Dadurch und durch das halbe Dutzend Teekisten, die fertig gepackt in einer Ecke standen, hatte das Zimmer bereits den größten Teil seiner behaglichen Atmosphäre verloren. Aber das schien Bellas untypische Ruhelosigkeit nur noch zu betonen. Sie schritt am Rand des Teppichs auf und ab, wo der Umriß des Kaminvorlegers noch immer sichtbar war. Der Kragen ihres Regenmantels war hochgeschlagen, und sie hatte die Schultern hochgezogen, als ob sie die Kälte abwehren wollte. Als ich das Zimmer betrat und zu ihr hinübersah, dachte ich, ich würde einen Schauder bemerken, der sie durchlief.

Sie hatte kein Make-up aufgelegt, abgesehen von etwas Lippenstift, der verschmiert war, und deshalb wirkte sie blaß und abgespannt. Ihre Augen waren vor Erschöpfung gerötet, ihr Haar wirkte zerzaust, und da war dieses schwache Zittern ihrer Hände, das mir schon in Bordeaux aufgefallen war. Ich konnte mir kaum vorstellen, was eine solche Wirkung auf sie gehabt haben könnte. Ich hatte miterlebt, wie sie den Verlust eines Ehemannes und einer Stieftochter überstanden hatte, ohne auch nur mit der Wimper zu zucken. Aber jetzt –

»Was ist los, Bella?«

»Keith ist tot«, sagte sie unvermittelt.

»Was?«

»Mein Mann ist tot.«

»Aber ... wie?«

»Gestern wurde seine Leiche im Süden Portugals am Fuß einer Klippe gefunden. Sie gehen davon aus, daß er bereits seit dem Wochenende dort lag.«

»Portugal? Ich verstehe nicht. Was hat er –«

»Sie haben keine Ahnung, warum er dorthin gefahren ist.«

»Aber ... war es ... ein Unfall?«

»Genau das scheint die portugiesische Polizei anzunehmen. Sein Wagen war oben auf den Klippen abgestellt. Offensichtlich ist die Stelle so etwas wie eine Touristenattraktion, nicht weit entfernt von Cape Saint Vincent.«

»Es könnte nicht vielleicht . . .«

»Selbstmord gewesen sein?« Sie beendete ihr Aufundabgehen und schaute mich an. »Nun, natürlich könnte es das gewesen sein. Es gibt keine Möglichkeit, das festzustellen. Niemand wird glauben, daß Keith dorthin gefahren ist, um die Aussicht zu bewundern. Deshalb denke ich, daß die meisten Leute davon ausgehen werden, daß es Selbstmord war, wie auch immer die offizielle Stellungnahme lauten wird.«

»Großer Gott! Hattest du auch nur die geringste Ahnung, daß er so etwas tun würde?«

»Sie haben mich gebeten, so bald wie möglich nach Portugal zu fliegen, um die Leiche zu identifizieren und die notwendigen Anordnungen zu treffen«, sagte sie so sachlich, daß es schien, als habe sie meine Frage einfach nicht gehört. »Ich werde gleich morgen früh aufbrechen.«

»Kann ich irgendwie behilflich sein?«

»Ja. Deshalb bin ich hier. Ich habe den ganzen Tag vergeblich versucht, Sarah zu erreichen. Zu Hause geht sie nicht ans Telefon, und sie war heute nicht im Büro. Offensichtlich hat sie eine Grippe.«

»Ach? Gestern abend schien sie noch in Ordnung zu sein.«

»Gestern abend?«

»Sie hat mich besucht. Auf ihrem Rückweg nach Bristol von irgendeinem Kurs in Guildford.«

Bella schüttelte in müder Verwirrung den Kopf. »Davon weiß ich nichts. Die Sache ist, daß man es ihr schonend beibringen muß. Ich würde ja diesen doofen Freund von ihr darum bitten, aber ich habe seine Nummer nicht. Ich kann mich nicht einmal an seinen Nachnamen erinnern. Könntest du morgen vormittag zu ihr gehen? Wenigstens kann ich mich bei dir darauf verlassen, daß du es ihr vorsichtig sagen wirst. Zuerst ihre Mutter. Dann ihre Schwester. Jetzt ihr Vater. Ein schweres Schicksal, nicht wahr?«

Plötzlich wurde mir klar, wie viele Trauerfälle Sarah erlebt hatte. Die ruhige Normalität, in der sie aufgewachsen war und die sie beschrieben hatte, war durch verschiedene Arten von Selbstzerstörung kaputtgemacht worden. Es ihr zu erklären, würde schlimm genug sein. Aber mit dieser Realität leben zu müssen...

»Du wirst es tun, ja?«

»Natürlich.«

»Es durchkreuzt deine Reisepläne doch nicht, oder?«

»Nein.« Sarahs Worte, die sie vor vierundzwanzig Stunden gesprochen hatte, stiegen in meinem Gedächtnis empor. *Versprechen Sie mir, daß Sie am Freitag fliegen werden. Was auch immer geschieht.* Es war fast, als ob sie die Katastrophe vorausgesehen hätte. Als ob sie gewußt hätte, was ihr Vater vorhatte. »Aber meine Pläne spielen sowieso keine Rolle. Nicht jetzt.«

»Ich bitte dich nur darum, Sarah aufzusuchen, nicht deine Reise aufzugeben.«

»Unter diesen Umständen –«

»Flieg am Freitag, Robin.« Bella war näher gekommen und senkte ihre Stimme. Ihre Augen schienen mich zu drängen, ihren Rat anzunehmen. »Verschwinde, solange du noch kannst.«

»Verschwinde aus was?«

»Aus dem Ganzen hier.«

Da war etwas jenseits ihrer Worte und Blicke, irgendeine Botschaft, die sie übermitteln wollte, ohne zu erklären, was es war. »Sarah wird wissen wollen, ob der Tod ihres Vaters ein Unfall oder Selbstmord war. Was soll ich ihr sagen?«

»Was ich dir gesagt habe. Niemand weiß es.«

»Sie wird vielleicht auch nach Portugal fliegen wollen.«

»Versuche, es ihr auszureden. Das hätte keinen Sinn.«

»Wie kannst du dir da so sicher sein?« Bellas Stärke ließ nach. Ihre Entschlossenheit, was auch immer es war, für sich zu behalten, wurde schwächer. Sogar ihr Selbstbewußtsein hatte seine

Grenzen. »Was zum Teufel hat das alles eigentlich zu bedeuten, Bella?«

»Ich weiß es nicht.«

»Ich glaube wohl. Es war kein Unfall, stimmt's?«

»Ich bezweifle es.«

»Dann hat er sich also umgebracht?«

»Nicht unbedingt.«

»Du willst doch wohl nicht andeuten, daß er ermordet wurde?« Sie antwortete nicht, sondern schluckte nur trocken und zog tief an ihrer Zigarette. Ihr Blick war fest auf mich gerichtet. Aber er verriet, daß sie schwach wurde, länger etwas zu verheimlichen. »Warum sollte irgend jemand Keith töten?«

»Es gibt einen Grund. Einen sehr guten Grund.«

»Und der wäre?«

»Er würde erklären, warum er nach Portugal geflogen ist. Und warum er niemals freiwillig aus dem Leben geschieden wäre.«

»Sag mir, was es ist.«

»Ich kann nicht.«

»Wenn du willst, daß ich zu Sarah gehe, dann mußt du.« Es war ein Bluff. Ich denke, das wußten wir beide. Solche Tricks waren jetzt nicht mehr wichtig. Aber noch zögerte Bella, wälzte ein anderes Problem in ihrem Kopf. Die Notwendigkeit, ihr Geheimnis zu bewahren, stand dem Wunsch entgegen, es zu teilen.

»Also gut.« Sie ging zurück zum Kamin und warf den Rest ihrer Zigarette auf den Feuerrost, dann lehnte sie sich gegen den Sims, wobei sie langsam ihren Nacken beugte, als ob er schmerzte, und wandte den Kopf, um mich anzusehen. »Keith wußte, daß Paul log, Robin. Paul konnte Louise *oder* Oscar Bantock gar nicht umgebracht haben.«

»Was sagst du da?«

»Ich sage, daß Keith wußte, daß Pauls Geständnis von Anfang bis Ende erstunken und erlogen war.«

»Du meinst, daß er hoffte, daß es so war.«

»Nein. Er *wußte* es. Es war eine Tatsache.«

»Wie konnte er?«

»Weil er selbst für die Morde verantwortlich war.« Sie beobachtete meinen geschockten Gesichtsausdruck einen Augenblick lang, dann sagte sie: »Keith hat Shaun Naylor dafür bezahlt, daß er Oscar Bantock tötete. Er hat das Verbrechen in Auftrag gegeben. Und führte als Ergebnis unbeabsichtigt den Mord an seiner Frau herbei.«

»Das kann doch nicht wahr sein!«

»Doch. Er hat es mir selbst erzählt, als ihm klarwurde, daß es keinen anderen Weg gab, mich davon zu überzeugen, daß Paul log.«

»Aber ... warum soll Paul gelogen haben?«

»Das spielt jetzt kaum noch eine Rolle, oder? Verstehst du denn nicht? Keith wollte nicht, daß Louises Mörder ohne Strafe davonkommt. Er wollte einschreiten, um Naylors Freilassung zu verhindern. Er wollte zugeben, welche Rolle er bei dem Verbrechen gespielt hatte. Deshalb ist er getötet worden. Um ihn davon abzuhalten.«

»Ich ... ich verstehe gar nichts. Wenn Keith Naylor angeheuert hat ... wer hat dann Keith getötet?«

»Es gab Mittelsmänner. Keith hat Naylor niemals persönlich getroffen. Die ganze Sache wurde von jemand anderem arrangiert. Und ich bin mir ziemlich sicher, daß genau dieser Jemand Keith ermordet hat – oder den Mord veranlaßt hat.«

»Wenn das wahr ist –«

»Es ist wahr.«

»Dann müssen wir zur Polizei gehen. Sofort. Naylor ist überhaupt nicht unschuldig. Ein Schuldiger wurde gerade freigelassen.«

»Vielleicht willst du mir erklären, *womit* wir zur Polizei gehen sollen.« In ihrem Ausdruck lag mehr Mitleid als Hohn, als sie mich anschaute. »Keith ist tot. Und ich kann nichts davon beweisen, was er mir erzählt hat.« Sie seufzte und schaute weg, während sie mit ihrer Handfläche eine wegwerfende Handbewegung machte. Doch auf halbem Weg hielt sie inne und ließ ihre Hand langsam sinken. »Gib mir einen Gin, Robin«, sagte sie müde. »Ich denke, es wird Zeit, daß du die ganze Geschichte erfährst.«

21. Kapitel

Bella nahm einen tiefen Schluck von dem sehr großen Gin Tonic, den sie sich selbst eingeschenkt hatte, zündete sich eine Zigarette an und kauerte sich nach vorne über den Couchtisch, der zwischen uns stand. Die Zentralheizung war mit der schlimmsten Kälte bereits fertig geworden, aber Bella, die eine Vorliebe für tropische Temperaturen hegte, hatte noch nicht einmal den Kragen ihres Regenmantels heruntergeschlagen, geschweige denn, daß sie den Mantel ausgezogen hätte.

»Du wirst sagen, daß ich es von Anfang an falsch angepackt habe«, begann sie. »Du wirst sagen, ich hätte dich nicht im dunkeln lassen oder versuchen sollen, das Problem zu lösen, ohne Keith dazu zu bringen, einzugestehen, was er getan hat. Nun, du kannst verdammt noch mal sagen, was du willst. Ich habe wirklich versucht, jedem eine Menge unnötiges Leid zu ersparen. Vielleicht hätte ich sogar Erfolg gehabt, wenn du nur etwas mehr –« Sie unterbrach sich und schenkte mir ein kleines kopfschüttelndes Lächeln. »Tut mir leid. Gegenseitige Beschuldigungen werden uns nicht weiterbringen. Und nach dem, was geschehen ist, wäre das auch nicht sehr klug. Erinnerst du dich daran, wie du ein paar Tage, nachdem Paul dir alles gestanden hatte, nach Hurdles gekommen bist? Erinnerst du dich, wie Keith darauf bestanden hat, daß Paul sich das alles nur ausgedacht hat? Nun, ich habe ihm nicht mehr Glauben geschenkt als du. Aber am nächsten Tag, nachdem Sarah nach Bristol zurückgekehrt war, hat Keith mir erzählt, warum er so sicher sein konnte. Und dann glaubte ich ihm.

Keith schien im Frühjahr 1990 davon überzeugt zu sein, daß

Louise ihn wegen Oscar Bantock verlassen wollte. Er beschuldigte sie, eine Affäre mit Bantock zu haben, und sie hat es weder zugegeben noch abgestritten. Sie sagte, er müßte sich seine eigene Meinung über ihre Treue bilden. Und was das Verlassen anging, so wollte sie auch nicht versprechen, daß sie es nicht tun würde. Er war stets ein besitzergreifender Ehemann gewesen. Und manchmal auch eifersüchtig jenseits jeder Vernunft. Ich habe diese Seite von ihm selbst kennengelernt. Dabei war unsere Ehe eigentlich nie eine Liebesheirat gewesen. Während er Louise wirklich geliebt hat. Mehr, als für ihren Seelenfrieden gut war. Sie wollte die Freiheit, das zu tun, was ihr gefiel. Und wenn es nötig gewesen wäre, Keith dafür zu verlassen, dann hätte sie auch das getan.

Ich mache ihr keinen Vorwurf. Eigentlich tut es mir leid, daß ich sie nie kennengelernt habe. Sie wirkt wie eine Frau nach meinem Geschmack, obwohl du wahrscheinlich denkst, daß ich mir damit selbst schmeichle. Aber, ob vernünftig oder nicht, es war eine gefährliche Sache, so etwas mit Keith zu machen. Er hatte immer den Verdacht, daß irgend etwas zwischen Louise und Howard Marsden lief, obwohl Louise ihm sagte, wie wenig ihr an Howards Verehrung lag. Vielleicht hat er sie gerade *deswegen* verdächtigt. In seiner Vorstellung gab es jede Menge andere Männer, von denen sie ihm nichts erzählte.«

»Das kann er doch nicht wirklich geglaubt haben«, warf ich ein. »Die Idee ist absurd.«

»Wie kannst du das wissen?« Bella betrachtete mich einen Augenblick lang neugierig, dann sagte sie: »Eifersucht *ist* absurd. Und sie ist zerstörerisch, wenn man zuläßt, daß sie an einem nagt. Tatsache ist, daß Keith nicht von seinen Phantasien loskam, jede Unabhängigkeitsgeste von Louise als einen Akt der Untreue zu deuten. Für ihn hatte ihr Interesse an Kunst immer wie die perfekte Tarnung für eine Affäre gewirkt. Ihre Freundschaft mit Oscar Bantock war der berühmte letzte Tropfen. Keith konnte ganz einfach den Gedanken nicht ertragen, daß Louise einem Mann wie Bantock gestattete, sie zu berühren. Und was die Möglichkeit anging, daß sie zusammen ein neues Leben beginnen würden, nun, das war einfach zuviel für ihn. Trotzdem hätte er wahrscheinlich gar nichts dagegen unternommen, wenn er nicht zufällig jemanden gekannt hätte, der Bantock auf Dauer aus Louises Leben beseitigen konnte. Keith hat mir seinen Namen niemals verraten. Sagte, es wäre sicherer für mich, wenn ich ihn nicht wüßte. Laß ihn uns Smith nennen. Ungefähr vor fünfzehn Jahren hat Keith die Frau von Smith wegen Unfruchtbarkeit behandelt. Hat irgendeine raffinierte Operation durchgeführt, die die arme Gans in die Lage versetzte, Kinder zu bekommen. Smith gehört zu jenen Männern, die meinen, das Leben sei ohne einen Sohn und Erben nicht komplett. Er war Keith ausgesprochen dankbar. Ich meine, *äußerst* dankbar. Sagte, wenn es jemals etwas gäbe, was er für ihn tun könnte, irgendeinen Gefallen, egal ob klein oder groß, dann müßte Keith ihn nur darum bitten. Hinter Smiths bürgerlicher Fassade – großes Haus am Stadtrand, Mitglied im Golfclub und so weiter – verbarg sich ein professioneller Krimineller. Ein Gauner. Ein Gangster. Einer von den wirklich großen Fischen, über die man immer liest, die niemals ins Gefängnis wandern, auch wenn die Dinger, die sie drehen, schiefgehen. Natürlich hat er nie gesagt, daß er das ist. Aber Keith wußte es genau. Also beschloß er, sich mit Smith in Verbindung zu setzen und die Schuld einzufordern. Indem er ihn darum bat, Bantock umzubringen.«

»Einfach so.«

»Nun, ich glaube nicht, daß man für einen Mann wie Smith die Dinge beschönigen muß, oder? Man erzählt es ihm einfach, und er sagt: ›Natürlich, kein Problem. Überlassen Sie es mir.‹ Schließlich ist es genau das, was er tut. Menschen töten. Gewöhnlich für Geld. Aber in diesem Fall aus Gefälligkeit.«

»Großer Gott!«

»Der Plan lautete, daß man warten wollte, bis Keith und Louise nach Sarahs Abschlußfeier nach Biarritz abgereist waren, und dann den armen alten Oscar außer Gefecht setzen würde. Das ist alles, was Keith wußte, und mehr wollte er auch nicht wissen. Smith sollte sich um die Einzelheiten kümmern. Keith mußte sich um nichts Sorgen machen. Aber das hätte er besser tun sollen. Weil Smith sich damals schon fast aus dem Berufsleben zurückgezogen hatte. Verbrachte die meiste Zeit in seiner Villa an der Algarve.«

»An der Algarve?«

Sie nickte. »Das ist richtig. Südportugal. Nun, wie es aussieht, waren die Kontakte von Smith nicht mehr so zahlreich – oder so verläßlich – wie früher. Aber er hatte Keith nicht enttäuschen wollen, also vergab er den Job an jemanden, der noch aktiver war – laß ihn uns Brown nennen –, der ihn wiederum an einen Mann namens Vince Cassidy weitergab. Erinnerst du dich an ihn? Er war ein Zeuge der Anklage bei Naylors Prozeß.«

»Ich erinnere mich.« Bella konnte nicht wissen, *wie* unvergessen Cassidy für mich war. Sofort wünschte ich, ich hätte mich nicht geweigert, ihn anzuhören, als ich die Gelegenheit hatte.

»Cassidy übernahm den Job, gab ihn aber im letzten Moment an Naylor weiter. Brown hätte wohl niemals eingewilligt, Naylor damit zu beauftragen. Denn er hatte den Ruf, unvorsichtig zu sein. Und daß er Geschäft und Vergnügen nicht auseinanderhalten konnte, wenn Frauen beteiligt waren. Aber Frauen waren hier nicht beteiligt. Oder sollten es zumindest nicht sein. Das Problem war, daß Louise sich ausgerechnet dasselbe Wochenende dafür ausgesucht hatte, Keith zu verlassen, das auch Naylor gewählt hatte, um in ein paaar Häuser in Herefordshire einzubrechen und gleichzeitig Bantock umzubringen. Die Anklage lag richtig mit ihrer Vermutung. Louise muß Naylor genau dann erwischt haben, als er Bantock gerade erwürgt hatte. Und Naylor muß beschlossen haben, daß er es sich nicht leisten konnte, sie am Leben zu lassen.«

»Er hatte keine Ahnung, wer den Mord beauftragt hat, nicht wahr?« fragte ich, indem ich den roten Faden von Bellas Erzählung aufnahm.

»Genau. Auf sein verschrobenes Gemüt muß sie wie eine unerwartete Zugabe gewirkt haben. Also hat er sie vergewaltigt – und sie anschließend erwürgt.«

»Wann hat Keith das herausgefunden?«

»Als er von seiner Konferenz in Madrid nach Biarritz zurückkehrte. Er stellte fest, daß Louise weg war und ihm eine Nachricht hinterlassen hatte. Darin stand nicht, daß sie spontan nach England zurückgeeilt war, um eines von Bantocks Bildern zu kaufen, wie er später behauptet hat. Sondern, daß sie ihn für immer verlassen hatte. Und es stand auch noch drin, daß sie ihn nicht *wegen* irgend jemand verlassen hatte, und schon gar nicht wegen Oscar Bantock. Sie hatte einfach nur die Nase voll von seinem besitzergreifenden Wesen und wollte für sich allein ein neues Leben beginnen. Dann, fast unmittelbar darauf, erreichte Keith die Nachricht von ihrem Tod, und er erkannte, was passiert sein mußte. Indem er sich vorgenommen hatte, alles in seiner Macht Stehende zu tun, um sie zu halten, hatte er lediglich Erfolg dabei gehabt, sie zu zerstören.«

»Was hat er dann gemacht?«

»Er war entsetzt, ebenso überwältigt von Schuld wie von Trauer. Und obendrein hatte er auch noch Angst. Er mußte sich schnell etwas einfallen lassen. Er mußte entscheiden, was er tun wollte, bevor er nach England zurückging. Der Polizei alles erzählen, ohne Garantie, daß sie Louises Mörder jemals erwischen würden, aber mit voller Garantie, daß er wegen des Komplotts angeklagt werden würde, das ihre Ermordung ausgelöst hatte. Oder seine Rolle in dem ganzen entsetzlichen Geschäft verschweigen und mit Smith ein Abkommen treffen, um den Schuldigen zur Verantwortung zu ziehen. Eigentlich keine sehr schwierige Wahl. Keith rechtfertigte sie vor sich selbst mit der Begründung, daß sein Geständnis das Leiden von Sarah und Rowena nur vergrößern und ihnen seine Hilfe und Unterstützung dabei entziehen würde, mit dem gewaltsamen Tod ihrer Mutter fertig zu werden. Von seinem Standpunkt aus eine praktische Argumentation, aber ich denke, wir sollten das zu seinen Gunsten auslegen.«

Ich erwiderte nichts darauf, denn ein Rest Abneigung, Schlechtes über die Toten zu sagen, hielt mich zurück.

»Keith setzte sich sofort mit Smith in Verbindung. Smith hatte Louise ein paarmal getroffen, und er war über das, was geschehen war, fast so entsetzt wie Keith. Er flog von Faro herauf, um Keith in Bordeaux zu treffen. Dann flogen sie zusammen weiter nach England und verabredeten unterwegs eine Strategie. Derjenige, der Louise vergewaltigt und ermordet hatte, würde sich dafür verantworten müssen, aber ihre Verbindung mit dem Verbrechen sollte geheim bleiben. Kein Problem, da Naylor nicht wußte, wer Cassidy beauftragt hatte, und Cassidy nicht wußte, wer der Auftraggeber von Brown war. Während Keith seine Töchter tröstete und seine Rolle als geschockter und leidtragender Ehemann spielte, machte Smith sich daran, die Dinge mit Brown in Ordnung zu bringen. Brown bestellte Cassidy und sagte ihm, er müßte Naylor anzeigen, um ihm zuvorzukommen, für den Fall, daß Naylor der Polizei erzählen würde, daß er ihn damit beauftragt hatte. Als Naylor dann angeklagt und eingesperrt war, ließ Brown seine Beziehungen spielen, um einen anderen Zeugen zur Hand zu haben, falls Cassidy die Sache verpfuschte.«

»Du meinst Bledlow?«

»Vermutlich. Aber wie sich herausstellte, hat Naylor Cassidy niemals als Komplizen angegeben, da er sich entschlossen hatte, auf nicht schuldig zu plädieren. Eine riskante Sache, da es ihn dazu verpflichtete, Louise als verruchte Frau hinzustellen. Wirklich geschmacklos, was vermutlich seiner Strafe ein paar Jahre hinzufügte. Aber Keith konnte sich wenigstens damit trösten, daß er angemessen bestraft worden war. Und was seine indirekte Verantwortung für Louises Tod betraf, so versuchte er diese vollständig aus seinem Kopf zu verdrängen. Und er war darin nicht schlecht, denn ich hegte niemals auch nur den geringsten Verdacht. Sein Schmerz wirkte auf mich echt, was er natürlich auch war, und vorbehaltlos – was allerdings nicht zutraf.

Ich weiß, daß du denkst, daß ich ihn wegen seines Geldes geheiratet habe. Aber da war noch mehr als nur das. Ich konnte nach Hughs Tod nicht einfach hierbleiben. Ich brauchte einen vollständigen Tapetenwechsel. Nun, den hat Keith mir gegeben. Und er hat mir auch viel Spaß gegeben. Ebenso wie umgekehrt. Zumindest anfangs. Aber Louise verfolgte mich. Seine Erinnerung an sie, verstärkt durch die Schuld. Und das Rätsel darüber, wie sie gestorben war, das aufrechterhalten wurde durch Naylors Weigerung, einzugestehen, sie getötet zu haben. Dann war da auch noch Henley Bantock und sein verdammtes Buch. Das hat alle dazu angestiftet, herumzuschnüffeln. Die Klatschmäuler und Unruhestifter. Nick Seymour und seine selbstgefällige Fernsehsendung. Und *du* hast ihm noch dabei geholfen. Zusammen mit dem Marsden-Miststück.«

Wieder hielt ich meine Zunge im Zaum. Es schien keinen Sinn zu haben, Bella daran zu erinnern, daß Seymour mich verladen hatte. Außerdem wußte sie es sowieso. So zu tun, als wüßte sie es nicht, war weiter nichts als ein Versuch, der Verurteilung vorzubeugen, die sie verdient hatte.

»Rowena beging Selbstmord wegen der Zweifel an ihrer Mutter, die ihr Seymour mit all seinen Nachforschungen und seiner Herumschnüffelei in den Kopf gesetzt hatte. Aber Paul muß sich selbst die Schuld an ihrem Tod gegeben und entschieden haben, daß er es verdiente, dafür bestraft zu werden. Warum sonst sollte er ein Verbrechen gestehen, das er nicht begangen hatte? Er ist offensichtlich völlig verstört. Sein Angriff auf dich war vermutlich das erste Anzeichen dafür. Und sein Geständnis das zweite. Wie er die Polizei davon überzeugt hat, daß es wahr ist – wie er sich seine Geschichte ausgedacht hat, ohne einen schwerwiegenden Fehler zu machen –, kann ich mir einfach nicht erklären. Er muß außerordentlich schlau und gleichzeitig völlig geisteskrank sein.

Keith rechnete nicht damit, daß er die Polizei überzeugen *würde*. Er war sich sicher, daß sie einen Fehler in seiner Darstellung entdecken würde. Aber was, wenn dem nicht so wäre? Was, wenn man, aus irgendeinem unheimlichen Dusel, Paul Glauben schenkte? Keith sagte, er hätte keine andere Wahl. So schwach und verängstigt wie er war, würde er alles eher gestehen, als zulassen, daß Naylor auf freien Fuß gesetzt werden würde. Ich merkte, daß es ihm ernst war. Und das bedeutete, daß ich mich vielleicht als Ehefrau eines ausgewiesenen Mörders wiederfinden würde, und jedermann argwöhnte, daß ich ihm bei seinem Versuch, die Justiz zu betrügen, geholfen hätte. Kannst du es mir verdenken, daß ich alles in meiner Macht Stehende getan habe, um das zu verhindern?«

»Nein. Aber ich kann es dir verdenken, wie du das Ganze angepackt hast.«

»Ja, nun...« Mit der matten Andeutung einer reuigen Gebärde warf sie den Kopf zurück. »Man kann davon ausgehen, daß es eine Schwachstelle in Pauls Geschichte geben mußte. Schließlich war sie gelogen. Und Lügen sind niemals perfekt. Aber ich traute der Polizei nicht zu, daß sie diesen Punkt finden würde. Und ich hatte keine Lust zu warten, während sie es versuchte. Ich war der Ansicht, je eher wir Pauls Verrücktheit ein Ende setzten, desto besser. Da Keith mir verboten hatte, mich selbst darum zu kümmern, mußte ich jemanden davon überzeugen, es für mich zu tun, jemanden, der schlau und verläßlich und bereit war, mir um der alten Zeiten willen zu helfen.«

»Um der alten Zeiten willen? Jetzt mach aber mal einen Punkt, Bella. Dank des Bushranger-Streits hattest du mich in der Zange. Das werde ich dir nie vergessen.«

»Würdest du dich besser fühlen, wenn ich sage, daß es mir leid tut?«

»Nicht sehr.«

»Nun, es ist aber so. Besonders, da alles umsonst war. Er hat seine Spuren sehr geschickt verwischt. So gut, daß du am Ende sogar noch überzeugter warst als am Anfang, daß es keine Spuren gäbe, die man verfolgen konnte. Und was noch schlimmer war, du hattest begonnen, Hinweise zu verfolgen, bei denen es mir lieber gewesen wäre, du hättest die Finger davongelassen. Natürlich hatte ich kein Interesse daran, daß du Cassidy nachspürtest. Immerhin bestand eine geringe Chance, daß du auf diesem Weg die Wahrheit herausfinden würdest. Am Schluß, als du endlich aufgegeben hast, war ich fast dankbar dafür. Zumindest hat es mir dabei geholfen, mich zu entscheiden. Wenn Pauls Version sich als hieb- und stichfest erwies, dann war die Chance groß, daß Keith sich gezwungen sah, zu gestehen. Ich mußte also zusehen, daß ich vorher aus der Geschichte herauskam. Folglich schlug ich soviel Kapital wie möglich aus meinem Vermögen – Adrian war mir dabei eine große Hilfe mit seiner Einstellung, daß Geld keine Rolle spielte, um dich unterzukriegen – und teilte Keith mit, daß ich nicht mit einem Mann leben könnte, der imstande war, einen Mord in Auftrag zu geben. Er nahm es ruhiger auf, als ich erwartet hatte. Wahrscheinlich hielt er eine Scheidung für das kleinste seiner Probleme.

Natürlich bestand noch immer die Chance, daß es nicht dazu kommen würde. Aber als die Polizei erst einmal verlautbaren ließ, sie sei überzeugt davon, daß Paul die Wahrheit gesagt hätte, schrumpfte die Chance praktisch auf Null. Als ich das letzte Mal mit Keith sprach, vor ungefähr vierzehn Tagen, klammerte er sich an die Hoffnung, daß Paul die Nerven verlieren und sein Geständnis widerrufen könnte. Aber meiner Meinung nach war er bereits zu weit gegangen, als daß er noch umkehren konnte.«

»Hättest du nicht versuchen können, es ihm auszureden? Wenn du ihn davon hättest überzeugen können, daß du absolut sicher warst, daß er log –«

»Wie hätte ich das tun können, ohne ihm zu sagen, warum ich sicher war?« Bella runzelte nachdenklich die Stirn. »Außerdem war mir da schon der Gedanke gekommen, daß Paul bereits seit einiger Zeit die Wahrheit geahnt haben mochte. Das würde doch einen Sinn ergeben, oder? Vielleicht hatte er ein Geständnis abgelegt, um den Verdacht von Keith abzulenken.« Sie seufzte. »Wenn das zutrifft, dann wird es auf beide zurückfallen.«

»Seit wann wußte Keith, daß Naylor freikommen würde?«

»Ich weiß es nicht genau. Aber ich vermute, ein paar Tage bevor die Nachricht in den Zeitungen stand. Sein Rechtsanwalt hielt ihn auf dem laufenden. Auch den Rest kann ich nur vermuten. Ich denke, Keith flog nach Portugal, um Smith zu warnen, daß er im Begriff stand, sie alle auffliegen zu lassen. Und ich denke, Smith beschloß, ihn davon abzuhalten. Vermutlich hatte er das Gefühl, daß ihm keine andere Wahl blieb. Entweder Keith zum Schweigen zu bringen oder aber ausgeliefert zu werden wegen Anklage auf Verschwörung zum Mord. Also unternahm er mit Keith einen Ausflug an die Küste.«

»Wirst du der portugiesischen Polizei irgend etwas davon erzählen?«

»Auf keinen Fall«, antwortete sie und zog die Augenbrauen hoch. »Das hätte keinen Sinn. Ich weiß nicht, wer Smith ist. Oder Brown. Ich habe nicht die Spur eines Beweises. Und jetzt, da Keith tot ist, besteht kaum die Aussicht, noch etwas zu finden. Aber ich werde sowieso nicht danach suchen. Diese Leute sind gefährlich, Robin. Sie schrecken vor nichts zurück.

Ich werde keinen Wirbel machen. Das wäre nicht klug – und auch nicht gesund. Und du tätest gut daran, meinem Beispiel zu folgen. Sag Sarah einfach nur, daß ihr Vater tot ist, vergewissere dich, daß es ihr gutgeht, und laß es damit bewenden. Und was Paul angeht – wie man sich bettet, so liegt man. Alles Weitere bleibt ihm überlassen. Was mich betrifft, so werde ich meine Pflicht als Keiths Witwe erfüllen. Und weiter nichts.«

Bella hatte schon immer die Fähigkeit besessen, mich mit ihrer atemberaubenden Kombination aus Offenheit und Doppelspiel zu entwaffnen. Trotz ihres Eingeständnisses von Täuschung und ausgesprochener Herzlosigkeit schaffte sie es beinahe, mich davon zu überzeugen, daß sie mein Mitleid dafür verdiente, weil sie in all das verwickelt worden war. Vielleicht hätte sie sogar Erfolg gehabt, wenn es nicht eine peinliche Tatsache gegeben hätte. Ich wußte – und sie wußte, daß ich es wußte –, daß sie bereitwillig die Flucht ihres Mannes vor der Gerechtigkeit gedeckt hätte, wenn es mir gelungen wäre, für sie ein Loch in Pauls Lügennetz zu reißen.

Aber im Augenblick gab es wichtigere Dinge. Da war die schmerzliche Erkenntnis, daß Naylor die ganze Zeit schuldig gewesen war. Und da war die verwirrende Entdeckung, daß Pauls Geständnis in jeder Einzelheit falsch gewesen war.

»Ich habe mehrere Nachrichten auf Sarahs Anrufbeantworter hinterlassen«, sagte Bella. »Aber sie hat nicht zurückgerufen. Also ist sie entweder so krank, daß sie den verdammten Hörer nicht abheben kann, was ich bezweifle, oder sie macht blau und ist sonstwo. Vielleicht weiß Rodney, wo sie ist. Oder ein Nachbar. Wie auch immer, ich kann deswegen nicht länger hierbleiben. Das verstehst du doch sicher?«

»O ja. Das verstehe ich.«

»Ich habe sogar versucht, Paul anzurufen, aber auch er ist nicht ans Telefon gegangen. Er muß es ja auch irgendwann erfahren. Was glaubst du wohl, wie er reagieren wird? Ich meine, wenn er Keith wirklich verdächtigt hat, dann wird er auch argwöhnen, daß sein Tod kein Unfall war.«

»Vielleicht möchtest du, daß ich auch ihm die Nachricht überbringe.«

»Nein, nein.« Bella schaute mich mißbilligend an, in ihrer augenblicklichen Stimmung hatte sie keinen Sinn für Sarkasmus. »Die Polizei würde es sehr seltsam finden, wenn wir uns vor ihr mit Paul in Verbindung setzten. Die Polizei glaubt noch immer, daß er Louise ermordet hat. Es ist am besten, wenn sie davon ausgeht, daß wir nicht einmal mit ihm sprechen. Das ist doch einleuchtend, oder?«

»Natürlich. Wie dumm von mir.«

Ihre Mißbilligung wurde stärker, aber sie beschloß, diesen Punkt nicht weiterzuverfolgen. »Zufällig habe ich die Schlüssel zu Sarahs Wohnung. Ursprünglich haben sie Rowena gehört. Keith hat sie in Hurdles zurückgelassen. Verwende sie, wenn alles andere fehlschlägt.« Sie angelte einen Schlüsselring mit zwei Schlüsseln aus ihrer Handtasche und warf sie mir auf den Tisch. »Einer ist für die Haustür. Der andere für die Wohnung.« Ich starrte auf die beiden Schlüssel, machte jedoch keine Anstalten, sie an mich zu nehmen. »Du hörst mir doch zu, Robin, oder nicht?«

»Absolut.«

»Das Beste, was sie tun kann, ist, ganz einfach neben dem Telefon zu sitzen und auf Nachrichten zu warten. Ich werde veranlassen, daß die Leiche so schnell wie möglich nach Hause überführt wird, obwohl Weihnachten die ganze Angelegenheit vermutlich komplizieren wird. Was für ein Zeitpunkt für so ein Ereignis.« Sie schnalzte mit der Zunge, offensichtlich irritiert darüber, daß ihr verstorbener Ehemann das nicht besser bedacht hatte. Vielleicht dachte sie, er hätte warten können, bis die Feiertage vorüber waren, bevor er sich von einer portugiesischen Klippe stürzen ließ. »Das Konsulat hat für mich ein Hotelzimmer in Portimao reserviert. Im Globo. Hier ist die Nummer. Sag Sarah, daß sie mich dort so bald sie kann anruft. Sie kann natürlich auch direkt im Konsulat anrufen, wenn ihr das lieber ist. Wie auch immer, nur bring sie dazu, sich zu melden.«

»Ich tue mein Bestes.«

»Ich verlasse mich auf dich. Behandle Sarah so behutsam wie möglich. Sie ist stark. Aber ob sie stark genug für das jetzt ist . . .« Sie blickte auf ihre Uhr. »Ich muß nach Hause und packen. Ich habe einen schrecklich frühen Flug gebucht.« Sie stand auf und schaute auf mich hinunter, wobei Argwohn ihre Sorge überdeckte. »Bist du in Ordnung?«

Ich sah zu ihr auf, zu verwirrt über die zahlreichen Konsequenzen, die ihre Enthüllungen in meinem Kopf ausgelöst hatten, als daß ich meinen Widerwillen gegen ihre Beweggründe verborgen hätte, die sie so ungeniert zugegeben hatte. »Was glaubst du eigentlich?« fragte ich zurück.

»Für so etwas habe ich jetzt keine Zeit«, fuhr sie mich ärgerlich an. »Ich habe dir alles erzählt, was ich weiß. Und ich habe mich dafür entschuldigt, daß ich dich getäuscht habe. Was kann ich sonst noch sagen?«

»Warum *hast* du mir alles erzählt?«

»Weil ich der Meinung war, daß du ein Recht hast, die Wahrheit zu erfahren. Und weil ich dachte, ich könnte mich auf dich verlassen, daß du Sarah die nötige Unterstützung gibst, wenn du erst einmal den Ernst der Lage begriffen hast.«

»Das kannst du. Aber ich frage mich, ob *du* den Ernst der Lage begreifst.«

»Natürlich tue ich das.«

»Da bin ich mir nicht so sicher. Du hast die letzten drei Monate gewußt, daß Paul lügt. Aber du hast deswegen nichts unternommen. Jetzt wurde Louises Mörder auf freien Fuß gesetzt. Und dein Mann ist ermordet worden. Man könnte dich dafür verantwortlich machen.«

»Blödsinn. Niemand kann beweisen, daß ich irgend etwas wußte.«

»Nein. Aber sie können leicht beweisen, daß ich es wußte. Dank der Nachforschungen, zu denen du mich angestiftet hast. Und ich nehme an, du könntest leicht abstreiten, daß du mich darum gebeten hast. Wenn es deinen Zwecken nützt.«

»Das würde ich nicht tun.« Aber daß sie dabei lächelte, verdarb alles. Wir wußten beide, daß sie es täte – wenn sie fand, daß es nötig wäre. War das also der Grund, warum sie beschlossen hatte, mich aufzuklären? Damit ich mir keine Illusionen darüber machte, daß ich ebensoviel zu verlieren hatte wie sie? So daß ich davor zurückschrecken würde, Sarah die Wahrheit zu erzählen, aus Angst, daß sie mich und nicht Bella für den Versuch, sie zu unterdrücken, zur Verantwortung zog? »Mach einfach nur Sarah für mich ausfindig, Robin«, schloß Bella mit ihrer wohlklingendsten Stimme. »Dann laß all das hinter dir. Und schätze dich glücklich, daß du das kannst.«

Wahrscheinlich las Bella in meinem gefügigen Abschied eine widerwillige Zustimmung, daß ich tun würde, was sie mir mehr oder weniger nachgewiesen hatte: Sarah die Nachricht vom Tod ihres Vaters zu übermitteln, ohne die offizielle Ansicht in Frage zu stellen, daß es ein tragischer Unfall war; Paul sich selbst zu überlassen; und alle weiteren Entwicklungen, wie auch immer sie aussehen mochten, aus sicherer Entfernung zu beobachten.

Aber das war ihr Stil, nicht meiner. Und kein wie auch immer gearteter Druck, ob subtil oder offen, würde es schaffen, mich dazu zu zwingen. Es gab etwas, was sie übersehen hatte, etwas, das sie nie verstehen würde. Die Wahrheit war schockierend und entsetzlich. Natürlich war sie das. Aber sie war auch ungeheuer befreiend. Denn plötzlich war Louise Paxton über jeden Verdacht erhaben. Sie hatte Naylor nicht verführt. Sie hatte keine heimliche Affäre mit irgend jemandem gehabt. Ihr »vollkommener Fremder« war nur eine Erfindung gewesen, um Sophies Neugier abzulenken. Oder vielleicht war es auch irgendein Witz auf Sophies Kosten. Wie auch immer, Louise hatte niemanden auf Hergest Ridge getroffen, bis zu dem Tag, an dem wir uns dort begegnet waren. Und das war der Tag, an dem sie gestorben war. Sie war ein unschuldiges Opfer. Nicht nur eines brutalen Vergewaltigers, sondern auch eines eifersüchtigen Ehemanns, einer verräterischen Freundin und einer Meute von selbstsüchtigen Zweiflern und Betrügern.

Nachdem Bella gegangen war, legte ich mich auf das mit Tüchern abgedeckte Sofa im Wohnzimmer und postierte einen Wecker auf dem Fußboden. Er war so gestellt, daß er um halb sechs klingeln würde. Wenn ich um sechs losfuhr, konnte ich um acht in Clifton sein. Nicht, daß ich erwartete, zu verschlafen. Obwohl ich müde war, war an Schlaf nicht zu denken. Furcht und Hochstimmung bestimmten meine Gedanken und beanspruchten meine ermüdeten Nerven. Ich hatte das Gefühl, daß ich mich lediglich ausruhen und über das, was Bella mir erzählt hatte, nachdenken mußte. Dann würde sich die Antwort von ganz allein ergeben. Was war das letzte Verbindungsglied in der Kette, die Sir Keiths versteckte Eifersucht mit Paul Bryants vermeintlicher Schuld verband? Welcher Zweck konnte erfüllt werden, indem man einen Mörder auf freien Fuß setzte?

Natürlich schlief ich ein, wenn auch nur für wenig länger als eine Stunde. Aber das war ausreichend, um von Louise zu träumen. Sie wartete darauf, mich zu treffen, während ich am Offa's Dyke entlangwanderte. Hinter ihr ging die Sonne unter, und ich konnte ihr Gesicht nicht genau erkennen. Sie stand ein paar Meter hinter der Staffelei eines Malers, die direkt auf meinem Weg aufgebaut war, und die Leinwand war bereit für den Künstler. Aber auf der Leinwand war nichts zu sehen, außer den schwach mit Bleistift gezeichneten Umrissen einer Figur, die sich aufzulösen schien, als ich näher kam. Ich versuchte zu sprechen, aber ich konnte nicht. Ich wußte, daß ich sie vor irgend etwas warnen mußte, aber ich konnte mich nicht erinnern, was es war. Dann drehte sie sich um und ging den Abhang hinunter davon. Ich rannte hinter ihr her, aber der Abstand zwischen uns vergrößerte sich nur. Am Fuß des Hanges standen eine Reihe Bäume. Ich spürte, daß ich sie bis dahin eingeholt haben mußte, um eine Katastrophe zu verhindern. Aber es gab nichts, was ich tun konnte, um sie aufzuhalten. Ohne sich umzuschauen, erreichte sie die Bäume. Und entschwand meinen Blicken.

Dann begann der Wecker direkt neben meinem Ohr zu rasseln. Mit einem Ruck setzte ich mich auf und tastete nach seinem Abstellknopf, bis wieder Ruhe einkehrte. Vor meinem geistigen Auge sah ich noch immer die Bäume, der Schattenfleck, in den sie getreten war, schien zum Greifen nah. Aber als sich die geisterhaften Formen der verhüllten Möbel in der Dunkelheit um mich herum abzeichneten, verschwanden die Bäume, bis nur noch eine schwache Erinnerung übrigblieb.

Eine leere Leinwand. Bereit, um die Zukunft abzubilden, die sie nie erleben würde. Wie ihr Kalender. Eine leere Fläche, die nie gefüllt werden würde. *»Können wir wirklich etwas ändern, was meinen Sie?«* Ich konnte mich an die Worte erinnern, aber die Stimme nicht wiederbeleben. Es schien nichts zu geben, was ich –. Dann fiel es mir ein, so plötzlich und übermächtig, als ob mir jemand ins Gesicht geschlagen hätte. Der Kalender. Natürlich. Wenn Paul log, dann war ja auch jede Einzelheit seiner zwanghaften Verfolgung Louises eine Lüge. Sogar sein Treffen mit ihr im Covent-Garden-Café. Es hatte nicht stattgefunden. Aber Sarah *hatte* mir den Beweis dafür vorgelegt. In der Handschrift ihrer Mutter. *Donnerstag, 5. April: Atascadero, 15.30.* Ein gefälschter Eintrag? Oder eine geschickte Manipulation eines authentischen Vermerks? Wie auch immer, Paul konnte keinen Zugriff auf Louises Kalender gehabt haben ohne – »Sarah«. Ich sprach ihren Namen laut aus, als ich aufstand und zur Tür ging.

22. Kapitel

Es war ein kalter und nasser Morgen in Bristol, zu trostlos und zu früh, als daß Sarah bereits weggegangen sein konnte. Aber meine hartnäckigen Klingelattacken an ihrer Haustür blieben unbeantwortet. Und es meldete sich nur der Anrufbeantworter, als ich von meinem Autotelefon aus ihre Nummer wählte. Ich kehrte zur Tür zurück mit der Absicht, die Schlüssel zu benutzen, die Bella mir gegeben hatte. Als ich mich näherte, tauchte plötzlich eine gutgekleidete Frau mittleren Alters auf und betrachtete mich argwöhnisch.

»Waren Sie das, der gerade bei Sarah Paxton geläutet hat? Ich wohne direkt unter ihr und fragte mich die ganze Zeit, wann Sie wohl endlich aufgeben würden.«

»Nun, ich *war* es, in der Tat. Ich bin ein Freund von Sarah.«

»Wirklich? Also, ich weiß definitiv, daß sie nicht zu Hause ist. Sie verschwenden nur Ihre Zeit.«

»Scheint so.« Ich lächelte unsicher. »Irgendeine Idee, wohin sie gegangen ist? Oder für wie lange?«

»Leider nein. Entschuldigen Sie mich.«

Sie lief eilig zu ihrem Wagen, blieb aber betont auffällig stehen, nachdem sie den Kofferraum geöffnet hatte, und wollte anscheinend nicht gehen, solange ich noch um ihre Haustür herumschlich. Unter diesen Umständen blieb mir nichts anderes übrig, als mich in meinem Wagen zurückzuziehen und wegzufahren.

Natürlich hätte ich sofort wieder kehrtmachen können, aber ich beschloß zu warten und zuerst herauszufinden, was ich in der Kanzlei von Anstey's erfahren konnte. Ich parkte auf der Umgehungsstraße, die rund um die Innenstadt von Clifton führt, und starrte entlang der Schlucht auf die Hängebrücke. Ihre vertraute Form erschien durch die Regenspuren auf der Windschutzscheibe verschwommen und verzerrt. Wie oft kam Sarah hierher, fragte ich mich, um sich das gleiche anzuschauen? Wie oft stellte sie sich vor, sie könnte Rowena sehen, die sich in der Mitte der Brücke an das Geländer lehnte und zu ihr hinüberschaute? So wie es jetzt mir beinahe erging.

Um neun Uhr war ich in der Kanzlei von Anstey's in der Trinity Street und erklärte einer verwirrten Sekretärin, daß ich ein Freund der Familie Paxton sei und versuchte, Sarah in einer äußerst dringenden Angelegenheit zu erreichen. Die Nachricht, daß Sarah nicht zu Hause war, brachte die arme Frau ganz offensichtlich in Verlegenheit, da sie bis jetzt nur zu gerne daran geglaubt hatte, daß sie wegen einer Grippe fehlte. »Sie rief am Montagmorgen an, daß sie krank sei. Soweit ich weiß, haben wir seitdem nichts mehr von ihr gehört.« Sie schlug vor, daß ich auf den Seniorpartner warten sollte, der normalerweise um 9.30 Uhr kam, aber ihre Bestätigung, daß Sarah mich wegen des Kurses in Guildford angelogen hatte, machte so eine Verzögerung überflüssig. Ob sie vielleicht wüßte, wo ich Sarahs Freund finden könnte? Ja, das wußte sie. »Sie meinen Rodney Gardner. Er ist auch Rechtsanwalt. Aber nicht in dieser Kanzlei. Haynes, Palfreyman and Fyfe. In der Corn Street.«

Ich hatte Rodney erst einmal getroffen, vor einem Jahr in Hurdles. Er konnte sich genauso gut an mich erinnern wie ich mich an ihn: kaum. Und das verwandelte seine angeborene Vorsicht in ausgeprägtes Mißtrauen, als er mich an jenem Morgen um zehn Uhr in seinem Büro empfing.

»Warum genau suchen Sie Sarah?«

»Eine Familienangelegenheit.«

»Aber Sie gehören nicht zur Familie, oder doch?«

»Macht das irgendeinen Unterschied?«

»Ich weiß nicht.«

»Schauen Sie, ich kann es Ihnen ebensogut sagen. Ihr Vater ist gestorben.«

»Gütiger Gott. Wie?«

»Wissen Sie, wo sie ist?«

»Nun, eigentlich nicht, nein.«

»Sie war seit Montag nicht mehr im Büro. Sie hat dort gesagt, sie hätte Grippe. Aber sie ist auch nicht zu Hause. Also, wo könnte sie sein?«

»Ich habe keine Ahnung.« Er spielte einen Augenblick lang mit dem Merker seines Tischkalenders, dann sagte er: »Um ehrlich zu sein, ich bin der letzte, den Sie fragen sollten. Sarah und ich hatten eine... Meinungsverschiedenheit... vor ungefähr einem Monat. Seitdem haben wir nicht mehr miteinander gesprochen.«

»Worüber haben Sie sich gestritten?«

»Es war eigentlich eine ganz dumme Sache. Aber... verwirrend. Ich war etwas ärgerlich darüber, daß sie so oft keine Zeit für mich hatte. Sie schien nur noch zu arbeiten. Sogar an den Wochenenden. Nun, die Schwiegereltern von einem der Partner hier, Clive Palfreyman, haben sich auf die Isle of Wight zurückgezogen. Clive und seine Frau haben sie an einem Wochenende besucht und Sarah auf dem Rückweg auf der Autofähre getroffen. Als sie fragten, was sie denn auf der Insel mache, sagte sie, sie hätte einen Klienten im Parkhurst Prison besucht. Clive hat mir von der Begegnung erzählt und fragte mich, ob dieser Klient ein hiesiger Ganove wäre, von dem wir gehört haben könnten. Sarah hatte sich offensichtlich äußerst verschwiegen gegeben. Nun, sie hatte mir nichts davon erzählt. Nicht das geringste. Und als ich sie darauf ansprach, hat sie sich für meinen Geschmack zu schnell auf ihre Schweigepflicht berufen. Später habe ich mich unter vier Augen mit einem ihrer Kollegen unterhalten. Wir spielen einmal in der Woche Squash miteinander. Er versicherte glaubhaft, daß Anstey's keinen Klienten hatte, der in Parkhurst einsaß. Sie mußte gelogen haben. Aber warum? Als ich sie damit konfrontierte, ging sie furchtbar an die Decke. Beschuldigte mich, ich würde ihr nachspionieren und Gott weiß was. Sagte, wenn ich mich so benähme, dann wäre es das beste, wenn wir uns nicht mehr sehen würden. Und genau das haben wir getan.«

»Sie haben sie seitdem nicht mehr gesehen?«

»Nein. Ich habe diese Woche versucht, die Dinge zwischen uns wieder ins Lot zu bringen. Ich hatte ihr ein Paar ziemlich teure Ohrringe als Weihnachtsgeschenk gekauft. Aber dann hörte ich von Shaun Naylors Revision. Und mir ging ein Licht auf. Ich erinnerte mich daran, daß sie gesagt hatten, in welchem Gefängnis er saß. Albany. Auf der Isle of Wight. Von Parkhurst aus gerade die Straße hinunter. Und ich fragte mich, ob ...«

»Er war es, den sie aufgesucht hatte.«

»Ja. Genau das habe ich mich gefragt. Was doch merkwürdig wäre, oder? Ich meine ... warum sollte sie?«

Wenn Sarah Paul dabei geholfen hatte, sein Geständnis zurechtzubiegen, wovon ich allmählich überzeugt war, dann versteckte sie sich vielleicht – auch wenn ich mir nicht vorstellen konnte, wovor eigentlich – in seinem Haus in Bathurst Wharf. Ich ging von der Corn Street durch den anhaltenden Regen zurück zum Queen Square, wo ich den Wagen abgestellt hatte, dann weiter zum Kai, wo ich Rowena vor sechs Monaten das letzte Mal gesehen hatte, und über die Drehbrücke zu ihrem ehemaligen Zuhause.

Als ich vor der Tür stand, war ich sicher, daß irgend etwas nicht stimmte. Sie war trotz Wind und Nässe weit geöffnet, und eine grauhaarige Frau in Morgenmantel und Gummistiefeln schaute über die Türschwelle ins Innere. Als ich näher kam, tauchte ein Mann jenseits davon im Flur auf: Inspector Joyce.

»Mr. Timariot.« Er hatte mich über die Schulter der Frau hinweg sofort entdeckt. »Was führt Sie denn hierher?«

»Nun, ich...«

»Suchen Sie Mr. Bryant?«

»Ähm... ja. Schon.«

»Da haben Sie kein Glück.« Er trat auf die Straße hinaus und spannte einen Schirm auf. »Mein Sergeant wird abschließen«, sagte er zu der Frau. »Er bringt Ihnen den Schlüssel dann vorbei. Vielen Dank für Ihre Hilfe.« Dann wandte er sich von ihr ab und kam mit einem mißtrauischen Gesichtsausdruck langsam auf mich zu, bis der Rand seines Regenschirms an meinen stieß. »Das ist die Nachbarin von nebenan«, sagte er. »Bryant hat ihr seinen Schlüssel gegeben. Als wir ihn nicht antrafen, dachten wir, wir sollten besser einen Blick hineinwerfen.«

»Was haben Sie gefunden?«

»Nichts. Er ist nicht da. Aber es macht nicht den Eindruck, als ob er für lange weg wäre. Ihnen liegt wohl viel daran, ihn zu treffen, was?«

»Eigentlich nicht.«

»Von seinem Schwiegervater gehört?«

»Ja. Deshalb bin ich in Bristol. Um Sarah mein Beileid auszusprechen.«

»Sie meinen, daß sie noch hier ist? Ich dachte, sie wäre inzwischen längst in Portugal, um herauszufinden, was passiert ist. Ich würde es selbst auch gern wissen.«

»Ich glaube, ein Unfall.« Dankbar für die Entschuldigung, die er mir unwissentlich geboten hatte, fügte ich hinzu: »Aber wahrscheinlich haben Sie recht. Sarah muß bereits unterwegs nach Portugal sein. Wirklich dumm von mir zu erwarten, sie hier noch anzutreffen. Ich bin nur deshalb vorbeigekommen –«

»Daß sie bei Bryant ist? Nicht sehr wahrscheinlich, meinen Sie nicht auch?«

»Vermutlich haben Sie recht.« Irritiert von seiner Angewohnheit, mich zu unterbrechen, machte ich einen Versuch, ihn in die Defensive zu drängen. »Und warum suchen Sie nach Paul?«

»Weil Naylors Freilassung gegen Kaution mit einer Vielzahl tödlicher Unfälle zusammenzufallen scheint. Und Zufälle machen mich nervös. Ich wollte nur sicherstellen, daß Bryant nicht auch einem davon zum Opfer gefallen ist.«

»Ich kann Ihnen nicht folgen. Der Tod von Sir Keith bedeutet doch noch keine Vielzahl.«

»Nein. Aber seither hat es noch einen weiteren gegeben.« Er machte eine Pause, um die Gelegenheit zu genießen, meinen Gesichtsausdruck zu beobachten. »Vince Cassidy ist aufgetaucht. Im wahrsten Sinne des Wortes. In der Themse, vorletzte Nacht. So tot wie die meisten der Fische dort.«

Jetzt hätte ich ihm eigentlich alles sagen können, was ich wußte. Aber ich war entschlossen, Sarah zu finden und eine Erklärung von ihr zu verlangen, bevor ich der Polizei Märchen über sie erzählte. »Ein Unfall, sagen Sie?«

»Das wird wahrscheinlich der ermittelnde Beamte behaupten. Kein fester Wohnsitz. Jede Menge Alkohol und Drogen im Blut. Klingt, als wäre er einfach ertrunken. Er könnte sich die Kopfwunde dadurch zugezogen haben, daß er sich beim Reinspringen an einem Brückenpfeiler verletzt hat. Naylor war zu der Zeit noch in polizeilichem Gewahrsam, also können wir ihn wegen gar nichts belangen. Ich nehme an, wir müssen auf Unfalltod entscheiden. Genauso wie bei Sir Keith.«

»Und das ist am Dienstag passiert?«

»Wahrscheinlich eher am Montag. Der Pathologe schätzt, daß er ungefähr vierundzwanzig Stunden im Wasser war.« Montag war der Tag, an dem Cassidy mich angerufen hatte. Er hatte verzweifelt geklungen. Und jetzt sah es so aus, als hätte er guten Grund dafür gehabt. Smith und Brown verwischten ihre Spuren – mit schonungsloser Effizienz. »Warum fragen Sie?«

»Oh ... einfach so.«

»Ich bin im allgemeinen der Ansicht, daß es für alles einen Grund gibt.«

»Tatsächlich? Sagen Sie, Inspector, sind Sie sich absolut sicher, daß Paul Bryant Oscar Bantock und Louise Paxton ermordet hat?«

»Hätten wir Naylor sonst wohl gehen lassen, Sir?« Er sah mich höhnisch an. »Und hätten Sie Ihre Aussage nicht geändert, wenn Sie Zweifel an seiner Schuld gehabt hätten?«

»Aber was hat *Sie* überzeugt?«

»Die Häufung von Detailwissen. Wie Sie einmal betont haben, halten wir immer ein paar Dinge zurück. Und Bryant kannte eine Menge davon.«

»Zum Beispiel?«

»Darüber kann ich nicht sprechen.«

»Geben Sie mir nur ein Beispiel. Ich weiß von dem Kalender. Aber da muß noch mehr sein.«

»Natürlich, Sir.«

»Zum Beispiel?«

»Also gut«, sagte er ungeduldig. »Bryant wußte, welche Kleider Lady Paxton trug. Ich meine, jedes einzelne Kleidungsstück. Er beschrieb sie genau. Farbe, Stoff, alles. Und wie hätte er das tun können – es sei denn, er hatte sie wirklich dabei beobachtet, wie sie sich auszog?«

»Stimmt.« Aber meine Gedanken verfolgten bereits eine andere Spur. Louises Kleider waren gewiß irgendwann an ihre Familie zurückgegeben worden. Sarah hatte sich wahrscheinlich darum gekümmert. Sie wollte Rowena und ihrem Vater den Anblick sicherlich ersparen. Also mußte sie genau gewußt haben, was ihre Mutter getragen hatte.

»Dann war da noch seine Beschreibung von Bantocks Gesicht, nachdem er ihn getötet hatte«, sagte Joyce, der sich langsam für das Thema erwärmte. »›Beschmiert mit Farbsplittern in allen Schattierungen.‹ Nun, genauso war es. Das hat auch Jones gesagt – der Postbote, der ihn gefunden hat. ›Als ob es mit Liebesperlen bedeckt wäre.‹ Aber vor Gericht wurde das nie erwähnt.«

»Sicher hat Jones später darüber gesprochen.«

»Natürlich. Daran haben wir auch gedacht. Wir luden Jones vor, damit er sich Bryant anschaute. Er hatte ihn noch nie zuvor in seinem Leben gesehen.«

»Ich verstehe.« Und das stimmte auch. Mir war völlig klar, wie es gelaufen sein mußte. Jones hatte Paul nie getroffen. Aber vielleicht Sarah. Und sie hatte ihn vielleicht dazu überredet, sich an die Szene in Whistler's Cot zu erinnern. Aber Joyce hätte ihn darüber nie befragt. Diese Idee wäre ihm nie in den Sinn gekommen.

»Außerdem, diese Treffen mit Lady Paxton, die er aufgeführt hat – vollständig mit Daten, Zeiten und Orten. Es waren zu viele, als daß er sie hätte vortäuschen können. Viel zu viele. Und jedes einzelne wurde überprüft.«

»Wirklich?« Sarah saß natürlich an exponierter Stelle, um die Daten, Zeiten und Orte zu liefern. Einige konnte sie sogar selbst bestätigen. Und ihr war klar gewesen, daß sie es sogar riskieren konnten, ein paar Episoden zu erfinden, von denen eine lebende Person wissen würde, daß sie nicht der Wahrheit entsprachen – solange sie sicher sein konnte, daß man dieser Person keinen Glauben schenken würde. »Aber gewiß stimmte doch nicht *jede* Angabe. Ich dachte, Sir Keith hätte den Streit mit Lady Paxton bestritten, den Paul in Biarritz gehört haben will.«

»Natürlich, das hat er«, sagte Joyce mit einem zynischen Lächeln. Er sah sich um. Die Tür zu Nummer 13 war jetzt geschlossen, und eine tropfnasse Person, die ich für seinen Sergeanten hielt, suchte unter dem Erker des ersten Stocks Schutz vor dem Regen. »Okay, Mike. Gehen Sie zurück zum Wagen. Ich komme nach.« Der Sergeant nickte und eilte davon.

»Was denken Sie, wohin Paul gegangen ist, Inspector?«

Joyce zuckte die Schultern. »Vermutlich macht er Weihnachtseinkäufe. Er darf gehen, wohin er will. Bis Naylor freigesprochen worden ist. Aber die Nachbarin wird ihn bitten, mich anzurufen, sobald er zurück ist. Zu meiner Beruhigung.«

»Im Fernsehen haben sie gesagt, Naylors Revision würde nicht vor März vor Gericht kommen.«

»Das stimmt.«

»Das ist eine lange Wartezeit.«

»Sie meinen für Bryant?« Joyce warf einen Blick über die Schulter auf die leeren regenverschmierten Fenster von Nummer 13. »Oh, ich schätze, er wird es in aller Ruhe abwarten.« Dann verzog sich sein Gesicht zu einem Stirnrunzeln. »Das ist es nicht, was mir Sorgen macht.«

»Was dann?«

Er schüttelte den Kopf. »Ehrlich gesagt, Mr. Timariot, bin ich mir da nicht ganz sicher. Irgend etwas stimmt hier nicht. Aber ich kann partout nicht herausfinden, was es ist.«

Warum hatten sie es getan? Diese Frage kreiste in schwindelerregendem Tempo in meinem Kopf, während ich zum Queen Square zurücklief, in meinen Wagen sprang und nach Clifton fuhr. Warum sollten sie es gewollt haben? Es ergab keinen Sinn. Aber für sie ganz offensichtlich doch. Sie hatten es geplant. Sie hatten es sich ausgedacht und vorbereitet. Jeden einzelnen Schritt. Aber ich hatte nicht mehr Ahnung als Joyce, was sie damit erreichen wollten.

Allerdings war ich ihnen bereits auf den Fersen. Während Joyce noch nicht einmal ahnte, daß sie geflohen waren. Am Caledonia Place schloß ich auf, ohne mich noch einmal mit der Klingel abzugeben, und ging direkt hinauf in die Wohnung im zweiten Stock.

Als ich die Tür hinter mir schloß, spürte ich nur die bewegungslose Luft der ungelüfteten Normalität. Die Wohnung war sauber und aufgeräumt. Aber ganz offensichtlich war niemand zu Hause. Langsam ging ich von Zimmer zu Zimmer, in der leisen Erwartung, daß etwas geschehen würde, irgend etwas Bedeutsames oder Wichtiges, das mich aus Sarahs häuslicher Behaglichkeit anspringen würde. Aber nichts passierte. Ihre Bilder hingen noch an den Wänden. Ihre Kochtöpfe hingen noch in Reih und Glied an den Haken über der Arbeitsplatte der Küche. Ihre Mäntel und Kleider füllten noch immer die Schränke. Sie hätte jeden Augenblick hereinkommen können, und es hätte sich nicht von all den anderen Malen unterschieden, da sie am Ende eines Arbeitstages nach Hause gekommen war.

Doch das würde nicht geschehen. Die Sicherheit wuchs, als das Schweigen greifbar wurde. Sie würde nicht zurückkommen. Wohin auch immer sie gegangen war – warum auch immer sie dorthin gegangen war –, eine Rückkehr war unmöglich. Ich stand im Wohnzimmer und starrte auf das Foto von ihr und Rowena und ihrer Mutter, das sich auf seinem Platz auf dem Kaminsims zwischen der Standuhr und dem Porzellankaninchen befand. Louises Blick schien jetzt direkt auf mich gerichtet zu sein, nicht auf irgendeinen Punkt jenseits der Kamera. Natürlich hatte er sich nicht verändert. Aber ich hatte mich verändert. Sie hatte den Fremden auf Hergest Ridge wegen Sophie erfunden, weil sie gewußt hatte, daß Sophie eine fiktive Affäre bereitwilliger glauben würde als die Wahrheit. Was muß sie sich dann gedacht haben, als sie mich dort traf? Welche Gedanken müssen ihr durch den Kopf geschossen sein?

Plötzlich läutete das Telefon und ließ mich vor Überraschung zusammenzucken. Als ich darauf zuging, schaltete sich der Anrufbeantworter ein, und ich hörte Sarahs Stimme vom Band, die sich an den Anrufer wandte. *»Hier ist Bristol 847269. Leider kann ich Ihren Anruf im Augenblick nicht entgegennehmen, aber wenn Sie eine Nachricht hinterlassen, dann werde ich mich so bald wie möglich bei Ihnen melden. Bitte sprechen Sie nach dem Pfeifton.«*

Es war die Sekretärin, mit der ich bei Anstey's gesprochen

hatte. Ich erkannte ihre Stimme sofort. *»Hier Dorothy Gibbons, Sarah. Mr. Anstey möchte Sie dringend sprechen. Bitte rufen Sie ihn an, sobald Sie zurück sind. Sie können ihn auch zu Hause erreichen. Danke.«*

Die Maschine schaltete sich aus, und es war wieder still. Dann drückte ich den Wiedergabeknopf, wartete, bis das Band zurückgespult war, und hörte mir die angesammelten Nachrichten nacheinander an. Ein Mädchen namens Fiona, die Sarah zu einer Neujahrsparty einlud. Eine Buchhandlung, die ihr ausrichten ließ, daß ihre Bücher eingetroffen waren. Bella, die sich passenderweise sehr dringend anhörte. Noch einmal Bella, nachdem sie bei Anstey's kein Glück gehabt hatte. Und dann etwas Merkwürdiges.

»Hier spricht Katy Travers, Miss Paxton. Hewiton Residential. Es tut mir leid, daß ich Sie damit belästige, aber Mrs. Simpson liegt mir noch immer wegen ihrer Post in den Ohren. Sie scheint zu denken, daß da vielleicht etwas verlorengegangen ist. Vielleicht könnten Sie sie anrufen unter der Nummer 071-624-8488. Ich hätte Sie in Braybourne Court angerufen, aber anscheinend existiert diese Verbindung nicht mehr, und ich glaube kaum, daß es Ihnen recht wäre, wenn ich Mrs. Simpson Ihre Nummer in Bristol gegeben hätte. Ich wäre Ihnen sehr dankbar, wenn Sie mal mit ihr sprechen könnten. Ich bin sicher, daß es sich einfach nur um ein Mißverständnis handelt. Vielen Dank. Auf Wiederhören.«

Danach folgten noch ein paar andere Nachrichten, darunter eine dritte von Bella, aber ich schenkte ihnen wenig Aufmerksamkeit. Statt dessen spulte ich das Band wieder zurück und hörte mir Katy Travers noch einmal an. Wovon zum Teufel sprach sie eigentlich? Wer war Mrs. Simpson? Wo – und was – war Braybourne Court?

Ich schaltete das Band ab, nahm den Telefonhörer und wählte Mrs. Simpsons Nummer.

»Hallo?« Sie klang distinguiert, ältlich und potentiell reizbar.

»Mrs. Simpson?«

»Ja.«

»Ich bin ein Freund von Sarah Paxton. Ich –«

»Oh, gut. Ich möchte mit Miss Paxton sprechen. Ich versuche schon seit mehreren Tagen, mich mit ihr in Verbindung zu setzen, aber sie ist ausgesprochen schwer erreichbar. Die Agentur hat sich geweigert, mir ihre Telefonnummer zu geben, wissen Sie. Seltsames Benehmen.«

»Ja. Deshalb –«

»Ich habe Freunde und Verwandte überall auf der Welt. Viele von ihnen haben mir wahrscheinlich eine Weihnachtskarte geschickt. Aber an meine alte Adresse. Das ist der springende Punkt. Ich habe nichts davon gesehen. Dabei ist es schon schlimm genug, daß ich meine reizende Wohnung verlassen mußte. Erst diese maßlose Mieterhöhung, und dann macht meine Nachfolgerin sich noch nicht einmal die kleine Mühe, meine Post weiterzuschicken. Eine Beleidigung, oder?«

»Nun, ich –«

»Ich habe vor kurzem dort angerufen, was für mich in Anbetracht dessen, welch eine schöne Zeit mein verstorbener Mann und ich dort verbracht haben, eine äußerst traurige Erfahrung war, aber Miss Paxton war nicht da. Natürlich vermute ich, daß sie die Wohnung lediglich als eine *pied-à-terre* benutzt. Das ist auch sehr verständlich. Aber für diejenigen von uns, die ein begrenztes Einkommen haben –«

»Mrs. Simpson!« schrie ich.

»Ja?« antwortete sie, kurzzeitig eingeschüchtert.

»Wollen Sie sagen, daß Sarah den Mietvertrag einer Wohnung übernommen hat, die Sie bisher bewohnt haben?«

»Ich verstehe nicht. Das müssen Sie doch wissen. Ah, Braybourne Court.« Ihre Stimme wurde wehmütig. »So eine reizende Gegend in Chelsea.«

»Chelsea, sagen Sie?«

»Sicherlich.«

»Wo *genau* in Chelsea?«

»Was für eine merkwürdige Frage. Das hat Miss Paxton Ihnen doch sicher gesagt.«

»Nein. Ehrlich gesagt, das hat sie nicht. Sie, ähm, versäumte, mir die Adresse zu geben. Was peinlich ist, da ich versprochen habe, sie dort zu besuchen. Könnten Sie mich also aufklären?«

Sie antwortete nicht sofort. Ich konnte beinahe den Argwohn spüren, der durch die Leitung kroch. »Wie, sagten Sie, sind Sie zu meiner Nummer gekommen, Mr. ...?«

»Timariot. Robin Timariot. Ich werde es gerne übernehmen, Ihre Nachsendeprobleme mit Sarah zu besprechen, Mrs. Simpson. Sehr gerne. Ich bin sicher, daß ich etwas für Sie tun kann. Ich kann Ihnen auch ihre Adresse und Telefonnummer in Bristol geben, was für Sie nützlich sein könnte.«

»Hmm. Ich muß sagen, Miss Paxton machte nicht gerade den Eindruck einer gut organisierten jungen Dame.«

»Ganz recht.«

»Also gut, Mr. ... ähm ... Marriott. Braybourne Court ist ein Wohnblock in der Old Brompton Road. Meine Wohnung – das heißt, Miss Paxtons – ist die Nummer 228. Obwohl ich mir wirklich nicht vorstellen kann, was für eine Freundin sie ist, wenn sie es nicht einmal für nötig hält, Ihnen selbst diese Auskunft zu geben.«

»Ganz recht, Mrs. Simpson. Ich auch nicht.«

Der Regen fiel unaufhörlich, trieb in Schleiern über die feuchten grünen Felder von Wiltshire und Berkshire, als ich in Richtung London fuhr. Ich verfluchte den Verkehr und den Sprühregen, der mein Fortkommen behinderte, beobachtete, wie die Zeit verging und das spärliche Licht aus dem finsteren Himmel drang... und war gespannt. Was würde ich in Nummer 228 Braybourne Court vorfinden? Warum die Heimlichtuerei?

Warum die geschickte Manipulation der Ereignisse? Wohin führte das alles? Sie waren so klug gewesen, daß ich die List noch nicht durchschauen konnte. Und abgesehen von Mrs. Simpsons fixer Idee von ihrer angeblich vermißten Post, die ebensogut in der Weihnachtshektik steckengeblieben sein konnte, gab es keine Spur, die verfolgt werden konnte. Es war das reine Pech – nur das unvorhersehbare Eingreifen des Unberechenbaren –, das ihre Sicherheitsvorkehrungen vereitelt hatte. Oder mir die Chance gab, sie zu vereiteln. Denn das war alles, was ich hatte. Eine kleine Chance. Eine, die ich ergreifen mußte.

Es war der letzte lange Einkaufstag vor Weihnachten, und London war fürchterlich verstopft und überfüllt. Des Schnekkentempos auf der M4 überdrüssig, das die Fahrt von Clifton hierher auf beinahe vier Stunden verlängert hatte, stellte ich das Auto in der Nähe der U-Bahnstation Baron's Court ab und machte mich zu Fuß auf den Weg durch die zunehmende Dämmerung. Rote Lichter von sich vorwärts schiebenden Autoschlangen blendeten mich und glitzerten auf Weihnachtsbäumen in den Wohnzimmerfenstern. Gefahr streckte warnend ihre Fühler aus, als die Dunkelheit mit aller Macht hereinbrach. Aber ich eilte weiter und folgte Louise in den Wald, sogar als sich die Nacht zu senken begann.

Braybourne Court war ein großes Herrenhaus aus roten Backsteinen aus der Zeit Eduards VII. in der Nähe des Brompton Cemetery mit separaten Eingängen und Sicherheitsschlössern. Jeder war zuständig für ungefähr ein Dutzend Wohnungen, die über seine vier Seiten verteilt waren. Der Eingang, der zu den Wohnungen mit den Nummern 225 bis 237 führte, lag in einer ruhigen Seitenstraße. Durch die doppelten Glastüren konnte ich lediglich einen vornehm mit Teppichboden ausgelegten Korridor sehen, der sich nach ungefähr sechs Metern diskret gabelte. Wenn ich zurück zu der Treppe ging, die sich über das Untergeschoß erstreckte, konnte ich durch die hohen Erdgeschoßfenster einen Blick auf Gesimsdecken und Wände mit Velourstapeten erhaschen. Eine Sprechanlage schirmte die Bewohner vor unwillkommenen Besuchern ab. Braybourne Court bewertete die Privatsphäre offensichtlich sehr hoch. Und kostete ohne Zweifel dementsprechend. Für ein *pied-à-terre* dürfte Sarah leicht sieben- oder achthundert Pfund die Woche berappen. Was unsinnig verschwenderisch schien – wenn sie es für den Zweck brauchte, den ich vermutete.

Aber es ging nicht um Privatsphäre, wie das leere Namensschild neben der Klingel für Wohnung 228 irgendwie bestätigte. Geheimhaltung traf wohl eher ins Schwarze. Vollkommene Geheimhaltung. In die ich beabsichtigte einzudringen.

Ich drückte die Klingel, bekam keine Antwort und klingelte ein zweites Mal mit demselben Ergebnis. Ich wartete ein paar Augenblicke, dann versuchte ich es mit dreimaligem kurzen scharfen Läuten. Immer noch nichts. Aber trotzdem war ich nicht entmutigt. Sie war da. Und Paul ebenfalls. Warum, wußte ich nicht und konnte es auch nicht erklären, aber die Kompliziertheit ihrer Täuschung überzeugte mich, daß sie anwesend waren. Vielleicht hofften sie darauf, daß ich aufgeben und gehen würde, aber darauf hofften sie vergebens.

Ich drückte noch einmal auf die Klingel und preßte diesmal meinen Finger fest darauf, während ich vor mich hin murmelnd die Sekunden zählte. Bevor ich bei vierzig angekommen war, hörte ich ein Klicken im Sprechgitter, und eine Stimme, die ich mit einer Welle der Erleichterung erkannte, sagte: »Ja?«

»Sarah? Ich bin's, Robin. Kann ich reinkommen?«

»Robin?« Sie klang ebenso entsetzt wie erstaunt.

»Ja. Kann ich reinkommen?«

»Was... Wie sind Sie hierhergekommen?«

»Das erkläre ich Ihnen drinnen. Hier draußen ist es ziemlich kalt und naß.«

»Nein. Ich... Ich kann Sie nicht hereinlassen, Robin.«

»Seien Sie nicht albern.«

»Das bin ich nicht. Bitte ... Bitte gehen Sie.«

»Das ist nicht Ihr Ernst.«

»Bitte, Robin. Gehen Sie. Es ist das beste, glauben Sie mir. Auf Wiedersehen.« Wieder war ein Klicken zu hören, als sie den Hörer auflegte. Sofort drückte ich wieder auf den Klingelknopf, da ich annahm, daß sie das Klingeln nicht einfach ignorieren konnte. Schon bald hob sie den Hörer wieder ab. »Es gibt nichts mehr zu sagen, Robin. Ich möchte, daß Sie –«

»Paul ist bei Ihnen, stimmt's? Ich weiß, daß er da ist, also geben Sie sich keine Mühe, es abzustreiten. Die Polizei sucht nach ihm.«

»Was? Warum?«

»Lassen Sie mich rein, und ich werde alles erklären.«

»Hat die Polizei ... diese Adresse?«

»Nein. Aber wenn ich wieder gehen muß, dann wird sie sie bekommen.«

»Tun Sie das nicht, Robin.« Ihr Tonfall hatte sich verändert. Sie schien mich um etwas zu bitten – ebenso um meinet- wie um ihretwillen. »Sie haben keine Ahnung, auf was Sie sich da einlassen.«

»Öffnen Sie die Tür, Sarah.«

»Bitte, ich –«

»Öffnen Sie!«

Ein langer schweigsamer Moment verstrich, während nur das schwache Summen aus dem Sprechgitter zu vernehmen war. Dann ertönte ein viel lauteres Summen. Ich drückte gegen die Tür. Sie gab nach.

Ich trat ein. Die Türen schlossen sich hinter mir. Warme Luft und gedämpfte Stille hüllten mich ein. Ich ging den Flur hinunter bis zu der Stelle, wo er sich gabelte, warf einen Blick nach links und sah eine Messingtafel an der Wand, auf der 225–226 stand; AUFZUG ZU 229–237. Auf der rechten Seite fiel mein Blick auf eine andere Tafel mit der Aufschrift 227–228. Ich wandte mich in diese Richtung, kam an der Wohnung 227 vorbei, bog um eine Kurve und sah am anderen Ende des Flurs die Tür zur Wohnung 228.

Sie war mit einem Türspion ausgerüstet, durch den Sarah nach mir Ausschau gehalten haben mußte. Als ich näher kam, drehte sich der Türgriff, und die Tür öffnete sich langsam. Aber Sarah zeigte sich nicht. Alles, was ich drinnen sehen konnte, war ein Stück Teppich und eine kahle Wand, schwach beleuchtet. Ich rief ihren Namen, aber sie antwortete nicht. Ich zögerte einen Augenblick und rief noch einmal. Aber sie antwortete immer noch nicht. Nicht, daß es irgendeinen Unterschied gemacht hätte. Ich wußte, was ich tun mußte. Zum Umkehren war es jetzt zu spät. Ich streckte die Hand aus und berührte die Tür. Sie quietschte leise in den Angeln. Dann trat ich über die Schwelle.

23. Kapitel

Zu meiner Linken war ein Fenster, das ein paar graue Reste Tageslicht hereinließ. Vor mir verengte sich die Eingangshalle zu einem Gang, von zwei nackten Glühbirnen erhellt und von dem Schein einer dritten jenseits der rechtwinkligen Ecke an seinem Ende. In dem Gang standen drei oder vier Türen offen, aber die Zimmer, in die sie führten, waren dunkel. Die Wohnung sah genauso aus, wie ich sie mir vorgestellt hatte – mit Teppichboden und Vorhängen ausgestattet, aber ansonsten unmöbliert. Ich hörte, wie die Eingangstür hinter mir ins Schloß fiel, drehte mich um und erblickte Sarah, die mich anschaute. Sie war vollständig schwarz gekleidet – Pumps, Strumpfhosen, Minirock und Rollkragenpullover. Ihre Augen waren weit aufgerissen und ihr Blick starr. Sie atmete hörbar und schnell. Und ihren rechten Arm hielt sie in einem unbeholfenen Winkel hinter ihrem Rücken, was mich bizarrerweise an einen Freier erinnerte, der einen Blumenstrauß vor seiner Geliebten versteckt.

»Hallo, Sarah«, wagte ich zu sagen. »Wo ist Paul?«

»Vergessen Sie Paul«, antwortete sie atemlos. »Wie sind Sie hierhergekommen? Und warum sind Sie gekommen?«

Das *Wie* war leicht zu erklären. Aber das *Warum?* Irgend etwas in ihrem Verhalten – irgend etwas in ihren geweiteten Augen – hielt mich davon ab, ihr sofort zu erzählen, daß ihr Vater tot war.

»Mrs. Simpson«, murmelte Sarah, als ich geendet hatte. »Die dumme, dumme Frau. Was bedeuten schon ihre verdammten Weihnachtskarten verglichen mit –« Sie unterbrach sich, und ihre Stimme klang kontrollierter. »Warum wollte Bella mich so dringend sprechen? Warum ist sie nicht bei Ihnen?«

»Es ist wegen Ihrem Vater. Es geht ihm… nicht gut. Bella ist… bei ihm.«

»In Biarritz?«

»Hören Sie, können wir –«

»Was ist los mit ihm?«

»Wollen wir nicht irgendwohin gehen, wo es gemütlicher ist?«

»Nein. Sagen Sie es mir jetzt. Erzählen Sie es mir hier.«

»Ich bin sicher, es wäre besser, wenn –«

»Reden Sie!« Ihr Schrei – ebenso schmerzerfüllt wie ungeduldig – hallte in dem leeren Flur wider.

»In Ordnung. Beruhigen Sie sich.« Ich ging auf sie zu, aber sie trat rasch zurück, bis sie an die Wand hinter sich stieß. Ich sah, wie sich ein Muskel in ihrer Wange spannte. Sie kniff die Augen zusammen.

»Er ist tot, nicht wahr?«

»Es tut mir leid, Sarah. Wirklich. Ja. Ihr Vater ist tot.«

Sie schloß halb die Augen, und die Tränen schossen ihr hinein. Sie ließ den Kopf hängen. Ihre Stimme stockte. »Wie? Wie ist es passiert?«

»Das ist nicht ganz geklärt. So etwas wie –« Ich hielt inne, als ihr rechter Arm nach vorne rutschte und zur Seite sank. Dann erkannte ich, was sie in ihrer Hand hielt. Einen stumpfnasigen Revolver, sein Lauf und seine Kammern glitzerten in dem kalten elektrischen Licht. »Sarah! Was um Himmels willen –«

Weiter unten im Gang bewegte sich etwas – ein Schatten, den ich aus dem Augenwinkel heraus wahrnahm. Ich wirbelte herum und sah Paul am anderen Ende des Flurs stehen. Er trug Jeans, Turnschuhe und ein dunkelgrünes Sweatshirt. Und auch er hielt eine Pistole in der Hand.

»Paul?«

»Gehen Sie jetzt, Robin!« rief er mir zu. »Verlassen Sie die Wohnung, und vergessen Sie, daß Sie jemals hier waren.«

»Das werde ich nicht tun.«

»Das hier geht Sie nichts an. Mischen Sie sich nicht ein.«

»Einmischen in was?«

»Gehen Sie einfach. Solange Sie noch können.«

»Sarah?« Ich drehte mich um und schaute sie an. Sie hob den Kopf und wischte sich mit den Knöcheln ihrer linken Hand die Tränen ab. Sie hielt die Pistole fest in der Hand, ihr Zeigefinger krümmte sich um den Abzug. Und ihre Kiefer waren fest aufeinandergepreßt. *»Sarah?«*

»Sie verstehen das nicht, Robin. Aber Sie werden es verstehen. Später. Erzählen Sie mir nur, wie Daddy gestorben ist. Dann gehen Sie.«

»Ich werde gar nichts erzählen und nirgendwohin gehen, bis Sie beide mir sagen, was zum Teufel hier eigentlich los ist.«

»Es ist das beste, wenn Sie das nicht erfahren. Glauben Sie mir.«

»Das ist richtig«, mischte sich Paul ein. »Glauben Sie ihr.«

»Warum sollte ich?«

»Tun Sie es einfach!« Er lehnte sich an die Wand hinter ihm, warf einen Blick in den Flur zu seiner Rechten und schaute dann wieder zu uns. »Ich gebe dir fünf Minuten, um ihn loszuwerden, Sarah.« Mit diesen Worten stieß er sich von der Wand ab und entschwand unseren Blicken.

»Wohin geht er?« wollte ich von Sarah wissen.

»Fragen Sie nicht.«

»Aber ich will es wissen.«

»Das Ganze hat nichts mit Ihnen zu tun.«

»Oh, das denke ich doch. Ich habe Ihre Täuschung nämlich durchschaut. Pauls Geständnis. Das fingierte Beweismaterial. Ihr ganzes ausgeklügeltes Spiel.«

Sie starrte mich ungläubig an, aber etwas in ihrem Gesicht sagte mir, daß sie nicht vorhatte, zu leugnen. »Wie?« murmelte sie.

»Das spielt keine Rolle. Was ich wissen will, ist: Warum haben

Sie es getan? Warum die geheime Adresse? Warum um alles in der Welt die Pistolen?«

»Können Sie sich das nicht denken?«

»Nein. Kann ich nicht.« Ich starrte den Flur hinunter. Paul war nirgends zu sehen. Aber da war ein Geräusch – ein Stöhnen und ein metallisches Klirren. »Paul?« rief ich. Keine Antwort. Nur wieder das gleiche schwache metallische Klirren. Ich ging darauf zu.

»Robin!« rief Sarah hinter mir her. »Bleiben Sie stehen!« Aber ich dachte nicht daran. Ich konnte es gar nicht. Der Flur zog mich an, traumähnlich und unwirklich in seinem schwachen Licht, mit den schwarzen Löchern der leeren Zimmer auf jeder Seite. Ich mußte es jetzt wissen. Ich mußte es selbst sehen.

Ich erreichte die Ecke und blickte nach links. Am anderen Ende des Ganges drang Licht aus einer offenen Tür. Ein Schatten war zu sehen. Ich schaute zurück zu Sarah, die mir langsam folgte und den Kopf schüttelte, als ob sie mich immer noch bitten wollte umzudrehen, es mir noch mal zu überlegen, einfach wieder zu gehen. Dann ging ich weiter.

Es war ein Badezimmer, mit blauen Wänden und kühl. Durch die Tür sah ich ein Handwaschbecken und ein Schiebefenster aus Milchglas. Auf dem Fensterbrett stand, völlig unpassend, ein wuchtiges schwarzes Tonbandgerät. Als ich den Raum betrat, erweiterte sich mein Blickfeld, und ich sah in der anderen Ecke eine halboffene Tür, dahinter ein Klo mit Holzbrille. Links stand die Badewanne, eine alte gußeiserne Wanne mit Abdeckung und geschmiedeten Füßen. Die Armaturen konnte ich im Augenblick nicht sehen, denn sie befanden sich hinter der weit geöffneten Tür. Paul lehnte in der Nähe des anderen Endes an der Wand; den rechten Arm hielt er über der Brust gekreuzt, während seine linke Hand den Ellbogen umfaßte und die Pistole sich an seine Wange schmiegte. Ich wußte nicht, was ich von seinem verkniffenen Blick halten sollte, aber eine Äußerung Bellas kam mir in den Sinn – *außerordentlich schlau und gleichzeitig ernsthaft geisteskrank* –, und plötzlich stieg Furcht in mir auf, als ob ein unsichtbares Wesen auf meinen Rücken spränge.

»Sie hätten nicht hierher kommen sollen«, stellte er nüchtern fest. Hinter der Tür war ein Stöhnen und Klirren zu hören. Ich trat vor und drehte den Kopf. Und dann sah ich ihn.

In der Badewanne kniete Shaun Naylor, bekleidet mit Jeans, T-Shirt und einer Jeansjacke. Seine Armgelenke und Fußknöchel waren hinter ihm gefesselt, die Fesseln mit einer Kette an den Wasserhähnen befestigt und straff gespannt, um jede Bewegung unmöglich zu machen. Seine Arme waren so fest aneinandergebunden, daß seine Schultern dadurch zurückgezogen wurden und seine Brust nach vorne gedrückt wurde. Sein Kinn lag auf der Brust, aber er hob es, um mich anzusehen. Ein Auge war fast zugeschwollen. Auf der Stirn klaffte eine Wunde, und rund um den Ausschnitt seines T-Shirts waren Tropfen von geronnenem Blut. Ein breiter Streifen von braunem Paketklebeband klebte quer über seinem Mund. Er atmete schwer durch die Nase und schwitzte heftig, entweder aus Panik oder aus der vergeblichen Anstrengung, sich zu befreien. Er zerrte an der Kette, während ich ihn betrachtete, seine Stirn legte sich vor Anstrengung in Falten, und er verdrehte seine Augen, um meinen Blick einzufangen. Was ich im Flur gehört hatte, war dieses dumpfe Geräusch von Metall, das an die Rohrleitung schlug. Aber seine Knie rutschten nicht mehr als ein paar Zentimeter vorwärts oder seitwärts, und er gab es auf, ließ sich gegen den Badewannenrand fallen und stöhnte protestierend.

»Er denkt, er kann sich so befreien«, sagte Paul grinsend. »Aber das geht nicht. Hörst du, Naylor? Diesmal gibt es keinen Ausweg, du Scheißkerl.«

»Um Gottes willen!« rief ich, mehr von Pauls hämischem Tonfall erschreckt als von den häßlichen Striemen in Naylors Gesicht.

»Und das ist gerecht«, sagte Paul. »Es geschieht im Namen Gottes. Und Rowenas. Und ihrer Mutter. Und Oscar Bantocks. Wir tun es in ihrer aller Namen.«

»Das ist Ihre Rechtfertigung für Folter?«

»Es ist keine Folter«, sagte Sarah, die hinter mir hereingekommen war. Ich drehte mich zu ihr um. In ihrem Gesichtsausdruck und in ihrer Stimme lag kein Anzeichen von Scham. »Es ist Gerechtigkeit.«

»Was?«

»Sie wollten wissen, warum. Darum. Als Rowena starb, waren Paul und ich uns einig, daß wir dem Bösen und dem Leiden ein Ende machen mußten, das dieser Mann –« sie deutete auf Naylor – »*mit Absicht* jenen zugefügt hatte, die wir liebten. Wir beschlossen, das zu tun, worauf alle anderen so drauf aus waren. Zu beweisen, daß er unschuldig war. Zu erreichen, daß er aus dem Gefängnis entlassen wurde. Ihn auf freien Fuß zu setzen. Und ihm dann ...«

»Seine Freiheit wieder zu nehmen«, schloß Paul mit einem zittrigen Lachen.

»Das ergibt keinen Sinn.« Ich schaute von einem zum anderen und konnte in ihren Blicken den Beweis dafür erkennen, daß es einen Sinn ergab. Für sie.

»Sie hätten niemals aufgegeben, Robin«, sagte Sarah. »Ich habe es Ihnen gesagt. Sie hätten immer weiter und weiter gemacht. Bis sie Naylor zu einer Art Volkshelden gemacht hätten. Nun, er ist keineswegs ein Held. Und das werden wir beweisen.«

»Wie?«

»Wir haben sein Geständnis auf Band aufgenommen. Deswegen mußten wir ihn aus dem Gefängnis freibekommen. Nur so konnten wir ihn dazu bringen, sich für das, was er getan hat, zu verantworten. Und deswegen mußten wir ihn hierher locken. Damit wir ihn ganz für uns hatten. Es ist Ihnen zu verdanken, daß uns einfiel, wie wir es zuwege bringen konnten. Sie haben ihn in Albany besucht und mir anschließend von seinen Eheproblemen erzählt. Also habe ich ihn selbst aufgesucht. Seitdem war ich jede zweite Woche bei ihm. Ich habe ihm versichert, wie leid es mir täte, daß er fälschlicherweise eingesperrt wurde. Ich habe ihm jeden nur möglichen... Trost... angeboten, den er nach seiner Freilassung brauchen könnte. Ich war am Dienstag dort und drängte ihn, so bald wie möglich hierherzukommen. Er hat nicht lange dazu gebraucht. Er hat wohl erwartet, daß ich in dem Augenblick, wenn er durch die Tür tritt, mein Höschen für ihn fallen lasse. Wissen Sie, ich hatte ihm ein Überraschungsgeschenk zu Weihnachten versprochen. Ich habe mein Wort gehalten, oder etwa nicht?«

»Nicht, was diesen Ort anbelangt«, beschwerte sich Paul. Sofort fiel mir die leichte Spannung zwischen ihnen auf. »Es sollte eigentlich für jeden unmöglich sein, diese Adresse herauszufinden.«

»Ja.« Sarah runzelte enttäuscht die Stirn, als ob jemand gerade auf einen belanglosen Formfehler in einer juristischen Beweisführung hingewiesen hätte. »Das stimmt. Aber vermutlich mußte am Ende irgend etwas schiefgehen. Wir können uns glücklich schätzen, daß wir so weit gekommen sind. Es gab Zeiten, da dachte ich, man würde uns bestimmt erwischen.« Sie hob herausfordernd den Kopf, fast stolz, als sie mich anschaute. »Aber Sie haben Pauls Geständnis geglaubt, Robin, als wir es an Ihnen testeten. Und die Polizei ebenfalls. Sie ist niemals auf den Gedanken gekommen, ich könnte Paul all die Informationen verschafft haben. Sarwate gestattete mir Einsicht in seine Akten über die Morde, als ich zu ihm ging und sagte, mir seien Bedenken an der Schuld seines Klienten gekommen, nachdem ich die Sendung *Im Zweifel für den Angeklagten* gesehen hatte. So verschaffte ich mir Zugang zu den Fakten. Indem ich alle Aussagen durchging und mit dem einen oder anderen persönlich sprach – natürlich ohne ihnen zu sagen, wer ich war. Sarwate hatte von praktisch allem Kopien. Sogar von den Fotos des Tatorts. Ich bat ihn, niemandem von meinen Nachforschungen zu erzählen, um mir familiäre und berufliche Verlegenheiten zu ersparen. Und er verstand das. Von seinem Standpunkt aus wäre es von Vorteil gewesen, mich auf seiner Seite zu haben. Ich glaube nicht, daß es ihm jemals in den Sinn kam, daß Paul und ich uns verschworen hatten. Es sah kaum so aus, als würde er einem geschenkten Gaul ins Maul schauen.«

»Sie sprechen über all das, als wäre es so eine Art Spiel.«

»Es ist kein Spiel«, sagte Paul.

Ich wandte mich ihm zu, und meine Neugier gewann die Oberhand. »Wessen Idee war es? Wer von Ihnen hat es dem anderen vorgeschlagen?«

»Das spielt keine Rolle«, sagte Sarah.

Paul lächelte verbissen. »Aber für Sie schon, nicht wahr, Robin? Nun, wenn mich einer fragt, *ich* habe es vorgeschlagen. Ich habe Wochen damit zugebracht, Rowena und unser ungeborenes Kind zu betrauern, und der Schmerz – der Ärger, den ich nicht abreagieren konnte – wurde nur noch schlimmer. Ich begann, auf unser gemeinsames Leben zurückzublicken, und versuchte herauszufinden, wie ich ihren Tod hätte verhindern können. Es führte immer wieder zurück zum Tod ihrer Mutter. Und zu diesem wertlosen Bastard.« Er deutete mit seiner Pistole auf Naylor, der es kaum zu bemerken schien. »Es begann als reine Gedankenspielerei. Wo war ich eigentlich gewesen in der Nacht, als Louise starb? Die Antwort war so banal. Im Bett einer billigen *pension* in Chamonix, zusammen mit einer Schwedin, an deren Namen ich mich nicht einmal erinnern kann. Aber dann hatte ich die Idee. Wie leicht konnte ich vorgeben, ich wäre irgendwo anders gewesen. Wie leicht konnte ich behaupten, ich hätte die Morde begangen. Dann müßten sie Naylor freilassen. Denn er konnte ja schlecht widersprechen. Er konnte nicht plötzlich seine Meinung ändern und sagen, er wäre doch schuldig. Und er würde es auch gar nicht wollen. Um der Freiheit willen erträgt man gerne ein bißchen Verwirrung. Aber wenn er erst einmal frei *war* ... dann war er uns ausgeliefert.« Er lachte leise vor sich hin. »Natürlich hätte ich es ohne Sarahs Hilfe nicht geschafft. Sie hatte den Kalender ihrer Mutter und ihre geschulte Erinnerung, was wann geschehen war. Außerdem besaß sie die kriminaltechnische Fähigkeit, um das Ganze zusammenzufügen. Alles, was ich tun mußte, war, die Rolle zu spielen, die sie mir zugedacht hatte. Herrgott, aber es war eine Herausforderung. Drei Monate, in denen ich mir das Gehirn verbog, damit es zu der Vergangenheit paßte, die wir uns ausgedacht hatten. Drei Monate, in denen ich fast durch die Hölle ging. Aber sie waren es wert. Für diesen einen Augenblick.«

Ich wandte mich wieder Sarah zu, und in meinem Blick lag die Frage, die ich kaum stellen mußte. »Warum haben Sie mitgemacht?«

»Weil Rowenas Tod einer zuviel war. Ich hatte es gerade eben geschafft, über das, was mit Mummy geschehen war, hinwegzukommen. Indem ich aufgehört hatte, mir vorzustellen, wie es für sie gewesen sein muß. Dann hat Rowena sich von dieser verdammten Brücke gestürzt. Wie sehr habe ich mir immer wieder gewünscht, ich hätte sie davon abhalten können. Aber es gab nichts, was ich tun konnte. Sie war tot und ebenso das Baby, von dem ich nicht einmal etwas gewußt hatte. Dadurch wurde eine dritte Generation von Mord berührt. Ich wollte zurückschlagen, Vergeltung üben. Aber ich wußte nicht wie. Bis Paul mir erzählte, worüber er nachgedacht hatte, und ich erkannte, daß es doch einen Weg gab, sie alle zu rächen.«

»In dessen Verlauf Sie Ihre Mutter als so eine Art Nymphomanin darstellten? Was für eine Art Rache ist das?«

Sarah biß sich auf die Lippe. »Wir hatten keine andere Wahl. Wir werden bald für klare Verhältnisse sorgen. Ich wünschte nur, daß Daddy es noch erlebt hätte –« Sie brach ab, von Schmerz überwältigt. »Sagen Sie mir, wie er starb, Robin. War es sein Herz? Vor ungefähr zwölf Jahren hatte er einen Herzinfarkt, und seit den Morden habe ich mir immer Sorgen gemacht –«

»Er stürzte von einem Felsen, Sarah.«

»Was? In Biarritz? Sicherlich –«

»In Portugal.«

»Ich verstehe kein Wort. Was hat er in Portugal gemacht?«

»Das scheint keiner zu wissen. Die Behörden denken, daß es ein Unfall war.«

»Aber Sie nicht, oder?« Sie schien sich der Tränen nicht bewußt zu sein, die in ihren Augen glitzerten. »Sie wollen andeuten, daß er sich selbst umgebracht hat. Wie Rowena. Und aus dem gleichen Grund. Sie versuchen, mich dafür verantwortlich zu machen, nicht wahr? Sie wollen andeuten, daß die Dinge, die Paul über Mummy gesagt hat, ihn in den Selbstmord getrieben haben.« Sie schwankte leicht und hob eine Hand an ihre Stirn. »Mein Gott, wenn das wahr ist, dann haben wir –«

»Es ist *nicht* wahr«, schrie Paul. Er stürzte nach vorne, stieß mich zur Seite und baute sich direkt vor Sarah auf. Sein Blick war so fest auf sie gerichtet, daß ich einen Moment lang daran dachte, ob ich versuchen sollte, eine der Pistolen an mich zu reißen. Aber ebenso schnell, wie der Gedanke gekommen war, schob ich ihn wieder beiseite. Die einzige Hoffnung auf ein friedliches Ende lag darin, vernünftig mit ihnen zu reden. »Hör mir zu, Sarah«, fuhr Paul fort. »Willst du, daß all die Planung und Vorbereitung umsonst waren? Genau das bedeutet es, wenn du anfängst, dich für den Tod deines Vaters verantwortlich zu fühlen. Wir kennen die Umstände nicht. Du kannst dich nicht auf einen parteiischen Bericht darüber verlassen. Herrgott noch mal, wenn irgend jemand dafür verantwortlich *ist*, dann ist es Naylor. Er hat das Ganze angefangen. Aber wir werden es zu Ende bringen.«

»Ja.« Jeder Muskel in Sarahs Körper spannte sich. Ihre Knöchel wurden weiß, als sich ihr Griff um die Pistole verstärkte.

»Du hast recht. Es ist zu spät, um jetzt aufzuhören.« Sie warf einen Blick hinüber zu Naylor. »Mir wäre es lieber gewesen, wenn wir noch mehr von ihm aufs Band bekommen hätten, aber was wir haben, wird genügen.«

»Für welchen Zweck?« mischte ich mich in dem verzweifelten Versuch ein, ihr so viele Bedenken wie nur irgend möglich in den Kopf zu setzen. »Ein Geständnis, das unter diesen Umständen erzielt wurde, wird sicherlich kein großes juristisches Gewicht haben.«

»Überhaupt keines.« Sie klang jetzt wieder ruhig, aber ich wußte, daß sie es nicht war. Ihre linke freie Hand war ebenso fest zusammengepreßt wie die rechte, um das Zittern zu unterdrükken. »Das hat nichts mit dem Gesetz zu tun«, erklärte sie. »Sondern mit Moral. Es geht darum, daß Naylor für das bezahlen muß, was er meiner Mutter und indirekt meiner Schwester angetan hat. Und wie es sich anhört, auch meinem Vater. Er hat sie alle zerstört. Und jetzt ...«

»Sie wollen ihn töten?«

»Nein«, sagte Paul mit Nachdruck. »Wir haben vor, ihn hinzurichten.«

»Das würden Sie nicht tun.« Ich schaute Sarah an und drängte sie schweigend dazu, vernünftig zu sein. »Das könnten Sie nicht.«

»Warum nicht?« Ihr Blick war ebenso herausfordernd wie die Frage selbst. »Eine Kugel durch den Kopf ist gnädiger als Vergewaltigung und Erdrosseln. Viel gnädiger.«

»Vielleicht. Aber dennoch wäre es Mord.«

»Nur vor dem Gesetz.«

»Und spielt das keine Rolle? Um Himmels willen, Sie sind Rechtsanwältin. Man erwartet von Ihnen, daß Sie sich an das Gesetz halten.«

»Das habe ich getan. Aber jetzt tue ich es nicht mehr. Nicht, seit ich erkannt habe, wie sinnlos es ist, das Gift aus den

Wunden zu holen, die Leute wie Naylor verursachen – bei den Lebenden ebenso wie bei den Toten.«

»Aber wenn Sie ihn töten, werden Sie nur dort enden, wo er hingehört. Hinter Gittern.«

»Und wennschon. Verstehen Sie nicht, Robin? Was richtig ist, kann nicht durch die Angst vor den Folgen falsch werden.« Ich sah die Sicherheit wie religiöse Inbrunst in ihren Augen schimmern. Und ich erkannte auch die Nutzlosigkeit der Diskussion. Etwas in mir stimmte ihr zu. Und der andere Teil war nicht in der Lage, es ihr auszureden. Nur die Wahrheit – nur die eine Entdekkung, die sie nicht gemacht hatte –, konnte sie umstimmen. »Er verdient den Tod.«

»Warum?«

»Sie wissen, warum. Weil er zwei Menschen ermordet und das Leben von anderen zerstört hat.«

»Er allein trägt die Schuld daran?«

»Aber natürlich.«

»Worauf wollen Sie hinaus?« Paul schoß die Frage über seine Schulter hinweg auf mich ab.

»Ich will auf die Wahrheit hinaus. Die komplizierter ist, als Sie denken.«

»Was meinen Sie?« fragte Sarah und starrte mich unverwandt an.

»Hat er gesagt, warum er in jener Nacht zu Whistler's Cot gegangen ist?«

»Irgendeine Scheiße, daß er dafür bezahlt worden ist, Bantock zu töten«, schnaubte Paul.

»Es ist keine Scheiße. Er *wurde* dafür bezahlt. Oder wäre bezahlt worden. Von einem Mann namens Vince Cassidy. Der später in seinem Prozeß gegen ihn aussagte.«

Sarah blinzelte überrascht. »Woher wissen Sie, daß er uns das erzählt hat?«

»Weil es die Wahrheit ist. Jemand hat Cassidy damit beauftragt, Bantock zu töten. Und Cassidy hat den Auftrag an Naylor weitergegeben. Ihre Mutter stand einfach nur im Weg.«

»Das können Sie nicht mit letzter Sicherheit behaupten.«

»Doch, das kann ich. Denn dieser Jemand war Ihr Vater.«

»Nein. Das ist unmöglich.«

»Leider ja. Er war davon überzeugt, daß Ihre Mutter ihn wegen Oscar Bantock verlassen wollte. Und er beabsichtigte, Bantock umbringen zu lassen, um sie daran zu hindern. Es sollte wie ein Einbruch aussehen, der danebengegangen war. Und er ging gründlich daneben. Aber nicht so, wie er oder irgend –«

»Seien Sie still!« Paul trat auf mich zu und hob die Pistole. Sein Mund war zu einem schmalen Strich verzogen, und seine Augen traten hervor. Die Manie, die mir schon vorher an ihm aufgefallen war – die Veranlagung zur Gewalttätigkeit, deren volles Ausmaß ihm wahrscheinlich selbst nicht bewußt war –, trieb mich quer durch den Raum zurück, bis ich an das Handwaschbecken stieß. »Glauben Sie, ich wüßte nicht, was Sie hier vorhaben?« tobte er. »Denken Sie, mir wäre nicht klar, wie Ihr Gehirn arbeitet?«

»Daddy?« murmelte Sarah hinter ihm. »Daddy ... hat das alles ausgelöst?«

»Er lügt!« schrie Paul sie an. »Er würde alles behaupten, um uns davon abzubringen, was wir tun müssen. Wir waren uns doch einig.«

»Aber das war vor ...« Sie schaute an ihm vorbei zu mir und zwang mich, ihren Blick zu erwidern. »Wie können Sie es wissen? Wie können Sie so sicher sein?«

»Er hat es Bella erzählt, um sie davon zu überzeugen, daß Pauls Geständnis falsch ist. Erinnern Sie sich doch, wie sicher er war, Sarah. Erinnern Sie sich, wie er darauf bestand, daß es nicht wahr sein konnte. Weil er *wußte*, daß es nicht wahr war.«

»Aber ... er hat es zugelassen, daß Paul damit weitermachte.«

»Er konnte ihn nicht aufhalten, ohne seine Mittäterschaft an der Ermordung seiner eigenen Frau zuzugeben. Aber genau das wollte er tun, als er hörte, daß Naylor freigelassen werden würde. Er hatte vor, reinen Tisch zu machen. Ein früherer Patient von ihm mit Verbindungen zur Unterwelt, der sich in den Süden abgesetzt hatte, war derjenige, der es für ihn in die Wege geleitet hatte. Deswegen ist Ihr Vater nach Portugal geflogen. Um diesen Mann vor dem zu warnen, was er zu tun beabsichtigte. Aber man wollte es ihm nicht gestatten. Sein Tod war weder ein Unfall, *noch* war es Selbstmord. Er wurde ermordet. Um die Leute zu schützen, die in seinem Auftrag Cassidy gedungen hatten. Dämmert es Ihnen jetzt? Eine leicht zwielichtige Bekanntschaft, die an der Algarve lebt? Sie haben ihn vielleicht früher ein paarmal getroffen.«

Sarah starrte mich mehrere Sekunden lang sprachlos an, während eine Menge verwirrender Erinnerungen und unbeantworteter Fragen in ihrem Kopf aufgetaucht sein und die unverkennbare Symmetrie der Wahrheit angenommen haben müssen. Dann murmelte sie: »O mein Gott« und ließ sich langsam gegen die Wand hinter ihr sinken. »Ronny Dugdale.«

»Du glaubst ihm doch nicht etwa?« forderte Paul, indem er zu ihr hinüberging und sie an den Schultern packte. »Er denkt sich das alles nur aus.«

»Ich dachte, Daddys Reaktion wäre nur eine andere Art, seinen Schmerz zu äußern«, sagte sie ruhig, beinahe nachdenklich, als ob sie Paul gar nicht gehört hätte. »Ich dachte, er könnte sich einfach nicht dazu durchringen, schlecht über Mummy zu denken, und deshalb würde er sich weigern, unsere Geschichte zu glauben. Aber ich hatte unrecht. Es war nicht Schmerz. Es war Schuld.«

»Herrgott noch mal, Sarah, konzentrier dich auf das, weshalb wir hier sind. Du machst alles kaputt.«

»Ich habe das für ihn getan. Ich habe versucht, seine Qualen ebenso wie meine zu mildern. Und jetzt erfahre ich … daß *er* letzten Endes für alles verantwortlich war, was Naylor getan hat.«

»Reiß dich zusammen!« Paul gab ihr eine Ohrfeige und schaute ihr in die Augen. Ich bewegte mich vorsichtig auf sie zu. »Robin lügt dich an.«

Sarah sah ihn mitleidig an. »Nein, Paul. Das tut er nicht. Naylor hat Cassidy als seinen Komplizen angegeben, als wir ihm die Pistole an den Kopf gehalten haben, um die Wahrheit aus ihm rauszupressen. Wir wollten ihm nur nicht zuhören. Denn man kann mit Schuld so viel leichter umgehen, wenn sie unteilbar ist. Jetzt muß sie zwischen wer weiß wie vielen Leuten aufgeteilt werden, und von einigen von ihnen haben wir bisher nicht einmal gehört. Und mein eigener Vater hat den größten Anteil daran.«

»Nur Naylor hat deine Mutter vergewaltigt. Nur Naylor hat sie erwürgt.«

»Das reicht nicht mehr aus.«

»*Reicht nicht aus?*«

»Nein.« Ihre Backe war rot geworden, dort, wo er sie geschlagen hatte. Sie warf mir einen schnellen überzeugten Blick zu, in dem sich gleichzeitig Resignation spiegelte. Ich hatte das Gefühl, daß ich darin genau lesen konnte, wie ihr zumute war. Die Rechtfertigung, die sie sich für ihre Taten zurechtgelegt hatte, hatte ihre Lauterkeit verloren. Wenn sie damit fortfuhr, würde die Erniedrigung alles verzehren. Langsam und vorsichtig öffnete sie die Kammern des Revolvers und ließ die Kugeln eine nach der anderen in ihre Handfläche gleiten.

»Was tust du da?«

»Ich gebe auf. Ich muß einfach. *Wir* müssen.« Sie schob ihre Hand an ihm vorbei in meine Richtung, die leere Pistole baumelte am Abzugsbügel an ihrem Zeigefinger. Sie bot sie mir an, während sie ihren Blick fest auf Paul gerichtet hielt, so intensiv, so flehend, daß ihm nicht bewußt zu werden schien, was gerade passierte. Ich streckte mich etwas, nahm die Pistole von ihrem Finger und schob sie in die Tasche meines Regenmantels. Ungeladen fühlte sie sich überhaupt nicht wie eine richtige Waffe an, lediglich wie ein Gewicht, das meinen Mantel nach unten zog, eine Last, die wir alle gerne loswerden wollten. Aber ich wußte, daß es noch eine zweite Pistole gab, die Paul mit seiner rechten Hand umklammert hielt. Und das war noch immer eine sehr gefährliche Waffe.

»Es ist vorbei, Paul«, sagte Sarah sanft. »Wir können nicht mehr weitermachen. Jetzt nicht mehr.«

»Du meinst, *du* kannst nicht.«

»Das läuft auf das gleiche hinaus. Wir stecken entweder beide drin oder keiner.«

»Und auf deinen Befehl hin soll ich drei Monate abschreiben, in denen ich die Leute glauben gemacht habe, ich wäre ein Mörder? Manchmal dachte ich, ich würde verrückt werden von den Widersprüchlichkeiten und Verwirrtheiten, von denen du sagtest, ich müßte sie tun, um sie zu überzeugen. Ich habe nur überlebt, weil ich an das, was wir uns vorgenommen hatten, geglaubt habe. Und jetzt willst du mir sagen, ich soll alles vergessen? Es einfach aus meinem Leben streichen? Das kann ich nicht. Und das werde ich nicht.« Seine Stimmlage hatte sich beim Sprechen erhöht. So etwas wie ein Weinkrampf schien ihn zu schütteln. Er trat einen Schritt auf Sarah zu, dann wirbelte er herum und starrte mich an. »Sie Mistkerl!« brüllte er. »Sie haben sie vielleicht rumgekriegt, aber das wird Ihnen bei mir nicht gelingen.« Er hob die Pistole, und eine Sekunde lang, in der mir fast das Herz stehenblieb, dachte ich, er würde mich tatsächlich erschießen. Sarah mußte das gleiche gedacht haben, denn sie stürzte nach vorne und packte seinen Arm, während die Kugeln, die sie aus der anderen Pistole entfernt hatte, ihrer Hand entglitten und klappernd zu Boden fielen.

»Paul! Hör mir zu!«

Aber Paul hatte nicht vor, auf irgend jemanden zu hören. Er schüttelte Sarah ab, fuhr herum, beugte sich über die Badewanne, ergriff Naylor beim Kragen und setzte ihm die Pistole an den Kopf. Naylor zuckte zusammen und wand sich, aber er konnte keinen Widerstand leisten. Mit dem Klebeband über seinem Mund konnte er noch nicht einmal den Versuch machen, mit dem Mann zu reden, der es in der Hand hatte, ihn mit einem Druck seines Zeigefingers zu vernichten. Die Zerbrechlichkeit des Lebens war plötzlich und erschreckend deutlich. Sarah und ich standen stocksteif, wir waren beide wie gelähmt durch die Leichtigkeit und Unmittelbarkeit der Tat. Vielleicht hatte Sarah sich bis jetzt noch nicht klargemacht, was es bedeuten könnte; hatte sich die zerschmetterten Knochen und das spritzende Blut noch nicht vorgestellt. Es war ein böses Erwachen, das vielleicht schon bald blutige Realität werden konnte.

»Tu es nicht«, sagte sie mit heiserer Stimme.

»Warum sollte ich nicht?« Paul drehte sich mit brennendem Blick zu uns um. »Ich habe Rowena nicht vergessen, auch wenn du es getan hast.«

»Ich bitte dich ihretwegen. Sie würde nicht wollen, daß du das tust.«

Er zögerte. Sein Griff lockerte sich. Der Pistolenlauf entfernte sich von Naylors Schläfe und hinterließ einen runden Abdruck. Paul begann zu zittern. Er schien die Tränen gerade eben noch zurückhalten zu können. Tränen der Wut, der Frustration und der Trauer. »Wir können nicht einfach ... aufgeben«, schluchzte er.

»Wir müssen«, sagte Sarah.

»Er verdient den Tod. Das hast du selbst gesagt.«

»Aber nicht so. Nicht jetzt.«

»Es wäre Mord, Paul«, sagte ich, so ruhig ich konnte. »Und Sarah wäre mitschuldig. Sie würden gemeinsam verurteilt werden.« Ich hatte keine Ahnung, ob das den juristischen Tatsachen entsprach oder nicht. Ich konnte nur hoffen, daß es Paul ebenso ging. »Wollen Sie das? Wollen Sie das *wirklich?*«

»Ich will ... Gerechtigkeit.«

»Dann lassen Sie ihn am Leben. Es kann jetzt keinen Zweifel mehr an seiner Schuld geben. Er wird wieder ins Gefängnis kommen und dort vor die Hunde gehen. Dafür haben Sie gesorgt. Sie haben sein Geständnis auf Band. Und wir kennen die Wahrheit. Wenn das erst einmal in der Öffentlichkeit bekanntgeworden ist, wird niemand mehr den Finger rühren, um ihm zu helfen.«

»Nicht?«

»Sie wissen es.«

Ich konnte spüren, wie er sich danach sehnte, von uns zu hören, daß all seine Anstrengungen nicht vergeblich gewesen waren. Er hatte seinen Verstand riskiert, seine Freiheit und seine Zukunft, um wiedergutzumachen, daß er Rowena nicht gerettet hatte. Und alles war immer noch in der Schwebe. Aber wir konnten förmlich zusehen, wie sich das Gewicht verlagerte. In Richtung Leben. In Richtung Hoffnung. Hin zu einer Art Würde.

»Sie werden dem Gerede ein Ende machen, Paul. Sie werden die Lügen aufdecken. Ist das nicht genug?«

Es hätte genug sein sollen. Paul hätte sagen sollen: »Ich nehme an, es reicht«, und mir die Pistole geben, zögernd, aber endgültig. Dann wäre es vorbei gewesen. Beendet. Und es wäre kein bleibender Schaden entstanden. Wir hätten alle wieder aufatmen können. Und leben.

Aber es war nicht vorüber. Und es war weit davon entfernt, zu Ende zu sein. Weil Paul nicht auf Argumente und logische Gedanken reagierte, wie ich es erwartet hatte. Ich hatte den ältesten Fehler der Welt gemacht. Ich hatte überlegt, was ich an seiner Stelle tun würde. Ich hatte mir vorgestellt, wie ich am besten zum Aufgeben hätte gebracht werden können, und angenommen, es würde auch bei ihm funktionieren. Aber wir wissen niemals wirklich, was im Kopf eines anderen Menschen vor sich geht. Mit welchen Worten werden wir das Feuer löschen können?

Welche Worte werden die Glut nur weiter anfachen, so daß sie innerhalb von Sekunden sich zu einer heftigen Feuersbrunst ausweiten kann? Wir haben keine Ahnung. Wir können es nur vermuten. Entweder ist es richtig oder falsch.

Ist das nicht genug? Nein. War es nicht. Nicht annähernd. Paul richtete sich auf, drehte sich um und blickte mich unverwandt an. Er steckte die linke Hand in die Hüfttasche seiner Jeans, zog einen kleinen Schlüssel heraus und hielt ihn vor sich in der hohlen Hand. »Nehmen Sie ihn«, sagte er ruhig.

»Was ist das?«

»Der Schlüssel für die Ketten. Sie wollen Naylor doch gehen lassen. Nun, dann los.«

»Einen Augenblick. Ich bin mir nicht sicher, daß wir einfach –«

»Machen Sie!« Er hob die Pistole und richtete sie genau auf mich, sein Finger krümmte sich immer noch um den Abzug, so wie er es getan hatte, als er die Waffe an Naylors Kopf gehalten hatte.

»Das ist nicht nötig, Paul«, mischte sich Sarah ein. »Wir können ihn da lassen, wo er ist, bis die Polizei eintrifft.«

»Die Polizei? Ja. Man sollte die Polizei rufen. Zum Aufräumen. Das ist so ungefähr das einzige, was sie jemals gemacht hat.«

»Warum machen wir nicht –«

»Nehmen Sie den Schlüssel, und lassen Sie ihn frei, Robin!« Pauls Stimme schwankte, und seine Hände zitterten so sehr, daß der Schlüssel in seiner Handfläche hüpfte.

»Okay, okay. Was immer Sie wollen.« Ich streckte die Hand aus und nahm den Schlüssel. Dann trat Paul rasch zur Seite und winkte mich herbei. Ich ging hinüber zur Badewanne und schaute hinunter in Naylors Augen. Sie flehten mich ängstlich an. Er wußte, daß alles an einem seidenen Faden hing. Aber er hatte auch gehört, wie ich Paul versichert hatte, daß, was auch immer geschehen würde, seine Schuld jetzt unbestreitbar war.

»Machen Sie schon«, befahl Paul hinter mir.

Ich beugte mich über die Wanne und sah die beiden Schlösser an den Ketten. Ich roch Naylors Schweiß, säuerlich in der kühlen Luft. Er zitterte. Und ich ebenfalls. Ich schaute zu Paul. »Wir müssen das nicht tun«, bat ich. »Das müssen wir wirklich nicht.«

»Ich sage, daß wir es tun. Machen Sie ihn los. Jetzt.« Er ging ans Ende der Badewanne und hob wieder die Pistole.

»In Ordnung.« Ich hielt den Schlüssel in die Höhe, daß er ihn sehen konnte. Ich lehnte mich über die Wanne, hielt die Handfesseln mit einer Hand fest, während ich mit der anderen den Schlüssel ins Schloß steckte. Eine Drehung, und es schnappte auf. Naylor erschauerte und nahm die Hände auseinander. Dann griff ich nach dem anderen Schloß und befreite seine Fußknöchel. Die Ketten schlugen hohl gegen das Email, als sie am Ende der Fesseln frei durch die Luft schwangen. Ich stand auf und beobachtete, wie Naylor gegen den Badewannenrand fiel, sich dann langsam ausstreckte, seine steifen Glieder allmählich dehnte und sein Gesicht zu einer Grimasse verzog, als das Blut durch die befreiten Gliedmaßen schoß.

»Zufrieden?« fragte Paul bitter. Er lehnte sich vor und riß mit einer einzigen Armbewegung das Stück Klebeband von Naylors Mund. Naylor schrie vor Schmerz auf und preßte seine Augen fest zusammen, während er herumrollte, als ob er sich vor seinem Peiniger verstecken wollte. »Ich hoffe, Sie sind es. Ich hoffe, ihr alle seid es.« Pauls Stimme versagte. Er richtete sich auf, hielt die Pistole auf eine merkwürdige Art vor sich, als ob er sie noch nie zuvor gesehen hätte, und blickte verwirrt abwechselnd auf die Waffe, zu Naylor und zu uns.

»Wir sollten die Polizei rufen«, sagte Sarah, und hinter der oberflächlichen Logik ihrer Worte wurde Furcht spürbar. »Jetzt gleich.« Sie mußte inzwischen das gleiche wie ich gefühlt haben. Der Wahnsinn brach um uns herein wie Wölfe in ein unverteidigtes Lager. Keiner von uns würde unversehrt davonkommen.

»Du hast das Telefon abgestellt«, sagte Paul mit einem sonderbaren unfrohen Lachen.

»Wir können von einem Nachbarn aus telefonieren. Es wird nicht lange dauern.«

»Dann hat es doch keine Eile.« Er holte tief Atem. »Eigentlich haben wir jede Menge Zeit.« Ein weiterer tiefer Atemzug. »Du bist gegangen, und ich hätte folgen sollen. Aber ich hatte nicht den Mut.« Tränen liefen über sein Gesicht. Er sprach nicht mehr zu uns. Er sprach mit niemandem, den wir sehen konnten. Aber er konnte sie sehen. Klar und deutlich. »Doch jetzt habe ich die Lösung gefunden. Das ist der einzige Weg.« Er öffnete weit seinen Mund, schob den Pistolenlauf zwischen die Kiefer, zögerte für den Bruchteil einer Sekunde und drückte dann ab.

Die Gewalt des Schusses schleuderte Paul zurück gegen die Klotür, die sich weit öffnete. Er krachte auf den Rücken, und die Pistole fiel klappernd zu Boden. Blut rann an der Täfelung der Tür hinab, als sie quietschend wieder zurückschwang und an seiner Schulter stoppte. Und noch mehr Blut – viel mehr – schoß hinter ihm in einer sich ausbreitenden Lache hervor. Schweigen und Erstarrung lagen über uns – einen eisigen Augenblick lang, in dem unsere Sinne vor Schock wie gelähmt und unsere Reaktionen verlangsamt waren. Dann Bewegung, Rauschen und Geräusche, als ob die Wirklichkeit in einen Traum eindränge. Ich sah, wie Naylor sich hochstemmte und über den Rand der Badewanne kletterte, mit gesenktem Kopf und die Augen auf Pauls Körper gerichtet. In meinen Gedanken dehnte sich die Zeit wie ein Gummiband. Und Naylors Vorhaben wurde plötzlich zur Wirklichkeit. Wir hatten ihm gesagt, daß seine Freilassung eine Illusion war, die wir rückgängig machen würden. Aber da war Paul noch am Leben gewesen. Jetzt war er tot. Wenn seine Mitverschwörerin ebenfalls sterben würde, zusammen mit dem einzigen anderen Zeugen, dann konnte Naylor vielleicht – nur vielleicht – frei davonkommen.

Und selbst wenn nicht, was bedeuteten ihm schon zwei weitere Morde? Sie waren ein Risiko, das er gerne auf sich nahm. Wir hatten dafür gesorgt, daß er noch gefährlicher geworden war als jemals zuvor. Wir hatten ihn zu einem Mann gemacht, der nichts mehr zu verlieren hatte.

Ich stürzte quer durchs Zimmer und warf mich mit meinem ganzen Gewicht gegen ihn. Da er noch wackelig auf den Beinen stand, verlor er die Balance und schlug gegen die Wand. Ich hob einen Arm, um nachzuhelfen, aber er besaß die Geistesgegenwart, mein Armgelenk zu ergreifen und mich mitzuziehen. Dann rutschte sein Fuß auf dem Email aus, und ich war frei, gerade so lange, wie ich brauchte, um auf meine Knie zu fallen und die Pistole vom Boden aufzuheben. Ich wirbelte herum, die Pistole in meiner rechten Hand, mein Zeigefinger suchte den Abzugsbügel. Naylor war über mir, mit einem Bein in der Badewanne und mit einem außerhalb. Er hielt inne, als er sah, was ich in der Hand hielt. Sein Gesicht, entstellt durch die Wunden und Blutergüsse, die Paul ihm beigebracht hatte, verkrampfte sich. Seine Mimik verriet nur, daß er überlegte, ob er sich auf mich stürzen sollte oder nicht, ob er aufgeben sollte oder auf Zeit spielen.

»Keine Bewegung«, sagte ich mit heiserer Stimme, während ich langsam und vorsichtig aufstand und die Pistole fest auf ihn gerichtet hielt. Und er bewegte sich nicht. Nicht einmal einen Muskel. »Sarah!« rief ich, ohne meinen Blick von seinem zu lösen. Ich konnte sie aus den Augenwinkeln erkennen, eine zusammengekauerte Gestalt in der Tür, die ihre Arme abwehrend um die Schultern geschlungen hatte. Aber ich wußte, daß ich sie nicht direkt anschauen durfte. Naylor würde jede auch noch so geringe Chance ergreifen. »Sarah!«

»J-ja?«

»Gehen Sie, und rufen Sie die Polizei.«

»Aber –«

»Gehen Sie!«

»In ... in Ordnung. Ich werde mich ... beeilen, so schnell ich kann.«

»Kommen Sie nicht wieder zurück. Warten Sie draußen auf die Polizei. Sie wird Anweisungen brauchen.«

»Draußen? Natürlich –«

»Gehen Sie, Sarah. Gehen Sie endlich!«

Sie ging ohne ein weiteres Wort, vielleicht erriet sie mehr von meinem Vorhaben, als ich beabsichtigt hatte. Ich lauschte – und beobachtete, wie Naylor lauschte –, als sie den Gang hinunterrannte. Wir hörten, wie die Eingangstür der Wohnung geöffnet und hinter ihr geschlossen wurde. Dann breitete sich Schweigen um uns herum aus. Jetzt gab es nur noch uns beide hier. Wir hatten dreieinhalb Jahre damit zugebracht, um diese Gegenüberstellung – diesen entscheidenden Augenblick – anzutäuschen, zu umkreisen und zu erreichen.

Naylor hob langsam seinen anderen Fuß aus der Badewanne und stellte ihn auf den Boden, während seine Augen mich herausforderten, ihm Einhalt zu gebieten. Aber wenn ich das tat, und er gehorchte nicht, dann blieb mir nur die eine Sanktion. Er testete meine Entschlossenheit, um einzuschätzen, wie stark meine Nerven waren und wie weit ich gehen würde. Er war nicht sicher. Und ich ebensowenig.

»Was passiert jetzt?« fragte er, und die Herausforderung wuchs mit seinen Worten.

»Wir warten auf die Polizei.«

Er schüttelte den Kopf. »Glaube ich kaum.«

»Ich sage, daß wir warten. Und ich habe die Pistole.«

»Aber Sie werden sie nicht benutzen. Sie haben nicht den Mumm dazu.«

»Sind Sie sich da so sicher?«

Er kniff die Augen zusammen. Für ein oder zwei Sekunden dachte er über die Frage nach und suchte nach der Sicherheit, die er brauchte. Dann sagte er: »Ich sag' Ihnen was. Ich werde ein Geschäft mit Ihnen machen?«

»Ein *Geschäft?*«

»Ja. Sie lassen mich durchs Fenster klettern, mit dem Band in der Tasche, bevor die Polizei auftaucht... und dabei belassen wir's.«

»Warum sollte ich?«

»Weil, wenn Sie's nicht tun, dann sage ich, wenn die Polizei kommt, daß Sie dabei waren. Ich werde sagen, daß mich *drei* Leute gefangengenommen und gefoltert und mir gedroht haben, mich zu töten – und daß *Sie* einer davon waren. Entführung. Körperverletzung. Verschwörung. Gott weiß was. Sie können sich auf ein paar Jährchen im Knast einstellen.«

»Sie würde Ihnen nicht glauben.«

»Sind Sie sich da ganz sicher?« Er grinste. »Sehen Sie's mal so. Warum was riskieren? Was bedeutet es für Sie? Die Mutter des Mädchens. Die Frau von diesem Typ. Ein verfluchter alter Maler. Was haben sie Ihnen jemals bedeutet? Nichts, richtig?«

Ich war nahe daran zu lachen. Naylor hatte gerade den gleichen Fehler gemacht wie ich bei Paul. Er hatte den gleichen verhängnisvollen Irrtum begangen. Und mir die Entscheidung abgenommen.

»Natürlich haben Sie recht«, sagte ich. »Sie waren nichts weiter als Fremde für mich. Vollkommen Fremde.«

»Sie sagen es.«

»Wissen Sie, warum ich Sarah gebeten habe, draußen zu warten? Ich wußte es nicht. Bis jetzt.« Ich hob die Pistole und drückte den Lauf an seine Stirn. Seine Augen weiteten sich. Seine Kinnlade fiel herunter. Er versuchte, Abstand zu gewinnen, aber mit dem Badewannenrand in seinen Kniekehlen blieb ihm kein Platz auszuweichen. *Können wir wirklich etwas ändern, was meinen Sie?* Vielleicht können wir es, Louise. Vielleicht auch nicht. Ich weiß es nicht. Ich bin mir immer noch nicht sicher.

Aber Dinge beenden? Das ist etwas anderes. Wenn der Augenblick kommt und du ihn als solchen erkennst, das ist etwas völlig anderes. »Wir ändern den Plan, Naylor. Wir werden überhaupt nicht auf die Polizei warten. Oder vielmehr, *Sie* werden nicht warten.«

»Was?«

»Sie sollten dankbar sein. Eigentlich tue ich Ihnen einen Gefallen. Auf diese Weise müssen Sie nicht zurück ins Gefängnis. *Und* Sie werden herausfinden, wie sich Louise Paxton gefühlt hat, als ihr klarwurde, daß Sie sie nicht am Leben lassen würden.«

»Einen Augenblick mal, Kumpel. Das kann nicht –«

»Mein Ernst sein? O doch. Es ist mir ernst.« Die Bäume vor mir lichteten sich, als ich darauf zurannte. Da vorne war eine Lichtung, eine sonnenüberflutete Lichtung, auf der Louise wartete. Und diesmal wußte ich, daß sie nicht weglaufen würde. »Mehr denn je.«

»Ja, aber–«

Er beendete seinen Satz nicht. Er bezahlte die längst überfällige Strafe für das, was er getan hatte. Hier und jetzt.

Epilog

Es BEGANN vor mehr als drei Jahren, an einem goldenen Abend im Hochsommer. Und es endete gestern, als ein Winterabend seine Schatten um mich legte. Ist es wirklich erst gestern gewesen? Während ich hier sitze, scheint es mir so viel länger her zu sein und viel weiter entfernt. Die Zeit hat sich beim Erzählen gedehnt. Aber jetzt bin ich beinahe fertig. Schon bald werden Sie Ihre Aussage haben. Dann bleibt es Ihnen überlassen, Ihre Berichte zu schreiben und Ihre offiziellen Schlüsse zu ziehen. Dann werden Sie wirklich alles wissen.

Es ist kaum zu glauben, aber es ist wahr. Vor nur vierundzwanzig Stunden stand ich mit der Pistole in der Hand da und schaute hinunter auf Naylors Leiche in der Badewanne, während sein Blut sich langsam ausbreitete. Ich bereute es nicht, ihn getötet zu haben. Ich bereue es auch jetzt nicht. Ich glaube nicht, daß ich es jemals bereuen werde. Aber es gab stärkere Gefühle als Trauer, mit denen ich im Anschluß an das, was ich getan hatte, fertig werden mußte. Der Schock bewirkte, daß ich die Pistole fallen ließ und zurückwich, als sie klappernd auf das Email der Badewanne schlug. Voller Entsetzen verschmierte ich die Blutflecken auf meinem Hemd und meinem Mantel, indem ich versuchte, sie wegzuwischen. Voller Furcht lehnte ich mich hilflos gegen das Handwaschbecken, zitternd und schnaufend, als mich eine Welle des Ekels überrollte. Ungläubig starrte ich auf mein Spiegelbild über dem Becken.

Und erst dann sah ich Sarah, die in der Tür hinter mir stand. Sie trat auf mich zu, legte die Arme um mich und ihren Kopf an meine Schulter. So standen wir einige Minuten lang da, keiner von uns sprach ein Wort. Dann gingen wir in ein anderes Zimmer, das durch eine Straßenlaterne im öffentlichen Park jenseits des Fensters schwach erleuchtet wurde. Wir setzten uns in der Nähe der Tür auf den Boden, den Rücken gegen die Wand gelehnt. Noch immer sagten wir nichts. Wir schienen auf eine Polizeisirene zu warten, die sich durch das entfernte Summen des Verkehrs ihren Weg bahnte. Aber als Sarah schließlich das Schweigen zwischen uns brach, wurde mir klar, daß das nicht stimmte.

»Ich habe die Polizei nicht gerufen, Robin. Ich habe die Wohnung überhaupt nicht verlassen. Als es soweit war, konnte ich mich nicht dazu überwinden. Es lag so etwas Seltsames in Ihrer Stimme, als Sie mir sagten, ich sollte gehen. Etwas ... Bedrohliches. Ich stand im Gang und versuchte herauszufinden, was es war, wartete und lauschte, auch wenn ich nicht wußte, worauf eigentlich. Dann hörte ich den Schuß.«

»Dann sollten Sie jetzt besser die Polizei rufen, nicht wahr?«

»Sind Sie sicher, daß Sie das wirklich wollen? Es wird dann keinen Weg mehr zurück geben.«

»Es gibt sowieso keinen Weg mehr zurück.«

»Aber ja. Für Sie. Wenn Sie gehen, bevor ich die Polizei benachrichtige, dann wird sie niemals erfahren, daß Sie hier waren. Ich könnte sagen, daß Paul erst Naylor und dann sich selbst erschossen hat. Und ich könnte der Polizei auch sagen, warum.«

»Das würde nicht funktionieren. Meine Fingerabdrücke sind auf der Pistole.«

»Wir könnten sie abwischen. Und auch von allem anderen, was Sie berührt haben. Außerdem würden sie nicht nach *Ihren* Fingerabdrücken suchen.«

»Es würde trotzdem nicht funktionieren.«

»Ich glaube schon. Ich denke, Sie könnten jetzt einfach gehen und morgen nach Rio fliegen, ohne daß Ihnen irgend jemand

Fragen stellen wird.« Sie schob ihre Hand in meine. »Warum gehen Sie nicht, Robin? Das hier war meine Idee, nicht Ihre. Warum sollen Sie das Ganze ausbaden?«

Ich starrte in die Dunkelheit, die uns umgab, und der Gedanke, einfach wegzugehen, unberührt und unverdächtigt, war verführerisch. Ich mußte die Chance nur ergreifen, eine Chance, die Sicherheit bot.

Aber wenn ich gegangen wäre, wer hätte Ihnen gesagt, daß sie nicht wollte, daß es so endete? Sie hätten ihr wohl kaum Glauben geschenkt, oder? Natürlich wußte sie das. Sie wußte es nur zu gut. Und ich ebenfalls. Deshalb mußte ich ablehnen. Weil zwei Menschen nur einmal aufhören können, füreinander Fremde zu sein. Von da an gibt es eigentlich keinen Weg mehr zurück. Der einzige Fehler ist, zu glauben, es gäbe einen. Aber wir sollten aus unseren Fehlern lernen, nicht wahr? Ich bin einmal weggegangen und habe es immer bereut. Dieses Mal werde ich standhalten.

Danksagung

Für ihre freiwillige und großzügige Hilfe und ihre Ratschläge, die sie mir während der Planung und des Schreibens dieses Romans gegeben haben, danke ich den folgenden Personen: Jonathon und Susan Stoodley und ihren vielen Freunden in Brüssel, vor allem Xavier Lewis und Nicholas Chan, ohne die Robin Timariots Karriere als *Fonctionnaire titulaire de la Commission Européenne* niemals begonnen hätte, wenngleich Robins Desillusionierung in keinerlei Hinsicht etwas mit ihrer Person zu tun hat; Alistair Brown vom Home Office Prison Department und Colin Symons, Assistant Governor des Albany Prison, die mich in die Lage versetzten, mir vorzustellen, welches Leben Shaun Naylor im Gefängnis geführt hat; Nigel Pascoe, der sich als aufgeklärterer Richter erwies, als ich es je hätte sein können; und nicht zuletzt Malcolm McCarraher, der sicher manchmal bedauert haben mag, daß er mir angeboten hatte, sich den Kopf über die juristischen Probleme zu zerbrechen, die im Verlauf der Handlung auftauchten, und sich kein einziges Mal beschwert hat.

Außerdem schulde ich Dank dem Governor des Albany Prison, daß er mir Zutritt zu der Anstalt gestattete; Hugh Barty-King, dem Autor von *Quilt Winders and Pod Shavers*, einem Buch, das eine wesentliche Rolle beim literarischen Entstehen von Timariot & Small, den Herstellern von Kricketschlägern in Petersfield, spielte, deren Geschichte dies hier teilweise ist; und dem verstorbenen Edward Thomas, dessen Gedichte herrliche Erinnerungen heraufbeschworen und für einen sehr treffenden Subtext sorgten bei vielen der Szenen, die ich beschrieb. Sie sind zitiert in der Reihenfolge ihrer Erwähnung: »The Cherry Trees«, »After You Speak«, »It Was Upon«, »Celandine«, »The Unknown«, »What Shall I Give?«, »Like the Touch of Rain«, »The Other«, »When First« und »Early One Morning«.